阅读之前 没有真相

午夜文库

与黑夜嬉戏的孩子们（上）

（日）辻村深月 著
金静和 译

新星出版社 NEW STAR PRESS

I	我本身
EYE	我那受伤的左眼
爱	认同并珍视他人价值的心
哀	怜悯之心
i	虚数 不存在
蓝[①]	深深的，蓝色

[①] "蓝"在日语中发音也为"ai"。

目录

- 1 — 闪回
- 7 — 两年前狐冢与浅葱
- 23 — 第一章　古利和古拉
- 63 — 第二章　蝴蝶和卷心菜
- 127 — 第三章　幽灵与烧伤
- 191 — 第四章　月亮与萩花
- 255 — 第五章　i 和 θ

闪回

蓝色的阴影在眼前扩散开来。

人在身处真正的黑暗时会感到十分孤独，这片缓缓扩散的蓝色的阴影虽不让人感到孤独，却会使人极其不安。

在寒冬的空气中，有两条冰冷得可怕的手臂向我伸来，用巨大的力气勒住了我的脖子。那过于突然的压迫感和痛苦使我睁开了眼。空气，我想呼吸空气。一时之间我不知道发生了什么事。

好难受，脸上好热，肺的深处像要被烧烂了一般。这双手臂向我施加的力气无疑出自于对方的意志。他想杀了我。

"……住手……"

快住手，谁来帮帮我。视野的边缘开始模糊，滚烫的眼泪先是遮住了我眼前的世界，又在我闭上眼后滚落下脸颊。无论是闭上眼还是睁开眼，眼前都只有一片黑暗。我睁开双眼，眼泪却使其无法聚焦。我的手臂使不上力气，却仍抓住他掐在我脖子上的手。

为什么会变成这样？我到底做了什么？我边从喉咙深处发出嘶哑的哭喊声边想着。就在这时——

（……ai）

这个名字浮现在我的脑海中，随即转换成一个拉丁字母："i"。

他的手离开了我的喉咙。我发出一声短促的换气声，随即蜷曲着身体，咳嗽不止。

我咳得泪流满面，几乎要呛到自己。我抬起头，他的脸和眼睛在蓝色的阴影中浮现。他面无表情，让我感到十分恐惧。他的表情与我正在哭泣的脸刚好相反。啊啊，真是一张美丽的脸。

"'i'是……"

我说到一半便停住了。他在我面前蹲了下来，右手触地，从那堆散落在地上的破烂里寻找着什么。

一道光划破了黑暗，一把蓝色的一字形螺丝刀在闪闪发光。它的前端纤细而修长，表面浮着一层锈，使金属的光泽有些黯淡。在确认那是一把螺丝刀后，我全身动弹不得。

（心意相通。）

（我们应该是心意相通的，他应该能接纳我的存在。我为了完成他的要求而杀了人，为了他杀了人。但是……）

（但是……）

眼泪使我的双眼无法聚焦。

（但是，为什么？）

他的脸向这边靠近，从他冰冷的眼睛里我读不出任何情感。他将螺丝刀的前端贴在了我的下颚上。

我不禁发出一声短促的悲鸣，极度的恐惧使我不敢眨一下眼。

"右边还是左边？"他的声音冰冷。"选一边。"

螺丝刀在我的下颚上滑动，铁锈的粗糙触感抚过皮肤。突然他手上一施力，冰冷的触感立刻陷入我的体内。

（啊啊……）

我明白，他这是要与我清算了。他将螺丝刀从我的下颚移开，转而用刀尖对准我的眼睛，我的右眼下方能感到刀尖锋利的触感。他毫无起伏的声音令人害怕，话里的内容更令人恐慌。我又看向他，他的脸与蓝色的阴影和暗淡的光重合在一起，使我不禁屏住了呼吸。他面无表情的脸上开始有了变化。

他的脸上泛起静静的微笑。看到的那一瞬间，一阵极度的悲伤涌上了我的心头。我突然回忆起独自一人在黑暗中安静地睡去，又在天亮时醒来的那份孤独。我想起自己曾经的疑问："我真的有存在的意义吗？"

如果，以后……

如果以后有人发现倒在这里独自死去的我，那人也许会觉得不可思议。也许会对身上几乎没有抵抗痕迹，仿佛是期望接受死亡的我感到惊讶，也许还会探求其中的原因。如果真的有人想知道，那我可以用一句话来解释。

我已经不想再回到一个人的孤独中了。光是想象要回到一个人的夜晚，就让我感到呼吸困难。他是我的光。对我而言，他是照亮孤独黑暗的唯一的光。

我抬起头，看向他。来吧。

我要将流下的眼泪原封不动地献给他。来吧。

我的喉咙里传出了颤抖的声音。就让我接受这一切吧。

"……右边。"

他拿着螺丝刀的手迅速向旁边移动，尖锐的刀尖逼近我的右眼。一切发生在一瞬间。

剧烈的疼痛贯穿了我的眼睛，那疼痛使蓝色的世界变成了真正的黑暗。

我发出了长长的悲鸣。

两年前狐冢与浅葱

今天是决定是否要与狐冢孝太分开的日子。

月子快步登上楼梯。与月子熟悉的教育系教学楼相比，工学系的教学楼才建好不久，显得更加崭新漂亮。教育系教学楼的墙壁斑驳发黄，上面全是细细的裂缝，还有历代学生留下的没品味的涂鸦；而这里的墙上则一点灰尘也没有，更别提什么涂鸦了。白色的墙壁透着令人不敢触碰的静谧感，使人不禁联想到医院。

月子在楼梯上与一个熟人擦肩而过。

"早上好，恭司。"

"阿月。"

石泽恭司与狐冢同属一家研究室，是狐冢的好友，他看着月子，微眯起双眼。石泽恭司留着一头茶色短发，总是故意用摩丝揉乱。月子每次看到都会感叹，他每天早上大概要在发型上花不少时间，才能使头发既像刚洗过一般自然，又具备时下流行的凌乱感，像杂志里的发型一样。他在修长的双腿上套了一条褪色的牛仔裤，上身穿着跑步背心，露出一双健康的小麦色手臂。虽然他的身材并不出众，但也许因为骨架大，使得他的手臂看上去很强壮，很有男子气概。他有一双细长的眼睛，右眼上方戴着一个金环。在那么显眼的位置打了环，耳朵和嘴上却什么都没戴。月子知道恭司除了眼皮上的环，舌头上还打了一个洞。

恭司的眼神十分锐利，未曾与他交谈过的人会觉得他很不好接近。然而他在女生中却很有人气，月子每次见到他时他的身边都带着不同的女孩，而且每个女孩都非常可爱。恭司善于灵活运用自己强悍的外表和亲切的内心来顺利打入女孩们的内心。

月子曾评价他说:"有原则的花花公子真不错啊。"

狐冢听了之后耸了耸肩,说道:"那家伙的打扮在工学系太惹眼了,真够有勇气的。"

"你找狐冢?"

"嗯。"

"他在研究室,今天他大概很忐忑不安吧。虽然表现得一如往常,但可以感觉得出他心神不定。"

"他确实会紧张。"

"不过,更紧张的是阿月吧?"

恭司缓缓地迈下一级楼梯,与月子并肩而立,露出戏弄一般的笑容。他也许真的觉得很有趣。恭司的这种态度令月子感到自己被当成孩子对待了,很不高兴。

看到月子沉默不语,恭司扑哧笑了,随即问道:"莫非你到我们家去了?"

"没去,我猜狐冢十有八九在研究室。"

"今天不过来了?"

狐冢和恭司一起在学校附近的一幢公寓里租了一间两居室。他们俩一入学便认识了,之后又因为彼此很聊得来而结为好友。之前分别各自租房子住,住房合约到期后两人便决定一起搬到更大更好的房子里。算算今年是两人合居生活的第二年了。

"看结果了。"

月子避开恭司的视线回答道。再这样聊下去,自己可能会把一些不必要的话也说出口,比如自己因为狐冢将要从这里消失而感到寂寞,对即将发表的结果感到不安,还有对狐冢落选的微微期待,等等。好女孩是不该有这些任性的想法的，这些想法完全出于月子的私心。

恭司的脑子并不笨，虽然月子不知道他的学习成绩是好是坏，但在玩乐上，他比月子身边的任何人都要擅长，还拥有众多男女朋友。恭司总是策划活动的中心人物，也十分善于捕捉他人的细微情感。

恭司又问道："最终是哪种结果你才会来呢？"

显然他的心情很愉悦。

"是狐冢要去美国，还是狐冢落选了？"

"如果孝太要去美国，"月子瞪着恭司吸了口气，继续说道，"他是会感到高兴还是不安？如果落选，他是会感到遗憾还是松了口气？我关心的是孝太的反应。不管最终结果如何，我都有可能去。"

"阿月你真可爱，明明很不安，还这么逞强。"

"是吗？"

月子轻轻摸了摸微微发红的茶色刘海。包住脸颊的大波浪卷发受到了许多朋友的好评，大家都说很华丽，很适合她。月子听后会微笑着回答："那是当然。"狐冢看了则夸张地瞪大了镜片后面的眼睛，苦笑着说："你烫了一头卷发？你的打扮在工学系教学楼里也够惹眼的了。"

月子在恭司面前刻意垂下眼帘，眨了眨眼，涂着厚重睫毛膏的眼睫毛掠过眼前。"你到底打算怎么办？"恭司问道。

月子抬起头。

"要是狐冢不在了，你肯定会非常寂寞。如果他搬出去，那我家就有一间屋子空出来了，不然你搬过来吧？现在你用电脑和录像机都要靠狐冢帮忙，自己什么都不会吧？只要你愿意跟我来，我可以代替狐冢照顾你哦。"

"别开玩笑了,我是不会考虑从现在的房子搬出去的,电脑只要能连上学校的网络就可以了。"

月子笑着回绝了恭司。她现在住在一家拥有大理石走廊和自动门设备的新建公寓里。这是月子在租房淡季找到的特价房。虽说是特价房,还是比学生公寓贵一点,但她觉得无所谓。反正都是要住,不如住在时尚而漂亮的房子里。

月子喜欢奢侈的东西。

"当初我以为来到这里后总有一天会跟孝太一起住的,结果还不是因为有恭司你,才没能与孝太住在一起嘛。"

狐冢和恭司比月子大两届。月子在两年前考入了狐冢的学校,她满心以为会和狐冢住在一起,结果狐冢却把合租人石泽恭司介绍给了自己。

"那可不是我的错。"

恭司夸张地皱起了眉,又突然笑了起来。

"阿月你是真的很喜欢狐冢啊。"

"是吗?这很普通吧?"

"狐冢肯定没想到,被丢在老家的月子会追到大学里来吧。"

"我可不是追着他来的。"

月子微微鼓起脸颊。她可不希望别人认为她的一切行动都是以狐冢孝太为中心的。

"D大有教育系,我的分数又刚好够,所以我当时想着,与其考其他条件相当的大学,还不如就考孝太所在的学校,只是这样而已。"

"以后你要寂寞了。"恭司说道。他这句话听上去像是发自内心的感慨,刚才那种捉弄人的语调突然变得低沉而安静。

月子慢慢闭上半开的嘴,牙齿碰到了浓艳的红色口红。她为自己嘴唇竟如此干燥而吃了一惊。

"嗯。"

月子点了点头,感到一种不可名状的感情聚在喉咙以下、胸部以上的骨头附近,搅得她心神不宁。她望向恭司,恭司的目光很温柔,他也默默地回望月子。

月子低下了头,感到恭司骨骼突出的大手正轻抚着自己的头顶。那触感十分温暖,他现在确实没有在捉弄她。

其实月子觉得自己没事,她觉得自己并没有像恭司和其他朋友担心的那样依赖狐冢。没关系,我相信自己现在很镇定,今后也能过得很好,你们根本不用担心我。为什么恭司要这样温柔地对我呢?

"唉,虽然还不知道结果,但如果狐冢真要去,那你也开心一点儿吧。即使现在不去,他以后肯定也会有一天去遥远的地方,这点你应该明白吧?你们总会有分离的一天。"

"……浅葱呢?"

"刚回去。他好像对结果不太感兴趣,真是帅啊。"恭司开心地说道。

"我觉得其实他们的胜算各占一半,说到底,这就是一场狐冢孝太和木村浅葱之间的较量,其他家伙根本没法与他们相比。"

"你没想过跟他们一决胜负吗?"

"我?别开玩笑了。"

恭司发自内心地开心地笑了起来,露出一口白牙。

"我最讨厌学习和研究了。毕业论文倒是会写,其他就算了,我没什么兴趣。"

"是吗……"

"看别人决胜负,不觉得很有意思吗?"

恭司把放在月子头上的手移开，走下了楼梯。在与月子擦身而过时，他小声说道："光是想想能够目睹狐冢和浅葱谁会胜出，就使我颤抖不已。真是兴奋。"

月子进入研究室后，看见狐冢孝太正坐在电脑前喝咖啡。

研究室里摆着许多冰冷的小型办公桌。这个房间不算太大，可以明确感觉出是一个标准的长方形。每台办公桌上都配有电脑，月子每次来都有几台电脑已经开机。月子很喜欢开机的电脑发出的微小的振动声。因为有这个声音，所以这个房间从未绝对地安静过。

最先发现月子进来的，是同为狐冢隶属的这间研究室的另一名研究生，她叫萩野，是一名笑容很有魅力的知性美女。即使看到身为外人的月子在，萩野也从未面露不快，还总为月子送上咖啡或红茶。她是个很出色的前辈。

"阿月。"

听到萩野的声音，坐在房间深处的狐冢抬起了头，花了一些时间视线才聚焦在月子身上。他的动作很迟缓，或许是有些累了。

"早上好。"

月子一边回应萩野，一边轻轻向狐冢挥了挥手。研究室里只有萩野和狐冢两人。萩野一边瞟着狐冢桌子的方向，一边对月子说："大概还有十分钟就要出结果了，三点会有邮件通知。阵内老师去评审会了，不在研究室。"

阵内是狐冢所在研究室的教授，不过他通常都待在研究室深处的教授办公室里，所以月子没见过他几次。

"我刚才见到恭司了，他说浅葱已经回去了？"

"是啊，他说对结果没什么兴趣，真是个讨人厌的大少爷。他那张像王子一般冷淡的脸上没有显出任何不安,匆匆地走人了。"

萩野的话与恭司的话相符。月子看向狐冢对面那张属于木村浅葱的桌子,电脑屏幕上漆黑一片,显示器上覆盖着薄薄的一层灰尘。

"我总觉得浅葱身上少了两三根人类所必需的感情神经。"月子说道。

狐冢的桌上堆满了一捆捆各式各样的资料和贴满便签的砖头书,而浅葱的桌子上却几乎没有任何东西。"冷淡",刚才萩野使用的词汇非常恰当。即使周围的人都热得直流汗,从浅葱身上也感觉不到一丝热量。

月子走向狐冢的桌子。她已经好几天没见到狐冢了,狐冢的眼神似乎很疲惫。

"你来啦?"

"我怕你会感到不安啊。"月子回答道,"我没课,刚好走到这附近,就过来看看你。"

"谢谢。你这么关心我,我很高兴。"

狐冢说着,将刚入口的咖啡杯微举起来,对月子示意着问道:"月子你也喝吧?"

"不用,我不喝。"

"真的?最近换了咖啡豆,比以前的好喝一些,是阵内老师的朋友去海外旅行时给他带回来的礼物。"

"那我以后再喝吧。"

"嗯。"狐冢微笑着。虽然他的表情有些疲惫,但看上去感觉并不坏。月子松了一口气。结果还没有揭晓,不过至少看起来狐冢对自己写出的论文很满意。他做任何事都拼尽全力,绝不后悔。月子很喜欢这样的狐冢。

去年秋天，月子和狐冢所在的 D 大校园里贴出了募集"情报工学"相关论文的通知，通知上写明了征稿要求。这场前所未有的大型比赛是以 D 大为首，三所公立大学和五所私立大学共同组织创办的。

单凭"情报工学"一词，很容易让人联想到工学系的专业论文，然而通知的备注上写着：这里并非指狭义的"工学"。在招募范围内的几所大学就读的所有学生都有报名的权利，可以对标题上的"情报工学"进行任意解读。既可以就现在的情报化社会的背景和趋势做出宏观的统计总结，也可以只针对电脑编程等狭义内容来进行阐述。学生们看到公告栏上的通知时都兴奋异常。优秀奖的主奖是一张附有评审长印章的薄薄奖状，大家对此都兴趣索然，然而，标在旁边的副奖却吸引了学生们的目光——赴美留学四年。副奖是前往位于旧金山的名校塞拉大学的邀请函。学费、教材费和出国的费用等自然全免，还会另外提供住所和每月足够维持生计的生活费。如此优厚的待遇，简直像做梦一般。

想来，应是塞拉大学对各大学提出了交换留学生的倡议。至今为止塞拉大学在日本还没有姐妹校，这次的大赛结果可能会决定他们将与哪所大学结成姐妹校。

从研究生没有报名资格这点可以看出，学校与对方商议的结果是互换还没有确定研究方向的学生。虽然留学的副奖非常诱人，但也附带了一些麻烦的条件。费用全部由校方支付，条件是交换留学生在留学期间严禁回国。不管是亲属的婚礼还是朋友的葬礼，甚至是留在国内的恋人去世，都不允许回国，只有三代以内的直系血亲去世，才可以破例。

那时月子都不知道校园里贴出了这样的通知。是某天她去狐冢家玩时,看到狐冢在填写报名材料中的履历书,才知道了这么一回事儿。月子吃了一惊。那时狐冢正要迎来大三的秋季学年,看上去并没有要找工作的迹象,月子满心以为他毕业后还要考D大的研究生。"你要找工作吗?"月子曾经这样问,"你这么优秀,还得到了很难获得的无须偿还的奖学金①,应该不用烦恼读D大研究生的费用问题啊?"

"不是的。"狐冢边笑边摇了摇头,他对月子说,"这次研究生不在报名范围之内,所以像我这样的本科生也有得奖的机会。如果我用毕业论文的选题来参赛,就可以一边准备比赛一边在研究室里学习了。既然不会妨碍到学习,我就决定试试看。"

"浅葱会不会在家里查看评审结果呢?"

"木村啊……他似乎不喜欢在有其他人的场合下知道结果。"

狐冢温和地苦笑起来。月子望着他,又一次感受到了他的温柔。狐冢与月子完全相反。月子喜欢找出他人的负面部分,喜欢研究他人行动背后的恶意,并加以剖析。狐冢却不是。他能接受他人善意的一面。

"是吗?我倒觉得他很讨厌。他肯定觉得自己是第一吧。"

"就是因为这一点啊。"

狐冢把咖啡杯放在桌上,对月子露出了伤脑筋的笑容。

"正因为他已经知道自己会赢,于是知道自己会在结果公布时无所适从。他被选中后,大家都会对他表示称赞,但他既不擅长道谢,也不知道面对他人的褒奖,该如何表露出恰到好处的害羞,更不知

---

①在日本的学校里,很多奖学金都需要学生毕业工作之后进行返还。

道如何安慰我。对他而言，无论是被他人认可还是怨恨，结果都早早注定了。"

"可是，浅葱根本没看过孝太的论文吧？他凭什么那样自信呢？结果不是还没公布吗？"

"是啊，所以才说他很厉害啊。"

狐冢微微笑着，视线转向浅葱的桌子。

"他不用与他人比较，就能通过自己的论文拥有足够的自信。我也想写出那样优秀的论文啊，哪怕只有一次也好。"

木村浅葱与狐冢同属一间研究室，月子和他是在入学第一年的秋天认识的。一开始见到他时月子吃了一惊。浅葱长得很美。他的手臂和双腿都极其纤细、脆弱，几乎会令人错以为是个女生。他的身体很单薄，肤色很白。月子生平第一次看到男性的眼睫毛比自己的还长，眼睛比自己的还大。在他那清晰的双眼皮下，一对又圆又大的瞳孔淡得仿佛缺少色素一般，带着幽静的光芒睥睨整个世界。他有一头柔软的茶发，据说不是染的，而是与生俱来的发色。

浅葱身上有种"气质"。比如大家一起拍照时，照片中的他看上去总是比其他人都纤细脆弱，比任何人都美。合照里总是只有浅葱一人与周围格格不入，在人群中格外显眼，仿佛不应该出现在那里一样。他的存在本身就吸引着他人的视线。

浅葱像是从童话里出来的王子一般，令人感受不到活人的体温。但只要与他成为朋友，就会发现他是个不折不扣的人类。月子一开始常被他的长相和站姿震慑，但当她看到浅葱吃东西的样子与普通人一样，还会与自己和狐冢轻松谈笑时，终于松了一口气，想着："哎呀，还是可以与他交朋友的嘛。"浅葱十分清楚自己长了一张漂亮的脸蛋，并对此毫不谦虚。

"我既可爱，又帅气。"他还对月子说过"我比你长得好看多了"这种失礼的话。月子当他只是在讲笑话，勉强不予追究，但心里还是会觉得太过分了。

除了漂亮的脸蛋，他对自己的头脑也有着同样清楚的认知。浅葱是工学系的优等生。虽然狐冢也很优秀，但两人的性质完全不同。狐冢的优秀完全出于自己的努力。他为了目标坚定信念、认真努力的样子十分帅气，月子非常欣赏。然而浅葱不是这样的。在接受与狐冢在同等条件下获得的奖学金时，他说了一句："我只是随手试了试，没想到就通过审核了。"浅葱是个天才。

因此，在得知浅葱也要参加此次以赴美留学为奖品的论文比赛时，研究室里的人和月子周围的人都为之哗然。就整体反映而言，研究室里的大多数成员都与之前恭司的想法相同：事情变得有趣了。狐冢孝太和木村浅葱。

他们二人隶属的阵内研究室在这次比赛中被广为看好。那年春季有过一次全国大学范围内的比赛，题目恰巧与这次的相同，当时阵内研究室里的这两名学生分别获得了最优秀奖和优秀奖。

"木村要是去了美国，一定能学到很多东西回来吧。真想知道他会选什么专业。"

"你完全是一副事不关己的语调啊。"

月子深深地叹了一口气。

"孝太你实在太看低自己了，振作起来啊。你将来要是去了美国，这点可要慢慢纠正过来。你现在这样让人看了实在不爽。"

"嗯。"

狐冢将视线从浅葱的桌上移开，转向月子，微微有些高兴地点了点头。

"谢谢。"

"不客气。"

然后两人同时看向浅葱的桌子。

其实浅葱也很害怕吧。越是有自信,受挫时的打击大概也越大。

"狐冢。"

传来了荻野的声音,月子和狐冢转头看向坐在门口附近的她。她站起来,指着墙上的钟。

"到时间了。邮件应该已经发过来了。"

钟表的时针已指向三点五分。

"啊,好的。谢谢。"

狐冢以略显恍惚的声音向荻野致谢。他瞄了一眼月子的脸,随即向她露出微笑。那微笑似乎是一种信号,既像是因为被月子发现了自己的紧张而感到抱歉,又像是在对她说,即使自己落选了,也不要对他施予同情。

由多根线条组成的流线型图像正在屏幕上规则而流畅地旋转着。狐冢轻敲了一下键盘,屏幕变为蓝色,上面显示"这部电脑已被锁定。只有管理员 k-kozuka 可以解除"。在下方的输入栏里,狐冢熟练地输入了几个数字和字母,快到连在旁边的月子都来不及记下。

狐冢打开了邮箱,屏幕中央立刻出现了一行粗体黑字。

"您有一封新邮件"。

月子尽量让自己显得别太刻意,把视线从屏幕上移开。她觉得必须让狐冢自己来承受比赛的结果。

狐冢移动鼠标,发出了点击的声音。旁边的月子不敢抬起头。狐冢周围的气氛突然变了,月子能够感受到他在安静地眨眼。他既没有发出吃惊的声音,也没有瞪大双眼,但月子却感觉到了他的惊讶。突然间,他开口说道:"真令人吃惊。"

"怎么了?"

月子看向他。一直坐在自己座位上的荻野也站起身走了过来,站在月子身边,与月子一起看向狐冢。

"谁赢了?你,还是木村?"

"被摆了一道。"

"啊?"

狐冢叹了一大口气,随即又深吸一口气,把电脑屏幕给月子和荻野看。他的脸上浮现出生硬的苦笑。

"荻野学姐,我们被人家摆了一道。结果真是出人意料。"

屏幕上的邮件显示着比赛结果。

2***年"情报工学"论文大赛 评审结果

感谢大家报名参加今年的"情报工学"论文大赛。我们收到了很多作品,可以看出大家在繁忙的学业生活之余,对本次大赛投入了很多努力,在此我们表示诚挚的感谢。我们对此次参赛的论文进行了严格且慎重的检查,以下是此次大赛的评审结果。

期待所有参赛选手今后都能有更大的成就。

记

最优秀奖　空缺

优秀奖　《色彩认识结构与感情情报处理的今后的可能性》
　　　　D 大学工学系　　　学号 9*C87** 木村浅葱
　　　　《论下一代人性化界面的形态》
　　　　D 大学工学系　　　学号 9*C65** 狐冢孝太
　　　　《教育软件　教材内容　小学课程辅助》
　　　　F 女子大学教育系　学号 0*E24** 大原美子
　　　　《三次元条形码的可能性》
　　　　S 大学社会系　　　学号 9*C89** 高桥友树
　　　　《e-JAPAN 的光与影和 u-JAPAN 的任务》
　　　　H 大学经营系　　　学号 0*A37** 渡边直也

　　虽然我们收到了很多水平很高的论文，但最优秀奖空缺。
　　此外，哪位同学以 C 大学工学系、学号 0*C49**、姓名 i 寄来了《情报保密措施的破解》一文，请向 C 大学教务处综合主任坂上老师报上真实姓名和信息。三个月内报上信息并通过我们加以确认后，将向这位作者授予最优秀奖的正奖和副奖。

　　　　　　　　　　　　　　　　　　　　　　　　以上

第一章 古利和古拉

一

绘本的朗读正要进入高潮部分。

狐冢孝太从正对面看着月子正翻阅绘本的洁白的手。孩子们凝视着书，眼里透着认真。

"古利连忙把鸡蛋打到碗里，和砂糖一起用起泡器搅拌。"

她的音调比平常高很多，说话时语调抑扬顿挫，速度也很慢。

"把牛奶……"

她的手指指向文字的旁边，似乎并没在照着书读，而是已经掌握了全部内容，背下了全文。她指向书上画着的白色袋子。

"和面粉一起放进去了。"

这本绘本月子很喜欢，讲的是两只要好的田鼠（似乎是一对双胞胎，哥哥叫古利，弟弟叫古拉），在森林里用巨大的平底锅做蛋糕的故事。它们穿着样式相同的衣服，只是颜色不同——一个戴红帽子一个戴蓝帽子，一个穿红衣服一个穿蓝衣服。

我们的 名字是 古利和古拉
我们在 这世上 最喜欢的事
是制作美食再把美食吃光
古利 古拉 古利 古拉

月子翻页时，绘有华丽的银色星星的指甲便从绘本上掠过。美甲是月子的爱好，狐冢对此感到难以理解。

狐冢瞄向独自混在孩子们中间的秋山一树，这人令他颇为在意。秋山教授的专业是儿童心理学，大家都叫他阿秋老师。

孩子们都盯着绘本时，秋山歪着头在记录着什么，狐冢看不到他的表情。月子难道没想过，指甲上的月亮、星星和夜空会使自己的评价下降吗？

朗读绘本的月子像在歌唱一般，显得十分开心。在翻开的那页上，森林里的动物发现蛋糕即将做好，都聚集到了一起。

"你们在做蛋糕吧？味道好香啊。"

"蛋糕！"

突然，一个孩子叫了起来。听到叫声，月子从绘本上抬起头，满面笑容地看过去，一边点点头一边用比刚才读书时要低沉许多的声音说了声"嗯"。

"嗯，是蛋糕。你吃过吗？"

"吃过。"

孩子点了点头。话音刚落，其他人纷纷炸开了锅。"我也吃过"，"我没吃过"，"我吃的是妈妈做的"，"我家也会做"……孩子们像吵架一般叫嚷着。

月子看上去很满足。她笑着听完孩子们的叫嚷之后，略带自豪地轻声说了一句："老师的妈妈也很会做蛋糕。"孩子们又都安静了下来，立刻回到聆听老师说话的状态。月子依旧面带笑容，又问了一个问题："大家吃过的蛋糕是什么颜色的？"

孩子们的脸上又开始放光，刚才叫着"蛋糕"的孩子喊了声"黄色"。

"骗人！我家的蛋糕是茶色的。"

其他孩子立刻开始反驳。

"不对，是黄色的。"

好不容易安静下来的孩子们又开始吵嚷起来。狐冢有些担心，但月子对此习以为常。她故弄玄虚地问孩子们："哎呀哎呀，到底是什么颜色呢？"

"古利和古拉做的蛋糕是什么颜色的呢？老师家里做的蛋糕啊，根据烤的火候不同，有时是茶色，有时是黄色，但都非常好吃哦。"

她说完后，孩子们又一下子安静下来，聚精会神地看向老师。

月子继续读绘本。

"没错，做蛋糕的古利和古拉可不是小气鬼，他们要请大家吃蛋糕。"

月子对孩子们说："大家安静点儿。"然后将食指举到嘴前，做出了个"嘘"的手势，示意大家安静。她手上蓝色的指甲十分显眼。

她轻声说道："等一下啊。"

绘本上也有"等一下"这句话，可见这是她的有意安排。月子低下了头。有一个孩子"哈哈"地笑了出来，看上去并不是为了刻意回应月子。看着眼前的场景，狐冢觉得自己也露出了笑脸，他在心里说，"真不愧是月子"。

月子把绘本合上，吸了一大口气，向孩子们大声说道："好了，蛋糕做好了。"

然后又把绘本翻开。只见书上画着已烤好的黄色蛋糕，那蛋糕在平底锅里膨胀起来，看上去既松软又美味。月子继续把绘本读到最后，一直读到古利和古拉把蛋糕吃完，还把剩下的蛋壳做成了小车。

读完绘本后，她灿烂地笑了起来。

"蛋糕看起来真的很好吃啊。"

月子的声音中充满感动之情。几个孩子听了，同时点了点头。

今天是月子所在专业的实习发表会。为了获得幼儿园教师证，学生们需要在D大附属幼儿园进行为期一个月的实习。实习结束时，学生们要将自己设计的保育计划加以实践，并接受所属小组教授的评价。

做发表的学生可以邀请小组同学或朋友来参观。狐冢昨天在家里接到了月子的邀请电话。

"怎么这么突然？"狐冢问，"临到发表会了你才邀请我，这要是一般人可排不出时间。为什么不早些告诉我？"

月子在电话那头语速飞快地道了歉："抱歉，实习忙得我手忙脚乱，完全把孝太给忘了。"

"是因为忙才没叫我的？"

面对狐冢的追问，月子毫不犹豫地做出了诚实的回答："嗯，我忙得很开心。实在是太开心、太幸福了，所以最近完全把你忘到脑后了，只依稀记得还有你这么一个人存在。"

《古利和古拉的蛋糕》。狐冢很熟悉这本绘本，小时候就看月子读过好几次。现在，呈现在他们眼前的蛋糕软绵绵的，看上去很美味，是孩子们心中憧憬的美食。不知道实际吃上去会是什么味道呢？狐冢恍惚地想着。突然，面前的月子表情一变。

"哎呀！"

月子合上书，夸张地歪着头，又说了一次"哎呀"。她轻轻吸了两次鼻子，发出细小的声音，好像在分辨闻到的味道。

"哎呀，好奇怪啊。是不是飘来了一阵香味？"

月子又开始四下张望了，好像在找什么东西。孩子们也都一副茫然的表情，学着眼前的老师歪起了头。月子的脸上绽开了无比灿烂的笑容。她将绘本放下,把手伸进书下的桌子里。

"好,蛋糕应该做好了吧?"

等到月子把手从桌子里抽出来时,只见她的手上捧着一个大盘子,上面摆了好几层烤饼,颜色与书里的蛋糕一模一样。

"蛋糕做好啦!"

略停顿片刻后,孩子们爆发出欢呼声。面对这意想不到的设计,狐冢惊讶得吸了口气。

月子让大家排成一排,把事先切成刚好可以一口吃掉的烤饼递给每个人。看着孩子们嘴里塞得鼓鼓的,狐冢突然感受到一束视线,带着与自己的视线相同的温度。是秋山教授。

秋山也注意到了狐冢。他看着被欢闹的孩子围住的得意门生月子,微笑起来,脸上写着"真不愧是月子"。

狐冢苦笑,他也不知道自己为什么会觉得有些抱歉,并对秋山低下了头。

是啊,真不愧是月子。她竟然做出这种不合常理的举动,真是给您添麻烦了,实在非常抱歉,阿秋老师。

二

秋山一树是 D 大教育系儿童心理学方向的老师,年龄在五十五岁上下,留着一头很有艺术家气质的漂亮灰发。如果将头发好好打理一番,他看起来会是个很有魅力的中年男性。然而,他却总是任凭头发乱糟糟的,不花工夫收拾,常能在学校里看到他顶着一头睡乱的头发走来走去。他有些溜肩,又总穿一身灰色的旧西装。总体来说，给学生一种靠不住的印象，当然也怪他戴的那副镜框微微扭曲的眼镜。

"狐冢，你来了。"

秋山对狐冢打了个招呼，两人从喧闹的教室来到走廊。

"是的，昨天晚上月子突然打电话邀请了我。"

"这么突然，真是给你添麻烦了。"

"没有，我们才是，让您费心了。"

幼儿园的玻璃窗内侧贴着用彩纸做成的樱花树，十分有春天的感觉。从树和花瓣的缝隙中可以看见教室里的样子。

月子被孩子包围着，看上去依旧很快乐。在孩子们的小脑袋中间，有一个个子很高的女生站在那里。

她穿着淡粉色的衬衫，漆黑的直发在脑后扎成马尾，与月子的茶色卷发形成鲜明对比。化的妆也比月子的淡了许多。她的外表十分柔美，非常符合人们在听到"幼儿园老师"时想到的形象。她是与月子同专业的白根真纪。

"白根同学也来了啊。"

"真纪？啊啊。"秋山开口应道。真纪也是他的学生。

"她上个月恰好也在这里实习，似乎跟孩子们玩得很熟，大家都很亲她。"

"大家好像很开心啊。"

"是啊。"

秋山疲惫地歪了歪头。

"我带的这些小姑娘，都太认真了，简直到了让我烦躁的程度。她们对孩子的爱弄得我都要自惭形秽了。"

"您说这话是作为您个人，还是作为一名教育者？"

听了狐冢的提问，秋山夸张地耸了耸肩。

"是作为月子和真纪的指导老师来说的。看着她们把我教的东西记得那么牢，还两眼放光地对我说'我喜欢孩子，我要为他们考虑'，真的让我感到责任重大。面对她们，每次我都只能说'哦，是吗'来搪塞。"

"您可一定要有责任感啊。"狐冢笑着说，"她们可都是依照老师您的教导来做的。"

"好烦啊，真讨厌什么责任。"

秋山叹着气说道，也不知他这话里究竟有几分真心。他卷了卷手上用来写评语的本子。

"您是要根据今天的实习情况来对月子进行评价吗？"

"是啊。"

狐冢瞄了一眼教授的表情。

"我有些被她吓到了。"

"是吗？"

"正常情况下会做那种事吗？"

"肯定不会啊。"秋山毫不迟疑地答道，"我可没教过，大多数学生即使想到了估计也不会付诸实践。"

"是因为费事吗？"

"不是，因为会涉及很多问题。比如在进餐时间以外让孩子吃零食很不合适。这点你也能想到吧？"

"大概可以。"

狐冢透过窗户向教室里偷瞄了一眼，看到月子和真纪正一边抚摸孩子的头，一边慢慢地向教室外走来。

"是因为孩子们会觉得以后也可以在进餐时间以外吃零食吗？"

"嗯，没错。一次例外会造成很大的影响。"

"阿秋老师。"

这时，月子满脸笑容地应到秋山面前。秋山对自己的学生回以再温柔不过的笑容。

"啊，月子。"

"您看了吗？"

打过招呼后，月子一副忍不住想问秋山感想的样子。她似乎并没把给孩子发烤饼蛋糕这一意外活动事先告诉秋山。大概她在期待看到孩子的反应之余，也很期待看到秋山的反应。

"当然看了。"

秋山的声音突然变得比刚才和狐冢对话时要沉稳温柔许多。他把卷起的评语本摊平，换用右手拿好。

"真是很有阿月的风格，我很吃惊。"

"真的？"

"阿月想表达的东西我都明白了。肯定有很多孩子喜欢上了那本绘本，也会有一些孩子铭记今天'蛋糕'的味道。"

"记不住味道也没关系。"月子说道，"我倒希望他们把今天的味道忘掉，不要拘泥于记忆中的一种味道。只要他们记得吃了很美味的东西，我就满足了。这样一来，等他们长大之后，一想起小时候吃过'古利和古拉的蛋糕'，就会回忆起比今天这个蛋糕还要好吃数倍的味道。"

"对阿月来说，那是妈妈的味道吧？"

面对秋山的提问，月子微微牵起嘴角，用力地点了点头。

"您猜对了。我妈妈做的小蛋糕最好吃了。"

"烤饼是你自己做的吗？"

秋山边哗啦哗啦地翻着本子，边苦笑着问道。翻开的页面上有他轻轻写上的字，像一行行细线一样。月子看见其中一行写着"是真纪做的吗"，便看向旁边的真纪。真纪露出一脸不知如何是好的苦笑。

月子搪塞地笑了笑，说道："是我们一起做的。老师您也知道，我对掌厨没什么自信。"

"我当然知道。不会做饭也很像你的风格。月子你是由美丽的事物、时尚的事物和自己的意志与哲学组成的。你那么可爱，与实用的事物毫无关联，这点我很喜欢。"

听着秋山沉稳的声音，月子变得有些难为情。她咬着嘴唇说道："真纪做的点心特别好吃。"

"这我也知道，这是我喜欢真纪的理由之一。"

秋山总对学生说这种话——"很喜欢"、"真可爱"。他的表情和声线都很温柔，与和狐冢进行两个大男人之间的谈话时完全不同。狐冢最初听见秋山说"我带的这些小姑娘"时，觉得其他人听了搞不好会以为是性骚扰。而且据说现在秋山的研究小组里全是女生，虽然这是偶然的结果，但也微妙地具有代表性。现在他们小组的大四生只有月子和真纪两个。

至于为何至今都没人来找秋山的麻烦，原因恐怕在于他的性格和品质。他身上有一种即使说出那些话也能被原谅的奇妙气质。另一个原因可能是因为他的话令人感觉不到真心。他温柔甜美的称赞中没有任何真情实感，听上去莫名地缺少人情味。

秋山继续说道："……好了，孩子们很高兴，我看了也很高兴，很喜欢。但是，我想听听，你是不是有什么要对我解释的话。"

"有两点。"

月子立刻回答。秋山满意地点了点头。

"好，我听听。"

两人的对话一直带有一种独特的节奏感。他们之间的谈话不是单纯的沟通，而是在享受语言游戏的同时顺便交换意见。狐冢很喜欢看他们两人对话。

"首先，今天孩子们还没有吃零食，从现在起才是吃零食的时间。"

"嗯。"

"我在发蛋糕前已经向班主任和幼儿园的营养师取得了许可，他们确认了，如果是一口大小的蛋糕的话，孩子们可以吃。之后我又判断，把吃零食的时间调到读完绘本之后，应该不会使孩子们对吃零食的时间产生认知上的改变。"

"好。"

秋山没有发表意见，只是低下头，点了一点。月子吸了口气。

"也许有人会问，孩子们以后会不会认为，只要读绘本就会有蛋糕吃。我认为孩子们的想法不会如此简单。通过这一个月的实习期与他们相处，我判断这些孩子不会这样想。他们知道今天的事只在今天发生，不会期待明天也发生同样的事。"

"我明白了。那第二点呢？"

月子张开手指，向秋山展示自己的蓝色美甲，两手无名指上画着刚才狐冢看到的银色月亮和星星。

"在实习期间的某个星期日，我为了转换心情画了指甲，结果周一忘了卸掉，却得到了一个孩子的表扬，园长和其他老师也没有表示不满。第二天我把指甲卸掉了，孩子们却评价说'好无聊'、'明明那么好看'。"

"孩子的母亲看到过你的美甲吗？"秋山脸上带着沉稳的微笑问。

月子摇了摇头。

"没有，没有机会给她们看。"

"这是一个问题。但我只会针对阿月的保育工作进行评价，所以你的指甲颜色对我来说没有关系。"

"谢谢。"

月子的表情缓和下来。秋山说了句"给我看看"，抓过月子的手仔细地看了起来。

"真够行的，为了周日一天转换心情，竟然能费这么大的功夫。这是你自己的真指甲吗？"

"我也会贴假指甲，不过今天用的是自己的指甲，所以有点短。"月子点点头说，"每当我把指甲做得漂漂亮亮的，就会很有干劲。早晨起来若懒得化妆，只要想想指甲这么漂亮，就会觉得脸上也要化得漂亮，才能配得上指甲。这样一来，我就会打起精神，心情舒畅，连写实习方案都觉得有趣起来。"

"嗯，你知道对自己来说什么是必要的，我觉得这点很好。"秋山赞同道。

就在此时，一位穿着围裙的年轻女子从教室里伸出头来，叫了声"老师"。她应该是这个蓝色小班①的老师，胸前别着一个樱花状的胸牌，上边用平假名写着"佐野老师"。

听到她的叫声，月子抬起头。佐野老师冲狐冢和秋山微微低下头，又转向月子说："吃零食时间过后就该开回家前的例行会议了，您得进教室了。"

"好的，非常抱歉。我马上回去。"

月子答道，随即终于把视线转向了狐冢。她微微笑着，显得有

---

① 日本的幼儿园的班级都有各自的名字，这里的班级叫作"蓝色小班"。

些抱歉。

"抱歉，我得走了。孝太，真谢谢你来。"

"嗯，我很开心。"

月子又对秋山说："也谢谢阿秋老师了，其他部分我会改日再好好向您讨教。"

"知道了，我会好好总结想对你说的话的。感想和意见等到下次再说，这次先告诉你，我给你打了个 A。"

月子听后绽开了笑颜，小小的、整齐的门牙全都露了出来。

"我好开心，谢谢您。"

月子最后向真纪深深地鞠了一躬。

"真纪，真是太谢谢你了。实习结束后我请你吃点什么吧。"

"我没做什么啊。"

真纪看上去既像在害羞又像是无所适从。

月子向三人挥手道别后，又回到了教室里。在月子拉开门进入教室时，传来了班主任佐野老师对孩子们说话的声音："好了，大家听我说。"她击了两次掌。

"我已经反复提醒过大家，却还有同学到那个'闹鬼隧道'去玩。不能去那里玩，老师都说了多少次了？有谁记得为什么不能去那里玩？"

"因为很黑！"

"因为很危险！"

孩子们答道。无意之间听到的话让秋山眯起了眼，他小声说道："'闹鬼隧道'？"

秋山看了看狐冢，又看了看真纪。

"那是什么？"

"啊，您知道附近的户仓地区有个废工厂吗？就在市办住宅区附近。"真纪回答道。

秋山点了点头。

"我不知道废工厂，但我知道那个住宅区。"

"对。就在那附近，有一条已被弃用的连接工厂和城市的道路，路底下是一条隧道。几年前，那里发生了一起歹徒伤害路人事件，您有印象吗？"

"好像有，又好像没有。"秋山苦笑着说道，"那是我来D大以后发生的事吗？"

秋山是五年前把研究室从东京某所大学搬到D大的。真纪深深地点了点头。

"我确定您那时已经来D大了。当时有女生遭到歹徒袭击，被掠夺了财物并被杀害了。"

秋山皱起眉。

"真是不太平啊。"

"那之后，隧道旁边的工厂前就筑起了围墙，禁止闲人入内了。现在已经没有什么人再使用那条隧道，废弃的工厂也变成了垃圾堆。之后每次有类似案件发生，就有流言说是隧道里被杀的女生幽灵作祟，于是那条隧道就被称为'闹鬼隧道'了。"

"是吗……"

"附近的孩子都喜欢去废工厂'探险'，他们经常翻过写着'禁止入内'的围墙跑到里面去。尤其是在有了'闹鬼隧道'的传闻后，事态变得更加严重，'幽灵隧道'变成人气游乐场。承包工厂管理的公司似乎已长期放任那个烂摊子不管了，完全没有进行清理工作，随处都是玻璃碎片，非常危险。附近的幼儿园老师和小学老师都对这个问题非常头疼。"

真纪叹了口气。

"也许只能等到真有人受了伤或出了事以后,那些孩子才会不再去那里玩。唉,要真是这样,在我教的孩子受伤之前,快点儿出事吧。"

"会有别的孩子成为牺牲品啊。"秋山笑着说道,"像白根真纪这么喜欢孩子的人,能允许这种事发生吗?"

"反正又不是我认识的孩子。"

真纪做出一副理所当然的表情,显得一派纯真。秋山笑出了声。

"原来如此,真有意思,看来我不用再那么烦躁了。"

"烦躁?为什么?"

"为了真纪你那认真得闪闪发光的眼神啊。"

真纪在一瞬间露出惊讶的神情,随后似乎决定把这席话抛在脑后。

"这是阿月给您的。"她拿出一盘孩子们剩下的"古利和古拉的蛋糕"。

黄色的烤饼吃起来是令人怀念的味道。

三

真纪点了红茶,狐冢和秋山点了咖啡。

这家咖啡店位于D大附属幼儿园旁边的商场里,似乎不太有人气,或许是因为价格比快餐店贵,内部装潢又很昏暗。刚才秋山建议"去哪里喝点儿茶吧",于是狐冢他们就选了这家店。虽然曾路过这家店好几次,但今天还是第一次进店。店里摆着很多古董,应该是店主的爱好。店里有一股木头的味道，而且没有播放任何音乐。在最显眼的位置贴着两张完全相同的海报，上面写着"Blythe马戏团—预定十月公演"，画着穿着有金属装饰衣服的大象和似哭似笑的小丑，跟这家店的装潢微妙地相配。

秋山与狐冢第一次见面是在上野。

具体说是在上野公园的入口附近，那天狐冢和月子约好一起去美术馆。国立奥地利美术馆正在展出克里姆特的代表作《接吻》，那是月子最喜欢的画家。为了去看画展，月子约了狐冢和与狐冢同属一间研究室的木村浅葱。快出发时她又问可不可以再带一个熟人去，那个熟人就是秋山一树教授。

狐冢当时完全不知道月子说的"熟人"是谁，因此，当在公园入口看见秋山时，他吓了一跳。虽然狐冢是工学系的学生，但也知道秋山这个人物。教育系的秋山一树教授是儿童心理学界的大明星。他很会说话，经常被请到校外当讲师，还常常出现在电视上，对残忍的少年犯罪案件或残酷的虐待儿童事件进行解说。人人都说"既然交了学费上D大，即便是为了积攒以后与人聊天的谈资，也最好听一次秋山一树的课"。他的声誉很高，可以说声名远播。

狐冢的脑海里首先浮上的问题是"究竟是在什么时候"听说秋山热爱写书和读书，很不喜欢带学生，他的研究小组里根本没几个人？月子究竟是在什么时候和他结成可以把他约到上野的关系的？狐冢和浅葱两人一起到达公园时，秋山已经坐在椅子上，读着一本薄薄的新书了。而最重要的人物月子却迟到了。

狐冢不知是否要与教授搭话，只得原地滞足不前，与教授隔开一段诡异的距离。浅葱倒是什么都不怕，他向秋山走近一步，干脆地问:"您是月子的朋友吗?"

秋山闻声抬起头,微眯起眼看着浅葱,仿佛在看什么耀眼的东西。

"你就是阿月的……啊,原来如此,嗯,我该叫你狐冢吧?"

"不,我叫木村。狐冢是那边那个人。"

浅葱的声音听上去坦承到近乎失礼的地步。狐冢的反应慢了半拍,他呆呆地低下头,说了声"您好"。

"那个女人真够行的。"

狐冢听见浅葱小声说着,对此他也举双手赞成。秋山合上了书,看上去很清楚自己的存在感对这两名青年的影响。

"月子应该不要紧吧?真让人担心,她可是个严重路痴啊。"秋山说道。

他看向公园入口处,寻找月子的身影。狐冢从来不知道月子是路痴,虽然他早就认识月子了,却没发现这一点。秋山看上去是一副真的很担心的样子。

"我真的很担心她。"

"月子是路痴吗?"狐冢迟疑地问。

秋山表情不变地点了点头,说:"嗯。"

"优秀的人肯定是路痴。我认识的聪明人都是如此,我自己也是。"

说罢,秋山偷瞄狐冢的脸问:"狐冢同学不是路痴吗?"

狐冢和浅葱面面相觑。浅葱突然短促地笑了一声。

"秋山老师,您真有趣。"

隔了半拍后,狐冢也表示有同感。在这一瞬间,他们都对这个满不在乎地说着奇特想法的人产生了好感。

十五分钟后月子来了,四人一起参观了克里姆特的画展,画上金箔的色彩之美令他们至今难忘。那天过得很快乐。

自那以后,秋山、月子和狐冢就保持着大约每月一次的频率见面。

"狐冢今年该研究生毕业了吧?以后打算怎么办?要读博士吗?"

"嗯……我至今为止一直随心所欲地做自己喜欢的事,给父母添了不少麻烦,毕业后还是找工作吧。"

"现在找工作有些迟了吧?"

"是啊,但据说我们教授有熟人,可以介绍不错的工作给我。而且是夏天过后才会招人,所以不用担心。眼下状况如此不景气,这真是难得的好机会啊。"

"虽然我没想夸你,"秋山吸了口烟,微笑着说,"但狐冢你适合学习,还是继续做研究的好。"

说完又加了一句:"我没在夸你啊,这可不是什么好话。"

"我知道,老师。"狐冢苦笑着说。

研究工作确实有趣,所以才应该做到这里就结束。他在上研究生二年级时就已经下定了决心。

一位看上去很像D大学生的女服务员把饮料端了上来。真纪一边把饮料拉近自己,一边问狐冢:"狐冢同学已经不考虑去留学了吗?"

虽然狐冢与真纪的关系已经好到可以随便闲聊的地步,但真纪对他说话的方式从未改变。她对狐冢一直用规矩的敬语,还管他叫"狐冢同学"。为此月子总是噘着嘴不满地说"叫他'孝太'就好了",有时还会鼓起脸,生气地表示他们俩的关系应该再好一些。

但狐冢对真纪表现出的这种不显得过分亲密的距离感很有好感。真纪继续说着刚才的话题。

"那是两年前的事吧？那时月子以为狐冢会去美国，还下了很大的决心呢。"

"她跟你商量了？"

"跟我倒没怎么说，但好像跟紫乃聊了聊。她跟我说，虽然对紫乃说了那件事，可紫乃完全没回应她。"

真纪笑了。

"啊，那次的比赛被那个'i'搞得乱七八糟的，结果到底如何？还会有类似的比赛吗？"

"'i'是什么？"

面对秋山的提问，狐冢答道："啊，老师您不知道啊。那可是D大，尤其是工学系里的神秘话题呢。您没听月子提起过'梦幻天才学生'的故事吗？"

"好像听过，又好像没听过。"

秋山暧昧地回答，和刚才对"闹鬼隧道"的答复一样含混不清。

真纪吃惊地说："我听老师和月子说起过这件事啊，您忘了吗？就是那个由关东地区的几所大学共同举办，大奖是去美国留学的比赛啊。"

"啊，塞拉大学？"

狐冢点点头。

"对。从投稿的论文中进行选拔，最优秀奖获得者可以去旧金山留学，然而最终得到最优秀奖的却是篇匿名投稿的论文。据说那篇论文是通过邮件发过去的，填写的住址和电话全是假的，用于发件的邮箱后来也被废弃了。作者自称是C大的学生。"

C大是东京一所著名的私立大学。

狐冢继续说道："我们不是都会在大学入学时从所属学院领到

一个专属邮箱吗？就是那个'@'符号前是自己的学号，后面是D-universe的邮箱。C大的学生也会在入学时得到一个含有自己学号的邮箱，那个作者就是通过这种邮箱发去论文的。但是后来调查发现，这个学号的主人根本不存在，学校从未注册过那个邮箱。这个邮箱在校方不知道的情况下被一个并不存在的学生先注册后废除了。"

"那位投稿者用的匿名是一个小写的拉丁字母'i'。"

秋山叹了口气。

"评审员居然打算把最优秀奖颁给他啊。"

"这正说明他的论文真的是我们都无法匹敌的优秀。我为那次比赛付出了很多努力，当时也难以释怀，觉得匿名投稿应该从一开始就失去参赛资格。但读过那篇论文后我就释然了，会输也是理所应当的。我想，即使抛开选拔留学生这一目的，评审员们也很想知道究竟是什么人能写出那样的论文。"

"而且，"狐冢苦笑着继续说道，"据说那些觉得自己学校的学生没有胜算的评审，大多都把票投给了'i'，大概是因为评审员都想让自己大学的学生得奖吧。不过话虽如此，我们的阵内老师也是支持'i'的一员。他说不想为了支持我们而违背自己的意愿。"

"你的论文和'i'的有什么不同？"

"那场比赛的要求是跟情报有关的论文，可以从广义上来理解，所以参赛论文的内容五花八门。我是以'对话'为题，木村是以'感情处理'为题。我们当时还是大学生，所以觉得只针对一个专业领域埋头苦写似乎不太有利。

"评审老师们读过的一线论文数不胜数，肯定不喜欢夹杂着拙劣专业知识、耍小聪明的文章。虽然我选的'对话'题材里只包含一些浅显的专业知识,但我觉得必须尽量把它写成一个抽象的、范围较大的题目。这是我的好学生式结论。我害怕失败,于是写了一篇虽与优秀无缘,但可以得到良好或及格,绝不至于不及格的论文。只要读一读我的那篇论文,便可以看出我内心的虚荣和逃避。"

"嗯。"

"'i'选的题目是情报管理,他的文章清清楚楚,是一篇无可争议的优秀论文。那篇论文以指出电子情报的危险为开端,对近年来人们广泛关注的电子情报安保管理和防范黑客对策进行了嘲讽,最终得出的结论是,一切措施都是枉然。虽然我并不喜欢那篇论文,也不赞成它的结论,但它确实大胆而优秀。诚然,文中有很多经不起教授和专家们推敲的知识和想法,但作者的优秀之处在于,为了表达自己的主张,不怕展示自己知识方面的不足。在《个人情报保护法》已确立的今天,他依然敢选择这个题目,不得不说非常大胆。连那些平时十分保守的院系老师,这次也接受了这一选题,您可以想象他的论文有多么优秀了吧?

"此外,他编写的几个具体的破解程序也被公布了出来,那些同样是以我的实力根本无法与之较量的优秀作品,恐怕连现在已是研究生的我也望尘莫及。虽然我可以以论文涉及的专业领域不同来安慰一下自己,但即便是现在,我也无法写出那样的论文。

"我虽然不是这方面的天才,但分辨天才的基本能力还是有的。当时我觉得他真的很厉害,最后我和木村都输得心服口服。"

"木村也……"

"很意外吗?"

秋山无言地点了点头,喝了一口黑咖啡说:"我难以想象他也有输的一天,他是不是很不甘心?有没有流泪?"

"没有。"

狐冢笑着摇了摇头。这一瞬间，他试着想象了一下木村浅葱流下悔恨的泪水的样子，却怎么也想象不出来。木村实在不适合那种样子。

"他十分干脆地接受了，表情淡淡的，看不出一丝不甘，只说了句'那篇论文你看了吗？真厉害。那真的是大学生写的吗'，很像木村的风格。"

"嗯……但确实……那真的是学生写的吗？"秋山冷静地问道，"那样优秀的论文会不会是哪个大学的副教授、教授或者专家写的？"

"虽然现在无法确认，但应该不会。当地的一名教授调查发现，那篇论文是从C大图书馆的电脑发来的。C大的图书馆严禁无关人员出入，入馆须在入口处刷学生卡。"

听上去还是有机可乘。

"与我们学校一样，C大的学生在使用C大图书馆的电脑时必须出示学生证。虽然实际管理很松，但确实有这样的规定，就像我们学校规定老师使用电脑时要将教员证插到电脑旁的专用盒里一样。"

"我没用过。"

秋山笑着摇了摇头。

狐冢继续说道："卡上能读到的情报很少。现在的技术太落后，无法辨认个人号码，只能识别来人是否是本校的学生或教职员工。"

"当时'i'使用的电脑通过了C大学生卡的认证，并不是教员证，而是大学生或研究生的学生卡。不过那张卡也有可能是借来的，或是别人丢的。况且对'i'来说，做些手脚让电脑将他识别为C大的学生也不是什么难事，所以不能凭这点来断定'i'的身份。

"而且，若他真的是C大的学生，为什么还要特地这样做呢？

他明明可以不用图书馆的电脑，而用其他电脑发邮件。

"此外，我觉得也不是教授、副教授或专家做的。原因是，除非他们做了某C大学生的代笔人并收了好处，否则匿名投稿对'i'没有任何益处。说真的，他投稿的目的到底是什么呢？"

"是出于自我表现欲吧。"秋山一手拿着咖啡杯说，"这是人类的一大欲望。人类想要生存下去是很困难的，这种生物聪明得过了头，抱有太多无谓的欲望。

"他成功了，评审会选择了理应被剥夺资格的他。这样一来，他便可以藐视像你们这种努力的学生，这对他来说是一大回报。禁忌的事物有令人无法抗拒的魅力，例如藐视他人和怀有优越感这类不该做的事，只要做过一次就会上瘾。如果真是这种情况，那么专家是不可能因为战胜学生而产生优越感的，所以可以推出，'i'应该是学生。"

听了秋山的话，狐冢苦笑道："我也不清楚。也许是，也许不是，大概只有'i'本人才知道真正的动机。当时'i'的身份成了大家热议的话题。虽然正常情况下应该是C大的某位学生，但大家都有些兴奋……我一开始怀疑'i'是木村，他是我认识的学生里最优秀的。如果是他的话，应该可以在完成自己的论文的基础上再完成一份论文。也许其他学生和我们的教授也这样想过。当时就有一个研究室的前辈问木村，他是不是'i'。

"木村像平时一样沉稳地笑着，说：'没错，就是我，前辈。'虽然他暧昧地承认了，但我至今还不知道那究竟是真是假。"

"还有传闻说'i'是C大的跳级生。"真纪喝了一口红茶，从容不迫地说道。

她所说的"跳级生"是指通过了"跳级入学考试"的人，这是

C大学理学系和工学系几年前开始实行的以高二学生为对象的考核，合格者将跳过高三，直接从高二升上大一。此项考试的目的在于培养面向世界的年轻科研人员和技术人员，每年会选拔出三名左右的合格者。据称，这些人在大学毕业之后不是进入像T大那样有名的大学里读研，就是拿着优厚的待遇，在研究先进技术的企业研究室里工作。"跳级入学考试"在全日本仅有C实行，是个崭新的尝试。

"那些孩子非常聪明，要是没有跳级考试，应该就不会上C大了。他们能轻易通过难度很大的资格考试，连海外的名校也可以直接考入。我倒是觉得他们挺可惜的。高中生活比别人少了一年，真可惜。为什么要'跳级'呢？"

"唉，因为可以得到最高待遇啊。听说学校会给他们每个人配备两位导师，他们刚入学就能在那种环境下学习。"

听了狐冢的话，真纪皱起眉说："狐冢你竟然说那是'最高待遇'，真让我钦佩。一入学就立刻被两位教授围住？要是我，早就跑得连鞋都不要了。"

"我听说有很多人质疑跳级一年究竟有何意义……但是，也许对那些从周围脱颖而出的孩子来说，还是有某种意义的吧？"

"我曾经在研究会上遇到一名跳级到C大的男生，是个非常好的人，既聪明又有干劲。我想，他没有依照常规路线参加大学考试的原因，是想提早一年看到外面的世界吧。"

狐冢边说边想象真纪跑得连鞋都不要了的样子，觉得十分好笑。她的个子很高，跑步的样子一定很好看。

"'i'，真是个简洁的提示。是不是姓名的首字母？"秋山嘀咕着，"或者代表汉字。比如爱情的'爱'，或是蓝色的'蓝'。"

"如果是英语,'i'就是'我',但必须是大写字母,所以应该不是。"真纪说道。

"相反,要是从小写字母推断的话,数学中表示虚数的'i'必须是小写字母。"

"还有可能是英语的'eye',是眼睛的意思。它的发音与'i'相同。"

听了真纪和秋山的猜测,狐冢耸了耸肩,喝光了杯里剩下的咖啡。

"评审会要求'i'在三个月之内表明身份,但他始终没有出现。留学的名额最终不了了之,颜面尽失的主办方再也没举办过这种比赛。"

"留学的名额没有顺延给第二名吗?第二名是谁?是狐冢你吗?"

"很遗憾,不是我而是木村,但木村没有接受留学名额。他说他只在乎自己论文的结果,对副奖什么的没有兴趣。似乎是对接受他人放弃的奖品有抵触心理吧。被木村拒绝后,大赛举办者的热情完全被浇灭了,留学的名额也就没再顺延给第三名的我。"

最终也没人知道"i"的真实身份,大概永远也不会有人知道了,真是一件憾事。狐冢感到有些寂寞,因为知道这世上有些事自己无论如何也无法明白而受到了一些打击,虽说他对"i"的真实身份其实并没有太大兴趣。

因为比起知道是谁的自我表现欲在作祟,还是想象梦幻天才学生之谜比较有趣。

"说起来,刚才说到的'闹鬼隧道'……"结完账走出咖啡店时,狐冢突然想起了什么，说道，"我听说在我们学校的教育学专业里，有间教室被称为'闹鬼教室'。据说有个男生因教师资格考试失利而自杀，他的幽灵会在那间教室里出现。这是真的吗？"

"有那种传闻？但我觉得是假的。"

秋山看上去很平静，摇头的动作却很坚决。

"因为我从没见到过。"

"是吗？"

这个传闻是从谁那里听到的来着？不是月子，也不是真纪。是很久以前的事了。

"也许考试失利这点是我记错了，也有可能是因失恋而自杀，或是因恋人遭遇事故受了打击而失踪了。闹鬼传闻中的幽灵一般不都是女生变的吗？可这次是男生变成了幽灵。这种例子很少见，所以我记住了。

"应该是我们研究室里的某个人跟我说的。当时讲得非常具体，我记得连门牌号都告诉我了。"

"你说的也许是我们上小组课时用的教室，但是我觉得那里没有幽灵。"

真纪突然插了一句话。咦？狐冢不可思议地回头看向她。她说话的速度很快，好像在回避什么。

气氛变得有些尴尬，似乎该结束这个话题了。

虽然真纪在冲狐冢笑着，但可以看出她很在意站在狐冢旁边的秋山。她仿佛在暗示狐冢不能在老师面前，也不能在她面前提这个话题。她脸上生硬的假笑已经快要变形了。狐冢吃了一惊，因为不知为何，她看起来像是快要哭了。

"对了，白根同学，上次的演奏会真是太棒了。"

秋山突然说道，仿佛根本不在意狐冢会不会感到不自然。他看了看真纪，又看了看狐冢。

"狐冢你去了吗？真纪吹圆号吹得可好了。"

"……嗯，我去了。"

真纪是D大吹奏乐团的一员。上个月，狐冢和月子一起听了在市民大厅举办的乐团演奏会。秋山满意地笑了起来，又像是提醒狐冢一般加了一句："如果没有经过长年累月的努力，她是不可能演奏得那么出色。我真是太感动了。"

"老师，您能在演奏会上听出哪个是我吹的声音吗？正常情况下可是听不出来的。"真纪笑着说。

狐冢发觉她安心地吐了一口气。

狐冢并不想让真纪感到困扰，于是止住了话题，专心回想起圆号的音色。"我也很感动。"他对真纪说道。

四

"今天木村浅葱来了，你知道吗？"

与秋山分开，只剩下狐冢和真纪两个人时，真纪突然问。两人正在送真纪去车站的途中，狐冢听了这话吃了一惊，他看向真纪说："……什么时候？"

"什么时候？就是月子读绘本的时候啊。在幼儿园的教室里。"

真纪小声说着，柔和地笑了起来。她也看向狐冢。

"看你这个样子，果然没发现他来了吧？我就站在月子旁边，面对着孩子们，所以发现了。狐冢你背对着他们，所以没看见。"

"真的没发现。"狐冢边叹气边说道,"木村吗……唉。"

"他在月子读绘本时悄悄地溜了进来,又在月子端出烤饼时悄悄溜走了。是月子请他来的吧?月子读绘本时,他一直在一旁静静地看着。"

真纪盯着狐冢的脸,忽然笑出了声。她的笑容显得有些寂寞,却依旧温和而恬静。

"因为木村看上去不是和狐冢一起来的,所以我有些在意。"

"是吗……木村也真是的,都不跟我打声招呼。"

"因为当时月子正在读绘本吧。"

车站就在眼前了。

"那就在这里道别吧,谢谢你送我。"

"没有,我才应该谢谢你来。"

狐冢说着说着,忽然回想起在幼儿园教室里秋山对他说的那句"这么突然,真是给你添麻烦了"。秋山向狐冢道歉,而狐冢向真纪道谢,大家都以这样的方式包庇纵容着月子。真纪也曾经因月子的失礼而向他人道歉吧。要是果真如此,对方最好是阿秋老师,这样就可以形成一个循环了。

"白根同学!"

就在真纪的身影即将消失在车站检票口时,狐冢叫住了真纪。真纪回过头。狐冢一瞬间不知该说些什么,但还是顺势喊道:"今后也请多多照顾月子!"

狐冢自己也不知道为什么会说出这种话。真纪听后开心地笑了起来,她把手放在嘴边,大声回答道:"好的!"

狐冢挥了挥手,真纪也对他挥了挥手。真纪那又白又长的手臂左右挥动,显得非常美丽。

五

又做了那个梦。

那是个不好的梦，会使胸口感到非常痛苦。有时自己会边哭泣边睁开眼，有时会因心脏激烈跳动而突然惊醒。自己心里明白，那天的记忆已深入骨髓，想忘也忘不掉。明明不愿主动回忆，梦境却总是将那天还原再现，连细节都分毫不差。

蓝色的光忽明忽灭。

他仿佛正透过一张蓝色的滤纸看一个鲜红的世界。喉咙好热，非常热。他小小的手掌上满是温热的血，铁锈的味道直冲到脑子里。眼睛和鼻子好疼。在这个没有光的地方，手掌里不是红色，而是深深的蓝色。

蓝，快跑。蓝，快跑。蓝，快跑。蓝，快跑。求求你，蓝，快跑。

孩子从喉咙深处挤出含混不清的声音，将这句话重复了一遍又一遍。他尚未过变声期，声音高昂而尖锐。他的鼻子里传来一股家中的树木的味道。嗅觉的记忆总是很鲜明。那新种的树的气味和血及铁锈的气味，将记忆重现。

在黑暗中，他缓缓地站起身，梦境总是从孩子的房间开始。两张床，两张书桌，两个双肩背包。房间里的一切物品都是一对。在他身旁睡觉的哥哥不见了。床上的被子还保持着刚刚有人在里面时的形状，可往里看去，却空无一人。他走出了房间。

他走到走廊，看到一间屋子的门微微开着，一道黄色的光倾泻在昏暗的走廊里。那里是母亲的卧室。

"蓝，你在哪儿？"

他呼唤着双胞胎哥哥的名字。他叫他"蓝"。

"蓝。"

他拉着睡衣的下摆，走向透出光线的房间。怎么办，蓝不见了，蓝不见了。

哥哥和自己从出生时就一直在一起，他们拥有同样的脸，同样的身高。他和哥哥是"同样的人"。当他得知周围的人并没有像他一样拥有"同样的人"时，感到惊讶万分。对他来说，"两个人的存在"是天经地义的。他无法想象失去哥哥蓝，即失去另一半的自己的生活。

现在去哪里都找不到"哥哥"了。

他推开母亲卧室的房门。门缓缓地打开。

"蓝……"

他走进母亲的卧室，定定地站在那里。母亲在沉睡，眼睛却张着。她的两条手臂奇异地伸展着，手紧紧地抓住床沿。她身体上的所有地方，包括胸口、喉咙和脸，都被撕裂了。溢出的鲜血染红了被子和床。他明白，母亲已经不能动了。

啊，哪里都找不到哥哥。

他发出一声高亢的悲鸣，心脏像被猛抓了一把，急剧的不安袭上心头。蓝，蓝，你在哪里？

悲鸣的同时，他拼命地在身体的各个角落寻找痛感。如果哥哥遭遇了什么不测，自己的身上应该也会产生相应的痛苦，反过来说，正因为这点，自己不能受伤。他能感到呼吸急促而混乱，心脏也跳得越来越急，但并没有哪里疼。那么，哥哥身上到底发生了什么呢？还是说，自己和哥哥之间的联系已经完全被切断了呢？一想到后者的可能性，他就好想哭出声来。与哥哥断绝联系，这种事情是不能发生的。

"蓝，蓝，你在哪里……"

眼前是一片蓝色，有一本书摊开在母亲的床上。母亲很擅长弹钢琴，经常弹给他听，还让他随着伴奏唱歌，其中大多是童谣。对他来说，那些曲子一直伴随着对母亲的记忆，永远存在。

他一边哭泣，一边在梦境中不断找寻着哥哥。

六

赤川翼与"蓝"相遇在一个明亮的冬夜。

当时翼正从补习班回家。翼放学后的大半时间都在补习班里度过，从他十岁还上小学四年级时就如此。上小学时为了考中学而上补习班，考上理想的中学后又要为了考高中而上补习班。如今翼上了县里最好的高中，正在为考大学而上补习班。

今天公布了上个月的模拟测验结果，成绩烂透了，回家后肯定会被骂得很惨。翼咬着嘴唇，右手拿着装满参考书和习题册的书包，边走边甩来甩去。今晚几乎看不到月亮和星星，但住宅区的路旁每隔一段都有一盏造型时尚的街灯，将街道照得十分明亮。

翼抬头看向天空时，眼镜差点儿滑下来。翼高度近视，眼镜店里的镜片度数都不够，所以他每次买眼镜都要特别定制。他很瘦，脸很小，眼镜却又厚又大，大到超出了脸的轮廓，导致他稍一活动镜框就会下滑。

灯光打在翼的身上，在他脚下拉出一段长长的黑影。

就不能有什么好事发生吗？明天要去补习班，后天还要去补习班。我到底是为了什么而生的？虽然妈妈说上了大学以后就可以做自己真正喜欢的事了，但我连自己真正喜欢做什么都不知道。我很爱看漫画，也很爱看动画，但我不知道成为大学生后还能不能沉浸在主人公比自己小很多的幻想世界里。

翼来到了熟悉的公园。公园里的街灯比马路上的更大，照得公园里十分明亮。柔和却有力的灯光在一瞬间点亮黑夜，翼沐浴在光线下时并未察觉，凝视街灯时才发觉灯光明亮得刺眼。

翼吸了一口大气，像要将光线吸入体内一样。似乎如果不这么做，就会有什么起决定性作用的事情发生，自己身上将会发生起决定性作用的变化，会变得无可救药。这是绝对不行的。

翼怀着祈祷一般的心情做了一次深呼吸。

在我身上，就不能有什么好事发生吗？

突然有什么人出现在他视线的一端。翼停住脚步。

翼抬起头，那是个年轻的男性，两人之间隔着公园里的喷水池。那人虽说年轻，但应该比翼大，像是个大学生。翼眯着眼睛看着对方。喷水池对面的大型街灯放射出强烈的光芒，打在那人身上。他似乎没有意识到翼的视线，只是站在那里，直直地望着天空。

翼对他产生了兴趣，因为他的样子很像翼最近喜欢的漫画里的一个角色。那个角色是主人公的好朋友，性格稳重，遇事沉着冷静。翼觉得这个角色一定很受女生欢迎。但一想到女生会对那种徒有其表的男人兴奋地吵吵嚷嚷，翼就又对那个角色有些反感了。

男人只是仰着头，望着天空，纹丝不动，以同一个姿势凝望着天上的一点。

他在看什么呢？翼踮起脚尖，想追上他的视线。就在此时……

"喂。"

他突然开口。

"你……在做什么？"翼问道。

他若无其事地回答"在看月亮"。翼走到他身边，看着他的侧脸，发现他真的很像那个漫画人物，那个作者为了讨女生欢心而创造的人物。原来那个角色如果变成真人，会是如此地帅气。

"你能看见月亮吗？"

翼边将下滑的眼镜框推到鼻子上边问。他冲着翼微微笑了起来。

"今天看不见。真遗憾。"

"你是大学生？"

"嗯，算是吧。你呢？高中生？"

"对，刚上完补习班。"

"你家在这附近吗？"

"嗯。喂，你上的是哪所大学？"

"C大工学系。"

"好厉害，你很聪明啊。"

"没有。"

他苦笑起来。

"你今后肯定比我厉害，能上更好的大学。"

"不可能啊。"

翼叹了口气。一想起书包里那张模拟测验卷的分数他就发愁，连家都不想回了。

"今天课上公布了考试成绩，我考得烂透了。真是糟糕透顶。"

"真的？"

他夸张地眨了眨眼。这一举动虽然有些做作，却意外地很适合他。一般人这样做会惹人生气，但漫画里的角色这样做则会让人觉得理所当然，并予以原谅。

"能给我看看你的模拟测试卷吗？"

"可以啊。"

翼现在还不想回家。在公园发白的街灯下，翼把上个月的模拟测试卷拿了出来。对方接过试卷的那双手苍白得不似真人。

在把自己惨不忍睹的成绩给一个陌生人看时，翼竟然产生了一种那并不是自己的试卷的错觉。他无意识地看着公园地面上长长的影子。

对方突然小声说道："赤川，翼。"

听到自己的名字，翼抬起了头。对方的眼睛紧紧地盯着模拟测试卷。短暂的沉默后，他又小声地说了一次"赤川翼"。

"真是好名字。喂，你学习时快乐吗？"

"怎么可能！学的东西估计都用不上，真是无聊透顶。"

"即使这样也要继续吗？"

"是啊，真无聊。"

"你真的这么讨厌学习？想要让这一切结束？"

他的声音感受不到任何温度，令人感到不可思议。翼目不转睛地盯着他，他也抬头看着翼。这时翼才第一次发觉了自己的心声。

我想结束这一切。我对很多事情都感到厌倦。

翼回答的声音变得有些断断续续。

"今天……"

"嗯。"

"回家后，我的漫画和动画碟片会被扔掉。"

说完这句话，翼的喉咙下方突然开始变热。我是不是有哪里不太正常？竟然会对这种事如此反感，会因这种事如此受伤。

他静静地看着正在倾诉的翼。翼想着"啊，起决定性作用的事情已经发生了"，而且停不下来了。

"以前就发生过这种事。他们说如果你的成绩再下降，就把你屋里的漫画和动画碟片都扔了。一开始我以为是开玩笑，我以为即使是家长也没有权利那样做，可最后他们真的把那些东西都扔掉了。那之后，我为了不再遭受这种无理的对待，一直努力提高成绩。可今天，成绩还是下滑了。"

翼怀疑自己是不是脑子有问题。他自己其实也很清楚，只是漫画被扔，怎么至于这么伤心呢？那些东西你真的需要吗？总有一天你会厌倦那些东西的。

然而，现在自己对着一个素不相识的人，到底在说些什么呢？

"我，大概，受够了。"

"是因为你的东西被扔掉？还是因为你的心灵被他们践踏？"

对方口中的"心灵被践踏"完全说中翼的心情，翼其实可以顺着说下去，引出听者的同情。然而他却摇了摇头。

"还是有些不同。我虽然很喜欢漫画和动画，但并没有那么狂热。还没到心灵被践踏的程度。大概我只是……"吐息在冬夜里化为白色，"我想离开这里，去别的地方。我对没有家长就无法生存的自己感到羞耻。"

翼的吐息吹到了自己的眼镜上，大大的镜片上起了一层雾。

那人在翼面前沉默地站着。冬夜的气温很低，但在他的周围似乎感觉不到任何冷暖，仿佛他身上散发的空气能将周围协调平衡。

"很简单。"他开口说道，声音中有一种奇妙的沉静和安定感。

"想要结束某事，或做些超出常识的事情，其实是非常简单的。如果你想从这里离开，到一个充满魅力的地方去的话，我可以给你提供一个去处。"

他的表情在慢慢改变，脸上浮现出一个优雅而迷人的笑容，美得令人震惊。在这一瞬间，翼感到背后突然有什么冰冷的东西滑过，使他的胳膊上起了一层鸡皮疙瘩。

"结束往往来得仓促，令人毛骨悚然。赤川翼同学，你是个可造之材。要不要跟我玩一场游戏，由你来扮演宣布'结束'的角色？"

"……游戏？"

翼手臂上起了一层鸡皮疙瘩。"对，游戏。"他的声音依旧毫无温度，表情却很温和。翼脸上的大镜框又有些错位了。

"我的名字叫上原蓝。蓝是蓝色的蓝，很像女孩的名字吧？"

他边说边微笑起来。

结束是很简单的。

"蓝"重复道。

他将染血的眼镜静静地放在地上。"i"静静地闭上了眼。

厚厚的镜片一侧已碎成粉末。他在心中说着无法传达出去的话。好了，我已经踏出了这一步。这样可以了吗，θ？

眼前的灰色墙壁上布满了涂鸦。没有人给隧道里坏掉的灯换灯管，只剩下入口处的荧光灯这处唯一的光源，忽明忽暗地照着昏暗的地面。灯的两端还能亮，中间不行了。中端会不时"啪"地熄灭，又在下一瞬间亮起。忽亮忽灭的光好像蝴蝶振翅一般。

你发现这里也好，没有发现也罢，对我而言都无所谓。隧道的墙壁上画满了陈旧的涂鸦，其中有一行是他写下的字，已经是很久以前的事了。

"抱歉，浅葱。现在还不能与你相见。"

等到这一切结束。

他抬起头,边看着那行字边想着。等到这一切结束,我一定会去见你。在那之前,就让你我一起彻底憎恶这个世界,对这个世界展开复仇吧。

给 θ：

　　我在等你哦，下次该轮到你了。

　　下次的提示　春（　）秋冬
　　　　　　　缺少的是？

第二章 蝴蝶和卷心菜 ———

一

木村浅葱上小学时，老师要求班里的每个人养一只菜粉蝶幼虫。

这是理科课的作业。老师要求大家观察蝴蝶羽化的时期和幼虫从化蛹再到化蝶的过程，说着在黑板上画下了青虫的样子。老师先用绿色的粉笔轻轻地画了树叶，又在上面用力画上颜色比树叶更深的青虫。

她开口问道："大家知道这是什么叶子吗？这是菜粉蝶的幼虫最喜欢的食物。吃了这种叶子后，幼虫就会变大。这是什么叶子呢？"

"卷心菜。"

教室后方立刻有人回答。老师笑着说："没错，你知道啊？大家懂得真多。"随后在黑板上的叶子上方写下"卷心菜"三个大字，又回头看向孩子们。

"幼小的青虫们非常喜欢吃卷心菜，菜粉蝶妈妈知道这一点，所以会飞到卷心菜地产卵。好了，今天大家一起到旁边的农田里去吧。从今天开始，大家每人都要养一只菜粉蝶的幼虫。"

学校准备了方形的虫笼，边框是木制的，中间嵌着泛着铁锈的老旧金属网，网上还覆着一层薄薄的透明塑料。与孩子们通常用来放虫子的笼子不同，教学用的笼子又大又重，这是因为它们并不是用来保存捉到的虫子，而是用来培育幼虫的。笼子上的金属网能使幼虫变成蛹时有立足之地，功能相当于自然界中的树木。

孩子们都非常兴奋。大家把虫笼摆在靠窗暖和又能晒到阳光的位置，排成一排，看着自己的虫子。谁的青虫会第一个变成蛹呢？又是谁的蛹会第一个羽化成蝶呢？青虫们把卷心菜叶咬得全是洞，为变成蛹做着准备。不管是上课初期因为害怕虫子而哭鼻子的女孩，还是平日里对饲养动物没有一点兴趣的男孩，都在不知不觉中站成一排，频繁地往窗边的笼子里看去。

幼虫们吃的卷心菜由老师每天供应。大家每天早上把新的菜叶放进笼中，一到下课就观察菜叶的减少程度。每天都必须把青虫从笼子里放出来一次，让它们在尺子边活动。大家会在观察笔记上写下长度多少厘米，健康状况如何，等等。青虫看上去确实在长大，在为化蛹做准备。"快点变成蛹，变成蝴蝶吧。"大家都兴奋地想着，等待着那天的到来。

化蛹之前的幼虫胃口特别大。孩子们放学后用叶子将笼子的三分之一填满，等到第二天再一看，叶子已经被吃得精光。这个小小的身体到底是怎么吸进那么多卷心菜的？浅葱感到十分惊奇。

开始时只有一厘米长的青虫渐渐长到了两厘米，又长到了二点五厘米，绿色的身体两侧开始隐约出现浅浅的黄色圆点。这就是蝴蝶的模样吗？只是想想，浅葱就感到十分兴奋和欣喜。

青虫的肚子就是在那时裂开的。

最初只有三只。当大家注意到的时候，它们的肚子已经裂开了，许多奶油色的幼虫从涨圆的绿色肚子里蜂拥而出。将要化蛹的青虫以裂开的肚子为中心蜷缩成月牙形，孱弱地痉挛着。然后痉挛的幅度逐渐变小，频率也逐渐减少，每次间隔的时间越来越长，最终完全不动了。

从青虫体内钻出的幼虫们全部向着同一方向移动，开始结出白中带黄的、小小的茧，其他腹部裂开的青虫周围也出现了同样的情况。

青虫的身体分裂成两部分，留在了笼中。到了第二天，腹部裂开的青虫又增多了。

当黑色的小型蜜蜂在虫笼中出现时，已经又过去了数天。

这些蜜蜂明明不是我们抓来的，却在笼子中旁若无人地飞着。它们摆动着细长而透明的翅膀，伸展着纤长而华丽的腿，慢悠悠地飞舞。

此时浅葱饲养的青虫尚且平安无事，他每天都担心地观察着青虫的情况。他的青虫顺利地附在笼子的网上，结成了蛹。浅葱开心地盼望着蛹化成蝶的那一天尽快到来。当浅葱靠近观察浅绿色的蛹时，发现它似乎是透明的，轻触上去的手感很光滑。浅葱害怕稍用点力就会使它碎掉，于是用手指极其缓慢而温柔地抚摸着蛹。那是一个绿色的茧状物，当浅葱用手指描绘它的曲线时，会感到内部确实孕育着将要羽化成蝶的生命。

成蛹五天后，浅葱的蛹的背部开裂，内部成熟的生命破蛹而出。可出现在他眼前的却不是白色的蝴蝶，而是长着漆黑发亮的腿和眼睛的蜜蜂。与其他同学的相比，他的蜜蜂体形较大，像是别的品种，但细长的翅膀和漆黑的身体却一模一样。残留下来的背部开裂的蛹已经发黑，比起蜕下的空壳，更像是因被强制切开而导致内部胚胎死亡的尸体。

浅葱打开笼子，将蛹捧在手心。蛹已经死了，透明的汁液散发着青草味汩汩而出。蜜蜂发出巨大的振翅声飞来飞去，听上去仿佛在大笑。

简直莫名其妙。我们养育的到底是什么？这些幼虫难道不是菜粉蝶的幼虫，而是蜜蜂的幼虫？

最后班里只有几只虫蛹成功地化成了蝴蝶，但浅葱完全不记得它们羽化的样子。成功化蝶的幼虫仅有几只而已。

下一节课上，他们学到了"寄生"这个词。

老师们在不知不觉中将装有蜜蜂的笼子撤掉了。孩子们希望老师对情况进行说明，于是老师做了回答。

"也许有点难，但我会尽量简单地说明。"说罢，老师便开始解释"青虫小茧蜂"和"菜粉蝶"的关系。

老师略显难过地说："菜粉蝶的幼虫是青虫小茧蜂用来培育幼虫的食物。"她看起来似乎不知该如何解释，只能像履行最低限度的义务一般，简单地一概而过。

母蜂将自己的卵产在了青虫的体内。从幼虫阶段起，这只蝴蝶的命运就已成定数。无论它多想化蛹成蝶，吃了多少储备粮，它的身体注定要被别的生物占据。蜜蜂没有能力自己捕食，而幼蜂在成长时需要吃新鲜的肉，所以母蜂会在别的生物体内生子，因为这些生物不会腐烂，可以永葆新鲜。青虫变成了它们的食物，身体被啃噬，蛹化的能力被剥夺，但它们依然本能地抱有想要变成蛹的冲动，最终只能纠结地死去。

老师还说，那些成功地化成蛹，却在之后成为蜜蜂的青虫，应该是被青虫小茧蜂以外的蜜蜂寄生了。它们有可能采用了与青虫小茧蜂一样的寄生方法，也有可能是在青虫体内做了茧，一直寄生到青虫破蛹之前。浅葱的青虫就是一直被蜜蜂占据了身体。

青虫梦想着化蝶的那一天，不断地吃着卷心菜。母蜂则通过寻找菜叶上的虫洞来找到青虫，将卵产下。青虫大概直到身体破裂的那一天都不知道自己已成了蜜蜂的食物，在死亡的那一刻都无法理解是什么杀死了自己。

蝴蝶、卷心菜和蜜蜂，它们之间就是这样的关系。

二

今天距离赤川翼从和平的住宅区消失，已过了整整两周。

埼玉县入间警署的园田署长和坂本警视回头望向刚刚走出的白色新房，一位憔悴的女性孤零零地站在大门边。两个人转过头，沉默地坐上停在门口的车。

赤川翼的父亲经营着一家创立于埼玉县的连锁餐厅。那家餐厅广受好评，坂本去过很多次，他身边的园田大概也一样。一上车，坂本便将后座的车窗打开了一些，随后往上看去。白色的房屋和气派的铁门之间是一片绿色的草坪，当中还摆着一套洁白的桌椅，简直像外国电影里的道具一般。草坪间还有两台机器，之间相隔了一段距离，大概是庭院用洒水器吧。

那位呆呆地站在家门前的女性仿佛注意到了坂本的视线，缓缓地低下了头。她的嘴唇好像在开合，又仿佛在颤动。由于距离太远，坂本完全没听见她在说什么，但他敢肯定，她是在说"拜托你们了"。

这名女性是赤川翼的母亲。自从坂本接手赤川翼失踪案件之后，他们保持着三天见一次面的频率。坂本像往常一样对这位母亲恭敬地回了一礼，然后关上车窗，发动了汽车。

"你觉得那个小少爷什么时候会回来？"

车子刚一发动，车内就响起了空调的开启声，与此同时身边的园田署长向坂本发问了。在赤川家时，园田一直保持着惊人的沉默。如今刚一离开赤川家，园田就好像要把刚刚憋在心里的话全说出来一样。

"现在还不能完全否定绑架的可能性啊。"

听到坂本的回答，园田灰心丧气地发出了叹息一般的声音。眼下正值艳阳高照的正午，方才汽车一直停在向阳处，车里温度很高。如今才是六月末，夏天刚开始，然而据新闻报道，今年将有一个历年罕见的酷暑之夏。街上的人们都已换上了夏装。坂本擦了擦额头上的汗。坐在驾驶席上的部下沉默地握着方向盘，那方向盘看上去也很烫。

坂本偷瞄了一眼园田的侧脸。署长正看着窗外。

"赤川家很有钱，不能排除绑架的可能。"

"绑架一个身高一米七二的高三学生？"

坂本听了苦笑着说："您在生气吗？空调马上就能起作用了，您再忍一会儿吧。"

"我没生气。"

园田的声音听上去很不满，说完又绷着脸不出声了。坂本很能理解园田的心情，他并不讨厌这样能把脾气发出来的人。

距离年仅十八岁的县立A高中三年级学生赤川翼从和平的住宅区失踪已过了整整两周。事情开始于六月十一号凌晨三点，埼玉县入间警署接到了赤川翼父母的电话，声称他们的儿子没有回家。

事情发生的前一天，即六月十号，翼像往常一样去了补习班。据说他那天没有任何异常，下课时也像平时一样在教室里吃了从附近买来的晚饭。最后看见他的人目睹他在放学后走出了教室。

翼的母亲一直站在家门口等他回来，担心得心力交瘁。她想立刻报警，却被丈夫制止。丈夫说也许儿子马上就回来了，也许只是绕了远路。妻子对丈夫的话进行了反驳，说那孩子从来没绕过远路，就算偶尔晚回家，也没像今天这样毫无联络。翼带了手机，但打过去却没有人接，只传来重复而单调的铃声。时针走过十二点、一点、两点。到三点时，父亲给警察打了电话，说自己的儿子可能被绑架了。

翼的失踪事件一开始并未交给刑事科，而是交给负责管理青少年的机构。翼已经十八岁，快要成人了。如果没有上高中，这个年纪已经可以工作了。假如翼是女性，还有可能有什么严重的事件发生，但材料里显示他是一名身高超过一米七，年龄接近成人的男生。

所以警署的工作人员对赤川翼失踪事件的第一印象是——青春期少年离家出走。他们不认为这会是一起绑架事件。

翼每天从家到补习班需要坐电车再坐公交，大约需花费一个半小时。那家补习班是东京都内有名的升学应试补习班。每天放学后翼都要在学校前的公交站等公共汽车，先坐公共汽车到电车车站，之后再换乘一个小时的电车，最终到达补习班开始上课。下课后他会去麦当劳买汉堡当晚餐，放学后再坐一个半小时的车回家。他已经重复了好几年这样的生活。听了这席说明，本来就不太积极的警察们更加打不起精神了。这位哭着担心儿子安危的母亲身穿名牌衬衫，一双眼睛眼角上挑，看上去就十分争强好胜。她一副对儿子的教育颇费苦心的样子，用大到离谱的声音哭着，给人的印象很差。明明他家附近就有一个补习班，走过去只需花十五分钟，这位母亲却选择让儿子每天花三个小时去上更有名的补习班。

翼的事件最终交给管理青少年的机构处理，大家都认为这是一起高三学生离家出走事件——这个年纪的孩子常有的事。接待翼母亲的女警察在接过申请书时，好不容易才抑制住涌上喉咙的声音。她差点儿就要说，请问这位母亲，十八岁难道不已经是大人了吗？

即使搜查工作正式开始，警方也依旧没有认真对待这起事件，不如说反而更加不耐烦了。母亲口中的赤川翼成熟又懂事，品行端正，是个完美的儿子。但警方一去补习班进行调查，就发现了破绽。补习班只有周六没课,他却经常缺席。提交的缺席理由不是学校有活动,就是家里有事,全是假话,是他为了瞒着家长不去上课而编造的谎言。由此可以推断,赤川翼确实是离家出走了。再加上他失踪那天是补习班发下模拟考试成绩的日子,他的成绩与上次相比下降幅度很大,这完全可以成为他离家出走的动机。

然而,情况在翼失踪的三天后急转直下。从电车站到翼的家的路上有一个公园,公园很小,被两个住宅区夹在中间,面朝街道。白天这里还有些人,到了晚上就会一下子变得寂静无人。公园的中央有一座喷水池和一张长椅。就在那张长椅下面,有人发现了几片小小的玻璃碎片。发现人不是别人,正是赤川翼的母亲。她对警方的毫无进展感到焦躁,就自己从学校走到补习班又回到家,走了一遍又一遍。

翼的母亲找到的细小的玻璃片又厚又脆,像是被打碎的。碎片的断面很钝,坑洼不平,有几片上还附有深茶色的污痕。翼的母亲用颤抖的手指将它们收集了起来。长椅下有四片,喷水池附近还有一片。脑海中浮现的可能性使她不禁发出悲鸣。这不是我儿子的眼镜吗?

经警方鉴定,这些碎片就是翼在失踪那天戴的眼镜。翼近视很严重,每次都需要定制镜片。除了近视,他还有天生的散光,必须佩戴能够同时解决近视和散光的镜片,这附近不可能有人跟他佩戴同样的镜片。再加上第二天的鉴定表明,碎片上的污痕是和翼的血型相同的血迹。

这之后,翼的失踪事件就被定性为有他人介入的刑事案件,由管理青少年的机构移到了刑事科。而坂本就是人间警署的刑事科科长。

"你仔细观察过那个小少爷的房间吗？"

汽车行驶在回警局的路上。路过一家便利商店时，一直沉默不语的园田又开口问道。车正好在红灯前停了下来。署长依然望着窗外。坂本顺着他的视线看去，发现他正看着站在便利店前、身穿运动服的初中生们。不知是不是刚参加完社团活动，衣服确实是这附近某所中学的运动服。

"观察了。"

署长并未看向坂本。坂本一边看着署长数量剧减的头发一边回答道。

"第一次去他家时我就观察了，刚才也看了看。"

"窗帘像是从来没拉开过。"

园田的声音又变得愤怒起来。便利店前的男生们坐在停车场的停车杆上，其中一人举起运动饮料，往喉咙里猛灌，他们的谈笑声连车里都能听见。园田回头看向坂本。要说园田的性格，说好听点是认真耿直，说难听点就是顽固不化。他的长相也忠实地反应了他的性格。

"那不像是因为孩子现在不在家才拉上的，肯定是那孩子还在那里生活时就那样了。那个房间只是个用来睡觉的地方。孩子早上要很早去学校，晚上从补习班回来时已经很晚了，所以才会一整天都拉着窗帘。我可不会让孩子住在那样的房间里。"

"也许平常窗帘是开着的呢。您不要凭猜测和直觉来谴责那位母亲啊。"坂本苦笑着说。

坂本今年三十五岁，园田应该是五十四岁。虽然两人的年龄差有如父子，但坂本认为，假如自己成为园田的儿子，一定会被园田看作是个软弱的孩子，从而过上叫苦不迭的日子。园田肯定不会允许自己的孩子大白天关在房里读书，他认为比起桌子和书本，外界的风和泥土的气息对孩子来说更重要。虽然坂本不想要这样的父亲，但作为一个坚持自己哲学的五十多岁的男人，园田在他眼里还是很值得信赖的。

园田不理会那些眼镜碎片。碎玻璃和血迹，那算是什么东西？又不是发现了断手断脚或是人头。他认为散落的镜片只是男孩制造的骗局，是一种宣言，一种毫不退让的、明确的自我主张。男孩是想说"你们就当我死了，忘了我吧"。而因为这一点，园田对那名失踪少年也感到有些愤怒。

翼的父亲是个有权有势的人，他强力抨击了警方在最初搜查时的迟缓，和有关主管部门的态度之恶劣，要求署长和刑事科科长亲自调查，并提交搜查情况报告。警方曾经拒绝过一次他的要求，但因为此人在地方报纸内部有很强的关系网，后来闹得警方非常被动。

信号灯变为了绿色。

坂本一边斜眼瞟着在太阳下笑着的中学生们，一边想着刚才说到的翼的房间，那个用淡绿色窗帘遮住了光线的房间。

母亲不停地强调翼没有做离家出走的准备。虽然带了钱包，但里面没有多少钱。她嘴唇颤抖着，对坂本说翼连一条换洗的内裤都没带。

车内的空调终于开始释放冷气。坂本想了想，不管是有人作案也好，自主离家出走也罢，总之必须和那家人好好谈谈，必须保证翼能安全回家。

坂本透过挡风玻璃望向天空。在这明亮的天空下，究竟有多少孩子抱有想要逃离的念头呢？今天飘荡在坂本眼前的云又薄又扁，像是某种巨大生物的翅膀。

三

一阵电话铃声传来。

狐冢的手机铃声从刚买起就没换过。月子和他周围的朋友都从网上下载了流行歌曲或是喜欢的电影主题曲当作铃声，只有狐冢还是"嘟噜噜——嘟噜噜——"这种单调的电子铃声。

某天月子对他说："我的来电铃声可不能是这种。"然后擅自拿起狐冢的手机进行了操作。狐冢倒是会发短信，但说明书看不太懂。与狐冢不同，月子连不同机种的手机都能信手操作。只见她像操作自己的手机一样设置好了特别铃声。狐冢还以为她会设成完全没听过的流行乐，没想到她选了《FLY ME TO THE MOON》，这首狐冢也听过的爵士乐名曲。

"我很喜欢和月亮有关的东西哦，因为跟我很配啊，你也不看看我叫什么名字！"月子骄傲地挺起了胸，她那天穿的黑色T恤上恰好印着银色弯月的图案。

《FLY ME TO THE MOON》，带我飞上月球。这首歌也是狐冢的母亲最喜欢的歌曲。

此时从房间一角传来的是"嘟噜噜——嘟噜噜——"的单调电子铃声，不是月子的来电。狐冢被铃声吵醒了。

狐冢睡觉时，空调好像停转了，屋里热得让人浑身发软。他的胳膊和腿上全是汗，意识和身体之间存在着一丝微妙的距离感。他轻轻地呻吟了一声，奋力将睡得恍惚的头抬起，看见手机正在房间的一角闪烁着黄色的光。他站了起来，看了看来电显示。

上面显示着"老家"。

"您好，我是狐冢孝太。"

"孝太？是我，日向子。"

耳边传来日向子无忧无虑的明朗声音。狐冢日向子是狐冢的妈妈，她的声音无论何时都那么感情充沛。即使两人分隔两地，狐冢也能从电话中听出她的心情好坏。

"现在有空吗？能不能给我一些时间？"

狐冢的同学见到日向子时都非常惊讶，她的外表和内心都非常年轻，连她的再婚对象，即狐冢的继父，都说她好像少女一样。狐冢上小学时，他的亲生父亲患癌症去世了，之后日向子便独自将狐冢抚养成人。

宛如少女一般充满孩子气的母亲一直支持着狐冢，而狐冢也时常支持着母亲，母子俩的关系非常和睦。"妈妈就拜托了"——狐冢一刻也不曾忘怀父亲最后的遗言，他不会忘记父亲已将母亲委托给自己照顾。

日向子再婚的那个夏天狐冢上高三，即将考入大学。再婚对象是狐冢父亲的同班同学兼好友，名字叫佐佐木。这位大叔一直担心缺少男主人的狐冢家，给予了他们很多帮助，狐冢很喜欢他。佐佐木大叔还是第一次结婚，对自己突然有了狐冢这样一个成熟的孩子感到喜悦万分。他说"终于我也有家人了"。他不是一个精明到会说谎的人，声音里听不出丝毫的虚伪，脸上笑开了花。

日向子不想改变父亲留下的"狐冢"这一姓氏，她不想让这个家变样，佐佐木大叔则以宽大的胸怀接受了这一点。他换了自己的姓氏，加入了狐冢家。如今位于长野县的老家门牌上依旧写着"狐冢"，与父亲在世时一模一样。

狐冢是日向子二十岁时生的孩子。狐冢家的所有人都直呼这位年轻的母亲为"日向子"，这个大家不知何时养成的习惯至今也没有改变。因此狐冢也把生母唤作"日向子",而把没有血缘关系的继父唤作"父亲"。

"嗯。日向子,好久不见了,过得好吗?"

"还行吧。孝太呢?有没有什么变化?"

"没什么特别的。"

虽然找工作的紧迫和研究课题的困难在狐冢脑海中一闪而过,但他还是选择闭口不谈。日向子轻快地笑了起来。

"阿月呢?她还好吗?你们有好好相处吗?"

"前一阵子我刚去看了她的幼儿园实习发表会。"

狐冢回想起"古利和古拉的蛋糕",答道。

"她一点儿也没变,还是喜欢奢华的事物,指甲也越来越华丽了。但她在很多方面都很努力。"

"哎呀,真的?"

听了儿子的话,日向子开心地笑了起来。

"太好了,你们的关系还是很好嘛。没有女孩比月子更可爱了,她可是这世界上最可爱的女孩。"

"……是。"

狐冢的回答慢了一拍。每次日向子夸月子时,狐冢都会感到背部一阵刺痒,不知道该如何作答。

"马上就该放暑假了吧?月子和狐冢会一起回来吗?还是月子今年夏天比较忙,不能回来太久?"

"不清楚啊。"

房间的一角挂着经常出入学校的IT公司职员送的日历。狐冢数着日历上的数字。去年的夏天和冬天,狐冢和月子都一起返了乡,至于今年夏天,两人还没有任何计划。

"我想趁着孟兰盆节回去,但还不清楚月子的打算。"

"能不能请月子帮我照看一下店里?"

日向子经营着一家小小的咖啡店,店里都是日向子喜欢的餐具和家具,还有她中意的咖啡和自制点心。这家以日向子的喜好为中心的店,在如今不景气的大环境下依旧算生意兴隆,她的为人处世之道占了很大部分原因,店里的熟客非常多。每次月子回乡时,日向子都会请她来店里打短期工。并不是因为缺少人手,而是日向子喜欢跟月子一起工作。

狐冢想了一下,回答道:"你直接问月子不就好了?"

"真够笨的。要是我直接问了,阿月肯定不管再忙、再不方便,都会勉强自己答应的啊。"

日向子的语气颇为惊讶,像是在说"怎么连这点事都不懂",她继续说道:"没有比她更可爱的孩子了。而且她喜欢我喜欢得不得了,正如我爱她也爱到不行一样。我就是不想让她难办,才让你问她呢,明白了吗?你可真是个不懂情趣的孩子。"

"知道了,日向子。"狐冢边苦笑着点头边答道,"不过月子今年大四了,也该找工作了。她应该要考教师资格证吧?虽然我不知道考试的具体日期,但初试好像是在夏天。"

"啊,是吗,有考试啊?阿月也到了这时候了。那孩子应该能成为一个好老师。好吧,我知道了,那今年夏天就不让月子来工作了。"

"嗯,您多保重。"

"虽然孝太你远远比不上月子,不过你想不想过来帮忙?"

"日向子,容我提醒您一句,您儿子我今年也在找工作呢。"

"哎呀哎呀,你们两个人都在找工作啊,我都给忘了。"

日向子的话里稍带了一些浮夸的演技,随即突然挂断了电话,只留下挂断时的"扑哧"一声。她不会在电话的最后说什么"再见"、"多保重"这样的话。就这点来说,狐冢的妈妈是个怪人。只要达到了自己的目的,其他的事情都无所谓。她一定只对可爱的月子的夏季计划感兴趣吧,至于儿子的心情,她觉得怎样都无所谓。

狐冢的手机上挂着一个串珠吊饰,上面有太阳形状的石头,而月子的吊饰上则镶有月亮形状的石头。这对手机吊饰是日向子旅行时买的礼物,她半强制地命令狐冢和月子挂在了手机上。月子不在的时候,她跟狐冢解释,说这代表她希望狐冢和月子能够一直要好,能够永远在一起。

"再见,日向子。"狐冢对着已挂断的电话说道。今天下午他有事要出门,他看了看手机上的时间,还早得很,可以小睡片刻。

放下电话,狐冢又躺回床上闭上了眼。手机吊饰上的太阳打在地上,发出"叮咚"的响声。

等他再睁开眼时,屋外传来响动,是从厨房方向传来的。狐冢打开房门,探出了头。他听见了壁橱开合的声音,好像有人放了什么进去,接着又传来冰箱门开合的声音。他一瞬间以为是恭司,但立刻否定了这个答案。那家伙关冰箱很用力,这么小心的关法一定是个女孩。

"月子?"

"干吗?"

狐冢冲厨房喊了一声之后,传来了意料之中的答复。月子在得到了狐冢的合租人恭司的同意后,拿到了这个家的房门钥匙。她并不擅长做菜,却仍然时不时买来食材,为狐冢和恭司下厨。

啊,原来是这样。狐冢想起来了。今天他必须穿西装,所以曾经拜托月子帮他熨平白衬衫。

塑料袋里装满了买来的物品，发出沙沙的摩擦声。今天月子要做什么菜呢？狐冢冲着月子的方向喊道："刚才日向子打来电话了。"

"日向子？怎么了？"

"她想让你夏天去打工，但因为你快要考试了，就放弃了。"

"是吗——唉，但日向子为什么不直接打给我，而是给你打了电话呢？孝太，她是怎么想的啊？"

"唉，你问我我也不知道啊。"孝太苦笑着说道，"你和日向子关系真好啊。"

"那当然了。"

她的语气有些尖锐。

"像她那么出色的女人可是世间少有的。"

四

狐冢觉得自己需要做的事情太多了。

正值暑假前的考试周，大学校园里全是学生，想必有很多人每年只在这段时间里为了学分而来上学。狐冢打了个小哈欠。

他下午安排了两个行程，时间上有些冲突。狐冢叹了口气，咕哝了一句"太糟糕了"。今天下午狐冢要去拜访阵内教授介绍的就职公司，有一位研究室的前辈已经在那里上班，可以为狐冢做介绍。为此狐冢特意穿上西服和皮鞋，并决定在路上买一盒适合当作礼物送出的点心。

他明明已做好了一切准备，却在出门前翻开手帐时发现今天的日期下还写了其他计划。今天是工学系期末考试的日子，狐冢需要担当监考员。拜托狐冢帮忙的阵内教授和接受委托的狐冢都把这件事忘得一干二净。狐冢急忙给研究室打电话，却无人接听。他必须立刻找到能替代自己的人，这个人必须也是研究生，并熟知监考要求。他打了几个电话，却不巧都没人接。因此他采用了原始的方法，直接到学校里来找人。要是还不行，狐冢只能哭着向教授道歉了。

他走进研究室。明明刚才没人接电话，却传来了电视的声音。狐冢惊讶地站在那里，连门都忘了关。研究室的窗边摆着两台公用电脑，其中一个正在播放电视节目。正值过午时分，娱乐新闻节目的主播正用夸张的声音报道艺人离婚事件。

谁开的电视？研究室里除了狐冢之外还有一个人。明明知道狐冢开门进来了，他却完全不往这边看一眼，只是沉默地看着自己的电脑屏幕。懒懒地咽下一个哈欠后，那人终于抬起了头，好像刚刚注意到站在门口的狐冢一样，淡淡地笑着打了声招呼："哟。"

是木村浅葱。

"你这是怎么了？打扮得像过'七五三'节①一样。"

他嘲笑着狐冢的正装打扮，停下正敲击键盘的手。狐冢苦笑着坐在位于浅葱对面的自己的座位上。

"刚才研究室的电话没响过吗？我打来过一次。"

"刚才？什么时候？"

"三四十分钟前吧。"

"那我就不清楚了，我刚来不久。刚刚门锁着，应该没人在吧。"

"是吗……我给你打过手机，你也没接啊。"

---

① "七五三"是日本一个独特的节日。每年十一月十五日，如果家里有三岁和五岁的男孩，或者三岁和七岁的女孩，便要举行祝贺仪式。

"不好意思,我没注意。怎么,找我有事?"

浅葱从电脑旁拿过一瓶依云矿泉水,灌了几口。又不是碳酸饮料或茶,只是水,竟然还要花钱买,乡下出身的狐冢对此怎么都无法理解,浅葱却很习惯这种花钱买水的行为。

"是啊,其实我有件事想拜托你。"

"如果你想说的是下节课的监考,那还是你自己好好干吧。我今天有约了。"

"啊,那好吧,我再找别人。"

"哎呀,还真是监考的事啊,怎么了?"他有些泄气地问,"真意外。像你这种人,应该是拼了命也会去完成委托,是让别人看着都生气的类型啊。你那么讨厌依赖他人的。"

"不小心行程重叠了。"狐冢苦笑着说道。"让别人看着都生气",真是毫不留情的评价。

"你以为我为什么要穿这身,像过'七五三'节一样的?还不是因为我完全忘了监考这件事,打算今天下午去找工作的。"

"这可不像你狐冢孝太会干的事。"

浅葱嘲弄地笑了起来。他想了一会儿,换上正经的语气说道:"虽然我不能去,但隔壁研究小组的斋藤今天来学校了,我刚才碰到他了。你跟他说清理由的话,他应该会答应,他跟咱们的教授关系很好。"

"嗯,谢谢,我跟他说说看。"

"真够惨的。"

"没有,是我自己不好。"

狐冢苦笑着站起身。就在这时,房间一角的电视中突然传出一名女性歇斯底里的尖叫声。

"拜托了,拜托了。"

刚刚还在微笑的浅葱听到这个声音，立刻变得面无表情。狐冢的注意力也被电视吸引了过去。屏幕中是一名满脸倦态的女性，四十岁左右，一位看似是她丈夫的男人在一旁搀扶着她。她直面镜头，脸色极差，双眼由于长期流泪而显得毫无生气。

"翼肯定被卷入到什么事件里了。如果有谁看到翼，请告诉我，请帮我找到那个孩子。"

说到最后，她的声音开始颤抖。说完，也许是因为过于激动，她放声大哭起来。看到这里，狐冢终于记起这条他已经看过很多次的新闻。大约在一个月前，隔壁埼玉县发生了一起高三学生失踪事件。现在出现在电视上的，正是那名失踪少年的母亲。

虽然是未成年人失踪事件，但失踪者既不是小学生，也不是年轻女孩，而是个已经快要成年的男孩，照理来说不是一则需要上电视的大事件。然而，这几天电视上却在反复播放这位母亲的呼喊，还附上失踪者赤川翼的照片，向观众募集线索。这是因为赤川翼的家长为了找回儿子，决定花重金悬赏，找到他们儿子的人可以得到两百万日元奖金，提供有力情报的人也会有相应的回报。翼的父亲经营着一家连锁餐厅。

"ROCK'S。"狐冢下意识地说。浅葱的视线从电视转移到他脸上。

"什么？"

"啊，没什么，就是那个失踪少年的父亲经营的餐厅的名字。你肯定没印象吧？有一次，某个电视节目介绍过那家餐厅。"

狐冢边说边用食指在空中划着字——R、O、C、K、撇号、S。

"那时我才发现，这附近就有很多家分店，ROCK'S。人的认知真是个模糊的东西，像店名和人名这些名词，可能大多是凭视觉，而不是发音来记忆的。"

"啊。"

浅葱暧昧地点了点头，又说："对这则新闻，你怎么看？"

"问我怎么看……"狐冢歪着头说，"我觉得不至于闹得这么大啊，不是个高三学生吗？也到了该考虑自立的年龄了。估计大家都觉得是单纯的离家出走吧？我也这么觉得。"

"大家似乎都这么想。"浅葱苦笑着说道。他那张清秀的脸上不管做出什么表情，都会显出一丝温柔，真是不可思议。电视画面移回到演播室，接下来应该是评论员交换意见的时间了。浅葱又向电视看去。

"他们估计也会这样说吧。这些评论员大概会一边苦笑着，一边说什么'这位母亲有些太激动了'之类的不痛不痒的评语。"

"我能理解她的那种不安，从小养大的儿子可能再也无法回到自己身边了。真的非常理解。但如果是少年自己离家出走，那就有些可怜了。他只是想不开、决定离家出走，却变成这么大的事件，结果想回也回不来了。就算他被找回来，也会有很长一段时间在周围人中间抬不起头。"

也许正是这位母亲对孩子过度保护和过分溺爱，才使孩子崩溃失踪的吧，狐冢这样想着。突然，浅葱盯着电视屏幕小声说道："不过，他已经死了吧。"

"啊？"

"失踪的赤川翼。要是他已经被杀了，就太可怜了。"

"……那倒是。"

浅葱的视线又从电视移到了狐冢脸上。他微笑着，随即吐出一大段话来。

"虽然发现了带血的眼镜，可恐怕除了孩子的家长，谁也不觉得这是什么严重的事件,大家都在等待翼自己突然回来。翼的家长越着急,其他人就越不认真寻找孩子。真是可怜啊,明明那孩子有可能被孤零零地埋在山里,或葬身于深海之中了。"

"木村你是这样想的吗?"狐冢并不赞同地开口问道。浅葱依旧微笑着,摇了摇头。

"没有,我只是觉得明明有这种可能,群众却被一边倒的媒体所煽动,真是可怕。仅此而已。"

"是吗……"

狐冢点点头,从座位上站了起来。时间不早了,必须尽快找到代监考的人,接着再去事先约好的公司。但狐冢刚准备踏出研究室,浅葱又叫住了他。

"要不要赌一把?"

狐冢停下推门的手,看向浅葱。他正坐在自己的座位上,盯着电脑屏幕,明明是他出声叫住了狐冢,他却没看狐冢的脸,仿佛只是随口一问。

狐冢一时有些困惑,反问道:"赌什么?"

"那个少年现在是生是死。"

"肯定还活着,这只是一起青春期少年的离家出走事件。"

"好,那我就赌正相反。他一定已经死了,不在这个世上了。"

浅葱的声音十分平静。狐冢想起月子对他的评价:"缺了两三根感情神经"。与此同时,他又想起了另一件事,决定问一问浅葱。

"木村。"

"嗯?"

浅葱依旧没有抬起头。

"你去月子的幼儿园实习发表会了?她读了一本叫《古利与古拉》

的绘本。"

"啊,我去了。她打电话叫我去来着。"

"是吗,谢谢你了。"

"她当老师还真是像模像样啊,就是发型和指甲都太花哨了。"

浅葱没再说什么。狐冢默默地离开了研究室,他去隔壁研究室拜托同年级的斋藤同学代替监考,回来的路上又朝自己的研究室里看了几眼。

浅葱已经不在了。刚过了十五分钟,电视却已经关了。研究室中一片寂静,只有浅葱的电脑发出的微弱声响。也许浅葱去厕所了。

这么说来——狐冢想着自己穿西装的样子猜测,木村会找什么样的工作呢?狐冢直到现在才意识到,他从未跟浅葱好好谈过这方面的问题。浅葱很优秀,会不会继续从事学术研究呢?

浅葱的电脑屏幕映入狐冢的视线。屏保图像在动。屏幕很暗,屏保图像的色调不断变化,重复着单调的动作。

屏幕上是一片深蓝色。

五

狐冢回到了家,月子和恭司正在等他。

月子说做了炖菜。狐冢一打开门,白色汤汁散发出的温暖味道便扑面而来。恭司也正在客厅里懒懒地读着杂志,只抬了抬眼看着进门的狐冢,说了声"欢迎回来"。

厨房是开放性的,与客厅相连。月子从厨房里探出头来。

"辛苦了。怎么样?找工作还顺利吗?"

"这才刚去第一家。"狐冢苦笑着回答。他把戴着还不太习惯的领带从脖子上松开,立刻感到呼吸畅快起来。他把领带摘下来折好,放在沙发上。客厅的桌子上摆好了叉子和餐勺。月子在煤气炉前搅着锅,听到狐冢的回答后咻咻地笑了起来。

"真不可思议,孝太要变成社会人啦。"

"你总有一天也会的。"

"嗯,是吗?不知为何我想象不出来呢,总觉得我会一直持续现在的学习和实习生活。"

"你要是这样说,你的老师可是会生气的。"

"喂,恭司要成为社会人了吗?"

不知月子是否是故意说出这话来刺激恭司的。恭司听后不高兴地回答"那当然了",随即从杂志上抬起头,脸上摆出一副仿佛纸糊似的假笑,说道:"阿月,我要杀了你,我是说真的。"

"唉,孝太,自由职业者到底算不算社会人啊?"

听了恭司的话,月子没有丝毫动摇,继续轻飘飘地说着。

恭司没再反驳也不再假笑,好似放弃了一般继续埋头在杂志里。

距离狐冢大学毕业已过了两年。与狐冢和浅葱这些留在研究室里的研究生不同,恭司选择了就职。在毕业那年的春天,他被一家名字为多人熟知的中坚企业聘用,成为一名通称 SE 的系统工程师。他取下右眼和舌头上的环,将头发压得扁平,还穿了一身西装,看上去挺像回事儿。狐冢钦佩地以为他就此告别学生时代吊儿郎当的形象了,觉得与还在继续当学生的自己相比,恭司已经做好了成为大人的准备。

恭司以现在住的房子离上班地点不远为借口,继续与狐冢合租。

转眼间度过了春天、夏天和秋天。虽然恭司的加班变多了,狐冢的学业也很忙,但直到去年冬天为止,他们的生活并没有因为一方就职而产生太大的变化。然而,快过年的时候,恭司突然辞职了。他在家里懒散地睡了三天,狐冢还以为他连休,一问才知道,他已经痛快地辞职了,说是因为厌烦了。

"人从慢慢变老再到死掉,一共要活几十年。我虽然不怕早点儿死,但总觉得人生在世,不应该就这样工作。人到死为止要消磨几十年的时光,我可不想在那种地方结束余生。啊,真的很想早日解脱。"

"想早日解脱",说出这种随随便便的话的恭司似乎对自己很伤脑筋。他既觉得人生只是在"消磨时光",又想找寻人生的意义。在他就职之前,还是一个学生的时候,就已经抱有这样的矛盾思想了。石泽恭司是个人气王,热爱游玩、享乐、聚会、喝酒,企划过多场夜店活动,经常成为众人的焦点。然而,实际上他对很多事都提不起兴致。

狐冢则很害怕与他人共同生活。要是平常,他肯定会坚决拒绝与人合租。但当恭司提起时,狐冢一口就答应了。因为他不是别人,而是恭司。

狐冢不知从何时开始意识到的,开朗快乐,对他人十分体贴的石泽恭司有一句口头禅。似乎是在某场由恭司主办的活动的前一天,明明几天前就开始着手准备,理应对这场活动非常期待的他,却一脸平静地说:"啊,真想快点儿死掉。"

恭司的感情波动非常激烈。从他的口头禅暴露在狐冢面前的那一刻起,狐冢开始对他产生了兴趣,同时也觉得必须好好看着恭司。他对恭司的感情还不到"不能放着他不管"的地步,只是觉得需要"好好看着他"。

恭司是个会对搭讪认识的陌生女孩面露微笑,问"能不能和我一起去死"这种荒唐问题的荒唐男人。

所以，恭司辞职时，狐冢什么都没说。虽然他很惊讶，但事已至此，再说什么也无济于事。

应该有更适合我的地方，我应该能找到更想做的事情。打那以后，恭司一边说着这些话，一边做着"自由职业者"。他打各种短工，不去应聘长期工作。"我对普通的工作没兴趣。"他说着与延期就职的学生一样的台词，不断寻找更轻松、休假更多的工作。考虑到平摊的房租和煤气水电费他从未拖欠，当事人本人也并未闷闷不乐，于是狐冢也一直保持着沉默。本来他也没什么可说的。

狐冢很清楚自己是个娇生惯养的人。都二十多岁了，却还依赖着奖学金和家长的汇款生活，总是长不大。他觉得自己今后不是加入大学的研究室，就是得依靠家人，总之就是希望能依赖外在的力量来保护自己。在这一点上，狐冢认为敢于做出不从属于任何组织的选择，敢于脱离常规的恭司，是非常了不起的。自己就算对现状再不满，也不敢做出那样的尝试，一定会选择在不安和自我欺骗的阴影下继续待在原地。

辞去SE的工作后，恭司变得比学生时代还耽于享乐。他在眼皮上多打了两个环，买了BMW的新款车，还穿着一身的名牌衣服。工作时攒下的钱肯定不够他这样花的，没人知道他的钱究竟是从哪儿来的。月子还在生日以外的日子收到过恭司送的路易·威登钱包，让她十分惊讶和不知所措。

"虽然白天好歹还继续工作着，但晚上估计玩得很凶吧。"

恭司辞职时，月子觉得很不妥。虽然她仍像学生时代一样与恭司保持着亲密的关系，但一谈到工作的事，她就会对恭司进行说教。

"能干成一件事的人，无论做什么工作，无论是否身处理想环境，都应该努力下去，坚持到底。如果做不到这一点，不管做什么都不能成功。所以恭司你必须认真地工作。"

月子的劝诫十分严肃。

然而，狐冢却与月子的想法不同。他认为月子会有这样的想法，是因为她一直遵从既定的生活方式，对其他生活方式想都没想过。与恭司相比，自己和月子对生存的感觉一定非常浅薄。他们是同样必须依赖他人，寻求他人保护的娇惯的人。

从学生时代起，恭司就从未带女人来过这栋公寓，也从未说过为了享乐要取消合租之类的话。尽管他是个很容易与人混熟的人，却总是刻意与狐冢和月子保持距离，虽然不知道为什么，但恭司确实在好好经营与他们二人的关系。狐冢没和月子聊过这点，但她肯定也发现了：不管恭司玩得多厉害，只要月子叫他回来吃晚饭，他就会把计划取消。

自由职业者算是社会人吗？听到月子直率的提问，狐冢回答道："既然纳税了，就是社会人了吧。"

"啊，原来如此。纳税啊，我还以为标准是什么呢，原来是税金啊。"

月子把浓汤盛到碗里端了过来，微笑着放在狐冢和恭司的面前。

"我也请浅葱来吃饭，可是被他拒绝了。孝太你今天去研究室了吗？浅葱说在研究室里遇到你了。"

"啊，他好像已经有约了。我请他帮我做点事，也被他拒绝了。"

汤里加了芦笋和扇贝，白色的蒸汽在餐桌上弥漫开来。月子一边点头应声，一边回到厨房去盛自己的汤。

"最近他也很忙吗？"

"他论文写得很顺利，但无论选择就职还是继续升学，最近都会开始忙起来吧。"

"是吗……"

月子噘起嘴，显得有些不满。但端上吐司和浓汤后，她就一边说着"肚子好饿"一边放松地笑了起来。她用手掰着面包，今天她的指甲是双色的，以橘色打底，指尖稍涂了些白色的法式美甲。狐冢虽然对此没兴趣，却还是有一定的了解，因为月子总是对他详细地解释。她的两个大拇指上画有立体的粉色蔷薇，据说这叫 3D 美甲。

她就是用这双手做菜的吗？狐冢苦笑着想。要是神经质的男性估计要皱眉了。月子周围净是像我和恭司这样好脾气的男人啊。他无意识地想着。

"阿月，沙拉呢？"

恭司露出爽朗的笑容，故意刁难地问。

"浓汤这种菜，只要买了现成的汤料就很容易做成，不如把配菜也做得丰富一些吧？"

"你找别的女人去做吧。"

月子微笑着反击。

"我是个与实用的事物毫无关系的女人。"

吃过晚饭，收拾好了餐桌。恭司依旧看着杂志，狐冢打开了电视。问答节目中，当红艺人们正在热烈地讨论答案。

就在此时，突然响起了一阵歌声。

"喂？"月子拿起手机应道。房间里的音乐中断了。

"嗯，嗯。啊，好的。没关系。那要怎么办？"

狐冢一边听着，一边无意识地想，月子的手机铃声是由甜美的女声唱的《FLY ME TO THE MOON》，他与月子在一起时经常听到这首歌，肯定不会错。但刚才响起的不是那首歌，因此月子肯

91

定将此来电人设为特别铃声了。

狐冢看着电视，恭司读着杂志。就在此时……

"啊，嗯。"

月子的声音渐渐低落，显得越来越无力。

"知道了，嗯，就这么办。"

她的声音与她说的话相反，显得不太起劲。她向对方道别后挂断电话，将手机收回到自己的包里。之后的一段时间里，什么事也没发生，时间缓缓地流逝，大家享受着晚饭后的悠闲时光。

大约过了两个小时，月子问狐冢："孝太，有报纸吗？"

"如果你是要今天的，在那边放着呢。"

"啊，不是今天的也行，旧的也可以，能不能借我一下？厨房里有吧？"

还没等狐冢回答，月子就向厨房走去。她拿着旧报纸回到客厅，在房间一角摊开，又拿来自己的包，取出一个小袋子。狐冢用余光看到她的活动，却并未太在意。

这么说来，恭司到底在看什么杂志？狐冢看向恭司。就在此时……

传来"啪"的一声。恭司抬起头，与狐冢四目相对，随即两人同时看向月子。月子背对着他们，弓着背，以近乎蹲坐的姿势缩在房间一角。周围铺着报纸。

又传来"啪"的一声，同时有什么东西弹在了报纸上。月子的手一闪而过，手里拿着一个小小的银色指甲刀。"啪"。

"阿月。"

"干吗？"

恭司叫着背对他的月子，月子以开朗的声音做了回答。

恭司问:"你在剪指甲吗?"

"嗯,对。"

月子依旧没有转过来。

"只是想修修,不想剪太多,但会把图案卸掉。"

随着"啪"的一声,一片小小的粉色碎片落到了报纸上,大概是她掰面包时看到的画着那朵蔷薇的指甲碎片。她用指甲刀把指甲上的花给弄掉了。

恭司看向狐冢,一脸怀疑的样子,用目光问狐冢"怎么回事儿"。

狐冢看着背对自己的月子。与开朗的声音相反,她的肩膀传达出一种微妙的紧张感。

"是片冈?"狐冢问。

话音刚落,月子就说:"嗯,对。明天突然要跟我见面。"

"那也不用把指甲卸掉啊。"

"嗯……"

月子咕哝了一声。

"但是,我还是觉得紫乃会不喜欢。"

月子停下了手上的动作,向自己的指甲吹了一口气。恭司不高兴地眯起眼,又看起了杂志。

片冈紫乃是月子最好的朋友。她是东京某所女子大学的学生,外形出众,与月子不相上下。但月子有一张富有亲近感的可爱脸庞,紫乃则是高鼻梁的标准美人。紫乃也十分清楚这一点,因此打扮得也与月子不同。月子留一头卷发,总是戴着闪闪发光的饰物,衬得她格外华丽。紫乃则基本不做过多的装扮,她认为依靠容貌和气质将普通的衣服穿出彩才有意义,因此,对月子的打扮她很不欣赏。她很清楚,自己本身已经足够华丽了。

片冈紫乃与月子的打扮完全不同,气质也完全不同。

狐冢见过紫乃几次,对她的长相和性格都很了解。恭司应该也与她见过几面。

月子为了审视指甲的长度而稍稍抬起了头,略向下的侧脸冲着狐冢。她凝视着涂成橘色和白色的大拇指,脸颊有些抽动。她刻意不看狐冢和恭司,而是用纤瘦的背部传达心声——不要对这件事说什么,也不要再说紫乃的事了。

狐冢什么都不会说,大概恭司也是。狐冢是因为不忍,恭司是因为气愤。只是有时狐冢还是会想"月子这样下去真的好吗"。

"啊——"

月子放弃地叹了一声,轻声地嘟哝道:"昨天刚做的指甲,真是浪费,不做就好了。"

连幼儿园实习和做饭时都没有卸掉的美甲,却在紫乃面前干脆地卸掉了。

从坐在报纸前的她那边又传来指甲弹落的"啪"的一声。

六

自己似乎在不知不觉中睡着了。

他半睁开眼,光线射得眼睛生疼。到底睡了多长时间?

窗户微微震动,起风了。也许是因为离海很近,这片土地的气候变化与风息息相关。

CD已经播放完了。他从椅子上站起,眼前还是有大片白茫茫的雾霭。他擦了擦眼。自己真的在不知不觉中睡去了吗?不知是否因为睡前喝了酒,脑海里一片混沌。也许是因为睡在椅子上时姿势太过扭曲,每根手指都浮肿了。他晃了晃头后,终于渐渐记起自己是谁,现在是什么状况了。他用右手拇指和食指按了按双眼的眼角。隐形眼镜有些移位了。

风又把窗户吹得摇晃起来。听着这脆弱的声音,木村浅葱叹了口气。

明天是个雨天啊。

他在学校研究室里看了天气预报。六点时降水概率是百分之三十,九点时是百分之六十,到了深夜就变成百分之八十了。明天肯定会下雨。

自己的桌子完全没有收拾过,一片凌乱,尤其是纸类资料。虽然有很多资料恐怕再也不会看第二遍,但不知道什么时候又会派上用场,所以不能扔掉。这些乱成一团的资料乍一看毫无秩序,浅葱却十分清楚每份资料的位置,就像一座有秩序的垃圾山。他把手伸向埋在纸堆里的罐装啤酒,将已经变得温热的液体灌了下去。

抬头看表,房间中央的机械表刚好从凌晨一点三分走到一点四分。浅葱来到桌前,将复印纸胡乱地拨开,露出埋在资料下面的杂志插页和报纸。浅葱将一张插页拿起。

他恍惚地看着那篇报道。

小翼,快回来——母亲愿出二百万日元寻子!

这排黑体字是报道的标题。浅葱轻笑起来,一阵兴奋与激动涌上心头,后背都不禁颤动起来。电脑一直开着,屏幕和睡前一样闪着光。整个桌子上只有电脑屏幕还没被纸张淹没,还若无其事地播放着动态屏保。浅葱将杂志插页扔到桌上，又重新靠在椅背上坐好。

他轻轻移动鼠标，屏幕上显示出他睡前正浏览的界面。是一张数码相机拍摄的照片。昏暗的隧道墙壁上满是涂鸦，在那其中——

浅葱在排成几列的照片缩略图中选择一张，放大，并拿起另一张杂志插页，深深地吐了一口气。

现场留下的眼镜碎片——翼到底在哪里？

报道上还是那些老生常谈的内容，像是对学历社会的弊端的考察，对大学考试制度的批判，以及针对孩子的权利与尊严进行独断的判断，等等。周刊杂志真是有趣，他们发表的仅仅是个人对事情的感想，却把它们当成了全部事实。

眼见那人做的事令世间轰动，浅葱从心里感到不可思议。他居然造就了那么大的事件，真是选择了有趣的对象下手。啊，那个人，是他做的。

现在还不用慌张，浅葱想着。就任凭那些人从被害者的母亲身上挖掘事件的背景，责怪她的过度保护吧。随便怎样都行。但是希望他们能渐渐明白，人是会在某个日子里突然消失的。人生是有结束的一天的。突然地，毫无道理可言地结束。如果他们不能认真地体会到这一点，这件事就没有意义。

他——"i"——干得漂亮。啊，我可不能给他丢脸。浅葱拨开刘海微笑着。他仔细地看着被点开的照片，看着微弱的灯光照出的昏暗隧道里的涂鸦内容。

抱歉，浅葱。现在还不能与你相见。

以一个男人写的字来说,这字体很漂亮。他关闭这张照片,又打开了另一张。这次是坏掉的眼镜的照片,被放在隧道的地上。一侧的镜片完全摔碎,另一侧则沾满了血……

这张照片是在离浅葱家稍远的隧道里拍的。浅葱在涂鸦旁边发现了眼镜,就拍了下来。

看着这张照片,浅葱已无法抑制心中涌上的兴奋之情。这件事全世界恐怕只有"i"和自己知道。

"喂,'i'。"浅葱在心里呼唤着。

那个孤零零的少年被埋在了哪座山,还是沉到了哪片海?你是用什么方法杀他的?他是怎么死的?

喉咙深处挤出一声短促的声音。浅葱用右手抵住额头,笑了出来。

他关闭照片,画面转换到邮箱界面。他收到的邮件内容十分简洁。

给 θ:

我在等你哦,下次该轮到你了。

○下次的提示　春（ ）秋冬
　　　　　　　缺少的是?

i

屏幕的壁纸是深蓝色。

七

和片冈紫乃的约会必须准时到场。

哪怕只迟到五分钟，她都会连着生气几个小时。如果迟到了十分钟，则一天都没有好脸色。虽然只要向她道歉就能被原谅。只要道歉，就肯定会被她原谅。

但是紫乃即使迟到十五分乃至三十分，月子都不会在意，也不会生她的气。刚刚紫乃打来电话说会晚些到。虽然守时很重要，约好的时间必须遵守，但紫乃哪怕只迟到三分钟都会这样规规矩矩地通知，这也使月子每次都感到压力很大。她觉得如果自己迟到了，紫乃一定不会原谅她的。

紫乃到达咖啡厅时，迟到了十分钟。

"抱歉，等很久了？"

月子微笑着抬头看向声音的主人。

"没有，没关系。好久不见，紫乃。过得好吗？"

眼前的紫乃今天也很漂亮。她穿一件稍带蕾丝的无袖衫，外面披了一件开衫，下面穿着一条窄腿裤。指甲上虽然没画什么图案，却精致地涂了一层红色，上面还有金色的线。月子看到后慢慢地眨了眨眼，垂下眼帘。

紫乃和月子是在大学入学后的四月认识的，那时月子在东京的一家咖啡厅里打工。月子一直憧憬着那家店的可爱制服，立志离开家乡后就要去那里打工。虽然被狐冢取笑像个傻瓜，月子却依旧不顾从家到咖啡厅要花费一个多小时，坚持在那里工作了半年。

紫乃也是那家店的服务生，与月子是同事。在众多女服务生中，她显得分外出众。她的脸很小,四肢修长,眼睛细长而有神,还留着一头柔亮的长发,显得非常有气势,是个让人有些不敢接近的美人。

片冈紫乃就是人们所说的大小姐。她是东京近郊一家综合医院院长的独生女,从未过过经济拮据的生活,当时去打工似乎也只是为了接触社会。她选择那家店的理由跟月子一样,都是为了可爱的制服去的。她对月子说,她平常在东京的F女子大学上学,专业是国际学,擅长英语。

月子立刻喜欢上了紫乃说话时的干脆和坚定。紫乃的个性很特别,月子无论和她聊什么都能聊得很开心。紫乃家离月子家很近,两人在短时间内迅速亲近起来。紫乃对月子的话题很感兴趣,两人当时常常一起购物,或一起寻找好吃的餐厅,以此为乐。虽然没多久后她们都辞职了,但两人之间的关系依旧亲密,几乎每天都会见面,有时也会带上朋友一起。

"月子你这么瘦,一定很适合穿这种衣服吧?""月子眼睛大大的,真好看。"紫乃会自然地夸赞月子的外貌。那时狐冢和恭司已经会偶尔出来跟她们一起吃饭了。与初中和高中时代的朋友不同,大学时代交到的朋友能一下子变得十分亲密,甚至变成挚友。月子这下终于明白孝太和恭司合租的理由了。要是跟紫乃的话,她大概也能轻松地一起生活。

紫乃盯着月子的脸看。

"不知为何,我真的觉得已经好久没像这样和月子见面了。最近我们都没怎么一起出去玩。"

"抱歉啊,我在实习。"月子苦笑着说道,"马上还要参加教师资格考试,实在没什么时间。真对不起。"

"没关系,我就是感到有点寂寞。每次都是我约你,对吧?"

"是吗?"

总是紫乃主动邀约。这句话打动了月子的心,她淡淡地微笑起来。

"并不是吧?紫乃好像也很忙啊,我都不敢约你。"

"你这话是故意想惹我生气?"

紫乃有技巧地挑了挑形状优美的眉毛。

"我真的很闲。工作早就找好了。"

紫乃已经获得一家大型证券公司的综合职①内定,似乎很早以前就已经确定了。"啊,真讨厌。这么容易就定下了,真是太无趣了。"她一边发泄着不满一边告诉月子这个消息。

"不过确实,现在这个阶段大家都在忙毕业后的去向,像紫乃这样早早定下来的人反而很闲吧。我倒是很羡慕你。"

"是吗?其实说来很无趣。是我父亲托了关系,让我去那里工作,就定了下来。他根本不管我的想法,真是糟糕——唉,虽然那个工作也不坏就是了。"

"就算这样应该也有考试吧?紫乃能通过考试,不就是靠自己的实力吗?"

"是吗?那考试那么简单,真的是真题吗?不会只给我发了一份特别的考卷吧。唉,真烦人。"

月子听紫乃继续说着,感到自己的脸渐渐地有些僵硬。不好,现在再不做出笑容,一会儿脸上的肌肉会越来越紧张,就笑不出来了。月子凭着经验得出结论。

"月子你呢?"

---

① 综合职是日本的一种用工制度,一种职称。日本公司正社员一般分为综合职和一般职。综合职员工为公司的主体。

紫乃从包里拿出烟，点上火。

月子等她把打火机放到桌上后回答："我？"

"你不是要考试吗？小学教师考试是不是还要试讲？真够你受的。"

"啊，嗯，我最近还在大学的体育馆里练习试讲呢。"

听了月子的话，紫乃"哇"了一声，皱起了眉头。

"夏天的体育馆多让人难以忍受啊，要是我早就逃了。"

"嗯，没办法啊。"

月子说着，脑海里浮现出"其实今天本来也要去练习的"这种想了也没用的事。她实在无法直视紫乃的脸，只好用喝水来掩饰沉默。

要是对方是狐冢或真纪的话，自己一定会继续说："我真的很想当老师，所以当然要努力了。"只要对方不是紫乃，月子的话就会变多。

"最近的小孩都很自大，试讲很难进行吧？真是辛苦。月子真伟大，这么辛苦还想当老师。"

紫乃看上去很无趣地说着，随即吐了一口烟。

"唉，我是不是太早定下来了？是不是去当个艺人之类的比较好？"

"我也不太清楚。"月子微笑着说，"但那应该挺适合你的，你长得这么好看。"

"嗯，但是艺人啊……"

月子一边听着紫乃说话，一边想起与上个月一起实习的同学约好下个月去放烟花的事。

真期待啊。牧濑、惠美和奥村都在好好学习吧，实习结束以后就没再见面了。

她微笑着听着紫乃的话，不时笑出声表示赞同，然而心里却很想哭。她感到一阵莫名的、隐隐的不安从胸口迅速传遍全身。到底是从何时起，自己在与紫乃见面时会开始想其他人的事呢？有时会想到秋山教授和研究小组的朋友们，有时会想起狐冢和恭司，还有时会想到浅葱所在的工学系研究室。总是想回到这其中的任何一个地方。

是啊，是啊，我觉得这与紫乃很相配，真是华丽又漂亮。对，我根本无法与之相比。紫乃……

紫乃在怕什么？我又在怕什么？

热咖啡被端到了眼前。

月子一边笑着点头应和紫乃的话，一边端起咖啡。她觉得这样的自己好奇怪，并因此感到窒息。究竟是从什么时候开始变成这样的？我与紫乃无法好好交流了，没有任何话可说。

月子还画着华丽的美甲，穿着漂亮的衣服时，就察觉到每当其他朋友夸赞自己，或是有异性向自己询问联络方式时，紫乃都会生气。这已经是几年前的事了。当时大家已开始厌烦把紫乃当作女王的游戏，紫乃却不答应。大家都只当那是游戏，紫乃却当真了，心中想着"再多夸夸我，为什么要夸月子呢"。

月子知道自己很强势，她会当面向朋友提出尖锐的意见，同时对朋友的要求也很高。但面对紫乃，她却无法保持这样的强势，只能一次次降低自己的底线，原谅紫乃。

为了不让紫乃不高兴，月子放弃了高调的妆容和华丽的美甲，换上平凡的服装。既不对紫乃说其他朋友的事，也不说自己的心声。她很清楚，这根本不算什么体贴的行为。自己也并非为了紫乃才这么做的，只是比起惹怒紫乃，两人发生冲突，还是假装接受一切，笑脸应对比较省事。她是为了自己才这么做的。

在紫乃面前，只要月子稍稍做些出格的事情，紫乃就会非常不安，心情变得很差。月子无法接受这一点。而对于自己惹紫乃生气了这个事实，她也感到非常不安。

月子害怕被对凡事都抱有批判和否定眼光的紫乃轻视。她不敢说实习其实很快乐，孩子们也很可爱。她觉得只要说出口，就会被紫乃当作在说谎。

现在听着紫乃说话的自己，和昨天与狐冢和恭司说话的自己，真的是同一个人吗？两者理应都是月子，却相差甚远。

"喂，月子。"紫乃又说道。

月子回问："怎么了？"紫乃盯住月子脸部上方的一点。月子曾经见过这种眼神，她不再看紫乃的脸。隐约有一种不好的预感，令她不敢与紫乃对视。

紫乃眯起了眼，随即冷淡地说道："涂睫毛膏的时候要好好梳一梳，不然会结块的。"

她夸张地叹了口气，瞄了月子一眼。只见她纤长的睫毛根根分明，上面涂着微微发绿的睫毛膏。

"啊，抱歉。不会吧，我今天涂得那么糟？"月子边用手摸向睫毛边笑着说道。喉咙深处好干，声音变得沙哑，呼吸也困难起来。

今天见面之后去趟美甲沙龙吧，妆也重化一下，穿着高跟鞋出门吧。月子下定了决心之后，心情稍稍平复了下来。

八

大雨中的柏油路上一片漆黑。撑着塑料伞的木村浅葱站在过街天桥上，眯眼看着闪烁的霓虹灯。

下雨的街上有很多车。一排排的车灯使人产生一种眼前的空气都变成黄色了的错觉。他做了一个深呼吸，把眼前的光吸进体内。右臂靠在被雨水打湿的栏杆上，撑伞的手不自然地用力。啊，真令人紧张，我已经好久没有这样的感觉了。

在天桥下方，人行横道前的信号灯变为绿色。信号灯传出的嘶哑旋律仿佛在催促雨中的行人尽快穿过马路。听着那电子音童谣，浅葱抬头看向天空。下雨了。在光照之下，能清楚地辨认出每一滴雨的轨迹。

在音乐的指引下，各种颜色的雨伞穿过马路。有一把红色的雨伞从道路这边消失，又出现在了道路那边。

音乐突然停止，信号灯开始闪烁。他屏息看向雨中模糊的霓虹灯光，突然感到世界一片宁静。来往的行人和车辆都没有任何生气，仿佛只有自己一个人是活着的。浅葱轻轻地转了转打在头上的伞。

好了，开始吧。

随着浅葱走下天桥的台阶，信号灯的音乐再次响起。

七月三日，晚上十点。

森本夏美拖着疲惫的双腿走出了旅馆。

"辛苦了。"

她敷衍地说着，将烟叼在嘴里。

背后马上传来年轻女孩们的声音。

"您辛苦了！"

"啊，夏姐，今天也没人来接您吗？刚才客人不是说外面在下雨吗？"

夏美闻声瞟了一眼身后。虽然不是有意的，但那眼神非常可怕，方才说话的姑娘立刻噤声站好。夏美正在气头上，她仔细地端详起这个姑娘的脸，记得她的名字好像叫京子。

"嗯，对。"夏美深吸一口烟，边吐边想着"你肯定在等人来接你吧"。

"我走着回去就行。"

"但是，也有人想要打车……"

"我家从这里走着就能到，真是很幸运呢。"

穿着露出双肩和半个胸部的裙子的京子，摆出既像是为难又像是恼怒的表情。她似乎不想再与夏美对话，只暧昧地说了一声"是"。

夏美甩了甩短裙的裙摆。她的大腿已经不像年轻的京子那般紧致，肌肉在她转身时会微微地颤动。自己在京子这个年纪时，可拥有一双比她还要紧致的美腿呢，夏美对此非常骄傲。

"辛苦了。"

夏美走出旅馆大门。其他人用比刚才小的音量回了句"您辛苦了"。这次京子没再出声。

走出旅馆时，正好出租车到了旅馆门口，停在自动门前面。这是来接京子和其他女孩的车子。夏美眼看着出租车的牌子由"空车"变成"已乘"，从车旁边走了过去。啊，下雨了。虽然没带伞，但这种程度的雨不打伞也没关系。现在又是夏天，应该不会感冒。

走出停车场时，出租车正好超过了夏美。夏美挺直了身子向前走着，她不想看向车内，不想和京子及其他女孩对视。要是看到她们刻意避开自己的视线，就更悲惨了。

悲惨。夏美反复咀嚼脑海中的这个词，忍不住想笑出来。啊，真可笑，居然会觉得悲惨。我竟然还有感觉？像我这种一把年纪还穿着无袖连衣裙，露着两截上臂，且早已失去二十多岁时的纤细和弹性的人。

接客小姐这份工作竟可以做这么久，真令人意外。也许是因为群马只是一个小乡村，是个离东京不近也不远的半吊子温泉乡。夏美开始这份工作时跟刚才的京子一样，也是二十出头的年纪。那时她白天还在正经公司里上班，但挣来的工资既不够买衣服、包等奢侈品，更不够支付享乐的花销，于是工资日结的夜间兼职吸引了她的注意。她很小心地不被上司发现，同时在心里暗想"原来赚钱这么容易"。只要听中年大叔和老头说说话，偶尔被摸一把，再撒几句娇就行了。她觉得这份工作实在很适合自己，反正也不讨厌那些大叔。

赞美男人，然后被男人温柔地疼爱。夏美发现这样就能挣到钱之后，便渐渐觉得白天的工作实在太辛苦了。每次被上司责骂和挖苦时，她都会觉得愈发地难以忍受。她当接客小姐时接待过的几个客人，地位和名气都比自己的上司要高得多。被那些人追捧过后，她就真的无法再忍受被挣钱少，又没有男子气概的大叔们责骂了。二十五岁左右时，夏美辞去了公司的工作，专职做起了接客女。朋友们都表示反对，说接客女只是青春饭，但夏美很乐观，她坚信上了年纪后只要结婚就行了，可以让丈夫去工作赚钱，自己当家庭主妇。只要丈夫能够养活她，她甘心为丈夫做家事和照顾孩子。

这有什么不对的呢？

香烟的烟雾清晰地漂浮在雨中的冷空气中，她手中的香烟在雨里仿佛马上就要熄灭了。夏美放慢了脚步。够了。索性全身湿透地回家吧。连衣裙反正也要洗，家里没人等，不用急着回家。夏美把烟扔在脚下，香烟落在刚刚形成的水洼里。她小心地用高跟鞋把烟头碾灭。

今天来的这家旅馆，在夏美刚开始工作时还是一家小小的破房子，如今旅馆里处处改装一新。夏美下个月就要满三十八岁了，她感到自己正在逐渐贬值。自己似乎从未被好运和良机垂青，直到现在还是单身，还在做着这种工作。以前也不是没出现过她想与之结婚的对象，也正是因为曾经有过类似的机会，她才没有辞掉这份工作。夏美没想过回去做正经工作，至于结婚后开家自己的夜店这种想法，更是做梦都没想过。她在不断更换交往对象中步入了三十岁。她不断说服自己肯定会有转机，然而三十岁的她还是没有任何变化。结婚这种事全靠机缘巧合，夏美却没有交上好运。明明她的长相不差，嘴也很甜，但不知为何就是无法与男性保持长久的关系。没有男性选她作为一生的伴侣。

过了三十五岁之后，夏美不再那么拼命了，她像是放弃了一般接受了现状。反正也是不可能的事，不如从一开始就不作任何期待。但事务所却不管夏美是否已整理好自己的思绪，对过了三十五岁的她格外冷淡。三十岁后，经纪人就频频问她："不结婚吗？"如今干脆连问都不问了。事务所的沉默仿佛是一种委婉指责，使她压力更大，如坐针毡。

最近的年轻女孩很轻易就会投身色情行业，事务所里全是一群不管怎么看都只有十多岁，为了打工而谎报年龄的女孩。夏美在她们中间确实感到脸上无光。

夏美闻着雨的气息，点燃了第二根烟。她不想回家，但也没有其他地方可去。没有任何地方能成为她的容身之所。

过了三十五岁之后，公司就取消了接送夏美的出租车和男孩。其他女孩还享受着这项公司提供的无偿服务，夏美的权利却被剥夺了。虽然碰到像今天这样的雨天还是会提供出租车，但会从工资里扣掉车费。比起同龄女性，夏美要显得年轻许多，但自然，她还是比不过那些年轻女孩。

啊，可恶。夏美在心里说着，面无表情地吐了一口烟。那些人都在笑话我吧？她们马上也会变老的，也会有人最终落得不得不一个人走夜路的下场，等着瞧吧。

香烟被雨浇灭了。

就在夏美刚刚走出旅馆大门不远时，背后传来一位年轻男子的叫声。

"夏美小姐！"是个从未听过的声音。夏美立刻转头看向旅馆方向。

"啊，等等我啊。夏美小姐，您走得太快了。"

撑着透明塑料伞的男性朝夏美小跑而来。是谁？看上去不像是认识的人。这名男性身材出众，穿了一身西装。虽然身高不算太高，但比例很好。夏美停了下来，以锐利的眼神看向走近的男人的脸。男青年调整好呼吸后，也看向夏美的脸。在他抬起头的那一瞬间，夏美屏住了呼吸，眨了眨眼。这人长了一张非常漂亮的面孔，使人联想起电视里经常出现的身材纤细的偶像。

青年戴着一副细框眼镜。他把眼镜往鼻子上推了推，对夏美露出一个微笑。

"您好过分，河西先生不是给您打电话说会有一个男人来接您吗？"

"……我没听他说过。"

河西是夏美所在事务所的经纪人。夏美毫不掩饰地仔细打量起眼前的这张脸，自己肯定没见过这个人，这样的长相见过一次就不可能忘记。这么漂亮的脸，简直不像存在于日常生活中的人。

"真的吗？"

听到夏美的回答，男子皱起了眉。他把伞微微倾斜，让夏美走到伞下，他自己的肩膀和背部则露在了伞外，身上的西装被雨打湿了。他的举止很温柔，像对照顾女性这一行为已经很习惯了。

"真拿那个人没办法，明明说好要联系您的。"

"你是谁啊？"

"天哪，不会吧，您连这个也不知道？"

年轻男子摆出一副比刚才还要夸张的苦脸，却又在下一秒笑逐颜开。

"我从一周前开始在河西先生手下做事，以前在新宿当过男公关，但是干了一些糟糕的事，之后就逃了出来，后来被河西先生收留了。啊，抱歉，我叫晴树，是河西先生的侄子。"

九

木村浅葱戴上眼镜，追向正横穿旅馆走向门口的女人。他举起透明塑料伞，开了口。

"夏美小姐！"

那名没有撑伞的女性停下了脚步，回头看向声音的主人。好，上钩了。要开始了。

"啊，等等我啊。夏美小姐，您走得太快了。"

他喘着气，装作是在调整呼吸，随即用力深吸一口气。一边感受着由心脏跳动带来的体内深处的震动，一边浅浅地微笑起来。

西装配上平光眼镜。每次他以这副打扮出席研究发表会时，都会被教授和同学们嘲笑说像男公关。到底能不能行得通呢？

浅葱扶了扶眼镜，露出微笑。

"您好过分，河西先生不是给您打电话说会有一个男人来接您吗？"

"……我没听他说过。"

夏美好像很喜欢帅哥。被陌生年轻男子叫住一事大概令她吃了一惊，然而更令她惊艳的恐怕是自己的容貌吧。浅葱早就清楚自己的长相有怎样的威力，他也很清楚这个女人的警戒心已经开始松懈了。

要在夏美心中产生清晰的违和感和不信任感之前决胜负。浅葱加快语速说道："真的吗？真拿那个人没办法，明明说了要联系您的。"

"你是谁啊？"

浅葱流利地报上了自己的名字。

"我叫晴树，是河西先生的侄子。"

"晴树……是吗？"

夏美一副终于明白了状况的样子。她稍稍歪起嘴笑着，摆出一副典型的性感中年女人的表情，看着浅葱。

"我还真不知道。你的基因是怎么回事儿，怎么长得跟你河西叔叔完全不像啊？"

"您说得太过分了，不过我还挺开心的，您是在夸我长得好看吧？"

浅葱边把伞往女人的头上倾斜，边微笑着说。夏美的表情既像是吃惊，又像是觉得很有趣。

"真不愧是男公关啊。"

"啊？"

"一连串的回答都很巧妙,这是你接客时的谈话方式吧?虽然你在对话时用了很多心机,但你自己也享受其中,并没觉得兴致索然。这点跟我很像。"

"真的?"

浅葱盯向夏美的脸。与她的距离又近了一步。

"夏美小姐可真温柔,竟然会为了与客人说话时不降低兴致而努力让自己享受对话并融入其中,真是厉害。客人们很高兴吧?"

"不会啊,这种工作最重要的还是看长相。"

夏美深深地叹了口气,转变了话题。

"喂,晴树,你会觉得无趣吗?像现在这样和客人说话的时候。"

"有时候会。"

浅葱耸了耸肩,又轻轻推了推眼镜。

"但现在我是认真的。我和夏美小姐说话时是很认真的,以后还要受您照顾。"

"你说是来接我的,是真的吗?"

夏美的眼睛像浅葱刚和她搭话时一样眯了起来,露出一副诧异的样子。浅葱微笑着点了点头。

"我曾在事务所见过您,也许您已经不记得了。您做这行已久,是资历最深的前辈。您的时薪比年轻女孩稍少,还不附带接送服务,对吧?"

"是啊。"

"这些我是从河西先生那里听说的。我觉得真是太过分了。今天下雨了,我以为这种天气会有出租车来接夏美小姐,结果河西那个大叔,一副理所当然的样子说无论何时都没有车接送,于是我就过来了。抱歉,是不是给您添麻烦了?"

"那倒不会。"

夏美的视线中还有一丝距离感,她仔细地凝视着浅葱的脸。

"但我真是吓了一跳。你为什么来?"

"反正我有时间,而且我很担心您,这附近最近的治安情况很差啊。好了,走吧。我不知道夏美小姐的家在哪儿,您带路吧。"

浅葱边说边向夏美刚刚前进的方向迈开脚步。夏美被浅葱催促着,也跟了上去。

"西装湿了哦。"夏美说道。

浅葱微微笑了起来。他边笑边想,这就是所谓的应酬式笑容吗?牵起嘴角,适度向上运动脸部肌肉。

"我这身西装的钱可还没付完分期付款呢。不过,说到底衣服不就是消耗品吗?您不用在意。"

"你来接我,怎么只带了一把伞?"

在同一把伞下,浅葱能够感受到夏美向上看着自己的视线。他调整了一下手里的提包,避开夏美的视线,回答道:"事务所里只剩这一把伞了,真是抱歉,连车也没有了。果然还是给您添麻烦了吧?"

"那倒不会,但是晴树你应该很讨厌跟我这样的大妈合撑一把伞吧?"

"怎么可能。"浅葱笑着回答。他依旧没有看夏美的脸,也不和夏美的目光交会。

啊,好后悔,还是应该带两把伞的。手心里开始令人不快地冒汗,汗水和雨水混合在一起,使伞柄处的金属部分变得温暖起来。

浅葱的鼻尖掠过夏美的头,闻到了一股洗发水的味道。虽然很庆幸不是刺鼻的香水味,但浅葱的背部还是紧张起来,心中一阵悸动。啊,又来了,果然这个毛病还没治好。

不知从何时起,浅葱发现自己在和人接触时会感到压力很大。这里的"接触"不是引申义,是在与人发生肉体接触时会感到痛苦。也不是所谓的洁癖,他不会对使用他人碰过的东西产生抵触,也可以吃他人吃剩下的饭菜,但就是不能和他人直接发生身体接触,连牵手都不能正常进行。

　原因浅葱自己很明白,这全都因为他的过去。

　最近浅葱一直一个人默默地待在研究室里,没有与他人接触的必要,他还乐观地以为这个毛病已经好了,看来还是不行。从刚才开始,皮肤表面就紧张得令人不快。

　这并不是夏美的问题。根据浅葱这几周的调查,这位艺名叫小夏的森本夏美今年已经三十八岁了,可外表看上去只有三十岁左右,是个美人。直到一年前,她一直跟一个吃软饭的男人同居,现在则没有恋人。她每晚七点左右开始接客,有熟人委托时还会去附近的俱乐部做女公关,每周只有周二休息一天。父母与她住在同一条街上,每周会给她打几次电话。虽不知她与父亲的关系如何,但与母亲的感情还不错。夏美经常对着电话听筒骗他们说她跟那位根本不存在的恋人交往得很顺利,快要结婚了。真是令人绝望的谎言。每次放下话筒她都会深深地吐一口气。现在的浅葱大概比森本夏美的母亲还要了解她。

　做色情行业的女人的个人信息都能以极低的价钱买到手,就算在这落后的温泉乡也是如此。从事这种夜间工作的大多是有正职的女人,把这当作副业,看作随意的兼职,觉得自己没什么不能为人所知的秘密,但有人存在的地方就必然有私心,这样的人能迅速找出其中的商机。这类可供人敲诈的情报,就连与这片土地毫无关联的浅葱,都能坐在家里,以低廉的价格轻易入手。

好了，森本夏美，趁现在，尽情享受与男公关调情的时光吧。

"我对年轻女孩没兴趣，喜欢比自己年龄大的。"

"就算你喜欢比你大的，可我也比你大太多了吧。"

"啊哈哈，我可没说过我喜欢夏美小姐啊。嗯，但是，我确实喜欢比我年纪大的可爱女性。"

"别捉弄我了。"

夏美的声音听上去不太有精神，脸上也鲜有笑容。浅葱很庆幸两人虽然离得近，但夏美并没做出用手指捅他的肩膀，或拍他的头之类的身体接触。浅葱大概能猜到其中的原因，大概是因为夏美对自己很没自信。与年轻男性交谈时，即使心里觉得很高兴，她还是不知道该表现到何种程度。因为害怕被突然冷落，所以从一开始就让自己保持冷漠。

对，她心里并非不高兴，从她会和这个突然来接她的、完全不明身份的男子同行就可以看出来。就连毫无内容可言的对话，对她来说也是日常生活中一个充满魅力的变化吧。夏美已经厌倦了目前的生活，感到孤独不堪。说来奇怪，浅葱竟对面前的女人有了一丝好感。

边走边聊，大约十分钟后，夏美在一幢公寓前停下了脚步。这是一幢钢筋混凝土公寓，房间数量不少，浅葱"调查"时曾经来过这里。

"要上来吗？虽然我家很乱，而且什么都没有。"

求之不得。浅葱将心里的欢喜隐藏起来，问道："可以吗？谢谢。那就麻烦您借我一下毛巾，可以吗？"

"可以。谢谢你送我回来。"

她将浅葱带到位于公寓三层中间的房间。一层是停车场，他们从一层乘电梯上来。

"先稍等一下，我花三分钟收拾一下房间。"

夏美打开门时用这句话把浅葱挡在门外，自己走了进去。浅葱靠在门上，看着还在下个不停的雨。雨比刚才更大了，等自己离开这个家时又会变成多大呢？看着被公寓里的各家灯光照成一片黄色的雨，浅葱觉得自己仿佛真的就是"晴树"。

"进来吧，不过真的什么东西也没有。"

"谢谢，打扰了。"

两人穿过一条短走廊，右边是浴室和厕所，左边是厨房。整个家约有六张榻榻米大。夏美让浅葱坐在桌前，自己走进厨房，之后传来了点燃煤气灶的声音。

"不好意思，很乱吧？"

"哪里乱了，一点也不乱啊。真想让你看看我家的样子。"

浅葱放下包，一边打量着房间一边回答道。他的视线停在了电话和柜子附近，那是他设置窃听器的地方。窃听器很灵敏，收音范围很广。他眯起眼确认位置，不知为何产生了要收手的话就趁现在的念头。要逃就趁现在，那样的话事情还可以弥补。

啊，为什么我会想这种事情呢？浅葱低下头，看着被西装包裹的腿，轻轻摇了摇头。已经无法弥补了。夏美明天肯定会去那个派遣接客小姐的事务所，然后她就会知道河西经纪人根本没有什么叫"晴树"的侄子。已经开始，不能再回头了。

（拜托了，拜托了……）

浅葱想起昨天刚看过的电视节目，那个少年的母亲，赤川翼的母亲。已经出现牺牲者了，浅葱不能逃了。

传来"噼——"的一声巨大声响，是蒸汽外冒的声音。听到这声音，浅葱赶忙端正坐姿。夏美似乎慌张地关掉了煤气炉的火。

从厨房回来的夏美端上一盘看似是从商场买的、撒着砂糖的饼干，接着端来两个马克杯。房间里立刻弥漫着咖啡的香气。

"要加糖或奶吗？我习惯什么都不加，所以家里只有做菜用的白砂糖和牛奶。"

"不用了。谢谢你，夏美小姐。"

浅葱边道谢边接过杯子。突然他意识到自己从刚才起就一直很正式地叫这个女人的名字——夏美小姐、夏美小姐。他并不是有意这样做，而是下意识地觉得这样叫才是正确的。他需要尽量有礼貌地叫这个孤独的女人的名字。不知为何，每当浅葱这样做，这个女人的心就会松懈一分，让他有机可乘。谁都渴望别人叫自己的名字，而且希望对方叫的时候语气尽量温柔，这也许就是男公关这个职业存在的原因。

"客人们通常不来夏美小姐家吗？"

"一看就知道了，这个家没有一点女人味，根本没人来。"

"是吗？世上的男人到底都在干什么呢，不觉得浪费了宝贵的资源吗？"

"什么意思？"

"我的意思是说，夏美小姐是很珍贵的、自然不做作的女孩。"

"好吧、好吧，真的吗？"

夏美吃惊地应着，在浅葱的正前方坐下来，拿起了自己的马克杯。

"不过，晴树啊，我记得听河西说他并没有兄弟啊。你说你是他侄子，难道你是真理小姐兄弟的孩子？真理小姐有兄弟吗？"

浅葱握着马克杯的手略微僵硬了一下。为了掩饰，他把杯子换到另一只手上，并以尽量自然的速度缓慢地眨着眼睛。脑海中浮现出一组推测出的人物关系图。

真理小姐＝河西经纪人的妻子。

"是啊，我父亲是真理小姐的弟弟。"

"是这样啊，真是意外。真理小姐是姐姐啊。她的气质很像老小，我还以为她一定是家里最小的孩子呢。"

"是吗……"

浅葱把嘴唇歪成微笑的弧度，向上推了推眼镜，硬是将滚烫得还不能入口的咖啡送到嘴边，这才意识到自己的心跳加快了。这是因为兴奋、紧张，还是恐惧呢？

窗外传来雨声，他的听觉变得敏锐起来。明明雨势和刚才差不多，他却觉得雨离自己很近。浅葱盯向夏美的脸。她脸上的粉底有几处斑驳，显出皮肤的颜色，而这不完美的妆容反倒使她散发出格外真实的活人的气息。浅葱将视线从她脸上移开，看向窗外。

"雨好像下大了，我喝完这杯就走。谢谢你请我喝咖啡。"

"没有，我才该谢谢你。你送我回来，我也没什么可招待你的，真是抱歉。"

夏美笑的时候嘴角有酒窝。浅葱一边看着这张微笑的脸，一边自然地把手放在了自己的腰带上。他避开夏美的视线轻轻用力，将腰带扣的位置移了移。

"啊，对了。"

浅葱一边刻意夸张地立起西装的领子，一边问道："抱歉，可以借我用一下毛巾吗？我的西装湿透了。虽然回去时还是会淋到，但能不能先让我在这里擦一下？"

"啊，是啊。我没注意到，真是不好意思。"

就在夏美从地上站起来，背向浅葱的这一刻——

浅葱一边感受着右手仿佛震动一般的轻微痉挛和心脏的剧烈跳

动,一边迅速站起身。他抽出腰间的黑色皮带,默默向夏美背后靠近。

在他下决断之后,一切都发生在一瞬间。

他用皮带绕过夏美的后背,缠住了她的脖子。夏美的头发甩动,发出沙沙的声音。黑发被卷起,毫无防备的洁白脖颈显露出来。

夏美的喉咙里发出一声类似"啊",又像是"呀"的短促叫声。也许是因为突然缠上脖子的异物感和冰冷感,或许还有些痛感,使得夏美把手放在脖子边,并试图回头看浅葱。她惊讶地瞪大了双眼。

浅葱的心跳得十分剧烈。他重新调整好皮带,使劲向左右方向拉扯。

"什么,不,呕……"

夏美发出不堪入耳的变了调的声音。

被发夹夹住的刘海落在她的脸上,苍白的脸上,两只睁得巨大的双眼向上看着浅葱。她伸出双手,在空中胡乱抓着。

"不要……呃……不要啊!"

她声音嘶哑地喊叫着。

浅葱闭上眼,咬紧牙关。他的拳头已攥得苍白,丧失了血色。他用双手用力地拽着皮带的两端。快点,快点死吧。夏美那在空中挣扎的手数次捶打站在身后的浅葱的脸和头发,浅葱的眼镜被打在了地上。眼镜被打飞时,浅葱不由自主地睁开了眼睛,粗重的呼吸声听上去就像别人发出的一般。他听着自己的呼吸声,感受着逐渐麻痹的胳膊和手。无论如何,决不能把手放开。

"——反正……"

粗重呼吸的空隙中,浅葱近乎无意识地吐出了这句话。当然,女人已经听不见了。浅葱的两手已完全没有了感觉。

"反正,你就算活着也不会有什么好事发生。"

"啪"的一声,手上传来什么东西在摇动的感觉。浅葱猛然回过神。

他无力地松开手,有些在意出汗的手指,又恐慌地看着脚下。他的双臂疲软无力,手里还握着皮带。由于手指过于僵硬,他没能立刻将皮带放开。黑色的皮带还缠在依然圆睁双眼的女人的脖子上。

她无力地张着嘴,嘴里流下丝状的唾液。嘴边还泛着白沫,舌头从白沫旁边伸了出来。

真难受。浅葱还喘着粗气。心脏的跳动传到脑部,连大脑都跟着晃了起来。剧烈的兴奋和刺激感冲上他的心头,想要哭出来的心情同样充满胸腔,这感觉类似困惑,又伴随着揪心一般的痛楚。女人歪曲脸的脸冲着浅葱,令人恐惧,仿佛在祈求空气,又仿佛在寻求帮助。

我把她杀了。

我杀了人。

浅葱努力将仿佛冻住了一般、无法活动的手指一根根从皮带上剥下来。长时间用力,手上似乎都有股皮革的味道。在他松开皮带之后,女人的脖子失去了牵引的力量,身子倒在了地上,头和身体之间形成一种奇怪的角度。散乱的头发将夏美的脸盖住了,遮住了她的遗容,但很自然,仿佛是受她自身意志控制的一样。

这么一来,这个女人就成了一具空壳,体内已经一无所有。她死了。

"啊。哈哈,哈哈,哈哈哈……"

浅葱拨了拨被女人弄乱的刘海,笑了起来。从胃里涌上来的冲动支配全身,他不由自主地对着已经不能动弹的女人干笑了起来,同时全身感到一阵虚脱。

(是啊,就是这样。反正你活着也不会有什么好事发生……)

浅葱笑着笑着突然流出了眼泪。啊，笑过头了，得停下来。他这样想着，却怎么也停不下来。他放低声音，泪水模糊了视线。他最后一次叫了她的名字。

"不会有什么好事发生的，也无法得到拯救啊，夏美小姐。"

浅葱重新戴上平光眼镜，到走廊里等电梯。

右手用力地抓住皮包，他告诫自己不能掉以轻心，要保持紧张感。他的脚踩在走廊上，但感觉很迟钝，身体在微微发抖。浅葱对自己竟然无法抑制身体的颤抖感到惊讶。

——没关系，我做得很完美。

浅葱微微吸了口气。

没关系，指纹全都清理了。仔细想想，除了必要的东西，自己没碰过那个房间的任何地方。自己没有犯罪前科，使用的皮带是哪里都有的便宜货，肯定不会成为调查线索，窃听器也回收了。没问题。浅葱在决定开始这个"游戏"时就考虑到以后肯定会用到，于是买了窃听器。这半个月里，窃听器让浅葱对夏美了如指掌，而她本人肯定完全没察觉。窃听器还放在当初设置好的位置上，浅葱很轻易地收了回来。

他坐上电梯，下到一层。就在走出电梯时，有人朝这边跑来。浅葱抬起头，但还是和来人撞在了一起，随即传来一声女人短促的尖叫。突然的撞击使浅葱的身体向后倒去，皮包在倒下时脱手，里面的东西掉了出来，散落在水泥地上。

"真对不起，你还好吗？我太急了……"

来人边说边慌张地靠近浅葱，这张脸很熟悉。不可能啊。浅葱吃惊地瞪大了双眼，不自觉地将身体转向来人。

"荻野学姐……"

话刚出口浅葱就后悔了，可是为时已晚。听了他的呼叫，对方反而惊讶起来，仔细地盯着浅葱看了看，这才反应过来。

"啊，是木村？"

来人是已从浅葱所属的阵内研究室毕业的前辈，荻野清花。

浅葱只能愣愣地看着惊奇地打量着自己的荻野。她脸上化着自然的淡妆，可能因为刚跑完步而满脸通红。

荻野清花比浅葱大两届，曾是阵内研究室里的研究生。她是一名清秀的美女，在系里很有名，深受后辈们的喜爱。据说两年前毕业之后，她去了东京的一家技术型企业就职。

"木村……"

眼前这张稍显困惑的脸与她当年上学时相比，一点变化都没有。浅葱咬紧牙关，腋下和手心都渗出了汗。这下糟糕了。

"木村你怎么在这儿？吓了我一跳。你戴了眼镜，害我一时都没认出来。"

眼镜。

浅葱心想糟糕，但已经晚了，况且自己穿了西装。他发觉自己的脸在慢慢僵硬，立刻端正好姿势，站到荻野的正前方。这下该怎么办？隔了一秒后，他摆出一个微笑。

"我才要问荻野学姐，您怎么会在这里出现呢？吓了我一跳。我的恩师住在这里，以前我就经常受老师照顾，今天是因为找工作的事过来的。"

胡编乱造时，不管内容有多荒唐都必须流畅地说出来，要显得堂堂正正。只要能做到这一点，之后需要的就只剩做好将谎彻底圆下去的思想准备了。

"老师以前是个很严肃的人，所以我想给他留个好印象。说来惭愧，没有想象力的我只能想到穿西装和戴眼镜。"

"真让我吓了一跳。"

萩野看上去还没从这件突然发生的偶然事件中回过神来。她不断重复着："吓到我了。木村你家不在这边吧？你的老师是群马县的人吗？"

"我是神奈川出身，跟老师也是在那里认识的。"浅葱苦笑着回答。

研究室的名册上有出身地一栏，这点没法说谎。

"老师的老家是群马，因为各种原因现在回到了这里，从几年前就住在这幢公寓。萩野学姐倒是您，为什么会……"

浅葱说着说着，目光被地上的一点吸引了过去。他包里的东西散落在地上，纽扣电池大小的窃听器正好落在萩野清花的脚下。

"啊，我？我的姐姐住在这幢公寓里，我没跟你说过吗？这里是我老家。上个月姐姐的孩子出生了，我就来看看。那个孩子特别可爱。"

萩野的声音完全没传进浅葱的耳朵里。怎么办，怎么办？他的脑海里只有这个问题在盘旋——为什么事情没能顺利进行？"i"……

要是他的话，一定能干净利落地完成。

浅葱咬着牙弯下腰，装作若无其事地将手伸向地面，试图保持这个姿势将掉下的钱包、散落的零钱，还有窃听器一并捡起。然而，萩野的视线却不如浅葱所愿，转移到了他身上。

"啊，抱歉，都是因为我撞到了你。没有摔坏什么东西吧？"

听到这声音，浅葱的背仿佛冻住了一般。他下意识地将窃听器藏在手里，低下头小声答道："——没关系的。"

"是吗？抱歉啊，我跟姐姐约好了时间，但迟到了，就着急了一些。"

浅葱冲着露出一脸天真微笑的学姐无声地点了点头，将地上的东西硬塞到包里。塞到一半时，荻野也想帮忙，他赶忙笑着对她摇了摇头。

"那您得抓紧时间啊。您姐姐的孩子是男孩还是女孩？"

"是个女孩哦。"

荻野举起右手里的纸袋，从里面露出一个粉色的兔子玩偶的耳朵。"这是礼物。"荻野开心地笑着说，"我的小侄女真的很可爱，一想到这么可爱的孩子和自己有血缘关系，我就觉得感激不尽。"

"是吗……"

"木村你这就要回去吗？不在老师家住一晚再走吗？已经很晚了。"

"我还有一个地方要去，老师刚才也留我住下，但我拒绝了。"

浅葱说着心情沉重起来。这幢公寓的房间都是一居室，年龄能当浅葱老师的人会在这种地方住吗？如果这个自己捏造出来的人物有妻子，或是与双亲同住，那这样的公寓对他来说就太狭窄了。虽然眼前的荻野还没对此产生怀疑，但浅葱却很不安，他想立即从此处脱身。

"不过真的吓了我一跳呢。这么说来，只要老师还住在这里，也许我还能再次偶遇学姐啊。"

"是啊，我也吓了一跳。太有趣了。"

荻野放下了给侄女的礼物，笑着挥了挥手。

"真抱歉，让你在这里耽误时间了。我以后还可以再去研究室玩吧？阵内老师还好吗？"

"嗯。学姐要是去了，他肯定很高兴。当然，我们也很欢迎学姐过来。"

浅葱吸了口气，今天为了做出假笑，他耗费了很多体力。

"下次我们去喝一杯吧，我会跟狐冢也说一声的。"

"狐冢啊……"

荻野清花的眼神变得深邃而悠远,似乎在回想着什么,显得有些寂寞。啊,是这样啊。浅葱看到她的表情就明白了。这个人,大概还……

意识到自己说了不该说的话后,浅葱简短地说了句"再见"。荻野"嗯"着点了点头。

"再见啊,木村。"

与她道别后,浅葱迈步走了起来。起初速度很慢,之后渐渐加快了脚步。中途他一直没有回头,直到离开公寓的停车场一段距离后,他才回头看了一眼。也许是电梯还没来,荻野依然站在那里,手里提着大纸袋。他松了一口气,又把视线转向前方,叹了口气。

——太好了,总算混过去了。

总之,今夜就到这里结束了。一想到这点,浅葱觉得一直覆在身体表面的那层紧张的膜慢慢地融化了。

好想洗个热水澡,在房间里睡一觉。浅葱抬头望着天空,做了个深呼吸。走过车站前热闹的街道时,他的心中突然掠过一阵细微的不安。起初他想着"怎么可能",并试图说服自己,但还是无法不去在意。他边走边把一只手伸进皮包里。

他大致地翻了翻,停下了脚步,又仔细地看了看包里。接着他咬着嘴唇,将里面的东西胡乱翻了一通。

(没有……)

他不由得在路旁弯下腰,将包里的东西一件一件加以确认——但是,不管怎么找结果都一样。他背靠在旁边商店的墙壁上,小声地"啊"了一声。那东西不见了。

作案后应该回收的窃听器有两个,现在少了一个。

十

　　森本聪子发现时，她的女儿夏美被羽绒被包着。

　　女儿的电话接连几天打不通，她就担心地来公寓看，随即发现了尸体。

　　就在最近的一通电话里，女儿还说和恋人交往得很顺利，对方既不嗜酒也不好赌，是个老实的公司职员。对此聪子并没有完全相信，却因考虑到女儿撒谎的心情而没有表示出怀疑。那个孩子或许会有一天安定下来结婚。真到了那天，就赞助她一笔结婚资金吧。聪子这样想着，为女儿一笔笔地攒着钱。

　　"小夏！！"

　　面对眼前的光景，聪子的呼吸都停止了。她瞪大了眼睛，发出尖叫，把无言地瘫在床上的女儿抱在胸前。女儿睁开的双眼混浊，脖子没有一丝力量，任凭聪子流着眼泪摇晃她的身体。

　　"小夏，夏美。"

　　聪子一次又一次地摸着夏美冰冷僵硬的脸颊，她的脸摸上去已没有了活人的触感。怎么会这样，小夏？聪子呼唤着女儿的名字。

　　桌子上有一张纸。纸上有一行打印出来的字。聪子用颤抖的手将它拿起来。

　　　<u>红色的鞋</u>

　　这么说来……

　　看着怀里女儿的脚，聪子"啊"了一声。这是怎么回事儿？这是什么意思？夏美明明在房间里，却穿了一双红色的鞋。这双鞋聪子从没有见过，是崭新的漆皮皮鞋，脚跟处空出很大的空间。看到这一幕，聪子明明觉得快要涌出泪来，却又好似微笑一般放松了下来。她不知该如何是好，这简直像一个玩笑。

这鞋子的大小不适合你啊。喂，小夏，穿这种鞋可没法走路啊。

她又一次抚上女儿的脸颊。一滴眼泪掉在已无法动弹的夏美的脸上。聪子哭着将女儿紧紧抱在怀中。

给 i：

抱歉让你久等了。
下次轮到我等你了。

○下次的提示　　水
　　　　　油（　）舍
　　　　　园
　　　　　　　　　　θ

第三章 幽灵与烧伤

一

"打扰了。"

轻敲了两下门，却没人应声。月子推开了门。秋山教授只要沉迷于正在读的书籍或研究的世界中，就会听不到外界的声音。每一个来他研究室的学生都知道，敲门没有回音时，就先把门打开再说。

秋山研究室又窄又小。虽然月子不知道其他教授的研究室情况如何，但看着这间屋子，她不由得担心自己的老师是不是在D大被排斥了。秋山有可能被分到了最窄小，环境最为恶劣的房间。

屋里的桌椅也又小又窄，只放了台电脑和台灯就满了。两侧的墙边排满了书架，里面塞满了秋山的藏书和一捆捆纸质资料，海量藏书使得房间显得更窄小不堪。门口的墙上靠着三张供学生和客人使用的折叠椅。

秋山教授正坐在桌前读书。他意识到月子进来了，抬起了头。

"阿月，怎么了？有事吗？"

文科研究室不像理科的，不一定每年都有研究生加入。有时一年会招好几个研究生，有时一个人也没有。教育学这样的专业就更是如此。虽然也有想从事研究的人，但大多数教育学专业的学生都是为了取得教师资格才入学的。除了进企业就职的人，大多数学生大学毕业后都当了老师。普遍认为比起留在大学里研究教育学，还是一边当老师一边继续学习教育比较合理。

月子所在的秋山小组里没有研究生。秋山是位人气很高的教授，并不是招不到学生，恐怕是他自己不愿意招。秋山一树对人很挑剔，并且十分讨厌自己的时间被打扰，是个像孩子一般的大人。他希望研究室里总是只有他一个人。

秋山从房间里唯一有靠背的、比较像样的椅子上站了起来，椅背发出一声短促的"吱呀"。月子看到他正在读的书，名叫《没有光的家》。

"要是你是来问实习报告的评价的话，抱歉了，我还没看。如果教务人员那边因为评估晚交而对你发火，那我去道歉吧。这不是月子的错。"

"不是的，老师。"

月子笑着摇了摇头。

"我是来邀请您去学校食堂吃饭的，已经中午了，一起吃饭吧。"

听了这话，秋山温和地笑了起来。

"那正好。我妻子昨天跟朋友一起去旅行了，结果我今天连早饭都没吃。刚才还在空腹的状态下上了课，真是饿极了。女人为什么那么喜欢旅行和朋友呢？"秋山烦躁地说着。

月子听了很吃惊。

"您妻子不在家时，您自己不准备饭菜的吗？真是意外。我以为老师是个很会照顾自己的人呢。"

她歪着头继续说道："我眼中的老师，应该是个对家事要求非常严格，完全不依赖外卖食品和餐馆的人。"

秋山轻松地摇了摇头。

"不行啊，我什么也做不来。以前我妻子去的都是两晚左右的短期旅行，她还会在出发前把这期间的饭菜准备好。可这次是长期旅行，而且她竟然什么都没做，真够极端的。她把所有事都抛给了我，然后就自己去旅行了。"

"您妻子去哪儿了？"

"法国。她朋友的儿子在那里学习做菜，她们就想一起去见识一下，尝尝味道。"

"真好啊。"

"是啊，听说味道真的很不错。"

月子见过很多次秋山的妻子，她曾经邀请月子和真纪到家里吃晚餐，是位与秋山十分相衬的女性，气质温和，纤细美丽。她做的菜很好吃，家里装饰得也很有品位。月子每次看到秋山和在他身旁矜持微笑的妻子，都感到十分幸福，同时又为自己无论怎么努力也无法成为这样出色的妻子而感到略微有些沮丧。自己的性格太糟糕，又过于强势，肯定无法达到那样的高度。

听说秋山夫妇没有孩子。月子理想中的家庭模式是：能干的老公配上支持丈夫的妻子，再加上亲近父母的孩子，最好是一个男孩一个女孩，两兄妹。但看到秋山夫妇后，她觉得像他们这样，两个人平稳地生活下去的家庭也不错。

D大校园里有几个食堂，价格和味道各有不同，品种非常丰富，学生通常会倾心于其中的一两家。月子喜欢的是位于大学小卖部二层的教职员工食堂，那里学生少，能让人静下心来。每次与秋山吃饭，她几乎都会选择这里。

两人走出研究室，走在月子身旁的秋山今天也顶着乱糟糟的头发。他偶尔会以评论家的身份上电视，还会上杂志的访谈，那种时候他的头发都会整理得好好的，总是乱翘的那几根也听话了。大概有发型师和造型师，像打扮艺人一样为老师打理好吧。

想着想着，月子突然想起刚才秋山在房间里读的书。

几年前,神奈川县的一家儿童看护所所长因未尽到看护责任而被捕。那本书是针对这一事件的纪实报道,出版时曾引起过轰动。

"您刚才在读《没有光的家》吧?我第一次看到秋山老师,就是那件事发生时,您上了电视节目,对那件事发表了评论。而我当时还是个高中生。"

"下周我还要去法庭旁听呢。"秋山说道,"被告被追究的问题不是对孩子实施了暴力虐待,而是没尽到抚养孩子的责任。像这样的育儿失职案例很少,我对此很感兴趣。"

那家私立儿童看护所的问题在于经营者对管理毫不用心。看护所里有四十多个孩子,却只有院长夫妇两个大人。他们对孩子们的日常生活不管不顾,不给孩子做饭,也不怎么跟孩子说话,更不用说对孩子进行教育了。只为孩子们提供睡觉的场所和早晚两顿廉价甜面包。虽然也会让孩子们去上学,但衣服和文具等生活用品都是二手的,或从附近的垃圾场里捡来的。他们巧妙地制造出还有其他工作人员的假象,向地方政府提交虚假的报告,实际上县里或区里发下来的补助金全都流进了他们自己的腰包。他们甚至还让孩子为他们工作。

这些只知道眼前的世界的孩子却并未对这样的环境产生疑问。他们努力适应,拼命地忍耐。心中的抑郁之情无法向外界发泄,只能在内部爆发。据说那些孩子建立了一个没有大人介入的颓废团体。在这个没有约束的世界里,孩子们相互攻击、欺凌,甚至还有私刑。最终有孩子因此受了重伤,事情才大白于天下。事情暴露后,这家看护所就被禁止营业了,但据说这种经营状况已经持续了十多年。

按理来说,那些曾经在这家看护所生活过的人应该对这种情况进行告发,但据说他们离开之后,所有人都再也不愿与那里有任何联系，也许是因为不想回忆起在那里的时光吧。此外，附近居民和孩子们上的学校也都没发现那家看护所有问题，这在当时也被当作一大社会问题。

"我听说让孩子们工作也是一个重大问题啊。"

月子问后，秋山点了点头。

"是啊。但问题的本质恐怕不在那里，那个只是法律最能追究的地方。"

"真是一个悲惨的事件啊。"

"也不能把问题都推到环境上。"

秋山抬起头，略显寂寞地微笑起来。

"孩子不管在哪里都是残酷且毫不留情的生物。"

临近暑假，又快要期末考试了，所以学校里的人比平常多了很多。来往的学生几乎都在聊跟考试内容有关的正经事儿，或是谈论之后假期的出游计划。

秋山仿佛突然想起了什么，转变了话题。

"说起来，工学系似乎又要让学生们躁动起来了。"

"躁动？"

有几个路过的学生和秋山打了招呼。秋山一边回应着他们，一边"嗯"了一声点了点头。

"几年前不也有过吗？让学生去旧金山的塞拉大学留学的事。我听说他们办过一个论文比赛，结果一片混乱，谁也没去成——就是狐冢和木村都没去成的那次。"

"嗯，我记得。当时是我跟老师说的这件事。"

"好像学校又要办跟那次类似的活动了。这次不只是本科生，连研究生也包括在内，要正式选拔出一名留学生，但只限定工学系的学生参加。这次的留学时间长达五年,说是选拔留学生,其实是希望以长远的目标培育研究者吧。貌似我们大学已经与塞拉大学结为姐妹校了。所以这次与上次不同,留学生只从我们学校里选拔。"

月子抬头看向秋山。秋山打了个小哈欠,他看着月子,苦笑起来。

"其实今天我很晚才起床,那个人不在我就什么都做不了,上课还差点儿迟到了。"

"这次还是论文比赛吗?"月子催促着问道,秋山却意外地摇了摇头。

"因为要重新选拔,所以不会再举行相同的比赛。这次似乎要在暗中进行审查,至今为止取得的成绩,写出的论文,性格和生活态度等方面综合比较,最终决定选谁做大学的学生代表,之后才会告诉学生本人。刚才我说让学生'躁动'是不对的,其实是教授们决定候选人,之后才会去问学生本人的意思。

"要是最优秀的学生接受了留学名额那最好,但要是被拒绝了,就再问下一个学生。"

秋山用淡淡的口气做着说明。踏进教职员工食堂后,他突然回头,看向自己身旁沉默的月子。然后依旧用平静而毫无起伏的声调继续说道:"留学名额只有一个。结果将在今年内揭晓。这次肯定会从狐冢和浅葱中选出一人。"

二

在记忆深处,梦境之中,浅葱寻找着哥哥的身影。

梦里再现的影像是深蓝色的。虽然不是完全的黑暗,却使人静不下心来。能看到眼前的景象,但会因为看不真切而愈发不安。扭曲的世界在浅葱周围不断变幻,四周安静地令人发毛。

(哥哥,在哪里,你在哪里……)

太阳穴深处感到一阵刺痛。

(蓝……)

哥哥明明是男性,却起了个"蓝"这么个女性化的名字。蓝是阴郁的深蓝色,浅葱却是晴朗天空的颜色。

长着与浅葱一样的脸,但他无论做什么都比浅葱优秀。他是班上第一个会在单杠上做空翻的人,考试成绩也是第一名,全班只有他一个人能游五十米自由泳。浅葱总是比不上他,却也没有任何不满。会输给蓝是没办法的事,他太完美了,什么都会做。对于他,浅葱根本没有"赢"和"输"的概念,只是对他十分尊敬。他什么都会,并且对浅葱十分温柔,是浅葱最喜欢的哥哥。

但是现在……

在阴暗的家里,浅葱摇晃着倒在床上、满身是血的母亲。他已经想不起为什么要这么做了,也知道母亲不会再动了,但是对于"死"的概念,自己真的理解了吗?从仰面躺着的母亲的背部流出紫黑色的血,从床上流到地上,自己则在一旁不可思议地看着。

当时是冬季。浅葱穿着冬天的睡衣,上面印着泰迪熊的图案。衣服上的熊被母亲温热的体液浸湿了。浅葱离开了卧室。

浅葱不太喜欢母亲。母亲会打他,还会大声骂他:"你为什么不能像哥哥一样?蓝是个那么好的孩子,而你却是这个样子。"

母亲是个好妈妈。他们没有父亲,是母亲将双胞胎儿子抚养成人,给了他们良好的生活条件。她给他们买一样的衣服和包,给他们吃美味的食物,每周日都会带他们去商场的餐厅吃儿童套餐。在他们面前，母亲总是一脸笑容。

然而，有的时候……

有的时候母亲会突然变了个人。脸上的笑容会突然消失，变得沉默不语，眼睛望向远方，嘴里不停地小声嘀咕着。她会大声地叫浅葱。"浅葱，浅葱，你在哪儿呢？"之后浅葱就会被责骂，被殴打。母亲会对他说"其实没有你也无所谓，只要有你哥哥就行了"。

浅葱被母亲殴打的时候，哥哥一直保持沉默，他会在某个角落独自待着，沉默地等待着时间流逝。等浅葱揉着被打得生疼的胳膊回到房间时，总会看到哥哥坐在床上，紧紧地抱着膝盖。他会把手放在浅葱红肿的手臂上，直直地看向浅葱的眼睛。蓝的眼睛因充血而通红，噙满泪水。他说："再忍一忍，总有一天我会帮你解决。到那天为止，再忍一忍。"

母亲睁着眼睛看着天花板，一动也不动。

从母亲的卧室出来，浅葱又开始在走廊上张望，他注意到从客厅透出一丝灯光。长长的走廊一塌糊涂，血迹四溅。浅葱慢慢地走着，轻轻地推开了门。

（蓝……）

哥哥就在那里。

他的肩膀激烈地上下晃动，嘴里喘着粗气，客厅的地板上乱成一团。蓝站在那里一动不动，他那与浅葱一模一样的脸上满是泪，睡衣上的泰迪熊也已经被血弄脏。

（蓝，那是……）

浅葱无法理解眼前的现实，只能困惑地抬头望着哥哥的身影。泪水和血迹打湿了蓝的脸和睡衣，他呆呆地站在那里，一动不动，纤细的右手还握着一把刀，细长的刀刃闪闪发光。

"嘀嗒"一声。

（蓝，怎么回事儿？为什么你会……）

一滴血滴了下来。

听到浅葱的声音，蓝终于向这边转过头。看着蓝的双眼，浅葱脸上的肌肉瞬间僵硬了。他的眼里毫无光彩，眼神空洞，不带丝毫感情，甚至让人感觉不到他还活着。他恍惚地看着浅葱，仿佛衣服和皮肤上的血的气味已经从外部渗入到他的体内一般。蓝慢慢地眯起空壳一般的双眼，煞白的脸上渐渐露出一副快要哭出来的表情。他发出像是从细细的喉咙中努力挤出来一般的细小声音。

（浅、葱……）

双胞胎哥哥像下了决心一般向浅葱这边走来。

（是浅葱吗？）

他缓缓地走过来，纤细白皙的手里挥着巨大的菜刀，然后……

（蓝？为什么，蓝！）

他使上浑身的力气，挥向了浅葱。

浅葱的身体受到一击。

哭叫着的浅葱的眼前血沫飞溅，那颜色比在母亲卧室里见到的还要鲜艳。同时胸前一片炽热。怎么办？出了好多血。怎么办？浅葱不明白，只是尖叫着。而眼前的哥哥也发出了叫喊，盖住了浅葱的叫声。哥哥哭了。他一边用比浅葱还高的声音不断哭喊着，一边又朝弟弟的身体上砍去。

浅葱受到了第二击。

（蓝、蓝、蓝、蓝、蓝……蓝啊啊啊啊啊——）

在蓝色的回忆里，染血的哥哥不断袭击着浅葱。他一边哭着，一边试图夺取浅葱的性命。

三

D大图书馆的南侧，是一面透明的玻璃墙。

今天是个晴天，强烈的日光洒在书和笔记本上，格外眩目。狐冢读着书，后悔选了一楼靠南的位置。突然身旁传来咚咚两声，窗户玻璃外面是熟得不能再熟的月子的脸。她隔着玻璃，向狐冢伸出食指，指向身后的室外，大概是想让他出去吧。

狐冢刚一对她点了点头，她就立刻转身离开了。狐冢把厚重的专业书放回书架，从图书馆入口处走了出来。刚迈出图书馆，盛夏的阳光就打在他脸上。月子正靠在入口处的墙壁上等他。

"我有话要说，孝太。"月子说道，"你是什么时候知道的？或者应该问，你为什么没有告诉我？"

这家位于大学附近的快餐店一过两点就没什么人光顾了。眼前的月子碰都没碰她点的热咖啡，急匆匆地开了口。虽然语气很平淡，但似乎内心十分激动。

狐冢苦笑着摇了摇头。

"阿秋老师太抬举我了，我被选去留学的可能性微乎其微。"

月子闭上嘴，沉默了。

"而且，这次的事情我也是最近才听说的，刚想要告诉你呢。"

"你已经和日向子说了，不是吗？"

"怎么可能。说真的，我觉得我不可能被选上。"

"那跟恭司说过了？"月子又问道。

狐冢的第一反应是敷衍过去或者扯谎，但最后还是点了点头。

"因为我们住在一起啊。估计是在聊其他话题时顺便把这事也说出来了。"

"是吗……"

"我不该先跟恭司说?"

"没有。我就是想知道,他那时候没问你什么吗?像是'你不担心月子吗'之类的?"

"他问了。"

狐冢意识到月子一直盯着自己不放,终于放弃了。他又说道:"我回答说会担心……假如万一我真能去留学的话。"

"我只想说一句话。"

月子终于向咖啡伸出了手,声音依旧非常冷淡,毫无起伏。她回答得很快,对话之间没有任何间隙。以前就是这样,只要她一生气,声线和表情就会立刻失去温度。她很少会失控地喊叫,总是用冷淡的声音和教育对方的口吻淡淡地发言。

她面无表情地说道:"即使孝太离开这里,我也无所谓。我不喜欢被人担心,你不要把我和这件事牵扯在一起。孝太你想怎样做就怎样做吧,我不喜欢拖人后腿。"

狐冢不知该怎么回答,只好保持沉默。

"我说完了。"

她简短地结束了发言,然后立刻站起身,完全无视狐冢看向她的目光,将包挎在肩上,径直走出了餐厅。她的背影散发出"请勿靠近"的气息,边走边甩动着胳膊。

狐冢苦笑着看着她的背影。餐桌上的盘子里留下了仅喝了一口的咖啡。狐冢端起杯子,发现咖啡已经完全冷掉了,又沉默地将它放回盘子上。

四

别小看我了,开什么玩笑。

在从咖啡店到大学的路上,月子抿着嘴,快步走着。

狐冢孝太事到如今还以为月子我没有他就不行吗?还觉得要是他不在了,月子就完了?月子瞪着道路前方的学校正门,又看向天空,白色的云朵在晴空中流动。

她突然想起什么,咬起下唇,停下脚步,靠在了街边的树上。

月子没有想到狐冢会因顾及她的感受而担心。她不想让自己的存在影响到狐冢的发展,然而……

虽然狐冢会担心月子,但恐怕还是要去美国。即使他会问月子"没关系吗",恐怕也是在等月子回答"没关系,你去吧"。就算月子纠缠不依,恐怕狐冢也还是会在连连道歉后选择留学。

自己本来也是这么期望的,现在却只能呆呆地站着。月子感到意外,此时心中的寂寞感竟如此强烈,大概是因为无可救药的自私吧。自己既不能承担左右狐冢选择的责任,却又会在被狐冢忽视时感到悲伤。

自己到底希不希望狐冢被选为留学生呢?虽然月子的想法不能左右事情的发展走向,但她还是觉得应该想好答案。他们两个人总要分开的,这是无法避免的。自打两年前狐冢有去留学的可能时,她就做好了准备。

只是这样吗?她听见了心底不为人知的声音。让你心痛和不安的只有狐冢孝太吗?对狐冢的感情只是源于一己私心,可以自行平复,令你心情低落的应该不止他吧?

她想起了秋山的话。

"留学名额只有一个。结果将在今年内揭晓。这次肯定会从狐冢和浅葱中选出一人。"

月子默默地忍受着从树间射向额头的阳光,突然眼前晃过一只白皙的手,细长而白皙的手指仿佛蝴蝶振翅一般快速摆动着。月子猛地摆正姿势,看向那只手,以及正眯着眼睛、好奇地打量着自己的脸。她吃了一惊,是木村浅葱。

"怎么了,月子?在路边呆呆地站着。"

"浅葱。"

"你走神了啊。看上去呆呆的,我都快笑出来了。"浅葱坏笑着说道。

月子一时没能说出话来,她突然想把所有心事都向浅葱倾诉。她发觉自己的脸很僵硬,却又感到心里的一角放松下来。

"你现在是要回学校?也是,还是考试周呢。怎么样?能顺利毕业吗?"

"……嗯。"

月子一边出声应着一边点了点头。终于平静了下来,她又摇了摇头说:"我已经大四了,没什么课,学校考试跟我没什么关系,倒是教师资格考试比较麻烦。"

"啊,是吗,你要当老师啊?也不知道到底谁才是小孩子。你要是跟孩子在一起的话,应该会被小孩同化,与他们融为一体吧。"

"是吗?"她无力地小声答道。

浅葱发现她状态不对,盯着月子的脸问:"你怎么了?"

"什么怎么了?"月子苦笑着回答。她不想让浅葱担心,也不想找他商量,但再这样故作平静实在太痛苦了。

浅葱缩回身子,说道:"好吧,我只是觉得你的声音听上去很没精神。"

"我听说选拔留学生的事了。"

月子的脸上自然地浮现出假笑，连她自己都不知道为什么要做出这样的表情。是觉得尴尬？还是想借此蒙混过关？倘若真是这样，那我想要隐瞒什么？

"浅葱你觉得如何？有自信吗？"

从浅葱的表情就可以看出他已经明白了一切。他简短而干脆地回答了月子，看上去对这件事并没有太多执念。浅葱把手放在下巴上，像在思考一般望向天空，随即又看向月子，说道："我还没吃饭，你吃了吗？"

"刚才跟阿秋老师一起吃了。"月子回答道，"之后还陪狐冢吃了一顿。"

"那你也陪我一下好了。就去上次跟秋山一起去的那个教职员工食堂吧，即使没有监护人，也能带着小孩进去吧？"

月子能理解浅葱把自己这个二十多岁的学生称作"小孩"的心理，且并不排斥。自己确实还是个孩子。人到底什么时候才能变成大人呢？说起来，只有在进行教育实习和保育实习，面对幼儿园的婴幼儿和孩子们时才觉得自己是个大人。如果没有这种可供对照的对象，恐怕人永远都是孩子。这么说来，狐冢一定是个大人。他温和地照顾着无法从父母身边自立的小孩月子，进而早早地脱离了孩童阶段，成为一名监护人。

不等月子回答，浅葱早已迈开步子。

"难道不是狐冢会被选中吗？"

教职员工食堂与学生食堂最大的区别在于，后者是自助式，前者是有服务员的。浅葱向服务员点了 B 套餐后，干脆地说道。

月子今天已是第二次来这个食堂了，食堂中央那台没什么人在看的电视此时正播放着午后的娱乐新闻。

浅葱好像并没有想要逗弄月子的意思，也不像在刻意谦虚，似乎是真心话。月子沉默着，浅葱一副理所当然的样子说道："你知道这次与两年前的情况不同了吧？"

"听说了。这次不是审核论文。"

"没错，连生活态度和教授的评价都要考虑在内。要是跟两年前一样的话，我觉得与狐冢相比，肯定是我入选。只要不论人性，只论研究成果。"

"自大狂。"

虽然月子故意叹了口气，但这位"王子"可不会为这点小事而动摇，他像没听见一样继续说道："这次的条件简直像为狐冢量身定做的，你懂吧？我从没见过像他那么典型的好学生，真希望他能出现在我小学的班级里。他学习好，性格还很温柔，真是不简单，别人可模仿不来。聪明人总会变得傲慢，变得不考虑他人的心情。而我则是只与合得来的人交往。"

浅葱点的套餐和月子的热咖啡一起被端了上来。浅葱连开吃前的招呼也不打，就吃起了汉堡包套餐。他的饭量很大，与长相不符。他身上的其他地方都如人偶一般精致，唯有吃这点显得十分健康，富有生气。

"不过要是你不希望狐冢走，就尽量跟他好好谈谈吧。只要尽力挽留他就好了。这次的考核不是从现在才开始，因此你的行为不会给选拔考核造成影响，也不会造成任何妨碍。问题在于他会不会拒绝留学了。"

"我希望孝太能依照自己的心意决定,真的。虽然会寂寞,但我会自己一个人好好地过下去。"

"那就没事了。要去的是狐冢,这次跟我没关系。"

是这样吗?月子看着眼前捧着汉堡包的浅葱。他却没看月子,专心地吃着。他吃下的食物到底被这具纤瘦身体的哪一部分吸收了呢?

"浅葱你对留学没兴趣吗?"

"我?"

浅葱的眼里放出光芒,似乎觉得很不可思议,像听到了什么很好笑的话一样。

"留学啊……能离开这里,重新构建人际关系,在新的世界里开始新的生活,确实很好啊。"

重新构建。他仿佛自言自语般说道。

"不过其实怎样都无所谓,反正我也不太热衷于现在的研究,让有心研究的狐冢去才是对的。两年前不是有场所谓的选拔考试吗?当时我很想靠自己的论文得第一,觉得如果奖品是留学,那去就去吧。"

月子突然想起来了。当时学校放弃追查匿名提交论文的"i"的真面目,而将留学的机票顺延给了浅葱,结果却被浅葱拒绝了。

"真是令人十分不快的态度啊。"

"可能吧,那也没办法。我还不到主动想去留学的程度。"

浅葱笑着,把桌上的甜辣酱浇在附赠的卷心菜沙拉上吃了下去。

"不过,如果你……"

说到一半,浅葱突然停了下来。他停得太过突然,仿佛不是住口不说,而是发不出声了。

"浅葱?"

月子抬起眼，浅葱没有应声。只见他停下拿着筷子的手，闭紧嘴唇，盯向远方的一点。月子看着他的脸——那张脸面无表情，似乎已完全将月子抛在了意识之外——手臂上不知为何起了一层鸡皮疙瘩。刚才还在愉快聊天的浅葱突然完全冷却下来，变化之快令人感到一阵发冷。月子想再叫一次他的名字，却觉得叫不出口。明明两个人刚才还在轻松地谈笑。

浅葱的目光落在食堂的旧电视上。从刚才起，电视上一直在播娱乐新闻。现在屏幕上是一幢随处可见的普通三层公寓楼，一家住户的门前围着禁止出入的警戒带，身着蓝色工作服的警方调查人员不断出出进进。

新闻主播用平淡的语调播报着，称一名年近四十的女性被杀，其母亲发现了尸体。随即画面切换成几辆汽车的照片，这些汽车是近二十年销量猛增的国产汽车品牌HADUKI的产品。

HADUKI虽然没什么历史，但很重视车形设计的时尚性，价格又便宜，因此广受年轻人好评。这个品牌的汽车在市场上引起轰动是源于其省油的特性和时尚的外形，HADUKI借此赢得一定的知名度后逐步进入全盛时期，一时风光无限，如今却出了麻烦。这款车在一定的条件下会出故障，例如方向盘锁定，或是引擎附近的零件发热起火等。

从这款车型首次投放市场到现在，已经过了好几年。最近厂家粗制滥造的制车过程也渐渐被曝光。加上有多起事故发生，警方也介入了调查，后来竟发现有大规模隐瞒故障汽车回收台数的现象，如今HADUKI正面临全社会的严惩。

新闻主播声称又有HADUKI的车出现了引擎着火事故，这个月里月子已经不知道听到多少有关这件事的新闻了。

难道浅葱喜欢汽车？真不知道他究竟是被屏幕上的什么东西所吸引。新闻里每天都有很多人死去，也有很多人在活动。想要将案件和事件里的人一个不落地全记住，还要体会他们每个人身上的痛苦，是需要很强的想象力的。从月子与浅葱目前的交往经验来看，他不像是擅长这种事的人。

月子将视线从电视屏幕转到浅葱身上。就在这时，浅葱用与刚才完全相同的语调说起话来。

"不过，如果你实在不想让狐冢去，可以随时跟我说，我去。"

听到这话，月子"啊"了一声。浅葱用筷子轻松地将汉堡包弄开，不再关注电视，看起来似乎连听都没有在听，好像完全失去了兴趣，只专心于眼前的食物。他不看月子，继续说道："虽然我表现没那么好，但从现在开始做两三件能弥补的事，还是能追上狐冢的。只要让他们觉得我想去，一定得让我去，必须让我成为一名研究者，就可以了。你随时都可以跟我说，我代他去。"

"你是想说你随时可以赢过孝太吗？"

月子心情复杂地微微瞪了浅葱一眼。狐冢孝太是努力型的优等生，并能充分理解他人的感情，这是月子最喜欢的一大特征，而且对此非常尊敬。

浅葱这时第一次抬起了头，苦笑着，平静地摇了摇头。

"我不是想对狐冢说三道四，只是想说如果是我的话应该可以办到。为了你，我可以到美国去。"

"……刚才的新闻。"

"嗯？"

"刚才电视里播放的新闻，有什么让你那么在意？"

"你说什么？新闻？"

"不是杀人事件就是汽车故障的报道,你刚才不是在看吗?"

"是吗?这么说来,我可能对汽车很有兴趣。"浅葱平静地说。脸上既没有笑容,却也不是冷淡的面无表情,更没有一丝动摇。月子皱起了眉。

这大概是只有木村浅葱才能使用的特殊技能。他总能平静地避开不愿意回答的问题,用明显的谎言光明正大地蒙混过关。月子一直没太在意这一点。也许他说的谎里并没什么深意,解释起来反倒麻烦吧。她一直这样认为。

但是现在,她注意到并不是因为话里没什么深意他才能保持冷静。大概浅葱原本就对说谎这件事没有任何犹豫,他不认为这是良心应受谴责的行为。不以此为苦,也不以此为乐,只是觉得如果自己这么做,一定能脱身。他对此很有自信,不怕谎言被戳穿。

"月子。"

听到他的呼唤,月子抬起头,期望他能向自己认真说明。两人对视后,浅葱微笑着说道:"抱歉,桌子脏了,能帮我拿一下那个吗?"

他指向桌上立着的面巾纸盒。月子失望地看着他,沉默不语。见月子不帮他取纸巾盒,他一副不知反省的样子重复道:"喂,月子,拿给我啊。"

你要是不想让狐冢去,随时跟我说,我去。他此时的声音仍与说这句话时一样,不知道其中带着什么目的。

五

还是白天,浅葱却朝着昏暗的隧道走去。

隧道位于与浅葱的家和学校相邻的户仓地区，就在市办住宅区后面。户仓地区是个面朝大海的工业区。这里的马路十分宽广，有好几条车道。沿着马路行走时，可以闻到汽车尾气的气味，夹杂着少许海水的味道，安静的时候还能听到汽笛声。

　　——该怎么办才好呢？

　　那天，七月三日，杀死森本夏美后，他把窃听器落下了。后来他立刻返回了公寓楼，却没有找到。是有人拿走了，还是一开始就没掉在那里？浅葱的心里笼上了一层黑色的阴影。

　　我犯了这么大的错误，要是被"他"知道了会怎样？没错，被那个完美又温柔，并隐藏着令人恐惧的疯狂的他，"i"。

　　每当得出想也没有用这个结论时，他的存在就会重重地压在浅葱心头。浅葱思考着，不禁独自苦笑起来……并不用担心啊。

　　"i"是浅葱的双胞胎哥哥，也是共犯。不管自己犯了多大的错误，以他的头脑，应该都能挽回过失吧。是的，浅葱不是一个人。

　　他边走边望着社区里排成列、外观完全相同的建筑物。突然一群小学生从他旁边经过，都骑着自行车，正在商量今天要先去公园玩，再去吃冰淇淋，仿佛这放学后的时间能永远持续下去。孩子们与浅葱擦身而过，他们嘴里说出的计划余音一般留在浅葱耳边。

　　从社区附近的道路转弯，再走一段就能看到矗立在那里的工厂了。浅葱的目的地是其中一处与住宅区相隔一个缓坡的地方，那是一块已无人使用的工厂废地。缓坡下方有一条小小的隧道，入口被栅栏围了起来。

　　明明与住宅区只隔了一条路，却会突然变得人迹罕至。有传闻说几年前在那个隧道里发生了歹徒伤害路人事件。虽然不知到底有几分真假，但既然曾看到有人在那里摆花束，应该就是真事了吧。

据说被杀的是个年轻女性，之后有人在那里摆放了花束和几本面向女性读者的书籍。

浅葱知道附近的居民如何称呼那个发生过不幸事件的地方：闹鬼隧道。

他看都没看废弃工厂的建筑一眼，径直走向了隧道。从入口处照进的阳光使得狭窄的隧道内壁呈现出朦胧的奶油色。

浅葱在墙壁上寻找他留下的信息。

  抱歉，浅葱，现在还不能与你相见。

他用手指轻抚文字。

压迫在心中的不安，已几乎消失殆尽。为了与"i"——蓝——见面，他已决定去做任何事，绝不能因为在这种地方失手而失去他。与那时不同，浅葱已经不是一个人了。他曾经不分昼夜地恐惧黑暗，在威胁面前瑟瑟发抖，但那样的日子已经一去不复返了。

是的，只要有他在。

六

浅葱一家有三个人，他和哥哥蓝，以及母亲。父亲在他还小的时候就不在了。浅葱听到的说法是父亲死了，但后来他看到了自己的户口本，才发现根本没有什么父亲。母亲没和任何人结过婚。如今她已死去，内心的感受无从得知，将不被父亲承认的双胞胎抚养成人的她，心里到底是什么滋味呢？母亲和那个男人之间有过怎样的浪漫经历，和对方是怎样的关系，这一切都无从知晓。两个人有没有像晨间剧里一样大吵一架？还是心平气和地商量后选择了这个结果？也许浅葱的父亲压根儿就不知道有孩子存在，都是母亲一人做出的选择。

在母亲这个唯一的亲人死去之后，浅葱和蓝两人天各一方，被带到不同的地方抚养。直到两年前的秋天，两人才得以再会。说是再会，却没有见面。也没有握手这种实质性的接触，甚至没有出声谈话。

那时的浅葱在上大四，已到了必须确定毕业后的去向的时期，大部分时间他都泡在学校的研究室里。他很喜欢与数字和计算机打交道。倒没有过于热衷，也没觉得自己的研究很有价值，只是在别人对他的研究做出好评时会感到非常满足。

他没有朋友也没有恋人，也许不敢把身世向他人坦白是孤独的原因之一。他觉得没有必要向他人坦白，这是自己到死为止都要一个人承受的记忆。那天晚上到底发生了什么？只有一件事他记得很清楚，那就是哥哥蓝把一切都毁了。记忆中的他杀了熟睡中的母亲，还对浅葱挥起了刀。

而那之前的记忆却暧昧不明，断断续续，仿佛是由零碎的影像和声音的碎片拼凑而成的。自己被母亲不停地殴打。浅葱正弹着钢琴，在旁边教他的母亲的脸突然变得像能面一样冰冷。她并没有显得非常激动，却在浅葱的手还在琴键上时，粗暴地合上了琴盖。浅葱感到指甲一阵剧痛，哭叫起来。哥哥跑了过来，一边叫着"浅葱，浅葱"，一边捧住了自己被砸断的手。他十分温柔，像在保护什么珍贵的东西。"浅葱，对不起啊。总有一天我一定会想办法解决的。所以再忍一忍，浅葱，浅葱。"

据说如果熊猫妈妈生出一对双胞胎，她只会抚养其中一只，只给其中一只食物，将它抱在怀里疼爱。对另一只则视若无睹，会随便把那个孩子扔到某个地方，任其自生自灭。浅葱后来自嘲地觉得自己家的情况与熊猫很像。对母亲来说，只有蓝招人喜爱，对浅葱则采取无视，只是做出一副疼爱他的样子。母亲会在表面的温柔和如发病一般激烈的憎恶之间摇摆不定。只要感情向憎恶一方倾斜，她就会用难听的言语辱骂浅葱，用手殴打浅葱的头部，或是用脚踢浅葱的腹部。

浅葱曾在一个下雪的夜里被扒光衣服赶上阳台。那是圣诞夜，从阳台向下望去，各家各户都美丽得如梦似幻。浅葱看见一家装饰着圣诞霓虹灯的房屋，他观察着，忍耐着严寒。那家的烟囱旁边立着一个圣诞老人人偶，围在四周的霓虹灯闪闪发亮。浅葱把头埋在已摩擦得通红的双腿之中，不断地对自己说："能看见这样的风景真是太好了。能在雪中看到漂亮的圣诞老人和星星，真是太好了。"这时蓝迟疑地掀开窗帘，从温暖的房间里探出了头。他的眼神十分悲伤，浅葱看了，心里也难过起来。

还有一天，浅葱比哥哥早一步从学校回家，正在客厅里看电视。这时蓝也回到了家，脸上带着仿佛下了什么重大决心的表情。那时，浅葱和蓝一天中最期待的，就是看电视上播的动画片。在母亲回家之前，浅葱可以和哥哥两个人一起看冒险题材的电视剧，享受片刻的宁静。

"你回来了，蓝。一起看吧。"听到浅葱的邀请，蓝却抿着双唇，绷着脸不作声。后来他提出了一个提案，要求和浅葱换衣服。他们双胞胎经常穿样式相同而颜色不同的衣服，蓝穿深色，浅葱穿浅色。那天蓝穿着绿色的毛衣，浅葱穿的是黄绿色的。

蓝强行把犹豫不决的浅葱的衣服脱了下来，刚要把自己的衣服也脱下来，却定睛看向浅葱的身体。浅葱立刻意识到他看到了什么。浅葱身上满是被母亲殴打出的青紫色淤伤。

蓝的行动很快。他突然向屋里的衣柜撞去，一遍又一遍。浅葱对他喊"快停住"，他却充耳不闻。接着他又爬上厨房里的高桌，从上面向下跳。他只护住头，任由身体摔在地上，有好几次都是腹部着地。之后再虚弱地站起来，又爬到桌子上。"啪嗒"——这是哥哥掉在地上时，腹部和地面接触的声音。"啪嗒"——他又以背部着地，摔了好几次。他不断重复着，直到自己的身体上也出现了和浅葱一样的伤痕。"我们两个人很像，所以不会有事的，肯定能顺利蒙混过关。浅葱你已经不用承受冰冷的回忆了。"他把手放在哭泣的浅葱的肩上，如此说道，"你快逃走吧。在我被赶到阳台外面时，或者在被母亲殴打时，你快逃到什么地方去吧。我们两个长得一模一样，肯定没问题的，即使是母亲也发现不了。"

几天后又下了雪，不知道是那个冬天下的第几场雪了。如果今天母亲发怒的话也没用——蓝已经和弟弟换了衣服。

母亲回来了。衣服被脱光、露出新伤的蓝被母亲痛打了一顿。浅葱觉得无法忍受，他不能承受自己最喜欢的哥哥遭遇这样的事，他打算向母亲坦白。这时被母亲抓住了手腕的蓝与浅葱对上了目光，他喉咙处白皙的皮肤颤动着。蓝睁大眼睛，叫了起来。

（蓝，快跑！）

他拼命地、用尽全力地冲浅葱叫着。浅葱看不下去了，他背过身去，塞住了耳朵，但那声音却如影随形，挥之不去。

（蓝，快跑。蓝，快跑。蓝，快跑。蓝，快跑。求求你，蓝，快跑。）

孩子的叫喊声含糊不清，那还未到变声期的声音显得格外尖厉。

那声音迫使浅葱跑了出来。他躲在自己房间的衣柜里抱膝坐着，身子在不停地发抖。太可怕了，这比自己挨打还要可怕得多。

他避开母亲的视线，掀开客厅的窗帘，查看蹲在阳台上的蓝的情况。蓝的身体白皙而瘦弱，与浅葱非常相似。他正蜷成一团蹲在那里，皮肤上一片乌青。浅葱正想打开通往阳台的窗户时，哥哥抬起了头。他看着浅葱，笑了起来。他光着身子，吐着白色的气息，能看出连牙齿都在打战，却举起右手，比画了个V。他的两根手指似乎都无法顺利摆出想要的姿势，僵硬的，不断前后晃动着。他开口说："回去吧。"

浅葱很明白蓝为什么会对熟睡的母亲下手。"再忍忍，浅葱。"直到今日，浅葱还能回忆起哥哥温柔的声音。那桩惨剧进行到一半时，浅葱就丧失了意识。最后呈现在他眼前的，是拿着刀朝自己头上挥下的蓝的身影。当他再睁开眼时，是一个人躺在医院的病床上。

浅葱周围的大人完全没想到这些事是哥哥蓝做的，这也是理所当然的。浅葱知道并相信全部真相，是因为他当时在场。听说这起事件最终被定性为强盗或精神不正常的人闯进民宅，犯下惨案。浅葱和蓝满身是血地倒在现场，后来是被邻居发现的。

母亲死了，随后又与哥哥分开，浅葱在那一天里失去了一切。

现在回头看看，最难熬的是在儿童看护所里度过的时光。那时浅葱离开熟悉的土地，又失去了家人，只得独自一人展开新的生活。那是他连回忆都不愿回忆的凄惨生活。抚养浅葱的私立儿童看护所条件之恶劣，在数年前被曝光，就是"没有光的家"事件，之后被迫停止营业。院长夫妇被以虐待儿童罪逮捕，案子现在还在审判中。他们没有尽到监督和养育儿童的责任，没有为儿童提供充足的食物和有序的生活。

现在回想起来感觉很难理解，但浅葱还在那里时，对自己所处的环境没有一丝质疑。在他还不清楚其他地方是怎样的情况时，就已经融入了那里的生活。只要忍耐就好，其他孩子大概也是这样想的。那些看不到的紧张感和某种强迫感一同发生反应，使得他们开始束缚彼此。

浅葱的身体在那里被刻上了不可磨灭的烙印，背负了绝对无法向他人倾诉的屈辱的过去。

就算到了现在，只要一回想起那时的经历，他就会全身起鸡皮疙瘩。越想记起当时的细节，身体就越加冰冷。像某种自我保护措施一般，体温下降，直到肌肤开始发青。自私又冷漠的院长夫妇，孩子们疯狂的眼神……孩子只想决出孰优孰劣，他们之间的关系空虚又粗暴。理智和常识在那里没有任何意义。浅葱没有力量，也没有能和他们共同讨论的话题。

因此，如今不管和谁，不管是多熟的人，浅葱都不能忍受与其有身体上的接触。不论对方的肌肤多么柔软，体温多么温暖，在他看来也都和那些令人厌恶的人一样阴冷。

在那家儿童看护所中担任首领的少年不喜欢同龄的少女，反而对浅葱很有兴趣。现在想想，也许是因为那个人曾在女性身上有过受挫的体验。他对少年有着特殊的性癖，而浅葱就成了他的猎物。仅因为手脚纤细，年龄又小，浅葱就沦为了那个前辈的施欲对象。

那时的浅葱满脑子只有一件事，就是总有一天，绝对要从这里出去。离开以后，他要爬上比谁都高的地方。他要堂堂正正地从这里逃走。

浅葱拼命地学习。他既没有力量，也没有过人的运动能力。对他来说，学习是唯一能向世界抗议的手段。他死死地坐在桌前对着教科书,咬紧牙关。即使在遭受虐待之后,他也会在昏暗的家里继续看书。他关上了心门,一心破解题集上的题目。

说真的,浅葱曾恨过哥哥。如果蓝那天能忍住的话,就不会落得这样的结果了。母亲确实是个过分的女人,但至少在邻居和学校里做好了表面工作。如果选择继续承受母亲毫无缘由的殴打,兴许自己还不至于落到这一步。

初中毕业时,浅葱离开了那个"没有光的家"。那时他下定决心,不管发生什么事,绝不再回到这里,绝不再与这里发生任何关系。他同时打了好几份工,以赚取生活费,在极限状态下继续学习。三年后,他通过了大学考试,还获得了 D 大的奖学金,可以无须偿还学费,还有一定的生活费。这下,他总算得到了自由。

这样一来,浅葱心中对蓝的憎恶之情也渐渐消失了,只剩下对他的担心。现在他在哪里,过着怎样的生活呢?

几年后,当曾经住过的那家儿童看护所终于被警方查处时,浅葱无法抑制地想"为什么没有早点儿发现"?据说警察展开调查的开端是因为一个孩子受了重伤,引起了学校班主任的怀疑。然而,浅葱之前明明受到过不逊于那个孩子的残酷对待,却没被任何人发现。浅葱诅咒着自己的命运。

自己忍受屈辱时,蓝过着怎样的生活呢?如果继续忍受母亲施暴,也许会死掉。一想到这里,浅葱便更加发自内心地想与哥哥见面,他希望哥哥的生长环境不会像自己的那般恶劣。与蓝再会是照亮浅葱前进之路的微光,是他心中最热切的愿望。

进入 D 大以后,浅葱有了学校资助的奖学金和电脑,也终于有了自己的生活空间。浅葱开始在那台电脑上记录自己半生的回忆。他淡漠地打出从小到大的生活经历,这么做或许是因为他想把那段无法向他人诉说的痛楚宣泄出来。即使已从残酷的生活中逃脱出来，浅葱却还是经常做噩梦。为了彻底逃脱，为了让自己的心绪平静，他必须将过去讲述出来。

他以为自己已将过去全部忘记，可以从头再来，可以与朋友随意谈笑，但事实上，过去和哥哥的存在还是压在他的心头。

终于有一天，"那个时刻"来了。

"木村。"

那是大四的初夏，在研究室里发生的事。

狐冢站在浅葱对面，他今天来得有点晚，大概是因为心里不安，他微笑着。

"哟，狐冢。"

浅葱刚入学就认识了同一研究室的狐冢孝太。狐冢是个典型的聪明人，很有优等生的气质，浅葱对他颇有好感。他不仅聪明，还很会说话，和他在一起时浅葱觉得很放松。此时狐冢的眼睛在细框眼镜后面带着温和的笑意。

"终于到今天了，要发表结果的日子。"

"啊。"

浅葱点了点头。

"你我都坐立不安的吧。还有三十分钟左右，就要揭晓了。"

"木村你这么镇静，快别谦虚了，真是羡慕你。"

狐冢放下包，打开自己桌上的电脑。电脑启动后，室内的空气仿佛都开始流动。浅葱听见狐冢"呼"地叹了口气。

"虽然我已经做好了落选的准备，但情绪不是单靠理智就能控制得住的啊。我花了半年写这篇论文，对它果然还是很有感情的啊。"

"你的论文不是写得很好吗?我听阵内老师说了。"

"不知道啊。提交之后我又觉得还是有很多不满意的地方,比如要是再搜集一些精确的数据就好了,或是实验样本中不确定的要素太多了之类的。"

"是吗?"

浅葱看着叹气的狐冢,笑着歪了歪头。

"结果出来之后,你把你的论文给我看一下吧,或者把不满意的地方修改了之后再给我看也行。"

"喂,你们俩,无论谁去,到时候我能不能去找你们玩?"

突然一个声音插了进来。浅葱和狐冢齐齐看向研究室深处的座位,只见石泽恭司正懒懒地靠在椅子上。他继续说道:"我想去那儿玩一两个月,房租就全免了吧?让我寄住一下嘛。"

"被选中的不一定就是我们俩中的一个啊。"狐冢吃惊地说着。

每次看到他这样,浅葱都会觉得很不可思议。狐冢说出这种话不是因为谦虚,而是他没有冷静地判断自己的实力,把自己放在了很低的位置。不管怎么想,狐冢孝太的实力都在"凡人之上,木村浅葱以下",对此他理应非常了解,然而他却一直极力避免表现出对他人的轻视之情。

"啊,好啊,你来玩吧。"浅葱回答道。

恭司的眼里有笑意。他眼皮上的环会根据表情变换角度,因此仅从眼睛就能够立刻读懂他的表情。那我可一定要去,此时他脸上的表情这么说。

"浅葱果然一点都不谦虚啊,你这点实在让我很喜欢。嗯,我一定会去的,到时我们一起和不良少女搭讪吧。"

"比起纤细型的,我更喜欢丰满型,拜托你搭讪时注意一下。"

"知道了。啊,对了,狐冢……"

恭司对浅葱笑了笑,然后像想起了什么似的叫了狐冢一声。狐冢抬起头。

"要是你不在了,我打算对月子出手。"

狐冢听到这话顿时呆住了,他惊讶地眨了眨眼,随即摇了摇头。

"你跟我说也没用啊,重要的是月子的想法,你直接跟她说啊。"

"嗯,对,那才是重点。我会努力寻找空隙伺机而动的。那家伙应该也不讨厌我。抱歉啊狐冢,等你回来她就是我的人了。"

恭司说完,狐冢说着"是是是"搪塞而过。浅葱在一旁听着,关闭了自己的电脑。离评审结果公布还有三十分钟左右,既然狐冢来研究室了,那自己还是回家接收通知邮件吧。

"木村你要回去?"

狐冢抬起头,看向站起来的浅葱。

"啊,明天见。"浅葱把包挎上右肩,冲狐冢和恭司笑着说道,"真期待结果的发表啊,明天再聊吧。"

虽然不用看结果也早就知道了。浅葱一边想着一边走出研究室,出门时对坐在门口的萩野打了声招呼。

"我先走了,萩野学姐。"

"你真是镇定啊。"

浅葱听了,缓缓地摇了摇头。

"怎么会,我可是很不安呢。就因为太不安了,才不想待在这里啊。"

走在从学校回家的路上,浅葱极其用心地看着这已经看了三年的熟悉的风景,他确信自己将要离开这里了。

他对自己提交的论文很有自信。要是那篇论文没被选中，他就搞不清评审的要求到底是什么了。争夺留学名额的最大劲敌便是刚刚在一起的狐冢，但与自己相比，他被选上的几率近乎为零。虽然没读过狐冢的论文，却也能断定这点。狐冢的脑子并不差，但仅限于优等生的程度。他只能得出优等生式的结论，无法与自己匹敌。

在得知狐冢也得到了与自己相同的奖学金时，浅葱的心里曾产生过一种类似愤怒的复杂感情。那是大一刚入学时的事。自己拼死得到的东西，竟然被一个虽然努力，却还尚有余力的男人获取。如果说狐冢孝太的努力是值得赞扬的，那拼了命、奋不顾身的自己又算什么呢？

此外，浅葱还在某个研究会上遇到了和自己待过同一家儿童看护所的学生。与浅葱不同，那名学生毫不隐瞒自己的成长经历。在研究会结束的宴会上，那个学生竟然说出"这世上我最尊敬的人是看护所的老师"这种惊人之语，还说将自己舍弃的双亲和家人现在应该还活着，但他并不想与他们相见，对他们没有兴趣。对他来说，只有在看护所把他抚养长大的工作人员才是亲人。说着这些话的他，身上散发着一股正经又阳光的气息。浅葱无法相信他口中的话，且发自心底的，对他的话感到不解。

说什么屁话！什么叫比起不知在哪里活着的家人，身边的外人感觉更加亲密？什么叫与在看护所的伙伴们直到现在关系还很好，既是兄弟又是朋友？真是越听越叫人难以忍受，开什么玩笑？简直是弥天大谎。

在那天的研究会上，浅葱受到了最多的瞩目，得到了很多赞扬。那个学生则有些不甘心地对他表示了羡慕之情。

他当然会羡慕。但浅葱却为那个学生羡慕自己这件事而愤怒不已。喂，这个家伙也好，狐冢也好，你们都以为能和我相抗衡吗？我跟你们背负的东西不同，所处的位置也不同。

塞拉大学的留学名额非常诱人。浅葱并不享受研究本身，也不认为继续做下去能从研究中找到生活的价值，只有能去一个新地方生活这一点是个难以抗拒的诱惑。浅葱想离开这里，离开这个自己出生并成长的地方，离开现在居住的家，离开上大学后终于交到的朋友和照顾自己的恩师。他们不是坏人，浅葱也很感激他们，但还是不行。自己无论如何都想将他们全部舍弃。

并不是有什么特别的理由，只是浅葱想要舍弃一切，重新开始。虽然进入大学也算一次重新开始的机会，但在这里还不能将一切完全舍弃，无法让他满足。在新的地方，浅葱可以回到无色的状态，可以更好地重建自我。而能够实现这一切的机票即将落到自己手中。浅葱对此已经渴望了很长很长时间了。

在学校看到贴出的比赛通知时，他兴奋得热血沸腾。谢谢。他在心中感谢不特定的对象，只想表达出感激之情。太感谢了，这场比赛肯定从一开始就是为自己准备的，自己一定能够获胜。

他回到家，打开昏暗房间里的灯，走向放在桌子上的电脑。刚才在研究室里对萩野说的话并非谎言，他很不安，心神不定。因为只要想想自己将要获得的东西，他就幸福得快要晕过去。他要小心，不能让自己心中的兴奋被狐冢和恭司发现，所以才很不安。

他打开电脑，点开邮箱。"您有一封新邮件"，发件人是D大教务处。虽然他心中已经有了结果，但对狐冢做到了什么程度还是很感兴趣。他想着，点开了页面。

但是——看着屏幕上显示的邮件内容，浅葱瞪大了眼，向前探出身子。他不敢相信自己的眼睛。

（这不是真的吧？）

他不敢相信，反复把邮件内容看了一遍又一遍。眼睛浏览的速度越来越快，头脑却越来越迟钝，一种好几年都没有体验过的感觉从胃底蔓延上来，覆上了他的肩膀。

"最优秀奖"，浅葱的名字并没有出现在那一栏里，他落选了。被邀请去未知土地的机会，以及重建自我的可能都化为乌有，今后只能选择继续研究或就职。

他的大脑仿佛被麻痹了一般，所有感觉都变得迟钝起来。浅葱又一次看向屏幕，这一次，他那干裂的嘴唇里发出了轻轻的声音。

"这个人，是谁？"

说出这句话之后，浅葱的体内像有什么东西炸裂开来。接着他用更大的声音叫了起来："这是谁干的，开什么玩笑！竟然把我挤了下去，到底是谁，干出这么荒唐的事？到底是什么目的？"

浅葱握拳砸向桌子，低举的拳头砸在桌上的声音越来越响。咚，咚咚，咚，咚，咚！伴随着这个声音，他的呼吸也越来越粗重，砸在桌子上的拳头完全感觉不到痛楚。浅葱十分愤怒，但他是后来才意识到自己的愤怒的。当时他的感情过于激烈，来不及整理，甚至无法给这份感情冠上名字。他无法让自己不发出声音，即使咬紧牙关，还是会忍不住大喊出来。"可恶！开什么玩笑！可恶！"

最优秀奖得主的名字把浅葱的感情践踏在脚下。

那个名字是——"ι"。

"ι"。

"ι"是冻结在记忆中的那个名字的希腊字母写法。当时浅葱还以为"ι"是撰写那篇该死的论文的人的姓名首字母。这是姓还是名字？谁的名字是以"i"打头的？在极度愤怒的情况下，那个字母的发音并没有与他脑海中的哥哥重叠起来。这个名字对他来说并不重要，重要的是对方惹怒了他这一事实，以及对方的所作所为本身。

浅葱从担任评审的阵内教授那里要来了对方的论文，如饥似渴地读了起来。《情报保密措施的攻破》，文中一味地强调数据管理的无意义，却没得出应该采取怎样的举动，通篇只是阐述了现今所做的一切努力是何等徒劳。

很有趣，写得非常好。然而浅葱却无法认同这篇论文，他也不可能认同。这可是学校举办的正经比赛，浅葱想不通为什么这种新颖的论文能够取得第一名，他觉得这太卑鄙了。是的，浅葱没发现，从一开始他就没想到还有这样的写法和对题材的理解方式。所以没办法，这场比赛本来就不公平，他对自己说道。

过了一阵子，浅葱从阵内的嘴里得知，在与"i"的论文比较之后，浅葱和狐冢的论文被评为"保守"。两人得出的结论没有冒险性，略显无趣。虽然他们俩的论文也都很出色，但这次评审们认为一举打破常规的"i"更有魅力。

浅葱也读了狐冢的论文，读后他感到十分气愤。他和狐冢的论文之间差距很大，相较而言狐冢的更保守，而他做了一些新的尝试。他无法忍受。那个得到了最优秀奖的"i"，论文的冲击力真的有那么强吗？而在"i"放射出的强光的阴影之下，浅葱和狐冢竟被看作是同一水平。

如果自己知道那种打破常规的方法可以被接受的话……浅葱那时满脑子都是这一想法。他在心里不断地说着，那是对谁都无法倾诉的心声。如果自己当时知道那种论述方法也是被允许的，到底能不能写出超过"i"的论文？能不能赢过"i"？

浅葱意识到,自己无法立刻对这样的心声做出回答。

即使处在同一条件下,自己也不一定能赢。在意识到这一点的瞬间,浅葱又低声对"i"骂了一句"可恶"。他感到了深深的挫折感。是谁,那到底是谁?

浅葱没有力量,也没有过人的运动能力。能与世界对抗的手段,就只有他的头脑。而想要让一切重来,到新的地方生活,必须凭头脑才能实现。然而,他却在这种地方被迫停下脚步,被迫对一个身份未知的人承认失败。

"'i'到底是谁啊?不会是你吧,木村?对奖项本身没兴趣这一令人讨厌的地方也十分像是你的风格啊。"一名研究生学长问他。

浅葱露出一个优美的笑容,点了点头。

"没错,就是我,前辈。"

谁都无法体会他的心情。

对狐冢,他也是同样的态度。以开朗的声音说着:"那篇论文你看了吗?真厉害。那真的是大学生写的吗?"

他干脆地说着,完全没有不甘心的样子——这才是木村浅葱该有的状态。

浅葱是抱着什么心情说出那些话的?他心中有怎样的委屈与不甘?

每当有人问他是不是"i"时,浅葱都会想到狐冢孝太。"狐冢,你是'i'吗?"那篇论文虽然不像他的风格,但能写出那种论文的人,肯定和浅葱一样,也是大四的学生。当然也有可能是其他学校的,但由于狐冢离得最近,所以浅葱非常怀疑。"狐冢,那篇论文是你写的吗?你是'i'吗?"

浅葱边想着边咬紧了牙关。真要是你的话,可不能就这么算了。你是抱着什么目的对我微笑的?你那讨人喜欢的、温柔平和的笑容难道是缘于傲慢吗？是因为你看不起所有人，才能大度地原谅吗？如果真是这样，那狐冢就是浅葱平生所见唯一比自己还要傲慢的人。

绝对不能就这么算了。我要让你现出原形，看我把你揪出来。为此浅葱拼尽了全力。在研究室里时，他一如既往，一副事不关己、早就抛在脑后了的样子，对"i"的真实身份也装作漠不关心。表面做出木村浅葱应有的态度，背地里则双眼充血地寻找"i"的消息。他不会让"i"以未解之谜和传说中的梦幻天才学生的身份消失。这个人一定存在于某处。

也许他并不是本科生，而是一名专家，为了捉弄世人而假扮学生。就算真是如此，浅葱也要弄清事实真相。那篇论文不可能是与自己同龄的人写的。如果"i"是年龄大许多的、已经有数年研究经验的研究员，那浅葱就可以接受自己的败北。

浅葱没让别人知道自己在寻找"i"，而是以研究为幌子，对每一个接触到的对"i"的论文所涉及的研究领域较为熟悉的人进行调查。他把自己的毕业论文扔下不管，出席了许多另外专业的研究会，还去了其他学校，特别是与那次比赛有关的学校，进行调查。

听到阵内等评审员说到有可能是"i"的人名时，他都暗暗记下。在有传闻说"i"有可能是通过跳级入学制度进入 C 大的学生时，他甚至去接近了跳级入学的每一个人，还与他们成为朋友。

他还隐藏身份，每天浏览各个情报工学的网站。"i"的论文在网上也成为一大话题。浅葱将与"i"有关的传闻一个不落地收集起来，确认其真伪。虽然调查都以失望告终，但他仍每天不断重复这些行动。

从零开始的情报搜集工作需要相当的毅力，更何况还不能在寻找的过程中暴露身份。虽然浅葱并没做什么违法的事，但隐蔽性这点对他来说比什么都重要。他的自尊不允许他对其他人过于执着。

他注册了好几个匿名邮箱，之后又将它们全部作废。专业学习在这些日子里荒废已久，但浅葱并不在意，因为他被别人小看了。在失去了将如今的生活推翻重来的机会后，没有什么比雪耻更加重要了。

离结果发表的日子已经过去三个月了，学校教务处给"i"表明身份的延缓期限也已经过去。浅葱本以为随着时限将至，作为副奖的留学机会将失效时，"i"就会表明身份，但对方没有任何动静。这时，浅葱心里第一次觉得也许该放弃了。"但是，再等一等，至少再给我一个月的时间。"就这样，浅葱继续着他那徒劳的搜查工作。

随后——

某天晚上，从研究室回到家的浅葱不报任何期望地打开了电脑，依照往常的习惯，他先打开了邮箱，却猛吸了一口气。他的目光停在一点上。"您有一封新邮件"。

邮箱里大多是来自研究室的邮件和就职情报，一封新收到的陌生邮件夹杂其中。

标题为："θ 在吗？"发件人的邮箱地址由 C 大学工学系的学号、@ 符号和 c-univers 域名组成。这是 C 大工学系的学生入学时领到的邮箱地址，"i"的论文就是通过伪造学号的 C 大邮箱寄出的。浅葱不会忘记那个学号，这几个月里他一直想着那串号码。学号为"0∗C49∗∗"，与现在他眼前的邮箱地址"0∗C49∗∗@c-univers"里的号码完全相同。

浅葱粗暴地用手推开桌旁成捆的研究用纸和书籍，把脸贴近屏幕，近到额头都能感觉到屏幕发出的细小静电。

是"i"，真的是"i"，错不了。

浅葱平常不会把私人邮箱地址告诉别人，因此这个邮箱大多接收转发的邮件，不怎么有人直接把邮件发到这个地址。但现在却有人向这个理应谁也不知道的邮箱发了邮件。

知道这个地址,并且还重启了含有伪造学号的邮箱,这肯定是"i"本人。

浅葱打开这封名为"θ 在吗?"的邮件。"θ"是浅葱寻找"i"时使用的众多假名中的一个。他为自己取了一个和"i"类似的单个字母的名字。也许是"i"从哪里得知有人正在寻找自己,从而对浅葱产生了兴趣吧。

邮件里显示的并不是文字,而是一行青色的由字母和数字组成的网址。从意识到发信人是谁的那一刻起,浅葱一直屏住呼吸。他兴奋不已,毫不犹豫地点开了那行网址,电脑发出了一阵轰鸣声。

点开后画面上出现了一个简单的聊天室页面。在没有任何装饰的冰冷对话框中,白色占了很大面积。"i"已经在那里了,不知等了多久。

> i> I heard u r looking for me.

我听说你在找我。浅葱将映在眼里的英文翻译过来。"I",这是英文里表示第一人称的单词,但无法分辨是男是女。大写字母"I"。这里大概有什么暗示。浅葱眯起一只眼睛。他在开玩笑吗?

> θ> Yeah, I wanna get to know you.

没错,我想认识你。

"i"并没有立即回答。过了很长一段时间后,一行英文缓缓地出现。

i> No way.I wanna chill. Just leave me alone.
θ> I respect you.Ur thesis is so cool.

  我想要安静,让我一个人待着。面对这样回应的"i",浅葱固执地紧咬不放。我很尊敬你,你的论文很棒。他继续使用着交际用语。"i"似乎想逃脱,没有立即给出答复,显得十分不感兴趣。"θ"则都是即刻回复,热情地追寻着"i"。
  这样的对话进行了不知多长时间后,"i"突然完全不回话了。浅葱屏住呼吸,焦急地看着屏幕。是不是自己太缠人了?绝对不能把对方逼下线,要隐藏起自己的身份。这是他好不容易找到的线索,绝对不能放过。过了好长一段时间,就在浅葱刚想把手放在键盘上随便打些什么的时候——
  画面开始摇晃。

i> You shouldn't trust anyone, θ.

  "shouldn't trust"?就在浅葱看见"i"的这句话的同时,电脑硬盘发出剧烈的轰鸣声,并不停嘎嘎作响。同时画面开始自动切换,原本以白色为基调的画面上方一下子出现了无数个字母。明明自己没进行任何操作,那些文字却不明其意地排成几列,还在不断地增多。
  浅葱吓得几乎停止呼吸。他慌忙敲着键盘,却无法使画面停止。整个屏幕被马赛克一般的字母覆盖。
  "可恶!"
  眨眼之间,画面已全部被占满。之后,在被字母覆盖的屏幕上,又开始出现一串串拉丁字母和数字,仿佛要把整个画面涂黑。在被填满的屏幕中，浅葱勉强能识别出一行对方嘲笑他的句子："太不小心了，θ。"

"这个……浑蛋！"

浅葱的声音颤抖着。他敲击着屏幕和硬盘，又锤打了一番键盘。发现都没有效果后，他终于想到要切断电源。此时的他，已经无法做出冷静的反应了。硬盘还在嘎嘎作响，那声音令人恐惧，像是硬盘内容正被提取的操作音。那个看不见的对手正以惊人的速度侵入自己的领地。

几分钟后，屏幕上映出浅葱失去血色的苍白的脸。硬盘终于不再嘎嘎作响，屏幕上一片宁静，放射出光芒的电流的气息也完全消失了。

"这家伙……"

浅葱小声嘀咕着，用力咬住了嘴唇，拳头无力地抵着屏幕。

他的电脑中了病毒，一旦启动搜索功能，相关文件就会被破坏。浅葱为自己的愚蠢感到愤怒。那场对话是"i"用来拖延时间的。他回答的速度非常慢，自己当时就该注意的。浅葱中了他的圈套。对方的专业到底是什么？他问自己。为什么自己那么容易就中了他的圈套？为什么没有更用心地抓住这次机会？为什么？他想着，咬着嘴唇的牙齿又用力了一些。

就像浅葱在找"i"一样，"i"大概也对浅葱产生了兴趣。为了了解对方，"i"采取了掠夺数据的方式。他希望浅葱放过自己，浅葱却非要刨根问底，所以他便采取了这种方式来惩罚浅葱。

实在是太不甘心了。浅葱喘着粗气，肩膀剧烈地颤动。自己中了圈套，还暴露了身份，暴露了对"i"如此执着的人不是别人，正是木村浅葱的事实。被人知道了冷淡表情下隐藏着的丑陋的自己。

接下来他只能任凭"i"处置了。即使不暴露身份,他也可以用其他方式巧妙地将事实散播出去。浅葱的秘密已落入敌手。

就在这时,浅葱突然意识到一个事实。他看向电脑硬盘,数据恐怕全部被偷了,那自己的日记也……

"啊啊。"

他吐出一口气,看着天花板。那篇记载着自己禁忌的过去的日记如果被别人读了,事情会变成什么样?哥哥的罪行将被曝光,而且……浅葱的身体因紧张不安和厌恶感而僵硬起来。

——浅葱在儿童看护所里的遭遇也将被曝光。那时的那件事……

浅葱感到一阵眩晕。光是想象,他就快要失去意识了。他强迫自己冷静,对自己说一定是哪里出错了。但浅葱比任何人都清楚,这是无法否认的现实,已经无力挽回。

他插上电源,屏幕显示出一列列由字母组成的如马赛克一般的乱码。数据已经无法修复了。

日记也化为乌有了吧。

浅葱用颤抖的手按向电源,屏幕上的画面消失时电脑发出"咻"的一声。浅葱听到这个声音,默默地闭上了眼。

七

"哎呀,木村?是木村吧?"

在从闹鬼隧道回家的电车里,突然有人叫他的名字。浅葱抬起头,看见萩野站在那里,似乎刚刚上车。萩野看上去像是刚刚下班,她右手提着公文包,虽然没穿西装,但穿着带领子的衬衫和黑色的裤子,显得很正式。

荻野确认了浅葱的脸后，边笑边说着"果然是你"。

"最近我们经常碰面啊。我刚从学校回来，刚才见到了阵内老师，老师看上去很有精神啊。"

"荻野学姐……"

"不过能见到你真是太好了，我一直想跟你联系，却发现我根本没有你的联系方式。"

她露出一排整齐的牙齿说道。浅葱微微歪了歪头。

"是吗？真是的，我居然没和荻野学姐这样的美人交换号码，实在不像是我的风格。大概是因为您是高岭之花一般的存在，所以我早早就放弃了。"

"谢谢，就算你说的是客套话，我也很高兴。"

"既然您去了研究室，那您是不是从阵内老师或是其他人那里知道了我的电话号码？"

"嗯，狐冢告诉我了。"

"啊啊。"

也许不该在这里中断对话。浅葱点点头，荻野的表情忽然变了。

"木村啊，前一阵子我们曾在我老家相遇来着吧？就在这个月初。"

听到她说出口的话，浅葱一瞬间停止了呼吸，立刻看向荻野。开往相反方向的特快列车从她背后驶过，车身随着"咣"的一声小幅晃动起来。

浅葱心里又焦虑起来，他想起了那个不知去向的窃听器。

荻野继续说道："你知道吗？那幢公寓楼里发生了杀人事件。"

"嗯，听老师说了。"

浅葱点点头。

"好像就在我们相遇那天过后不久，尸体就被发现了。据说案件有可能发生在我去拜访的那天，真是令人吃惊啊。"

"嗯，真可怕。"荻野说着，声音似乎有些颤抖。

"据说警察还去姐姐家调查了。被杀的人是个女公关。果然那一带也一年比一年恐怖了啊。"

"那里的治安似乎确实不太好……荻野学姐，您在哪里下车？"

"我？我在下一站换车。木村在再下一站下吧？还住在那里吗？"

"是的。"

"木村你住的地方很宽敞啊。"

"那房子已经很旧了。"

"我也还住在学生时代住的房子里。月子还经常来玩呢。"

"月子？"

"不介意的话，浅葱你下次也来玩吧。"

"好的，如果不会给学姐添麻烦的话，我很乐意。"

此时车内正好响起报站的广播声，荻野立刻做出了反应。

"还有啊，木村。"

荻野转向浅葱。

"话说回来，上次在停车场撞到你时你是不是掉了什么？我捡到一个东西，是不是你的？"

电车减慢了速度，窗外闪过一个个写在柱子上的平假名站名。

"我觉得那应该是木村你的东西，但那是……"

她迟疑着没有说出口，带着一副不太自信的表情抬头看向浅葱。浅葱感到自己的嘴唇发干，迅速抢先说道："您是不是发现了什么见不得人的东西？"

萩野因吃惊而有些动摇，她盯着浅葱。浅葱认为自己应该微笑，却无暇顾及。萩野僵硬地点了点头，说了一声"是的"。

"我曾经在公司的电气化部门做过一段时间，见过同样的东西。那是窃听器吧？"

电车停了下来。

浅葱缓慢地抬起了头，在这一瞬间，他下定了决心，之后便做好了见机行事的觉悟。

"原来那个东西在萩野学姐手里啊。"他勉强说了一句。

这时车门打开，萩野看向浅葱。

"啊，太好了，那我就可以还给你了。你再联系我吧，从狐冢或月子那里可以知道我的电话号码。"

"啊，谢谢。您帮了我大忙。"

浅葱淡淡地笑着，看着萩野走下了电车。站在站台的她回头说道："那我等你联系。"

电车车门伴随着空气被挤压的声音关闭，浅葱目送萩野的背影消失。她已经意识到那个东西是什么了。

七月三日。

森本夏美死亡案件被平淡地报道为一起住在乡下的孤独女人遇袭事件。新闻里说警方怀疑是熟人作案，除了这点，没有任何附加报道，也没有后续新闻。浅葱之所以选择在与自己完全没有关系的地方作案就是为了这个。然而，却被萩野发现了。

为什么他们会相遇呢？对双方来讲这都是最坏的情况。

一定是出于某种必然。浅葱无法迫使自己不去这么想。

八

　　日记数据被盗后的几天里，浅葱一直坐立难安，度过了一段难熬的时光。

　　有人看了那篇日记，这份恐惧使他人的眼神在他眼里都发生了可怕的变化。自己的过去被人知道了，而比这更痛苦的是，哥哥的事也被写在了那篇日记里。为了保护浅葱，一遍遍从桌子上往下跳的蓝。浅葱觉得是因为自己才使哥哥陷入水深火热之中，因此产生罪恶感，心里犹如刀绞一般，后悔且胆怯。

　　会有人认为那离奇的有如电视剧一般的故事是现实吗？对啊，没人会相信。肯定会认为是编造的小说之类的故事。他如此说服自己，咬着嘴唇，心里的不安却一直无法消失。只要稍微调查一下就会知道那是事实，那样一来，就一定会对浅葱现在的生活有所影响，连现在应该在某个地方过着平淡生活的哥哥也会被连累，被贴上罪犯的标签。那样的话，哥哥会怎么看待浅葱？

　　一个不清不楚的声音钻进浅葱的耳朵深处。"蓝，快跑。蓝，拜托了，快跑。"

　　全都是自己的责任。

　　应该责怪自己如此轻率地接近"i"，傲慢地妄图窥视"i"的真实身份，都是浅葱不好。还是要怪举办了那场直接导致自己变成这样的比赛的学校不好？所有交织在一起的偶然都让他厌恶至极。可不管再怎么后悔，再怎么紧咬牙关，都已经无济于事。

　　"i"没有任何反应，身边没有发生任何事。这却使他一天比一天更加不安。

　　由于"i"没有现出真身，论文评审团讨论决定把"i"放弃的去美国留学的副奖颁给第二名浅葱。全新的土地对浅葱而言依然很有魅力，然而此刻他的心情很复杂。"i"十分清楚自己对他的执着，如果自己捡了这个他不要的奖，一定会被他嘲笑。浅葱光是想想就觉得胃在颤动，这份屈辱令他难以忍受。

而且，他不能在有人知道了哥哥的所作所为后只顾自己逃去遥远的地方，这等同于对曾经那般爱护自己的哥哥的背叛。但如今，他无法与"i"取得联系，只能束手无策地等待。

就在那之后，硬盘数据已修复的电脑又收到了一封邮件。

标题："浅葱在吗。"

这标题仿佛在哪里见过。浅葱感到惊讶万分，不禁将身子探向屏幕，寻找发信人的邮箱地址。

"0＊C49＊＊@c-univers"，是他见过的地址。浅葱看着这意外的发件人，瞪大了眼睛。是他，是"i"。

浅葱的手因急躁和不安而不听话了，他慌慌张张打开邮件，虽说很可能与上次一样，依旧是个圈套，但浅葱想不了那么多了。反正中过一次圈套了，现在的他已经不再害怕任何事物。邮件内容也与上次的相同，又是一行青色的网址，等待浅葱点击。浅葱移动光标，点进了一个与上次的圈套相同的白色界面。

冰冷的聊天室页面呈现在眼前，"i"已经在那里等待着浅葱了。

  i＞ 浅葱。_

浅葱有些迟疑。过了几秒之后，剩下的信息渐渐显现出来。

  i＞ 浅葱。你是浅葱吧？木村浅葱。

你是我的弟弟吧？双胞胎弟弟。我是_

　黑色的下划线在屏幕上闪烁不定。浅葱完全不明情况，却感到胸口深处一下热起来。他屏住了呼吸。

　　i> 你是我的弟弟吧？双胞胎弟弟。我是_
　　i> 我是木村蓝啊。_

　那篇优秀的论文。
　浅葱完全无法与之媲美。
　他打从心底觉得自己输了，无法战胜对方。竟然输给了不明身份的陌生人，怎么会有这么荒唐的事？他的脑海中闪过一束黑色的光……难道是？
　能让浅葱无条件地接受失败的，在这世上只有一个人。如果是他，比自己优秀也是理所当然的。
　浅葱呆坐在电脑屏幕前，忘记了要打字来做出回应。他的手臂、膝盖和手指都在颤抖着。这太令人无法相信了。
　"蓝……"
　浅葱仿佛喘息一般小声嘟囔道。大脑深处不断传来耳鸣一般的声音。他的脸在发烫。
　"蓝"。"1"是……
　身体仿佛已不在此处，他感到一种悬空的浮游感。一想到在相隔甚远的两个地方生活着的两个人，他的头便自然地向两边摆动。他又一次叫出了那个名字。
　"蓝。"

浅葱用僵硬的手指打出了回答。他的大脑中枢完全不受控制，仿佛发了高烧一般。他不敢相信这个事实，但他想去相信。他想要相信他们终于相逢，找到了彼此。

θ＞ 蓝，真的是你？

他好不容易才打下了这行字。这次对方立刻做出了回答。屏幕上显示的是："我好想你。"

九

他想起记忆中被蓝色薄雾笼罩的景色。

满是湿气的房间里有铁的味道。傍晚的阳光从窗外照射在地上。（这是什么时候的记忆？是什么时候的事？）

在夕阳的照射下，屋里的地板上投下几个影子。一个少年闭着眼坐在地上，其他人围着他转起圈来。他们牵着手，咕噜咕噜地转了起来。

> 泡沫涌上来，水烧开了
> 有没有煮熟，尝尝看好了
> 咯吱咯吱咯吱，还没煮熟呢

一位少年笑了起来。这位少年的个子很高，看上去最为年长，他对旁边的朋友笑了笑，这是个"暗号"。少年点了点头，松开手，离开了圆圈，跑向房间的一角。房间角落的洗衣机正在洗衬衫，发出隆隆的响声。

（啊啊，没错。原来是这个游戏……）

    泡沫涌上来，水烧开了
    有没有煮熟，尝尝看好了
    咯吱咯吱咯吱，已经煮熟了

孩子们都笑了起来。被围在中间的那个孩子不安地慢慢抬起了头。他用纤细的手撑住地面，困惑地向四周张望。几张脸从上面俯视着他。

"壁橱。"

其中一人一脸窃笑地说道，是一个高个子少女。

"壁橱，不进去可不行。还是你要选择被吃掉？"

她嘴角上扬，歪着嘴微笑着。话音刚落，一个与被围住的孩子同龄的男孩高声说道："快进来！大小正合适。"

"快起来。"

"说话啊，你没有嘴啊？"

他们的话语像箭一样落在中间那个孩子的身上。不能与他们纠缠，他默默地站起身。高个子少年见状很是不满。

"给我等等。"

"还没完呢。"

少年想要挣开肩上的手，却敌不过。他用尽了全力，却只能任凭自己的手从那个少年的手上滑下。少女也用手抓住了他的肩膀。"进去吧,进去吧——"无情的声音在狭小的空间里产生了回音。他拼命挣扎,最终还是被那几双手拉到了房间的一角。

尖锐的笑声震动着他的鼓膜。放在墙边的洗衣机旁边,有一个昏暗的巨大洞口大张着。

"进去吧。"少女说道。

在她的命令下,那些抓着少年的手臂开始把他往洞里推。"不要,不要。"他拼死抵抗,却因头部被按住而无法活动。

"我很讨厌这家伙。"

"我也是。明明是个后来的。"

"我们明明对他那么温柔。"

"这样的家伙被鬼吃掉才好呢。"

鬼。听到这里,他惊恐地抬起头。在他眼前,一个圆形的玻璃盖封住了洞穴。厚厚的玻璃上映出他歪曲丑陋的脸,脸,脸——

"鬼。"

"对,就这么办吧。"

"死刑!"一个人说道。

说话的少年是之前这里年纪最小的,恐怕一直扮演着被欺负的角色。此时他滑稽地在地上跳着。

他们把少年关进了壁橱,并用钥匙哗啦啦地锁上了门。

一个孩子唱起来。其他孩子也跟着唱了起来。

  吃过饭,泡过澡

(啊啊……那是烘干机)

少女的嘴唇照在玻璃上,扭曲地拧了起来。

她的手就在那时——

　　盖上被子　睡觉吧

雪白的手指按下了烘干机的开关。

十

　　七月二十四日，深夜。

　　今田信明将红笔拿在手上，眼前是堆成山的文件。他伸手拿起桌上的罐装啤酒，却发现罐子已经空了，不由得咂了一下嘴。对啊，已经把啤酒喝光了。今田烦躁地向走廊看去，凝视着冰箱。但刚才确认过没有啤酒了。他叹了口气，伸开双臂，使劲伸了个懒腰。

　　昨天从公司带回来的工作，目前依旧停在同一个地方。他在这家公司已经工作五年了，工作并不需要太多的脑力，但工作量非常大。单调重复的工作使今田渐渐失去耐心，再加上中途喝了酒，现在他的身体和脑子都非常倦怠。

　　反正这种工作谁都能做。

　　望着迟迟不见减少的文件堆，他突然产生了一种想要放弃一切的心情。将现在的工作辞掉，离开这个地方，也离开现在的朋友，若真能这样该有多好。在认真地考虑将这个想法付诸实践的同时，他又立刻露出一种自虐式的苦笑。真是无聊。

　　今田会有这样的想法，大概是因为两年前朋友出的事故。他们从小一起长大，即便在不同的地方上学和工作，也保持频繁的联络。

然而，在两年前，这个朋友突然去世了，是被电车撞死的。他工作了三年左右，在一个晴朗的早晨，从车站的站台上掉了下去。据说看上去既像是自己跳下去的，也像是被上班高峰的人群挤下去的，众多目击者的证言各不相同。在他旁边等车的白领听到了今田的朋友最后发出的声音，不是一个完整的单词，也不是疯狂的叫喊，而是像突然屏住呼吸一般，一声短促的"啊"。据说那一声听起来既像是惊呼，又像是做好了受死的准备。

他到底是自杀，还是死于事故？

今田完全想不出促使他非要自杀不可的原因，却觉得可以理解。理由是什么，无所谓。估计就是"想想今天要工作就感到很疲惫"，或是"讨厌上班高峰期"之类的原因。即使是他自己主动选择了死亡也无所谓。对今田来说，使他内心受到震动的是，在他们这个年纪就有可能会死这个事实本身。死亡会使一个人与正在生活的地方一刀两断，完全断绝关系，真是太令人难以置信了。不论是正在努力做的工作，还是对恋人执着的感情，一切都会在一瞬间，与自己毫无瓜葛。

两年前——

就在朋友刚去世时，今田的生活也到了最糟糕的地步。

当时今田有一个交往了一年的恋人，小小的脸上有一双迷人的大眼睛，是个未经世事的大小姐。听说她父亲是总务省的官员。她是一个认为只要交往就肯定会结婚的思想守旧的女孩儿。今田身边从没出现过这种类型的女孩儿，因此感到十分新鲜。虽然那个女孩儿的门牙很大，牙齿也很不整齐，但当时的他觉得她的一切都很有魅力，可以说是情人眼里出西施。

但他从那时起感到了迷惑。以朋友的死为契机，今田开始认真地思考。也许自己明天就会死掉,那么,现在与她交往这件事到底有什么意义?

今田的态度突然变得生硬,女孩儿开始产生不信任感。后来——
"为什么你没有告诉我?"

那应该是前年年末发生的事。女孩儿对他说着,眼里全是眼泪。

这是向今田强加的廉价的同情,还是她真的对今田没有告诉她这件事感到不满?今田认为原因大概是后者,于是很阴郁。

"我让爸爸……去侦探调查所调查了一下。唉,为什么呢?你为什么不告诉我呢?没有什么需要隐瞒的啊……"

记忆中的她说了这席话来责怪今田。没有什么可隐瞒的,她说这句话时的声音就说明了一切。其实今田并没有特意隐瞒,只是没有明说而已。是的,听到她指控说"隐瞒",他才终于察觉,但也正是由于这个,他才没有把那件事说出口。

"那并不是你的错啊。没什么丢脸的,不就是孤儿吗……"

她边哭边说着"并不是你的错"。

今田用力攥紧了手中的红笔。他单手将空啤酒罐捏瘪,晃动着头部。

父母欠下了无论如何也无法还清的债务,之后就把自己丢下离开了家。那是今田上小学时的一个白天发生的事,被丢下的今田后来由儿童看护所抚养。

他没有交代自己的身世,原因并不是对这样身世感到羞耻。当时今田很爱那个女孩儿,是在意她的心情,才不想告诉她这件事的。因为如果谈到儿童看护所的事,就一定会涉及那个,涉及充斥于那个养育今田的地方的人类无可救药的恶意。

他想起那些孩子和自己疯狂的双眼,想起彼此以力量决定优劣的情景。真是残酷,现在想想真是太残酷了——为了保护自己,他只能那样做。不能承认自己比其他人"弱",必须保证自己在他人之上。所以……

所以,别无他法。

他睡眼蒙眬地看着天花板,在心中为那时的自己辩护,这时,房间里突然不合时宜地响起尖厉的"叮咚"一声。因疲累和酒精作用而麻木的意识立刻觉醒,他迅速看了一眼时钟,已是早上三点。

今田眯起眼睛,心中闪过几个酒肉朋友的脸,却都不太清晰。自从两年前朋友去世,然后与恋人分手后,今田与其他朋友也渐渐疏远起来。

"叮咚"——尖厉的门铃声催促着。

今田站起身,尽量小心不发出声音地向门口走去。他屏住呼吸看向猫眼,从那个圆圈里确认客人的身份。刚一看到,他就"啊"地叫出了声。

对方也看着猫眼,仿佛看穿了今田就在门的那边,对方的双眼紧盯着猫眼,一动不动。

今田呼出一口气,又屏住了呼吸。在猫眼对面盯着自己的,是一张他很熟悉的脸。那张脸上的五官清秀端正,因此显得有些冷漠。

客人沉默了片刻,但他应该听到了今田一开始不小心叫出的那一声,于是,隔了一会儿后,他叫道:"今田先生。"

客人仿佛隔着门板看到了今田的脸一般,又笑着说道:"晚上好,今田先生。"

"……等一下。"

今田开动混乱的头脑,思考着。怎么会?"他"为什么会来?这究竟是怎么回事儿?

犹豫再三后,他下定决心,抬起头,拿掉门上的锁链,打开了门。

"他"在门外站着,冷冷的脸上浮现出笑容。被楼道里的灯光照出的样子的确与记忆中的相同——他提着便利店的白色塑料袋,里面装着啤酒,但想必不是要给今田喝的。

他默不作声,径直从今田身边走过,走进了屋。他沉默地脱了鞋,准备走进房间。

"喂,等一下。"今田边关门边叫着,"你到底怎么……"

听到声音,他停住了脚步,从房间里看着站在门口的今田。清秀的脸上,嘴角两端微微上翘,露出仿佛在缅怀什么的平静微笑。

"烘干机。"

"啊?"

"你知道烘干机里有多热吗?"

他提问的声音非常冰冷,抬头看向今田的眼神阴沉得令人恐惧。虽然他脸上挂着笑,眼里却毫无感情。今田不明白他话里的含义,只能沉默地回望着他。他的话与孩子们在万圣节索要糖果时的台词有些相似——"不给糖就捣乱"。他的语气干巴巴的,脸上毫无表情,仿佛是被谁逼着说的一样。

今田歪着头看着他,突然……烘干……机?记忆中的一点与对方的脸联系到了一起。

"你忘了吗,今田先生?"

他苦笑着说道。看见他夸张地耸肩时,今田突然想起"泡沫涌上来,水烧开了",这下,他真的觉得呼吸困难起来了。

那是发生在很多年前的记忆碎片了,今田已经忘记。

"——好烫!"是那个人的叫声。

而此时,同一个人长大后的脸正冷冷地对着房间深处,似乎在催促站着不动的今田一般。

"我身上全是烧伤,想逃却没处逃。手能碰到的地方,脚能伸到的地方,全都烫得吓人。"他的声音毫无起伏。

今田心里受到了强烈的冲击,接连后退了两三步。明明是自己所处的位置比较高,但在被对方冷冷的视线盯住后,他却觉得身体在渐渐萎缩,这就是被对方俯视的感觉。

那人雪白的手在塑料袋里摸索着。

(被鬼吃掉才好呢。)

今田握紧满是冷汗的右手,脑海中回想起那个声音。没有办法,我也是没有办法啊。因为……对方向今田走近了一步,边走边拿出皮手套戴在了手上。

"喂。"

他蹲下身,从袋里拿出锋利的刀,是一把大型军刀。今田注意到时,他已经蹲在了今田的正下方。在他亮出刀子的同时,今田感到一阵冰凉的触感滑过肌肤,接着,从覆着一层薄薄皮肤的喉咙深处,发出仿佛摩擦空气一般的"嘶"的一声。

"你知道烘干机里有多热吗?"他仿佛觉得很无趣一般继续问道,这时他脸上的笑容已经不见了。

他的手迅速向后移动,今田立刻意识到危险,刚想翻身,喉咙已被划破。

"哇!"

今田感到被攻击的地方像被火燎过一般火辣。他的锁骨上方被刀擦过,流出了血。他顿时膝盖瘫软,倒在原地,用手盖在受伤的地方,感到手指间黏糊糊的。这是……今田睁开眼,感到快要哭出来了。这是血吗?怎么办?他按住颈部,但血还是不断从皮肤下方溢出。怎么办？怎么办？

今田匍匐在地上，拼命地思考着，随后逃进了屋里。对方并没有立刻追上来，怎么办？怎么办？有什么能对抗的武器？手机呢？要怎么求助？在他的脑海极度混乱时，听到了"咔嚓"一声。这个声音……今田绝望地看向声音传来的地方，发觉自己选择了错误的方向。刚刚传来的是大门被锁上的声音，不该往家里逃的，应该往门外的走廊上逃。

对方拿着刀，出现在屋里的灯光下。今田一边发出"咿"的叫声一边拼命地逃跑，桌上堆成山的文件散落一地。那人用力在空中挥了一下刀，仿佛在说只要他愿意，随时都可以终结今田的性命。今田感到浑身战栗。

会被杀的。

今田的意识终于跟上了眼前的状况。对方正看向自己，原本看不出任何情感波动的眼睛此时发出奇特的光，仿佛在嘲笑，又像是同情。背部被击中了，今田光是想想背部被砍出的伤口就忍不住要流出眼泪。他全身发热，倒在了地上。在他倒下的同时，对方的手抚上了他的肩膀。今田发出"啊"的一声叫喊。

要被杀了……

要被杀了，要被杀了要被杀了要被杀了要被杀了……

（这样的家伙，被鬼吃掉了才好呢。）

（对，就这么办吧。）

"我……我错了，所以……"

今田嘴里吐出灼热的气息，拼了命才强迫声带振动。

"原谅我……"

面对今田那张痛苦地痉挛，不断哀求的脸，他却说道："咚咚咚，什么声音?"依旧保持着面无表情。

(泡沫涌上来,水烧开了。)

那已经是几年前的事了。大家围成一圈拉起手,边唱歌边围着一个人转来转去。大家松开手时,会问中间的孩子:"什么声音?"

如果是风的声音,车的声音,猫的声音,那都没问题。大家会说"啊啊,太好了",随后再度回到转圈的状态。但如果是"鬼的声音"就不行了。只要中间的鬼这样回答,其他孩子就会四下逃窜,因为中间被遮住了眼睛的孩子会变成鬼来追他们,谁被抓住谁就要当下一个鬼。

只有"鬼的声音"不行。

"为什么……为什么……"

他的嘴唇很干,唾液却不断涌出。今田眨着快要被泪水糊住的眼睛,抬头看向对方。

"为什么事到如今还……"

"什么声音?"

今田的喉咙干涩不已,无法顺利发出声音。两年前死去的朋友的脸一瞬间掠过他的脑海。屋里堆积如山的工作,分手的恋人,这一切都将与自己断绝关系。对,这就是死亡吗?这就是一直在脑海中描绘的死亡吗?自己会在现在这个岁数死去,这是在这个世上有可能发生的事情。

今田沉默地摇了摇头。啊啊……他哭着说道:"原谅我吧,我不想死……"

对方缓缓地眯起了眼。

"我错了,所以……"

对方笑了起来。

刀从今田的眼前挥过，这次，真正的痛楚袭上他的喉结，他体会到了金属撞击喉咙又被拔出的实感，接着胸部受到了同样的一击。怎么办？今田想着，血流了这么多——他双眼蒙眬，看着溅了一身血的对方。对方的眼里有笑意，是令人毛骨悚然的、冷冷的笑。他把溅满鲜血的刀丢在地上，一下子拽过今田无力的身体。

身体滑行了一段，又滑行了一段……

他把今田带到了浴室，拖进了浴缸，然后用脚踹了一下今田的后背，让今田倒在了里面。

"鬼来了。"

他嘲弄一般说道。

十一

最先发现今田信明遗体的是他公司的同事。

今田连续两天没上班，同事们觉得奇怪，就去到他家。看到门边的窗户透出灯光时，这位同事松了一口气，接着数度按响玄关处的门铃。叮咚，叮咚……然而无人应门。难道今田开着灯出去了吗？感到奇怪的他给今田的手机打了电话，结果电话铃声却从门后传了出来。起初音量很小，随即渐渐变大。

（咦？）

同事把耳朵贴在门上，试图倾听门里的情况。他听到了电话铃声之外的声音，似乎是"沙沙沙沙"的水声，不然就是炸天妇罗时的声音。这是淋浴的声音吗？其中还混杂着十分模糊的钝响，如同锅炉震动时发出的轰鸣声。他歪着头，握住门把手。

"今田……"

门开了。

"咔嚓"一声，房门顺利在他眼前打开。水声和锅炉声更加激烈地冲击着他的耳膜，却没有人出门迎接。

异臭和热气扑面而来。

光是闻着这味道，就觉得鼻腔要腐烂了。四周全是白色雾霭，房里充满了既像腥味又像焦臭味的气息。他屏住了呼吸。

"今田？"

他感到事情非比寻常，于是穿着鞋就冲到屋里，边挥着手驱散屋里的烟雾边朝着发声的方向跑去。似乎如果不趁势这样做，就会因泄气而半途放弃。热气的来源似乎是浴室。他眯起眼睛走了进去。

之后……

"呜哇——"

他发现了面目全非的同事。

起初他并没意识到歪倒在浴缸里的黑色物体是今田，甚至没意识到那是个人类。今田的身体浮在热水中，腐烂的皮肤耷拉着，眼球流出眼眶，只剩下空虚的洞，头发也所剩无几。

不用碰，仅凭四周的蒸气和咕嘟咕嘟烧开水般的气泡，也能知道泡着他的水有多热。

"啊！啊啊……"

强烈的异臭让人无法忍受。今田的皮肤已被泡化，渗出红色脓水，黏在身体表面。肿胀的手臂浮在热水之中。

这位同事一时之间没搞明白眼前的状况，心里焦躁，又本能地产生强烈的厌恶，连同忍不住想吐的感觉，一齐涌了上来。他向脚下看去，发现地上有几道血迹，看上去像是有什么东西被拉扯着从房间搬到了这里。

是今田吗?这是今田的……这居然是……

他脚下不稳,后退了一步,随后身体一个趔趄,失去平衡,撞上了放在更衣室的洗衣机。从洗衣机上飘下一张白纸。是一张名片大小的较厚的纸,上面有一行手写的文字。

| 泡沫涌上来,水烧开了。 |

同事脸色苍白地看着浴室,在咕嘟咕嘟烧开的热水中,那个黑色块状物吐出几个泡沫。

给 θ:

从这次开始要动真格的了。

那么,这是什么歌谣呢?期待你的努力。

○下次的提示　秋天喜欢的衣服(　)
　　　　　　　缺少的是?

第四章 月亮与萩花

一

　　浅葱第一次见到月子时，天空中挂着一弯新月。

　　那个在残缺的月亮下站着的女人名字叫"月子"，之后想起时他曾觉得那是一个暗示。当时是在大学附近，她站在车站站前书店的停车场里。空旷的停车场上只零星停着几辆车，一种由夏转秋时特有的感伤气氛笼罩着灰色的水泥地。

　　时间是将要入夜的傍晚时分。夕阳将西边微暗的天空染成鲜艳的紫色，在这片地区，偶尔才能看到这样的天空，这是由于大气污染的影响，尘埃给天空染上了颜色。那是一种人工污染制造的明亮色彩，浮在其中的新月仿佛画上去的一般，缺少现实感。

　　月子独自一人呆呆地站在那里，她给浅葱的第一印象是个子很矮。虽然她穿的凉鞋鞋跟很高，前端还覆有白色皮草，却更强调了她的个子之矮，让人觉得她即使穿了高跟鞋也只有这么高而已。她纤瘦的身子上套了一件紧身T恤，显现出清晰的轮廓，穿着牛仔裤的腿又长又细。

　　浅葱看着她那一头染成栗色的卷发，觉得她好似外国洋娃娃一般。就在此时，月子歪了歪身子，浅葱看到她的T恤背后印着一行字母——PRINCESS——和商标。

　　华丽的头发围出她小巧的脸，也许是化了妆的缘故，低垂的眼睫毛显得非常纤长。她的整体打扮，包括化的浓妆，都给人一种公主的印象。甚至过于像公主了，到了令人吃惊的程度。

从书店出来的浅葱注意到她时有些惊讶，因为她那样子散发出一种独特的气质，就好像电影和时尚杂志中的虚构世界突然出现在了日常生活里一样，给人一种近似不和谐的感觉。浅葱也经常被人说给人这种感觉——"你不太寻常"。

啊啊，自己可能被人这样说过，但跟浅葱给人的那种可以明确地用"不太寻常"一词来形容的感觉不同，浅葱对月子的感觉无法用一个明确的词汇来说明。月子与日常生活"脱节了"，她给人的感觉不是不和谐，而是不真实。

那天，那时……

不知从何处传来车辆"哔哔——"的鸣笛声，随即车站前的一个男人发出了悲鸣。

一直呆站着的月子抬起了头，浅葱也看向悲鸣传来的方向。与书店停车场不同，傍晚的站前广场人潮涌动，有提着购物筐的主妇，放学回家的初中生和高中生，还有不知是下班后往家赶还是在跑业务的穿西装的职员。

悲鸣来自车站前人流最多的地方，是一个成年男性发出的，那种声音平常鲜有耳闻。狭窄的道路上停了一辆与这里的局促不相符的巨型轿车，是一辆装着茶色玻璃的奔驰。

月子跑出停车场，浅葱仿佛要追上她一般也向车站跑去。这时他又听到了一声悲鸣，同时声音的主人清晰地映入眼帘。"咔"的一声，轻微却有力，是手杖敲打地面的声音，与悲鸣声一起传来——那人手里挥动着白色的手杖。

他还在不断地发出悲鸣。他的眼睛似乎看不见，正用手杖画着大圆圈。周围的人均与他保持一步的距离，半径一米以内的空间里只有他一个人，后退的学生和主妇都垂着眼。

那个男人是不是差点儿被车撞？浅葱刚一这么想，就马上断定他肯定是差点儿被车撞到了。

看似急刹车后停在路边的奔驰，接下来采取了十分冷静的举动。车主将不断发出悲鸣的男人留在原地，缓缓倒车，好像什么事都没发生一般消失在了来时的路上。甚至连车窗都没打开，所以没人看到车里的状况。他只是机械性地做了必要的事，判断十分完美且冷静。车子离开时没有加速，看上去甚至不像是逃跑。毫发无损的车标反着光，消失在围观人群的视野里。

那个男人看上去有些恐慌，没有拿手杖的左手彷徨无助地晃着，仿佛想找什么东西来握。每当他发出不成词句的悲鸣时，人们就会离他更远一些。低垂着眼帘的人们看上去也很不好受，但可以看出他们这样做并非出于恶意，而是因为不知如何是好。那名中年男性的体格很健壮，挥动手杖时仿佛用了很大的力气。好了，接下来会如何呢？或者说自己该怎么办呢？可以去向那名男人伸出援手，但总觉得就这样走掉才是自己应有的反应，浅葱一片空白的脑海里这么想着。

就在此时，他看见刚才在停车场里看到的女人跑了过来——月子慢慢靠近那名眼睛看不见的男人，同时用想要盖住悲鸣声一般的音量大声说道："没事的！"

男人的悲鸣还在继续。他用左手抓住月子的肩膀，想要确认这是人一般不断敲打月子的肩膀和手臂。月子的手臂被对方抓住，胸部不时被对方的肘部撞击，手臂也受到了攻击，雪白的手臂上出现了红肿和伤痕。

她暂时移开身体，却在下一秒重新向那个男人伸出了手。她毫无畏惧，一字一句地向对方叫着："没事的！"

浅葱在旁边看着，不知不觉屏住了呼吸。他感到十分惊讶，觉得眼前的一切是那么不可思议。

握着月子手臂的男人呼吸逐渐平稳，他停止了悲鸣，手杖打在地面上的动作看上去也镇静了许多。看来突然产生的恐慌平静得也十分迅速。月子没有抽出自己的手臂，又对他说道："您到这边来。您想去哪里？"

车站前的水泥地上设有黄色地砖铺成的凹凸不平的盲道。月子把那个男人引到那里，继续询问。踩在盲道上的男人做了个深呼吸，终于不再发出悲鸣，而是用平静的声音说道："谢谢。"

"喂。"

月子与男人分别，目送男人离开后，又向刚才的书店方向走去。

这时浅葱终于向她搭了话。他不知自己为什么会这样做，以前从来没向人搭讪过。

月子抬起头，为了寻找声音的主人而四下张望。浅葱从她背后靠近，又叫了一声："喂。"月子转过身看向浅葱，露出一脸呆呆的表情。

"我？"

她打扮得很华丽，长得也很可爱，所以应该已经很习惯被人搭讪了。看样子她平时都会无视对方，径直离开，今天却一不留神停了下来。近处看时，她身上的不真实感更加强烈了。

浅葱站在她身旁，看了看脚下直通向车站前十字路口环岛的黄色盲道，又抬头看向月子的脸。

"你……"

他不知如何开口,停了下来。无法将自己的想法巧妙地组织成语言,只好想到什么就说什么。

"你……真厉害啊。"

"谢谢。"

月子的声音听上去既没有特别惊讶,也没有埋怨浅葱未出手帮忙的意思。她只是非常爽快地道了谢,似乎已不想再提刚才发生的事。

月子仔细地打量着浅葱,随即问道:"你是谁?"

"木村浅葱。"浅葱回答道。

月子歪了歪头,边点头边"嗯"了一声。

"浅葱,名字真奇怪。是真名吗?还是说,你是个正在拉客的男公关?"

她垂下长长的睫毛笑了起来。

"浅葱你长了一张非常华丽的脸啊。"

"我不是男公关,也不想拉客和搭讪。我平常都不会与人搭话的。"

"嗯,我觉得也是。"月子笑着说道,"像浅葱这样长得好看、看上去很受欢迎的男孩,是不会和我这样的女孩搭讪的。"

她说着说着,对浅葱的称呼和讲话的声音都越来越随和起来,这变化发生得十分自然,大概她很习惯与人交往。

"是吗?"

"是啊,不缺女孩的人是不会选择我这种麻烦的类型的。他们会找那种长得可爱、毫无个性、可以任由他们玩弄的女孩。"

她答话时,包里响起一声短促的声音。

"你看上去好像个性很强势。"浅葱苦笑着说,"而且你自己也很清楚。"

"嗯。我的个性非常强势,性格还好强又执拗,总把'我如何如何'挂在嘴边。"

她没有看着浅葱的眼睛回答,而是打开了手机,似乎在查看刚收到的短信,随即"呼"地叹了一口气。

"糟糕,心情好差,我被人爽约了。"

"你刚才在等人?"

"嗯,刚给对方发了短信,结果对方说忘了今天要见面的事了。"

"是你男朋友?"

"是朋友,女孩。要是男朋友倒还轻松,女孩子之间可是有一大堆麻烦事。对方要是男孩,还是我的恋人,估计我们早就分手了。"

她的语气像是在自言自语,大概她从未向对方或两人共同的朋友抱怨过此事,只因为浅葱是陌生人,才会诉说。她打电话时,浅葱看见了手机上的串珠挂饰,上面缀着月亮形状的石头。

"能请我吃饭吗?"

浅葱回过神时发现自己被邀约了。刚刚一鼓作气搭讪的女孩被朋友爽约,照这个情况来看,不邀请对方才会显得不对劲。虽然不清楚自己是否确实被月子的女性魅力所打动,但很少对别人产生兴趣的自己竟然主动搭话,说实话他吃了一惊。

月子抬起头看着浅葱。前方就是浅葱一开始见到她时所在的书店,停车场的一角有两个自动贩卖机,立在书店的外墙边。浅葱指向贩卖机说:"但是我待会儿还有事,没多少时间,请你喝罐咖啡可以吗?"

"是吗……"月子大方地点了点头,"好啊。你这种主动搭讪却说没时间,说要请客却在户外解决的行为真对我胃口。请我喝吧。"

浅葱选择了罐装黑咖啡,月子则选了罐上写着"添加足量牛奶"

的牛奶咖啡，两人站在书店的停车场上喝着。

浅葱站在自动贩卖机旁边的停车杠边，月子则在画着停车位的白线上走着，小心不要走到线外面。她从一端走到另一端，又走回到浅葱身边，简直像个小学生在玩游戏。她穿着高跟鞋，在线上走得晃晃悠悠，很不安定，T恤背后的"PRINCESS"不时闪过。

"你是学生吗？"月子问。

浅葱点点头。

"是……D大工学系的学生。"

"是吗？"

"你呢？"

"我也是学生，名字和学校名就恕不奉告了。家里人总跟我强调说不要随便对陌生人暴露自己的隐私。"

她以一副开玩笑的语气说着，并微微笑了起来。

"如果你我有缘的话，应该会再见面吧，这个世界就是这样。而且说来有些失礼，我没看出浅葱你对我有这么大的兴趣。"

她说完又加了一句。

"啊，刚刚说的失礼的意思是说我自己说话太失礼了。"

"谦虚过度会令人不快的。你对自己那么没自信吗？"

"自信倒是有，但现在你不是为形势所迫才和我喝咖啡的吗？浅葱你气定神闲，对我的名字根本没兴趣，我觉得就算我们现在交换电话号码，你也不会打过来。"

"那你觉得，在喝完这罐咖啡之前，我们应该聊点什么来打发时间？"浅葱冲她摇了摇自己的那罐咖啡，"虽然才刚开始喝而已。"

"嗯……"

月子停下走在白线上的脚步，也摇了摇自己的咖啡。随即仿佛有了个主意，抬起了头。

"例如，我们在课上经常要以小组进行活动……"

"嗯。"

"我们会做一些小组讨论，来熟悉对方，或是做一些用来了解对方的心理测试。这些活动能让大家打成一片，非常适合在与没有共同话题的人喝酒时使用。"

浅葱边听边推测着她的专业。是心理学吗？要是的话，浅葱上的D大学里并没有这个专业。她并不住在这附近吗？

"是什么样的测试？"

"不是什么大不了的测试，就是相互问问至今为止最高兴的时刻，或是最悲伤的回忆之类的。只要持续下去，就会渐渐了解对方。并不是对品格或性格之类的有所了解，怎么说呢，就是能发现自己跟对方到底合不合得来。"

"挺好的，那来做测试吧。"浅葱喝了一口咖啡后说道。

他看了看表，刚才说自己有事，并不是说谎。他必须在三十分钟后回学校。

"一个人问一个问题的话应该正好，我六点半就要回学校了。"

"好，六点半，是吧？"

月子也看了看手表。她那块黑色手表的表盘上有卡地亚的标志，那是连浅葱都知道的高级名牌表。

"从我开始。"

月子顺着白线走到灰色柏油路上，站到了浅葱的身边。

"你跟至今为止交往时间最长的女朋友平时都做些什么？"

"我没有女朋友。"浅葱立刻回答道。

月子的表情僵住了，像看什么珍稀物种一样看着浅葱。

"真的。不过我也不是同性恋，只是从没有过恋人。意外吧？"

"真是意外。虽然说好一个人只问一个问题的，但我再问一个可以吗？"

虽然不知道月子相不相信浅葱的话，但貌似至少此时她选择了相信。她不等浅葱回答，又继续问道："是因为你觉得没有必要，对不对？不知怎的，我立刻就明白了。我会感到你对我没有兴趣，大概也是基于同样的原因吧。你将来也打算继续这样吗？"

"我也不知道，但我完全无法想象跟另一个人一起生活，所以……大概确实如你所说，将来我可能也不会觉得有必要谈恋爱。我对那个不感兴趣，甚至有些厌恶。"

"是吗？"

"我也想问你问题，可以吗？"

"尽管问吧。"

"至今为止你见过的最罕见的场景是什么？就是那种普通人平常不太能见到的场面或经历。"

浅葱说着，脑海里回想起那个全是血的房间，想起倒在床上的母亲，和抱着大刀的哥哥哭泣的脸。如果这个问题让浅葱自己回答的话，答案就是这个画面。但这是绝不能对别人诉说的，刻在他脑海里的一幕。

"可以是事故现场，也可以是看到了名人。"

"我的人生很平凡，恐怕没有能符合你期待的答案。"

月子先是否定，然后又小声嘀咕起来。"这个嘛……嗯……我真的没见过什么啊……"她嘀咕着，又走到白线上，跟刚才一样走了起来。走到一端后，她回过头看向浅葱。

"我，见过蝴蝶羽化的时刻。"

浅葱静静地凝视着月子。

"应该是上小学的时候吧。那时我一个人从学校回家,在回家的路上,有一截树枝从别人家的庭院里探了出来,上面附着一个蛹。那之前我曾无数次经过那里,却从未发现那里有蛹。"

月子望向天空。刚刚还是紫色的天空已逐渐变暗,成了夜晚的颜色。

"我看见的是蝴蝶刚从蛹里出来的时候,它的翅膀从蜷缩到打开,花了很长时间。一开始蝴蝶的身体近乎透明,接触空气后,颜色逐渐变得鲜明。我当时一定观察了很长一段时间。最后,蛹从蝴蝶身体的下方轻轻掉了下去。它的背部仿佛被刀一下子剖开了一般,简直令人无法相信那是没有外力帮助的,蝴蝶自身制造的裂口。它将合在一起的一对翅膀打开,将纤细的足部伸展,踉踉跄跄地在墙壁上爬了几步后,飞走了。"

"蝴蝶的羽化啊。"浅葱小声说着。

月子点了点头。她将手里的咖啡一饮而尽,说道:"时间差不多了吧,谢谢你请客。"月子低头说着,之后两人就分开了。

浅葱向学校研究室走去。在书店即将从视野消失的那一刻,他无意间回过头。停车场已经不在视野范围之内,即使能看见,月子也肯定不在那里了。

那蝴蝶是菜粉蝶吗?浅葱一瞬间觉得没问她蝴蝶的种类真是太好了。下一秒,他已忘记了这个想法。

浅葱与月子的再次见面,是在两个月之后。

二

打开门时，狐冢惊讶地发现萩野清花坐在自己的座位上。

他关上了研究室的门。萩野冲站在门口的狐冢笑了起来。

"早上好，我来打扰了，狐冢。"

狐冢微笑着回答道："我好高兴，欢迎你来。自从学姐毕业之后，这里就变成只有男人的地方了。"

萩野是比浅葱和狐冢大两届的前辈，是阵内教授欣赏的才女，两年前毕业之后也不时回研究室一趟。但这次比以往间隔的时间要短，她上周刚刚来过，当时还问狐冢要了浅葱的电话，所以狐冢记得很清楚。

"阿月还会来这里吧？还是她也忙起来，不太来这里了？"

"没以前那么频繁了。"狐冢苦笑着说道，"说起来她本来也不是研究室里的人，真是不好意思。"

"你们的关系还是那么好啊。"

萩野柔和地笑着。狐冢一边放下包，一边向萩野坐着的自己的位子上走去。

"也没那么好啦。"

"今天我是来见木村的，可他好像不在，连阵内教授也不在。唉，月子和阵内老师真的从来没有见过面吗？"萩野转动着带轮子的椅子，面向狐冢说道。

"月子来得那么勤，两人却一直那么恰巧地错过了？真是太有趣了。他们不会是故意的吧？下次给他们制造一个机会怎么样？一起吃个饭什么的。狐冢不是经常和月子的老师秋山教授一起去喝一杯吗？"

"月子和阵内老师都把那当作某种游戏在享受啊。"

狐冢叹了口气。

"他们俩似乎觉得,就因为这样,才对未曾见过面的对方的好奇心越来越旺盛,才更加有趣。而且——"狐冢又补充道,"与秋山老师和我的组合不同,我想不出阵内老师和月子能有什么共同的话题可说。"

"要是被人以为你是故意不让他们见面的就糟了,会让人觉得你是个嫉妒心很强的男人。"

"嫉妒心……对月子吗?"

狐冢不禁耸了耸肩,坐在了萩野旁边。此时研究室里只有一个本科男生独自默默地对着电脑。

"你找木村有事吗?"

"嗯,有个东西要还给他。他什么时候会来?"

"这个嘛,下周有内部发表会,他需要作记录,所以肯定会来。其实平常他也基本每天都来,像今天这样不在的情况反而比较少见。真是遗憾。"

"是吗……我们之间也没什么缘分啊,不能光说阵内老师和月子。"

"如果可以的话,你可以先给我保管,我再转交给他,如何?"

"没关系,我自己还给他。"

萩野回答时,神色微微——也可能是错觉——显得有些阴沉。

"喂,狐冢。"

下一秒,萩野立刻转换了表情。大概因为她是个坦率的不会说谎的人,所以她那表情一看就知道是假笑。

"下次在我家开个饺子聚会怎么样?我还是学生的时候咱们不是

经常开吗？我实在厌倦了从家到公司两点一线的生活了，最近刚好也有时间。叫上阿月，木村——对了，把石泽也叫上吧，怎么样？"

"要叫恭司啊？可以是可以……"

怎么样？萩野盯着狐冢的眼睛在质问着。明明是很平常的邀约，为何萩野前辈看上去那么紧张呢？

狐冢略微想了想，最终还是决定装作没有察觉。

"真令人怀念，那就这么办吧。"

萩野仿佛放下心一般松了一口气。

萩野回去之后，月子来到了研究室。这是狐冢和月子在那次关于留学的对话后第一次见面。

"好久不见，孝太。"月子表情明朗，语气平常地说道。说完她猛地低下了头。

"上次真是抱歉，其实有一半是在对你胡乱撒气。"

"没什么。"狐冢苦笑着说道。月子抬起头，瞟了一眼一直一个人坐在桌边的狐冢的后辈。确认没有其他人以后，月子放肆地坐在了狐冢的桌子上。

"刚才我碰见萩野学姐了，还是那么漂亮，真棒啊。"

"嗯。"

"我们下周要一起去买东西。学姐邀我去看看打折商品，然后吃个饭。我真的好喜欢萩野学姐。"月子笑着说道，"她那么温柔，不会使人感到不快，我真希望拥有那些自己身上没有的特质。"

狐冢看着这样说着的月子的侧脸，清晰分明的眼线和手指上涂的银色指甲都那么华丽，他点了点头。

"月子你很了解自己身上缺少什么啊。"

"嗯。我不温柔，又有些讨人厌，跟高雅也一点不沾边。"

"你可以改一改啊。"

听了狐冢的建议，她果断地摇了摇头。

"自己身上没有的东西，在他人身上才能看清楚。如果自己也拥有了那样东西，它的价值就会越来越小。道理就是这样。"

三

大致浏览过打折商品后，月子和萩野从商场里走了出来，站在大街上的一家杂货店前。

月子已经很久没和萩野一起出过门了。八月的阳光毫不留情地从头顶倾泻而下。月子提着装有刚买的短裙的纸袋，向萩野提议道："好想吹空调，进去看看吧？"

听到月子的提议，萩野"哎呀哎呀"地笑着说："阿月真是软弱啊。"

"没错。比起用风铃和扇子引来凉风，我更喜欢空调这种强力的人工制冷方法。"

"对身体可不好。"

"不好也没关系，我实在忍受不了炎热。"

"可是空调会令空气干燥，对皮肤也不好吧？"

"啊？那可不好办了。怎么办，萩野学姐？"

她们边说着边踏进了这家第一次来的店。刚推开门，冷气就包围了二人。

萩野在月子身旁用手帕擦着脖子上的汗，白色的手帕上印有

Wedgwood 那熟悉的商标，上面的图案是高雅的野草莓，象征着花开便能获得幸福，与荻野很配。

月子一边想着一边浏览店内杂物，突然她发现了什么。

"啊，那不是萩花吗？"

店内一角陈列着许多名片大小的卡片，月子指着其中一张说道。陈列着卡片的架子上贴着摄影师介绍，似乎是个以拍大自然为主的年轻摄影师。天空和花朵，海和鸟，各种主题的卡片贴满了整面墙壁。

"啊，真的呢。"

荻野看着卡片点了点头。上面是一朵在阳光的照射下闪闪发光的白花。月子瞄了一眼卡片的价格，在确认过每张一百日元后伸手拿了下来。材质比想象中的要薄，与照片相比更接近于纸的质感，怪不得这么便宜。

"我要买这张送给荻野学姐。"

"啊？为什么？"

"平常我受了学姐很多照顾，而且我喜欢送人礼物，你就收下吧。"

"可以吗？我好高兴。那我也给月子买一张。哪张好呢？"

排成排的卡片共有约五十张，当中有一张拍的是夜空中的月亮。月子看到时，心想荻野肯定会选那张送给自己。

可是她猜错了。荻野沉默地看了看卡片，最终说道："啊，这张。"她拿在手里的不是月亮，而是停在花上的蝴蝶。

"嗯，就是这张。跟月子正合适。"

"不是月亮那张吗？当然，我喜欢华丽的东西，也很喜欢蝴蝶，所以这张卡也和我很配。"

"啊？阿月，你不知道这是什么蝴蝶吗？"

"完全不知道。是什么蝴蝶啊？"

卡上是一只张开了巧克力色和薄荷色相间的美丽翅膀的蝴蝶，月子对此没有印象。萩野前辈不知为何看上去很开心，她笑着说："不知道就算了，你就拿着吧。也许有一天你会知道的。"

"啊？好像含义很深啊。"月子边说边思考着，像萩野的手帕上画的野草莓那样能带来幸福的蝴蝶是什么？

但月子没有过多留意，付了账，与萩野交换卡片时，她突然想起了什么，开口说道："据说萩花的花语是'挂念'，就是思念着某人的心，跟萩野学姐真是相配。那个，学姐还是没有男朋友吗？明明是个美人，太可惜了。"

"谢谢，我喜欢的人恐怕有别的喜欢的人。"

面对着露出寂寞微笑的萩野，月子沉默了下来，感到心情有些沉重。她不知道该说些什么好，只得努力小声说道："好伤感啊。"

"是啊，但也没有办法。"萩野温柔地笑着。

从店里走出来时，她叫了一声月子："阿月。"

"嗯？"

夏天的太阳晒在头顶上。月子心想，我太软弱了，刚出店就又想吹空调了。既然如此，接下来就跟萩野学姐一起去吃刨冰吧。

月子一边这样想着，一边回应着萩野。

四

萩野清花似乎喜欢着狐冢孝太。

浅葱是在大学三年级的夏天，和狐冢一起进入同一个研究室时听说这件事的。记得那时自己和狐冢的关系还没有那么融洽。狐冢当时不在，三年级的学生里只有浅葱还留在研究室里对着电脑，前辈们则口无遮拦地尽情交换各自掌握的情报。

耳边传来一个声音，说萩野清花看上了狐冢孝太，虽然动心的程度还没有那么强烈，但确实对狐冢很感兴趣。浅葱抬起头，瞥了一眼正在聊八卦的前辈，他没有参与讨论，然而声音还是传到了他的耳朵里。

萩野在研究室里是所有男生的憧憬对象，现在正在聊天的前辈里应该也有萩野清花的仰慕者。她和狐冢孝太？

浅葱的第一反应是"真般配啊"。狐冢的性格完美得不可思议，拥有自己的主张和梦想，做事坚持，且很有上进心。不仅如此，他还能接受自身的平凡，并喜欢那样的自己。

"木村真是和别人不一样啊。"狐冢这么说时，声音里不带丝毫恶意。即使站在浅葱旁边，他也没有什么自卑感。他不会因为聪明而自豪，他似乎认为头脑聪明和个子高、身体壮一样，不过是一种特征罢了。

若从浅葱和狐冢之中选择，选浅葱的女人一定更多，但都没什么品味，选择狐冢的才是有眼光的人。所以萩野会喜欢上狐冢也是很有道理的，他们非常般配。真不愧是萩野清花。

"但是狐冢有女朋友吧？"一个声音说道。

浅葱还是第一次听说。

另一个前辈夸张地说："对啊、对啊！"

"最近经常和狐冢一起走在校园里的那个吧？那果然是他的女朋友吗？真意外啊，狐冢竟然会和那样的时尚少女交往。"

"听恭司说，好像那个女生是从老家追过来的。"

前辈们看向研究室深处石泽恭司的桌子，但恭司此时不在座位上。除非必要，他一般不来学校。

听着他们的谈话，浅葱在心里点了点头，说了声"确实"。确实很让人意外。狐冢不喜欢萩野清花吗？真可惜，明明那么相配。

"萩野学姐喜欢狐冢吗？"

有一天，研究室里只有浅葱和萩野两个人时，浅葱没想太多，只是想问问看。他正往研究室里的咖啡机里加咖啡粉，突然发问。萩野抬起头，仿佛对浅葱脱口而出的问题感到十分惊讶。

"您喝吗？"浅葱用量匙搅着装咖啡粉的罐子，问道。

萩野盯着浅葱看了一会儿，然后笑着说了声："嗯。谢谢，也给我泡一杯吧。"

"好的。"

坐在自己的位子上、对着电脑的她把椅子转向浅葱，她看着正往咖啡机里加水的浅葱，隔了一会儿后，回答道："是我的态度暴露了吗？我是个很容易被人看透的人。"

"不是，我是听研究生前辈说的。"

"是野村他们啊。"

萩野叹了口气。浅葱看着她，随意地猜测起来。也许是那些人中的一个向萩野表了白，拒绝的时候萩野为了表现出诚意，就一不小心说出了事实。他仿佛领悟了一般点了点头。

"是的，我喜欢狐冢，但我们之间是不可能的。今年阿月不是跟随狐冢上了大学吗？我看见她时，就觉得自己不可能了。"

浅葱听后保持着沉默。刚刚听到的"阿月"这个名字，是第一次听说。

"萩野学姐长得很美，也很受欢迎，要对自己有信心啊。挑战一下，试试怎么样？"

这不是客套话也不是宽慰之辞，浅葱只是说出他的真实想法。前辈微笑起来，那笑容极其清澈，甚至能被立即采用，登上化妆品广告的海报。像她这种不过分强硬的美人很受男性欢迎。

然而，下一秒，她又摇了摇头。

"我觉得狐冢喜欢的大概是像阿月那样的女孩。如果真是那样，那跟我是完全不同的类型。在看见她之前，我还在想会不会有一点希望……结果不行，我完全在范围之外。"

"人类的喜好是会变化的。"

"那也不行。我啊，非常害怕。在见到阿月后，只要一想到对狐冢而言女生应该是像她那样的，我就完全放弃了。那是个需要人照顾的、不能放着她不管的可爱女孩，跟我完全相反。我什么事都喜欢自己干，不会依赖别人，这是不好的。对狐冢来说，我这样的女孩太无聊了。"

萩野的眼神突然变得虚无，好像正望向远方。其实是越过浅葱，看向了狐冢的桌子。

"'萩野学姐'，对，狐冢总是这样叫我。他没有选择别的研究生，而是第一个和我搭话，这让我感到非常高兴。是啊，我喜欢狐冢。就是因为太喜欢了，才害怕破坏现在的关系。反正也不可能，与其造成两人之间不愉快的回忆，不能尽情与他说话，还是维持现状的好。说是因为见到了月子，其实只是个借口罢了，跟她没有关系。是我没有自信，也缺乏勇气，真的没有办法。"

维持现状就好，真的没有办法——她口里重复的这两句话恐怕一直在她心里无意识地说着，以此说服自己。

咖啡机发出咕嘟咕嘟的声音，滴下了咖啡，房间里顿时弥漫着一股香气。

浅葱走近萩野，递上了手帕。

"您用吗？"

低着头的萩野抬起头来，一脸不可思议的表情。

"这是干什么？我没有哭，我不会哭的。"

她脆弱地笑着，摇了摇头。

"真的，我不会哭。决定放弃已经是很早以前的事了。"

浅葱没有放下手，他沉默地将手帕举到萩野的脸颊边。萩野困惑地苦笑起来，又摇了摇头。

"木村，我……"

她只开了个头，便无法继续说下去。萩野咬住嘴唇，突然沉默起来。她的手指僵硬地伸向浅葱的手帕，在她收下手帕的一刻，浅葱感受到她在微微颤抖。

萩野用手帕按住眼角，也许她只是为了照顾浅葱的面子才姑且掉了几滴泪。

接着她眼睛红红的说道："我可没哭啊。"

"嗯，我知道。"

浅葱说完后，萩野又用手帕盖住了脸。浅葱静静地把泡好的咖啡放在低着头的萩野面前，随即走出了研究室。

就在那次之后，浅葱立刻遇到了萩野口中的"阿月"。

那天教授和狐冢去了一个在东京举办的研讨会，都不在研究室。研究室里剩下的都是对活动没什么兴趣的学生，浅葱也是其中一员。

月子敲开阵内研究室的门，出现在门口时，先跟她打招呼的是萩野。

"阿月。"

听到这声,浅葱抬起头看向门口,结果看见了月子,用与那天在停车场看到时一样的姿势站在门前。月子低下头,郑重地对萩野说了声"早上好",笑容满面。意识到看向自己的视线后,她回看了浅葱一眼,但看到浅葱后笑容马上消失了,双眼因惊讶而微微瞪大。

啊啊——

浅葱明白了。是吗,原来她就是……

"早上好。"

浅葱苦笑着打了声招呼。

"你就是狐冢身边的那个阿月?我听说过你。"

月子盯着浅葱,随即露出比面对萩野时冷淡一些的笑容,说道:"早上好。"

她向浅葱走近了一步。

"我想起来了,木村浅葱。原来如此,孝太经常提起的木村原来是浅葱啊。"

月子提着一个看上去很实用的大包。上次浅葱遇到她时,感觉她全身上下穿的都是新的,像商场里的模特一般完美。连长相和发型都有人工感,像孩子们玩的芭比娃娃或莉香娃娃一类的塑胶人偶。

她的包被教科书和资料撑得满满的,底部还有地方开了线,布料也皱皱巴巴的,在全身都是新品的她身上,却有一种奇特的真实感。仿佛在说"芭比娃娃现在就好好地站在这里,仅仅是一个普通人类"。不过浅葱觉得这个显然用了很久的包也不赖。

萩野清花颇受男性欢迎这一点很好理解,她是个几乎看不出化妆痕迹的温柔美人,就算嘲笑别人也不会令人反感。打个比方,就像是在未进行人工改造的大自然里结出的苹果或蜜柑一般,散发着新鲜的香气。

月子则不同，她更像雪顶可乐，富有后天粉饰的气息，使男人望而却步。浅葱理解萩野放弃狐冢的理由了，两人实在相差太多。

"'狐冢'这个姓氏真奇怪。"浅葱在刚认识狐冢不久后曾这样说道。狐冢当时笑着回应说"浅葱这个时尚的名字才奇怪呢"。或许狐冢这个姓氏在这一带显得比较稀少，但在狐冢的故乡长野县其实很常见吧。

浅葱想起刚入学后不久的这段对话，不由得对月子说："月子这个名字真奇怪。"

月子似乎感到很意外，鼓起脸颊，和几年前的狐冢说了一样的话："浅葱这个名字才少见呢，我还以为肯定是男公关的花名呢。"

"这个词是用来形容一种颜色的，浅葱这种草的叶子的颜色。"

"我知道，是浅浅的蓝色吧？"

浅浅的蓝色。

在对"浅葱色"做出解释之后，月子开始说明自己的名字。

"我父母好像很喜欢做奇怪的事情，当年他们兴奋地想，如果生了两个以上的孩子，就要起成对的名字或是相关联的名字。像古利和古拉，光和影之类的。所以，我搞不好就叫古拉了。你知道那个绘本吗？"

浅葱轻轻点了点头，说："星子没有生出来吗？"

月子微笑着答道："当时我母亲有些不孕症症状，不知道能生几个孩子，结果起名计划就变得乱七八糟，我也就莫名其妙地成了月子。估计如果我有了妹妹或者弟弟，就会被起名叫做星子或者星也吧——我非常喜欢自己的名字哦。"

浅葱这才明白，那天看见她手机上挂着月亮挂饰，原来是因为与名字相关。

成对的名字——浅葱想起双胞胎哥哥蓝和自己的名字浅葱都是蓝色。

恭司似乎很喜欢月子，经常在狐冢面前开月子的玩笑。"你要是离开了日本，月子就由我来照顾。""喂，你不在的时候我可以袭击那家伙吗？"看着恭司这种恶作剧般试图动摇狐冢的行为，浅葱不由得问狐冢："你不觉得讨厌吗？"

面对浅葱的这个问题，狐冢摆出一副优等生的面孔，丝毫没有动摇。"完全没有问题。"他镇静地笑着，如此回答。

"在老家的时候，就有过我的朋友喜欢上月子的情况。如果我去找他们的碴儿，感觉会怪怪的，还是爱怎样就怎样吧。"

什么？这家伙的性格原来这么差吗？浅葱对狐冢意外地产生了好感。即使对研究不太有自信，但对自己有自信的地方狐冢还是会老实承认。这样一来，浅葱再次觉得萩野确实没什么胜算。

那天以后，浅葱多次看见月子、狐冢和萩野坐在一起。萩野和月子的关系依旧很好，这令浅葱感到不可思议。萩野在与月子交往时不带一丝恶意和欺瞒，也完全不会让人觉得勉强。她说月子是"她很喜欢的那种时尚又可爱的女孩"，并疼爱着月子。也许是因为已经放弃了对狐冢的感情，才能采取这样成熟的态度吧。

狐冢和月子看上去对萩野复杂的内心丝毫没有察觉。浅葱明白狐冢没有发现的原因，他对自己的价值认知过于迟钝，过于谦虚，以至于发现不了研究室里的美人研究生会喜欢上自己。但月子竟然也没有察觉，这令浅葱有些意外。如果她是装作没有发觉的话，就太讨人厌了。应该是真的没有察觉吧，她看起来对萩野没有丝毫顾虑，总是说着"我最喜欢萩野学姐了",同时对坚韧可靠的萩野非常依赖。

"萩野学姐最棒了,我真想有一个这样的姐姐。孝冢,你听见了吗?"月子生气地质问正对着电脑屏幕出神的狐冢。

"说真的,才女一词就是在说萩野学姐这样的人吧?这样帅气的姐姐,简直就是理想中的大人。"

浅葱想着,萩野一定很难忍受吧,自己的名字竟然以这样的形式出现在与喜欢的男人有关的对话中。

虽然难过,她还是压抑了自己的感情。

"我可没办法当阿月的姐姐啊。"

她偶尔会寂寞地向月子露出微笑。她就这样在狐冢身旁扮演着理想中的前辈角色,一直到毕业后离开学校。

浅葱想着,如果她也能遇到相爱的恋人就好了。虽然她会怎样对浅葱来说无所谓,但看见她在自己面前哭泣时,浅葱确实这样想着。

五

八月十五日,十点二十分。

这是一个天上没有星星,只有月亮放射黯淡光芒的昏暗夜晚。在这个没有其他人的凄凉小公园里,高挑细长的街灯散发出泛黄的白光,照亮了游戏设施。

街灯旁边设有公共电话亭,是这附近仅有的一个。这个上时代的遗物亮着明亮的灯光,昭示着自己的存在。

浅葱脚蹬了一下地,坐在秋千上缓缓地前后晃动,抓着铁链的手上微微传来铁锈的感触。

啊啊——

浅葱吸了口气，又紧紧攥住秋千的铁链。

这样的偶然怎么可能发生呢？浅葱自问道。

这样的偶然不应该发生，但是你却想依赖这个偶然，对不对？你只能继续做下去了。这是他的，也是浅葱的决定。有一种看不见的东西正引导着事情发展。没错，这是必然的。

浅葱慢慢地站起身，走向灯光明亮的电话亭。他把零钱放入绿色的电话机，依次按下手机通讯录里的号码，然后按下了通话键。

铃声响过第二声后，对方接起了电话。

她就住在距离这个公园步行不到十分钟的地方。

"喂，我是木村。"

他报上名字的声音有些嘶哑。对方似乎点了点头，说："哎呀，木村？"

"我现在就在您家附近，想去拿一下上次落下的东西。抱歉，我的手机似乎出了些毛病，所以在用公共电话。"

他边说边做出一脸苦笑，明知对方看不见，也要努力做出表情。

"还有，其实我有些话想跟萩野学姐说，可以见您一面吗？"

六

在得知"i"就是蓝以后——

"i"和浅葱每晚都通过电脑聊到很晚。

与哥哥聊天很快乐，他与自己拥有同样的过去。浅葱讲述着与哥哥分别后发生的事。一开始他还有些犹豫，但当"i"表示真的理解他的痛楚，愿意倾听他的话语时，他便渐渐话多了起来。他第一次发现自己如此渴求一个能倾诉过去的对象。

"先让我确认一下，浅葱你虽然受到了严重的性侵犯，但身体上并没有留下伤痕或后遗症，对吧？"

"没有，小时候被母亲打的伤痕已经消失了。那个男人虽然侵犯了我，但并没有殴打或用脚踢的欺凌行为。"听到浅葱的回答后，"i"似乎打从心底松了口气。

"那就好，我一直很在意。虽然我没受到过像你那样的虐待，但我能理解你的心情，因为你成长的环境跟我的成长环境很像。我大概是太不懂得主动迎合别人了。"

"i"的成长之路与浅葱走过的道路平行。不过究竟是和浅葱一样在某家看护所里长大，还是被某个家庭收养了，"i"并没有多说。但从他的语气中，浅葱能感受到哥哥遭受的苦难，能感到他被排挤在外所受到的痛苦。他成长的环境是别人家里，还是看护所或学校呢？在那里又发生了什么呢？浅葱可以想象"i"的成长环境绝对称不上良好，并深深地同情着"i"。之前浅葱一直想，为什么只有自己遇到这种事，而如今，这种被害者意识一下子消失得一干二净。

"i"也对浅葱表示了深深的同情。"你很难过吧？这一切都是我一手造成的。"他说他痛苦万分，而这份心情也传到了浅葱那里。浅葱深爱着"i"，浅葱至今为止从未对任何人产生过真正的兴趣和执着，只有"i"，他与其他人不同。对浅葱来说，不知不觉间，"i"已经成为无可取代的唯一。

"i"博学多才，聊到研究的话题时，浅葱完全无法与他媲美。他眼光长远，最重要的是两人的热心程度完全不在一个级别。

"我也只能做这个了。"

"i"总会有些自嘲地这么说,虽然浅葱并不这么想。他还说之所以匿名投稿,是因为不想受到过多关注,只想安静地待着。

与自己同龄的人拥有那么丰富的知识,还能灵活运用。如果那个人是"i"的话,浅葱就能无条件接受。倒不如说,如果哥哥没有那种程度的实力,反而会令浅葱感到困扰。要是哥哥输给了像自己这样的人,会使浅葱难过的。

"现在你在做什么?你不想跟我见面吗?"

浅葱曾经问了这样的问题。

虽然他们每晚都通过聊天室或邮箱聊到很晚,但"i"从不透露自己在哪里、做什么等与自身相关的情报。论文投稿时用的邮箱是C大学工学系的,他在那里上学吗?每当浅葱提出这类问题,他就会暧昧地回避。

"嗯,差不多吧。不过用哪里的邮箱投稿其实都行。"

"也就是说你不是C大的学生?能与你见一面吗?"

"i"的回答每次都是一样的。

"当然能。我期待那天的到来,浅葱。"

"i"反复告知浅葱"那天",意味着并不是现在。他很明显地设了一道防线,不想让浅葱再说下去。

想填补至今为止十多年的岁月,想与哥哥见面、对话,这愿望已无法抑制。想与哥哥相见,即使一眼也好。见面之后浅葱想为小时候的事向他道谢,如果他们还能像以前一样,成为一家人的话——

"再等一下。到了那时候,我有件事情必须对你说。"

面对执着地纠缠不放的浅葱,"i"曾经这样说道。

也许"i"的身体上有什么残疾,浅葱这样想着。一开始"i"担心过浅葱的身体,问过他有没有什么后遗症。那是什么意思?难道哥哥的身体上有什么因虐待或其他原因导致的后遗症，而且程度十分严重，不想被自己知道？

一想到这里，浅葱就要被想与哥哥相见却无法见面的矛盾逼疯了。他对自己竟会有这种类似恋情一般莫名激烈的感情而惊讶。

幼时的冬天。被迫半裸，身上全是淤青的哥哥站在阳台，大喊着："蓝，快跑。"如果是他，绝对会因为不想让浅葱担心而隐瞒自己的伤痛。

"那种事根本无所谓，请全部在我面前坦白吧。"

然而，面对不停恳求的浅葱，"i"继续以平静的语气不断敷衍着。

"怎么会那样呢？浅葱真是太爱操心了，太温柔了。"

那一天。

浅葱的手机上有一个未接来电，是一个陌生号码。那天他在学校图书馆里逗留了很长时间，所以把手机调到了静音模式。走出图书馆时，外面已经完全黑了下来，来往的学生非常稀少。在校园中间铺着石板的广场上，有几个看似是某个社团的学生正放着音乐练习舞蹈。

耳边传来整个冬天一直霸占ORICON榜单的流行歌曲，那是一部催人泪下的电影的主题歌，歌词里全是不伤人的美好词语。

这个打到浅葱手机上的电话号码看上去应该是个手机号，一共等了四十秒，如果是诈骗电话，时间未免过长。浅葱滑动手机屏幕，一分钟后，那个号码又打了过来，这次响了五十五秒，接近一分钟。为保险起见，浅葱选择了语音信箱。女性播音员机械性的声音轻快地表示正在录制留言。真少见，到底是谁呢……

浅葱想着想着，听到了语音留言。顿时，他的脚仿佛冻住，站在原地动弹不得。他睁大了眼睛。

"找到你了。"一个声音说道。

"找到你了，终于找到了。你别以为你能逃走。"那个声音说着，之后传来了下流的笑声。浅葱握着电话的手和贴着手机的耳朵都感到一股潮湿的寒气，并起了一身鸡皮疙瘩。

这个声音他有印象。

"我当时录了音。"那个声音说道，之后传来磁带转动时特有的"叽——"的声音。浅葱不想听，不想听到接下来的声音。但身体动弹不得，不知如何是好。

电话那边传来喘息声和哭叫声。"不准哭，给我安静点儿。耗时太久你不是也不好过吗？喂，给我说你觉得很舒服，这样我才能有兴致。说请再多干我一会儿，快说。不说的话你可会遭殃的。要是你说了，我就放过你了。"

握着电话的手开始冒汗。不行了，不能再继续听下去了。

电话那边传来无意识的喘息声，对方边哭边喘着粗气，说"我觉得很舒服"。

"给我再说一遍！"

于是对方又哭着重复了一遍："我觉得很舒服。所以请再——"

"哔"的一声，宣告留言结束的电子音突然打断了录音，一个干净的声音亲切地说道："留言已结束，如果想再听一遍此留言，请按'1'——"

浅葱终于用颤抖的手把电话拉离了耳边。他关掉手机，站在原地久久不动。"找到你了。"大脑深处传来那个刚听过的声音——找到你了。终于找到了。

练习跳舞的社团那边传来优美的旋律。浅葱低头看向自己胸前，确认此时自己穿着没有一丝皱褶的衬衫，提着虽然不贵却是名牌的包，穿着人气款的匡威鞋。他一件一件地加以确认，我是浅葱，木村浅葱。但在那个地方，连着几天都穿同一件脏兮兮的衬衫的小孩也是浅葱。对于闯入现在这个世界，或者说将要闯入现在这个世界的事实，浅葱很没有真实感。

跳舞的学生群中有一人滑倒了，周围的人立刻笑了起来。他们会为了这种小事而发笑，兴奋地大声嬉闹，如今的浅葱不也可以做同样的事吗？自己不也获得了和他们一样的容身之所吗？浅葱感到一阵眩晕，靠在了图书馆的外墙上。

那天晚上那人又来了电话。但这次略微犹豫之后，浅葱接了电话，并趁着自己还有气势，接受了对方提出的见面要求。他想将这令人不快的事情尽快处理掉，想尽早把笼罩在心头的阴霾除去，回到现在所在的世界。

对方同意交出两盘录音磁带，条件是浅葱的身体。他要求浅葱任由他蹂躏，还说只要能满足这点就行，他不需要钱。但浅葱认为，要钱只是时间问题。浅葱装作平静，面无表情地听着磁带。二人选在一家餐厅见面，旁边坐着一家人，小孩幸福地吃着冰淇淋，而塞在浅葱耳里的耳机中却传出自己性交达到高潮时发出的声音。

浅葱记得曾被录音的事，幸好当时没有录像。磁带里还是变声期前高亢的声音，对话的内容也因音质不好而听不太清楚。陌生人的话，肯定听不出这是浅葱，但浅葱自己清楚，这的确是自己的声音。虽然即使磁带流出也没什么大碍，但浅葱就是莫名地无法忍受。更何况那人似乎打算向周围的人全面曝光浅葱的过去，毫无保留，和盘托出，即便磁带并不能构成证据。

当年侵犯过浅葱的这个男人身边一直有一个看守，这段录音就是那个看守录的。作为只能跟在首领身旁的人，他有时会暗地里强迫浅葱口交。隔了这么多年，浅葱终于又想了起来，明明已经忘记了啊。

"只要一次就好。"男人的声音猥琐至极，"只要让我尽情地干一次就好。没关系的，我不会做什么残酷的事，前几天我收拾房间的时候突然发现了这些，就回忆起来了。你当时真可爱啊，浅葱。"

他笑着，露出被烟熏黄的牙。

"我在被丢弃之前与母亲同住，那家伙真是不要脸，我就在旁边睡觉，她还总带回一个又一个男人瞎搞。看着她，我就觉得女人真是无可救药的生物。在这点上浅葱你真是太棒了。"

"让我考虑一下。"浅葱回答道。

回到房里，浅葱立刻蹲在了床边。他的心脏在剧烈地跳动。他没有开灯，僵硬地抱住了自己的肩膀。呼吸频率变得奇怪，呼气的次数很少。将空气吸进、吸进、吸进……然后才吐出。吸气、吸气、吸气、吸气、吸气，然后……然后该怎么办？

浅葱陷入"过呼吸状态"，他想就这样死去。好不容易能见到"i"了，可自己果然不行。他颤颤巍巍地站起来，打开了电脑。

蓝，蓝。

"啊，浅葱，刚回来吗？"

"i"今天也在那里等着浅葱。浅葱眼前一片空白，迟钝的手指敲击着键盘。

"蓝，帮帮我。"

浅葱等不及对方回应，只顾一个劲儿地敲击着键盘。呼吸和手指的频率渐渐趋同,全都乱了方寸。

"帮帮我,我不行了。为什么,为什么会这样……"

眼前的世界开始歪斜,就好像发高烧时做的梦一般。

"跟我说说。"

浅葱向"i"坦白了一切。他无法忍受自己要跟那个人睡,要跟那个人肌肤相亲,实在忍受不了。

"i"沉默着听完了浅葱的说明。说明全部结束后,画面上静静地出现了一行字。这行字里几乎没有标点,甚至没把假名转换成汉字。那是与浅葱慌乱的话语形成鲜明对比的"声音"。

"告诉我对方的特征,他在哪里、做什么、是个怎样的人?"

浅葱没有立刻回答。就在他在脑海中消化听到的声音时,"i"又说道:"不可饶恕。不可饶恕。我现在十分生气。"

伴随着紊乱的呼吸,浅葱看见了这行字,马上用手抓住显示屏。他感到全身无力。为什么呢?我既没有体贴他人的温柔,也没有过人的运动能力和力量,只有这优秀的头脑姑且引以为傲,而这种东西在纯暴力面前毫无用处,无法解救自己。

"没关系,我会想办法解决的。浅葱你不用担心。""i"说道。

那之后,"i"突然消失了。浅葱继续去"i"管理的那个聊天室,却没有人回应他的呼唤。他发了许多邮件,也没有收到回信。"i"是感冒了吗?快年末了,十二月过得飞快。"i"的身份究竟是不是学生,这点依旧是个谜,或许他最近很忙吧。

另一方面,那个男人依旧不停地给浅葱打电话。虽然跟"i"商量了一番,但浅葱觉得,这个问题必须靠自己解决。浅葱做了些思想准备,他知道近期之内肯定不得不跟那个男人见面,之后会变成什么样暂时还无法预测,他只知道自己必须那么做。"不可饶恕,我十分生气。""i"曾这样说过。对浅葱来说这样就足够了。只要你在就好,但你为什么不愿意露面呢?

就在浅葱担心着消失的"i"的那一天,那个不断威胁浅葱的男人突然死了。浅葱在研究室看报纸时偶然读到了这条新闻,惊讶不已,一时发不出声来。那个男人是在等待早高峰电车去公司时跌落站台,被电车轧死的。事故发生在早晨最喧闹的时刻,地点是人潮拥挤的站台,警察正从自杀和事故这两条线分别进行搜查。

从报纸上抬起头的浅葱保持着呆滞的表情,他心中确信——是"i"。这是"i"干的,不是事故也不是自杀。浅葱坐立不安,直接用研究室里的电脑给"i"发了邮件。这样或许会在学校里留下通信记录,但浅葱不在乎。

"是你吗?那是你干的吗?如果是的话,我不知道该说什么来感谢你才好。我该怎么谢谢你,怎么报答你?我好想见你,哥哥。我想见你。"

"i"没有回信。过了一周,浅葱打开邮箱想要再次联系他时,发现有一封新邮件。

"主题:我好害怕。"

浅葱立刻打开邮件,邮件的内容很短。

"浅葱,你不用担心了,但是我很害怕。现在应该就是与你见面的时候了吧。我去哪里见你?"

浅葱站起身,拿出这附近的地图,用电脑的简易扫描仪扫描了一个地点。他早就决定,如果能与哥哥见面,就去这个地方。既然不知道"i"住在哪里,那么还是自己指定见面地点比较好,虽然这样有些任性。那个地方离浅葱家很近,也很好找,并且够隐蔽,可以好好说话。

"今晚十点,在这个隧道见面吧。你不来,或是一时找不到,我也会在那儿等你。明天、后天,我每晚十点都会站在那里等你。"

还附上了地图,附近是一片沿着公路修建的工厂。

浅葱选择的隧道在地图的一角,位于已无人使用的废弃工厂旁。明明最后一次下雨已经是很久以前的事了,那条隧道里却仍旧充满湿气,有尘土和发霉的味道。然而,浅葱每次踏进那里,都会生出一股眷恋之情。这个地方能让人莫名地安心。浅葱喜欢雨的气味,也喜欢霉菌和黑暗。

浅葱发誓要一直等下去,这次哥哥肯定会出现。他怀着激动的心情站在隧道潮湿的墙壁前,心里十分紧张,几乎要晕过去了。第一天,"i"没有出现。是不是他不想来?但浅葱觉得,无论等多久都无所谓。为了保护浅葱,"i"甚至让双手沾满了鲜血。浅葱想和他重新成为一家人,想和之前一样与他面对面,以此告诉自己不是一个人。

第二天,浅葱依旧站在隧道里。他今天提早了一点,九点就来了。一个小时过去了,两个小时过去了,当手表的指针走过十二点时,浅葱站起了身。隧道里有许多涂鸦,有用喷漆涂上的正经涂鸦,也有用石头在墙壁上划下的痕迹。

浅葱看向自己背后的墙壁,那里似乎有一行字。是"i"。

浅葱把脸靠近墙壁,写在墙上的文字似乎还很新,是蓝色的。他用手指抚摸着那行字。"啊啊……"他发出一声深深的叹息。蓝,为什么?

抱歉,浅葱。现在还不能与你相见。i

回家之后，浅葱给"i"发了封邮件，但被退回了。"i"把邮箱废弃了。浅葱发出的邮件因收件人不明被退了回来。怎么了，蓝？怎么了？我还没有好好谢你，你就要藏起来了吗？就要这样不与浅葱见面，单方面宣告结束吗？我这么需要你，你却不需要我吗？

浅葱快要哭出来了，就这样度过了一段每天想念着哥哥的日子。到底是怎么了？为了你我什么都能做。我一直被你守护，如果你有什么不能见我的理由，请你告诉我。浅葱发誓不管什么理由，都会接受。他想要保护哥哥。如果哥哥的身体有严重残疾，那自己就变成哥哥缺失的那部分，不管是眼睛还是耳朵，手臂或腿也好，浅葱愿意变成他的眼睛、他的手臂，就算奉献出自己的一生也无所谓。好想与他见面，真的很想。

就在这样的日子里，"i"又突然发来了邮件。用的邮箱与之前的不同，也许是为了浅葱杀了人这点让他有所顾虑，这次他用了一次性邮箱。

"很抱歉我没去见你，但我真的太害怕了。"

内容很短。浅葱立刻回复。

"你在害怕什么？我想好好谢谢你。蓝,你的恐惧我会全部接受。"

与在聊天室对话不同，这次"i"与浅葱的对话间隔时间很长，这十分考验浅葱的耐性。"i"一天只回一次信，而且内容很短。浅葱一直等待着。

——你在怕什么？

——浅葱，我怕的是，杀了人却没有任何反应的自己。

看到蓝的回答，浅葱僵在了电脑屏幕前。他反复扫过这行字。蓝。浅葱想着长大后的他，带着沉稳的笑容，站在记忆中的房间里。却又想起站在母亲的尸体前，微笑着拿着刀的他。

"为什么害怕？"

"我还想继续活下去，可这个世界已经无可救药了，不是吗？就算活下去，我也没什么想干的事。我想结束了，结束这一切。但我想选一个人陪葬，拽着他一起去死，无论是谁都行。我想通过让其他人明白人生是会突然结束的，来完成微小的复仇。"

"你不能死，你要是死了我可怎么办？我要怎么做才能让你继续活下去呢？"

浅葱拼命阻止。"i"发来的文字透露出自暴自弃，令浅葱感到脆弱。不能让他死，就算是为了自己，为了让自己活下去。

"浅葱，你不和我一起做吗？""i"这样说道。

浅葱倒吸一口气，紧紧盯着那行字。

"如果浅葱愿意和我一起干，那我就可以继续活下去。我想见你。浅葱，我真的很想见你。"

"要怎么做？"

"是啊，制订一个规则吧。"

浅葱很容易地想象着"i"微笑着提议的样子。不做吗？浅葱。

"就把复仇当作我和你相见之前整个过程的附加产物吧。"

"八个人怎么样？每人杀四个。等八个人都死了，我就会与你相见。到那时，我就把我的秘密告诉你。这是我们两人之间的游戏，也是我们对这个世界的复仇。你明白我在说什么吗？"

从远处传来幼小孩子的声音，是哭叫的声音。谁的声音？

这是谁的声音？

"你明白吧，浅葱？你和我两个人想在这个无可救药的地方生存下去，就必须对世间进行制裁。你大概察觉到了吧？在与你分别之后，我受到了非常残酷的暴力对待，我的背上现在还留着无法去除的大面积烧伤痕迹。好了，就让我们对这个世界——"

让我们两个人。

i> 折磨这个世界。

浅葱静静地把手放在键盘上。他想起被电车轧死的男人手里的磁带，闭上了眼睛。

"不要哭，给我老实点儿。你其实也很喜欢我这样做吧？"

那时的他一直咬紧牙关，坐在桌前读书、做习题。为了能有一天从那个地方逃出去，他一心扑在学习上，但自己唯一的武器在暴力面前毫无力量。浅葱回想着，那时他听了磁带后全身颤抖，期待着谁来抱住自己的肩膀。他又回想起几年前感受到的冰冷的手指、温热的嘴唇和舌头的触感。每到夜晚，他就总觉得自己的一切都被人看得一清二楚，随后猛地睁开眼睛。他回想着这样度过的每一天，放在桌上的手臂开始变得无力——手臂与过去相比没有任何变化，还是那么纤细。

与那时相比毫无变化。一到夜晚，恐惧就会袭击自己。

一共八人，每人杀四人，这是一场让那些人知道人生是会突然结束的小小游戏。

"这次真的能与你相见，对吧？你希望我这么做？那我就与你一起杀人。只要是你希望的，我什么都愿意做。"

"谢谢，我就知道浅葱一定会理解我的。嗯，怎么办好呢？"

我和你的名字是蓝和浅葱。说起与蓝色相对比的颜色，应该是"赤"吧。

给对方的提示语用什么方式都可以。要是问答的形式的话应该会蛮有趣,这样就能让他们知道,我们在用人命做游戏了。我们互相解谜,然后杀掉对方指定的人。

一开始就用提示语和歌谣决定吧。提示语是"赤",提示歌谣是《红色的鞋》。

但是,不要像歌词里写的那样以小女孩为目标,你明白吧?要是那样的话,就与过去欺负过我们的人没区别了。

我会在现场留下提示歌谣的痕迹,希望浅葱你能找出来。下一个现场也会以谜语的形式留下相同的歌曲。一定要猜中哦,这可是一场游戏。

没关系,我们可是双胞胎,你一定能找到提示。即使不明白我的提示,你也要调查一番。一定要追上我的脚步,我会等你。等到这场游戏结束,我们就在你说的隧道里见面吧。

浅葱。

他温柔地呼唤着。

浅葱,好想快点儿和你相见。

七

"抱歉,这么晚还到女性家里造访。"

浅葱到达萩野清花家时,她刚吃完晚饭。

比起到现在工作的公司,从她家到 D 大距离更近。她从学生时代就住在这栋离 JR 近,且很宽阔的房子里。房子的条件非常好,她是肯定不会搬家的。

浅葱以前也来过这里几次,但从未像今天这样单独造访,都是跟狐冢和恭司等研究室里的几个人一块来,有时候月子也在。那时萩野在读研究生,浅葱还是个本科生,应该起码是两年之前的事了。那时大家一起看了当时大热的恐怖电影,还在冬天一起吃鸡肉火锅。善解人意又为人善良的萩野经常把后辈招呼到这里,浅葱很喜欢萩野。

"欢迎你来。"

从门里探出头的萩野冲站在走廊上的浅葱微笑着。她看上去并不太在意浅葱的突然来访,一身 T 恤配牛仔裤的休闲打扮。

"我最喜欢有客人上门了,不过家里很乱,真是抱歉。进来吧。"

"打扰了。"

屋里传来火烧开的声音。一进门就是厨房,萩野侧过身关掉煤气灶。浅葱脱掉鞋子,整齐地摆在门口。

萩野问道:"木村,比起红茶,你更喜欢咖啡吧?既不放糖也不放奶,口味没有变吧?"

"是的,多谢您的招待。"

浅葱被萩野带到这个约八块榻榻米大小的家里。这里和浅葱最后一次来时没什么太大的变化,虽然萩野说"家里很乱",但其实一点也不乱。

"这是月子吗?"

她家门口附近的矮架子上放着一块软木板,上面用大头针固定了几张照片。浅葱指着其中一张问道。月子和萩野并排笑着,背景像是外国的景色,有一丝不协调感。她们的脚下是一尘不染的崭新石板。

"这是哪里啊?"

"迪斯尼乐园。"

萩野拿着冒着热气的马克杯进了屋。

"记得应该是去年吧,我们两个女孩儿一起去的。我特别想去,就让月子陪我去了。"

"就你们两个人?"

"是啊,就我们俩。"

萩野一边把马克杯放在桌上,一边看向照片。

"毕业后我们俩的关系依旧很好,直到现在还与我有联系的人不是阵内老师,也不是其他研究室里的同学,而是阿月。这实在是不可思议的缘分。"

众多照片中还有一张景物照,是在太阳底下闪闪发光的白花。大概是专业摄影师拍的,在其他业余摄影作品中,这一张不论装饰还是大小都显得尤为突出。浅葱记得那花是萩花。

萩野指着那张照片旁边的照片,是一个大眼睛、薄嘴唇的婴儿的特写。

"这是我的侄女,上次跟你提过的吧?就是住在那栋公寓楼里的我姐姐的孩子。"

那栋公寓楼。浅葱的肩膀因萩野的话而无意识地紧张起来。萩野看着浅葱,这时浅葱才发现她的脸色很不好,就像连熬了几天夜的人,脸色青白。她的脸颊有些消瘦,是浅葱的错觉吗?

"萩野学姐……是不是瘦了一点?"

"啊……是吗?我看上去瘦了吗?那我可真高兴啊。"

"您这体形不应该因为变瘦而高兴啊,是工作太忙了吗?"

她没有回答浅葱的问题,只是歪着头,垂下眼,暧昧地笑着。

然后像没听见一般迅速站起身。

"你等一下。"

她边说边向走廊走去。浅葱沉默地目送着她走开,盯着她消失在门后之后,浅葱感到胃的底部传来一阵强烈的压迫感。

他无意识地转动手里的咖啡杯,咖啡表面形成小小的波纹,突然他发现握着杯子的手在颤抖。他向杯子里看去,日光灯圆圆的光圈映在杯中。

他颤抖着将手伸向胸前的口袋,摸到了光滑的纸。他慎重地把纸拿了出来,一边留意着萩野消失的方向,一边将纸打开,确认了其中的白色粉末。他急切地把粉末倒入不属于自己的那一杯咖啡里,之后把纸揉成一团,又放回到胸前的口袋里。他的心脏像敲钟一般咚咚狂跳。

(萩野学姐……)

我与她没有任何私人恩怨,也不可能有。她那样照顾后辈,体贴恩师,与大家都相处得那么愉快。她偶尔会回老家看望姐姐,很期待看到姐姐的孩子,大概也乐衷于为侄女挑选礼物吧。就像曾经一心爱恋着狐冢一样,她现在也许也那样爱着另一个人。工作想必也很努力。浅葱所认识的萩野学姐是无论做什么都很努力的那种人。她每天自己做饭,自己打扫卫生,明天大概还要去上班……

萩野学姐,你没有犯任何错。

"这个,一直没机会还你,现在还给你吧。"

萩野努力装出平静的样子,将一个小小的纸袋递给了浅葱,是伊势丹的格纹纸袋。只要一想想里面装的东西,浅葱的心情就变得很沉重。

"谢谢。"

浅葱一边道谢一边接了过来。虽然他在微笑,却不知道自己的表情是否到位。荻野没有回以笑容,她是个既聪明又敏感的人。两个人都切实地明白,再继续苍白的对话是件多么无意义的事。

荻野坐在浅葱的正对面,俯下身向自己的马克杯看去。

"真是太差劲了。"

她吐出一句。

一瞬间,浅葱还以为这是她对自己的评价。但荻野没有看向浅葱,继续说道:"我坦白地说吧,我真的很厌恶这样的自己,却无法不怀疑……木村你。"

她抬起了头。

"我很清楚木村你是个怎样的人,这点也请你了解。木村你温柔,绅士,不是会做出那种事的人。但还是不行,我心里还是有些怀疑。"

"荻野学姐,你到底在怀疑什么?"

"那件发生在姐姐住的公寓楼里的杀人事件。"

荻野认真地说着,双眼通红。

"那天我偶然遇到你时就觉得有点奇怪了。你戴着平光眼镜,穿一身西装,就好像刻意变装一般。再加上我捡到的窃听器……木村,你难道……"

"荻野学姐!拜托你冷静一点。"浅葱低声怒喝道。

荻野吃惊地眨着眼,陷入了沉默。令人窒息的沉默冻结了空气。是浅葱先开了口。

"拜托您,话题太跳跃了,请冷静一点。"

"……对不起。"

"我后来听说那天在那里发生了杀人事件后也很惊讶,真的。我跟那起杀人事件没有关系。至于窃听器,是那天受老师之托,把提前设置好的窃听器回收了而已。老师拜托我设置窃听器，是因为有一个他以前教过的学生因为某件事对他产生了怨恨。"

"对不起，对不起，木村。"

荻野低着头不断地道歉。浅葱不知道自己的借口荻野有没有听进去，但看上去她似乎因为怀疑浅葱、并把疑问说出了口而感到十分羞耻。

刚刚下了药的咖啡被她握在手里。浅葱喝了一口自己的黑咖啡。

"您找过狐冢或其他人商量吗？"浅葱柔声问道。

荻野摇了摇头。

"没说过，我一直在一个人瞎担心，真是太愚蠢了……"

她虚弱地露出一个自嘲的笑容。

"我……真是太差劲了。"

（木村你温柔，绅士，不是会做出那种事的人。）

为什么？

"真是太对不起了，我好像脑子出毛病了——我不是真的怀疑你啊。"

（我很清楚木村你是个怎样的人。）

那么我，木村浅葱，到底是个怎样的人？——荻野无力地眯着双眼，抬头看向浅葱。

别看我，别用那种眼神看我。

"是啊，被杀的那个人跟木村一点关系也没有，我真是太傻了。别跟别人说这件事啊，太丢脸了。"

荻野边说边把嘴唇靠上白色马克杯边缘。在露出一脸僵硬微笑的浅葱面前，她喝下了一口。（说出来吧……）

浅葱突然涌上一股冲动，头脑里响起一个声音，同时有一股力量在勒紧他的胸口,并将大脑烧成一片空白。

说出来吧,告诉她你就是下一个,我是来杀你的。

心跳逐渐加快。

"萩野学姐……"

浅葱觉得自己一定会后悔,如果现在、在这里,夺去萩野清花的性命,之后一定会不断想起这件事,一辈子后悔。浅葱很明白这一点。自己背负得起明天之后她的全部人生吗?如果在这里杀了她,她的人生就将在这里终结。但如果自己放弃了,那她应该可以继续将剩下的数十年过完。

只要自己现在不在这里。

只要浅葱……

"我不会在意的,我才应该道歉,刚才还吼了您。"

浅葱微笑着摇了摇头。

"确实,像窃听器这种东西平常很少见,让您受惊了,真是抱歉。不过我也没想到会被您当作杀人犯,这就有些过分了。"

"是啊,木村你说得对。我的话题太跳跃了,真抱歉。"

萩野此时终于露出和往常一样的柔和表情。她似乎放了心,呼了口气,拿起马克杯——喝了第二口。

"说起来,刚才木村你在电话里说有事要找我商量,有什么我能帮上忙的吗?"萩野看着浅葱问道,"为了对刚才的事道歉,今天就算让我听一整晚也行。"

"啊啊,对了。抱歉,也不是什么大事。"

加入咖啡里的白色粉末似乎还没开始发挥作用。浅葱几天前通过网络购入了这种号称在同种药里效力最突出,且是由医院开出的合法处方药。肯定不会露出马脚。

万一药没有起效呢？卖给浅葱药的人很可能是骗子，卖的全是假药。如果药没有效果，那到时候……

（这种事，放弃了就好了。）

这么想的同时，浅葱感到意志薄弱的内心已因得出这个结论而安心，但安心的同时又觉得自尊无比受挫，令他难以忍受。这不仅关乎浅葱的自尊，还关乎哥哥的尊严。自己就是这样一个没有骨气、愚笨的弟弟。

"其实，我喜欢上了一个女孩，我以前对这种事一直没什么兴趣，所以不知道该怎么行动。"

全是谎言，浅葱只想随便说一些胡诌的话来收场。没想到对方的反应十分强烈，萩野目不转睛地凝视着浅葱的脸。

"我能问一句吗？"

"可以。"

"木村，你果然喜欢阿月吧？"

"什么？！"

这次换浅葱盯着萩野了。为什么会这么问？萩野看上去很认真，没有捉弄浅葱的意思，也不像是在开玩笑。

"我以前看着你时就这么觉得了。也许木村你没发现，但你在说到与阿月有关的事时给人的感觉有些不一样。大概是声音还带有一些温度吧，反正跟她接触时的你，和其他时候都不一样。所以，我还在学校的时候就一直觉得你喜欢她，对不对？"

"不是啊……"

浅葱深吸一口气。

"吓了我一跳。"

"抱歉，我又误会了？"

"首先，月子不是已经有狐冢了吗？"

"那跟这个是两码事，你和月子很配啊。"

你是为了自己才这么说的吗？浅葱将已涌上喉咙的恶意提问硬吞了下去。萩野学姐，你还那么喜欢狐冢吗？

房间门口那张月子和萩野并排合影的照片再次映入浅葱的眼帘。月子用左手挽着萩野的手臂，右手比出一个V字，笑得一脸灿烂。

"但是，您猜错了。"

浅葱面对还想说些什么的萩野，摇了摇头。

"我喜欢的是另一个女孩，她跟萩野学姐有些像，所以我想听听您的意见。听说马上就要到她的生日了，我在想该约她去哪里好呢。"

"是吗，是这样啊。那个女生是我不认识的人，对吧？"

"对，真遗憾。不过要是真能成功与她交往，我就把她介绍给学姐。"

"嗯，约会啊。木村你应该不会选择没品位的地方，所以我觉得你不用担心。"

好想快点站起身走人。

浅葱有一种类似赌博的不安感觉，就好像自己在不感兴趣的赌局上并非出于自愿地赌上了一笔巨款一样。那药会在浅葱还在这里的时候起作用吗？刚才那种天真的想法又浮上他的心头。那种可能只要一被想起，结果就是致命的。他好想快点从这里出去。

但萩野一直在说话。"真意外啊，木村你竟然会……哎呀。"

她的发音很清晰，完全看不出药起了效果。

"抱歉，我去趟洗手间。"

她说着消失在门后。浅葱看向萩野的马克杯，盯着已被喝下了一半的咖啡。

——没有起效。

药没有起效,只能下次再说了。自己做这种事是有时间限制的,总有一天必须下手,但是至少今天不用杀人了。萩野也许还会想起她捡到的窃听器,而且每次想起时心头都会浮上黑色的疑惑。以后她再回家乡看望姐姐时,应该都会想起曾与浅葱在停车场相遇。也许她会在某天发现那栋公寓楼里根本没住着浅葱的恩师,之后对浅葱的信赖就会彻底崩塌,将浅葱的谎言看穿。但即便如此,浅葱至少不用在今天封她的口了。

那样没关系吗?

胸中响起一个声音,那声音使浅葱感到焦躁。

你觉得就这样留下不安的种子也没关系吗?要杀掉她,这么好的机会也许不会再有第二次了。

但是,今天还是回去吧。

浅葱在两种冲动之间徘徊,感到矛盾不已。突然他意识到中途退席的萩野一直没回来,洗手间里也没有声音传出来。不会吧,难道——

就在这时,突然从萩野消失的厨房方向传来东西撞到地板时冷冷的声音。"咔嚓",好像是陶瓷摔碎的声音。

"——萩野学姐?"

浅葱轻声呼唤着,但没人应声。

浅葱握紧颤抖的右手,用左手按住跳得飞快的心脏。他站起身,打开了房门。萩野侧身倒在走廊上。

"萩野学姐……"

浅葱感到有束光,射进了胸前和瞳孔深处。

浅葱蹲下身来凝望着萩野,她的表情十分痛苦。假如她喝下了全部咖啡，恐怕已经中毒了。浅葱往咖啡里加了相当剂量的药，可见来这里时浅葱就已下定了决心。

好了，快重振那份决心吧。

倒在地上的荻野身旁散落着杯子的碎片。浅葱回到屋里，从包里取出手套戴上。他打开荻野房里的抽屉，寻找着腰带。至少有一根吧——有了。找到了。

他扶起倒在冰冷地板上的荻野，把皮带绕在她纤细的脖子上。跨坐在荻野身体上时，浅葱能够感到她的胸口正随着呼吸起伏，他能感受得到她的律动。浅葱难以忍受地移开了视线，他无法直视眼前的她。就在此时，从房间深处传来一阵响亮的电子音。

嘟噜噜噜噜，嘟噜噜噜噜，嘟噜噜噜噜——是房间里的电话响了。浅葱的手搭在荻野雪白的脖子上，转过头向后看去。铃声还在响。嘟噜噜噜噜，嘟噜噜噜噜，嘟噜噜噜噜。

身下的荻野没有睁开眼睛的迹象。为了不让决心动摇，浅葱将手中的皮带用力拉紧。

（浅葱……）

微笑着的蓝出现在眼前。浅葱努力想象着向自己伸出手并呼唤自己的蓝的样子。蓝。

从房间里传出的电话铃声突然停止，转到了电话留言。一阵机械的声音从浅葱背后传来："现在我不在家。"

就在浅葱将腰带用力勒上荻野脖子的一瞬间，刚才还一动不动的荻野突然睁开了眼睛。浅葱反射性地闭上了眼，他不想看她。浅葱紧闭着眼，继续用力勒紧腰带。荻野的手开始在地板上乱抓，喉咙里漏出几声呻吟。浅葱遏制住想要逃跑和喊叫的冲动，手上继续用力。

就在此时，房间深处传来一个声音。

"你好，我是月子。"

浅葱绞杀萩野的手松懈下来。他抬起头，看向房间，房门旁边的电话亮着红色的灯。

"萩野学姐，你在洗澡呢吧？我很期待明天的见面，到时候我会把孝太和浅葱也带过去，恭司就不一定了，有可能找不到他。我还没跟大家说呢，到时候萩野学姐教我做饭吧——那再联络。"

"哔——"，电话上的红灯开始闪烁。

浅葱看着那灯光，呆呆地睁着眼。"月子……"他小声说着，几乎是无意识地叫着她的名字。她的脸此时就在萩野房门旁的软木板上，微笑着。

我是月子，我很期待明天的见面。

萩野已经不再抵抗。怎么办？浅葱从嘴里发出一连串声音。怎么办，该怎么做才好？

很期待见面……

在他胯下的萩野身体已经一动不动了，刚刚还随着呼吸上下起伏的胸部，以及痛苦地捶打着地板的手臂，此时都不动了。她的脸，她的表情……浅葱最终还是无法直视。他还是没能下定决心面对萩野。

月子。

浅葱又叫了一遍她的名字，并用手捂住脸，咬紧了牙关。

怎么办呢？已经晚了。

给 i：

我已经杀掉她了。

○下次的提示　　大
　　　　　　长（　）莓
　　　　　　　腹

　　　　　　　　　　θ

八

石泽恭司到达萩野清花所住的公寓楼时，她家的灯黑着。

他们约好了在萩野家吃饭，这是学生时代就经常举行的活动。有时候吃火锅，有时候用铁板烤肉吃。今天计划要开饺子宴，提议人是萩野，具体做计划并实施的是月子。

他们约定直接在萩野家集合。恭司在去往萩野家的途中接到了月子打来的电话。今天参加的成员一共有四人，萩野，月子，恭司和浅葱。虽然计划是要叫上浅葱的，但目前还没有联系上他。

"我的实习可能要晚一点才结束。"

电话那边传来了嘈杂的人声。

"我给萩野学姐打了电话，可是没人接。孝太说会晚两三个小时过去。恭司你先过去可以吗？萩野学姐应该在等我们，全让她一个人准备也太辛苦了。"

"倒是可以，不过万一我们俩搞出了孩子可怎么办？到时候可都是你的责任啊。"

"绝对不允许。我非常喜欢萩野学姐,所以你给我好好克制自己,别让我难过。"

"可萩野小姐是个美人啊。"

"我知道,所以她跟恭司你一点也不配,请你去找个更风骚的女生交往吧。"

月子笑着挂了电话。

集合时间是六点,恭司到达公寓楼时已经六点半了。萩野明明是个很重视时间的人,可此时房间里没有亮灯。定好了时间她却不在家,这实在不像她会干的事。恭司按下玄关处的门铃,也没人回应。

恭司背对着房门,一边玩着手机一边思考。他刚才把车擅自停在了公寓楼的停车场里,这让他有些担心,如果占用了别人的车位就麻烦了。恭司倒是无所谓,但他不想给萩野添麻烦。萩野从学生时代就对他照顾有加,他欠萩野一份恩情。如果没有萩野,他很可能毕不了业。

恭司是凭一时心血来潮打开了萩野家的门的。他只是觉得无聊,就试着把手放在了门把手上,完全没想到门竟然会打开。恭司看着自己的手轻易转开了门,感到十分惊讶。

"萩野学姐,你在家吗?"

他探头看向房里,试着呼唤。没人回答。是不在家吗?这对独居女性来说也太不小心了。房间的香气令他感到熟悉,是萩野用的香水。萩野还是阵内研究室的学生时,她的座位旁边一直有这种香气。

"萩野学姐?"

恭司脱下鞋子,抬脚进入房间。恭司认识的萩野不像个会忘记锁门的女性。最里面的房间亮着灯,看到那里的景象,恭司震惊得瞪大了双眼。

房里一片混乱,衣服扔得遍地都是,几乎没有落脚之处。挂在衣架上的连衣裙和衬衫一件压着一件,全被丢在地上,原本折得整整齐齐的商场购物袋也散乱一地。

家里进了小偷。

一瞬间,恭司的脑海里浮现出这个可能性。但还是有些奇怪,大概是因为东西散落在地上的方式有问题。房间深处的抽屉看上去完全没被动过,电视柜上的书也摆放得整整齐齐,不像曾有人翻找过贵重物品的样子。散落在地上的,只有原本放在衣柜里的衣服。衣柜。

恭司抬起头。这场景简直像是……把衣柜里的东西全拿出来了一样——

抬起头的恭司视线凝固在了衣柜前。上面贴了一张A4大小的纸,纸上有一行打印出来的文字。

> 把他关进壁橱里,用钥匙哗啦啦地锁上门。

衣柜上有一把南京锁和锁链。恭司大声地"啧"了一声,立刻开始动手。他不管不顾地试图打开柜门,两手的手心都红肿起来。然后他又一次次地踹柜门、砸柜门,木制柜门上开始出现裂缝,拳头也破皮流血了。

他不停地砸着那两扇门,挥拳十多下以后,门上的锁终于嘎吱作响。他把手伸到门缝里,用力掰向两边,门锁终于被掰了下来。

"荻野学姐!"

在昏暗的衣柜里。

荻野清花像胎儿一般蹲在那里——

九

再继续做下去也是枉然。

狐冢在研究室里，关掉了电脑。屏幕上的画面消失之前，他抬起头和其他学生打了个招呼。

"那我先走了。"

"哦，今天真早啊，这就回去了？是要见女朋友？"同学暧昧地笑着问道。

"不是啊。"

要是说出是和萩野见面，一定会被羡慕吧。他摆着手走出房间，最后瞥了浅葱的桌子一眼。与狐冢的桌子不同，浅葱的桌子上几乎没有书和资料，很清爽。真想问问他是怎么把桌子弄成这样的。月子嘱咐自己，说如果今天在研究室里见到浅葱，就邀他一起去。可不巧浅葱昨天和今天都没来研究室。

狐冢把手按在脖子上，轻轻地按摩肩膀。头有点痛。他挪了挪眼镜，叹了口气。

从前天起，狐冢就一直处于半熬夜状态。有一个论文要赶出来，不熬夜就无法按时完成。浅葱应该也接受了同样的课题，他是如何思考，又是怎样分配时间的呢？而且他每次都能拿出更加优秀的成品，真是令人不爽。虽然对此也没什么办法，但狐冢时常因为天才就在自己眼前而感到沮丧。

刚出研究室，手机就响了。狐冢把手机从包里拿出来一看，上边显示着恭司的名字。

"喂。"

"狐冢？"

"啊,抱歉,我这边已经完事了,马上就过去。月子已经到了吗?还是恭司你也迟到了?"

"我刚到,现在是从萩野家给你打的电话。听好了,狐冢,现在开始我讲的都是真话。我有事要拜托你。"

"真话?"

下台阶时狐冢遇到了一位认识的教授,他边冲教授点头致意边走出了教学楼。

"萩野学姐死了。"

听到恭司的话,狐冢回了一声:"哈?"恭司又说了一遍。

"她死了——大概,是被杀的。"

在说什么呢,这家伙。狐冢换了一只手拿电话。

萩野和恭司,这两人大概是想开个玩笑,用装死来等待狐冢光临吧。又不是小学生了,不至于做这种事吧。

"你在说什么呢?被杀了,到底被谁杀了?"

"不知道啊。喂,狐冢,你应该能分清我是认真的还是开玩笑的吧?"

狐冢意识到他的声音十分冰冷。虽然没有特别的理由,但狐冢凭本能而非理性得出这样的结论,恭司是认真的,他在认真地向自己转达事实。

怎么会?

"萩野学姐……被杀了?"

"我到的时候房门没锁,阿月还没来。我刚找到萩野学姐,已经给警察打电话了,然后又给你打了这通电话。"

狐冢握着电话的手变得冰冷。

喉咙深处发干,狐冢忘记了眨眼,只感到一片茫然。

"骗、骗人的吧？"

沉重的冲击从脚下传上来，他停下脚步，站在步行道一角。

"怎么会，这么说来……现在萩野就在你旁边？"

狐冢想象着恭司站在萩野的房间里，在已经不能动弹的萩野身旁给自己打电话的场景。简直太没真实感了。为什么，恭司，你为什么面对这种事情还能如此平静呢？

"真可怜。"恭司生气地说道，感觉和平时聊天时没什么两样，"太可怜了。这么漂亮的人，竟然这么早就死了。"

狐冢也见过尸体，那时他还是小学生，在父亲的葬礼上见到了父亲那苍白僵硬的尸体。父亲再也不会睁开眼睛了，即使他看上去像是随时都会站起来。但那是绝对不可能发生的事了。那时的狐冢哭了出来。还活着的自己与父亲之间的分界线到底是什么呢？他边想边哭。

这么漂亮的人——恭司现在正看着萩野的脸吗？

狐冢感到自己仿佛被推到了一个又暗又冷的地方。

"狐冢，我有事要拜托你。"

"……拜托我？"

"迅速打电话给月子。我不想让她来这里。"

月子。

听到这个名字，狐冢想起了她的脸，胸口又感到一阵寒冷。他又换了一只手接电话。

"月子还没有……"

"她还没到。不管用什么理由，你先通知她今天的活动取消了，别让她过来。至于要不要告诉她萩野学姐死了，那随你。我真的不想让她受到伤害。"

我最喜欢荻野学姐了,好想有个那样的姐姐。孝太,你听见了吗?

月子总是这么对狐冢说。

狐冢沉默着咬住嘴唇,看向校园里的一排排树木,自己曾和荻野在这些树下并排走过。虽然并没有流泪,他却觉得眼角有些发热。

"知道了。我等会儿也会到你那边去。"

"你不用来也行,其实我不想让你来。"

"为什么?"

"怎么说呢,总之,我不想让你看见这幅场景。"恭司干脆地说道,"倒不是因为死者的脸——虽然也有这个原因——我是不想让你看到这个房间的样子。这里真是乱成一团,荻野学姐放在柜子里的商场购物袋都被拿了出来。她应该好好地把纸袋叠起来放好的吧,大概想着以后还会用到。只要一想到这点,我就快坚持不下去了。说起来,她以前经常拿着伊势丹的纸袋到研究室,用那个袋子把书和资料装回家。光是想起这个,我就觉得实在是难以承受。再看到她收拾得整整齐齐的架子,就让我更难受了。"

"难以承受……"恭司不停地重复着这一句。狐冢闭上了眼,他无法再直视那条曾和荻野一起走过的路。

他小声说道:"这……是真的吗?"

之后恭司又说了一两句,然后就挂了电话。狐冢觉得连睁开眼睛都困难,一时无法迈开脚步。

"狐冢",他现在还能清楚地想起荻野清花呼唤自己的样子。

他睁开眼睛,用手机拨下了月子的号码。

十

终于被发现了。

拉着窗帘的房间里,浅葱独自靠在墙边。他一边回想着刚才打来的电话,一边叹了口气。不知道自己有没有好好地回话。

电话是狐冢打来的。

这几天,浅葱与外界完全隔绝。月子不断打来电话,但他每次都躺在床上无视。每次他都从振动着的手机上移开视线,紧咬牙关,电视和报纸也都没看。这次事件与森本夏美和"i"制造的那起不同,他确定自己应该会比媒体先得到消息。狐冢或阵内教授,或者研究室里的其他人一定会通知自己。

电话那头的狐冢的声音很僵,浅葱为听到他的声音等待了很久。是吗?到底是怎么回事儿,为什么萩野会被杀?

他嘴上说着,心里却想着:谢谢,这样我就安心了,太谢谢你们了。你们找到了萩野学姐,真是太好了。只要想想她一个人睡在那个冰冷的柜子里,我就感到呼吸困难,简直痛苦得快要发疯了。

你们知道吗?狐冢,还有马上就要报道这起事件的报纸和电视台,你们一无所知。

萩野的案件会被埋没在媒体每天播报的新闻中,她的性格更无法通过新闻反映出分毫。

你们不知道吧,萩野清花是个受人喜爱的优秀女性。她有个姐姐,还有个侄女。她为了意中人的心情,一直把对对方的感情抑制在自己心中。她就是这样一个女性。

你们不知道吧,杀害她的凶手在绞紧她脖子时都快哭出来了。他觉得如果不是因为自己,她就不会死。

就在她的生命从身体中分离出来的那一刻，浅葱的身体里也有什么脱落了。接下来的生活里，浅葱将一直背负着那份空虚，伴随着那束照向黑暗的光。

你们不知道吧？萩野清花身上逐渐消失的体温意味着什么。

我是月子。

浅葱绞住萩野的脖子时，电话录音传来这样的声音。

很久以前，浅葱曾被狐冢邀请到月子家做客，那时他正在附近的超市里买东西。

"哎呀，木村？"

出声打招呼的狐冢似乎也在买东西，他手里的篮子里只有一个大香瓜滚来滚去。狐冢感受到了浅葱疑惑的视线，底气不足地笑了笑，随即对浅葱发出了邀请。

"其实，我正想去看月子，木村你要不要一起去？"

"她身体不舒服？那别人还是不要去打扰为好吧？"

"不，身体没有什么大碍，但她的情绪可能有些低落，所以我希望找个人跟我一起去。平常我都会找恭司陪我，但今天我没找到他。"

浅葱表示自己可以跟他一起去。狐冢看上去松了口气，他露出安心的笑，说了句"谢谢"。在去月子家的路上，狐冢拎着香瓜问浅葱知不知道那起发生在仙台的事件。

狐冢问的是那阵子闹得很大的事件，浅葱立刻反应了过来。有一名男子闯入小学校园，向学生挥起了刀。一个小学三年级的女生逃得慢了些，被男子在沙坑附近抓住，当场割裂喉咙致死。浅葱在电视上看到了吸满鲜血的沙坑。

"月子那家伙因为这件事大受打击。"狐冢苦笑着说道。

浅葱对此没有什么兴趣，只是"嗯"了一声，点点头。月子是教育系的,肯定很喜欢孩子,那起新闻确实有可能对她造成打击。不过,就因为这事,狐冢至于带着香瓜去探望吗?

可到了月子家,浅葱震惊不已。

月子的脸色真的十分难看。她看上去十分困倦,眼里没有一丝生气,完全失去了平日里的朝气。面对送上香瓜的狐冢,她小声地说了句"谢谢"。有客人来访,她理应非常高兴,可她几乎不开口说话,低着头抱着一只大大的泰迪熊。看她的样子,既不想让狐冢和浅葱离开,却似乎也不希望他们在一旁陪伴。

有时她会把泰迪熊转向浅葱,双眼紧盯着泰迪熊,视线落在泰迪熊的脖子附近——那是那起事件中,凶手挥刀砍向女孩的部位。突然之间,她又会非常安静地把泰迪熊丢在一旁。

之后她又会把熊小心地抱到胸前,沉默地不放手。小熊被紧紧抱在月子的手臂和胸口之间,头都被挤歪了。熊那双毫无表情的眼睛似乎在对浅葱说:这种事经常发生在这位小姐身上。

"她经常……会变成这样吗?"

在回家的路上,浅葱问狐冢。他觉得,如果月子总把新闻报道中听到的、发生在陌生人身上的事背负在自己的身上,可能会无法承受,于是才开口问了狐冢。

狐冢苦笑着回答:"我以前也跟她谈过,可她好像做不到。她曾经说,对她来说事件本身的确是一个打击,但除此以外,她更厌恶因为这种事而失落崩溃的自己,觉得自己是个伪善者。"

狐冢吐了一口气,继续说道:"她曾经对我说,刚听到类似事件时她会哭泣,第二天也会哭,受到的打击会持续好几天。但过了一个月以后,她又会笑逐颜开。只要想到这点,她就无法原谅这样的自己。明明不是当事人,却还觉得悲伤,这对当事人来说非常失礼,可她却无法控制。她曾经问我:'我这算一种自我陶醉吗?还是一种英雄崇拜主义?真是愚蠢。'"

如今月子是当事人了,会变成什么样呢?

我是月子,我很期待明天的见面。

浅葱的脑海里不断回放着月子的声音。

浅葱站在关掉的电视机前,呆呆地看向一旁。在几瓶倒下的空矿泉水瓶旁边,有一个小小的纸袋,那是萩野还给自己的窃听器。

看着看着,他的体内涌上了一阵无法抑制的呕吐的冲动。纸袋表面还飘着一层萩野清花这个人的气息,这令浅葱感到更加难以忍受。

"杀人"不可能是一场游戏。杀人,不是游戏。

正常人的神经都无法承受这种事,无法做到。但"他"呢?

"i",他到底是一个什么样的人?

在房间的一角,浅葱的电脑沉默着。

十一

月子得知萩野死讯的那天,也是教师资格考试结果公布的日子。

月子参加了现在所在地区的小学教师资格考试。她不想回家乡就职,想在这片熟悉的土地上当一名老师。

考试结果是合格。今天要与狐冢、恭司和萩野学姐见面,正好把这个消息告诉他们。月子觉得,她的梦想就要实现了。

这时狐冢打来了电话。月子先从学校回了一趟家,正要出发前往萩野家。

萩野学姐死了。被杀了。

她感到仿佛被谁从侧面打了一拳。这太不可置信了，太没有真实感了。我还是去一趟萩野家比较好吧？还是我不能过去？狐冢打断了她的疑问，说还会跟她联系，让她先待在原地。

她把手放在桌子上，蹲了下去，令人厌恶的寒气覆上了双肩。好想知道具体状况，为什么萩野会死？

"是真的吗？"

"是真的。"

听到狐冢痛苦的声音时，月子差点儿冲口说出那句话。她勉强咽下，体内却像有什么炸开了。她的眼眶变得灼热。真的吗？真的是那样吗？已经无法挽回了吗？

她想起了萩野的脸。但如果现在说出口就太残酷了，绝对不行。

她只得在心中说着：唉，孝太，萩野学姐喜欢你啊。

月子有股冲动，她突然想将这件事向狐冢坦白。

萩野的死，难道不是什么地方出了差错吗？月子还抱有期待。如果不这样做，她就无法呼吸了。谁快点来，告诉我这不是真的，快点让我安心。她好想冲着萩野学姐大叫："你太让我担心了！"会有谁，会有人来告诉我的吧！

月子哭了出来。

第五章 i 和 θ

一

月子不来上学了。

秋山合上看到一半的书，用力按了按眼睛周围。

月子没有出席这周二的研究小组课程。那天的课明明是她提出即使暑假期间也想对毕业论文进行讨论才设立的，她却连道歉的电话也没给秋山打。

这是她第一次无故缺席，以前她一定会提前跟秋山联系。面对询问月子去向的秋山，真纪的表情十分阴沉。她刚说了一声"老师"，就像要哭出来似的闭上了嘴。

秋山这才知道，月子仰慕的一名前辈被杀害了。

"月子很没精神。"

真纪说着，她的声音也很没精神。

"我给她打电话她会接，也会跟我说话，但我总觉得好像在勉强她一样，所以很难过。她在我面前没有哭，还笑着说没关系，马上就会去学校。"

"她有跟别的朋友说过这件事吗？她在其他人面前会哭吗？"

"……我觉得不会。"

"是叫紫乃吧？那个让阿月稍稍有些困扰的朋友，在她面前呢？"

"应该也不会吧。"

"狐冢呢？"

"她在狐冢面前应该会哭，可这次狐冢也很难过吧？死去的萩野似乎跟狐冢的关系更近。"

"是吗……"

两人陷入沉默。真纪低着头,从她颤抖的肩膀可以看出她真的很难过。秋山心里想着,我研究室里全都是好孩子啊。

月子和真纪都通过了今年的教师资格考试,而且就算秋山放着她们不管,她们也会主动学习,不用担心毕业论文的问题。

好在秋山有空,最近他没接到什么上电视或电话采访的委托。不用上媒体,是一件值得高兴的事,因为一旦有这种委托,就往往跟大型案件有关。

但他又突然转变了想法。这一现象同时也说明媒体已经习惯了虐待和杀人事件。当孩子的死亡已经变成随处可见、再平常不过的事件时,媒体就没有兴趣一件一件地加以报道了,更何况请秋山出场还要付出场费。

一年前还会花上一整天播报的虐待事件,到了今天都上不了头条。这真是令人忧虑的现实。

这时房间里传出从内线打来的电话铃声。秋山拿起听筒,听到院系前台接待员发出的响亮的声音。

"是秋山老师吗?我是前台接待员。"

"是的。"

"楼下有个名叫坂本玲一的人想与您见面,说是埼玉县入间警署的刑事课课长。可以让他上去吗?"

"可以,让他来吧。"

他放下电话,站起了身。从窗户向下望,可以看见几个走在路上的学生小小的背影。有人在笑,有人在皱眉,还有人看上去很悲伤。当中最显眼的,是一个咬紧嘴唇、独自快步走着的女生。她的脸看上去很陌生，表情十分强硬。她要去哪里呢——

过了不久，传来了一阵敲门声。

"请进。"

"打扰了。"

对方礼貌地打着招呼，从门后露出脸来。秋山微笑着迎接了来客。

"好久不见了，坂本。"

二

浅葱觉得距离上次来研究室已经隔了很久。他刚进门，就有一个同学靠近他说道："好久不见啊，木村。"

"啊啊。最近辛苦了。"

"木村你也是。"

荻野清花死后，葬礼在她的老家群马举行。

虽然阵内教授说自愿参加，但研究室里的所有成员都去为葬礼的接待工作帮忙了。浅葱在那里看见出席者个个哀伤地望着荻野的遗照，那么多陌生人为荻野清花的死而叹息、悲伤。

令人惊讶的是，月子也在助手席。她把平日里华丽的卷发扎成一股，面色苍白地小声请求："随便什么，让我也做些什么吧。"

荻野被杀案件中，警方已认定一名嫌疑犯。那人是荻野所在公司的同事，据说荻野刚入公司时两人交往了半年左右，是她的前男友。荻野的朋友提供证言，称两人分手后那男人还纠缠不休，令荻野非常苦恼。大家的怀疑都没有波及浅葱。

浅葱坐到座位上，他不想再勉强与人对话了。他想把荻野的事忘掉,回到平常的生活中去。也许有一天他可以彻底过上平常的生活,那是肯定的吧,因此必须忍受目前的状况。

然而,事与愿违,浅葱启动电脑时,又有人来找他搭话。

"喂,木村。"

"干什么?"

对方没有立即回答,只是沉默地招招手,让浅葱去他的座位。

"能过来一下吗?有个东西想给你看看。"

浅葱惊讶地皱起了眉,但还是听从了对方的提议走了过去。对方点开一个电脑对话框,接着继续移动鼠标点下去。他打开的是D大的网页。

"这是我昨天看到的,现在已经被人删除了,但我把它保存了下来。"

"这不是学校的网站吗?你到底想说什么?"

"不,是这里。"

他的声音和手指都透露出紧张,电脑上打开的是D大的相关网站一览界面,上面列着许多与D大关系紧密的学校和研究机关的名字,发出留学申请的塞拉大学也在其中。他边看着屏幕边说道:"你还记得'i'吗?"

"'i'?"

浅葱鹦鹉学舌般重复了一句,之后屏住了呼吸。对方继续说道:"对,那个希腊字母'i'。记得我们还是本科生的时候,应该是两年前,不是有个以留学为大奖的比赛吗?就是你得了优秀奖的那次。当时不是有个匿名投稿的人突然出现,把你的留学机会抢走了吗?论文名是《情报保密措施的破解》。"

"我记得。"浅葱苦笑着,用呆板的声音回答道,"那个人怎么了?"

"那个人，又出现了。"

同学指向屏幕上的一点。看到那个同学指的地方时，浅葱惊讶地屏住了呼吸。他不敢相信眼前的一切。

同学因兴奋而加快了语速，继续对浅葱说明道："他以此宣告杀害萩野学姐的是他们。"

浅葱一时无法出声。

"……呃……"

"他在宣告杀害萩野学姐的就是他们啊。"

与 D 大相关的网站页面上排列着许多写着大学名称的图标，而在页面的最下方，有一个图标与其他图标不同。那是个长方形图标，一半是蓝色，一半是浅葱色，旁边还写有网站的名称——i & θ。

"这是说明案件背景与细节的网页。"

三

接到秋山教授的电话时，狐冢正在去研究室的路上。发生了萩野事件后，论文的提交期限做过多次更改，但狐冢打算将那篇论文一次性搞定。

虽然他和秋山早就交换过电话号码，但这还是他们第一次通话。

"啊，狐冢，现在能聊聊吗？"

"好的。"

狐冢停下脚步，将电话换到另一只手上。

"您有什么事？"

"你现在能到我的研究室来一趟吗？我发现了个奇怪的东西，想给狐冢你看一看。"

"现在吗？"

"嗯，现在。说实话，我现在从研究室就能看见你。"

狐冢一听，急忙回头看向教育学专业的教学楼。位于三层的一个窗口，百叶窗上下伸缩了两次。

"你看见了吗？我的研究室就在这里。"

"是月子出了什么事吗？"

"不是，是荻野清花的事。"

从他的口中说出一个狐冢完全没想到的名字。狐冢惊讶万分，又看向那个百叶窗被拉动的窗口。秋山又说道："这件事大概立刻就会传开，与其让那些不负责任的话先传到你耳里，我认为还是由我告诉你比较好。你能上来找我吗？"

"这是坂本玲一警视。"

秋山介绍了一下眼前的男人。

"他是我十多年前教过的学生，那时我还在T大的文学系当副教授。我教过他沟通理论和简单的心理学。"秋山补充道，"你可不要借此来推测我是在多少年前当上教授的啊，我升职升得很晚。"

"在那门课上，我受了阿秋老师的许多照顾。"坂本笑着冲秋山说道。

他站得笔直，姿势端正，穿一身熨得平整、干净的西装。警视，他确实很像。

坂本转向狐冢，郑重地低下头说："初次见面，我是坂本。"

"我叫狐冢，初次见面。"

狐冢有些惊慌，回答略仓促。他求助一般看向秋山，这到底是怎么回事儿?

"坂本在中央警视厅就职,也就是所谓的公务员。如今似乎在埼玉县入间警署的刑事课工作。文学部心理学系在当时被评为最不好找工作的专业,在我们小组,他可是脱颖而出的精英。他已经好久没和我联系了,今天突然来拜访。"

说完秋山转动自己的电脑显示屏,转至狐冢眼前,上面显示着某个网站的页面,背景是蓝色的壁纸。狐冢读着屏幕上方出现的网站名——i&θ。

i和θ。

"可能需要花费一点时间。"秋山静静地说着,"但我希望你能详细读完这上面的内容,然后我想听听你的感想。拜托你了。"

　　　　欢迎来到这里,真是太欢迎你了。
　　　　谢谢你找到我。
　　　　我的名字叫做"i"。
　　　　现在引起多大的骚动了?
　　　　肯定还没有造成太大的骚动,
　　　　你们也还没从中找出什么深意吧?
　　　　我就直截了当地对找到我的你说了吧。
　　　　犯下杀人案件的,就是我。
　　　　我和另外一人,也就是我的搭档,一起干的。
　　　　随着你继续阅览这个网页,对于事情的梗概,
　　　　你会有更加深刻的理解。
　　　　请看下去吧。
　　　　然后请找到我。

请立刻终结这条憎恶并怨恨着这个世界的我的性命吧。

这是我和另一个我的游戏。

当完结之时，我们必须从这个世界消失。

另一个我的名字叫作"θ"。

他是 θ。我是 i。

抓住我。

快。

请快点。

范围　·关东郊区八所大学所在都县

期限　·对方杀人后一个月内

规则　·可以以任意语言和任意方法给予对方提示。

　　　　我们互相解开提示，杀掉名字中带有对方指定的词语的人。

○赤川翼　"被带走了"

　给 θ　我在等你哦，下次该轮到你了。

　　·下次的提示　　春（　）秋冬

　　　　　　　　　　　缺少的是？　i

○森本夏美　"红色的鞋"

给 i　抱歉让你久等了。下次轮到我等你了。

　　·下次的提示　　油
　　　　　　水（　）园
　　　　　　　舍　　　θ

〇今田信明　"泡沫涌上来 水烧开了"

给 θ　从这次开始要动真格的了。
　　　那么，这是什么歌谣呢？期待你的奋斗。

　·下次的提示 秋天喜欢的衣服（　）
　　　　　　　　　　　　缺少的是？i

〇荻野清花　"把他关进壁橱里，用钥匙哗啦啦地锁上门"

给 i　我已经杀掉她了。

　·下次的提示 ？

〇　　？
〇　　？
〇　　？
〇　　？

"这是……"

狐冢看着电脑屏幕,向上推了推眼镜。他转身看向秋山和刚刚被介绍的坂本警视。

"这是怎么回事儿?"

"似乎是黑客干的。"坂本回答,"有人瞒着管理员,在 D 大的服务器上制作了'这是说明案件背景和细节的网页'。应该已经有几个人看过这个网页了,媒体也要出动了。我是昨天才知道这个网页的。"

"今天坂本来找我,我才知道有这么个网页存在。这里的'i',大概就是两年前把你也参加了的那个比赛搞得一团糟的'i'吧。即使不是同一个人,也可以感觉出这个人想宣称自己就是那个'i'。"

"而且,这个网页并非仅与 D 大的网站做了链接,两年前共同举办那场比赛的八所大学的官网上都出现了这个网址。"

"共同举办比赛的八所大学……那 C 大也是?"

C 大是两年前"i"冒用学号的学校。

坂本点了点头。

"C 大和 D 大是最早发现这个网站的,并马上命令管理员将其删除,其他大学也一样。现在这个网站被彻底删除了,给你看的,是保存下来的数据。"

狐冢听着坂本的说明,继续浏览着屏幕。

"欢迎来到这里。真是太欢迎你了。"这行字还做了时隐时现的动画效果。

"现在引起多大的骚动了?""犯下杀人案件的就是我。""随着你继续阅览这个网页,对于事情的梗概你会有更加深刻的理解。请看下去吧。"

在这篇奇怪的文章之后,是"i"这个人物和他的双胞胎弟弟"θ"

的聊天记录和往复邮件,以及"θ"过去的日记和笔记。

两个人从始至终一直使用昵称,身份均不明确。但关键的是——如果这篇文章所说属实,那么下一个被害者会被如何选出,以及他们现在潜伏在何处?而能揭示这些关键点的内容被故意删除了。

如果是个恶作剧,也太费工夫了。信息量实在太大,内容也太离奇了。

"我记得曾有人说过,'i'也许是代表虚数'i',但'θ'是什么意思呢?是三角函数里表示角度时使用的符号,这个希腊字母还有什么特别的意义吗?"秋山问。

"我了解的也不多,但我第一次听到'i'和'θ'时,想到的是θ函数,雅可比椭圆函数中的一种。"

狐冢搜寻着自己的记忆,在秋山桌子上的便条纸上写道:

$$e^{i\theta}=\cos\theta+i\sin\theta$$

"这个叫作欧拉公式,三角函数是把这条公式全部换成自然对数e的指数形式来计算。不过我不知道这个公式与那两个名字有没有关系。"

"真有趣,原来还有与他们俩相关的公式啊。"秋山笑着咕哝道。

"我们课负责这起案件。"

坂本指向屏幕中"赤川翼"这个名字,脸上露出无力的微笑。

"你们可能也知道,这个孩子是一名高三学生,住在埼玉县,他的父母为了找他出了高价赏金。现在这起案件已经闹得没那么厉害了,但在不久前可是轰动一时。"

"我知道这件事。"狐冢回答道。"住在埼玉县",坂本使用的是现在进行时,狐冢从中感受到这位警视的温柔,同时伴随着心痛。

"对翼的搜索没有任何进展。就在我们走投无路时,这个网站出现了。"

看着屏幕的坂本耸了耸肩。

"不过谁也不知道这个网站有几分可信度,搜查本部里有些人认为,也许是有人把已经发生的案件组合在一起,谎称是自己干的,来伪装一场根本不存在的剧场型犯罪。"

"剧场型犯罪?真是有趣的形容。"

秋山的脸上微带苦笑。

"你就是为了这毫无可信度的网站特地跑到我这里来?"

"其实我今天下午请了假。"坂本摇着头说道,"我不认为这个网站没有意义。虽然还没到公开行动的阶段,但我想调查一下。即使警方对此没兴趣,也一定会有人产生兴趣,想必不久后就会引起骚动,所以我想抢先行动。"

秋山取出烟,并从研究室的抽屉里拿出烟灰缸,问狐冢和坂本:"你们两个都不抽吗?"

"不抽。您请便。"

"那恕我失礼了。"

秋山点燃烟。坂本继续说道:"我猜,与这个网址相链接的关东八所大学之间应该有什么共同点,于是去找了找大学的花名册,想看看有没有可以拜访的人,然后就发现了阿秋老师的名字。知道您在D大任教时我吃了一惊。"

"我可是个名人,这点你可要事前好好确认。"

秋山吐了口烟,笑着说道。坂本也笑着回了句"抱歉"。狐冢看在眼里,进一步确认这个人果然曾在秋山研究室待过。

"'请终结我的性命吧'。"狐冢又看向屏幕,小声念道。奇怪的是,这话一说出口感情便无法抑制——请终结我的性命吧。

"这篇日记记载的是真实发生的事吗?如果是的话,我可受不了,我希望这是编造的。"

"我给你泡杯咖啡吧。"

秋山站起身。研究室一角的桌子上放着矿泉水瓶和小型咖啡机。秋山从袋装咖啡粉中取出适量粉末,眯起眼睛说:"你读完了吗,狐冢?"

"差不多了,大概明白他们是想说这次的杀人事件是场游戏。"

"'对世界复仇吧,θ'。"秋山嘀咕道。咖啡机设置完毕,发出微微的轰鸣声。

"他们当中有个天生杀人狂,应该就是建立了这个网站的'i'。从这篇小说一样的日记来看,他掌握着主导权。狐冢你觉得呢?对了,还有……"他回头看向狐冢,仿佛现在才想起来一般补充道,"我得先强调一下前提,从现在开始,我们的讨论全都建立在这个网站的内容全部属实这一假设之上。如果没有这一前提,我们就没办法讨论了,坂本宝贵的休息日也就被浪费了。"

"我的想法与老师一样。"狐冢回答道,"而且我觉得'θ'知不知道这个网站的存在还是个未知数。虽然'i'不断重复着'一起行动'、'我们一起对世界的复仇'等话语,但他擅自决定了太多事情。这次他会公开日记,我认为也是出于单方面的自我表现欲——这个网站的前半部分全是以'θ'的视角写的日记,对吧?从他的幼儿时期开始。"

"就是他被母亲虐待,然后哥哥把母亲杀了的那段吧?嗯,在这里。"

坂本操纵着电脑，狐冢点了点头。

"这里写道，身为弟弟的'θ'目击了哥哥在染血的客厅里拿着刀哭泣的情景，然后他也受到袭击，险些身亡。您二位对这样的哥哥有什么看法？"

"不知道啊，我又没有双胞胎兄弟。"

秋山笑着摇了摇头，坂本也摇头表示不解。

"虽然写得很不合常理，但我觉得正因不合理才是真实的。哥哥要杀他，若是小说或编造的故事，这一点都没必要加入——而且在那之后，等待着'θ'的是非常恶劣的成长环境。"

"是啊。说真的……那段我读的时候都觉得很难受。"

母亲死后，"θ"与哥哥天各一方，在残酷的环境中成长。也许是为了隐瞒身份，他并没有明确具体地写出那是个怎样的环境，甚至没有写明是被远房亲戚收养了，还是进了儿童看护所。但"θ"一直遭着凄惨的性虐待。

日记中的这段记述过于直接，狐冢读时起了一身鸡皮疙瘩，并感到十分厌恶。侵犯他的人是收养他的家庭里的孩子，还是看护所或学校里的前辈？那个人是个同性恋吗？"θ"那时被他肆意玩弄，还被那人的朋友强迫口交。

"全身到处都很疼，痛苦极了。我至今仍不认为性是建立在平等立场上的，而是一方被另一方强迫。我想被救。对眼下的状况感到由衷的厌恶。真希望你能帮我，哥哥……"

那之后，他的心里开始产生对曾经差点儿杀死自己的哥哥的盲目的爱。

哥哥"i"在之后的对话中也坦白，他也是在与"θ"不相上下的恶劣环境中长大的。

"两人似乎都受到了暴力虐待,'θ'是性方面的,而'i'是身体上的,且两人都从心底里渴求着对方。"

"为了熬过从懂事起就遭受的虐待,他们需要有这样的希望之光。"

秋山靠近电脑。

"要是没有这希望之光,他们的精神会以惊人的速度消耗,同时身体会放弃求生的意志。他们会逐渐变得不想抵抗,变得愈发顺从。而面对顺从,暴力只会升级。"秋山说着。

他看着屏幕上"i"对"θ"说的话,是聊天室记录的一部分——"我的背上现在还留着无法去除的烧伤的痕迹"。

"真凄惨啊。人类一开始都是孩子,却无法抑制住残忍之心,真是残酷啊。"

"能写出这种记录被虐待生活的日记,我认为作者至少有一定的实际经历,也许他确实曾在环境恶劣的家庭或福利院里生活,或是在学校里被狠狠地欺负过吧。"

"有可能。但是老师,我在意的是这之后的部分。"

坂本边说边操纵着电脑,在适当的地方停了下来。

"据'θ'说,'i'和'θ'是在网上偶然认识的,我觉得这部分写的有些暧昧不清。这里写着'i'在肆意入侵他人网站,窃取数据时,偶然从'θ'的网站上看到了日记,之后两人得以再会。"

"他们俩再会的时间就是老师刚才说的那场比赛之后没多久吧?那个不存在的学生夺走了你的最优秀奖。"坂本看着狐冢的脸微笑起来,"你肯定很懊恼吧。"

"我……其实没有那么懊恼。"

狐冢摇了摇头。他并不是在逞强,也不是好面子,而是发自真心。

"我有一个无法企及的对手。更何况我那次输得那么惨，连懊悔的心情都没有，实在是一败涂地。"

"就是说，那个梦幻天才学生自那以后还一直好好地活着。"秋山说道。

咖啡机中冒出蒸气的声音回响在研究室里。秋山说完走到房间一角，坂本点了点头。

"总之，这对双胞胎意外地再会了，向彼此诉说自己痛苦的过去。问题在后面，虽然不知道到底发生了什么，但'θ'被卷进麻烦之中，然后，'i'在'θ'脆弱的时候救了他。究竟是哪种麻烦，又是如何解决的，我们无从知晓。这里公开的，只有事情结束后'θ'发来的道谢。"

坂本指向屏幕。

"是你吗？那是你干的吗？如果是的话，我不知道该说什么来感谢你才好。我该怎么谢谢你，怎么报答你？我好想见你，哥哥。我想见你。"

"然而，在那之后，'i'依旧不打算与'θ'见面，他甚至想就那样消失。老师，您认为这代表了什么？"

"你是想说，这是恋爱时常用的手段吧？"

秋山把咖啡倒进纸杯里，端了过来。

"你似乎还记得我讲过的沟通理论课的内容啊。当时我讲了一堆关于恋爱的长篇大论，这个手段虽然是已经被用烂了的经典手法，但我还是把它作为最有效的手段加以介绍——不过，坂本你连这种事都能记住，却一直是单身啊。我教的东西貌似完全没有派上用场，真是令人羞愧啊。"

"请允许我用工作太忙没时间谈恋爱来解释吧。"

"你那是借口。"

秋山把咖啡分别递给坂本和狐冢,之后坐在电脑前。坂本苦笑着说道:"即使我知道恋爱的要素,也不一定能付诸实践啊。我从老师那里学到的知识,全是只有像这个'i'一样自信到傲慢的程度的人才能做到的。"

狐冢又看向坂本的屏幕。在这段时间里"i"消失了,坂本继续说道:"原本'i'与'θ'几乎每天都对话,却突然断绝了一切联络,并且是在'i'给予对方最大的恩惠之后。'θ'变得离不开'i',他认为自己也许会失去这个恩人,因此感到不安,想要束缚对方。我觉得'i'就是为了达到这个目的,才故意这样做的。"

"'以消失来令对方感受到自己的重要',虽然我个人不赞成这种做法,可效果应该非常好吧。然后呢?"

"那之后,'i'就开始操纵'θ',令对方成为自己所计划的杀人游戏中的一分子。我认为这就是'i'消失的理由。无论怎么看,我都觉得'θ'只是被'i'诱导,才走向了犯罪。"

"不管我们是否相信这篇日记的内容,在这一点上都很奇怪。如果日记是编造的就更奇怪了。编得过于精细,不必要的地方太多了。"

"坂本。"

坂本还想继续说下去,却被秋山打断了。

"坂本,你相信这个网站是凶手本人制作的吗?你觉得他所说的这场犯罪真的存在吗?"

"……现在我还不知道,也不清楚为什么'i'会在这个时候公布这些,还说'谢谢你找到我'。虽然有很多想不通的地方,但我不认为这只是一场恶作剧。"

"这点我也同意。但是,你不觉得这篇日记过于完美了吗?"

"过于完美？"

"对，比如说……"

秋山把烟掐灭在烟灰缸中。

"实在有太多巧合了。偌大一个日本，这对双胞胎竟然能再度相遇，这几率也太高了。还有，这里说他是在窃取情报时偶然看到了日记，居然能在无限广阔的网络世界里恰巧相遇，这让我有些无法接受。"

"我感觉，这个网站的制作者似乎觉得，如果故事的主角是那篇论文的作者'i'的话，即使情节有些荒唐，也能蒙混过关。"狐冢插嘴道。

秋山轻轻点了点头，小声说道："对，就是这样。"

"论文的作者'i'和这次这个网站的制作者'i'，到底是不是同一个人？这点也值得怀疑。这次的'i'的确入侵了那几所大学的网站，还留下了网址链接，可以肯定，他是个掌握一定电脑技术的人。但在那场比赛后，匿名论文投稿者和梦幻学生'i'成为一大话题，引起了很大的轰动，不是吗？"

"当时确实引起了很大的轰动。"

"那样的话，相关人员应该对'i'这个名字有很深的印象吧？其中肯定也有人对他产生憧憬。你明白我的意思吗？就是说，这个网站的制造者很有可能是当时对'i'十分憧憬的人，他以'i'为原型，编造了一个奇特的游戏。用谎言为消失的'i'注入了生命，这就是他的游戏。"

"是这样的吗？"

坂本看上去似乎不太认同。

"你是说这完全是一场恶作剧吗？也许这样说得通，但做这种事的人也太闲了吧？"

"你还是很坚持啊。是时候该给我们看看你的底牌了吧，坂本？"秋山沉稳地说着。

坂本的表情僵住了。

秋山教授声调不变地继续说道："你掌握了什么确实的证据吧？从刚才起你就十分热情主动。告诉我吧，你到底想问我什么？"

"首先，我想问问您，有这种被虐经历的人，可能会实际犯下相似的罪吗？"

"会吧。"秋山立即答道，"如果那些都是真的的话，会对世界产生怨恨之情也是没有办法的事。这不用特意问我也知道。"

"您印象中有会写出这种日记的学生吗？"

"没有。"

"是吗……"

坂本叹了口气，露出死心的表情，随即又转向秋山。

"如果我说我有些怀疑老师您，您会笑话我吗？"

"会。"秋山微笑着说，"就让我笑话笑话你吧。你今天并不是休假吧？"

"您猜对了，我是来调查那些被贴上网站链接的学校里有没有发生什么大事的。现在这个网站的真实性还不确定，也没有嫌疑人，因此目前不能进行搜查，因为可能会侵犯每名学生和相关人员的隐私。"坂本缓缓地说着，"我在调查时偶然得知两年前发生在老师身上的事。我并没有怀疑您，也没有任何证据，就是想来看看您的情况。我不想夸张地声称这是在进行调查，于是就采取了这样的方式。真是对不起。"

"两年前我没做过什么啊。根本就没发生过任何事件。"

"我知道。但我在资料中看到了熟悉的老师的名字,请您体谅一下我当时惊讶的心情。"

坂本笑着,用略带指责的声音对老师说道:"老师您对自己的学生保护得过了头。您以前就是这样,太严重了。"

"我会注意的。"

两年前的事件?狐冢歪着头想着。他不知道自己是否应该对这段只有秋山和坂本两人明白的对话抱有兴趣。

那起事件是指什么事件?正当狐冢要问出口时,秋山静静地叫了狐冢的名字。

"狐冢,你要再添一杯咖啡吗?坂本,我们继续说吧。"

四

"我能针对刚才老师说的偶然性给出合理的解释。"

狐冢边接过第二杯咖啡边说道。他因提问被故意打断而感到有些尴尬,于是想以其他话题来调节气氛。

"真的?你做何解释?"

"假设这两个人,'i'并不是'θ'的哥哥。这里的'i'和'θ'并不是双胞胎,在现实中两人也尚未碰面。在这种情况下,'i'就变成一个想要杀人,却出于某种理由而不想独自下手的人。某天他从某个渠道偶然得到了记载着'θ'过去的日记,之后'i'就想靠冒充'θ'的哥哥来操纵'θ'。"

"看不到对方的脸是网络交流的最大特征,'i'固执地不想见'θ'的原因恐怕也在于此吧。"

"确实如你所说,比起双胞胎再度相遇,你说的这种可能性的几率要高一些。但是你的假设里有一个盲点,即使理论上成立,现实中也是不可能的。"

"不可能?"

"如果以人类的真实心理来判断的话。"

秋山开始说明。

"如果'i'不是'θ'的哥哥,跟'θ'毫无关系,那当他偶然看到'θ'的日记时,第一反应肯定不会认为那是真的吧。网络是爱好创作的人的乐园,一般人肯定会认为那是还没写完的小说之类的吧。在那种情况下他声称自己是'θ'的哥哥,这怎么想也不对劲。因为这样一来他等于把虚拟人物当作现实,这是违反常理的。"像是幼小的孩子杀害了母亲的事,还有那令人不忍目睹的过去,狐冢你会一看便全盘相信吗?"

"这……也许很难。"

"所以说,那太缺乏现实性了。不管他们是兄弟还是不相干的人,日记里写的事在实际中都是不会发生的。虽然日记里的事很有趣,但很遗憾,我认为应该是编造的。"

秋山又转向坂本。

"我可以认为你今天也是在工作吧?警方的调查人员也认为这篇日记有一定的可信度,没错吧?"

"嗯,没错。正因为并不是完全的恶作剧,网站制作者才立刻删除了网站。我们也在调查其制作者,但据说,能从网站制作过程中获到的情报微乎其微——我们应该说,真不愧是'i'做的吗?"

坂本微微笑出了声,随后赶忙向狐冢道了歉。

"真抱歉,把你也卷了进来。"

"没有,我才是,为在这里而感到抱歉。"

狐冢道歉后,坂本微笑着摇了摇头。

"没关系,是我拜托老师给我介绍对两年前'i'参加的那场比赛比较熟悉的人的。"

坂本仔细浏览着屏幕上方,液晶显示器上列出了"i"口中的被害者的名字。

"赤川翼"——坂本的视线停在这个名字上。

"翼现在可能并非平安无事。至今为止,我们一直认为他是离家出走,所以还抱有希望,但也许事实并非如此。不管现在他在哪里,情况如何,我们都希望能尽早找到他。"

"'i'和'θ'这两个人在玩一场游戏。第一个牺牲者的条件似乎是提前就决定了的,之后两人互相指定要下手的对象的名字,这大概也是他们识别对方的信号。"

秋山说完,坂本点了点头。

"没错。他们会在杀人之后向对方报告自己杀了人,同时给出下一个目标的提示。提示好像是一种简单的猜字游戏。"

春( )秋冬,缺少的是?

秋山指着这里说道:"春夏秋冬,缺少的是夏。根据'i'的提示,'θ'选择了森本夏美作为下一个牺牲者。"

"森本小姐在群马县的一家温泉旅馆做接待小姐,今年三十七岁。七月初时,她母亲发现她在自己家里被勒死了。"

坂本从包里拿出文件夹。

"反正再过一段时间,即使你们不想看,也会在媒体上看到她的脸了,不如现在就拿出来给你们看看吧。"

坂本打开了文件夹,里面夹着一张照片,是一名化了浓妆、正在微笑的女性。与实际年龄相比,她显得很年轻,穿着颜色惹眼的夹克衫和迷你裙,涂着大红色口红。

"事件被认定为陌生人作案。虽然没有目击者,但家里有她领着其他人进门的痕迹。虽然她的男性关系并不复杂,但也不是完全不与异性交往。当时我们以她曾交往过的男性和客人为对象,进行了一番调查。"

坂本翻动资料,露出几张贴着数字的照片。这是物证照片,跟电视剧上演的一样。

有一张照片上贴着一张白纸,白纸上写着"红色的鞋",照片上是一双大红色的高跟鞋,一双毫无瑕疵的新鞋。

"被发现时,森本小姐穿着这双鞋子。"坂本看着照片说道,"旁边放着这张纸,上面打着一行字'红色的鞋'。听说推理小说里管这种异常的杀人现场叫作'歌谣杀人',凶手出于某种需要而依照歌谣或诗歌来布置现场。据我一个喜欢看推理小说的部下说,有很多小说里出现过这种案件。"

"您知道这种事吗?"坂本看向秋山问道。

"我没看过,但我知道有这种小说。然后呢?"

"我觉得这也是他们识别对方的暗号。专业一点的说法是'用歌谣作暗示',但我觉得就是仿照歌谣杀人的意思。而这些仿歌谣杀人的线索,正是我们不能忽视这个网站的原因。他们的游戏是有规则的。"

"杀害森本小姐的'θ'给'i'留下了下次杀人的线索。"

"这是代表田野的'田'字吗?"狐冢看着屏幕上的图问。

"油田、水田、田园、田舍,这是要让人猜,放在中间后能与其他字组成二字词语的字。真是令人怀念的题目啊。我记得是高中入学考试还是什么时候的语文试卷上曾经有过这种题目。"

"对。接下来被袭击的叫今田信明。是一名住在东京的二十七岁上班族，这起事件曾被报纸和相关媒体大肆报道，你们应该有印象。"

坂本又翻了几页，资料上贴着许多便签，上面记录着事件现场的情况和询问调查得到的结果。当中有一张脸部特写照片，是一名长相阴沉的男性，眼皮微肿，感觉不到丝毫的快乐和开朗。

"大家都说作案的人应该精神不太正常，要不就是对死者抱有非同一般的恨意。如果把深浅不一的伤口全算上的话，颈部有两处，背上有五处，全是被军刀砍中的，凶器就在现场。"

颈部动脉处的伤口是致命伤，背部的伤口都不深，应该是在逃跑时被砍中的。

"最值得一提的是遗体被发现时的样子。直接死因是失血过多，但死后尸体被搬到了浴室里，凶手还在其身上点了火，之后把他浸在放满滚烫热水的浴缸里。尸体就这么一直被泡着，直到被人发现。淋浴头里不断有热水流出，热水器一直在运转。"

"是说凶手把浴缸当成锅，把尸体给煮了吗？"

狐冢光是想象就觉得一阵恶心。面对狐冢的提问，坂本点了点头。

"我不能给你们看现场的照片。"

坂本这样说着，直接翻过两页资料。

"这是在案发现场发现的东西。"

照片上是一张白纸，上面有一行字。

与刚才那行机打文字"红色的鞋"不同，这次是手写的。字迹不算漂亮，也不算太难看，没有什么特征。上面写的是"泡沫涌上来，水烧开了"。

"凶手从被害人家的厨房里拿出色拉油浇在了尸体上，之后点火。

在被害人全身都被烤过后,再把他浸入浴缸的热水里。说起来确实很像在做菜。尸体损伤严重,完全看不出被害者生前的模样。我们从他经常光顾的牙医那里得到了病历,与他的牙齿加以对比之后才确定,就是今田信明本人。"

"我感觉凶手想要展示作案现场,而且希望尽快被发现。"秋山说道。他注视着坂本,把手伸向香烟。

"凶手开着热水器,任凭淋浴头流水,都是为了让人尽早发现尸体吧。估计连房门也没有锁,对吗?"

"真不愧是老师,完全如您所料。现在想想,凶手应该是希望媒体尽早做出报道吧。他必须尽快把情报传达给他的搭档'θ'。"

"为了完成游戏,这两个人只在现场交换最低限度的必要情报,之后就靠媒体报道和警察的搜查来互通情报,对吗?"

"从这篇日记来看,好像是这样的。我还听说杀害今田先生的凶手十分大胆狂妄,竟在犯罪现场冲了澡,洗去溅在身上的血迹。他根本不打算尽快离开现场,甚至还从被害者的家里拿了换洗衣物,仔细地重新梳洗打扮了一番,面对自己造成的凄惨场景没有一丝不安,仿佛只是公式化地把该做的事情做完。"

"他在尸体旁边冲了澡?光着身子?"

狐冢不禁皱起了眉。

坂本苦笑着说:"很厉害吧?"

"此外,这起案件没有目击者,遗物上也找不到什么证据。凶手那么大胆,却做得很完美。"

"'从这次开始要动真格的了'。"

秋山出声读着"i"给"θ"的留言。

"'那么,这是什么歌谣呢?我期待你的奋斗'。"

"'红色的鞋'是两人商量得出的结果,而从今田事件开始,将由'i'来选择歌谣的内容,是这样吗?"坂本说道。

"他们通过歌谣和关键字来识别对方犯下的杀人事件。凶手把自己杀了人这一事实和下次目标的提示用邮件发给另一个人,收到邮件的人会从第二天开始查看新闻,看看是否有名字里有关键字的人在那天死了。如果有人死了,再调查案件中有没有模仿歌谣的痕迹。"

"最初选择歌谣加以模仿的是'i','θ'看起来承担着根据现场情景猜出歌谣并加以模仿的任务。游戏应该会根据警方公开情报的程度和媒体报道的内容做出调整吧。现在我们是在知道了现场留下的童谣歌词的前提下,才明白这是怎么回事儿的。然而,报道中其实没有公布森本夏美穿着红色的鞋子,也没有公布留言内容。今田案件也是如此,媒体只公布了案发现场十分异常,警方则没有透露现场的留言内容。'i'的原则似乎是让对方从信息量较少的情报中找出自己留下的信息,对方如果不懂的话就只能去调查。"

"但从这点来看,这场游戏是否对弟弟'θ'太不公平了?'i'只用出题,不用答题。"

"因为这不是他们两人之间的游戏,而是他们与全体世人的游戏,也是'θ'为了见到'i'必须完成的任务。"

秋山又点燃一支烟,看着坂本和狐冢说:"本来就是这样啊。"

"他们要对八个人下手。'θ'继续这场游戏的原因是为了见哥哥,不管条件多恶劣,他都只能接受,就像在恋爱中最先追逐的人已经输了——也有可能在一定阶段,比如过了半数,杀了四个人以后,两人的位置会颠倒。虽然有这种可能,但我不认为他们能把这场游戏进行到那一步。"

"您认为在那之前他们就会被抓到,是吗?"狐冢问。

秋山摇了摇头。

"不,是因为他们的身心会有很大的损耗。我不认为这场游戏会依照他们制订的规则和条件分出胜负,最终结果恐怕不会是一方犯错,另一方获得了胜利。他们中会有一人日渐消沉,对游戏产生厌烦之情,游戏到了那时才算分出胜负。八个人,这是个无法完成的目标。"

秋山喘了口气,并深深地吸了一口烟。

"杀人是一件会令人忧郁的事情,更何况是被迫杀人。常人的精神是无法持续下去的。"

五

"今田案件之后,'i'留下的是这样的提示吧?'秋天喜欢的衣服,括号,缺少的是?'"

"没错。然后,成为这次牺牲者的是……"

坂本边说边有些顾虑地看着狐冢。

"荻野清花。似乎是从狐冢所属的研究室毕业的。"

"……是的。"

每次犯案之后,"i"和"θ"都会互相发送简短的留言。此时屏幕上只有"荻野清花"这个名字是那么的熟悉,名字下方的信息是她的遗体被发现的两天前发送出去的。

狐冢感到自己的面部僵硬。荻野学姐……

给 i

　　我已经杀掉她了。

　　·下次的提示：？

　　　　　　　　　　　θ

"前辈是因为被卷入了这样的游戏才被杀的吗？"

"狐冢。"

是他杀的吗？

是"θ"这个人杀了萩野清花吗？

在低着头的狐冢面前，秋山默默地摇了摇头。从百叶窗中透出的阳光似乎比刚才弱了一些。狐冢没有抬起头，他说道："为什么前辈会成为目标？我无法读懂'i'在今田案件之后留下的提示。"

"刚刚在你来之前我和坂本讨论过了。这个提示，狐冢，代表着'秋之七草'啊。"

——找到我。

网站上的这行字时隐时现。

——请找到我。

狐冢抬起头，回想起两年前萩野还没毕业的时候。他想起只要一进研究室，就能看到萩野对他展开的笑脸。

（狐冢……）

狐冢感到喉咙深处发干。秋之七草。

秋山继续说道："比起作为七草粥的原料而广为人知的春之七草，很多人不知道其实还有秋之七草，分别是女郎花（おみなえし）、

芒草（すすき）、桔梗（ききょう）、瞿麦花（なでしこ）、泽兰（ふじばかま）和葛花（くず）。把这些植物的首个平假名连接起来，就能得到'おすきなふく'（意为'喜欢的衣服'）。而这当中缺少了'萩花(はぎ)'。如果将七草全部连起来的话，应该是'おすきなふくは？'（意为'喜欢的衣服是？'）。这个谜语的谜底是'萩'。"

"这太过分了。"

狐冢抬头看着秋山和坂本，摇了摇头。他的脸部依然很僵硬，难以恢复到原来的状态。

"这个网站肯定只是个玩笑。怎么会有人因为这种游戏被杀了呢？肯定还有什么别的理由。我听说作案的是萩野前辈的前男友啊。"

"目前他只是嫌疑人，还没有确定是他干的。既然制作这个网站的人说萩野清花是他杀的，那我们就有必要从头调查这起案件。"

虽然坂本这样说，可狐冢还是无法接受。作为萩野生前的好友，他觉得自己不能就这样接受。他实在难以承受。

"我无法接受前辈是因为这种事而死的。"

狐冢还抱着最后的希望。他希望谁来否定这件事，否定萩野的死只是游戏的一部分这种荒唐的可能。

只要不再去想。

但脑海里突然无法控制地涌上了一个令人焦躁的想法。

只要不再去想萩野清花的事，不再想她生前的模样就好了。记忆中的她一直笑着，是个很美的人。

"真抱歉。"坂本说道，"但是萩野小姐的遗体在发现时看上去也像是模仿歌谣犯罪的现场。凶手将她勒死后，把尸体藏到了柜子里，还用南京锁将柜门锁上。和森本小姐的案件相似，这次柜门上也有一张机打的文字留言，上面写着：'把他关进壁橱里，用钥匙哗啦啦地锁上门'。这与今田案件的歌谣有相通之处。"

"难道不能把这些全看作是一场偶然吗？"狐冢还在质问着。

"我说过了吧？现场有留言。就因为凶手留下了提示歌谣的留言，所以警方不可能无视这个网站，也不可能放弃也许是杀人游戏的可能。荻野小姐和这场游戏的连接点在于案发现场有那则留言，虽然只是个细小的连接点。"

"还有一点，"狐冢突然想到似的开口问，"赤川翼只是失踪了，还不能确定是否是杀人案件。那起案件里既没有模仿歌谣的迹象，也没有留下任何留言啊。"

"最重要的问题——"狐冢的话还没说完，坂本抢先深深地叹了口气，接着脸上露出苦笑，直视着狐冢，继续说道，"最重要的问题实际上就出在这里，要是没有这一点，我们就可以无视这个网站了。"

狐冢静静地回望着他。坂本从手中的文件夹里取出两张照片，放在桌子上的电脑键盘上。是刚才看到过的在森本夏美被害现场发现的留言和红色皮鞋。

"红色的鞋。还有这个。"

坂本又取出一张照片放在旁边，那是在今田被害现场留下的手写的留言。

"泡沫涌上来，水烧开了。而这个是在荻野小姐被害的现场留下的。"说着坂本又抽出一张。照片上的留言与留在森本夏美被害现场的纸张相同，且同样是机打字体——把他关进壁橱里，用钥匙哗啦啦地锁上门。

警方大概是直接把贴在柜子上的留言照了下来，照片的背景是一片熟悉的绿色。狐冢想转过头不看，那是荻野房间壁纸的颜色。

"'i'使用手写留言，'θ'则是机打字。"秋山看着排成一排的照片说道。坂本点了点头。

"是的。一般来说凶手都会避免留下自己的笔迹，可'i'却写下了留言。"

"知道了这个网站的存在后，我打算从不同的角度对赤川翼的事件再调查一次。经过他父母的同意后，我搜查了他的房间，结果发现了这个。"

坂本把文件夹翻到一页。

照片上是个钥匙链，拴着一个小小的红色鞋子。旁边贴着一张照片，写着一句童谣——"被带走了"。

不是机打的，而是手写的留言。狐冢和秋山同时抬起头看向坂本。

坂本继续说道："这些东西被放在翼的书桌抽屉里。这首名为'红色的鞋'的童谣与横滨有很深的关系，这个钥匙链也是横滨的观光纪念品，在纪念品商店或车站商店有售。但据父母和朋友所知，翼从来没去过横滨。这两样东西一起装在一个茶色信封里，藏进抽屉。"

"笔迹鉴定结果应该是一致的吧？"秋山静静地问。

"在翼的书桌里发现的留言和今田被害现场的留言，应该都是'i'的笔迹。"

"没错。如果'i'一开始就抱着这样的想法，那他的头脑可谓非常聪明。模仿歌谣杀人不仅是他们两人互相识别的暗号，还是让世人发现他们的信号，是用来让其他人认出是他们作的案的符号。为了让其他人知道是他们干的，'i'将自己亲手写下的文字留在现场。这样一来，我们在调查时就会去注意那些乍看下来毫无关系的被害人之间的共通点。"

"然后呢？"

"'θ'第一次下手的牺牲者是森本夏美，在她住的那所公寓楼里还住着荻野清花的姐姐。而森本小姐被害的那个晚上，荻野去拜访了姐姐。"

狐冢屏住了呼吸。他想起跟月子一起为帮助葬礼而前往的那片土地，不禁脱口而出："是群马县……"

"没错。森本小姐被害当晚，荻野小姐很可能与案件发生了某种联系，因此被选为'θ'的下一个牺牲品。"

"学姐……吗？她死前几天我见到她时就觉得她有些紧张。现在想想，真的很难过，为什么那时没有好好问问她呢？"

坂本担心地看着狐冢，说道："在得知笔迹鉴定结果和刚才那些事实之后，我们终于不能再对那个网站视若无睹了。但依然有一些谜团。"

坂本深深叹了一口气，边看着文件夹里的留言边说道："这则留言是在翼家里发现的，这点实在不合情理，令人想不通。'i'是如何把这东西放进翼家里的呢？调查人员里有人认为，失踪的翼本人也是与这个网站有关的加害者，虽说留言的笔迹和他的不符，但从留言能被放入他房间的抽屉里这点来说，我们无法不对他产生怀疑。"

——不管现在他在哪里，情况如何，我们都希望能尽早找到他。

狐冢耳边回响起坂本刚才说过的话。那话里到底包含着什么意义呢？

"坂本先生您是怎么认为的呢？您觉得翼是制造这些事件的'i'或'θ'，抑或两者都是吗？"

"我不这么看。"

坂本干脆地摇了摇头。

"制作这个网站的应该是个年轻的犯罪者，感觉是一个很聪明的孩子。虽然翼的头脑也很好，还喜欢打游戏和看动画，符合嫌疑人的条件，但并不是他。从他成长的环境和住的房间来看，我怎么也不觉得他是'i'。我对他，只是单纯的觉得担心。"

坂本抬头看向天花板。明明那里应该看不见任何东西，他却眯起了眼。

"就像刚才所说的，'i'和'θ'之间，很明显是'i'完全掌握了主导权。而且就杀人的残暴性而言，'θ'也根本无法与'i'相提并论。与翼有关的是那个残暴的'i'，这点让我非常忧虑。据说目击了今田被害现场的刑警直到现在还无法安然入睡，做了无数次噩梦。"

"有模仿犯出现的可能啊。"秋山沉稳地说道，"'i'和'θ'会互相告知下一个目标，所以他们不会搞错对方，但很可能有人借此机会也制造一些模仿歌谣杀人案。'i'有留下笔迹，所以不可能被模仿，因此我们需要对'θ'犯下的案件特别留意。"

"而且，模仿这种事对那两个真正的凶手来说无足轻重，他们对陌生人做的事丝毫没有兴趣，也许会轻松地看作是他们复仇行动的附加产物，觉得再好不过了。"

"也许他们会再次公开犯罪进展情况。虽然这个网站确实已经关闭了，但为了区别他们和模仿犯，很可能还会采取其他方法。"

"不过，"坂本无力地笑了笑，加了一句，"要看在那之前他们的精神力量能不能撑得住了。"

六

"那些童谣各自有什么意义？"秋山问。

坂本似乎已经提前调查过，马上回答道："《红色的鞋》是野口雨情作词的名曲。据说在明治时代，有位母亲曾因某种原因把女儿托付给一对外国传教士夫妇。大概因为这个故事发生在横滨港，所以横滨才会以鞋子形状的钥匙链为纪念品吧。雨情听说了这件事后颇受感动，就写下了这首诗。"

"穿着红色鞋子的女孩被外国人带走了。"秋山微笑着，说出了一句不合时宜的评价，"虽然很悲伤，但这场景真美啊。"

"另一句'泡沫涌上来，水烧开了'是孩子们玩耍时常唱的歌谣，我依稀记得小时候我也唱过。"

这次轮到狐冢边回忆边说道："几个人聚集在一起，选出一人当鬼。确切来说不是鬼，而是'幽灵'。让那人坐在中间，其余的人手牵手围住他转圈。"

"边唱边转？"

"是的。大概是把围成的圆圈当成锅，把鬼当成材料来煮。泡沫涌上来，水烧开了。有没有煮熟，尝尝看好了。嗷呜嗷呜嗷呜——这时候孩子们向中央聚拢，尝尝鬼的味道。第一次要说'还没煮好'，再重复一次后要说'煮好了'。然后……"

"'把他关进壁橱里，用钥匙哗啦啦地锁上门'？"

"……是的。"

狐冢垂下眼，轻轻点了点头。

"要把鬼推进虚拟的柜子里。其他孩子在旁边洗澡，然后盖上被子，睡觉。到了夜晚，鬼会来找他们。"

在他们熟睡的时候，会响起敲门的声音。

鬼会说"咚咚咚"。孩子们要一起回答"什么声音"？

鬼会做出回答。

"风的声音""猫的声音""雨的声音"——答案可以随便定。孩子们听了会说:"啊啊,太好了。"然后再次睡去。这个过程会不断地重复,除了一个声音之外,孩子们不会对任何声音做出反应,即使是宣告人类即将灭亡的声音都没用。

"那唯一的声音就是'鬼的声音',当鬼通知他们是这个声音时,孩子们就要马上站起来逃跑。鬼会抓住逃跑的孩子中的一人,而被抓住的孩子就成了新的'幽灵',担任下一次游戏时的鬼。这么说来,还真是个乱七八糟的游戏啊。"

"没有啊,很合逻辑,很有趣。"

秋山看上去很享受。

"大概这个游戏也经历过一个发展的过程吧,似乎根据地域不同,游戏的内容也不太一样。狐冢你以前跟月子玩过这个游戏吗?"

"玩过啊。"狐冢苦笑着说,"明明可以与同龄的孩子玩,可我当时不知为何,总想加入到比自己大的孩子的圈子里。从那时起我就是个别扭的孩子,所以每次我当鬼的时候都会说什么'大地震的声音''某某的爸爸死了的声音'之类的胡话。"

"除了'鬼的声音'之外,前辈们听到什么都没有反应,只是说着'啊啊,太好了'。而月子却噘起嘴骂道:'太好了?你们真的觉得太好了?大家会因为逃得慢而死掉啊。还有那个谁,你的爸爸被他说死了啊,你不难过吗?你给我站起来哭一场。'"

明明是令人愉快的回忆,狐冢却感到有些头痛。月子小时候就显现出的个性到现在仍旧丝毫没有改变。

"现在想想,亏得我朋友都原谅了那家伙。"

"阿月真的从以前就很喜欢狐冢你啊,真好。"

秋山又把手伸向烟盒,这已经不知是第几根烟了。他点上了火,转头看向坂本。

"警察决定把写着歌谣的留言也公布给大众吗?似乎会引起很大的骚乱啊。"

"现在的形势似乎已经到了不得不公之于众的地步了。我们决定尽量一点点地公布情报,刚才我说过的话应该会在最近全部被公布。我让您比其他人抢先一步得知了这些消息。"

坂本向秋山走近了一步,严肃地问道:"您怎么看?请告诉我您的感想,即使是胡乱猜测的也不要紧。"

"你听了我的感想又能怎么样?"秋山静静地回答道,"什么忙也帮不上吧?"

"我在老师您手下度过了学生时代,那时我曾目睹您在看新闻时高谈阔论地发表自己的见解。您说过很多不负责任的话哦。"

"是吗?"

秋山微笑着摇了摇头。

"我不记得了。"

"上大一时,我没有重视您那些不负责任的见解。虽然很失礼,但我觉得你那些话中的偶然成分太多了。然而,当我是即将毕业的大四生时,开始相信您了。当时我就决定,如果将来遇到了什么不顺心的事,就一定要来拜访老师。"

坂本的声音听上去很认真。

"当然,并不是至今为止一直都这么想。但当我在这次调查中偶然看到了老师的名字,就又再次回想起当时的心情。这难道不是一种缘分吗?不管什么话,多不负责任也无所谓,请您告诉我您的感想。"

"我是无所谓啦。"

秋山看起来打从心底感到烦躁不已。

"但你一直重复不负责任、不负责任，让我感到有些不快。我可是个很负责任的老师啊，我带的小组里的那些女孩可都很喜欢我哦。"

"非常抱歉。"

坂本笑着低下了头。

秋山叹了口气说道："可供判断的材料太少了，所以我真的只能说一些不负责任的感想，没关系吧？"

"嗯。"

坂本又恢复到一脸严肃的表情。

"您觉得这两个凶手疯了吗？"

"没疯，很正常。也许有些忧郁，但恐怕从外表丝毫看不出来。接近每个被害者时，他们用心地与对方进行了对话，甚至还让对方把自己带进了家。

"我们称凶手为'他们'，是出于不管这个网站上的日记是否真实，我们判断凶手应该有两个人。从实际情况来看，也明显是两个性格迥异的人在交替杀人，应该不是一个人故意装成这样给我们看的。

"刚才坂本你说到'聪明的孩子'，我也有同感。不管他实际上头脑是否聪明，至少肯定是个觉得自己非常优秀的人。"

"这是您对'i'的看法吗？"

"'θ'也一样。如果不是这样的话，他也不会参与到这种事里。对'i'我还有一点想法。他大概正与至少一个对他所犯下的罪行毫不知情的人同居，而且他不想让那个同居人知道此事——"

"为什么？"

秋山立刻做出了回答。

"你曾经说过，尸体旁边有他认真淋浴过的痕迹吧？你还说在被害现场他只是公式化地把必需要做的事做完。在思考这个'必需'时，我脑中闪过一个直觉，感觉淋浴虽然是公式化的举动，但反映出他想尽量把杀人现场的气味从自己身上消除的意图。所以我猜，他身边应该有其他人，而他不想让对方知道自己杀了人。

"人类其实很难完全陷入自暴自弃的状态。就像那个日记中所写，对'θ'来说，'i'是希望之光。同样，如果没有一个支撑他的光芒存在，恐怕'i'也无法继续这种事。他身边会不会也有一个这样的人存在？令他不想让对方知道自己的污秽，不想把对方弄脏。一想到这个可能，我就再也无法放下。关于翼那起事件的报道实在太少，这完全是我的臆测。但如果'i'再次犯罪时现场又出现了清理身体的痕迹的话，你不妨考虑一下这种可能。"

"有一个他不想让对方知道自己的污秽，不想把对方弄脏的人……吗？"狐冢小声说道。

秋山点了点头。

"这种想法挺浪漫的，不是吗？"

秋山露出一个与刚才那番残酷的说辞完全不搭的优雅笑容。

要真是这样的话，狐冢想着，要真是这样的话，对那个带给"i"光芒的人来说，可是个悲惨的故事。真是可怜。

"您认为事件还会持续到什么时候？"坂本问道，"老师您刚才说要到其中一人厌烦为止，可到那为止还要多久？我觉得与下一个牺牲者有关的提示可能在'θ'杀害萩野小姐后就已经传达给'i'了，尽管那个提示在这个网站上被用问号掩盖住了。下次该轮到'i'了。"

坂本看着电脑屏幕继续说道："虽然我们完全不知道下一个牺牲者会是谁，但他们杀人是有期限的，这上面写着期限是对方下手后的一个月之内。范围也有规定，限定在与那次比赛相关的八所大学所在的关东地区。但是仅凭这些提示我们肯定无法事先预防下次犯罪吧？对方也可能掺杂了假情报，以混淆我们的视听。"

"现在正是游戏进行到一半的转折点，我想让他们尽快放弃。"

秋山研究室的门前挂着一幅简单的日历，既没有图片也没有照片，仅有几排数字。从八月二十九日发现了荻野清花的遗体那天起，已经过了大约两周。

"如果让我说说个人意见。"秋山说道，"虽然很遗憾，但'i'也许能将游戏进行到最后。"

"依据呢？"

"没有依据，只是我的感觉。'θ'就不知道了。仅凭目前看到的情报，我从'i'身上感觉不到一点人性的气息。这个网站很明显是种挑衅，坂本你们可不要等他们精神崩溃，直接抓住他们吧。'完结之时，我们必须从这个世界上消失'，他们是这么说的。从这里可以看出，'i'相信自己在终止游戏后还能完全地从世界上消失。请在他们这样做以前，尽快采取行动。"

"那是当然的。"

坂本点了点头，可又垂下头来。

"但我还是不明白，为什么他们会在这个时候、采用这种手段公布自己的罪行。如果他们什么也不做，大概也没人能看出这是一起连环杀人游戏，是他们故意公布了这一切。现在总厅正准备设置共同调查总部，包括我在内，各个案件的负责人将会面，共同展开调查。这样一来，他们不是自取灭亡吗？为什么要这么做呢？"

"坂本你一开始用到了'剧场型犯罪'这个词，也许那就是正确答案吧。对他们来说，这样做就相当于终于在观众面前粉墨登场了一般。我在意的是，他们为什么会选择这么不起眼的剧场作为演出舞台。"

"不起眼?"狐冢小声说道。秋山点了点头。

"很不起眼啊。如果把登在网站上的内容交给报社、电视台或出版社,应该也都能行得通。哪怕直接寄给死者遗属也行。如果是寄给赤川的家长,曾热闹了一番的事件肯定会立刻再次成为话题。就算选择在网上公开,我也想不通他们为什么会选择这种只有大学教职工和学生能看到的小地方。又或许他们的目的是想让我们把目光锁定在这个网址链接的八所大学内?

"无论如何,这个网站有很多解不开的谜团。他们究竟是不是凶手?'i'和'θ'是否存在?他们也有可能就是我们D大的人。你怎么看,狐冢?"

虽然被问到,但狐冢一时无法做出答复。

在他沉默地思考时,秋山的电脑进入了休眠状态,几何图形构成的屏保开始上下移动。记得萩野清花一直用一个扇着翅膀飞来飞去的烤面包机图像当屏保,她曾经说:"这是会飞的烤面包机,很好玩吧?"狐冢从她那里拷贝了那个图片,现在还保存着。

"我不能原谅。"狐冢终于开口,"他们一直在说对抗世界,可他们所说的'世界'到底是什么?即使对现状再不满,也可以选择很多犯罪以外的方法吧?

"他们说他们怨恨这个世界,这种话说起来简单。怨不怨恨是他们的自由,但我不认为他们受到了多么严重的压迫,以至于要憎恨全世界。萩野学姐是个温柔的人,不是他们所憎恨的那个'世界'。"

狐冢说着,渐渐感到眼皮底下突然出现燃烧着的赤红色,进而发觉自己的声音非常沙哑。啊啊,怎么会这样,他这才发觉自己现在非常愤怒。

"这两个人太自私了。如果网站上所说的这两个凶手真的存在，我绝对不会放过他们。"

七

恭司一瞬间竟差点儿没认出前挡风玻璃中映出的那个女人是月子。

那时他正把车停下，在车里等人。恭司把椅子放倒，摆好可以入睡的姿势，茫然地看向车窗外。这是一个平常工作日的中午，他位于某商场背后的小巷。

约好了见面的人刚打来电话说会迟到，说正在旁边的商场里买指甲油。

"你等我一下。"对方用甜美的声音对恭司说道。

"OK，我等你。"恭司这么答着，却想着就这么回去也没什么不好，不会有任何问题。

那么，怎么办好呢？就在他努力思考答案时，一个身影从他的视野中掠过。刚到九月，怎么想都还算夏天，那个人却穿着长袖衬衫。恭司的眼神不自觉地追随着那个身影，这时那个人侧过身，露出了脸。恭司从椅子上坐起身，一时不敢确认，但那人好像是月子。

月子几乎没有化妆。她找狐冢时经常留宿，所以恭司见过她的素颜，但没想到在外面也能看见她素颜的样子。那家伙竟然会顶着素颜走来走去？恭司皱起了眉。

大概是因为萩野的事的缘故，月子原本就瘦削的脸颊显得更加凹陷，眼睛下面还有了黑眼圈，穿的衣服也少见的不是她喜欢的华丽类型，而是朴素的样式。长袖外套与她头上的阳光毫不相称，给人一种虽然这件衣服与天气不合，但只有这么一件朴素的衣服了的感觉。

恭司透过有色的前挡风玻璃看得不是很清楚，但月子的脸色好像也很差。她摇摇晃晃地走进商场，似乎准备前往一层的咖啡店。最终她坐在面向店外的座位，透过玻璃墙，恭司能清楚地看见她。坐在她对面的是片冈紫乃。月子似乎迟到了，对等待她的紫乃低了好几次头。抱歉啊，真的很抱歉，月子的嘴动着。

啊啊，原来是这样。

为什么要那么郑重地道歉呢？紫乃一副理所应当的样子，接受了连妆都没化的朋友的道歉，这幅光景让人看了不太愉快。

恭司把视线从她们身上移开，又烦躁地靠在了椅子上。要是没看见就好了。他看了看表，从收到迟到通知已经过了五分钟。事到如今再把车开走实在是太麻烦了，于是他决定再等等那个女人。

以前也曾有过一次这样的事，那次恭司试图袒护月子，想在紫乃面前挺身而出，说上一两句警告她的话。虽然这不是他的风格，但他实在看不下去了。你凭什么把月子当仆人一样使唤？那时他很想这样质问紫乃，可阻止他这么做的却是月子本人。

"不要，恭司。"

她的声音很悲痛。

"求你了，不要这样。紫乃没有错，要说谁有错的话也应该是我。是我不好，没有向紫乃表示出诚意。"

"什么诚意？"

恭司嗤之以鼻。

"要是我说，月子你就是太温柔了。她只顾着说一些骄傲的话，看不起你，你竟然还能若无其事地冲她微笑？喂，你为什么要跟这样的人做朋友？跟她绝交不就好了。她是个女的，又不可能动手。让我跟她说吧。"

其实恭司的愤慨并没有那么强烈，只是月子的强烈反对让他也渐渐强硬了起来。他觉得自己说得没错，就是那样，月子只要离开那个女生就可以了。

"阿月，你真的觉得紫乃是你的朋友吗？"

"紫乃她大概……"

月子没有涂睫毛膏，也没有涂有颜色的唇膏，还穿着很不相称的素色衬衫。

"紫乃她大概非常害怕，如果不忽视别人就会感到不安。而且她的自尊心非常强，导致她变得越来越害羞。她害怕把自己交给别人，无法坦率待人。没关系，只要她交到帅气的男朋友，肯定就会平静下来的。"

就是因为你看得这么透，你们的关系才这么扭曲啊。

恭司记得自己虽然没把这句话说出口，但心里十分想一吐为快。如果月子再笨一点，就会讨厌紫乃了。如果月子再迟钝一点，就不会受伤了。而自己竟然想要保护月子，有这种想法的自己也实在是个讨人厌的家伙。恭司这样想着，觉得怎样都无所谓了。那之后，恭司就放弃插手她们之间的事了。

紫乃将来的男友只有帅气恐怕还不够，得是"月子会羡慕的男友"，必须加上这个前缀。但就算是富豪或演艺明星，恐怕也不能使月子羡慕。月子很明白对自己来说哪些是重要的，所以不会对其他人的男朋友产生兴趣。虽然她物欲很强，喜欢奢侈的东西，但在这点上她意外地安定。

"因为我有温柔的家人,也有喜欢的男孩,还有想做的事和奋斗的目标,没有什么比这些更值得追求了,不是吗?"

你喜欢的男孩是我吗?这样询问的恭司被月子轻捶了一下胸口。

就算你很安定,但也不至于被不安定的人任性地牵着鼻子走吧。恭司这样想,但这话他也没有说出口。看透了一切的阿月被自己那傲慢的温柔左右,这点她大概也很清楚。其实全都是她自己的责任,是她自己不好。

紫乃大概也明白这点吧。虽然恭司只与她们共处过几次,但也领会了紫乃对月子产生的焦躁之情。她希望月子羡慕她,希望得到比月子更高的评价。可月子既不羡慕她,也不感到难过。其实紫乃大概并没有抱着那么深的恶意,也不是有过强的自我表现欲,只是她们之间的关系太近,分界线十分暧昧不明。她大概交不到男朋友吧,虽然是个美人,约她的人应该很多,但只要她不意识到自己和月子是完全不同的生物,就无法交到男友。

就像月子所说的,片冈紫乃的自尊心很强。

所以她跟月子带来的男孩都无法建立良好的关系。恭司也好,狐冢孝太也好,还有木村浅葱。虽然再次见面时也会互相打招呼,但都没有变成朋友。恭司跟女孩无法成为朋友的情况实在少见。

月子的气质像家里最小的孩子,虽然大家只是开玩笑,但周围的男性确实都把她当公主对待。而这是紫乃心中的女王气质所无法容忍的。为什么被当成公主的不是自己呢?

渐渐地,月子不再叫紫乃参加聚会了,恐怕也不再跟紫乃说自己朋友的事了。每次听到月子说起自己的朋友,紫乃就会皱起眉,接着好像要和月子竞争一般说起自己的朋友。男演员、律师、作家和企业家,但这些朋友仅在紫乃与月子的对话里出现。为了得到月子的肯定，紫乃敢说任何危险的谎言，甚至放话说 oricon 榜排行第一位的国民偶像是她的朋友。

在温室中长大的大小姐紫乃其实很自卑，知道自己还是个孩子，缺乏人生经验，她羡慕月子拥有的所有经历，不光是喜悦，还包括她的悲伤和痛苦。

"月子的女性朋友完全分成两类啊。你不在意吗？这样下去没关系吗？"恭司曾这样问过狐冢。

狐冢想了片刻后说出一个具体的名字，他问恭司："你见过白根真纪吧？"恭司点了点头，对狐冢说他和秋山教授，以及教授小组里的成员喝过几次酒，真纪是个与月子截然不同的温顺女孩。

"我以为白根会知道月子有片冈这么一个朋友，但她好像并不知情。而且月子和片冈的关系反倒比较好，这点真令人想不到。你不觉得很神奇吗？"狐冢耸了耸肩，冲恭司微笑着说，"比如说，在知道我可能会去塞拉大学留学时，月子会去找片冈倾诉。后来她会跟白根聊起这件事，是因为她对片冈说时片冈完全不予理睬。

"有时我也会想，为什么偏偏她们俩成为朋友，又因为走得太近而渐渐疏远呢？明明还有很多种可能的组合，有很多种方式可以更好地维持下去，为什么会是她们俩走到了一起，又渐渐分开呢？我小时候就见过很多这种例子，当时我还以为，只要等大家都长大成人后就好了。没想到如今我们都已过了二十岁，事情却仍然没有改变。"

"你是在说阿月和紫乃？"

"我不希望她们俩分开。片冈很聪明，她一定马上就会意识到。"

恭司能理解真纪和月子为什么关系融洽，真纪很温柔，她会守护个性强势的月子，并陪在月子身旁。月子也不忘对真纪表示感谢，所以两个人的关系看上去很稳定。紫乃却没有对月子抱有感谢之情。

"这么说来，真纪在这点上跟狐冢你很像啊。原来如此，怪不得她能和月子搞好关系呢。喂，狐冢，下次来一场四人约会吧？我和月子一组，真纪和你一组。"

"搞什么，被牵扯进来的白根同学会很困扰的。"

萩野前辈是真纪那种类型的人。

恭司抬起头看向咖啡店。月子正无聊地把盛水的杯子从一只手换到另一只手，但脸上一直带着笑。

紫乃肯定不知道月子有萩野清花这么一个朋友吧，她肯定不会发现自己的朋友刚刚失去了朋友。快发现啊，紫乃。月子的眼皮红肿，脸颊苍白，那么可怜，你看不见吗？

喂，阿月，过度的温柔可是会令人讨厌的。我有时真的很生气，对片冈紫乃，更对你。

"抱——歉，恭司。等很久了？"

副驾驶席的窗户被敲响了。

"我真的要气死了。这一回就原谅你，要是有下次，我可真要宰了你啊。"

恭司笑着一口气说完，从月子身上移开视线，为女人打开了车门。

八

九月九日。

蛇岛友美买了些东西，正要回家。她两手提着装满食品的购物袋，走出了超市，随后把手伸到包里寻找车钥匙。

友美开一辆二手车，钥匙还是从前那种，不像近几年的新车型，可以远程操作。她在薄薄的钥匙上拴了个小小的铃铛和护身符钥匙链。

她边走边翻着包，来到了汽车旁边。她觉得把购物袋放下和改变姿势太麻烦了，就继续用一只手翻着。

就在这时，背后响起一个年轻男子的声音。

"您怎么了？"

友美闻声向后看，一个穿着印有超市名称的绿色围裙的青年站在那里。他手里拿着清扫室外时用的扫帚和簸箕，正担心地看着友美。友美慌张地摇了摇头。

"抱歉，没什么事，就是找不到车钥匙了。"

"我帮您拿东西吧，您还好吗？"

这名青年给人的感觉很好，年龄大概二十岁出头，最多二十五岁。他与经常在街上看到的留着茶色长发的年轻人完全不同，样子看上去完全没有轻浮感，五官很精致，皮肤光滑干净，没有一个痘痘，黑色的短发显得十分清爽，让人很有好感。

他把手里的扫除用具放在马路边，接过友美跨在左臂上的购物袋。

"真是不好意思。"

友美过意不去地道了歉。这次她用获得了自由的手认真地寻找钥匙，一下子就找到了。钥匙夹在纸巾盒的外包装里。

"麻烦你了，谢谢。"

"没事，不用谢。我把这些放到您车子的后备厢里吧？"

"啊，麻烦您帮我放到副驾驶席上吧。"

每当遇到这种事，友美都会用手轻柔地抚摸自己的肚子，并在心中呼唤"你要变成这样温柔的人啊"。得知自己怀孕之后，友美对他人伸出的援手和表现出的温柔都会异常敏感。腹部渐渐隆起，越来越明显，也遇到越来越多的陌生人像今天这个人这样对她伸出援手。诚然，这世上不全是温柔的人，她也曾遇到过不知轻重到让人生气的人。然而，与其因为不好的事情生气，她决定还是对那些给予温柔体贴的人表达双倍的感谢，这种做法对即将出生的孩子来说也更好一些。

"谢谢你。"

"不客气，谢谢您光临本店，回去路上请小心。"

青年的声音很响亮。他挺直脊背，站姿挺拔，让人看了赏心悦目。他郑重地低下头，之后转过了身。

友美护着肚子钻进车子，坐在了驾驶席上。当她把钥匙插进锁孔里时，注意到车上挂着的保佑安产符晃来晃去。

启动发动机的一瞬间，友美在后视镜里看见了正在停车场里走动的那个青年的背影。他正要回店里，从后面解开了围裙。今天他的工作已经结束了吧？友美一边想着，一边从后视镜上移开眼。

这辆轻型汽车是两年前从丈夫认识的内部员工那里用优惠价买来的。丈夫说开车对身体不好，一直控制友美的驾驶次数。

启动发动机，踩下油门的那一刻，友美觉得有些不对劲。怎么回事儿？脚下用力时，她感觉到有些不对，好像没有多大的阻力。

她再次用力踩下油门，这次没什么不对的感觉了。友美歪了歪头，发动了汽车。

从这里到她家仅有几百米距离。友美在停车场的出口处排队等待与其他汽车汇入国道，眼前的车流出现了空隙，友美用力踩下油门。就在车快要开到行车线上的时候，友美吃惊地屏住了呼吸。

方向盘……

方向盘动不了，明明没有锁上，却只能左右移动几厘米。由于友美刚大力踩了油门,汽车瞬间开始加速。方向盘失灵的汽车开上了国道,眼看就要一口气冲到对面相反方向的车道里。

刹车……

友美突然意识到要踩刹车,然而,她再次不敢相信地瞪大了眼睛。她确实踩了下去,可踏板没有任何反作用力,只是软软地陷进去。车开出行车道,友美拼命用手按着方向盘,眼前的一切都仿佛电影慢镜头一般——车直直地横穿过国道,前挡风玻璃中映出的相反方向的车道防护栏离她越来越近,而汽车还是停不下来。不会吧?应该能停下吧?冰冷的恐惧感从背部滑过。

要撞上了——

没救了,还是没赶上。友美竟然没有闭上眼,她想闭眼,但僵硬的眼皮剥夺了闭眼的自由。车与防护栏相撞产生的巨大冲击力传到她的身体,她没有时间护住腹部,下巴猛地撞上了方向盘。撞得那么狠,仿佛骨头都碎了。

友美保持着受到冲击时出于本能做出的蹲姿呻吟出声。她微微抬起头,看到前挡风玻璃上全是裂痕。"啊啊!"她最先想起的是丈夫的脸。"对不起啊,亲爱的,我搞砸了,出了事故。你那么担心地提醒过我的。啊啊,孩子,孩子呢?"

她战战兢兢地把手放在腹部隆起处。不知道里面的生命还有没有呼吸,现在摸上去还很暖。她想起了妇产科主治医生的脸。真想快点确认,然后早日安心。确认在里面生活着的我的——

就在这时,从超市方向传来"哇"的一声,声音大得夸张。友美摇摇晃晃地起身,转过头。什么?那些人在说什么呢?声音还在继续,可她听不清楚。她只能从仿佛蒙了一层雾的意识中分辨出两个声音。

一个是刚才的喊叫声的内容:"危险,要撞上了!"

第二个与其说是声音,不如说是动静。有什么要过来了,那是……

友美抬起头看向左边的窗户,她看到一辆巨大的卡车和前挡风玻璃上映出的司机的脸。怎么办?他们正逼近自己,已经近在眼前了。

友美在方向盘下缩成一团。这次她好好地护住了腹部。对不起,亲爱的,还有孩子。

在与卡车相撞、和汽车一起被弹飞的时候,她最后看到的是在钥匙上摇晃的安产符。

蛇岛雅之在事故发生三十分后接到了电话。

这通电话来自茨城县警方,电话中的声音介于顾及雅之的处境而显得感伤和公事公办之间。警察说出他妻子友美的名字,说她在购物回家时出了交通事故,已经有人叫了救护车把她送到了医院。

雅之目瞪口呆,对这通电话的内容感到难以置信,身体某处仿佛突然挨了一拳。他的身体受了伤,虽然无法确定到底是哪个部位,但确实有疼痛感从那处伤蔓延至全身。他拿着电话的手和从喉咙里挤出的声音都在颤抖。怎么会有这种荒唐事?

她平安无事吗?面对他的询问,电话那边没有给出明确的回答。她平安无事吗?

道出事实的警方的声音里已经没有公事公办的感觉了,陌生的声音因为顾虑到他的心情而含糊不清。雅之又开了口,声音里带有一丝指责。

"我的妻子怀孕七个月了。"

妻子肚子里那个已经七个月大的孩子怎么样了呢?雅之挂了电话,急忙奔赴妻子和孩子所在的医院。

给 θ：

你一定能发现吧？

上次你猜对了，我很高兴。好了，该第三回合了。

　　○下次的提示　仁·义·礼·智·忠·信·（　）·悌
　　　缺少的是？

　　　　　　　　　　　　　　　ｉ

m

阅读之前 没有真相

午夜文库

与黑夜嬉戏的孩子们(下)

(日)辻村深月 著
金静和 译

新星出版社 NEW STAR PRESS

目录

1	第六章	耳朵与手掌
73	第七章	大象与入场券
121	第八章	暴风雨与马戏团
161	第九章	波比与丁钢
205	第十章	蝴蝶与月光
253	第十一章	啤酒与炸鸡
285	第十二章	蓝色与灯光
331	尾　声	月子与恭司

第六章 耳朵与手掌

一

"月子,你今天怎么这么安静?"

"是吗,没有啊,为什么这么问?"

"只是感觉。哎,我上次跟你说了我秋天要去旅行的事了吧?我打算和大学的朋友以及她的男朋友一起去。她的男朋友是普拉达的设计师,好像还要带一个男性朋友来,但是那样的话就变成两名男性对两名女性了,情况不就不同了吗?我去不去呢?好犹豫啊。"

"要是那个人很帅的话不是很好吗?应该很好玩啊。"

"嗯。那人倒是很有钱,但我朋友的男朋友已经三十多岁了,那个人的岁数肯定也差不多。啊——这意味着我应该在最近安定下来了吗?"

"还没玩够?"

"怎么说呢,月子你也许不知道,我有一阵子玩得很凶,家长还对我发了很大的脾气,看着现在的我你可能无法想象。话说回来,我朋友的男朋友开的车是保时捷呢,也太夸张了,不觉得有些讨人嫌吗?——诶,月子你最近怎么样,有什么进展吗?"

"嗯,没有,什么进展也没有。我不行啊,没办法像紫乃你那样积极主动。"

"那对方可能会被其他人抢走的。我好担心你啊,月子。最近有什么事吗?有没有什么比较大的变化?"

"没有,什么也没有。"

"唉，月子。"

唉，月子。

紫乃的眼睛盯着月子的脸，目不转睛地凝视着。

啊啊，不对。那不是最近发生的事，是很久以前的事了，那时月子在紫乃面前还无话不说。

我与喜欢的男孩一起去上野看了克林姆特的画展，一起吃了饭，还聊了许多。我与大学的老师打好了关系，他说我可以加入他的研究小组。妈妈生日那天我往老家送去了花，她很开心。我和同专业的女孩关系变好了，并向她请教了恋爱方面的问题。之前我一直担心和那个女孩之间有距离，然而对方却对我敞开了心扉，我感到很高兴。我还认识了一位像大姐姐一样美丽的前辈，约好了下次要和她一起去游乐园，我好期待。

那时月子在紫乃面前还会好好地化妆，努力把自己打扮得漂漂亮亮。

"唉，月子。"紫乃说出一句话，"唉，月子，我的朋友不是可爱型的女孩就是漂亮的美人，为什么只有月子你例外呢？"

与紫乃分开后，月子在商场的卫生间里洗了一把脸。

那张缺少血色的脸上只涂了一层粉底。她一下子从放在洗手池上的纸巾盒里抽出好几张纸，擦拭自己的脸。她把粗糙的面纸按在脸上，又硬又糙的纸每次滑过脸颊都让她感到一阵生疼。擦完她胡乱地丢掉纸巾，看向镜子。眼皮肿得厉害，一脸土气，这样一张脸正看着自己。曾经有个同专业的男孩对她说："女孩子素颜最好看了，为什么要化妆呢？"月子真想把这张脸给他看看，让他知道自己长了多么糟糕的一张素颜。鼻头和脸颊上还都沾着纸巾的茶色纤维。

月子从包里拿出化妆包。她缓缓地眨着眼，又看向眼前的自己的脸。

没关系，我没事的。

她一边这样在心里说着，一边开始化妆。

二

"i"制作的那个链接到和论文比赛有关的八所大学的网站已经关闭，但内容还是被完好地保存了下来。

相关人员和媒体都将日记的内容记录了下来，舆论一片哗然。尤其在以D大为首的那几所大学里，骚动达到异样的程度。制作了这个网站的杀人犯可能就在自己身边，这确实是一件有趣的事情。D大里随处可见半开玩笑地交代事发当夜不在场证明的学生。

木村浅葱一个人走在街上。

他不想去学校。已经到了必须总结研究课题的时候了，硕士论文也该成形了，可他不想着手去做。最近他与其他人擦肩而过时都会想"你们内心深处到底在想些什么"？这些人中有多少人看过那篇日记了呢？那天起，浅葱几乎没睡过觉，也完全没有食欲。

他几乎感觉不到日期的变化。今天是几月几号？自从那件事被公开之后，已经过去多长时间了？

（蓝……）

从知道了那个网站的存在，一直到今天，浅葱没有接到任何来自"i"的通知。无论是针对他把那种网站在与自己学校相关的地方公开，还是把浅葱的日记登在网站上，他都没有任何解释。

浅葱试图相信是有什么地方搞错了。说到底,这应该是他们两个人的共同行动,哥哥和自己应该是平等的关系。

浅葱知道,总有一天他们会在某个地方公开这些消息,他们必须把这项行为和其中真正的意义诉诸世界,否则就没有意思了。但那难道不需要经过事先缜密的协商吗?他们可以等一切结束之后,一边嘲笑什么都没发现的世人一边公开,不是也很好吗?

看到那个网站后,浅葱立即给"i"发了封邮件。原则上来说,除了向对方报告自己做了什么以外,他们不能联络彼此。虽然是这样约定的,但浅葱实在无法忍耐了。他并没有生气,也不是想谴责或质问对方,只是希望对方给予说明。

但"i"一直沉默,至今仍未给浅葱回信。萩野清花死后,浅葱已经给他指定了下一个目标,他却迟迟没动手。

通过警方和媒体的关注,浅葱得知自己和"i"对计划内容的认识存在分歧。浅葱并不知晓"i"在现场留下了手写的文字,他一心以为对方跟自己一样,为了不留下笔迹而采用机打的留言。

由于"i"留在不同现场的留言经笔迹鉴定确认为同一人所写,世人才知道了这个游戏的存在。他是从一开始就抱着这个打算吗?觉得就算笔迹暴露了也无所谓?他为什么没有告诉浅葱这件事?是无意的,还是有意隐瞒?这是否说明他还瞒着浅葱打着其他算盘?

就在浅葱由于不安而觉得胃部焦灼不已时,有一家读过那个网站上登载的日记的媒体发表了一个看法。看见那篇报道时,恐惧让浅葱觉得全身都仿佛冻住了一般。

"θ"被"i"利用了?"i"说服对方的手段是什么?

"i"真的是"θ"的哥哥吗?

这篇荒唐的报道是基于相信日记的内容是真实的而编写的。从置身事外的第三者的角度来看，他们会这样想也是理所当然。然而，浅葱从来没有怀疑过"i"有可能不是自己的哥哥，这还是他第一次想到这个可能性。"i"可能不是"蓝"。为什么自己没有想到呢？那"i"到底是谁？

那个接纳了浅葱的痛苦，并把他从危机中解救出来的"i"是确实存在的。如果这个游戏终结了，浅葱就可以与他相见，但那就意味着他还要继续杀人。想到这里，浅葱就感到呼吸困难。他想起萩野清花那纤细的脖颈，简直想叫喊出声。

头疼得像要裂开。

这时，正走着的浅葱眼前晃过一个熟悉的面孔。一个提着大大的纸袋，打扮华丽的女性从这个城市最大的商场入口走了出来。她脚下是一双崭新的高跟凉鞋，穿着粉色T恤和有水钻装饰的牛仔短裙，衣服胸前印着伊夫·圣罗兰的标志。是月子。

浅葱每次看到她，都觉得她浑身上下都是新的，感受不到生活气息。今天这种感觉更加强烈了。看着她抱着的大纸袋，浅葱怀疑她也许真的把刚从商场买到的衣服穿到了身上。

但今天的她不是卷发，指甲上也没有任何装饰。

"月子。"

浅葱没有思考就出声叫住了她。穿着凉鞋、正要从浅葱面前走过的脚停了下来。

"哎呀，浅葱？"

他们最后一次见面是在萩野的葬礼上，此时的月子看上去比那时更憔悴了。消瘦的脸上依旧化着妆，睫毛膏也和平时的一样浓，唇膏增加了唇部的质感。也许会有人觉得她的脸很不健康，但也正因为青白色的脸配浓妆有些病态，才让人更加移不开眼。那其中包含着一种虚幻和不安定感，让人想转过身，背过脸，让人不敢承认那份美丽。

"今天不上课吗？"浅葱问。

她点了点头。

"嗯，刚在这里见了朋友，刚道别。"

月子指着位于商场一层的一家咖啡店，笑着说道。

"浅葱你呢？现在要回学校吗？"

"嗯，差不多吧。"

"是吗……"

月子抬头看向浅葱，提出了一个建议。

"那就陪我一会儿吧，我想吃蛋糕。"

三

月子出人意料地把浅葱带到了学校的教职工食堂，浅葱曾在这里跟月子吃过午饭，但他不知道这里竟然还有咖啡店。

明明说想吃蛋糕，月子却只咬了一口点的蒙布朗蛋糕，就把叉子放在了盘子上。套餐里附赠的奶茶也只喝了一口，量几乎没有减少。

"浅葱你真的不吃吗？不吃点饭？"月子问只点了热咖啡的浅葱，"你不是一直挺能吃的吗？"

"现在不是吃饭的时间啊。"

"我知道。以前看你吃饭的时候，我经常想着，明明没到吃饭的时间，竟然能吃得下意大利面或猪排饭。今天你不吃了啊？"

"偶尔也会有不想吃的时候啊。"

浅葱喝了一口咖啡，苦笑着回答。月子小声说了句"是吗"，之后便把视线移向了外面。

"刚才和朋友在一起时没吃蛋糕吗？"

面对浅葱的提问，她摇了摇头。

"好像吃了，又好像没吃。"她模棱两可地回答。

她看上去十分疲惫。明明是她主动邀约的，可似乎并没什么话想说，只是沉默地望向窗外。

"留学生选拔的结果就快公布了。"

"啊？"

"狐塚要离开日本了，你会寂寞的吧？"

"嗯，不过那对孝太来说是件好事。"

月子的语气没有丝毫起伏。

"他真的很想去，也真的很努力，我希望他能好好看看外面的世界。"

"是吗……"

"是啊。"

月子微笑着，转换了话题。

"话说回来，你暑假里回老家了吗？我记得你的老家是在神奈川吧？孝太好像因为写论文太忙了，没有回老家。"

"啊，没有。"

回老家，自己根本没有可以回去的地方，浅葱苦笑着想。他觉得有些感伤，想对月子说一些不该说的话。

"我没有家可回。"

月子从正面直视着浅葱。

"什么意思",浅葱以为月子会这样问,准备好做出笑容来搪塞。

但他猜错了。月子只是静静地点点头,说了声"是吗",随后在浅葱面前低下头,笑着说道:"那……你跟我一样啊。"

说完她就不再出声了,两人沉默了一会儿。浅葱盯着她的睫毛看了许久。

真令人意外。她难道不是在充满爱的普通家庭里长大的吗?她给人的感觉是这样的啊。

"你今年没回老家吗?"

"回了,但我的家大概已经不是那里了。"

这么说来……浅葱想起来了,狐塚家是开咖啡店的,听说月子每次回老家都会在那里帮忙,难道是因为即使回家也没有容身之所吗?

浅葱很在意这件事,却保持着沉默。因为说起家庭方面的话题,他没什么可说的。

现在想想,浅葱从来没从月子那里听说过有关家人和家庭环境的事,她从没表达过心中的负担。浅葱现在才注意到,自己连月子的家庭成员人数都不清楚。

"说起来,你通过教师资格考试了?恭喜你。你老家是在长野吧?怪不得你说不回去。以后要留在这里当老师吗?"

"嗯,谢谢。我在这里有很多朋友,打算留下来。"

话题似乎无法继续下去了。浅葱将视线从她身上移开。

"你刚才在咖啡店里见的朋友是片冈紫乃吗?"浅葱问。

月子安静地缩了缩下巴。

"对。"

她喝了一口水。

"她说她要和朋友,以及朋友的男朋友一起去旅行。"

"那个朋友听上去像是确有其人吗?"

月子抬起头,用恍惚而空虚的眼神看向浅葱。浅葱和紫乃姑且算认识。

"难道不是为了让月子你嫉妒而逞能吗?你也知道她这么做的原因,所以才能容忍她。但从客观来讲,她其实只是个骗子。"

"她说的朋友确实存在啊。"

月子寂寞地微笑着,摇了摇头。

"为了维持凯莉安的稳定,波比和丁钢是必要的存在[①]。紫乃自己也很清楚这一点,所以才会这样做。这并没有什么问题。她说的朋友确实存在。"

"你知道那本书吗?"月子问浅葱。就在浅葱想要摇头的时候——

他突然意识到月子那边有什么东西闪了一下,随后又出现在他眼前。是一行字。电视屏幕上映出一行字。是一个人名。

"蛇岛。"

浅葱瞪大了眼。

"蛇岛友美。"

"浅葱?"

月子呼唤着他。浅葱想立即做出一个自然的表情,却没有成功。他勉强露出一个僵硬的笑容,却对笑容的自然程度很没自信。

教职工食堂的电视上播着画面,但没有任何声音。屏幕上有一辆严重损毁的汽车。浅葱见过这款车。这种轻型汽车在几年前上市,在年轻女性里很有人气。破烂的汽车旁边还有一辆车头被撞扁的大

[①]三人均出于童书《波比和丁钢》,波比和丁钢是主角凯莉安的虚构朋友。

型卡车。是一起交通冲撞事故的新闻。

浅葱的视线被屏幕吸引，无法移开。电视屏幕下方有一行夸张的字幕："孕妇遭遇悲剧。HADUKI汽车缺陷重现？"

"真严重啊，又是HADUKI的车啊。"

坐在电视机旁的一名中年男子看着屏幕，对旁边的同伴说道。

月子不知是否被浅葱的视线吸引，也转头看向电视，之后"啊"地点了点头。在这几个月里，这个话题长期占据着媒体的头条。

"真严重啊，有人死了吗？"她皱着眉头说道。

遇到事故的那个人最终没有获救吧？浅葱看着电视里的那辆事故汽车，渐渐焦躁起来。被撞烂的驾驶席连容纳一个人的空间都没有了。在领会了字幕的意思后，浅葱再也无法忍耐了。车主是个孕妇。

这几个月经常看到与HADUKI汽车有关的事故报道，但这是第一起可能有死者出现的大型事故。如果真的是由于汽车缺陷引起的，那就是一起无法挽回的社会问题，然而……

此时电视画面一转，死去的孕妇的名字显示在屏幕上。那个名字出现在无声的画面里——"蛇岛友美小姐"。

"蛇。"

"浅葱？"

在月子的叫声中，浅葱站起身来。他的膝盖一阵无力，嘴唇发干。他刚想迈出脚步，身体就感到一阵脱力。头好疼，像被刀割一样的疼。浅葱用手撑着桌子，当场倒下，桌上的水杯和玻璃杯被他的手臂扫到了地板上。那一瞬间他不知道发生了什么事。

在那么一秒或两秒的时间里，浅葱觉得世界好像完全停止运转了。他侧躺在地上睁开了眼，看见许多张脸正对着自己。我是不是有哪里不太对劲？

"浅葱！"

他正不明白自己目前的状况且身体无法动弹时，一只白色的手向他伸来。那是月子的手。

"浅葱，你怎么了？振作起来。"

浅葱想吐，他感到一阵恶心。他看到了月子的脸和眼睛，她好像快要哭出来了。她的脸色很差，很苍白。月子。浅葱想叫她，却发不出声。他的手在颤抖。为什么我的手抖得这么厉害，还这么想吐呢？月子。他发不出声。

从桌上掉下来的杯子划伤了他的手，细小的玻璃扎进手指，手腕也微微地渗出了血。被血染红的玻璃碎片散落在地板上。

"谁来帮帮忙？"

一只白色的手抚上浅葱的脸颊。那只手很凉，浅葱立刻全身起了鸡皮疙瘩，不自在和不安的感觉像一阵强风一般刮过他的全身。那是月子的手。浅葱希望月子能抚摸自己的脸颊，身体试图这么做，他能感觉到自己正用全身对抗背部的那股寒气，以及同样冰冷的厌恶感。自己的身体正在笨拙地接纳他人的体温，自己正在为此努力。

月子看向浅葱的脸。

"你还好吗？能走到医学系的管理中心吗？是不是很难受？"

她的眼睛因悲伤而眯了起来。

"浅葱，你的脸色好差，振作起来——来人啊，有没有人来帮我一下。"

大家似乎都惊呆了，没有一个人行动。月子用力摩擦着浅葱的脸。浅葱闭上了眼。

月子用颤抖的声音生气地喊了起来。她的音量并不太大，但声音里充满令人觉得不可思议的沉静的魄力和震慑。

"请谁来帮我一下吧。如果因为耽误而出了什么事，我可不会放过在场的每一个人。"

月子。

浅葱站不起来。他使不上力气，也无法出声。不知为何，他非常羡慕月子。

月子，你见过蝴蝶的羽化，对吧？

当他们到达D大医学系旁边的保健管理中心时，狐塚已经在那里等候了。大概是月子联系的他。D大附属医院与学校隔一站地，保健中心是校内唯一的医疗设施。

"木村。"

看到浅葱的脸色，狐塚屏住了呼吸。狐塚看起来似乎在研究室里住了许多天，头发散乱，胡碴儿也很醒目。看来没去学校的这段日子里，时间依旧在流逝。

浅葱躺在保健中心候诊室的长椅上。月子坐在他的正对面，担心地看着他。

"您说这里要下班了？"

浅葱听见狐塚的声音从前台附近传来。一名中年女性非常为难地回答道："是的，所以说……保健中心只开到三点，刚刚医生都回家了。"

"这才刚三点，如果医生刚回去，请您打电话把他叫回来。您要是不知道电话号码，那我去追他。是往车站方向走了吗？还是停车场？"

"那个……"一名看似办事员的女性接话道，"学校里的医院可能还在接收门诊病人，你们去那里吧。不就是贫血吗？"

"我不是说了吗，他身体很不舒服，您没看见他的脸色吗？他都动不了了，只是单纯的贫血能这样吗？"

浅葱认识狐塚这么久了，这还是他第一次看到狐塚激动地喊叫的样子。他轻轻吐了口气，睁开了眼睛。月子叫了一声"浅葱"，试图制止他。他却不顾月子的制止坐起了身。

"狐塚。"

听到呼唤，正在和办事员理论的狐塚转过了身。他的表情很严厉，是温和的他的脸上从未出现过的表情。浅葱晃了晃头，虽然幅度很小，但他还是感觉到了严重的眩晕。

"我没事，应该就是贫血，这是常有的事了。"

他撒了谎。与狐塚对峙的办事员露出"你看吧"的眼神。你看吧，当事人也这么说。

浅葱又说道："狐塚，我没事了，不用搞得那么夸张，我在研究室里躺一会儿就行了。"

浅葱每说一句话，头部都感到阵阵疼痛，作呕感越来越强烈，手臂也颤抖得停不下来。

狐塚不能接受浅葱的说法，他面无表情地轮流看着浅葱和面前的办事员。

"请叫医生来。不是那个刚回家的医生也好，医学系里肯定有合适的人选。快找人来。"

狐塚的声音很低沉。浅葱闭上了眼，到极限了。

"如果实在找不到医生来，就帮忙叫一辆出租车，好让我们把他送到医院。等车时请您至少把他手上的伤处理一下。这点应该可以做到吧？"

听着狐塚的声音，浅葱突然想起了哥哥。不知为何，他的记忆突然苏醒。"妈妈,妈妈",蓝的手抚摸着遭受了殴打的浅葱。"浅葱,没事的,有我在。"

浅葱将颤抖的手伸向前方,他无法出声,不知道该说些什么。这时,月子的手包住了浅葱的手。浅葱无法睁开眼,但他确信是月子。

"睡吧,浅葱。没关系的。"

月子的声音从头上传来。浅葱还没能完全接受他人的触碰,但他任凭自己的手放在她的手里。他不知道原因,只是莫名地想这么做。

浅葱听到狐塚"啧"了一声,坐在了旁边的椅子上。他说:"那个死老太婆。"

浅葱很惊讶,狐塚孝太竟会说这样的话?这还是他第一次听到狐塚发怒时的声音。

"你还好吗,木村?再等一会儿啊。"狐塚的声音恢复了往日的沉稳,他担心地对浅葱说道。

四

两个孩子正牵着手哭泣。

在眼前这一片微微发暗的蓝色中,回荡着两个完全相同的哭声。他们覆在低垂的脸上的手、身高,以及服装都相似至极,看上去就像是同一个人的两面一样。

(好痛……)

(好痛……)

(原谅我……)

(救救我……)

遮蔽视野的暗蓝色像一张美丽的和纸，有些地方的颜色斑驳不均。在这片鲜艳的色彩中，独自站着的自己是个第三者。自己正不知如何是好地站在哭泣的双胞胎面前，是一个困惑的局外人。怎么了？我问他们。是哪里痛吗？

（……哥哥……）

其中一个孩子抬起了头，那张冲着自己的脸抬了起来。

"啊啊。"

他的脸上什么也没有。没有眼睛、鼻子，也没有嘴，只有一片空白。

（哥哥……）

一只白色的手在渴求着自己。他的脸上没有五官，冰冷的手抚上自己。

——哥哥。

抚上了雪白的脸。

狐塚开口说道："我想把我的脸给你。我想好好地呼唤你的名字。"

是在什么时候入睡的？

狐塚眨着眼，慢慢回想起自己所在的地方。白色的荧光灯在眼前闪着光。只要睁开眼，再闭眼时眼皮底下就会留有光的残像。自己竟然能在如此明亮的环境中入睡。

狐塚记得睁眼前做了个梦，却怎么也想不起来梦的内容。也许是因为睡在地毯上的缘故，起身后觉得身体很痛。

"你起来了？"

是月子的声音。狐塚眨了眨眼，眼前的景象逐渐清晰。没错，这里是月子家。她的房间里都是粉色和红色，天花板上挂着以月亮、星星和太阳为主题的装饰物。狐塚背靠着皮制红色沙发，月子坐在床上，扣下读到一半的书。

"喝水吗？今天不用回学校了吧？"

"嗯，回不回去呢……"

没等狐塚回答，月子已走向厨房，接着从厨房里传来拧开水龙头的声音。狐塚看了看她放下的书的书名，是秋山一树著的《人格形成心理学》。

"今天别去学校了，偶尔休息一下也是必要的吧？不然孝太也会变成浅葱那样的。"

月子把盛水的杯子放在狐塚眼前。

"谢谢。"

把浅葱送到医院后，狐塚来到好久没来过的月子家。他只记得自己简单吃了点饭，之后就没印象了，看来那之后自己睡着了。他看向墙上的挂钟，已经快深夜了。

"抱歉，我好像待了很长时间，我这就回去了。"

"我倒是无所谓，你想住下也行。要喝咖啡什么的吗？"

"既然你这么说，那我就再留一会儿。"

狐塚道谢完，不知缘由地叹了口气。他回想起这几天发生在自己周围的事，无力地靠在了沙发上。

"木村应该没事吧？"

浅葱接受了检查，结论是日常积累的压力造成的贫血。需要打点滴，还要在医院休息一段时间，不过当天就可以回家了。月子提出陪他，但被浅葱拒绝了。于是他们在那之后就分开了。

"研究生那么忙啊？"

月子点上了火，回到了房间。

"这种情况很常见吗？我还是第一次看到浅葱变成那个样子。"

"我也是，吓我一跳。"

最近浅葱都没来研究室。他也接到了与狐塚相同的课题，应该是在家里准备着吧。浅葱在抵达医院时全身都被冷汗湿透，体温也低到惊人的程度。

"孝太，最近我们周围发生了很多奇怪的事啊，大家或许都因此感到疲惫吧。"

"嗯。"

"那个在D大网站上登出的日记，我也看过了。"

"……啊。"

狐塚点了点头。月子大概是从秋山教授那里听说的吧。

传来水沸腾的声音。月子站起身，走向厨房。

"那个，孝太，我能问你一件事吗？"月子在门后问。

狐塚能听见她往咖啡机里倒开水的声音。

"什么事？"

"恭司真的是孤儿吗？"

五

回到家后，浅葱收到了"i"发来的邮件。事故是昨天发生的，按以往经验来说，浅葱应该在案发当天就收到邮件，但只有这次，"i"的发信时间是在事故发生后的第二天，也就是今天。

浅葱没有看到详细的新闻，所以还不太清楚，但蛇岛友美很可能不是当场死亡。也许"i"是为了确认她的确已经死亡，才推迟与自己联络的。

　　给 θ：

　　你一定能发现吧？
　　上次你猜对了，我很高兴。好了，该第三回合了。

　　○下次的提示　仁·义·礼·智·忠·信·( )·悌
　　　　　　　　　缺少的是？

　　　　　　　　　　　　　　　　　　　　　　　　i

　　从医院回家之后，浅葱打开了在便利店买的报纸，开始查看事故的详细信息。

　　事故原因出自HADUKI汽车的缺陷。由于发动机和刹车没能正常运作，导致蛇岛友美驾驶的车辆开上超市对面的国道时失去了控制。汽车与正面防护栏相撞，停下之后又不巧被一辆大型卡车撞上，卡车司机酒驾，遇到突发情况后仍丝毫未减速，小汽车直接被撞飞。这么看来，她应该是当场死亡，但新闻上并没明确记载其死亡时间。

　　浅葱看着"i"发来的邮件。"i"既没对与学校网站链接的那个网站做出任何解释，也没向浅葱道歉，只发了一封例行公事的邮件。浅葱咬紧了嘴唇。

　　你一定能发现吧？

　　蛇岛。那时浅葱在电视上看到这个姓氏的发音似乎是"JAJIMA"，或许在事故发生的茨城县这是个很常见的姓氏。他把这篇报道从报纸上剪下，又确认了一下事故现场所在地，随后走出了家门。

六

"我可以回答你，但是有条件。"狐塚接过咖啡说道。

电脑桌旁放着一面正方形的镜子，上面贴满了照片。

正中央贴的是狐塚的妈妈日向子再婚时的照片。穿着婚纱的日向子挽着月子的胳膊，做出 V 字手势。穿着粉色裙子的月子挽起了头发，看上去很华丽，但没有化妆。那时她还在上高一，没化妆也是理所当然的。

"日向子真是太美了。孝太，你有个这么适合穿婚纱的母亲，真是幸福啊。"

月子说完，又笑着对新郎佐佐木说道："您有这么出色的新娘，真是幸福啊。"那天的事，狐塚现在还记得很清楚。

"条件？"月子也拿起咖啡杯，在沙发上抱起膝盖问道。

狐塚点了点头。

除了镜子上的照片，月子的桌子上还有一个相框，狐塚不记得上次来的时候看到过。透明的相框里有一张名片大小的照片，照片上有一只蝴蝶停在粉色的花朵上，伸展翅膀。

"条件有几个。首先，你要告诉我你是从哪里知道这件事的。"

"啊啊，那个啊。"

月子一边用手指抚摸着咖啡杯的边缘，一边点了点头。

"我是不久以前才从某些人口中听说的。有几个恭司的女性朋友以前也总跟我说'恭司是孤身一人吧？真可怜'。恭司什么也没对我说过，所以我回答她们说不知道。但是如果——"月子咬紧嘴唇沉默着。她出了一会儿神，又继续说道："如果恭司真的是孤独一人，那我真不知该如何是好了。我真的不希望那样，所以到现在都没有向他确认。唉，孝太，真相到底是什么？"

"我要说第二个条件了。我要开始说的事你不要对包括恭司本人在内的任何人说，这点要记住。"

"我知道了。"

"而且……说实话这个条件才是最重要的。你告诉我，秋山一树教授两年前做了什么？"

月子大概完全没想到会是这个条件，她凝视着狐塚的脸，从她眼中能明显地看到动摇的神色。狐塚继续说道："虽然你和白根同学与他的关系非常好，但阿秋老师和你们之间偶尔还是会有一种微妙的紧张感，尤其是跟白根同学。也许是我的错觉——我推测这与两年前发生了某事之后被称作'闹鬼教室'的地方有关，对吗？"

"——你知道多少？"

"什么也不知道，我也是最近才在意起这件事的。那是不能跟我说的事吗？"

"倒也不是……但已经是很久以前的事了。"月子吞吞吐吐地说着，然后陷入了短暂的沉默，她看向自己的杯子，仿佛在等待最佳答案从水里浮上来一样。

秋山把"i"制作的网站告诉狐塚的那天，离开教育学系教学楼的秋山研究室后，狐塚和坂本警视一起走到了车站。刚才他们似乎聊了很久，在房间里时还没有发现，外面其实已经微暗了。

"他变温和了，简直像另一个人。"

刚出教学楼，坂本就对狐塚这么说道。他装成自言自语的声调，可明显是故意说给外人听的。狐塚看向比自己略高的坂本，什么也没说。坂本却以为他想问"您在说谁"。

"就是阿秋老师啊。"

狐塚不知道自己应该表现出知道多少的样子，只好保持沉默。坂本想告诉狐塚什么，不是为了狐塚，也不是为了秋山，只是出于他自己的意愿。

"老师很温和，我从没见他大声吼过，所以我想象不出他以前会是别的样子。"狐塚说道。

"以前他的声音也不太凶，应该跟现在一样。"

坂本苦笑着摇了摇头，仿佛想对狐塚说不要对我那么戒备。

"但是他没像那样笑过，也许是因为现在在教育学系的缘故吧，与在文学系时完全不同，真是让我吃了一惊。"

"坂本先生在老师的研究小组学习已经是十年前的事了吧。过了这么长时间，人的性格多少都会改变吧？"

狐塚边说边思考起自己身上的变化，无意识地把现在的自己与十七岁时还在上高二时候的自己相比，发现了一个巨大的变化。那年自己要准备考试，同时还要照顾家人，母亲和佐佐木大叔的关系也在那年有了发展。虽然两人是在一年后结的婚，但对狐塚来说，家里有继父的状态反而是自然状态，他想象不出以前的家是什么样子了。变化这种东西就是这样，虽然是某天突然到来的，却会扎根并安定下来。

"老师在文学系时教的科目是儿童心理学吗？"

"要说起他教的科目，我觉得应该跟现在没太大不同。我还是秋山研究小组的学生时，老师教的科目应该算是与儿童成长过程相关的沟通理论。当时老师最有兴趣的主题是 meta – communication 和 double bind。"

坂本口中的单词对狐塚来说有些陌生，他问道："double bind 是什么？"

"简单来说，就是一种同时包含两种矛盾要求的信息。怎么说呢，既可以指无论作何回答都无法使交流成立的情况，也可以专指那种信息本身。double bind，意思是'使人进退两难'，这种信息会使对方感到'做也不行，不做也不行'。

"老师在课上用母子关系做了比喻。他问我们，如果母亲对孩子同时发出'我爱你，所以你到这里来'和'我爱你，所以你到那边去'这两种矛盾的信息时，你觉得孩子会怎么想？无论他做什么选择，是接受或拒绝，最终都会受罚。

"再比如说，如果一个母亲无法爱上她的孩子，那她就会为了欺骗自己的心而对孩子说：'妈妈爱你，所以你抱抱妈妈。'等到孩子依她所说照做之后，母亲那被抱住的身体却僵硬又紧张，对孩子表示了拒绝，表达出与她的话正好相反的'从我身上离开'的信息。孩子感受到了这一点，离开了母亲，结果却会被妈妈责备说：'你难道不爱妈妈吗？'抱歉，我解释得不好，大概意思就是这样。"

"嗯。"

"他在课上对 meta-communication，既用包含多重矛盾含义的语言束缚对方，使双方无法沟通的语言现象进行了讲解。当时的课堂气氛十分严肃。我当时想着，教授这么了解人类语言背后的深意，那他不会感到厌烦吗？像他这样的人能喜欢上别人吗？也许他在脑海中把自己研究的课题和日常生活中的自己完全分开了吧。

"当时老师对我们的要求很高，作业非常多，考试也很难，真是辛苦。当时秋山小组里的人都被称为受虐狂。"

"但坂本先生您还是加入了他的研究小组，对吧？您觉得自己是不是受虐狂呢？"

"我确实无法否定，直到现在我也是这样，就连这次也是主动参与到这桩麻烦事当中的。"坂本苦笑着说，"当我知道老师在教育学系时，吃了一惊。"

"他不是儿童心理学的教授吗？我觉得没什么好惊讶的啊。"

"确实是。但是，怎么说呢，我无法想象老师会教那些并非只知道理论，而且会与孩子实际接触的学生。像我们这样的学生虽然也热心学习，却不一定能把知识用到日常生活中，光说不练，狂妄自大，教起来应该更轻松啊。老师他既没有幼儿园教师资格证，也没有小学教师资格证，对实践那么没有兴趣，为什么想认真地与孩子打交道了呢？

"也许正是因为这样，他才变温柔了吧。"

这次坂本真的是在自言自语。狐塚在他旁边走着，心中暗自惊讶。他想起月子在幼儿园读绘本时秋山投去的温暖的视线。秋山竟然没有幼儿园教师资格证？确实，教育学系的教授只需具备知识就可以了，至于资格证，有没有都无所谓。可不管其他教授如何，秋山没有资格证实在是太让人意外了。光凭他稳重又优美的微笑，即使当幼儿园园长也不成问题。

"两年前那件与阿秋老师有关的事件是什么？"

狐塚不禁脱口问了出来。坂本没有立刻回答，但他大概想到狐塚会问。他说出了一个名字，是狐塚没听过的名字。那个名字非常普通，是男性的名字。

"我不认识,这个人是谁?"

"阿秋老师让这个男孩消失了。"坂本小声说道。

狐塚这次无法判断他究竟是否在自言自语。

"消失了?那是怎么回事儿?"

面对追问的狐塚,坂本只是静静地摇了摇头,说了声"别在意",之后就什么也不说了。

"你能发誓吗?"月子在犹豫之后问狐塚。

"发什么誓?"

"绝对不能告诉别人。阿秋老师和真纪也不行。"

"当然,我发誓。但如果月子你考虑到老师的感受之后觉得不能告诉我,那不说也可以。"

"和老师倒是没什么关系,只是……"

月子在慎重地选择措词,她看向沙发边的大泰迪熊。还住在老家时,她就喜欢这只熊。狐塚以为她会紧紧抱住泰迪熊,但她没有。她仿佛下定决心一般抬起了头。

"怎么办呢?我可以说出来吗?说起两年前老师做过的事,我能想到的只有一件。孝太你说的应该就是那件事。"

"关于恭司的那个问题,答案是YES。恭司是个孤儿,跟他现在的父母没有血缘关系。"

月子的表情僵住了。虽然她大概已经猜到了答案,但还是明显受到了打击。

在她电脑桌上贴的照片中也有恭司的身影。照片里的他还没有穿环,发色也比现在的成熟。那时他还在当系统工程师,照片照下了他转过身的一瞬。

"石泽夫妇是恭司生父的朋友。他们没有孩子,当时不忍目睹还是小学生的恭司被亲戚们推来推去,就决定收养了他。虽然没有血缘关系,但恭司和他们相处得很好。恭司会在大学毕业后立刻决定就职,恐怕也是顾及到养育自己成长的石泽夫妇的缘故。如果真是因为他们,那我觉得以后他肯定还会因为同样的理由再次安定下来。"

"恭司真正的父母呢?"

"你还记得我们上小学的时候出了一起飞机坠毁事故吗?有一架从东京开往札幌的飞机落在了山形县的山里,成为国内航班史上最严重的事故。

"恭司一家当时就坐在那架飞机上。恭司在父亲的保护之下奇迹般地只受了点轻伤,他的母亲保护着他的弟弟,但最终母子都没有获救。"

"恭司……曾经有个弟弟啊?"月子问道。

狐塚点了点头。"详细情况我也不清楚。"

关于恭司的身世,狐塚大多是从同学和两人共同的朋友那里听来的,没有一条是恭司本人说的。虽然他们关系非常好,但恭司从没跟狐塚说过这方面的事。有一天,狐塚试着开口问了他。恭司点了点头。

"是啊,跟狐塚你知道的一样。喂,狐塚,我住的公寓楼今年就要到期了,从明年开始你和我一起住怎么样?"

为什么恭司会对狐塚提出这个提议呢?为什么他唯独没有对狐塚坦白自己的过去呢?狐塚没能问出口。那时也正好是他开始注意到恭司的口头禅的时候。"啊啊,真的好想快点儿死掉"——恭司那语气仿佛在说自己的人生只是在消磨时间。

"恭司现在说话也总是很随便,并且有些自暴自弃吧?也许就是受了那件事情的影响。"

针对"i"在网站上登载的那篇日记,狐塚有一个毫无根据的猜测。制作那个网站的人,会不会在网站链接的那几所大学里呢?

"对于恭司的事情,也许我反而比孝太知道得更多。"

狐塚看向月子。

"你知道恭司经常跟女孩厮混吧?"

"知道啊。那家伙朋友很多,交际圈也很广,肯定玩得很凶吧。虽然他没有给我特意介绍过其中的任何一个人。"

"我有几个在教育学系的朋友,她们都说自己曾当过恭司的女朋友。我的朋友曾经强迫我召开一场联谊会,于是我就拜托恭司帮忙。可那次他只是尽职地组织了大家,并炒热了气氛,完全没有对我的朋友出手。可能他是怕以后吵架太麻烦,所以不想把我牵连进来。

"但尽管如此,我周围还是有很多与恭司交往过的女孩,可见他肯定追过相当多的女孩。恭司那些前女友都长得很可爱。"

"嗯。"

"恭司很开朗,也很会说话。似乎一开始接近她们的时候,他都是会先夸奖对方一通,像是说什么'我好喜欢你''你好可爱''我第一次见到你这样的女孩'之类的话。之后两人会立刻变得亲密起来,然后迅速交往。我认识的三个人都是这样跟我说的。他不会欺骗女孩,也不会向对方索要钱财,而是非常温柔,对对方很珍惜。虽然他交往时很认真,但跟大多数女孩都会迅速关系破裂,最终分手。

"交往不久之后,恭司的态度会突然变得非常冷淡,对女孩的态度也变得粗暴。明明两个人刚刚确定关系,正在热恋阶段,他却会对对方说'你以前有这么丑吗',还会说'没什么有趣的事发生吗?啊啊,我真是不想再找女人了'。"

月子的语气很平淡，但可以看出她是努力让自己这样说的。狐塚对这点也略知一二。曾经有个工学系的女生跟恭司交往，明明是恭司主动提出交往的，却在日后对那个女生说："喂，你能跟我一起死吗？像我这种男人究竟哪点好啊？"面对来找自己商量的女生，狐塚站在她的角度考虑，觉得这确实让人无法忍受。

"恭司会对那些不会长期交往，几乎等同于陌生人的女孩坦白自己所有的过去和遭遇。"

月子开始颤抖，声音也变得有些生硬。月子一生气声音就会平静下来，说话速度也会加快，像刀被磨得越来越薄的感觉。

"他会在与对方的初次约会上说出那些事。他会说：'我不能过没有意义的生活，因为遭遇那起飞机事故的人基本都死了，而我活了下来，这肯定有什么意义，更何况我的父亲舍弃自己的性命救下了我。我跟其他人不一样，所以必须要努力。'他还会把钱包里双亲和弟弟的照片，以及手机屏幕上弟弟的图片给那些女孩看，说着：'很可爱吧？这是我亲爱的弟弟。'"

月子抬起头。

"诚司，这是恭司弟弟的名字。'为了诚司，我什么都可以做，但他也抛下我死了。我的弟弟真的很可爱。如果现在诚司能回来，要我做什么都行。能让我付出一切的只有父母和弟弟，还有现在收养我的石泽家的父母。抱歉，这点是不会改变的。我很喜欢我的家人，所以女朋友会排在他们的后面。但如果有人能完全接受这样的我，我也想珍惜对方。唉，不过，我真的很喜欢你。'"

月子一口气说完这段话。说到这里时似乎再也无法忍耐下去，于是把视线从狐塚身上移开了。狐塚低下头，看见她咬住了嘴唇。她似乎感到非常愤怒。

"恭司并不是因为喜欢对方才坦白这些的,那只是他制造的符号,目的是为了让对方知道自己与他人不同。他巧妙地向对方示弱,再营造出自己是个不会倒下的自立大人的形象,让自己更有魅力。'我跟别人不一样,所以喜欢这样的我的你也跟别人不一样,是个特别的人,对吧?'他就是以这种方式追求对方的。只是说谎倒还好,我一直以为恭司是在说谎,所以至今都没有向他确认。但如果那些都是真实的,那可不行。如果他可爱的弟弟和为了保护他而死去的双亲都是真实存在的,那他可不能这么做。如果恭司不把他们当作心灵支柱,那他就真的完了。可他为什么把他们当成随意使用的小道具呢?他并非单纯地沉浸在自己的不幸之中,而是在面对马上就要分手的女孩们时,把那件事当作资本来炫耀啊。"

"月子。"

"然后又立刻把那些想要支持他,承诺与他交往的女孩舍弃。怎么会有这种荒唐事呢?如果他继续这样下去,每说一次,他的父母和弟弟的存在就会变得越来越没有分量。如果真的变成那样,恭司还能对什么事物感到留恋呢?那家伙到底在想什么啊?我不知道恭司抱有怎样的痛,因为我没有那样沉重的过去。可他为什么要给别人带来麻烦呢?为什么他能满不在乎地伤害他人呢?"

恭司能够轻易地出卖挺身而出保护自己的双亲和敬仰自己的弟弟,说明他心中的黑暗面已经深到令人恐惧的地步。

"有一次我跟恭司两个人去喝酒,在回来的路上我被醉汉缠住了。"

月子的眼睛红了起来,虽然不像是要流泪,但她似乎非常激动。

"一开始那个醉汉好像以为我是一个人。他一边说'你好可爱啊,小姐'这种老套的台词,一边抓过我的肩膀。我一个人的力量其实足够挣脱他。正当我想做出笑脸以免惹麻烦,再试图从他手里逃跑时,恭司一言不发地揍了那人一顿。"

月子说着,表情很痛苦。

"我没来得及阻止。对方踉跄着倒下,几乎没有任何抵抗。对方倒在地上后,恭司还踢了他两脚。他既没有发怒,也没有笑,仿佛认为殴打对方是必要的,是理所应当的。他只是在例行公事地执行。最后他还想殴打捂住肚子的醉汉,不过及时停下了。我看着从未见过的陌生的暴力行为就发生在眼前,完全僵在当场,哭了起来。我不明白这是为什么,边哭边想着为什么他会那么轻易地出手打人,为什么他能那么轻易地让感情失控?我拉着恭司离开了那里。离开之后,恭司面对哭泣不止的我,用温柔的声音说:'对不起啊,阿月。不过只打成那样,其实不会出什么事的。'"

"就没什么有趣的事发生吗?"恭司这样向女孩们宣泄他的焦躁,仿佛从心底里对那些轻易得手的女孩感到厌恶,也对自己感到不满。

"为什么恭司能做出那种事呢?"

狐塚深吸了一口气。他看着低着头的月子,静静地把手放在了她的肩上。

"对我和你,他都没有坦白自己的身世,我觉得这是他以独有的方式表示对我们的体贴和执着。这是我在自作多情吗?你觉得我想错了吗?"

月子缓缓地看向狐塚。狐塚尽量平静地说道:"恭司到底在想些什么,到头来只有他自己知道。有时我和他在街上遇到带着小孩的父母,或是幼小的兄弟两人时,恭司都会面无表情地凝视他们。我不知道他是不是在和自己做对比,他只是看着那些幸福的人的身影,站住不动。当他发现我在看他时,就会变换表情,把视线从那些人身上移开,并不是因为有人在看他才那样做的。恭司也有这样的时候啊。"

月子保持着沉默。

狐塚问道:"你看到那个'i'的网站后,对恭司产生了怀疑?"

"我没有怀疑他,只是想起恭司曾经对女孩们说的那些话。现在我知道了他的身世,也仅仅是很吃惊而已。你不用担心我会怀疑他。"

月子摇了摇头,从她的语气中感觉不到任何动摇和隐瞒。狐塚听了她的话,苦笑着说道:"那我肯定比你要冷血,我对恭司稍稍有些怀疑。恭司一直憎恨着把双亲和弟弟夺走的某种肉眼看不见的东西。"

月子惊讶地看向狐塚。狐塚继续说道:"看了那篇'i'的日记后,恭司曾经说'也不是没有道理啊'。不是没有道理?怎么可能?那可不是与我们无关的事啊。萩野学姐被杀了,他却还能说出那样的话。明明他是第一个发现萩野学姐尸体的人,却在看见学姐的遗容时说'那么漂亮的人,真是可惜',到头来竟然能说出那样的话。

"就算从某种程度上来说,萩野学姐的事情已经过去了,但他还是轻易地接受了'i'口中所谓的对世间的制裁。"

狐塚越说越有气势,已经难以维持声音的平稳了。

"恭司以自己独有的方式对双亲和弟弟表达着留恋,同时对周围的环境抱有恨意。我是在甜蜜而温柔的环境里自在地成长起来的,所以无法理解他的心情。我不知道该对恭司试探到什么地步。

"放着他不管也行。恭司不会想怎么做就怎么做的,这是不会改变的。但我有时真的很想为他做些什么。因为他主动对我提出合租的要求,而我接受了他的请求。"

两人的合租生活开始后不久,狐塚就做了一个决定:他要与恭司永远做朋友。并不是特意要去做什么,而是他觉得必须看好恭司。

"孝太……"

"抱歉，我没事。"

面对担心地看着自己的月子，狐塚轻轻摇了摇头。两人之间产生了一阵令人心情沉重的沉默。月子微微垂下眼，寻找着下一句话。

"现在孝太你还怀疑恭司吗？"

面对她小声的询问，狐塚没能回答。虽然自己心中的怀疑并不太深，但竟会对恭司产生怀疑，这使他感到内疚。

月子直直地看着无法作答的狐塚，说道："'i'在网站上反复强调，这些杀人案件是出于他对人世的憎恶而实施的制裁。"

"现在我们还什么都不知道，可供判断的材料太少了。我们不知道'i'和'θ'是不是真实存在的人，但制作那个网站的，肯定是包括D大学在内的八所大学里的人吧？所以那时我才突然想起自己的合租人就是从D大毕业的，还拥有与那篇被登载的日记相似的经历，仅此而已。一切只不过是我的猜测——是试图找出线索的我不对，我希望你不要放在心上。"

"孝太……"

月子显得有些迷惑。她直视着狐塚，狐塚也注视着她，两个人都没有继续说下去。

"那作为条件，我要提问了。两年前发生了什么？"

"是问阿秋老师的事，对吧？"

坂本那天说"如果我说我有些怀疑老师您，您会笑话我吗"，而那起事件就是坂本会产生这种怀疑的根据。秋山却说"根本没有发生过任何事"。

听了狐塚的话，月子点了点头，无力地笑了笑。

"我不知道孝太你在哪里听到了什么，但老师是个温和的人。他实在太温和，对我们非常纵容。而且老师十分憎恶蛮不讲理和实施暴力的人。我觉得这跟过去发生了什么并没有关系，而与他的性格和气质有关。"

"嗯。"

"刚才孝太你不是说，我可能会顾虑老师而无法把那件事说出口吗？其实我在意的不是老师，而是真纪。"

"白根同学？"

面对狐塚的询问，月子点了点头。她看上去很痛苦，似乎不想回想起那件事。

"其实我可以随便编造一个名字来讲这件事，但那样肯定会有一些地方编不下去。即便我能顺利地把故事讲完，也肯定会立刻被你看穿。所以我先告诉你，这件事的主角是真纪。"

户仓地区传出"闹鬼隧道"传言的时候，狐塚提到过另一个与之相对的传言，即教育学系里有一个被叫作"闹鬼教室"的房间。那时秋山干脆地说："有那种传闻？我觉得是假的。"

"真纪和我——"月子开始讲述，"我和紫乃的关系太近了，有时会让人觉得痛苦，我们之间的关系很不健全；但是真纪和我正好相反。我想和她成为好朋友，想和她一起讨论喜欢的男孩，也想倾听她心中关于恋爱的烦恼。我希望她有麻烦时能向我寻求帮助。可真纪却不想这样。她不太问关于我的事，也不坦白自己的事。我知道她是害怕自己给别人带来麻烦，对此我感到很寂寞。

"真纪和我聊的话题大多是上课内容和电视节目。对于各自心中的烦恼，我们两人只是隐约地察觉，并为对方担心而已。大概其实我也和她一样，害怕与她接近吧。"

月子寂寞地微笑着。

"选择心理学作为毕业论文题材的教育系学生需要找人做问卷调查，孝太你也被发过问卷吧？那时在食堂，总有一些学生抱着问卷接近正在吃饭的人，请求他们填写问卷。题目大概是《放松方法调查》或《人际关系调查》之类的。"

"是有过。"

狐塚点了点头。他在这个学校待了六年，已经填过好几次问卷了。

"那时我们还在上大二。在孝太你说的'事件'发生前不久，真纪和我在学校食堂吃饭时被抱着问卷的前辈搭话，就填了问卷。那是一个《交友情况》调查。问卷第一页附有表格，上面写着'请想出符合各个条件的朋友，之后将他的名字首写字母填在表格里，再回答从下页开始的问卷'。

"条件多种多样，有'恋人或喜欢的异性'、'无论在校里还是校外，都是自己最好的朋友'、'在学校里关系很好，但回到家后就不再联系的朋友'，等等。下一页上写着'请思考在这种情况下，你会与哪个朋友商量，并写下来'。问卷给出了各种各样的情况，恋爱的烦恼，将来去向的烦恼，家里的烦恼，等等。甚至还有饲养的猫死去，导致意志消沉的情况，可以说丰富多彩。"

"嗯。"

"真纪填写问卷第一页时，我漫不经心地往她那里看了一眼，看见了她的答案。'在学校里关系很好，但回到家后就不再联系的朋友'那栏里，真纪填的字母是'T'，她填的是我啊[①]。"

月子继续淡淡地说道。

"真纪注意到我的视线后尴尬地藏起了答卷。一看到她做出这样

[①]月子的名字读音是"TSUKIKO"，开头字母是"T"。

的举动,我就更加确信了。啊啊,果然我就是T。'回到家后就不再联系',这关系听上去真寂寞,可我也没有指责她的权利,因为我在同一栏里填的是'M'①啊。"

狐塚感觉到月子抱着杯子的手很僵硬。虽然她说的是过去的事,但恐怕那个阴影一直延续到了现在。

"填写问卷里提到的各种情况时,我很少选'M'作为谈话对象。我填着问卷,心里其实很想冲旁边的真纪大叫'让我们再多聊一些吧','让我们成为更好的朋友吧'。"

月子这时变了脸色。

"那不久,真纪就来找我商量她的烦恼了。不过她口里的烦恼用的是过去时。她说她曾经有过一个男朋友。"

七

两年前的那天是个好天气,月子和真纪正在教室里吃午饭。真纪打开自己做的便当,月子则咬着在校内小卖部买的菠萝包。

那时月子她们刚刚进入秋山的研究小组。课上会由几个人一起开研讨会,每次都有一个人做报告,其他人则以发表的人为中心展开讨论。当天的发表者是一名三年级的前辈。

与真纪在一起时,月子一点也不害怕沉默。那时月子正玩着手机。

"我会和小舞一起去听下周的演奏会。"月子不停打着短信说道。

下周的周日,真纪会在D大吹奏乐团的演奏会上演奏圆号。那

---

①真纪的名字读音是"MAKI",开头字母是"M"。

场演奏会将在市民会馆的大厅举行，是吹奏乐团每年里最为重要的演出。

"真纪，这次整场你都会演奏吧？我还约了由香，可她说那天可能会因为打工而晚点到，能不能中途入场？"

"不知道啊，第一部分和第二部分中间的休息时间也许能放她进来。要是她能来，我当然很高兴。"

"知道了。孝太其实好像也想去，但那天他去不了，很遗憾。他说他的作业要完不成了。"

"理科专业真是辛苦啊。"

"没有啊，其实他自己的作业好像已经做完了，但是恭司一点也没做，所以他要帮恭司做。恭司每到关键时刻就哭着哀求朋友和前辈，自己却只知道玩。"

"啊，真是太像恭司会干的事了。"真纪笑着说道。她那时已经认识狐塚和恭司了。

"是说啊。"月子叹了口气，看向真纪的脸。

"唉，你紧张吗，真纪？"

"嗯，相当紧张。"真纪微笑着回答，"直到现在，我还是会在练习的时候觉得自己似乎发出了奇怪的声音，然后就会变得非常焦躁。这可不行，我要好好努力。大家都会来听啊。"

"就是的,你要是不好好干,我就要填在反馈表上。比如写上'那个从右边数第几个的吹圆号的女孩，中途偷懒了'之类的。"

"真讨厌，阿月你好严厉啊。"

真纪笑着耸起了肩。月子发完短信，又从通讯录里找到了同专业的由香的号码，准备告诉由香可以在演奏会中间休息时入场。

月子在脑海中想象着花束的样式。要是送给真纪的话，以白色为主的花束应该很适合，像是百合或者雏菊之类的。如果与一起去的朋友每人出一千日元，就能买一束很大的花。那一年里，真纪每天都在学校吹圆号到很晚，周六日也经常耗在社团活动上。

"我妈妈和哥哥会从枥木县来看演奏会哦。"真纪说道。她老家在宇都宫。

"是吗？哇，真期待啊。他们要住在这里吗？"

"他们说特地订了旅馆，真是吓了我一跳，明明我跟他们说过好多次'我会害羞，所以别来了'的话。"

月子对害羞的真纪说了句"多好啊"。

"真好，他们一定要来啊。真纪你也有哥哥啊？你哥哥多大了？跟真纪你长得像吗？真想让你介绍一下，可是会场那么大，大概办不到吧。"

"要是你在演奏会结束之后到后台来，大概能与他见面。我哥哥比我大三岁，估计见了阿月之后会吓一跳吧。他肯定会非常惊讶地对我说：'你的朋友真可爱啊。'"真纪微笑着说。

"还有阿月，你不要给我送什么花啊。"

"嗯，我知道了。"

是选百合还是雏菊呢？月子继续在脑海中想着。到了那天再和小舞商量吧，还要看看花店里哪种花开得比较有精神。

发过短信后，月子把手机放在了桌上。她打算继续吃午饭，正要撕开菠萝包时，真纪毫无预兆地突然说道："阿月，我有过一个男朋友。"

月子听后抬头看向真纪的脸，她的脸上浮现出静静的微笑。月子因为她突如其来的自白吃了一惊，点头说了声："啊，是吗？"

月子真的非常惊讶。迄今为止真纪从没跟自己说过那方面的事，月子倒是说过一些，当时她还期待自己说了之后真纪也许也会坦白。然而情况一直没有变化，所以月子还以为真纪没有男朋友或喜欢的人。平常完全看不出来她是个有男朋友的人。

"为什么要用过去时呢？"

"已经分手了。我们交往了一年左右，但是怎么说呢，我跟那个人似乎不太合适。他说像我这样认真又老实的女孩跟他不配，和我交往会给他带来压力，就把我甩了。大概是在两周前。"

真纪断断续续地讲了起来。

"他说他只要一想到自己无法成为和我相配的男人，就会很痛苦。一想到我是他的女朋友，他就觉得心情沉重到难以忍受，所以不想再与我维持'恋人'关系了。但是他说他还喜欢着我。"

月子没插嘴。她静静地把面包放在桌子上，咽下一口气后抬头看向真纪。真纪的眼神没有聚焦在月子身上。

"他说虽然不能跟我交往，但还是想跟我保持良好的关系。只要我们不说彼此是男女朋友，他就会安下心，也不会再对喜欢我这件事有所抵触。所以他觉得朋友之上、恋人未满的关系最好，说会为了配得上我而努力。"

"等一下，真纪。"

月子截住了真纪的话，她努力牵动嘴边的肌肉，笨拙地露出一个僵硬的笑容，问道："这算什么事啊？他也想得太美了吧？这样一来也太占便宜了！"

"是吗……"

真纪看着月子，无力地微笑着。从表情上完全看不出她到底对自己的情况了解几分，但是有一件事很清楚，就是她的声音里渗透着对那个男人的庇护之情。她之所以庇护那个男人，大概也是为了将自己选择的道路正当化。然而，即便如此，她仍然有一些事情没能释怀吧。

真纪大概直到今日仍然很迷茫。

"入学半年左右时，那个人向我提出交往。我第一次被人表白，对能交到男朋友感到非常高兴，决定一定要珍惜对方。但是……还是不行啊，这样下去会很糟糕吧。"

"不管对方是多烂的人，刚分手时一定都会觉得寂寞啊。"月子说道。

真纪在动摇。她的表现反映出她心中的指针正在两个极端之间摇摆不定。

"你会只想到美好的回忆也是理所当然的，会想要回到两人快乐的时光也是理所当然的。抱歉，我没有太多分手的经验，只能跟你说一些一般论，但我觉得肯定是这样的。但你绝对不能对他言听计从，你不能被那种人牵着鼻子走。"

"果然，你也这么想啊。我真是一个招之即来挥之即去的女人，对不对？"

真纪又微笑了起来。她的笑容毫不做作，充满无力感，使月子不得不开始思考她坚持这么做的原因。"招之即来挥之即去的女人"，月子听了这话忍不住想转过脸去。真纪也许从两周前被提出分手后就一直在脑海中纠结这个词吧。她在纠结对方到底有没有诚意，纠结自己是不是被骗了。

"他说他暂时不会和除我之外的其他人交往，说以后我大概也会是他最喜欢的人。"

"他以为他是谁啊？真纪你说的这个男朋友是我认识的人吗？"

"不，阿月你不认识。"

真纪摇了摇头。月子开始对那个没见过面的男人心生愤怒。

"这可不行。他不能与你认真交往，却还想束缚你。这种事绝对不行。"

月子把手机拿到手上。

"他想干什么啊？开什么玩笑？我真想对他说男人又不只有你一个。啊啊，不行，太浪费了。真纪你能找到更好的男孩的。"

"来组织一场联谊会吧。"月子提议道，"等我一会儿啊，我给恭司打个电话。虽然他在很多方面令人头疼，但在这种事上还是靠得住的。"

月子找出恭司的号码。真纪暧昧地晃了晃头，月子擅自认为那是允许的信号，对她说道："如果约小舞和由香的话，她们肯定会来的吧？一共四个人，选在这附近开比较好吧？"

"阿月，我没事的。"真纪苦笑着说，"谢谢你，但是我没事。"

"不是啦，这不是为了真纪而开的联谊会，是我自己想开，就自作主张地开了。唉，真纪，如果联谊会上有不错的人出现，你能跟刚才说的那个人断绝关系吗？你能对我这个中间人和组织者恭司发誓，与那个人断绝关系吗？你要和我约定，考虑与其他男孩谈一场全新的恋爱。"

月子继续强硬地说道："你不用立刻开始寻找下一个男朋友。哪怕你把恋爱的想法抛到脑后，只要能在联谊会上玩得开心，我就再高兴不过了。但你要和我做个约定，你要有也许能找到不错的人的想法，并且在举办联谊会那天到来之前不要再和现在的男友见面。如果对方一叫你出去你就跑去和他见面，那他就会越来越恃宠而骄。"

看得出来，月子的话与真纪心中选择的答案正做着激烈的斗争。

月子没等真纪回答,就拨出了电话。

月子觉得她必须立刻在真纪眼前这么做,一半是为了真纪,另一半是为了自己。因为今天是真纪第一次倾诉烦恼,她想依赖自己,这让月子非常高兴。她想要努力回报真纪,想让真纪觉得自己值得依靠。

电话铃响了两次之后,恭司的声音从电话里传来。

"喂,恭司?我是月子。虽然很突然,但是我想拜托你动用你那丰富的人脉举办一次联谊会。我们这里算上我一共有四个人,尽量早点办,下个月初左右吧。一定要找长得帅的啊,我们这里的女孩也全都是精挑细选的。孝太帮了你的忙,所以作为交换,你也接受我的请求吧。"

电话里恭司的声音很轻快,听上去似乎很有把握。月子与他约好之后再用短信和电话商量具体情况,就挂断了电话。

"这样就好了,过一段时间他就会联系我,到时候我再告诉你日期和时间。真纪,联谊会开在演奏会结束后比较好吧?那就是下周后了。我相信他会召集一群帅哥,真期待啊。"

"嗯。"

月子抬起头,真纪则垂下了脸。"阿月……"她发出与刚才稍稍有些不同的声音。

"怎么了?"

"其实我在分手之后还一直与那个人见面。每次他把我叫出去后都会求我,然后我们就会上床,然后……"

她的声音突然开始嘶哑。怎么办?月子心中掠过一种预感。怎么办,怎么办?再这样下去真纪会哭出来的。怎么办?我的朋友要被别人弄哭了。

"真纪！不能哭，忍住啊！"

月子几乎是反射性地出了声。她把面包扔到桌上，伸手抓住真纪的右手手腕。她发现那只手正颤抖不已时，已经晚了。真纪任凭月子抓着自己的手，发出"哇"的一声，并捂住了脸。

"真纪，不行，别哭。"月子拼命地劝说着。过一会儿还有研究小组的讨论课，她们现在必须赶去见秋山。妆会哭花的，所以，真纪，真纪，拜托你不要哭啊。

真纪捂住了脸，手臂下方是她的便当，饭菜几乎都没有减少。我每天到底都在关注些什么啊？真纪从多久以前就在烦恼这件事了，而我一点也没察觉？！

"参加联谊会的肯定都是很优秀的男孩，绝对都是好人，真纪你肯定会喜欢上他们的，绝对会。恭司也一样，他虽然喜欢拈花惹草，但一点也不坏，还很温柔。你肯定会玩得很开心的，会有很多开心的事。"

"阿月，我……"

从真纪遮住脸的手掌缝隙中传出微弱的哭声。

"我借钱给他了，不知道该怎么办。"

月子的背上掠过一阵冷意。她小心地看向真纪。

"多少钱？"

她询问的声音里明显透露出紧张。这种事经常在电视和杂志里看到，是司空见惯的事。但此时的情况不同，现在是自己的朋友身处这种情况中，她不能置之不理。月子的声音近乎祈祷，她真希望真纪没有遇到过这样残酷的事情。啊，神啊，不是这样的吧！

真纪拿开双手，被泪打湿的脸颊暴露在月子面前。她默默地摇了摇头，没有回答具体金额。月子也想哭了。真纪脸上的粉底因为眼泪而糊掉，留下几条水路一般的泪痕。

"他会还钱吗？"

"不知道，应该不会。但那都是我不好，是我明知道他不会还，还把钱借给了他。我只是非常害怕。我本以为自己可以答应对方的全部请求，但想想以后还要重复这种事，我就感到不安又害怕。我原本以为没事的。"

"为什么要做这种事？"

月子心目中的真纪是个稳重又冷静的女孩。面对月子的询问，真纪立刻给出了回答。在回答的同时，她又哭了出来。

"因为我喜欢他。"

我怎么会问这个问题？听到答案的月子十分后悔。

哭到一半时，真纪似乎完全放弃了对妆会花的顾虑，眼泪稀里哗啦地往下流。她按住自己的眼角。在这一年多里，月子几乎每天都会在学校和真纪见面，这还是月子第一次看到她的素颜。

"马上就会结束了。"月子只能继续这么劝说，"没事的，只要以后不再见面，全部都会结束的。就让这一切结束吧！虽然以前的日子很糟糕，但以后不会再有事了。"

"嗯。"

真纪点了点头。

"抱歉啊，阿月。我会结束和他的关系的。钱的事我已经不在乎了，就算那个人不把欠我的钱还回来，只要我能马上与他彻底分手，那就好了。"

"嗯。"

虽然真纪说"那就好了"，可事实却不是那样的。有形的伤害可以消除，但真纪那被伤害的自尊心要怎样才能复原？她的温柔被人利用，还被人用脚肆意践踏，这件事要怎样才能解决？

"抱歉啊。"真纪说道。

"你不用道歉。"月子认真地回答。

"我曾对那个人说过，说我讨厌这种拖拖拉拉的关系。我说每次给他钱时，我都会渐渐失去自信，开始无法相信他口中说出的喜欢。然而他却笑话我，说那是因为我对自己没有自信，而我也试图相信他的话，真像个傻子。"

"那家伙才傻呢。"月子斩钉截铁地说。她对那个编造出一堆毫不成立的理由的自私男人感到十分愤怒。

"那个人有没有真正地喜欢过我呢，不是喜欢我的钱和身体，而是喜欢我本人？"真纪用哭腔询问。

月子当然不知道，但她用力地点了点头。

"那还用说吗？你们可是交往了一年呢。那个人肯定曾经喜欢过你，我觉得他说的那个原因，觉得自己逊色于你而无法与你交往，这个理由也是真的。只是后来他变得放荡而软弱了。只是这样而已。"

真纪能哭出来真是太好了，月子决定让自己这样想。真纪那颗摇摆不定的心终于做出了要与那人分手的决定，她终于明白了自己的徒劳和疲惫。

太差劲了。那个男人真的太狡猾了。

"阿月，谢谢你。"

"我也会去联谊会啊。真纪好不容易单身了，以后我会不断邀请你的。"

月子把自己的粉底借给没带化妆用具的真纪。真纪在月子面前补妆的时候，月子沉默地吃着几乎已经尝不出味道的菠萝包。

秋山的小组讨论课结束后，正要走出教室的月子看到了恭司发来的短信："准备完毕，给我打一个电话。"月子从下课后还在与秋山交谈的真纪身边走开，来到了走廊上。

"我召集到了符合要求的成员，是Ｇ大足球部的大四学生。他们的社团好像禁止谈恋爱，所以当我跟他们说的时候，他们的反应都极其热烈。"

"长得帅吗？人品好吗？"

"完全符合阿月你的要求。他们一心扑在足球上，不知不觉地就到了大四，是一群很认真的人。他们这帮人，一心只做自己想做的事，跟真纪很配，简直再合适不过了，不是吗？"

"谢谢，恭司。真是感激不尽。"

"其实我的朋友里最符合条件的是狐塚，不过要是让他去，太离谱了吧？"

恭司在电话里哈哈大笑。月子噘起了嘴。

"你饶了我吧，为什么我要悲惨到跟孝太一起参加联谊啊！"

"定在下个月五号行吗？有的男生还干劲十足地说在那之前要去趟美容院呢，很可爱吧？"

吹奏乐团的演奏在这个月末，所以应该没问题。月子回答"让我们再商量一下"后挂断了电话，回到教室。教室里，秋山和真纪正好谈完话。

"再见，阿月。"

秋山打了声招呼后准备离开。"再见，老师。"月子也低下了头。抬头看向真纪时，月子注意到她手上拿着一张讲义，内容是今天讨论内容的下一部分。

"莫非真纪你要做下次的演讲？"

"嗯，刚才老师跟我说的。"真纪微笑着回答。虽然用粉底遮盖了一下，但还是微微能看出她的眼线被眼泪弄花了。

"下周是我做演讲。"

"下周，那不就是演奏会的前三天吗？啊，对了，阿秋老师不知道真纪有社团活动啊。"

月子让真纪把讲义递给她看。上面给出的范围不是很广，题目也不难。

"你可以拒绝啊，现在就去找老师吧，我来替你做演讲。"

"不用，没关系的。反正到了晚上也会因为发出的声音太大而没法练习。再说，我现在想找点事做。"真纪把讲义拿回到自己手上说道。在月子开口说出下一句话之前，真纪已经把讲义对折放进了包里。

"我才二年级，却被老师选中做演讲，感到有些开心。"

她边说边笑了起来。月子很喜欢她这一点。

"如果有我能做的就说一声，不管什么忙我都会帮的。"月子微笑着说，"还有刚才提到的联谊会的事，大家都很有兴趣。日期已经确定了，据说还有男生干劲十足地要去美容院，真是太好笑了，对吧？"

肯定会玩得很开心的。

月子又说出这句今天已经不知道说了多少次的话，真纪微笑着说了句"谢谢"。

"之后一周在阿秋老师的课上发生的事，就是孝太你说的那起事件最初的导火线。那天，真纪迟到了。"

那节课之前，月子和真纪两人像往常一样，一起上一样的课，下课后一起吃午饭。但真纪却没去秋山的课,这是她第一次缺席。

也许是为了准备秋山课上的演讲花了很多工夫吧,要不就是行程太满了。

没事的,月子在桌子底下查看手机短信时想着。"没有收到新消息"——月子看着短信提示,抬起头向教室门口望去。

"等真纪来了之后我们再开始上课。"秋山说着,坐到了椅子上。他看上去心情并没有变差,这让月子暂且松了口气。松山自顾自地看起了书,看上去像是真纪即使不来上课也没有关系,甚至没向月子询问真纪的情况。

真纪到达教室时,上课时间已经过了十五分钟。"啪嗒",教室的后门被打开,她出现在了教室里。

"我迟到了,非常抱歉。"

太好了,赶上了。月子这样想着,看向真纪。就在这时——

月子屏住了呼吸,瞪大了眼睛,再次对自己看到的景象进行了确认。真纪若无其事地准备好上课用具,又对秋山道了歉:"我迟到了,对不起。"

秋山抬起头看向真纪,他的眼神和月子一样被冻住了。他深深地吸了一口气,说道:"你的耳朵。"

"对不起,老师。"真纪重复着,脸上保持着笑容。

"你的耳朵怎么了?"

即使被秋山询问,她的表情也没有丝毫改变。

"没事,老师,什么事都没有。"

月子一瞬间甚至担心自己会就这么僵硬下去。

真纪的嘴角上扬,脸上的肌肉却扭曲着,月子眼看着大颗大颗的眼泪从试图维持笑容的她的脸上流下来。

"真纪！"

月子发出近乎悲鸣的声音，站了起来。

她的右边脸颊又红又肿，一直肿到耳跟，耳朵还流着血。雪白的肌肤上有一道道蚯蚓一般的紫红色抓痕。

月子一边呼唤着她的名字一边跑到她身边，手摸上她的脸。她的脸很热，似乎是刚刚受的伤。真纪手里拿着的讲义上也沾着血。

"真纪，真纪！"

你在笑什么？为什么你在笑？

她没有对月子的声音做出回应，只是沉默地微笑着，任凭眼泪流过脸颊。真纪看着手上沾上的从耳朵里流出的血，仿佛这才发现自己受了伤。"啊……"她发出无力的声音，看向月子。

"阿月，我，受伤了……"

月子带着真纪离开教室，来到了医院。

也许因为一直勉强自己的缘故，真纪在接受治疗后连走出医院都做不到了。她脚下不稳，无法好好站立。月子向医院借了一间空病房，让真纪在那里休息。

月子坐在旁边硬邦邦的长椅上，低下了头。她把两手交叉，放在膝盖上，一直盯着自己的指甲。秋山随后也来医院了，距离她们到达医院仅过去一个小时，看来他提早下课了。

"我来晚了，真是抱歉。真纪呢？"

"老师。"

看见秋山的脸，月子心上覆盖的那层紧张的薄膜松弛了下来，她缓缓站起了身。受伤的又不是我，为什么反而是自己感觉快要倒下了呢？为什么会有这样的心情呢？

"我应该立刻赶过来的。阿月你一个人还好吗？"

月子无言地点了点头，她没能立刻发出声音。她预感只要一发出声音，自己就会彻底崩溃。但她要向秋山报告情况。

"真纪的鼓膜破了。"

她说话的声音不住地颤抖。听了月子的话，秋山的脸上失去了表情，只是瞪大了双眼看着月子。

"她被人打了。打他的那个人明明注意到她流血了，却还一直对着同一个地方打了无数次。其他地方都没有被打的痕迹，那个人只是集中殴打真纪尽力护住的地方。"

无数次……只是说着，月子就感到呼吸困难。

"真纪在吹奏乐团里负责演奏圆号，三天后要参加一场演奏会，我准备去看，其他朋友也都很期待。老师，后天真纪的妈妈和哥哥都会从栃木县到这里来。怎么办？要是知道真纪受伤了，她妈妈会哭的。真纪该怎么和妈妈解释啊？刚才医生说真纪不能吹圆号了。怎么办？怎么办才好？"

月子哭了出来。她陷入了混乱，不知道该如何是好。

"怎么办，老师？真纪的妈妈要来了。"

"对方是谁？"秋山问道，他的声音嘶哑而冰冷，眼睛深处含着静静的愤怒。"是谁打了她？"

"我不知道，她没有告诉我，说是我不认识的人。"

真纪的脸上敷着毛巾，耳朵上缠了绷带。月子想象着她以后每次吹圆号时声音都会在耳朵里回响，并因此带来疼痛的情形。原本想送给她的花派不上用场了，约好的联谊会大概也去不成了吧。

为什么会这样？我这么拼命地为真纪打气，那人却用暴力轻易地使真纪一下子坠入深渊。我好不甘心……

一位护士走近月子和秋山，向他们问道："你们是白根小姐的朋友吗？"

月子点点头。

护士边走边说："请来这边。她说已经可以起来了，你们能不能劝劝她？医生说她最好还是继续躺着。"

月子走进病房，真纪正呆呆地躺着，看向天花板，她的右耳上包着绷带。月子坐在她枕边的小圆椅上。真纪先开了口。绷带的白色令人感到十分心痛。

"抱歉啊。"

真纪露出一丝笑容。月子摇了摇头。

"真纪你不用再保持笑容了啊。"

真纪没有回答，只是以同样的表情无力地看着月子。

"阿秋老师来了，他说他在外边等，如果真纪你想和他见面，他就过来。"

"是吗……怎么办？我……搞砸了。"

听到她这样说，月子感到很难过。

"真纪……"月子叫道。她谨慎地组织好话语，问道："打你的人是谁？事情应该发生在上课前不久吧？他是我们学校的人吧？"

真纪又看向天花板。经过一阵沉默的犹豫后，她终于说出了一个名字。听到的瞬间，月子简直不敢相信自己的耳朵。她抿起嘴，咬紧牙关。

是一个月子熟悉的名字，是一个与月子和真纪同一个专业的男生的名字。那个男生长着一张小鹿般的脸，皮肤非常好，长相稳重又温和。月子和他很熟悉，他们上课和实习的时候经常在一起，还一起去喝过几次酒。月子记得问他有没有女朋友时，他耸耸肩说一直没有女朋友，从来没和女生交往过。

月子一次也没见到真纪和那个男生讲话。原来他们一直装成陌生人吗？那可是整整一年啊。真纪上次告诉月子，他们交往了一年。

"我对你隐瞒了，还说了谎话，真是对不起啊。"真纪说道。

月子已经看不下去了，她把视线从真纪脸上移开，沉默地摇了摇头。

迄今为止，真纪从来没说过自己恋爱的事情。月子以为她要不是没有男朋友或喜欢的人，要不就是虽然有恋爱对象，但不想跟月子说。如果不是这两种情况呢？如果是对方不让她说出来呢？

这一整年里，真纪每天都在担心自己有没有表现出足够的诚意，一直怀着不安的念头左思右想。对方却既没把她作为女朋友介绍给别人，也不在校外与她见面，就那样隐藏了起来。

"真纪……"

"拜托了，阿月，我告诉你的这件事，请不要跟别人说。"

真纪的半边脸扭曲起来，眼看就要哭出来了。她的声音十分恳切，使月子的心灵很受震动。

"对不起，阿月。真的对不起。我，对他还是——"

真纪无法继续说下去了。

"真纪她……"

也许是因为想起了当时的事情，于是回忆起那时悲伤的感觉，月子低下了头。

"那时的真纪应该已经不喜欢那个人了。但虽然没有了爱，却还有几分情在，结果就陷入了那种不健康的状态。我猜那时她自己大概也觉得无计可施。对方也知道，无论做出多么恶劣的事，真纪应该都会原谅他。他算计好了，真纪只能忍气吞声。"

那之后，真纪有一段时间没来学校。她没能参加演奏会，似乎后来也一直没再参加社团活动。

"真纪受伤了吧？真是令人担心啊。"

每次上课月子都会被大家这样问。虽然有几个人在那次小组课上看到了真纪的样子，但幸运的是，她的事似乎没在学校里传开，大概是秋山让大家封口了吧。

月子周围的人、同专业的人，似乎谁都不知道真纪男朋友的事，一想到这里，月子就觉得心像被揪紧一般疼。真纪对谁都没能说出口。

月子的专业中，儿童心理学是必修课。教育学系里有好几名心理学教授，负责月子她们班的是秋山。那天月子等人正在二号楼的教室里等秋山来上课。月子在整理上节课的笔记，为了之后给缺席的真纪复印，她每节课都比往常更认真地记笔记。就在这时，教室后方传来一个声音。

"不好好对待女孩子可不行啊。"

月子的背一下子挺直了，书写笔记的手也停住了。她尽量避免显得不自然，缓缓转过身。

是那家伙，那个打了真纪的男生。

"虽然你这么说，"另一个声音说道，"但我的女朋友特别任性，真是烦死了。"

"那你也得珍惜人家啊。我可是很羡慕你的。"说话的声音非常沉稳，"如果我和谁交往，女朋友的大多数要求我都会听从，不管多任性。只要有女孩子喜欢我，我就会很珍惜她，什么都愿意为她做。"

"你那是理想论，实际跟女人交往可没那么顺利。"

"理想论也好啊。啊,我好想早点儿交到女朋友啊。"

"你看上去应该很受欢迎啊。"

"没有啊。我一直被发好人卡,然后就没有下文了。啊,据说世界上有很多男人会殴打和欺骗自己的女朋友,在我看来真是难以置信啊。恋人之间最重要的是心心相印,不是吗?"

月子感觉内心深处开始颤抖,心脏跳动的速度越来越快。那个男生的笑脸一派祥和,仿佛对虫子都下不去手。月子看见他的脸,升起一股寒意。他明显很享受,他在享受别人全然不知自己所作所为的情况下放肆地说出这种话的刺激感。他在想"我做过什么,你们这些人都不知道吧"。

月子的双手握成拳头,长长的指甲扎进了手掌。

不可以吗?

她闭上眼睛,缓慢地做了一个深呼吸。她在心中叫道:"不可以吗?真纪,我不能在这里打他吗?"

"哎呀,真是的,你这种男朋友真是太棒了。"坐在那个男生前面的女生对他说道,"这种人搞不好就是我的理想型呢。"

"谢谢,里美。那……你要不要和我交往试试看?"

就是因为有这个人在——

月子为真纪整理的笔记就摊开在桌子上——只要有这个人在,真纪就无法回到这里。在剩下的大学生涯里,真纪只要一看见他,就会想起那次不快的回忆吧。如果只是这样倒还好,但谁也不能保证他不会再次接近真纪。

男生和里美的尖笑声从教室后方传来。

我可以把那个男人的鼻子打歪吧,真纪?

月子想到这里,就要站起身来了。这时,突然从旁边伸出了一只手，握住了月子的手臂。是谁？不要阻止我。月子立即瞪向来人，之后当场屏住了呼吸。

是秋山教授，月子完全没注意到他是什么时候过来的。秋山与月子一起注视着教室后方乱成一团的学生，他的视线十分冰冷，看不出有任何感情。月子还是第一次看到他这个样子。

"阿月，请你坐下。"

他的语调很平稳，声音却很冰冷。

"老师……"

"从现在开始，我是为了自己在行动，你听好了吗？这是为了我自己，为了我而采取的行动。不是为你，也不是为真纪。"秋山一字一顿地说道。被秋山的气势压倒的月子只得坐回座位。学生们渐渐注意到出现在教室里的教授，纷纷停止聊天，慌忙开始准备上课。

秋山向教室后方走去，他的脚步很平静。

一切都仿佛发生在一瞬间。在教室后方高声叫嚷的那个男生发现了秋山，闭上了嘴，和其他学生一样把教科书和笔记拿到桌子上。秋山笔直地冲他走了过去，然后站在他旁边，在他耳边说了些什么。

那件事发生时，教室里的喧闹声还没完全平息。秋山说了些什么，谁都无法确认，连一直看着秋山的月子也完全不知道发生了什么。

就在下一个瞬间——

听到那些话的男生突然脸色苍白，月子眼睁睁地看着血色从他的脸上渐渐消失。到底他听到了什么，才变成这样了呢？月子从没见过那样的表情。秋山从那个男生身边离开。男生瞪大双眼看着秋山，脸上写满不相信，用祈求一般的眼神看着对自己耳语的教授。

秋山走出很远了，他无视那个男生欲言又止的眼神，缓缓回到教室前方。就在这时,传来一阵"嘎嗒嘎嗒嘎嗒"的夸张声响,是那个男生站了起来,他看起来十分不安,桌上的东西都散落到了地上。他双眼圆睁,脸上是一副试图寻求帮助的表情,与刚才截然不同。那一刻,月子明白他脸上的表情到底意味着什么了。明白的同时,月子感到一股寒意。为什么他会这样?

覆在他脸上的,是战栗和恐惧。

"我!——老师,我……"他叫喊着,那神态仿佛在说"请救救我"。因为他的叫声,教室里瞬间安静下来。

"你不行。"秋山边走边说,没有回头。

"我……老师——"他的叫声中掺杂着破音,很难听清楚。同时脸上几乎失去了颜色,表情极度困惑和恐惧,曾经平静而温和的样子完全不见了踪影。月子看到秋山似乎眯起了眼。

"你在哪里?"

秋山的声音中似乎不带任何感情。

"你要在那里待到什么时候?"

秋山只说了这些,就抛下站在原地的他,向讲台走去。随后他转过身来面向全体同学。

"开始上课,翻开第三十八页,今天从伊扎德的基本情绪理论开始。"他淡淡地开始讲课。

在秋山宣布开始上课之后,那个男生还站在原地。秋山开始在黑板上写字,发出"咔嚓咔嚓"的声音,这时男生突然失去了全身的力量,滑倒在椅子上。双眼依旧像要哭出来似的,求助一般望向空中。大部分学生都没在看秋山,而是看向他。

"喂。"

他的朋友小声叫着他。

"你怎么了?"

他没有回答。坐在附近的同学把他站起来时弄掉的教材捡起来递给他,但他依旧没有任何反应,只是神经质一般一遍又一遍地十指交叉又放开,又交叉又放开。过了一会儿,他的手臂开始不停地震颤,幅度大得夸张,看上去就像要故意捣乱,但事实并非如此,那是连本人都无法控制的震颤。

秋山还在继续讲课,声音流畅,毫无停顿。他读着教科书,语气让人完全无法察觉就在一瞬间之前他干了什么事。

快要下课的时候,月子回头看向坐在后方的男生。他脸上已完全失去了生气,显得十分悲惨。他含泪盯着秋山,但两人似乎一直没能对视。他还害怕着,看不出这恐惧何时才能从他脸上褪去,同时依旧无法抑制地颤抖着。

秋山简直像施了一个魔法,又像下了一个诅咒。

"今天就讲到这里。那么,下周再见。"

下课了。秋山抛下那个男生,一言不发地走出了教室。

月子叫住已走到走廊的秋山。她做好了被无视的觉悟,没想到秋山在确认叫住自己的人是月子之后,露出了与往常一样的熟悉笑容。

"啊,阿月,怎么了?有什么问题吗?"

"……今天……"

月子继续说下去之前,秋山静静地摇了摇头,之后说道:"我非常自私,也非常傲慢。"

秋山的眼镜微微朝左歪,镜片后面的眼睛闪着笑意。那不是假笑,而是不折不扣的真实笑容,他的眼神就像在欣赏蝴蝶或花朵一般温柔。

"我不能允许害虫接近我最喜欢的花朵。我能接受花朵自行枯萎,却绝不能允许那种事发生。请你好好记住,"秋山用沉稳的声音继续说道,"你也一样,不能让自己身陷不幸之中啊。"

月子没能说出半句话。秋山已转身离去。

月子的双腿僵在原地。秋山有自己的家庭,也有仰慕他的学生,一切都一帆风顺,月子却从他的背影感受到了强烈的,甚至难以忍受的孤独气息。

就在即将转弯的一瞬间,秋山好像突然想起了什么,又回头看向月子。

"对了,阿月,我有件事想拜托你。我要给你出个题,请你在毕业前给我答案。"

"什么问题?"

秋山微笑着说:"如果有孩子这样问你,你会怎么回答?'老师,为什么我们可以杀死苍蝇和蟑螂,却不能杀死蝴蝶和蜻蜓呢?'"

人类呢?月子觉得接下来孩子也许还会这么问。而没等月子回答,秋山已消失在了走廊的尽头。

从那以后,真纪的男朋友再也没出现在校园里。

八

发生事故的那家超市位于茨城县,二十四小时营业。他两手空空地坐在电车里,坐到离目的地最近的车站。从车站到国道附近的这家超市,坐出租车仅需十分钟。

那里是一个购物中心,几家店排成一排。这是家全国连锁的大型超市,最先报道事故的新闻中拍过。超市旁边还有药房、电脑店和书店。但除了超市之外,其他商店似乎都关门了。

浅葱拿出手机确认时间,现在是晚上十点半。

他觉得头很痛。从出租车上下来后,他走向几乎没有车的停车场。他乘坐的那辆出租车打开前灯,开往国道。车灯消失后,这个寂寞的地方就只剩下浅葱要去的超市是唯一的光源了。

在走向超市入口的途中,浅葱看向在电视上见到过的事故现场。由于周围太暗,看不太清楚,但能看出与停车场入口平行的护栏是弯曲的,碎裂的反光镜还散落在地上,在路面上反射着光芒。这一带还挂着用于遮盖事故现场的蓝色塑料薄膜,他看了看四周,垂下了眼。

浅葱感到呼吸困难,心脏跳得很快。是你吗,"i"?每在柏油路上踏出一步,他都感到腿部快要无法支撑身体,路面似乎十分绵软。

他感到彻骨的寒冷。

浅葱走到超市里寻找卫生间。如果是他干的,肯定会留下什么证据。他希望是搞错了。他已经无法隐瞒自己心中涌起的情感了。对这场游戏能否顺利进行下去,他感到非常不安。

他跑进位于超市深处的狭小卫生间,胸中突然涌上一股作呕的感觉,使他踉跄几步,靠在了墙上。他感觉很不舒服。只要想想那个人可能杀了人,胃里就有一阵强烈的压迫感。就在下一个瞬间,世界突然发白,眼前越来越暗。

等恢复意识后,浅葱发现自己正蹲在卫生间的隔间里,仿佛醉酒后不知道干了什么的醉鬼一般。也许在无意识的情况下吐了。仍旧十分恶心,嘴里还残留着胃液的苦味。

呼吸剧烈的浅葱抬起头,想要叫出来。如果不这么做,喉咙深处就有被切开一般的疼痛。他抱着头,闭上了眼睛。眼前卫生间的门上，写着几个大字。

> 鹤与龟滑倒了。θ，你发现了吗？

这行字仿佛在嘲笑浅葱。毫无疑问，这是"i"曾经来过这里的痕迹。

鹤与龟，滑倒了①。

浅葱知道鹤与龟是喜事的象征。他想到了幼时听过的那首歌谣，那咬字不清的歌声。

两个一模一样的声音同时唱着，那是自己和哥哥的声音。他们和小学同班同学一起牵着手，拉成圈，一边转圈一边向中央说："竹笼眼啊竹笼眼。笼中鸟，何时出？在深夜与黎明交际之时②。"

（这是一首很可怕的歌谣，你知道吗？）

在幼小的浅葱面前，妈妈曾经这样说过。她停下弹钢琴的手，冲兄弟俩转过身来笑着。

（"竹笼眼啊竹笼眼。笼中鸟，何时出？"——笼子是"母体怀胎"，即母亲的腹中。）

坐在钢琴前的母亲近乎出了神，但仍温柔地笑着。

（鸟是"胎儿"。这是一首焦急地盼望孩子出生的歌谣。大家都在问笼子里的鸟"什么时候出来？什么时候出来？"，在焦急地等待。答案是下句："在深夜与黎明交际之时。"）

---

①这句是日本古老的童谣《笼目歌》中的一句歌词。笼目，指竹笼上的窟窿眼。这首童谣是孩子玩游戏时唱的。有一个做鬼的小孩在中间蹲着蒙住眼睛，其他小孩则围着鬼唱这首童谣，唱完后如果做鬼的小孩猜中了他背后的人是谁，就换那个人当鬼。全歌大意为："竹笼眼啊竹笼眼，笼中鸟，何时出？在深夜与黎明交际之时，鹤与龟滑倒了。站在后面的人是谁？"
②也是《笼目歌》中的一句歌词。

鹤与龟。浅葱用手抚向眼前"i"留下的文字。

（鹤与龟是两个吉祥的象征。"鹤与龟滑倒了"，你知道这代表什么意思吗？这代表那孩子没有出生，所以下一句必须跟着这句。这个没有出生的孩子必须站在一个人身后，让他猜出自己的名字——"站在后面的人，是谁？"）

浅葱想起把这首歌谣解读为流产或死产的母亲的脸，以及在自己旁边倾听的哥哥。

"你一定能发现吧？""i"曾经这样说过。是的，浅葱已经发现了。被撞毁的车，怀有七个月身孕的孕妇遭遇的悲剧，鹤与龟滑倒了，HADUKI汽车的缺陷，失控的汽车，失灵的刹车。

有关HADUKI汽车的新闻连续数日成为媒体的热点，连一直未被注意到的小型事故也因与HADUKI有关而又被拿出来报道，但至今为止还未发生过有死亡出现的事故。

在汽车缺陷被大肆报道的时候，你趁机对那辆车动了手脚。对不对，"i"？

浅葱意识到心中涌上了一种情感，他感到有些为难。

浅葱开始觉得自己对那辆车中的母子做了很残忍、很过分的事。"怀孕七个月"，圆润而柔软的句子。无法出生的孩子，以及为了鹤与龟的比喻而被选中的蛇岛友美。

浅葱给"i"指定的关键词是"蛇"。长蛇、蛇腹、大蛇、蛇莓。他特地设置中间必须填上"蛇"字才能成立。这个名字很少见，想要找到很不容易。

杀害萩野清花使浅葱感到疲惫，他内心有些渴望"i"能够投降。如果最终他们没有完成游戏，而是以"i"的败北来结束的话，也许"i"就会与浅葱见面。但浅葱现在明白了，那种美好的想法是行不通的。

（缺少的是？）

眼前就是"i"留下的模仿歌谣杀人的证据。鹤与龟滑倒了。浅葱收到的下次的提示是：

（仁·义·礼·智·忠·信·（　）·悌　缺少的是？）

一度快要停止的呕吐感在浅葱确认过"i"的留言后又开始发作，连呼吸都变得痛苦起来。

怎样才能停下来呢？浅葱看着自己的手，想起那只白色的掌心，想起拥有小巧的脸、化着浓妆的月子。浅葱用手按住了自己的嘴角。

触摸月子时的感觉很温暖。那掌心很柔软。

"i"又一次定下了规定，浅葱又要再次杀人了。

九

"老师让那个男生消失了。"月子冷不丁地说了一句，"那件事发生的地方，就是现在被称为'闹鬼教室'，教育学专业二号教学楼的二〇五号，也就是我们现在用来上小组课的教室——很难以置信吧？"

月子继续说道："即使是亲眼所见的我们，至今也还在怀疑那是不是做梦，但曾是真纪男朋友的男生确实在那之后不久就突然消失了。他失去了踪影，完全不见了。比起阿秋老师梦幻般的举动，更让我感到难以置信的是，那个男孩居然曾经在这里存在过这一事实。"

不知为何，狐塚想起坂本警视正在寻找的赤川翼，想起那个消失的少年，不知是少年自己主动为之还是有他人介入。那不可思议的感觉微微令人不快，且与月子所说的事有相通之处。坂本为什么会怀疑教授呢？"

"那种事真的做得到吗？"

狐塚问后，月子苦笑着说："先不管可不可能，事实上确实发生了。我也不知道那个男生的消失与老师到底有没有关系。"

"阿秋老师对他到底说了什么？"

"不知道，也无从确认，简直毫无头绪。"

坂本那天说的，从警方留下的资料里看到了秋山的名字，大概是警方对失踪学生进行过调查吧。应该有出席了那堂课的人提供证言，向警方反映那个男生听了秋山的话后战栗不已的情况。

被警察询问的秋山到底回答了什么？"我什么都没做啊"，狐塚都可以想象他这样说的样子。

"之后的一段时间里，校内大肆流传与那间教室有关的谣言，像是'失踪男生的幽灵出现了'之类的。大家兴奋地交换着目击传言，后来那间教室就被叫作'闹鬼教室'了。有时会有人在那间教室的窗边摆上插花，我猜可能是真纪偷偷干的吧。不知道现在那个男生究竟是生是死，我也没兴趣知道。"月子难过地说道。

"喂，你觉得恭司为什么会选择孝太你呢？"送狐塚到玄关处时，月子突然问道。

"不知道啊，其实我才是最想知道原因的人。"

狐塚边穿运动鞋边苦笑着回答。

"不过，好像我一直容易吸引这种人。比起朋友或恋人，更多情况下我扮演的是类似家人的角色。那些失去了家人的人能从我身上找到什么东西。啊，我说的可能有点过了，不过要真是那样的话，我会很高兴。"

月子目不转睛地盯着这样说着的狐塚，说："也包括我在内吗？"

狐塚重新看向比自己矮一大截的月子。答案是肯定的，问题是要如何作答。他思索着，两人之间出现了一段沉默的空隙。月子又问道："直到现在，我一直被这样的你吸引着，我从未想过还有别的可能。是不是很奇怪？"

"你可以尽情地依赖我。"狐塚干脆地说道，"不管什么事，你都可以毫无顾忌地让我帮忙，不管是多么任性的话都可以跟我说。如果你认为你需要我，想让我留在你身边，那我希望你对我说出来。如果你对我说出这些话，并依赖着我，我会感到非常高兴，真的。"

月子微笑起来，随即深深地低下了头。

"谢谢，孝太。你真的太帅了。"

十

头痛已经发展成慢性疾病。

浅葱一边按住一跳一跳作疼的太阳穴，一边打开了研究室的门，有几个虽不太难但比较麻烦的程序作业必须上交。最近他一直以身体不舒服为由待在家里，但快要混不下去了。浅葱既不打算成为研究者，也对学问没有热情，然而，为了继续待在这所大学，他必须完成最低限度的作业。

他一进入研究室，坐在对面的狐塚就立刻注意到了他。

"木村，身体已经没事了吗？"

狐塚大概已经完成了作业。与之前相比，他看上去很有精神，胡子剃得很干净，睡眠似乎也很充足。

"我给你打了好几个电话，可都没能联系上你，我真是很担心。"

"我赶作业赶得快要死了。"浅葱苦笑着搪塞道,"我好久没来研究室了,为了追上你们,我可是拼了命了。"

"你又不是不知道,谦虚过头可是会惹人厌的。对木村你来说那种作业简直是小菜一碟,我才是那个焦躁不堪的人啊。"狐塚耸肩说道,"不过你可不要太勉强自己啊,上次吓死我了。"

"上次你真是帮了我的大忙,也替我谢谢月子。多亏你们,我已经完全恢复了。"

浅葱说完,对无法自如应对而愤恨不已。我在笑吗?脸色自然吗?他完全不知道。狐塚笑着对浅葱说了声"太好了"。看着他,浅葱打从心底松了口气,似乎没出什么问题。

"你如果有时间给月子打个电话吧,那样她能安心。"

"我知道了。"

那天之后,浅葱每天都能收到狐塚或月子发来的短信。他不想回,但心里很感谢他们。

他把包放在座位上,启动了电脑。他站在电脑边,听着电脑发出小声的轰鸣,屏幕上开始出现画面,心中又缓缓升起一种漠然的不安。最近这种不安感几乎如影随形。

你没有感到不安吗?为什么你能安然入睡?你想吃东西吗?是做这种事的时候吗?

不管在做什么,心中都会响起这种声音。在这种声音面前,浅葱十分无力。他拼命想找出引发不安的原因。

狐塚就坐在对面。浅葱看向键盘上的手,想起几天前曾有人碰过这双手——是那个女人。那个毅然停下脚步,即使肩膀被人用力抓住也毫不畏惧的女人。浅葱的这双手很想握住她的手。

一想到这里,浅葱就想叹气。他人的体温令他恶心,对方的皮肤越软，触感越鲜明，就越让他感到厌恶。他会感到一阵恶寒，身上起一层鸡皮疙瘩。碰到她的时候也一样，但浅葱不想离开她，他还想握住那双手。月子的手非常温暖。

他看见对面的桌子上放着狐塚的手机，他对挂在上面的串珠吊坠有印象，那是一个太阳形状的石头。

他们两个大概曾一起去旅行过吧，恐怕是一起买下那对吊坠的。月子买了代表自己名字的月亮形状的吊坠，狐塚就买了与之对应的形状。浅葱立刻想象出那幅场景，他按着太阳穴，微微闭上了眼睛。

他的手机通话记录里有月子，浅葱曾在夜晚用颤抖的手抚摸屏幕。并不是依赖，但他就是很想听到她的声音。狐塚，我并不想从你身边夺走月子，我不想做什么，我只是很羡慕你，你的身旁一直有那样的一双手吗？

好想给她打电话，好想依靠她，但是不能打过去，因为游戏还要继续。

浅葱在这两种情绪之间摇摆不定。讽刺的是，只有在困惑和动摇的时间里，浅葱才能从持续的不安中得到解放。浅葱把手放在额头上，缓缓地睁开了眼睛。

——我是月子。

耳边响起在荻野清花的房间里听到的声音。怎么办？浅葱又回想起月子的脸，默默地对她说道："怎么办呢？已经晚了。"

电脑提示浅葱输入个人认证密码，就在浅葱准备输入时——

"木村！"

研究室的门被打开，一个同年级的同学闯进屋里，正是几周前告诉浅葱"i"制作的那个网站的同学。

"太好了，你来学校了。"

"怎么了？这么吵，吵得我的脑袋都疼。"浅葱一边骂一边瞪向对方。

那个男生满脸通红，可能是因为跑着过来的缘故，显得相当兴奋。他不顾浅葱的不快，边走近浅葱边用高亢的声音说道："恭喜，木村。我刚才听阵内老师说，结果已经定下来了。"

"啊？"浅葱回问。

坐在对面的狐塚也抬起头来，那个男生一脸想尽快把自己得到的情报告诉大家的样子，继续说道："他说是你啊，木村！被选中明年去塞拉大学留学的是你！"

浅葱脸上的肌肉在一瞬间僵住了，他看向说出这个消息的男生的脸。这家伙——

这家伙在说些什么？

"我还以为肯定是狐塚呢，你真行啊，不愧是木村。可恶，真好啊，你要去美国了。"

浅葱站在这个还没从兴奋状态中回过神来的男生面前，一时无法动弹，他还没理解这个事实。就在这时，又一个声音落入呆立着的浅葱耳中。

"真厉害啊！恭喜你，木村。"

浅葱的脖子僵住了，他难以置信地转头看向声音的主人。是狐塚，是狐塚的声音。真是太令人难以置信了。狐塚朝屏住呼吸的浅葱走近了一步。这是怎么回事儿？浅葱快要哭出来了，他的心情很复杂。

"你果然很厉害啊，真是恭喜你。"

可以看出，这么说着的狐塚心中有一丝遗憾。但他把悔恨扼杀在了自己心中，并直面失败，决定放弃。他的心理活动显而易见，他想要祝福浅葱。

为什么呢？浅葱想着。

为什么你能做出那样的表情呢？

你也很想去吧？很希望去留学吧？

"我还是比不上你，不管是两年前的那场比赛，还是现在。"狐塚继续对浅葱说道，"真不愧是木村啊。"他总是说这样的话，同时不断努力，永不放弃。为什么呢？你不是比谁都努力吗？

"人类真是不可思议啊。"狐塚用沉稳的声音说道，"就算已经看开了，可我还是有那么一刻，期待被选上的是自己。在知道被选上的不是自己以后，我还是会感到沮丧。这种心理真是不光彩啊。"

狐塚苦笑着，继续说道："阵内老师真有眼光。恭喜啊，木村……我能去旧金山找你玩吗？"

浅葱没有回答，他发现自己大概无法胜过狐塚，无论怎样挣扎也无法赢过他。这没有什么理由，自己打从一开始就输给了他。狐塚，你，为什么……

研究室里的所有人都围了过来，形成一阵小骚动。

"真不愧是木村浅葱啊。"

看着狐塚的脸，看着他露出的微笑，浅葱心中突然毫无预兆地涌上了一种欲望。

狐塚和浅葱。输给"i"之后，浅葱曾经拼死追查对方的身份。狐塚，我……

你是不是"i"？当时那个离奇的想法现在又涌了上来，但浅葱现在的心情与当时有本质上的不同，不是疑惑，而是希望。这是浅葱为了自己而形成的毫无道理的期待。

为什么你会为了我厉声呵斥别人？为什么你会为我生气，为我担心？现在也是，其实你很不甘心吧？

他涌上一股想要对狐塚坦白一切的欲望。如果他是"i"，该有多好。

如果能说出来，该多么轻松啊。我杀了人，杀了萩野清花。如果他能原谅我的话……

"我得告诉月子，不过她大概会觉得失望吧。"

狐塚苦笑着拿出手机，太阳形状的串珠挂饰映入浅葱的眼帘。浅葱缓缓抬起头。很久以前，他就抱有这样一个想法。如果从狐塚和自己中选择男朋友，肯定选自己的人会比较多，但都是一些没有眼光的女人，选狐塚的才是有眼光的女人。所以月子没有选择浅葱，她绝对不会选择他的。

那双温暖的手，不是属于浅葱的。

十一

告诉月子这件事的既不是狐塚也不是浅葱，而是紫乃，她打来一通电话。

"我听说了，月子，去留学的不是孝太，而是浅葱啊。"

当时月子正走在从学校回家的路上，刚穿过车站前的商店街。月子听到紫乃的话，停住了脚步，正好停在经常光顾的一家熟食店前，耳边传来店里炸食物时发出的爆破音，巨大的蒸笼冒出白色的热气。

接电话之前，她闻到了温暖的气味。然而，接起电话之后，那股味道立刻消失了。

"不会吧……"月子下意识地应道。她完全没想到落选的是狐塚，被选上的是浅葱。

"以前我不是说过我有一个朋友是月子你们学校工学系的吗？就是那个人告诉我的，他也吓了一跳，说很出乎意料。"

电话里紫乃的声音既像在担心月子，又像因结果感到愉悦。她继续说道："我也非常惊讶，孝太真是太遗憾了。我想着你会不会有事，就给你打了电话，结果你还不知道啊？"

"不知道。孝太还没有跟我联络。"

"虽然孝太能留下来了，可月子你心里很复杂吧？以后要怎么办？"

怎么办？谁知道呢。世界又不是依照我的意志而运转的，这个结果不就证明了这一点吗。我早已有了心理准备，狐塚要去留学，我早就做好了接受的准备。

"你还好吗？月子，你没事吧？我觉得要是你从孝太那里得知这件事，可能会比较难过，所以就立刻给你打了电话，我觉得这是我应该做的事。"

听着紫乃言不由衷的话语，月子不知该做何感想。"没关系的。"她回答道。她感到呼吸困难，挂掉这通电话后，自己必须立刻给狐塚打个电话。紫乃说的没错，月子现在的心情很复杂，不知道该如何处理。她简短冷静地回了话，但她很清楚自己现在十分混乱。

要去国外留学五年的是木村浅葱，狐塚没被选上。

啊啊。

月子还把电话拿在手里，发出了一声叹息。眼前的蒸笼完全没考虑她的心情，依旧冒着热气。

浅葱就要离开这里了。

> i> 我感到十分不安和恐惧，
> 我不知该如何是好。那股强烈的不安，

覆上了我的肩膀。
我希望你能帮助我。
如果没有遇到你,我就没有活着的意义。
我一直,
都是孤身一人。希望你能帮助我。
我与这片土地和你紧紧相连,苟且偷生,
得以继续生存。

我没有拯救你,
我是被你拯救的人。
我是找寻并渴求你的人。
别离开我。
救救我,我好痛苦。
救救我
救救我
救救我
救救我
救救我
救救我
救救我

救救我,浅葱,
留在我的身边。

第七章 大象与入场券

一

"阿月怎么会和片冈紫乃成为好朋友呢？"秋山突然问道。

那时月子正在复印讲义，她要在第二天秋山的课上做演讲。萩野事件之后，月子没好好来学校上课，所以她对秋山提出了帮她检查一下演讲内容的请求。他们约在研究室里见面，但秋山提出要和月子一起去复印材料。

"我们稍微谈谈吧。"

"真突然啊。"

机器吐出一张张复印纸，月子冲着坐在椅子上抽烟的教授苦笑着说道："老师，顺便说一下，这里禁烟。"

"抱歉，要是有人来我立刻熄掉。"秋山大言不惭地如是说，这要是被教务处的人看到可是会发怒的。如今各个行政机关出台的禁烟令都越来越严，D大也不例外。

月子回味着那个问题，怎么会成为朋友？

"您的问题真奇怪。您问的其实不是过程'How'，而是原因'Why'，对吧？我不觉得交朋友需要什么理由啊。"

"我没见过紫乃，只是知道你们两人关系的人接连提到紫乃，让我对她产生了兴趣。他们说你把她当成公主捧着。"秋山微笑着说，"你有没有觉得在勉强自己？"

"没有那种事。"月子也微笑着回答道，"也许您无法理解，但我觉得与孝太和老师在一起时的我，和与紫乃在一起时的我，都是真实的我。"

"虽然你没把狐塚学姐被杀的事告诉紫乃?"

听了秋山的话,月子的表情僵住了。她默默地整理着复印纸,把视线从秋山身上移开,点了点头。

"我和紫乃是在打工的地方认识的。您可能不知道,东京都内有一家叫'橙色美人鱼'的咖啡店,那里的制服非常可爱,我在老家时就梦想着能在那里打工。那是一家规模很大的店,有很多女孩在那里打工,是女孩们的乐园。在那些女孩中,把店里的制服穿得最漂亮的就是紫乃。"

"嗯。"

"她长得漂亮,说话干脆,我对她很有好感。但一开始,我为了熟悉工作就忙得不可开交,完全没有交朋友的念头,只想干劲十足地快点融入店里的氛围,快点成为可爱的女服务生。我化了妆,还把头发卷得漂漂亮亮——大家都在制服胸前的口袋上插一支笔,我就买了一支金色的mikimoto牌的笔,那支笔的笔杆是高音谱号形状的,我为自己的笔比其他人的显眼而感到满足。"

月子确认了一遍复印件的份数。十一、十二,全都齐了。

"没想到过了一段时间,同事们开始在背地里说我的坏话。'那个女孩太惹眼了,跟我们店的气氛根本不相配,真是狂妄自大',大家都这样说,并开始无视我的存在,我工作出现失误的时候谁都不来帮我,也没有人愿意跟我换班。"

月子抬起头,凝视着秋山。

"有一天,她们在更衣室前面说我的坏话,说'那家伙在对男人献媚'。我听了之后进行了思考。接下来该怎么做?我是不是该辞职?就在这时,紫乃在门后叫住了她们。'喂,你们能不能告诉我,向男人献媚有什么错？还有，那个女孩的笔不是很可爱吗？'"

月子对着空气点了点头。

"她的声音听上去不像是在特意袒护我，但可以听出明显的轻蔑。我听到她那坚决的声音，终于意识到即使在我被孤立之后，她对我的态度也依旧没有任何变化。虽然她没有庇护我，或是对我温柔相待，但她也没受其他人的影响。我觉得她好帅气，同时决定继续打那份工。当时我真的很高兴。"

秋山只是默默地听着。

月子微笑着说："那就是紫乃。"

月子知道现在的紫乃已经渐渐不是当初的那个她了。为什么不是我，而是月子？每次她表现出这种不健全的执念时，月子就会觉得喘不过气，她觉得紫乃明明不用在意自己这种人的。

"每个人对朋友的定义以及能容忍的程度都不同。"秋山用与刚才稍显不同的声调说道，"我很好奇女性之间的友情为何会那般脆弱。前一段时间有一个补习班的广告，内容是两个女孩站成一排，其中一个女孩说：'我的男朋友考上了医科大学。'她的朋友听了之后微笑着说：'太好了，恭喜啊。'同时用力握着那个女孩的手不放，她不能容忍自己的朋友有一个上医科大学的恋人。我觉得这个广告做得很好。你知道这个广告吗？"

月子点了点头。

"那个女孩并不是喜欢上了朋友的男朋友，只是价值观被朋友动摇了——如果阿月的朋友变成那样，你能接受吗？"

"孝太可真是遗憾啊"——一瞬间，紫乃的话在月子的脑海里一闪而过，她摇了摇头。

"首先，我对依靠男朋友或家人这件事就很抵触。就算我有个读医科大学的男朋友，如果自己没有与之相配的资本，那我就会感到十分羞耻，压根儿说不出口。我并不想装好人，只是在这方面，我一直过度担心。您的这个问题我无法给出很好的回答。"

"那我换一个问题。"

秋山把变短的烟头按在代替烟灰缸的空易拉罐上。

"如果你的亲戚去世了，而对方并未表现出悲伤，这样的人也能算朋友吗？"

"如果她一点也不担心我，那就很难说算不算我的朋友了。但就我亲戚去世这件事来说，她很有可能并不认识我的那个亲戚，所以不用勉强她悲伤。"

"阿月你病倒的时候，别说看护，她都没来探望，这又算什么？"

"她只是我的一个朋友啊。一定要她来探病，那要怪我撒娇成性，对她提出任性的要求吧？"月子苦笑着回答。

"那么，我再问个对女生来说很实际的问题。"

秋山拿着空易拉罐站了起来，他应该是注意到讲义已经复印好了，用右手指向房门的方向。

"假设阿月在跟一个不诚实的人交往，而那个人向阿月的朋友提出单独见面，说想瞒着月子跟她交往。而那个朋友答应了那次约会，你会怎样？"

"那可难办了。"

月子把那摞复印纸卷来卷去，看向上方思考起来。

"我想象不到自己会和那么不诚实的人交往，这个答案不行吗？"

"如果你这么回答，那过不了多久你就会被人背叛。"

"我不会被背叛的。"月子笑着说。

秋山耸了耸肩，也微笑起来。从复印室回到研究室的路上他们需横穿"闹鬼教室",今天那间教室的门敞开着,放在靠窗一列最后面位置上的花瓶里空空如也。每个月都会有人往那个花瓶里插入来历不明的花。

"阿月。"走进研究室后,秋山用温和的声音说道,"你可以多休息一会儿再来上我的课。你的讲义做得这么完美,让我来替你演讲吧。"

月子听见秋山体贴的提议后摇了摇头。"老师您这是对我保护过度了。"她笑着说道,"请您不要抢走我的功劳啊。"

"对了,我有个好东西。你稍等一下。"

"哎呀,在哪儿来着?"秋山粗暴地翻着自己的抽屉。

"是什么东西啊,老师?您不用非得送我东西啊。"

"不,阿月你一定要收下,我拿着也没什么用。"

他似乎没从抽屉里找到目标,又把公文包拿了过来。

"阿月,你想看大象吗?"

"大象?您说的是那个大象吗?"

"嗯,有一个马戏团要来了。"

听了秋山的话,月子"啊啊"地点了点头。不久之前,她曾看到学校布告栏和车站前面贴着海报,上面写着"Blythe马戏团·预定十月公演"。这个秋天市里会举行惯例的纪念活动,有一个来自俄国的马戏团将会来日本表演。说起来,那张海报上确实有一头穿着缀有闪亮金属装饰的华丽服饰的大象。

"我记得公演是在下周,教务处的人给我了入场券——啊,在这里。"

秋山从包里拿出一个茶色的信封,一边确认里面的东西一边问月子:"你要吗?我拿着也没用,可以看见大象哦。"

"是吗？"

"我妻子不喜欢那种激烈的表演，所以她不打算去。这票要是买的话还挺贵的，所以要是阿月你想要的话，就拿去吧。"

从秋山手里的信封露出两张印着马戏团图案的票，上面写的日期是十月八日。月子看着问道："比起大象，我更喜欢老虎和狮子，因为相对来说我对它们更有兴趣。这点我要先说在前面哦。"

"啊，那也挺好的。"

入场券上印着一只站在火圈前的老虎。秋山大声笑了起来。

"是我糊涂了，是啊，月子不可能喜欢大象的。没错，你肯定喜欢老虎。"

"我真的可以收下吗？"

"请收下吧。"

秋山把信封递给了月子。

"你可以约狐塚或真纪，或者紫乃一起去，可以看见老虎哦。"

在从秋山研究室走向图书馆的路上，月子才看到狐塚发来的短信。刚刚手机调成静音模式，所以完全没有察觉。她打开了短信，内容很短。

"十月八日，有空吗？"

正是马戏团首日公演那天，月子停下脚步思考着。犹豫了片刻之后，她立刻回了短信。

"抱歉，那天我要出门。"

她关上电话，又迈开了脚步。比起老虎，狐塚孝太大概更喜欢大象吧，她漫不经心地想着。

二

看完月子的短信，狐塚合上了手机。

研究室的桌上放着他从阵内教授那里拿到的入场券。

"留学名额只有一个，真是太遗憾了。要是再多一个名额，我就会推荐你去了。"狐塚很喜欢阵内教授说这话时并不过度照顾他心情的语气。"说是表示歉意似乎不太妥当，不过你想要这个吗？"接着阵内教授问狐塚，他似乎觉得那两张入场券是棘手的东西。D大似乎对马戏团本次来访提供了帮助，每个研究室都收到了教务处发放的公演首日入场券。

月子一直很喜欢马戏团表演，她恐怕不是对表演内容或技巧感兴趣，而是喜欢那种此时此地正有什么事情发生的临场感。狐塚还是高中生，月子还是初中生的时候，曾有个马戏团去他们老家演出。那时月子满眼放光地看着骑独轮车的小丑和空中秋千表演，发出阵阵喝彩。大概是被帐篷里的热气和欢呼声，以及马戏团演员令人激动的热情所感染吧。

最近月子很消沉，所以狐塚想借此带她散散心。但她已经有约，就没办法了，不如把入场券还给教授吧，但如果教授觉得自己是因为找不到人一起去才把入场券还回来的，又显得有些窝囊。

狐塚把票随意放进抽屉里，准备出去吃午饭。

虽然已经到了十月，却还是热得很，夏季的酷热似乎还残存着威力。狐塚走在校园中的林间小路上，两旁的枫叶还未转红，他突然思考起就职的问题。直到留学机会完全从自己手中溜走，他才意识到原来自己对留学抱有那么强烈的期待，不由得觉得有些羞耻。但如果进入某家企业的研究室，并在那里取得了一些成果，也许公司会在几年后派自己去留学吧。狐塚为自己想得太多而苦笑起来。我在想什么呢？能否顺利就职还不一定呢。

他走进大学生协①的建筑楼。正准备上楼前往二层的食堂时，他的眼神定在了一层卖书和文具的小卖部里。他想起自己需要买一本书，反正是一个人吃饭，不如边吃边读吧。

就在他穿过收款台，即将走到书本平铺摆放的一角时，他突然注意到一张熟悉的侧脸。那个人正在工学系书架对面的文学类书架附近徘徊。

"啊，早上好。"

狐塚打了声招呼，那人是真纪。她立刻转向这边，背部挺得笔直的她站在那里就像模特一样，褪色牛仔裤包裹着的双腿又长又直。

她认出狐塚，满面笑容地说："早上好，狐塚同学。"

"你一个人吗？在找什么书？"

"我听说这里有与我的毕业论文有关的书，就过来看看。"

"啊。"

狐塚点了点头，毕业论文啊。

"对啊，白根同学和月子都要毕业了啊。"

"是啊，我自己也吃了一惊。"

真纪夸张地叹了一口气，又看向狐塚说："留学的事真遗憾啊，我从阿月那里听说了。"

"嗯，看来我只好认真地努力找工作了。"狐塚苦笑着说道，"我会老老实实地找工作的。听说你通过了教师资格考试，打算留在这里吗？"

---

①大学生协是为大学里的学生和教职员工提供商品和生活服务的组织。

"我要回老家,我的老家在枥木县。"她一边把手中的书放回书架,一边苦笑着说,"总觉得我不太适合待在不熟悉的地方。狐塚同学你呢?要在这里找工作吗?"

"我也想过回老家,但可能还是会在这里或是东京市内找工作。考虑到老家那边似乎很难找到自己想做的工作。"

"是吗……阿月也会留在这里,那就要拜托你照顾她了。"真纪微笑着说道。她的声音听上去清澈明朗得不可思议,丝毫不会令人感到不快。说起月子,她的态度没有一丝女孩友情中常见的欺瞒和自私。

"狐塚同学你最清楚了吧,阿月是个很好的女孩。如果我是男生,绝对会喜欢上阿月。就算她不理睬我,我也会一直追求她。她温柔,想法稳重,我非常喜欢她。"

"站在我的立场来说,我是不是应该说你对她的评价过高了?不过要是这样说,月子会发怒吧。"

狐塚叹息着耸了耸肩。

真纪微笑着说:"是啊……"

虽然我不在意,但你也不能为了谦虚而贬低我的价值啊——狐塚能轻易想象出月子一边这样说,一边瞪着自己的样子。

"月子虽然对男生要求严格,但对女生可是很温柔的。她总是夸奖身边的女生朋友,包括我在内,而且对我们很体贴。从这点来说,她很有男孩子气,与外表不太相符。以后她也许很难交到女性朋友吧。所以狐塚同学,拜托你照顾她了。"

真纪开玩笑一般低了一下头,但狐塚能够感受到她的认真。月子真是个幸福的人。

真纪在我面前有所顾虑,为此我感到很寂寞——狐塚耳边响起月子的声音。但这不是挺好的吗？狐塚想着。

"对了，白根同学。"

真纪拿着书准备结账时，狐塚突然想起一件事，叫住了她。

"啊？"

狐塚看着她的眼睛，虽然叫出了口，却又犹豫了起来。他思考了一下，还是说了出来。十月八日应该是下周六。

"下周六，你有时间吗？"

话说出口后，狐塚更加犹豫了，他先在心里做好准备：她肯定会拒绝的，那天她肯定有事，所以不要有所期待。

真纪还愣愣地看着狐塚。看着她的眼睛，狐塚觉得自己仿佛正在做什么心中有愧的事。他语无伦次地说道："你没看到最近的马戏团表演海报吗？公演就在下周，我从教授那里拿到了首日公演的入场券。白根同学如果有兴趣的话，要不要和我一起去？"

从真纪的眼睛里看不出丝毫感情变化。狐塚说完便闭上了嘴，同时进一步做好了准备，真纪会因为已经有无法变更的安排而拒绝我，大概会说出"对不起，狐塚同学，那天我要去打工"之类的理由。她拒绝我的原因大概跟月子一样，绝不是因为觉得我的邀约是个麻烦，所以我也没有感到受伤的必要。

就在狐塚已经下了这样的结论时，真纪的表情有了变化，她冲狐塚露出了温柔的微笑。

"好啊。"

听到这声回应，狐塚感到全身的力量从肩膀开始卸了下来，他这才发觉自己刚才有多紧张。

"阿月也一起去吗？"

"入场券只有两张。老实说，我一开始约了月子，但她说有事拒绝了我。"

"那……就是我们两个人的约会啊。"真纪开玩笑地笑着说道。

狐塚苦笑着说:"嗯,是两人约会,不方便吗?"

"不会,我很高兴。下周六,是八号对吧?"

真纪望了望天,又微笑起来。

"谢谢你,狐塚同学,我好久没看马戏团表演了。真好啊,能看到大象和空中秋千什么的吧?"

狐塚与真纪约好之后再联系,就分开了。狐塚走上二层吃午饭,走到食堂的饭票贩卖机前时,他才想起刚才想在楼下买书的,完全把这事忘得一干二净了。

狐塚苦笑着,突然想到真纪大概会把刚定下的约会告诉月子,这使他一瞬间有些消沉,但又立刻将这种心情抛到脑后。算不上什么大事,跟月子和恭司一起去喝酒的性质一样,不过是一起去看大象和空中秋千罢了。

狐塚转过身,再次下楼去买书。

狐塚回到研究室,看见浅葱一个人坐在那里。

留学结果确定以后,他几乎每天都到这里来。他的短期贫血症状似乎已完全恢复,作业和论文也在顺利进行中,连脸色都显得不那么差了。

"怎么了,狐塚?"

看到回到自己座位、打算继续开工的狐塚,浅葱抬起了头。

"什么怎么了?"

"有什么好事发生吗?你自己可能没发觉,那我就告诉你吧,你进门时脸上挂着笑呢。"

"真的?"

狐塚慌忙端正坐姿。浅葱的嘴角微微上扬,这种无声的成熟笑容与他的脸型很相称。

"不是那么明显的偷笑,你放心吧。只是看上去在微笑而已。"

"不会吧,我干了那种漫画里才会出现的事?"

狐塚皱起了眉。浅葱轻轻点了一下头,之后缓缓站起身,说了声:"喂……你其实很不甘心吧?"

研究室里现在只有浅葱和狐塚两个人。狐塚抬起头,直直地看向浅葱的脸。浅葱一脸认真,连刚才那安静的微笑也完全消失了。狐塚没出声。浅葱又接着说道:"你老实说吧。你准备得那么认真,留学的意愿也比我强许多,难道不想骂我吗?"

"可是,那是……"

"没办法的事,完全无计可施。要是你想这么回答,那你最好明白,我这么问不是那个意思。我不是想跟你说理,你想责备我也没关系。我是说真的,如果你无法释然,看不开,都是理所当然的。"

浅葱的话令狐塚的心灵产生了震动,他沉默地看向浅葱。为什么呢?为什么浅葱会说出这样的话呢?他稍一思考就得出了答案,浅葱在害怕。

这个答案让狐塚吃了一惊,这太不符合浅葱的性格了。

"我觉得很遗憾,真的。我是个胆小鬼,对任何事都会打从一开始就放弃。我觉得只要不做过多期待,无法实现的时候就可以用'果然是这样'来说服自己,而在愿望实现的时候就感谢那份幸运。我总是下意识地这么做。

"选上的是木村你,这个结果是正确的。如果我把悔恨之情算在你头上,那反倒是我倒打一耙。"

"就算是倒打一耙也好,你责怪我吧。"

"这么做没有任何意义。就算我责怪你,又能怎样?"狐塚搪塞道。

而浅葱干脆地说了句:"我会道歉。"他的表情很认真。

"我会不停地道歉,直到你原谅我为止。只要没有我在,去留学的就会是你了,更何况我并没有付出与之相配的努力。如果这话让你听着不舒服,那我道歉,但我确实只是碰巧获得了这样的成果。"

浅葱深吸一口气。

"对不起,狐塚。请原谅我。"说完浅葱低下头,狐塚难以置信地看着他低垂的头。

浅葱久久没有抬起头,狐塚可以看出他的肩膀紧绷着。

狐塚原本想简单说几句,但最终还是把嘴闭上了。他在心里慎重地斟酌了一番措辞之后,把手放到了浅葱的肩上。

"你口中的碰巧叫作才能,这样就足够了。"

不知为何,狐塚感到一种与月子接触时相似的感觉。他用尽量柔和的声音说道:"你不用被我的事所束缚。木村你会被选中,与别人无关。而我没被选中,也不是别人的错。"

浅葱抬起了头,依旧抿着嘴唇,盯着狐塚。

狐塚再次察觉到浅葱确实非常不安。虽然木村浅葱是个什么都敢去做的大胆的人,但即将在陌生的土地上生活,他会觉得胆怯也是应该的。

"我并不是勉强自己才这么说的。恭喜你,木村。"

"狐塚……"

浅葱眯起了眼。狐塚边摇头边微笑起来,没关系的,你一定能做到的。

"加油啊,我会为你加油的。"

有所顾虑——狐塚想起月子形容真纪的话，直到现在他才理解了月子说这句话时的心情。被友人搭话后高兴万分的月子与现在的自己大概是同样的心情吧。

浅葱这时终于露出了无力的笑容，他用略显虚弱的声音说道："真不好意思，谢谢你。"

就在这时，浅葱桌上的手机响起短促的铃音，两人的对话也以此为契机结束了。

看了短信的内容，浅葱眯起眼看向空中。

难道她发现了吗？浅葱微微感到有些焦虑，又在下一秒对这样想的自己苦笑了起来。怎么会呢，不可能的，我最近实在是太神经质了。

也许跟她一起去也不坏，回家后再给她回短信吧。他合上了手机。

三

回到家，在开灯之前浅葱先打开了窗户。

他在黑暗中趴在床上。他感受着毛巾毯柔软的触感，缓慢地换成仰卧的姿势。他闭上眼，右手轻轻按着被酒精麻醉了的头。睁开眼后，有种天花板在微暗中旋转的错觉。从窗外吹来的风抚上了他的脸颊。

今天研究室的成员一起去喝了酒，说是为浅葱开庆祝会。

也许是因为太久没有喝酒了，浅葱的喉咙深处感到一阵刺痛，在会上强装活跃也令他感到疲惫不已。

他解开衬衫的纽扣，干咳了几声。随后，心底的决心渐渐升起来，越来越清晰。

——他决定中止游戏，不再杀人了。

其实这是这几天浅葱得出的结论。

当然，哥哥蓝在浅葱心中依旧占据着不可动摇的地位。他是浅葱的哥哥，也是同伴，是与浅葱共享痛苦和孤独的唯一存在，不论是狐塚还是月子，都无法取代。

就让我和你在这个残酷的世界里生存下去，让这个世界知道终结有多么突然吧——"i"曾经这么说过。一开始，浅葱因为他这番话感到非常激动和兴奋。

最初的牺牲者是那个叫赤川翼的少年。与"i"的预言相同，他消失不见了。浅葱收到了"i"发来的犯罪通知邮件，并在"闹鬼隧道"里发现了少年的眼镜。看到那则令媒体骚动不已的少年失踪新闻时，浅葱感到一种难以呼吸般的兴奋。就是这样，浅葱和他要从现在开始在世间制造骚乱。自己绝不是一个人，还有"i"同在。

所以，杀死森本夏美时，浅葱对杀人这件事非常乐在其中，这点他不想否认。啊啊，为什么现在会如此烦恼呢？如果能一直乐于杀人，就不会有任何问题了，继续杀人时也就不会有抵抗情绪了，不是吗？

（——那孩子不是会遭人憎恨，从而被杀的人！）

萩野清花的母亲在葬礼上不顾他人眼光地大声哭叫，那声音至今仍萦绕在浅葱的耳边。而与她的声音形成对比的，是一个脸颊通红、双目红肿的女孩发出的断断续续的声音。是月子。

（请让我、请让我也做些什么……让我也、做些什么。）

浅葱看着遗像中的萩野，看着那张微笑着的年轻的脸。

浅葱不相信灵魂的存在，也不相信有幽灵，他无法想象人在死后会变成什么样。萩野学姐连杀死自己的人的身份都不知道就死去了。

（木村，你喜欢阿月吧？）

这是她还活着的时候微笑着说的话。

——不能再继续了，那个游戏。

我肯定不该诞生到这个世界上，为什么我会在这里呢？从诞生到这个世界上开始，我便面目可憎地活着，并执着于生存。我不想死，就算要在泥地上爬行，我也会选择活下去。这样的我如今也还在这里活着。如果没有我，萩野就不会死，而狐塚也能获得他梦寐以求的留学资格了。

对，狐塚。

想到他，浅葱闭上了眼睛，咬紧牙关。

（你不用被我的事所束缚。木村你会被选中，与别人无关。而我没被选中，也不是别人的错。）

如果想要活下去，想要被他人原谅，自己至少要活得像个人样吧。我不是天才，还这般丑陋。不如就接受这样的自己，并把重新开始的机会握在手中吧。把一切都忘掉，离开这片土地。这次一定要把新的土地当作立身之所，建立起紧密的联系，过上对土地和人们充满留恋的生活。

如果没有浅葱，那时的"i"也不用出手杀人，可以继续过他的生活。一开始把杀人的机会提供给他的也是自己。

浅葱放弃游戏后，"i"也无法再进行下去，这样杀人游戏就会结束了。

浅葱站起身，从电脑前方走过，显示屏发出的灰色光芒微微映照在浅葱阴沉的脸上。他突然想起与"i"在一起的那些日子。

与他再会，互换邮箱地址，在聊天室里的对话。"蓝，救救我"，"不可饶恕，我现在十分生气"，"没关系，我会想办法解决的，浅葱你不用担心"。

浅葱很想与他见一面，很长一段时间里他一直抱着这个想法。哥哥代替他被母亲殴打，裸身站在阳台上。哥哥的身体苍白又单薄。他是自己的双胞胎哥哥，却与自己天各一方。蓝，如果我在这里放弃了游戏，也许就再也不能与他见面了。但是，为了萩野，也为了自己，浅葱已经不想再杀人了。他并不怕作为罪犯被警察逮捕，使他忧虑的是与那种恐惧不同的漠然和不安，是不知道自己以后会变成什么样的想法，是那颗纵容自己继续杀人的心。他觉得自己在分裂，并因此感到恶心。

他摁住额头，闭上了眼，表情变得越来越扭曲。他习惯性地接通了电脑的电源，将手放在键盘上，发干的眼眶有种麻痹感。

——好想见你。

想与蓝相见，哪怕一眼也好，真的一眼就好，只要能看见他还活着我就满足了。浅葱想让他治愈自己的孤独，想与他共享孤独。

电脑运转，发出低频的振动音，屏幕上开始出现画面，那光亮照亮了浅葱的脸。打开邮箱时，浅葱屏住了呼吸。

您有一封新邮件

图标显示着未读，还用粗体字标出邮件的主题和发件人。一种类似焦躁的心情使浅葱立刻挺直了后背，他确认着发件人的名字。

发件人：i
主题：Dear θ

——之前制订的游戏规则是，对方作案后，另一方要在一个月内接手继续作案。如今距离蛇岛友美被害已经过去三周了，浅葱早该采取行动了。

浅葱迫不及待地点开了邮件。屏幕瞬间被对方发来的信息填满。这是他什么时候发的？为什么会发这种邮件呢？我们明明约好在游戏中只用邮件报告自己的犯罪过程啊！即使是在用浅葱的日记擅自建立那个网站时，"i"也从未回复过自己的邮件，为什么现在发来这封不合规矩的邮件？浅葱刚想结束一切，他好不容易才做出这个决定。

Dear θ：

你要背叛我吗？
要背叛我，是吗？

我会继续这场游戏的。
我一直看着你。
你会那样心绪不定，
其中的理由
和原因。
是他。都是因为他。
对，怎么办呢？
下次就决定是他吧？
我一个人也可以进行游戏的。
而你就变成了孤独一人。永远都是孤独一人。

那样好吗？

从这篇淡淡的仿佛独白一般的文章中，浅葱感受到了几乎压碎他胸膛的压迫感。并再次有种与上次严重贫血时相似的眩晕感，脚下也失去了力量。
——难道。
难道，但是……
浅葱的大脑变得一片空白，一个名字浮上他的心头。浅葱近乎绝望地闭上了眼，口中发出沙哑的呼唤。
"狐塚……"
他用力地摇了摇头，离开电脑屏幕，东倒西歪地走到床边，倒在了床上。就在这时，一直放在裤子后面口袋里的手机掉在了被子上。浅葱把手机拿到手里，看着今天收到的短信。是月子发来的。

下周六要不要一起去看马戏团表演？浅葱你最近好像一直在忙着研究，都没有好好休息，上次吓了我一跳。如果身体已经好了，要不要和我一起去？和大象相比我更喜欢老虎，我觉得浅葱你大概也是。
要不要一起去看老虎？

浅葱握紧了手中的手机，液晶屏幕发着微弱的光芒，月子的名字照亮了浅葱的脸。看着那个名字，他感到眼中一阵刺痛。如果这家伙失去了狐塚孝太……浅葱想起在萩野的葬礼上，月子目视前方的样子，坚强得近乎悲壮。月子的手无法属于浅葱，但是……
只有狐塚。

浅葱捂住嘴,他并没有流下眼泪,却发出呜咽一般的声音,连他自己也吃了一惊。但意识到时已经停不下来了。

只有狐塚,请放过他吧。

四

狐塚早晨起来走进客厅时,恭司还睡着。

狐塚想着干吗不回自己房间睡,跨过毫无顾忌地躺在房间中央呼呼大睡的友人,向厨房走去。他捋了捋乱翘的头发,看向客厅的钟。已经中午了。自己好像睡了很长时间。

狐塚准备打开冰箱时,躺在地上的恭司换了个姿势。他夸张地打了个哈欠,发出一声呻吟,不高兴地"啧"了一声。

狐塚看着即将清醒、皱着眉头的恭司,打了声招呼:"早上好。"

恭司依旧躺在地上,无力地回了声"哦"。肯定是昨晚出去玩了吧。对恭司来说,还没走到房间就睡倒在玄关或客厅的情况并不少见。狐塚对此感到无法理解,明明再走几步就能到床上睡了啊。

恭司叹了一大口气,睁开眼,摇摇晃晃地站起身。他的眼睛尚未完全睁开,眯缝着看向狐塚。

"早安,狐塚。怎么了,昨天你睡在家里?"

"每晚都待在研究室也太郁闷了,虽然我过一会儿还得过去。"狐塚烦躁地叹了一口气。

"你呢?几点回来的?"

"四点半或者五点半。啊啊,全身酸软,真想泡个澡。"

恭司也像狐塚一样重重地叹了口气。

"昨天跟我一起玩的那些家伙啊，"他继续说道，"与人发生了纠纷，让我帮忙解决，我就闹了一场。真是累死了。"

"我可不赞同使用暴力，就不能靠好好谈话来解决问题吗？"

听了狐塚的话，恭司一副赌气的样子粗鲁地说："啊啊，吵死了，小心我连你也揍一顿哦。"

他那自由的思考方式毫无章法，不受任何制约。

恭司走进自己的房间。等他拿着浴巾再回到客厅时，声音已回复成往常的明朗声线了。

"我要去冲澡，狐塚你要是准备做饭的话，能不能给我也做一份？或者我们一起去哪儿吃一顿吧？"

"我正打算烤面包，可以吗？"

"可以啊，挺好的，简单点就好。我累得要死，还饿得要死。唉，狐塚，今天的早报来了吗？"

"应该来了，不过我还没看。"

狐塚打开冰箱，拿出里面的面包。

恭司完全没有就职的打算，却每天都认真地读《每日新闻》，真是不可思议。据他自己说这是常年保持的习惯，一旦打破就会心情不好。他真的一天也没忘记过看报纸，实在了不起。记得研究室成员集训旅行时，大家都住在旅馆里，他竟然还跑到附近的便利店去买报纸来看，真是令人佩服。

"知——道了。"

恭司拉着长声答应着，身影消失在了玄关处。

说起来，日向子应该从老家寄来了速溶汤，放在哪里来着？狐塚边想着边打开了厨房的架子。就在此时——

"喂。"

恭司一脸疑惑地歪着头回来了。他左手拿着报纸，右手拿着一个茶色的信封。他举起拿着信封的右手走近狐塚，把信放在了厨房和客厅之间的柜子上。

"这好像是给你的情书。"

"情书？"

狐塚皱着眉，看着恭司放下的信封。信封正面恭敬地写着"狐塚孝太收"的字样，但既没写住址，又没有贴邮票。他伸手把信封翻了过来，看着写在背面的寄信人名字，吃惊地屏住了呼吸。上面只有一个字母——"i"。

"是从报纸里掉出来的，上面既没有地址也没有邮票，有点像跟踪狂干的。感觉不赖啊，不是吗？"

狐塚完全不明白到底哪里感觉不赖，他无视恭司的话，打开了信封。里面是一张洁白的A4大小的纸。狐塚从"i"这个字母上能联想到的，只有那个自称杀人案件凶手的"i"。

信封上既没写收件人住址，又没有贴邮票，说明这封信是直接投进狐塚家的邮筒里的。

打开那张纸，一行文字立刻映入狐塚的眼帘——就决定是你了——

就决定是你了

范围 ·关东郊区八所大学所在都县
期限 ·对方杀人后一个月内
规则 ·可以以任意语言和任意方法给予对方提示。
　　　我们互相解开提示，杀掉名字中带有对方指定的词语的人。

○赤川翼·"被带走了"

　　给 θ　我在等你哦，下次该轮到你了。
　　　　·下次的提示　春（　）秋冬

　　　　　　　　　　　　缺少的是？
　　　　　　　　　　　　　　　　　　i

○森本夏美·"红色的鞋"

　　给 i　抱歉让你久等了。下次轮到我等你了。
　　　　·下次的提示　　油
　　　　　　　　　水（　）园
　　　　　　　　　　　舍
　　　　　　　　　　　　　　　　θ

○今田信明·"泡沫涌上来，水烧开了"

　　给 θ　从这次开始要动真格的了。
　　　　　那么，这是什么歌谣呢？期待你的奋斗。
　　　　·下次的提示　秋天喜欢的衣服（　）

　　　　　　　　　　缺少的是？
　　　　　　　　　　　　　　　　　　i

○荻野清花·"把他关进壁橱里，用钥匙哗啦啦地锁上门"

　　给 i　我已经杀掉她了。
　　　　·下次的提示　　长
　　　　　　　　　大（　）腹
　　　　　　　　　　莓　　　　　θ

○蛇岛友美·"鹤与龟滑倒了"
　　给 θ　你一定能发现吧？
　　　　　上次你猜对了，我很高兴。好了，该第三回合了。
　　　　·下次的提示　仁·义·礼·智·忠·信·( )·悌
　　　　　　　缺少的是？
　　　　　　　　　　　　　i

○狐塚孝太·"竹笼眼啊竹笼眼"
　　·下次的提示？

　　○　？

　　　○　？

"这是……"
　　狐塚见过这封信上的内容，不用说也知道，是在"i"的那个网站上见过。上面写着杀人游戏中牺牲者的名字、留在现场的歌谣留言，以及下次杀人的提示。但是与上次见到时相比，此时狐塚心中多了一种异样感，这是因为网站上的字是正体字，而这封信明显是手写的，这让狐塚明白，做出这件事的，是一个有五官、有名字、真实存在的人。
　　"喂喂，谁写的、谁写的？信的内容有多不正常？快给我看看。"
　　狐塚没有理会吵闹的恭司。这到底是怎么回事儿？为什么寄给我？他又把手伸进信封，并将信封颠倒过来，有什么东西掉了出来，是一小块玻璃碎片。碎片从木制柜子上骨碌碌地滚落，狐塚慌忙用手按住它。碎片的切口很钝，看上去像是一片很厚的玻璃的一部分。

恭司从狐塚手上抢走信纸。就在这时，狐塚的手机在房间一角响了起来，单调的电子铃音不断催促着狐塚。他慌忙过去，手机显示是秋山打来的。

"喂。"

狐塚接起电话，心里却想着信封上那个完全陌生的人写下的自己的名字。不是什么会让人心情愉悦的东西。他的大脑开始混乱起来，到底是怎么回事儿？

"啊啊，狐塚，我是秋山。能占用你一点时间吗？我有一些关于阿月的话想跟你说。"

"好的，可以。"

"抱歉，我马上就说完。现在正是阿月准备毕业论文的重要关头，然而，那位萩野学姐去世后她就一直没什么精神，我想问问你她最近的情况。阿月在我和真纪面前都不会暴露自己脆弱的一面，所以我想，她大概只在跟你说话的时候才不会勉强自己吧。"

"那个，老师，抱歉，借您打来的电话我想对您说一件事。"

"好啊，什么事？"

狐塚不认为以自己现在的状态能平静地回答秋山的问题，更何况就算秋山没有现在打来电话，他迟早也会去找秋山商量这件事。

"刚才有一封奇怪的信与报纸一起送到了我家。您还记得您曾和我一起看过的那个'i'的网站吧？那上面登载了牺牲者的名字和下次杀人的提示。我家收到了一封信，内容完全相同，上面还说下一个死者就是我，写着'就决定是你了'。

"——我可以念给您听吗？"

恭司把信还给了狐塚，他看过信的内容后露出一副惊讶的表情。

"关于这件事,你心里有什么线索吗?两年前的比赛上,你是冠军候选人,会不会是有人因此做的恶作剧?"

秋山的声音丝毫没有动摇,冷静的语调里甚至显出一丝戏弄。狐塚叹了口气,回答道:"我觉得不太可能——我读了啊。"

狐塚读信的时候,秋山一直沉默地聆听着。听完后,他以略显认真的声音说道:"信封里就只有这封信吗?"

"还有一块小小的玻璃碎片似的东西,我不知道与这封信有没有关系。不是大块的碎片,切口也很钝,应该不是想划伤我的手指。"

秋山似乎失了声,这一阵沉默比狐塚想象中的要漫长得多。

"——老师?"

"我想向你确认一下,是一块小碎片?而且信是手写的,寄信人不是'θ',而是'i'。没错吧?"

"是的。这到底是怎么回事儿?就算是恶作剧,我也完全想不出有人对我这么做的原因。信上没写收信人地址,没贴邮票,仿佛是直接放进我家邮筒的。虽然'i'的网站在D大很有名,但是有必要为了单纯的恶作剧做到这个地步吗?"

狐塚边说边看着鞋柜上那块从信封里掉出来的玻璃碎片。秋山打断了他的话。

"……你现在在家里?你一个人?石泽在吗?"

"恭司今天罕见地在家。"狐塚看着恭司的脸说道,"我一会儿去学校。"

"不行,你最好不要离开家。并且要好好锁住玄关大门,把窗帘也拉好。我现在告诉你坂本的电话……算了,不用了,我来联络他吧。我会让他过去,或是介绍一些与这件事有关的人过去。你家离学校一站地吧?我会在一个小时内开车过去,请让石泽陪在你身边,一定不要自己一个人待着,请对我发誓。"

狐塚惊愕地听着秋山的话,之后感到更加混乱了。他暂且先拜托恭司锁上门,拉上了窗帘。

"老师,这到底是怎么回事儿?"

"十有八九就是杀人犯'i'本人。"

秋山的声音里已经不带戏弄成分了。

"首先,信封里的玻璃碎片肯定是最初的牺牲者,就是那个失踪了的赤川翼的眼镜碎片。请你检查一下,那上面应该有血痕。"

秋山的声音很急切,接着他断言道:"他肯定是想宣告自己就是杀人犯,看来下一个目标就是你。"

手机里传来的声音十分清晰。拉好窗帘的恭司也听到了,他眨了眨眼,似乎把听到的内容记在了心里。只听他小声咕哝着:"这——可真是有趣。"

五

收到浅葱发来的婉拒短信时,月子正在和紫乃吃饭。

最近紫乃频繁约月子见面,也许是因为快要工作了,她心里多少有些不安,于是向月子发出强烈的"不要离开我"的殷切信号。

在这时收到这条短信,着实让月子郁闷至极。短信上淡淡地说着"我太忙了,很抱歉,没时间去看马戏团"。

月子合上了手机。啊啊,被拒绝了,不能去看老虎了。

"喂,月子,我难道就这样轻视人生,随随便便地生活下去吗?"

"紫乃你很踏实,而且你的现状很棒,让人羡慕不已呢。"月子露出微笑。

紫乃是个美人,又很富有,现在找到了一份稳定的工作。她拥有一切,却在尽其所能地夸耀自己所拥有的一切的同时显得很没自信。人类就是这种生物,旁边没有肯定自己的人,就会感到不安。这是人类的天性,所有学科都给出了证明,还有数不清的文学作品对此进行了详述。每个人都希望从他人那里得到爱。

你不是一直被爱着吗?你的父母和我都很喜欢你啊。你现在这样已经很好了。

"怎么说呢?应该说,我无法想象自己会满足于和一个普通的男人恋爱。"

紫乃的病态看似阴暗,但那只是表面现象。只要有一个能理解她的全部的男人对她说"我喜欢真实的你",就好了。只要紫乃能找到一个让月子和周围人都感到羡慕的男朋友,她就能解放自己了。

"抱歉,我回一条短信。"

月子给浅葱回信——我知道了,没办法啊,以后再一起玩吧。还有你要注意身体,别再发生上次那样的事了。

接下来该怎么办呢?事到如今也不好再把票还给秋山了,已经拒绝的狐塚的邀请在同一天,那天真纪好像也有事。

——你可以约狐塚或真纪,也可以和紫乃一起去。

月子想起了秋山的话,但她现在没有那样做的体力。她想开心地看马戏团表演,想纵情地欢呼,想送上数不清的掌声和喝彩,不用考虑是否出于真心。而在轻视这个世界,并以负面评价为习惯的紫乃面前,她没有那样做的力气。

紫乃认为夸奖他人,喜欢上他人,就等于把自尊拱手相让,这对害羞的她来说大概是个过重的负担。她以讽刺的姿态看待事物,让自己看起来对什么都兴趣索然，这就是片冈紫乃的美学。

虽然她应该不至于在看完表演后说老虎的坏话，但月子完全能想象她对自己详细说明曾在马戏团发源地看过的正宗演出有多精彩，接着数落这次的马戏团演出太过拙劣的样子。月子想到这里，不禁苦笑了起来。说起来，马戏团的发源地到底是哪里啊？

"诶，我上次在电话里也问过你，月子你以后要怎么办？"

"嗯，怎么办好呢……"

其实月子完全不知道自己该怎么办，脸上敷衍的微笑不知何时已练得炉火纯青。

她突然想了起来，对了！

"对了，紫乃，我有马戏团的票，是很好的位置。但那天我有事去不了了，你要吗？找个人一起去吧？"

她从包里拿出钱包，把夹在里面的入场券拿了出来，查看了一下副票上的座位号：A-07、A-08。号码很小，肯定位置很靠前。

"真的哇？哪天？我找个人一起去看看吧。"

月子看着她收下入场券，露出了微笑。

只要有一个优秀的男朋友，就能解决紫乃的烦恼了。而且那个男朋友最好不是一个能像月子这样解读她内心的人，因为这样的自己实在太差劲了。

真希望有一天能和恢复到原来状态的紫乃一起毫无拘束地去旅行啊。月子等待那样的日子已经快两年了。

紫乃打开日程本，在马戏团公演日上做了标记。她用的圆珠笔笔杆是高音谱号形状的，这是她们两人成为朋友没多久后月子送给她的。

为什么送给她了呢？明明自己那么喜欢那支笔。

六

"真抱歉，让你特地跑一趟。"

坂本在秋山研究室里的电脑屏幕上苦笑。与电视屏幕相比，这个显示屏的颗粒很粗，对方的动作显得很生硬，且有一定延迟。但狐塚还是发出了一声叹息，这画面比他想象的清楚太多了。真惊人，现在的通信技术已经发展到这个地步了吗？

"不会，没关系。"狐塚冲着上方的摄像头回答。

那通电话之后，刚好过了一个小时，秋山来到了狐塚家。然而刚打开玄关大门，狐塚就被秋山拉了出去，被告知"最好离开这里"。

之后他们来到秋山的研究室，里面一切准备妥当，似乎秋山与坂本联系后就立刻把液晶显示器搬到了这里。研究室里还有两个貌似刑警的人，据介绍，那位个子较高、较为年轻的刑警叫绪方，而年长的那位叫二宫。

秋山研究室很小，两位刑警和一个大型液晶屏在这个被旧书塞得满满的房间里显得十分不协调。

在屏幕上等着狐塚的人是坂本。

"我们还在考虑适合讨论的场所，今天先暂且借用秋山老师的研究室。由于那封信被直接投到了你家里，所以你家不安全，很有可能被监视或窃听了。

"他们每次都会在短时间内调查牺牲者，虽然听起来像危言耸听，但希望你能明白，即使他们有你家的钥匙也不奇怪。"

坂本似乎在一个很繁忙的地方，画面中的他身后不停有人来来往往。

"这里很吵，真是抱歉。为了将一个个案件串联起来，我们建立了联合搜查总部。虽然已经安排了各个负责人，但还没有安定下来，我也不能离开这里。代替我到你们那里去的绪方和二宫是负责萩野清花案的刑警。"

听到这里，狐塚回头看向身后。在充满尘土气息的狭窄房间里，那两人一直皱着眉头沉默地看着坂本。绪方看起来应该和坂本同龄，或再年轻一些，也有可能只有二十多岁。另一位刑警看上去要年长许多，看上去大约已经超过四十五岁了。

那起案件之后没有什么大的进展。也许是因为连续几天不眠不休的搜查的缘故，两人的眼里都充满了血丝。

"我不想把你和警察接触过这件事搞得太大。虽然还只是怀疑，但你被瞄上的原因很可能是之前你曾和我在阿秋老师的房间里见面。凶手可能觉得你与警察有联系，所以我们还是不要直接见面为好。

"——虽然根据情况还有变动的可能，但目前我们先以现在的人员来展开行动吧。请多指教。"

"我才要请你多多指教。"

狐塚还是很迷惑，他还完全没有自己成了事件当事人的现实感。这件事不是哪里出了差错吗？

"那封信真的是建立那个网站的'i'送来的吗？"

信和信封里的玻璃碎片都已经给了绪方。坂本方才通过粗糙的屏幕检查了一番，此时他点了点头，画面中他的动作十分迟缓、僵硬。

"等二宫拿回来之后我们会立即进行鉴定，不过我估计应该没错。先等待结果吧。"

"为什么会寄给我？"

"我正要问你这个问题呢。"坂本苦笑着说，"你有什么线索吗？"

"完全没有，我对这件事了解的程度仅限于上次在这个研究室里说过的那些。虽然我很憎恨那个杀害了萩野学姐的凶手,但我并没有试图主动接近他。"

"虽然很勉强,但我希望你能再想想。多细小的点都可以,只要有想到的,都请你告诉我。

"这起案件的凶手会把提示发给对方,然后按名字选择牺牲者。我听了信里的内容,'i'似乎明确地指定了你的名字,有可能这是他想告诉'θ'作为下一个目标的你的存在。这么说或许会令你不快,请你忍耐。"

屏幕上的坂本微微移开了视线。

"这其中肯定有什么含义,请你绞尽脑汁想一想。"

"就算您这么说,我也……"

狐塚羞愧地露出一个僵硬的笑容。为什么会是我?

"我不相信这真的是凶手对我的威胁,实在是太离奇了。如果真像这封信上所说,在网站消失之后,犯罪还在进行。萩野学姐死后,'i'又杀了一个人。我记得是'HEBISHIMA'小姐?"

"应该读作'JASHIMA'①。"坂本说道,他的眼神很认真,"刚才已经确认了。狐塚,你最近没看新闻吗?"

"最近我一直住在学校里,所以没看报纸和电视。"

"你知道从今年春天起,在社会上引发不少骚动的 HADUKI 汽车缺陷事故吧?"

"那个我知道。"

"上个月又发生了一起,是迄今为止最为严重的。一辆有缺陷的轻型汽车因方向盘失灵而失去控制,横穿了国道,与护栏相撞后停

---

① "蛇岛"中的"蛇"字有"JA"和"HEBI"两种读音。

了下来，却不幸又与大型卡车发生碰撞。那个卡车司机醉酒驾驶——现在这个时代竟然还有人敢酒驾——驾驶HADUKI汽车的主妇当场死亡，名字叫蛇岛友美。由于死者还怀有身孕，这场由HADUKI和酒驾司机共同酿成的悲剧马上受到世人的广泛关注。"

狐塚沉默地听着，他知道这则新闻。

"那起事件……"

"对，我吃了一惊，'i'说那是他干的。今天我拜托茨城县的警察再次调查了这起事件，调查结果中有几点让我很感兴趣。"

"您是想说，那并不是一场事故吗？起因并不是汽车缺陷，而是有人动了手脚？"狐塚身边的二宫插了一句，说完他皱起眉头，随即又叹了一口气。

"他会不会是瞎说的？有没有可能明明不是他杀的，他却宣称是自己干的？"

"我们在死者蛇岛小姐出事之前去过的超市的男厕里发现了一个涂鸦，之后我会转发过去。先给你们看看刚刚从总部收到的照片，画质比较粗糙，可能辨识起来比较困难，你们看得见吗？"

坂本站起来看着狐塚，叹息着问道："身为当事者，你有必要了解情况，但能跟我约定不把这件事透露给其他人吗？"

"——我知道了。"

狐塚点点头，坂本拿出一张纸，贴在摄像头上。上面有一行字，确实像坂本说的，很难辨认，但可以看出中间有一个符号——是希腊字母"θ"。

"那上面写着：'鹤与龟滑倒了，θ，你发现了吗？'。这是'i'给'θ'的留言。在进行犯罪预告时他也写下了'你一定能发现吧'这种挑衅的话，他大概认为如果伪装成事故，同伴可能会晚些时候才能发现那是他犯下的罪行。在用网站宣布完他们俩的存在之后，他在这次的讯息里又把'θ'的名字加了进来。

"这是童谣《笼目歌》的一部分。'鹤与龟滑倒了'，两个象征喜庆的动物滑倒，隐喻孕妇蛇岛小姐腹中孩子的死亡。刚才我在总部做报告时有人指出了这一点。"

二宫"啧"了一声。

"您是说，这是凶手为了伪造成事故而耍的花招？坂本警视，我记得HADUKI公司已经承认那起事故是他们的责任啊。"

"确实如此。已经有很多同种车型出现类似的缺陷报告了，不会有错。"

画面中的坂本露出苦涩的表情。传输到这边的动作有些迟缓，所以他的表情看上去十分做作。

"二宫你说得没错，而这起案件的麻烦之处也在于此。别说我们事前无法知晓有关下个目标的关键词了，就连案件发生之后，我们也无从判断那是不是这荒唐游戏的一部分。我们只能在接到通知后，把证据联系到一起，才知道这是'i'或'θ'犯下的案件。那些曾被判定为普通事故，与他们无关的案件会立刻出现新疑点，这真的非常棘手。这次的案件也是，他们利用HADUKI汽车的缺陷，手段非常巧妙，还可以赢得时间。"

"请等一下。"一直沉默不语的年轻刑警绪方向电脑走近一步，从表情看，他似乎不能接受坂本说的话。

"那起事故的确像坂本警视所说的，包含许多要素。但如果没有那辆酒驾司机开来的卡车，蛇岛友美就不会死。作为杀人手段来说，这实在是个过于偶然的要素。所以我觉得，只凭对车动了手脚，恐怕很难判断能否成功杀人。"

"关于那一点,大概之后会有新的调查结果出来吧。可能对车动过手脚只是个幌子,说不定他还考虑了其他方法。"坂本似乎有些烦躁地耸了耸肩,"不过刚才的调查显示,蛇岛友美驾驶的那辆车由于冲撞和起火,受到了非常严重的损害。虽然我们还会再次进行调查,但很有可能一无所获,更何况如今距离那起事故发生已经过去一段时间了。"

"真棘手啊。"二宫吐出一句坂本说过的话,"调查的最终结果竟然是'i'干的好事。正如警视所说,我们真的感到很不甘心。"

"之前没有人发现厕所里的涂鸦吗?"狐塚问道,"'i'的网站引起了那么大的骚动,去超市的客人应该有人注意到了啊?"

"那个涂鸦究竟是什么时候出现在那里的,谁都说不清楚,连在蛇岛小姐出事之前还是之后都不能确定。超市员工发现那个涂鸦是在事故发生几天后。那名员工看见了'θ'这个字母,于是给警方打了电话,但县里的警察无视了那通报告。"

"为什么?"

"警察觉得不过是个恶作剧。这也不能怪他们,大概那个网站被公开之后,关东各地出现了许多类似的涂鸦吧,要想都调查一遍恐怕是查不完的——现在也不是责怪他们的时候。目前涂鸦的笔迹还在核实中,但据说与'i'的笔迹十分相似。"

"……'蛇'啊,'θ'选择的字很少见啊。"一直静静坐在椅子上的秋山突然插了一句嘴。他松松地抱着胳膊,与刑警们相比,他表现得没有一丝紧迫感。二宫和坂本同时点了点头。

"可能对'θ'来说这样的名字很容易找到吧。"二宫愤怒地咆哮着,"那些家伙到底在想些什么?说到底,我对这些荒唐的家伙的存在,以及这场游戏本身是否成立,都还半信半疑。"

"或者说,我们是不是可以看成……'θ'对这场游戏感到厌烦了?"秋山冷不丁说了这么一句。

狐塚和二宫都看向秋山,屏幕上的坂本也一脸僵硬地看着秋山的身影。片刻之后,秋山才发现自己正被大家注视,他耸了耸肩,摇头说道:"只是我的自言自语……不过这确实可以看成是'θ'特意指定了一个难找的字,借此给对方制造难题,好让游戏结束。我没有任何证据,这只是我的无聊猜测而已。真是抱歉。"

"不管怎样,'i'完成了要求,找到了符合关键词的人。他借HADUKI缺陷完成任务,并把自己已向蛇岛小姐下手这一事实报告给了'θ',之后他便指定了狐塚。"

现在在屏幕另一头的坂本眼中,狐塚是什么样的呢?

"关于这点……我想问,为什么'i'会给我写信呢?下一个该轮到'θ'下手了啊?"

该轮到杀死萩野的"θ"了。一想到这里,一种既非愤怒又非悲伤的情感便在狐塚心中蔓延。这次,那个"θ"有可能要来杀死自己了。

"而且,他为什么给我发来这种类似声明的杀人预告?迄今为止,其他牺牲者似乎都没收到过这种东西,都是没有任何预兆地被杀了。为什么只有我——"

"我们认为这是为了给连续犯罪制造高潮。"没等狐塚说完,坂本就说,"我觉得这次的预告是剧场型犯罪剧本的一部分。他们两个人大概是在商量后决定要加上预告牺牲者这一幕的吧。如果你向警察申请保护,就有被媒体知道的可能,从而引发骚乱,而这正是他们想看见的。"

"针对那封信,警方还需验证确实出自他们之手。最方便的方法就是利用以前的留言,比对'i'的笔迹。虽然下次该轮到'θ'动手,但他没有公开过自己的笔迹，所以只能让'i'写。"

"我以前也想过，为什么'θ'不公开自己的笔迹呢？公开的话，轮到他犯罪的时候就可以拿来作为符号留在现场，这样更加简单易懂。两人相互通消息时，能通过警方和媒体报道方便地传达信息。况且，这样一来也可以防止趁机模仿他们犯罪的人出现。"秋山平静地说着。

二宫听了非常吃惊。

"一般人是不会想把自己的笔迹留在犯罪现场的，这等于写了'就是我干的'，正常人肯定会对此有所抵触。把笔迹堂而皇之公开的'i'才是哪里不正常吧？"

"我也有同感。"

绪方谨慎地表示了赞同。

"确实，现在多数情况下都会使用电脑打字，但日常生活中还是有很多时候需要手写文字。如果不想一不小心因为笔迹而暴露了自己的罪行的话，还是极力避免风险比较稳妥。"

"那么，看起来必须把这个问题整个儿反过来思考了。"

秋山痛快地收回了自己之前的言论，又说道："'i'似乎对此完全没有抵触心理。他到底是个怎样的人？应该是个平常没有手写机会的人。如果他不属于任何组织，这就是有可能的。不在学校上学，也不隶属于公司，那确实很难有机会见到他的字迹。

"可是——不属于任何组织，不与任何人接触的生活，这在实际中是否存在还是个问题。"

秋山看上去并不是为得到答案而提出问题，只是把自己思考的过程说了出来。

他转向屏幕，对着坂本说："抱歉，我跑题了。对，下一个被指名的是狐塚。'i'为下次犯罪给出的提示应该是儒教中提到的一项道德准则吧？虽然我想到的是泷泽马琴写的《南总里见八犬传》里的灵玉。对日本人来说，比起儒教这个概念，还是《八犬传》要熟悉得多吧？"

"嗯，我当时在电话里听到时第一个想到的也是《八犬传》，反而是因为这次的事才知道马琴引用这个概念的出处——刚才我们已经确认过了，这八条道德准则里缺少的一项是，狐塚孝太名字中的'孝'字。"

"狐塚你知道《八犬传》吗？你大概没有读过，知道故事梗概吗？"

狐塚听到秋山的询问后摇了摇头。

"我只略微知道个大概，您就当作我基本不了解吧。"

"那我来说明一下吧。"

秋山站起身，从桌子上取出几张便条纸，当场写了起来——仁、义、礼、智、忠、信、孝、悌。

"《南总里见八犬传》是江户时代的小说家泷泽马琴所著的一部杰出的传奇小说。在故事的开头，安房国的城主里见向自己养的一条名叫八房的狗做出了承诺，声称如果它能在战争中取得敌方城主的首级，就把自己的女儿伏姬送给它。八房依照承诺杀死了敌人，里见却没有信守承诺。于是八房掠走了伏姬公主，并与她生下了分别写着'仁'、'义'、'礼'、'智'、'忠'、'信'、'孝'、'悌'这八个字的八块灵玉。

"之后八房和伏姬被里见找到，愤怒的里见将他们杀了，灵玉则散落到四面八方。随后各地诞生了几名拥有灵玉的婴儿，且他们的姓氏都以'犬'字开头，例如犬塚和犬饲，被称作'八犬士'。长大后的他们因不可思议的缘分聚集到了一起，共同大显身手。《八犬传》也是一部惩恶扬善的作品，总之十分有名。

"几年前电视上曾播过《八犬传》的人偶剧，当时十分受欢迎。也许'i'就是看了那部作品后知道的。"

秋山用手摩挲着自己写下的八个字。

"几乎可以确定，'i'给出的提示就是指写在灵玉上的这八个字。这是儒教中的道德规范，我还记得其中的'仁、义、礼、智、信'同时也是道德中的'五常'。"

秋山分别给这五个字画上了圈。

"就是所谓的与自律和个人品质相关的道德规范。而马琴追加的'忠、孝、悌'，则是在特定人际关系，即与父母和兄弟等人交往时，需要遵守的道德规范。明明'五常'已经能形成一个整体了，他却还在提示里特意加上《八犬传》中出现的那三项。而且缺少的正是你名字里的字，'五常'之外的'孝'字。"

秋山看着狐塚的脸，笑了起来。

"这好像不是随便给出的提示呢。为了引导出'孝'字，凶手似乎绞尽了脑汁，特地指定这次的关键词。是我想太多了吗？狐塚，你真的想不到任何自己会被盯上的理由吗？"

"完全没有。"

饶了我吧，狐塚皱起眉，摇了摇头。

"我的名字很平凡，'孝'字也是名字里常用到的普通汉字。他也许是看到了比赛获奖者的名单，里面正好有名字有指定的汉字，就半开玩笑的想威胁我一下吧。我还恰好在这所学校读研究生，对他来说更方便吧？"

"'孝'是孝敬父母的孝，所以确实经常被用在人名之中。不过这个名字很适合你。虽然是句老话，但是'人如其名'这话的确不假。"

"我倒不觉得。"狐塚苦笑着说道。站在他身旁的秋山向电脑走近了一步。

"这个提示不能公开吧?"

"当然,会引起混乱的,我都能看见名字中有'孝'字的人战战兢兢的样子了。而且,如果真有名字里带'孝'字的人牺牲,警方必然会受到大众的责难。因此,现在我们不能把情报向外界泄露半分,不能让凶手如愿。"坂本叹了口气,接着说道,"包括认定蛇岛小姐的事故也是他们犯下的'罪行'这件事,我们也只能在六天后再公布——距离蛇岛小姐死后一个月,已经过了游戏的期限。"

"哦。"

秋山饶有兴味地点了点头,他注视着摄像头说道:"你们想要防止下次杀人事件的发生,对吧?"

"当然了。"

"当然了。"

通过电脑传来的坂本的声音与现场的二宫的声音重叠在一起,之后两人又同时闭上了嘴。一阵短暂的沉默后,坂本又以略显诡异的正经语气叫了一声狐塚:"狐塚。"

"嗯。"

狐塚感到很不舒服,他总觉得哪里很别扭,所谓的"不祥的预感"大概就是这种感觉吧。

"在这种情况下,我们应该采取的措施有两种。一种是尽全力保护你。我们会公开宣布对你实施保护,安排人全天候守着你。我们会让你搬家,让凶手无法轻易对你下手。总之就是进行一切高调的保护——另一种措施就是,以逮捕凶手为优先,请你协助我们。"

"——狐塚,我们有事想拜托你。"

不知何时,二宫和绪方都把身体转向了狐塚。面对正想着"这不会是真的吧"的狐塚，坂本坦率地说："从现在我们这样间接地与你联络这件事上，你应该也能想象得出，我们想请你协助。就像刚才我说的，目前最大的难点就在于，事件过去之后我们才能发现它们与一连串游戏相关。由于在一开始的调查中没有正确的认识，导致我们对于每起案件都没有明确的印象。在目击情报和遗留的物证极少的情况下，这次你与'i'的接触——请原谅我用这种说法——是一个前所未有的、将他们逮捕的好机会。我们决定不把下次作案的提示公布于众的原因也在于此，我们不想失去这个机会。"

"——好的。"

"当然，对于你的生命安全，我们会负责地给予保证。离游戏期限还有不到一周，在这段时间里，你能让我们监视你身边的情况吗？我们想看'i'或'θ'会不会采取什么行动。"

狐塚重重地咽了一口吐沫，问道："我具体要做些什么？"

"你不用做什么，像往常一样生活就好。跟平常一样去学校，在自己的房间里睡觉，也可以在研究室过夜。我们只希望跟最少的、有必要的人公开和探讨此事。我听说你收到信时，你的室友和你在一起，他现在在哪里？"

"应该在家里，我是一个人来的。"

"我希望你能让他保守秘密，并且希望他也能像你一样尽量过着与平常无异的生活。我不希望凶手发现他有特意保护你的行为。你能告诉他，让他不要参与到这件事里来吗？"

"啊啊，好的。"

是恭司的话，应该没关系吧？如果让他当自己的保镖，他大概会高兴地接受。如果让他不要关心自己，他大概也会毫不反抗地照着做。对任何事都毫不关心的恭司面对任何情况都像水一样柔软。

"还有，可以请你们专业的一个老师与我们合作吗？绪方在吗？"

"在，警视。"

绪方在狐塚的身边摆正姿势。坂本无言地点了点头，看着狐塚继续说道："绪方只有二十多岁，看着也年轻，与你在一起没什么不协调感，今后就把他安放在你身边了。狐塚，有什么问题吗？"

说完之后，他仿佛才想起来一样问道："真抱歉，你能接受吗？"

看来在自己来这里之前，大家就已经订好了方案，狐塚感受着在场全员的视线，有些畏缩。他期待有人笑出来，或是为自己说话，然而谁也没有那样做。所有人都在静等自己的答案。

他考虑了片刻。如果自己现在拒绝这个要求的话，能有什么理由呢？研究作业太忙？担心身家性命？哪个都可以作为正当理由，但哪个又都不太合适。过了一会儿，狐塚叹了口气，对秋山说："老师，我有一个请求。"

"什么请求？"

"也许算不上什么事，但您能不能不要把我的处境告诉月子和白根同学？哪怕游戏期限过去后我平安无事，也请您不要告诉她们我身上发生过这种事。我不想让她们担心。"

"我知道。"秋山微笑着说，"我很高兴这么做。"

他的笑容好像在说"好像很有趣，就那样做吧"，似乎在不负责任地怂恿狐塚。狐塚又苦笑着转向坂本。其实如果不看着摄像头说话，就无法直视坂本，但他还是冲着屏幕中央的坂本的脸说道："我接受。请多指教。"

"我们才要请你多多指教。那么，让我们来具体地谈一谈吧。"

我也真够好事的，狐塚虽对这样的自己感到震惊，却还是回答："好的。"

七

　　距离发现"i"的留言已经过了三天，再过三天，离蛇岛友美的死就满一个月了。

　　台风正在逼近，明天就将登上这片土地。令人厌烦的雨，作为台风的前兆，不断打在 D 大校园的林荫道上。木村浅葱从上方俯视着这一景象。早上还勉强支撑着的阴郁天空，现在已静静地流下了眼泪。天空的颜色像化开了的墨水一般阴沉。

　　浅葱站在研究室外的水池旁边，把用完的杯子放在水池里后他就一直站在这里。此时狐塚慢慢靠近了他。

　　"那个杯子要洗吗？我来洗吧。"

　　狐塚的手里拿着自己的杯子，视线停在浅葱的右手上。那里有一个月前浅葱因贫血倒下时被地上的玻璃划破的伤口，伤口表面已结了一层薄薄的痂。

　　浅葱摇了摇头。

　　"伤口已经没事了。狐塚，你就放在那儿吧，我来洗。"

　　"怎么了？今天你怎么这么有志气？木村你还是依赖别人好意的时候显得比较正常。你应该说'这是我应得的权利'之类的话，或是毫无诚意地道谢，这才符合你的性格。"狐塚边笑边说，他的眼睛下方有一层淡淡的黑眼圈。是心理作用吗？浅葱从狐塚手里抢过杯子，站在水池旁洗了起来。

　　洗着洗着他回头看向狐塚，单刀直入地问道："喂，狐塚，那个人到底是谁？"

　　"哪个人？"

　　"别装傻了，你知道我在说谁吧？就是小川啊。"

"——啊啊。"

狐塚苦笑着点了点头，表情很无力。浅葱可以看出他的疲惫。

前天阵内教授介绍了一名名叫"小川"的学生，据说是从东京的私立大学来的，会在阵内手下学习一个星期，期间要待在研究室里。但以前从来没有其他大学的学生提出过这种要求，那个"小川某某"看起来也并没有什么热情。其他研究成员似乎都毫无抗拒地接受了这个人，只有浅葱考虑着其他的可能性。

"i"肯定采取了什么行动，与狐塚进行了某种接触。

得出这个结论时，其他可能性就都被他排除在了脑后。那个学生应该是刑警之类的人，负责监视狐塚身边的情况吧。浅葱没看见狐塚和那个学生有什么特别的交谈，但在他眼中，这样反而不自然。狐塚孝太是个优等生，如果有陌生人加入到研究室，狐塚肯定会率先接近。为了不让新人被孤立，他应该会出面充当介绍人。

浅葱无法保持镇定。他被"i"抛弃了，又被狐塚隐瞒，目前他手里的卡片和情报都少得惊人。

狐塚从浅葱手里接过洗好的杯子，一边用毛巾擦拭一边有气无力地说："真不愧是木村啊。"

"——到底是谁？"

"抱歉，请你再等等，以后我会好好告诉你的。"

果然如自己所想，他们正在等待"θ"的时限过去。浅葱抬头看向狐塚的脸。

浅葱突然涌上一股冲动，催促着他"说出来"。狐塚现在被逼成这样，说到底是谁的错？你甚至没有为他担心和忧虑的资格，快把事实告诉他本人吧。他在心里反复说着，三天，还有三天。

太天真了，狐塚，浅葱想着。

他以为自己能平安无事吗？——不能安心，也不能疏忽大意。狐塚和警察都不知道，对"i"来说，游戏规则几乎没有任何意义。他正想跳过浅葱，打破规则，进行连续两次作案。这样一来，一开始提出的一个月的期限对他来说也毫无意义，只要再做个像上次那样的网站，或者采取其他方法向世间通报规则已改变就行了。即使过了期限，狐塚依旧是"i"的目标。

还有三天。

如果"i"等不到期限就想采取行动的话，应该会在最后一天下手吧。最后一天，狐塚身边肯定会布下比现在还要森严的戒备，在这样的情况下如果"i"行动的话，会非常危险。浅葱担心"i"的安危，他应该提醒"i"注意，但现在浅葱身上又没有那样做的气力。他很迷惑。

"i"大概不介意把其他人的性命牵扯进来。但为了杀掉狐塚这个人，他恐怕连放火或炸掉整个建筑物都在所不惜。如果只有几个警察守护，根本就派不上用场。

"再等等……吗？"浅葱小声说道，他背靠着水池，说了一句，"喂，狐塚。"接着继续这场彼此都隐瞒了重要内容的对话。

"萩野学姐被杀了，现在又来了个身份不明的小川，这到底是怎么回事儿？我也看过那个犯罪声明，肯定是包括这所大学在内的几所学校中的人干的吧？哎，狐塚，你觉得'i'到底是谁？"

"如果是阵内老师的话，作为一个故事来说还挺有趣的。"

狐塚的笑脸刺进了浅葱的心。

"包括萩野学姐在内，一个人都没有死。等到游戏结束后，学姐就会从老师的房间里突然跑出来，说：'可以不装死了吗？'然后告诉我这一切都是一个恶劣的玩笑。我多希望是这样。"

浅葱冷冷地看着说出萩野名字的狐塚。他眼里浮现出残留在记忆中的哥哥的面容,那面容与眼前的狐塚的脸缓缓地重合在了一起。

如果狐塚就是"i"的话……

那该多么轻松啊。他——如果是"i"。

"不是你吗?"

浅葱发出干巴巴的声音。说出口后,他才对自己声音中带有的依赖之情感到震惊。狐塚仿佛被突然袭击了一般,吃惊地看向浅葱。浅葱咬了咬牙,又继续说道:"你,难道不是'i'吗?说真的。"

"……木村?"

一脸困惑的狐塚盯着浅葱的脸。浅葱没有笑,就那样从狐塚脸上移开了视线。就在浅葱将要拿着杯子返回研究室时,狐塚苦笑着叫住了他。

"如果你是问两年前那篇署名'i'的论文,那可不是我写的。"

浅葱闻声转过了身。狐塚依旧以温和的目光看着浅葱。

"虽然轮不到我说,但现在的你已经不会再输给'i'了。"

浅葱感到心中一阵动摇,全身都受到一阵冲击,既像被推倒在没有出口的黑暗洞穴,又仿佛被黑色的强光猛烈地照射一般。

还剩下两天。

蓝给出的提示是儒教的八项道德准则,这是小时候和哥哥一起看过的人偶剧里反复出现的文字。《南总里见八犬传》——母亲下班回家之前的和平时光中,浅葱和蓝曾经入迷地看着这部电视作品。

只有浅葱能拯救眼前的狐塚,一个可能缓缓地掠过他的心中。

——只要浅葱先下手就好了。只要他把符合条件的另一个人杀掉。

第八章 暴风雨与马戏团

一

"没想到我竟然会和老师一起来看马戏团表演啊。"

帐篷中充满了好像正在膨胀一般的热气。

距离上次看马戏团表演大概已经过了七年。对于马戏团，狐塚心中仅有"在一个大帐篷里看了有趣的节目"这样漠然又概念化的记忆，至于看见了什么动物，演员进行了怎样的表演，他完全没印象了。如果让他回忆一个具体的画面，狐塚大概会想起和他一同去的月子的侧脸和她兴奋的叫喊声："好棒好棒好棒，太帅了！"

这次似乎没法从心底享受演出了。狐塚看向坐在身边的秋山教授的脸。

"您真的没关系吗？老师给我的印象是一直很忙。"

"我闲得很。"秋山应道。坂本曾说过，其实很多人希望秋山对"i"和"θ"的事发表评论，但秋山把与这件事有关的请求全都拒绝了。是不是因为他身边的人与这件事的关系太过密切了呢？

"老师您之前打算来看马戏团表演吗？"

"没有。不过我也碰巧拿到了入场券，但我把票给月子了。"

"给了月子？"

狐塚惊讶地看向秋山。后者一脸平静，以从容的表情一边点头一边说了声："是的。"

"而且是前排不错的位置。如果我们遇到她，请你找个好借口解释为什么我会和你在一起。"

"您要是早点儿跟我说就好了，我还没做好心理准备。"狐塚苦笑着说。月子那天说今天有事要出门，原来是要和其他人一起到这里来啊。

"我还以为她一定会邀请你呢，结果看来猜错了。狐塚你今天本来计划要和谁一起来啊？"

"和白根真纪同学。"

听到狐塚的回答，轮到秋山一脸震惊。他难得地反应慢了一拍，过了一会儿，才问道："狐塚……真的吗？"

听了秋山的提问，明知道不合时宜，狐塚还是笑了出来。这个缺少主语的问题该叫人如何解读呢？狐塚摇了摇头。

"这次是我第一次主动邀请她，以前什么事也没发生过，以后仍然保持原状的可能性也很大。"

"真够暧昧的。你在面对她的时候再有点儿志气怎么样？"

"我做不到啊，没有自信。"

"以防万一我先问一句，阿月知道这件事吗？"

"嗯……"

狐塚再次苦笑起来。

"今天的事我并没和月子商量。我一直很害怕，感觉自己好像在干什么偷偷摸摸的事情。也许白根同学把这件事告诉了她。要真是那样的话，我可能不会内疚了，但会觉得有些尴尬。"

"内疚也是有的吧？"

秋山的声音又回到了之前淡淡的声调。

"要是没有的话就太没意思了，人生就太无聊了。"

"——下次我再约她的时候，需要得到老师的允许吗？"

狐塚的耳朵里装有警察给他的联络耳机。到明天，距离蛇岛友美出事就满一个月了。如果对方要采取行动，那么不是今天就是明天。根据坂本和二宫指示，狐塚要依照计划去看马戏团表演，让自己置身于人群中。这样一来，凶手采取行动的可能性就会变高。之前安排在狐塚周围的警察人数很少，而今天也大幅增员，全部都守在帐篷周围伺机等候。但对狐塚来说，他只能感觉到耳朵里嵌入的耳机和胸前的收音麦克风，至于其他保护自己的存在，他毫无感觉，仿佛一切都是一个高明的谎言。比起这点，他对有人正试图夺取自己的性命这件事更加难以置信。

不知为何，狐塚莫名觉得肯定什么事都不会发生。事到如今，他依然没有身为当事人的意识。可话虽如此，他也不能把一无所知的真纪卷进此事。面对失去了出行同伴的狐塚，秋山提出和他一起去。

"我知道那件事，而且我和狐塚一起去别人不会觉得不自然，对吧？"

坂本命令狐塚，绝对不要让耳机和麦克风离开身体。这些设备都是最新款的，与美国总统演讲时使用的设备相同。狐塚知道，灵敏度良好的麦克风正把这边的情况传达到坂本那边，他们正在侧耳倾听。

但他还是提出了那个问题。

秋山看着狐塚。他只是静静地看着，完全没有惊讶的样子。

狐塚又问道："我听说老师您让一个男生消失了，是真的吗？"

秋山脸上带着微笑，那不是暧昧的笑，其中没有丝毫试图敷衍或逃避的念头，但他久久没有回答。他明明听到了狐塚的问题，却既不肯定也不否定，看起来也不像因为介怀有第三者在倾听。恐怕即使只有他们两个人，秋山也会是这个样子。

狐塚苦笑着看着下方的圆形舞台，目前还空无一人。天花板上吊着空中秋千，还有一个围着网的大型球体。那个球是做什么用的？记得公园和神社里有类似的娱乐设施，就是那种会转来转去的圆形攀登架。说起来，小的时候，狐塚的同班同学小原还从那上面掉了下来，弄伤了额头。想到这里，他的脑海中突然浮现出恭司的脸。恭司和小原一样，都喜欢月子。狐塚回忆起以前自己曾和谁说过，身边的朋友喜欢上月子可不是什么稀罕事。记得是对浅葱说的。

"风真大啊。"秋山说道。

台风快要来了，大概他是听到了风吹过帐篷表面时发出的声音吧。开场时间刚到，狐塚他们就立刻进了场，那时的雨势还不太大。但后来入场的亲子和情侣手里都拿着湿漉漉的雨伞，坐在狐塚和秋山前面不远处的母亲正在帮孩子脱掉黄色的雨衣。

"真叫人兴奋啊。在台风来临之际，我们却坐在帐篷里看马戏团表演，旁边还有警察的守护。"

"要是您的同伴不是我而是您的妻子，您应该会更开心吧。"

"她可不适合陪我做这么刺激的事情，幸好我现在是和你在一起。"

"阿秋老师，狐塚，你们有没有感觉到周围有什么特别的视线，或者有什么值得注意的奇怪的地方？"耳机里传来这样的询问。

"什么也没有，没事。"秋山看着狐塚的脸，露出十分自然的微笑，进行了回答。

接下来……

他冲着狐塚微微一笑。

"还有两天，平安地活下来吧。"

二

世界好像失去了颜色。

耳边传来强烈的风声,据报道称台风将在今晚登陆。从昨天开始,天气就逐渐变差,到了今天早上,雨势变得更加猛烈了。抬头看去,窗外的景色一片氤氲,街上的行人屈指可数。

浅葱搅着桌上的温咖啡,看向墙上的挂钟——从刚才起他已经不知看了多少遍了——之后又看向窗外。为了平息心中的焦躁与不安,他不停地翻搅着咖啡。

他把没有度数的平光镜往上推了推。

离约好的时间已经过去十五分钟了。

昨天邀请她一起吃饭时,对方的声音听上去并不抗拒。虽然嘴上说着"陪你去也可以",但浅葱可以感受到她并没有恶意。然而,到现在了她还没有出现。

是我想错了吗?浅葱咬起嘴唇,这时他感觉到身后的门开了。雨声和风声一下子变大了,一股冷空气席卷店内。

"欢迎光临。"伴随店家的招呼声,浅葱回过了头,看见了一边把被雨淋湿的头发往上拢,一边收起雨伞的她。好久没有见到她了。

"我约了人。"

她拒绝了想要引她入座的服务员,向店内走,细长的眼睛寻找着浅葱,从她的长发上落下了几滴雨水。

"我在这里,好久不见。"

浅葱努力发出轻快的声音,举起了右手。太好了,她来了。浅葱宽慰地松了一口气。对方在注意到浅葱后迅速抬起了头。

"抱歉,我迟到了。"她喘着粗气说道,"都是因为台风来了,导致电车发车时刻不定,所以我才迟到了的。浅葱你来的时候也费了一番周折吧?真是不巧,居然遇上这种天气。"

"我没关系,倒是对不住你了。早知道天气会变得这么糟糕,我就不约你出来了,真是抱歉。"

"这倒没关系,其实我今天真的很闲。"

她拿出手帕,仔细地擦了擦脖子。

"虽然离这里有点远,但有个马戏团今天来演出,你知道吗?就在浅葱你们学校那里。"

"我知道,好像是有这么一回事儿。我有几个朋友也说要去看。"

"要是可以中途入场的话,我们也去吧。我有入场券,但是约的朋友有事没法去,就多出了一张票。怎么样?"

她递给浅葱一个茶色的信封。浅葱拿过来看了看里面,是两张入场券。演出场所在D大附近的市民公园里,特意搭了一个帐篷。那里离他们现在见面的这条街十分遥远。

"你先拿着吧。"她的态度仿佛在说"这种东西当然要由男人保管"。

她向点餐的服务员点了一杯热咖啡,随后把手帕放在了桌子上。

"浅葱你家在这边吗?离D大真远啊。"

"我搬家了。"浅葱微笑着说了谎,边说边依着她的意思把茶色信封装在了自己的包里。

"这样的天气,不知道还能不能去看马戏团表演。不过你能来我真的很高兴,早知道的话我们应该约在D大附近见面的——紫乃,你想吃点什么?这么突然地邀请你,实在很过意不去,能让我请你吃饭吗?"

"这附近都有什么店?"

片冈紫乃轻快地用手撑起她那清秀的脸,看向浅葱。在她的背包外侧口袋上插着一支笔,笔杆是高音谱号的形状,在雨滴的反射下闪闪发亮。

三

"恋和爱的区别是什么?"秋山在空中秋千表演刚结束时问道。

观众的兴奋之情充满了整个帐篷。只有在这种时刻,这里才与外面的台风和杀人犯隔离开来。一个穿着紧身衣的白人女性踏着轻快的脚步出现,她把自己抛向空中,稳稳地被男性搭档接住。

"好厉害,好厉害啊,妈妈。"一个看上去像是小学生的孩子兴奋地对母亲说道。狐塚也在拍手。而在灯光昏暗的观众席,秋山在他耳边小声问了刚才那句话,这问题提得十分突兀。

听到他的提问后,狐塚转头看向秋山的脸。在雷鸣不止的掌声中,只有秋山是一副淡淡的表情,看不出任何兴奋或感动。他的眼神像是在说"这些人是靠这些表演挣钱的,所以能做出这些动作不是理所当然的吗"。

"恋和爱?"

耳中满是掌声,还有用来炒热气氛的音乐,狐塚只能大声反问。

秋山点了点头,又问狐塚:"你觉得区别是什么?"

"在我眼中,恋是恋人之间的感情,而爱是比那还深的羁绊。比起恋人,更多存在于夫妇和家人之间。"

"原来如此。"

二人眼前的舞台上,有一群戴着礼帽,打着领结的绅士骑着独轮车，当中还有小丑的身影。他们排成一列，转着圈，之后又排成风车的形状。

"以前我在课上提出过相同的问题，有一个女同学回答'恋是坠落，而爱是陷落'。我偶尔会回想起这个答案，思考她说的到底是什么意思。"

"嗯。"

秋山盯着眼前的表演。但狐塚觉得，不管演出多么热闹、演员多么热情，秋山只是在一旁看着，并没有投入。

"恋是'坠落'，所以如果想爬出来的话还是做得到的，但想从'陷落'的爱中逃脱却是不可能的。她是想表达这个意思吗？还是她认为'恋'是'坠落'，是当事人主动选择的状态，而爱则是被动的，是由于外部的不可抗力量才'陷落'的呢？到底是怎样的呢？我觉得恋也好、爱也罢，都是因为渴望才得以存在的，都是出于本人的希望和意志才会让自己陷进去的。"

会场里突然沸腾了。有一个骑独轮车的绅士不小心摔了下来。这是为了引大家发笑而故意做的，还是单纯的失误呢？狐塚看不出来。

绅士正在讨好周围的观众。秋山又继续说道："我做的事，这么久以来我做的事，就是突然之间把那些人的希望夺走，其实等同于暴力和偷窃。"

狐塚看向秋山，他依然静静地看着嘈杂的舞台，没有回看狐塚。

"对当事者来说，究竟何谓幸福，大概只有他自己才清楚。但是相反，如果作为一种状态来看，究竟什么是好的，什么是坏的，置身于旋涡之中的当事人无法做出判断。能看清的是像我这样的第三者，我一直坚信这一观点。"

"您是说，您那么做是为了让当事人最终回到您所说的'好的状态'吗?"

秋山的话乍一听仿佛没有任何联系,其实早已做好了铺垫。这是对狐塚刚才那个问题的回答吗?

"我不希望事情不能如我所愿地进行。我的妻子和朋友总笑我像个孩子,但我可不是孩子。孩子是因为不理解世间的道理和构造,才会不讲理、任性。而我不同,我是在理解的基础上变成一个自私又傲慢的人。对我喜欢的人,我希望他们能获得幸福,对讨厌的人则相反。我无法忍受喜欢的人因为沉浸于一时的恋或爱而走向灭亡。"

那你会看不起我吗?狐塚很想这么问。

秋山转过身,用似有似无的、几乎被音乐遮盖的声音说道:"即使当事人认为那就是他们心中的幸福,我也会从他或她身上夺走。"

"如果当事人陷入了不好的状态,但又想守护住自己心中的幸福,那该怎么办呢?就像白根同学喜欢上了那个被您抹掉的男生。"

"那当事人可以离开我,或者让我看不起他,总之,只要让我讨厌,让我对他失去兴趣就行了。"

在嘈杂的人声中,只有秋山的声音格外平静。

"另外,我只对身边的人的幸福感兴趣。像是饥饿的难民、悲惨的动物实验、世界某地爆发的战争,这些事我绝不会带头去关注。对我来说,看不见的不幸就等于不存在。只要看不见,我的心情就可以保持平静。"

"嘭"的一声,一股强风打在帐篷表面,音乐声也无法遮盖外面的风声。四处传来女性咿咿呀呀的悲鸣。舞台上所有的演员都从独轮车上下来,看向天花板。

又传来一声巨大的风声。

与此同时,帐篷里陷入一片黑暗。停电了。

四

在人烟稀少的公园里，一把黑伞和一把红伞并排晃动在狭窄的小路上。

浅葱和紫乃一直漫无边际地聊着，大多时候是紫乃在说话，她心情很好地聊了许多，像是自己有怎样的朋友，交往过的男孩子中哪个类型的比较多，最近好久没有这么开心地聊天了，等等。虽然月子是他们两人共同的朋友，但对话之中却几乎没有出现她的名字。浅葱心不在焉地与紫乃进行着对话，一边附和一边与她走在昏暗的小路上。

一想想将要做的事，他会提不起兴致也是理所当然的。

离与"i"约好的期限还剩两天。如果今天自己还没有表现出想要继续游戏的意愿，恐怕从明天开始，他就会一个人继续游戏了吧。他会杀死狐塚，并再也不与浅葱见面。

浅葱拼命地寻找符合条件的对象。对象必须是可以立刻接触到的，而且要符合被提示的关键词。明明"孝"是一个很平凡的字，但在浅葱认识的人里就只有狐塚孝太的名字里有这个字。现在所剩的时间也不够让他对陌生人进行调查了。他翻了翻过去的笔记本，从中发现了——

"叫辆出租车好了，雨真大啊。"

只有一个人，只有她。

这次浅葱真的会被"i"抛弃。与自己共同度过那段幼年时光的哥哥，这次真的要离开了。对继续游戏的抵抗和令他难以抵挡的诱惑交替打动着浅葱的心，令他难以作出决断。

失去"i"后，自己到底还剩下什么呢？

浅葱站住了。

他一边感受着激烈的雨拍打在身上所产生的震动，一边缓缓地翻着手里的口袋。他的手指间感觉到了濡湿的皮带的触感。

握住那条皮带后，他的心中立刻产生了一股压迫感。冷静，冷静下来。

他环视公园，四下无人，活动的物体只有被雨和风拍打而沙沙作响的树木。风掠过他的脸颊。就是现在，只有现在了。

"哎，浅葱……"

紫乃抬起头，用美丽的杏眼看着自己。浅葱吸了口气，也看向她。紫乃微笑着，她很清楚这样的笑容能使她看上去最有魅力。

浅葱看着那张脸下方的纤细脖颈。

他把攥着皮带的右手从包里伸了出来，皮带一下子套上紫乃的脖子。他用左手抓住皮带的另一端。黑色的雨伞从手中脱出，被风带到了高空。他把皮带交叉，用尽全力向两边拉扯，勒紧了紫乃的脖子。

紫乃的脸向后方仰去。她似乎没有发出悲鸣声，但浅葱也无法确定，因为他耳中只有风声和雨声。他又在手上加了力，不停地加力，勒着紫乃的脖子。他一次又一次地反复施力，紫乃的头发落到了浅葱的手上。都这样用力了，应该差不多了吧，应该死了吧。从紫乃手上滑倒的红伞转着圈滚到了地上，她的包也掉在了地上，插在包上的笔在地面上弹了起来。

浅葱一边拼命地扼杀这个与自己没有任何过节儿的女人，一边回想起一种触感，一种存在。他想起的并不是自己的哥哥蓝。

而是月子那洁白的手心。

他无可救药地依恋着她。他希望有人能原谅自己。浅葱发出一声呜咽一般的大喊，随后扔下皮带，蹲下了身。他蹲着捂住了自己的脸，呼叫着她的名字。

——救救我。

月子，救救我。

给 i：

我会继续进行游戏。

下次的提示

$$品（\ ）獭$$
河
边

$$\theta$$

五

停电时间仅有两三秒。

帐篷里的灯光重新亮起时，座位上和舞台上都传来了安心的声音。

"真是吓了我一跳。"秋山说道，他已经恢复了平常的表情，沉稳的声音和表情都具有一种力量，使狐塚不敢再提及他们在停电之前那一刻的交谈内容。

周围的人都在互相表达刚才的惊吓。马戏表演还能继续进行吗？要是像刚才那样的独轮车表演也许还好说，但如果是走钢丝或让动物钻火圈之类的杂技表演的话，即使只有两三秒，也会导致生命危险。之后的节目中应该还有很多这种不容出一点差错的表演。

舞台中央出现了一名中年男性,马上吸引了大家的注意。他看上去像是日本人,似乎不是马戏团的成员。他没有穿华丽的衣服,也没有化妆。他拿着话筒走向前,向观众说道:"十分抱歉,刚才由于台风的影响导致场内停电,我们将会对是否继续后面的演出进行商量,请大家等十分钟左右。真是给各位客人添麻烦了。"

"阿秋老师,狐塚。"

场内广播还在进行时,耳机中传来坂本略显紧张的声音。

"怎么?""怎么了?"两人异口同声地答道。

能感觉到坂本那边的空气很紧张,他的回答慢了一拍,在回答之前他先吸了口气,像是做好了准备。接着他用苦涩的声音说道:"虽然目前仍在确认中,但凶手'θ'似乎在别的地方采取了行动。地点是这里和东京都中心之间的江户川区民公园,牺牲者似乎是一名在东京中心市区上学的女大学生。有一名公司职员从那里路过,发现她卧倒在公园的小道旁。死因是脖子被勒紧导致的窒息。凶器不在现场,还没有被找到。"

秋山和狐塚边听边面面相觑。狐塚对着胸前的麦克风说道:"有证据证明是'θ'做的吗?"

"被害女孩的脸被一张用来取名字的纸包了起来。你知道那种纸吧?孩子出生后,家长要给婴儿取个名字并把名字写在一张纸上。那种纸一般用来贴在家里的神龛上,或是去神社时用来供奉神明。大多都印着吉祥的图案,这次包在死者脸上的纸就印有鹤与龟的烫银图案,名字一栏写着'后面的人是谁'和'竹笼眼啊竹笼眼'这两句歌词。死者的脸被那张纸包着,就像被蒙住了眼睛一样丢在那里。"坂本咬牙切齿地说道。郁闷、遗憾和愤怒等一系列感情都能从他淡淡的声音中听出来。

狐塚感到呼吸困难，原因似乎不是帐篷里恶劣的空气。为了确认自己还活着，狐塚大口地吸了口气。该死掉的原本应该是自己，不是吗？

坂本继续问道："死者的年龄跟狐塚你的年龄很相近，迄今为止，与整个案件相关的事情接连在你身边发生，所以我担心，她会不会也是你的熟人。"

"她的名字是？"秋山对着胸前的麦克风说道，"是孝子，还是孝江？已经知道她的身份了吗？"

"关于这点……"坂本踌躇着说道，"这点与以往的案件有些许不同。现在还未确认她的身份，但是我们从留在现场的包里发现了她的钱包和驾驶证，得知死者的名字叫片冈紫乃。片冈就是那个常见的姓氏片冈，紫是紫色的紫，乃是读作'SUNAWACHI'的乃。"

狐塚屏住呼吸，与秋山对视，秋山的脸也因为惊愕而僵住了。秋山把麦克风拿到嘴边，又问了一次，语速比刚才快了一些。"再说一遍那个名字。"

"片冈紫乃。"坂本一字一句地说着。

秋山又说道："学校是F女子大学，具体专业名称我不太清楚，但应该是国际学，对吗？"

这次轮到耳机那头的坂本屏住了呼吸。

秋山追问道："对不对？"

"——没错。果然是你们的熟人吗？"

"是犬塚信乃啊，狐塚。"

秋山又转向狐塚。

"我记得在《八犬传》里，持有灵玉中'孝'字的八犬士成员名叫犬冢信乃。大概是'θ'把'i'给出的'缺少的是'的提示做了曲解，硬把答案当成拥有与犬冢信乃发音相同的名字的人[①]。这也太牵强了……"

秋山皱起了眉。他用手抵住额头，愤怒地说道："这算什么，难道他们还有兴致玩文字游戏吗？"

该怎么对月子说呢？狐塚无力地垂下头。这到底是怎么回事儿？为什么我们周围总是出现这种事……为什么，紫乃会……

刚才那个中年男性又出现在了舞台上，他脸上挂着完美的公式化微笑，对场内的观众说道："让大家久等了！现在开始，演出继续！"

场内又一次响起震天的欢呼声。

六

杀死紫乃后，浅葱在车站的厕所里洗了手。

不管洗多少次，手上的皮革味都无法消除。他的两只手掌逐渐变得麻痹而僵硬，并毫无缘由地颤抖。身上开始出现与之前贫血时相似的症状，呼吸困难，想吐。

杀死紫乃时，大雨已经激烈到令他睁不开眼。浅葱全身都被冰冷的雨淋湿，快要冻僵，手指也几乎冻住。

他用准备好的给婴儿起名时用的纸包住紫乃的脸，盖住她的眼睛，让她的身体就地卧倒。然后把带有指纹的凶器皮带放进包里，

[①] 犬冢信乃的"信乃"和片冈紫乃的"紫乃"都读作"SHINO"。

喘着粗气离开了公园。

——必须给"i"发邮件。

——如果今天没有给他发邮件,那明天狐塚就会被……

感觉稍一放松,就会立刻倒下并失去意识。邮件,至少要在发完邮件之后再倒下。他坐上了电车,在车里拼命地振作着精神。要坚持到回家为止,至少要先回到家里。

电车在离D大最近的一站停了下来。浅葱的呼吸已经到了极限,呼出的气息极少,已经完全陷入过呼吸的状态。

从车站走回家还有相当一段距离,他不知道自己能不能撑过去。学校的研究室——他一瞬间起了这个念头,但想到走进教学楼后还要爬楼梯就感到一阵眩晕。回家的情况也是一样,他无法想象现在的自己还能爬上到家门口的楼梯。车站前的出租车停泊处里一辆车也没有。

他的伞刚才被风吹跑了。走在车站前的路上,浅葱发现了一个看板,停下了脚步。是一家可以上网的咖啡店。

只要能发邮件,哪里都无所谓了。浅葱按住自己的额头。头好疼。他杀了紫乃,这样狐塚就不用被"i"杀掉了。他仿佛瘫倒一般推开了店门。

坐在收银台的店员正在做着什么工作,看到浅葱时,她惊讶地愣住了。

"请,给我,一台空着的电脑。"

女店员脸上露出吃惊和呆滞的表情,她愣了一会儿,把记账用的卡片递给了浅葱。"那个,"她不知所措地问,"您的会员卡呢?"

"抱歉,一会儿再给你。"

说完这一短句后,浅葱的气息已经十分微弱。

三十二号，他确认了接过来的卡片号码，以虚浮的脚步走到电脑旁边，仿佛要趴在键盘上一般坐了下来。头好疼，后背也很疼，全身各处都在发出悲鸣。

从开机到屏幕出现画面，这段时间实在令人很不耐烦。浅葱拼命在脑海中草拟着邮件的内容。

  给 i
  给 i
  给亲爱的 i

他用颤抖的手打出了"i"的邮箱地址，花费了很多时间。他给出的提示词是"川"，这个字与狐塚毫无关联。只要把新提示语加入游戏之中，就可以使狐塚从他们手里解放，获得自由。

对他来说，下一个牺牲者是谁都无所谓，他不想为具体的责任所苦。他尽量选择了一个平凡的字，之后只要让"i"找到适当的对象就可以了，跟他没有关系。

  给 i

    我会继续进行游戏。
    下次的提示

       河
     品（　）獭
      边

         θ

他还记得自己打好邮件点击了发送，还退出了邮箱，之后眼前就开始混浊、泛白，手指开始无力。

给i

给i

给亲爱的i……

在可供上网的咖啡屋"BLUE"里。

有人正摇晃着失去意识的木村浅葱的手臂。浅葱脸色苍白，双眼紧闭，刚才还开着的电脑此时是一片白色。

来人拉过浅葱的手测着脉搏，随即眯起眼睛，皱起了眉。浅葱的体温很低，他浑身湿透，呼吸紊乱，显得很痛苦。

来人沉默地扛起浅葱纤细的身体，把浅葱的手放在自己的肩上，走向收银台。他把自己的和浅葱的记账卡都拿给店员，并出示了自己的会员卡。

"抱歉，请把我们两人的账都结了。"

"啊啊，好的，知道了。"

店员看向被扛着的浅葱，一边结着账一边露出安心的表情。

"太好了，原来您是跟那位客人一起来的啊。我看他一个人，还浑身湿透了，所以还有些担心呢。"

"他喝醉了。"他笑着答道，"这家伙太容易醉了，让你受惊了，真是抱歉。"

"啊啊，没事的。那么……"

店员扫了扫记账卡上的条码，与收银机上显示的数目相核对，看了看会员卡上绿色的名字，又看了看眼前的男人，之后把卡还给了他。

"三十二号的费用也由石泽先生付,对吧?"

"对。"

石泽恭司收起了卡片,仔细地放在胸前的口袋里。

七

虽然刚才只停电了一瞬间,但还是备份一下吧。

月子对着电脑自言自语。如果数据丢失了,那迄今为止的辛苦都将化为泡影。离毕业论文的中期发表还有两个月左右,时间很富裕,但她想尽早着手准备。她好不容易能在秋山的研究室撰写毕业论文,所以不想留下任何遗憾。月子站了起来,从房间里的架子上取出一个空白硬盘。

窗外的风还是那么大,不停摇撼着窗户。

马戏团的首日表演有没有顺利举行呢?月子一边听着窗外的雨声和风声一边想着。紫乃去了吗?她邀请谁一起去了呢?如果是异性的话,她喜欢的是什么样的男孩呢?

当她回到电脑前时,屏幕上已经出现了屏保图案。为了使画面回到操作界面她敲了一下键盘,屏幕上出现要求输入密码的窗口。而当她输进密码后,并没有回到之前的界面,而是出现了一条信息。

您现在使用的密码有效期还剩三天,要指定新密码吗? 是／否

自上次更换密码已经过去两个月了啊,月子盯着屏幕想着。

月子家的电脑是由狐塚设置的。之前月子为了在家时也能查看

学校的邮箱，就委托狐塚把电脑与D大教育学系的网络连接在了一起。这样在想要接通网络时，她就需要输入学校指定的登录名和密码，而且密码需要每隔两个月更换一次。月子现存的词语已经快用光了。

对了。

面对屏幕上显示的信息，她暂且选择了"否"。她有一个想尝试着确认的单词，记得的确听过这个词。如果那个词不是记忆错觉，而是真实存在的话，那下一次的密码就选它了。

把毕业论文的文档保存之后，月子打开一个在线辞典网站。她选择了"广辞苑"界面，把那个听说过的单词用片假名输了进去。画面立刻跳转。

果然，这个词确实存在啊。月子在确认时，突然发现……

咦？

屏幕一角的画面吸引了月子的视线，好像有哪里不太对劲。在她检索的词语下面有几行说明，中间有一个片假名词语。

她突然明白了过来。啊啊，原来是这样。她想了想，觉得也没什么，肯定只是个偶然而已。不过，嗯，原来是这样啊。

月子对此没有太上心，当即把密码变更手续完成，之后又把新指定的密码输入到搜索引擎里。有将近一万条搜索结果。在哪个网站上能看到照片呢？她操作着鼠标。月子找到照片时，不禁睁大了眼睛。她歪着头，看向摆在电脑旁边相框里的照片，那张名片大小的美丽照片。月子不禁屏住了呼吸。

就在这时，桌子上的手机一边振动一边唱起歌来。这首歌是她专为一个人设置的特别铃声。歌曲出自机器猫动画片，月子也很喜欢那个肚子上有口袋的猫形机器人。是里面的孩子王的歌：我是胖虎，我是孩子王，我是天下无敌的男人哟。

"石泽恭司"。

"喂，我是月子。"

"——阿……月？"

他现在在哪里呢？那边的信号不太好，能听见他身边有沙沙的雨声。月子将手机换到另一只手上。

"恭司，怎么了？要是约我出去玩就算了。我今天想在家里待着，外面可在刮台风呢。"

"别这样说，出来嘛。"

信号逐渐稳定了下来，也许他正在走动。恭司嘲弄般地笑了起来。

"外面可在刮着难得一见的台风啊，现在又刚好正在上陆。"

"台风就是要从屋里看才会觉得兴奋啊。今天我不出去，再见。"

"等等，阿月，别挂电话。"

恭司呼唤着，月子又把手机贴上了耳朵。恭司用轻飘飘的声音说道："我有个事要拜托你。那个，阿月，我捡到了木村浅葱。"

"啊？"

"我捡到了凄惨地躺在地上的浅葱。唉，这家伙是不是有什么慢性疾病啊？他被雨淋得浑身湿透，脸色也非常难看——而且我注意到他身上并没有酒气。如果他在吃什么危险的药物的话，我就这样把他送到医院也太可怜了。你觉得怎么办才好？我等会儿还有事情，所以想把浅葱托付给阿月你。"

八

正如恭司在电话里所说，浅葱的脸色难看到了极点，简直惨不忍睹。

被搬到狐塚和恭司合租的公寓里的浅葱头发散乱，浑身湿透。碰触他的身体时可以发现他的体温很冰冷。衣服上依旧淌着雨水。

"我与朋友约好了，但到早了，闲来无事就去了D大前面那家可以上网的咖啡店，结果浅葱他……"

恭司把浅葱从肩膀上放下来，放到自己的床上。

"他浑身湿透地进来，然后就倒下了。阿月你知道什么吗？浅葱他一直这样吗？我以前可从来没见过他这个样子。"

"我就见到过一次。"

"有毛巾吗？"月子问。恭司打开了自己的抽屉，把里面的几条毛巾扔了过来。

"据说是贫血。"

月子看着疲惫地闭着双眼的浅葱，擦着他的脸和脖子，有了一种想哭的感觉。他的脖子像女孩子的一样纤细。最好让他去正规医院仔细检查一次。

"怎么办，阿月？我觉得让他今天住在这里比较好。"

"就这么办吧。"月子点了点头，"总之要先把他湿透的衣服换下来，最好能让他泡个澡，必须让他的身体暖和起来。能借用一下你的衣服和毛巾吗？"

"随便用。"

恭司边说边从裤子后面的口袋中拿出了手机，他看了看上面显示的时间后对月子说道："那么，抱歉了，交给你没问题吧？我必须得走了。"

"——你的事情很重要吗？"

月子并不是想责备他，只是希望他能尽量留下来。月子抬头看去，恭司耸了耸肩,仿佛在说实在没有办法。

"同伴之间有些争吵。我的女人跟别的男人睡了,所以我得去解决一下。"

"你要打人?"

"如果那样能解决的话不是挺好的吗?"

"别打人。"

月子试图用尽量柔和的语气劝他,但她也感觉自己的声音很生硬。恭司微笑着,他不想认真地与月子对峙,只是敷衍地摸了摸月子的头,说了声"真可爱"。

"这种事是没办法的。我尽量早点儿回来。"

月子咬住下唇。真要与恭司谈论这个话题,需要花很长的时间,今天肯定不行。浅葱那双冰冷的手不给他们时间讨论这个话题。

"连帮我把他放进浴缸里都不行?"

"你真可爱,应该不是第一次看男人的裸体了。不过比起狐塚,浅葱的身体可要纤细优雅得多了。"恭司嗤笑着说道。

"不是因为那个。"月子皱起眉头否定。恭司已经向玄关走去了。

"凭我的力量搬不动浅葱啊,"

"那你就先用热水擦一下他的身体吧,等我回来后再帮你。抱歉,我去去就回。"

"对了,说起来,孝太呢?"

"啊啊……"

恭司在玄关处抬头看向月子。

"他大概今天不回来了。啊,阿月你还不知道啊。"

"什么?他今天还在研究室?"

"嗯,差不多,反正他今天应该不会回来。"

恭司说完穿上了鞋，放任还想说什么的月子在身后不管，迅速地走了出去。月子叹息着目送他远去，之后回到了恭司的房间。

浅葱单薄的胸膛正痛苦地上下起伏。月子按下暖气的开关，从抽屉里拿出一套容易换上的衣服，又去浴室烧了热水。在做好擦拭的准备之后，她脱下了浅葱的衬衫。浅葱的身体依旧瘦弱得令人心痛，光是看到都会感到痛苦，明明对他说过要好好休养的。

月子不知道该责备谁才好。为什么会变成这样？

她再次观察浅葱的身体，真的十分纤细。不知为何，月子突然想起一件事，并觉得快要哭出来了。浅葱明年就要一个人前往未知的土地，要离开这里了。浅葱。她拼命地抑制住想要呼唤他的冲动。浅葱，你要走了吗？

月子脱掉浅葱上半身的衣服，想要扶起他。却扶着他无力的手臂，凝固在当场。

——咦？

她覆在浅葱手臂上的手变得僵硬。她吞下一口气，瞪大双眼看向浅葱的脸。浅葱依旧紧闭着双眼，微弱地喘息着，没有要睁开眼的迹象。

"浅葱……"

月子不禁开口叫出了声。浅葱皱着眉、闭着眼。她并不想把他叫醒，于是慢慢把手覆上了他的背。

为什么——浅葱？

他闭着眼的侧脸非常稚嫩。月子看着看着，终于难以抑制地从背后抱住了他。她把额头抵在浅葱的背上，流下了眼泪。她轻轻地抱着他，他的背十分冰冷。

月子仔细地擦拭了浅葱的身体，期待他的身上能多少恢复一点血色。中途为了换热水，她去了浴室。从浴室回来的月子突然注意到恭司房间一角的保罗史密斯的包。她之前见过几次，那是浅葱的包。

这么说来，今天是马戏团首日公演，月子之前邀请了浅葱，却被拒绝了。他今天去了哪里、做了些什么呢？是学校有事吗？月子把装满热水的洗脸盆放在地上，把毛巾浸在盆里，这时，她瞥见浅葱的包侧露出一个湿透了的茶色信封，被雨浸透了的信封变得透明，能隐约看到里面的内容。月子不久前见过这个颜色的信封，她不由地站起来，拿起了信封。湿透的信封透出马戏团入场券的图案。月子单手拿着信封，回头看向床上的浅葱。犹豫了片刻之后，她拿出了入场券。被雨淋湿的纸张贴在了一起，她小心地将它们一张张分开。果然是印有小丑、老虎，还有大象照片的马戏团入场券。日期是十八号，就是今天。副卷还在，就是说这张票没有被使用过。浅葱原本计划要和谁一起去看的吗？然而月子的这些想法在下个瞬间全都变成了一片空白。

因为她看到了手中那张入场券的指定座位号，日期下方写着——"A－07"。

月子再次确认了一下座位号，同时感到难以置信。她抬起头，来回看着浅葱的脸和入场券。

——紫乃。

她想起了好朋友的脸。紫乃，这是？还有浅葱……

她怀着难以置信的心情又把另一张票拿了出来。不用说，是"A－08"。也是月子让给紫乃的票。

"这是……怎么回事儿？"月子小声自问，心中混乱不堪。她盯着浅葱的脸。由于刚才用热水帮他擦了身体，他现在的呼吸比刚才平稳了许多，脸上也渐渐恢复了血色，也可能是房间里开了暖气的效果。月子在心中反复地问。她想起了紫乃美丽的面孔和头发，还有站立时那姣好的身材，光是想想就变得呼吸困难起来。

这是怎么回事儿？

但没人能回答月子的问题。

恭司是两小时后回来的。他用手臂轻轻蹭了蹭伏在床边的月子的肩膀，月子缓缓地抬起了头。

"抱歉，我回来了。情况怎么样？"

"哦——我觉得不用让他泡澡了。"月子回答道，"他的身体已经回温了不少，泡澡也许反而会让他恶化，还是就这样吧，别动他了。"

"我知道了。阿月你还好吗？去狐塚的房间里睡一觉再回去吧，我会继续陪着他的，你可以睡了。"恭司用温柔的声音说道，"真是麻烦你了，帮了大忙。"

"我没事的。"

月子回以一个僵硬的笑容。她没能自然地笑出来。

"我要回家了，还是恭司你在孝太的床上睡会儿吧。"

"嗯，谢谢——那我送你回家吧。"

"不用了，我走着回去。"

为什么呢？为什么自己只能发出这种快要哭出来的声音呢？

恭司沉默地看着月子。看吧，被恭司识破了，要被其他人知道了。

"阿月。"

"让我一个人回去吧，拜托了。"月子低下头，咬紧牙关，坚持说道。

九

　　醒来时，发现自己正躺在陌生的天花板下方。

　　他吸了一大口气，缓缓支起身子看向周围——这是个陌生的房间。

　　他听到了安静的雨声，头上还传来空调吐出温暖空气时的颤动声。他看向胸前，自己正穿着陌生的衣服。

　　这间屋子里除了一套电脑桌、床和书架之外什么都没有，十分简单。这里到底是哪里呢？还有昨天……

　　浅葱想起来了，随即看向自己的双手。昨天……

　　——自己给"i"发了游戏继续进行的邮件。

　　之后的记忆都消失了。想到这里，他的手掌和脸上立刻失去了血色。那之后发生了什么？就在这时，房间的门在已陷入极度混乱的浅葱面前打开。

　　"啊啊，太好了，你醒了？"

　　是石泽恭司。

　　"恭司……"

　　"抱歉了，我偶然看见了倒下的你，就擅自把你捡回来了。你浑身湿透倒在那里可是会死的。啊，账是我结的，别忘了还啊，三百二十日元。"

　　"这里是？"

　　"我的房间。这里是我和狐塚合住的公寓，你不是来过几次吗？不过你大概没进过客厅以外的房间。"

　　恭司笑着说完，随后坐在浅葱旁边盘起了腿。

　　"月子刚才还在这里呢。"

　　"——月子？"

"嗯。她已经回去了。为浅葱你换衣服，还照顾你的可都是她哦，以后好好谢谢她吧。"

"啊……"

浅葱点了点头。月子，月子刚才在这里。浅葱转向恭司，低下了头。

"不好意思，谢谢你，最近我总是贫血。"

"我只是把你搬到了这里，后来立刻就出门了，所以你不用对我道谢，要道谢的话，都跟月子说吧。"

说完他缓缓吐了一口气。

"别让她太担心了，她刚才都快要哭了。虽然这也不算什么大事，但是我希望阿月和狐塚这两个人能一直保持笑容。要是有人让她哭了，就算是浅葱你，我也要揍一顿。所以尽量别让我这么做哦。"平日里一直不正经的恭司，此时的声音却意外真切地传到了浅葱心底，令他感到很意外。

恭司注意到浅葱的视线，耸了耸肩。

"啊，抱歉，不过我刚才说的可是认真的。"

浅葱说道："虽然是我个人的想法……但我一直觉得，和狐塚比起来，恭司你和我更相像。"

听了这话，恭司眯起了眼，问道："什么意思？"

"非常……冷淡。"

"啊……"

恭司点了点头，随即露了笑容，那表情仿佛在说"你知道得很清楚嘛"。

"没错，没准我比浅葱你还要冷淡呢。你确实散发出与我类似的气息，但我大概更不可救药。唉，所以我才提前做了刹车的准备。"恭司仿佛自说自话般说道。

浅葱的头还是很痛,他按住一开口说话就一阵刺痛的太阳穴,问道:"刹车?"

"就是狐塚啊。阿月嘛,算是由狐塚派生出的附赠品。虽然现在我已经把她当作单独的个人来看,并且非常喜欢她。你喝水吗?"恭司关心问,然后走出了房间。

只剩下浅葱一个人,他再次为自己此时在这里的幸运发出安心的叹息。虽然那家提供上网服务的咖啡店离犯罪现场很远,但如果就那样一直倒在那里的话……他光是想想就颤抖了起来。而且是恭司发现自己的,实在是太好了。他大概不会过多询问原因。

他回想起几个小时前自己的所作所为。我,把片冈紫乃——

恭司回到房间,浅葱接过水杯,道了谢。

恭司还像刚才一样坐在浅葱旁边,开口说道:"继续刚才的话题。有一个那样的人存在会比较好,特别是对我和浅葱你这样的人来说。"

喝下凉水之后,浅葱的头脑逐渐变得清晰。他看向恭司。

"哪样的人?"

"怎么说呢,我觉得自己必须要有一个非常喜欢的、不愿让他哭泣的人。要是浅葱你想笑话我,说我这个早过了二十岁的男人还在说什么羞耻的台词,那你就笑话吧。只有这点我是不会退让的。很早以前我就意识到,不这样做是不行的。不这样做的话,我的生活方式就会越来越荒唐,越来越散漫。我很害怕啊,害怕自己现在这种对什么都提不起兴致,毫无留恋感的状态。"

浅葱感到恭司正在毫不掺假地坦白他的真心。从大学时代起,浅葱从来没见过恭司这么认真地说话。

"到二十岁左右,我一直随便地活着,只考虑自己的事情。我觉得变成什么样都无所谓，只顾专心地享受着荒唐的生活。但那些都只是非常低质量的消遣，只知道睡更多的女人，穿最贵的衣服，用最轻省的方法赚钱。"

恭司面对浅葱笑了起来。从他身上既感受不到自嘲和后悔，又不像是在吹嘘过去。他的语气听上去就只是把过去发生的事讲述出来。

"对做坏事，我没有一丝抗拒，直到大一、大二为止，我一直是这样的。就是到了现在，我身上也依旧有那时候残留下来的部分存在，虽然比起那时要好多了。

"不知为何，那时我明白地预感到自己一定会在某天犯下无法挽回的事情。我并没有想做什么坏事的打算，但就是觉得最后绝对会发展到那个地步。至于谁会因为我而受伤、哭泣，我没有兴趣知道，而且我认为是那些被我惹哭的人自己不好。"

之后恭司说了一个电影名。浅葱也知道这部电影，那是一部由外国畅销小说改编而成的电影，在很久以前曾红极一时。

"你知道吗？那时那部电影正好在上映，我去电影院里看了。当时和我交往的女孩喜欢看电影，就邀请我去了。故事是一个猎奇的连续杀人案件，影片分别从搜查人员和犯人的角度加以描述。你看过吗？"

面对恭司的提问，浅葱摇了摇头。

"每个观众对那部电影的理解都有些不同，我个人是带入了犯人那一方的感情。犯人是一位性无能疾病患者，他没有珍惜的人，也没有家人。他相信自己能成为神，所以对杀人这件事毫不犹豫。他以残酷的方式奸杀别人的妻子，并因此得到满足——这样的他，在电影中段遇到了一个天使一般的女孩。"

恭司仿佛回想起电影中的一幕，他的视线变得空虚。

"女孩的眼睛看不见。身为杀人犯的他竟和这个女孩交了朋友,那是不含暴力成分的,人和人之间正常的关系。那部电影让我印象最深的一幕是两个人第一次性交的部分,真的是很悲伤的一幕。"

恭司露出一个忧伤而痛苦的表情。

"他把女孩带到家里,让她为他口交。女孩为他口交时,他却在播放下个将要杀死的女人的影像。女孩的眼睛看不见,所以她并不知道他在干什么。那一幕真的非常悲伤。

"在那之后两个人因为一些小事而渐行渐远,杀人犯误解了女孩,最终走上了绝路,没能得到救赎。"

恭司叹了一口气,抬头看向浅葱。

"那个场景会令人难过,是因为如果他们进展顺利,男主人公的毁灭就是可以避免的。然而,他们却因为一些小事而错失彼此,最终没能使那个男人得到拯救。我现在也会偶尔想着,如果后来没有发生那些错过和误解,那个盲眼的天使是不是能阻止男人心中的怪物呢?

"对人类来说,拥有至少一个深爱的人是绝对有必要的,而且必须把那个人拉进自己的世界里,不然就无法及时刹车。"

恭司说到这里,终于露出了一个自嘲的笑容。浅葱只是沉默着。

"被区区一部电影影响,听上去真是单纯又愚蠢,但是对我来说那部电影很重要。我什么都没有,我心中那根瞄准毁灭的针正蠢蠢欲动,随时准备发射出去,却没有任何东西能阻止它。因此,对我来说,拥有一个能阻止我的存在是必要的。"

"那个存在就是狐塚吗?"

"起初我觉得是谁都无所谓。"

恭司露出牙齿,快活地笑了起来。他脸上没有一丝阴云,恢复了平日里满不在乎的开朗表情。

"狐塚是我身边从未出现过的类型。怎么说呢，可以感觉得到，他成长在一个非常保守、教养良好的家庭，是个很健全的人。他做事认真，性格又很温和。"

恭司的语气里既没有嘲笑狐塚性格的意思，但也没有羡慕。

"他与我正好相反，所以我觉得他是个好人选。我决定和他成为朋友，让他加入到我的生活里来。我觉得如果让这样一个认真的好人加入到我的生活，自己就不至于犯下无可挽回的事了。所以啊……"恭司似乎终于想起了话题的主旨，说，"你不要让阿月哭啊，拜托你了。我很喜欢你，所以不想对你发火。况且你这么瘦，要是被我打飞了，搞不好会死掉。"

"啊，以后我会道歉的。"

"别让我的阿月哭啊。"

"到时候我会找你谢罪的，随便任你打。"

浅葱杯子里的水在微微晃动。

听着恭司的话，浅葱陷入了思考。看得见又触手可及的，能够理解自己的存在，恭司管那叫作"刹车"。这与浅葱与"i"之间的关系完全不同。浅葱对"i"来说，或者"i"对浅葱来说，到底算是怎样的存在呢？

他们只是共同分享着无法向他人言说的罪行，浅葱已经无法与除了他以外的任何人商量了。事情到了这个地步，盲眼的天使不可能降临到浅葱的身上。

十

回到家后,她先看到门口架子上有红灯在黑暗中闪烁着,那是电话留言的提示灯。是谁呢?她不记得刚才出门时灯在闪。谁没有打她的手机,而是往家里打了电话?

月子觉得很奇怪,从包里拿出了自己的手机。她看着外屏幕上的提示——"您有未接来电",慌忙打开了手机。她忘记自己刚才为了不吵醒浅葱把手机设成了静音模式。

全是狐塚的来电,几乎每隔三十分钟打来一通,短信倒是没有。月子打开房间的灯,把包立在沙发上。用手挽着湿发准备去洗手池拿毛巾,随手按下了电话留言的播放键。

表明收信时间的电子音之后,电话里传出意料之中的狐塚的声音。

"月子,你现在在哪儿?"

边用毛巾擦头发边回到屋里的月子听到了狐塚声音中的紧迫感,不禁停住了脚步,看向电话。狐塚那边有雨的声音,那边的雨势似乎比刚才月子回家时更大。月子倒想问问狐塚他到底身在何处。

她以为狐塚生气了,但感觉又不太一样。他会发出这种声音,对,只有在为对方担心焦虑的时候。

"请跟我联系。你在家最好,总之,快跟我联系,我有件事必须告诉你……"

播放留言时,手机传来强烈的震动声,屏幕上亮着狐塚的名字。月子慌忙接起电话。

"喂?"

"是月子吗?"

"抱歉,我出去了一会儿,没接到电话。怎么了?出什么事了?"

"你现在在家？一个人吗？平安回家了？"

"回来了。"月子回答。

狐塚的语气仿佛在责备她出门这件事，真是罕见。怎么了？出事了吗？月子曾经有过这种不好的预感，那时她还在上小学，老师突然走进教室对她说"月子，快回家去"。最近也有过一次，结果是荻野学姐死了，被杀了。

"怎么了，孝太？发生什么事了？"

"片冈，紫乃她……"

月子只是愣愣地站在原地听完了狐塚说出的话。声音仿佛在她的喉咙里萎缩了，她完全无法出声，也无法理解耳朵所听到的内容。简直不知所云，他到底在说些什么？

"月子。"

狐塚呼唤着她的名字，声音里充满了对月子的同情，也充满了痛苦。月子没能回应，她真的发不出声音。

"月子，你没事吧？你现在在家吗？今天没有和紫乃在一起吧？"

紫乃。

狐塚说出了那个名字。紫乃。

月子拿着电话奔向电视。她打开电视，胡乱地换着频道。肯定不会有事的，肯定会有人揭穿这一切，这件事肯定不是真的。

紫乃。"月子，紫乃她……你没事吧？今天你们没有在一起吧？"

——给我安静下来！月子无言地把手机扔了出去。

在不断转换的电视频道中，月子捕捉到了新闻节目。月子看着电视屏幕，扭曲着脸，"啊"地大声叹息。

"——紫乃！！"

"月子！"

从掉在一旁的手机里传出狐塚的叫声。月子感到自己双耳失聪,双眼失明。必须想方法,必须做点什么。这是假的吧!这也太奇怪了,不是吗?

电视上淡淡地弹出一则新闻,新闻中不含任何温度和痛楚——想要从新闻中感受到这些,大概需要非常强大的想象力。

今天傍晚,在都心江户川区的公园内发现了一具被勒死的女性的尸体。

死者眼睛上被蒙着纸,卧倒在地,仿佛被丢弃在那里一般。

死者年轻貌美,是个坚强的人,名字叫作紫乃。

"月子,月子,快回答我,我现在就过去。"

狐塚的声音仿如悲鸣。

紫乃还活着,会继续和我吵架,并逐渐摆脱扭曲的状态。偶尔也会故态复萌。我们两个人……

月子发出长长的叫喊声。她完全不知道自己想干什么了。恐惧,她感到无可救药的恐惧。她发出了没有具体内容的尖声悲鸣。

紫乃,紫乃,紫乃。

紫乃,你今天……

月子捂住嘴,弯下身子。耳边突然响起秋山的话,全身一下子起了一层鸡皮疙瘩。

"阿月怎么会和紫乃成为好朋友呢?"

她感到自己的心脏都裂开了。她无法相信,不想再思考下去。月子捂住了嘴,拼命地叫喊着。"紫乃,快告诉我这是假的。然后……"

她按住额头,眼眶阵阵发热。她又按住眼角,从喉咙里挤出了声音。"快告诉我这是假的,然后回来吧,拜托了。"在这台风呼啸的日子里,紫乃会特地应邀外出的对象大概只有一人……

我必须与"他"见面。

——紫乃,你今天,去跟浅葱见面了吧?

十一

听说紫乃的爷爷花了一辈子时间,终于建起一家综合性医院,是个十分了不起的人,紫乃曾经多次提起过他。

"我觉得他很伟大,但他竟然干脆地把经营权让给了儿子,这可不行,交给第二代传人经营肯定会失败的。"

因为富裕的家境而感到害羞的紫乃这样尖锐地批评道,同时略带一点自豪。

"他特别顽固,也特别任性,如果再溺爱和自己有血缘关系的人,肯定会让其他人更不高兴。唉,不过他会满脸堆笑地给孙女压岁钱,这点还是不错的。"

紫乃非常喜欢爷爷,但她过于害羞,一直没能坦率地说出口。月子总是一边体谅着这点,一边听她说着。紫乃还说:"要是他去世了,肯定免不了会有一场遗产纷争吧。真是令人寒心啊。爷爷貌似存了一笔巨款。"

紫乃的爷爷是在一年前,紫乃上大三时的冬天去世的。

月子在报纸的讣告栏上看见了这个消息,她犹豫着,还是给紫乃打了电话。

"你还好吗?没事吧?"

月子感到很尴尬,她不知道自己在这种时候打去电话应该说些什么好,怕自己会给对方带来麻烦。但她还是想打这个电话,紫乃的朋友有可能全都因为顾及这个而没敢给她打电话。要真是那样，月子觉得只有自己给她打个电话应该也没什么。

"啊，月子？"

电话那头的紫乃的声音果然很没精神，但她也没对月子的关心表现出厌烦。月子安心地解除了心中的紧张，"嗯"地应了一声。

"你还好吗？我在想你会不会很不好过。"

"我的父母挺难过的。他们似乎还把我当孩子，没让我扯上太多关系，说只要我在葬礼和守夜时作为家属站在那里就行了。"

"但你身边一定乱成一团了吧？"

"是啊，谁让爷爷和父亲认识的人都那么多呢。作为家属，悲痛的心情都被冲淡了，或许也该庆幸杂事多起来了吧？这样似乎就没时间好好对故人的死感到悲伤。这场葬礼空有宏大的规模，却没人怀有哀悼之情，真是奇怪啊。唉，不过从这点来说，其实哪个家庭都一样吧。话说我的黑珍珠呢？我把它放在哪儿了？"

月子对她说，如果有什么能帮忙做的尽管说。

紫乃无力地笑着说道："我没事的，去世的又不是我父母，况且我都这么大了，爷爷奶奶会去世也没什么奇怪的，对吧？谢谢你，我没事的。"

月子不知道朋友的爷爷去世自己应不应该出席葬礼，在反复犹豫之后，她还是让人从老家寄来了丧服。葬礼在位于东京中心的一家气派的寺庙里举行，从月子家需要坐一个小时以上的电车才能到达。

出席的人群中，年轻女性只有月子一人，其他都是穿着华丽衣服的大人。穿着母亲的丧服的月子像个走错了场的孩子。

她在登记处递上微薄的奠仪，随即缓缓登上石阶，准备去烧香。在敞开的正殿门口两侧，故人家属分为男女站在左右。

紫乃在右侧呆呆地站着，正机械性地对参加葬礼的人微微点头致意。她点头的幅度很微小，面色苍白，眼睛好像哭过一般红肿。"没人怀着哀悼之情的葬礼"，月子想起紫乃在电话里说过的话。从紫乃的站姿可以感受到她不愿与他人同流合污的强烈决心。在她心中，站在这里是作为家属哀悼故人。队伍向前行进，轮到月子烧香了。月子走到遗像前，向左右遗属低头致意时，紫乃注意到了她。她们不能在这里交谈，紫乃只是无言地低下了头，尽量不与月子对视。

然而，之前只是一直呆呆站着的紫乃突然哭了出来，仿佛被压抑的感情全部释放出来了一样。她低下头，用手帕捂住脸。

看见这样的紫乃，月子突然想着：我和紫乃是好朋友啊。紫乃很喜欢我。在所有的参拜者中，能让她哭成那样的人只有我。我果然来对了，我并没有来到不该来的地方。

烧完香后，月子背向紫乃走下了台阶。在回去的路上，紫乃打来了电话。

"今天谢谢你来。"紫乃安静地说道，"我认识的人里就只有月子你来了。你也真是的，为什么要做这种事害我哭出来呢？我真是吓了一跳，但是很高兴。谢谢你从那么远的地方特意过来。天气很冷，回去的路上要小心啊。"

第九章 波比与丁钢

一

十月十一日。

在会员制俱乐部"asymmetry"中,川崎幸利与他相识了。

在这条街上,会员制俱乐部的主要功能是把背景相似的人们聚集在一起。他们拥有共同的家境、职业,以及性癖。

"喂,一个人吗?"

男人和独自在吧台边喝酒的川崎搭讪,一张从未见过的新面孔。川崎把手中的纯麦芽酒放在桌上,转向来人。是落魄的男公关吗?川崎从他的西装上感受到了色情行业的味道。

男人很年轻,长得也很俊秀。虽然头发微微带点茶色,但发型不是华丽的那种,也没有佩戴耳环等首饰,看起来似乎并不是现役男公关。

"我可以坐在你旁边吗?"

虽然还不知道他是出于什么目的,但这么年轻的男子会和自己搭讪,大多是为了钱。如果他是出来卖的,那与他接触接触倒也无妨。川崎放肆地细细打量着青年的脸和身体。

川崎的头发已经开始稀薄,额头上还浮着一层油脂,身材又矮又胖。他的外貌一定不是眼前的男子会喜欢的类型。

"多少钱?"川崎直截了当地问道。向他搭讪的年轻男子一边微笑,一边坐在他旁边的座位上。他的手脚十分纤细,五官也非常漂亮。

"真突然啊。五万左右怎么样?"

果然不出川崎所料。他凝视着男子的脸。

"你会让我干到最后一刻吧?"

"只要你别做太出格的事情。"他笑着说,"大部分要求我都会满足的。"

听了他的话,川崎笑了一声,舔起干燥的嘴唇。

"就五万吧。告诉我你的名字。你能装成我的恋人吗?我喜欢这种类型的游戏。我叫原田。"

他报上了假名。

"原田先生……"对方重复道。谢谢你买下我——他的眼中传达着这样的信息。

川崎把浮肿得惊人的手放在了男子的肩上。他的身体十分柔软。

"我叫蓝。这是我的真名,虽然听着像假名。我叫上原蓝。不是爱情的爱,而是蓝色的蓝。"

二

"阿月的情况怎么样?"

为了接秋山打来的电话,狐塚从月子的房间走到了公寓的走廊上。

"不太好。"

已经过了三天。向月子通知了紫乃的死讯之后,狐塚就冲到了月子家。月子正蹲在房间里哭泣,什么话也不说,狐塚甚至不知道她是否注意到了自己的到来。她连头都没有抬。

"月子。"

她没有对狐塚的呼唤做出任何反应。

"月子，是我啊。"

狐塚抚上月子的肩。月子浑身颤抖，而这种状态一直持续到了今天。

"对了，今天有小组课，刚才白根还来找我了，她也很担心月子。不过还是先不要让她和月子见面比较好吧？"

"尽量不要。"

月子还在房间里睡着，也不知道她是为了逃避不肯醒来，还是只是闭上眼假装睡去。狐塚不认为她真的能睡着。

"月子一向照顾女性朋友的心情，但我觉得她现在无法在白根面前振作。"

"阿月就是为他人的顾虑太多了。"秋山说道。

狐塚只得苦笑。

"没错。老师，坂本先生后来怎么样了？"

"就像你知道的，他很忙。"

紫乃死后，社会各界都在慌乱地展开行动。群众纷纷责难，指责明明从凶手那里收到了写有有关下个对象提示的威胁信，却还是没能阻止灾难发生的警察。搜查本部被无数写有虚假指名信息的预告信耍得团团转，进一步成为人们嘲弄的对象。媒体则把整起案件描写得十分滑稽可笑。虽然警方对媒体封锁了狐塚的存在，但媒体的情报网不容小看。狐塚居住的公寓门前聚集了大量前来取材的记者，狐塚和恭司暂时都无法回自己家了。

"给你带来了麻烦，真是抱歉。"坂本前天联络了狐塚，之后就再也没有消息了。在"i"的连续游戏里，已经出现六个牺牲者了。

"紫乃之前的牺牲者，蛇岛小姐的那起案件也成为一大热点话题。那真的是 HADUKI 汽车的缺陷造成的，还是另有原因呢？"

"在现场附近的超市里发现的涂鸦确实与'i'的笔迹相同。曾经一度接受事故原因是产品缺陷的HADUKI公司似乎也在考虑如何应对,如果能推到'i'身上,他们大概会乐意至极吧。"

"月子会因为紫乃出了事而被警方叫去询问吗?在电视剧和小说里,刑警去寻访被害者的友人和熟人似乎是惯例。"

"我会以她的身体状况为由让警察们再等一等。可以的话,我也不想让现在的阿月做那么辛苦的事。不过,这次搜查总部恐怕不能再像以前那样悠闲地行动了。"

秋山停了一会儿,似乎在思考着什么。

"我从坂本那里听说,紫乃那天似乎也计划去看我们去的那场马戏团表演。她邀请了她们学校的朋友,说自己收到了票,那个朋友也答应了。但在见面之前,紫乃突然取消了约定,说自己突然有别的事,去不了了。"

"别的事?"

"从这点来看,警察肯定会就当天的行动对月子进行询问,不会一直等下去的,因为考虑到紫乃的交际圈时无法避开月子。紫乃的遗体被发现的地方既不在她家附近,也不在她的学校附近。究竟是谁把她叫到了那里呢?当天还有台风,所以几乎没有什么有力的目击证言。"

"那个,老师。"

"什么事?"

"……这种事,会延续到什么时候呢?"

"让我们祈祷吧。"秋山淡淡地说道,"祈祷这种事早日结束,祈祷阿月能恢复过来,祈祷紫乃的灵魂得到安息。"

三

　　为了与自称"蓝"的青年睡觉，川崎走进了这间破破烂烂、满是烟味的旅馆房间。

　　"原田先生，您要先冲澡吗？还是我们一起洗？"

　　果然是个老手。对方一脸亲昵地询问着自己。川崎把他强行拉到身边，猛地吻上了他。当川崎用厚唇压上对方小巧的脸颊时，他感到自己像在咬噬小动物一般。

　　川崎的呼吸乱了。青年扭着身体，仿佛要保护自己纤细的躯体。川崎不厌其烦地舔着他的脸，右手伸向了他的下体。

　　"原田先生……"

　　川崎先制住对方的手，又把手伸向了对方的皮带。当他把手伸到对方的衬衫里时，青年开始大口喘息起来。虽然不知是不是演技，但这样的表现也对得起他出的价钱了。川崎把青年推到床上，把自己又大又圆的肚子压了上去。他露出下流的笑容，舔着对方的脖子。

　　川崎挺起身子看向对方的脸。他猜想即使假装，青年大概也会用似梦非梦的眼神看着自己。然而对方只是面无表情地看着天花板。明明一瞬间之前已经乱了呼吸，现在迷情的模样竟完全消失了。

　　青年缓缓把眼神移到了川崎身上。接触到他的眼神，川崎的手指莫名僵硬了起来，随即停止了抚摸。

　　他的视线十分冰冷，既没有性兴奋，也没有对这场游戏的激动之情。他的视线苍白而冷漠。喂，我可是花了钱的，你怎么这种态度？川崎感到一阵愤怒涌上心头。

　　覆在对方胸口上的右手能够感觉到心脏的跳动。青年的心跳十分规律，十分缓慢。他的眼睛盯着川崎。

"怎么了？"青年突然用冰冷的声音问道，冰冷的手指一下子抓住川崎肥厚的右手手腕。被触到的川崎感到背上突然升起一股寒气。对方的样子已与刚才完全不同。

青年突然笑了出来。

"怎么了？不继续了吗，原田先生？"

青年缓缓地支起上身，任由自己衣不蔽体，一双大眼睛直勾勾地盯着川崎。川崎注意到了，他终于意识到了一件事。

对方的眼中除了冷冷的光之外一无所有。即使他脸上笑着，眼中也毫无笑意。

面对无法动弹的川崎，他又问了一次，边问边露出深不可测的笑容。

"为什么不继续了？真是遗憾啊。"

他的两只手臂像缓缓爬行的白蛇一般攀上了川崎的脖子，抱住了川崎。

"快继续啊，川崎先生。"

他叫出了川崎的真名。川崎惊愕地瞪大了眼睛。就在川崎把手抵在青年的肩上，试图与他分开时，青年的右手离开了川崎的脖子。青年把手伸向裤子后面的口袋，掏出来一件东西。他扬起嘴角，那只手向川崎的头上挥去。

他手里握着的是一把大型刀具。

"你……！"

川崎后退着捂住了脸，然而已经太迟了。刀子从他眼前划过，刺进了他的脸颊。

"啊啊啊啊——"

他完全不知道发生了什么，嘴里满是铁锈的味道。那把刀刺进了他的脸颊，刺伤了他的牙龈和舌头。对方把刀从他的脸上拔了出来，又再一次……

"哇啊啊，啊啊，啊啊……"

青年按住川崎的头，跨上川崎扭曲的身体，并用两手握住了刀。被这一连串动作制约，川崎没有丝毫逃跑的时间。青年挥动刀子，向川崎的心脏刺去，用上了浑身的力气。

"啊啊啊啊啊啊啊！"

在川崎逐渐泛白的视野中，青年的头发和脸都被鲜血染得通红。这就是川崎在这个世界见到的最后一幕。

或许是出于安全的考虑，旅馆的玻璃窗只能打开一半。

"i"拖着胖男人的身体，每次拉拽，从尸体上流出的血都会在地上留下一道红色的痕迹，就像青虫在地上爬行时留下的痕迹一般。他走出房间，来到走廊，把男人拖向紧急逃生梯。"i"向上走去，在离顶层还有一段距离时停下。拖到这里应该就可以了。这一路，男人的头屡次撞在台阶上，发出砰砰的响声。

"i"停下了脚步。置身于户外紧急逃生梯上，能感受到寒风呼啸而过，已是秋冬过渡的季节了。他站在楼梯平台上向地面望去，下面是宽阔的水泥地停车场。从这里看去，一辆辆汽车只有香烟盒大小。这么高应该足够了。

"i"抓起男人的脚，把他提了起来，然后顺势扔了下去。男人的身体被重力引导，向下坠去。

片刻之后，从地面传来一声如爆破音一般骇人的声响。

给 θ：

结束的时刻就快到了。

马上就能与你见面了，我很期待。

下次的提示：

（　　）……稻荷神、油炸豆腐、嗷嗷嗷①、与狸猫斗法②
　　　联想一个汉字

i

四

床垫和地面上都是血。

铁锈的气息令人透不过气。坂本在房间中央皱起了眉，用戴着白手套的手按着太阳穴。

——这是在开什么玩笑？

就在搜查总部忙于处理片冈紫乃的案件时，又一条噩耗传来。在都内新宿区的宾馆一条街上，发生了一起疑似"i"犯下的案件。牺牲者叫川崎幸利，是一名四十二岁的公司职员。由于他的尸体掉在投币式停车场的水泥地上，所以警方一开始以为他是跳楼自杀而亡。跳楼地点被认定为面向停车场的八层高情人旅店的紧急楼梯。警方赶到宾馆后，立刻被脸色苍白的工作人员带到了七层的走廊。

---

①这里的原词是"コンコンコン"，在日语里专指狐狸的叫声。
②日语里有一个谚语是"狐狸与狸猫斗法"，形容坏人之间互相欺骗。

走廊里有尸体被拖拽后留下的血迹，从一个房间一直延伸到紧急逃生梯入口。

在那被认定为跳楼地点的楼梯平台上留有大量鲜血，场面极为凄惨，上面还有拖鞋踩踏的印迹，表明的确还有一个人也曾经出现在这里。在楼梯平台上的足迹和鲜血中，警方发现了一行用黑色马克笔写下的文字。

> 风，风，不要吹。

这是童谣《肥皂泡》的歌词。

飞到屋顶，坏掉，消失殆尽。对凶手来说，死者的死也仅此而已。这首歌谣与《红色的鞋》一样，都是野口雨情作的词，歌词描绘了生命的短暂。作词者的女儿在幼时患上疾病，没能长大成人就去世了。"风，风，不要吹"，这句是作词者祈祷那如同肥皂泡一般脆弱的生命能够不被风吹得摇摇晃晃，能一直在空中飞舞。

凶手早已离开犯罪现场，染血拖鞋被整齐地摆放在一旁。坂本刚刚接到报告，在楼梯平台上发现的留言确实出自"i"之手。

在江户川区公园发现片冈紫乃的遗体是十月八日，而今天是十一日。游戏规定两次犯案之间会给对方留一个月期限，然而，这次与上次犯案仅隔了三天。

搜查员在廉价的旅馆房间里走来走去，空气中混合着尘埃、烟草和血的气味。坂本感到一阵头疼，仰头看向天花板。

他之前很喜欢亲临现场，于是主动申请调入能够介入调查的部门，然而这次似乎被卷入到一场麻烦中了。也许我也应该安分点了，坂本苦笑着想道。就在前天刚刚召开的记者会上，首相在镜头前直接发表了"对警方感到非常遗憾"的评论。

这是第七个人了,他们设定的游戏总共有八回,那两个人正试图以惊人的速度完成余下的部分。阿秋老师,他们也许真的能完成游戏啊,坂本在心里默默地对恩师说道。

完成最后一次犯罪后,他们大概会隐藏起来。他们肯定认为自己能够做到,然而杀人是会上瘾的,日后他们会不假思索地触犯禁忌,轻易跨越伦理的界限。即使在这次的游戏结束后,也不能保证他们以后不会继续犯罪,从而露出马脚。

剩下的时间和机会都少得可怜,但警方必须采取行动。坂本咬起嘴唇,又一次巡视起房间。那个名叫赤川的少年恐怕已经不在这个世上了。刚被发现的川崎的尸体惨不忍睹,脸和胸部都有被反复刺伤的痕迹。之后尸体被当成物品,被凶手大胆地拖着走。处理完尸体,凶手还仔细地冲了澡,并丢掉了染血的衣服。

换洗衣物应该是凶手事前就准备好的,从被丢掉的衣服上或许能找到些有关的线索。坂本抱着一丝希望期待着。

赤川翼的双亲还准备着悬赏金,等待着儿子的归来吧。

五

十月十五日。

木村浅葱怀着做梦一般的心情,脚下虚浮,拖着随时都会倒下的身体走在D大校园的小路上。途中他经过学生食堂的玻璃门,看见了映在上面的自己的样子。这几天他的眼睛毫无生气,原本就很纤细的手臂和消瘦的脸庞都更加单薄了。既然本人都注意到了,那旁人眼中的自己该是多么凄惨的模样呢？

幼时曾在满是鲜血的房间里寻找哥哥，浅葱觉得现在仿佛回到了那个时候。从紫乃死去那天到今天，时间一晃而过，这段时间里，浅葱像死去一样陷入睡眠之中。在杀死紫乃以后，他的精神到达了极限。他在床上躺着，一晃过了好多天。他反复地做着梦，梦见哥哥来见他了，并反复回忆起幼时哥哥想要杀死自己的那一天。

他调整了一下还未穿惯的黑色丧服的衣领，无力地望向天空。今天的天空与往日没有任何不同，可为什么看起来颜色显得如此浑浊呢？

昨天，他收到了"i"的来信。

光是想想就想作呕。距离浅葱杀死紫乃仅过了三天，他就行动了，干脆得简直像已经等得不耐烦了一样。被他杀死的，是名字里有自己指定的"川"字的一名公司职员。这次的歌谣是《肥皂泡》。据说尸体被他从旅馆的紧急逃生楼梯平台扔到了地上。

看见"i"的留言和下次的关键词提示时，浅葱当场瘫倒在了地上。他感到一阵眩晕，喘不过气。这太奇怪了。到底是怎么回事儿，"i"？

他指定的关键字是——"狐"。

下次的提示
　　（　）……稻荷神、油炸豆腐、嗷嗷嗷、
　　　　与狸猫斗法
　　联想一个汉字

　　　　　　　　　　　　　　　　　　　　i

迄今为止"i"给出的提示形式都是排列出几个词语，从中抽取一个字,然后问:"缺少的是?"但这次他的提示与以往的形式完全不同。

这大概是对上次浅葱故意曲解对"孝"字的解释的报复。他指定的文字是狐塚名字里的"狐"字,并充满恶意地给出了只能导出这个字的露骨的提示。虽然留言的语气十分平静,但可以看出他心里相当愤怒。他仅过了三天就下手,恐怕也是因为这个原因。他的行为明显是为了把浅葱逼到走投无路。

他又一次对浅葱下令,让他杀掉狐塚。

浅葱头痛不已,他感到眼前的世界有一半是白茫茫的,好像被浓雾遮住了一样。

这是"i"和自己的游戏。他跟自己做了约定,只要完成这个游戏,就会在那条隧道与自己相见。"i"已经将四个人全部杀完,浅葱也已经杀了三个人,只要再杀掉一个就可以完成任务了。仅剩一人,满足关键词的一个人。

在浅葱所知范围内,名字里带有"狐"字的,就只有狐塚孝太一人。不仅如此,会用到这么特殊的字的,浅葱也只能想到"狐塚"这个姓氏。据说在狐塚的故乡长野县,这个姓氏很常见,但长野县已经超出游戏规定的范围了。

如果继续这样犹豫不决,会迎来什么结果呢?答案很容易就能想得到。"i"大概又会像上次一样展开行动吧。如果浅葱不下手,他就会一个人继续游戏。

怎么办才好?

面对收到的邮件,浅葱完全不知该如何是好。到了明年,就会在陌生的土地和崭新的环境里生活。对浅葱来说,让游戏停止,一切重新开始的念头是很大的诱惑。然而,对现在的浅葱来说,已经不能做这样的选择了。如果此时他退出游戏，狐塚就会被杀。

还剩一人。明明距离与哥哥相见仅剩一人了。

——你在犹豫吗？

他的脑海中响起一个声音，是个纤弱优美的声音。浅葱眼前浮现出被自己杀害的萩野清花的脸。

——你杀害了我，却想让这一切白费？只要再杀一个人就够了。

不，学姐不可能说出这种话。浅葱把她的脸从脑海中驱逐出去。另一个声音响了起来。

——浅葱。

那声音与浅葱的一模一样。是蓝的声音。

——就算你不下手，他还是会死。如果你杀了他，我就会出现在你面前。如果你不杀他，那就会同时失去狐塚和我。你冷静地想想吧。

一阵强风吹过浅葱的脸颊，他抬头看向天空，眼下晴空万里，秋高气爽。今天是片冈紫乃的告别式，我有出席仪式的资格吗？浅葱自问。当然没有，可自己居然会若无其事地去了。会做出这种不符合常识的举动，这本身也许就说明自己的情感有某种缺陷。他没有再多犹豫。

月子的电话是昨天很晚的时候打过来的，她说秋山会开车来，大家要一起去参加告别式。

碰头地点定在教育学系二号教学楼的一间教室。虽然周六学校休息，但学院教学楼的入口还开着，大概是为了方便研究生和教授出入吧。浅葱推开重重的大门，进入教学楼，注意着各个教室门前挂着的门牌号往前走去。他在同一个学校的工学系里待了六年，却几乎没有踏进过其他系的教学楼。

教学楼里很暗，大概是因为阳光被旁边的高层建筑物挡住了。

明明是白天,走廊里却没有光,令人感到不太舒服。

二层的二〇五号教室,到了。浅葱手表的时针指向与月子和狐塚约好的时间,然而教室里却很安静,似乎还没有人来。灯也关着。

是不是找错地方了?浅葱想着。他突然察觉到教室里有种微妙的不安感。他走近靠窗的位置,上面放着一瓶花。细细的玻璃花瓶中,一束挺拔的大丁草花探出头来。

花是新摘的,但不像有人放在这里忘了带走。

这瓶花与这煞风景的地方完全不相配。难道这是教育学系里常有的景象?浅葱无意识地把手伸向瓶中的花。

就在这时,传来"啪"的一声,头上的荧光灯闪烁着亮了起来。浅葱猛地抬起头,转过身,开灯的人的身影映入他的眼中。

身着丧服的月子站在那里。

"真准时啊,浅葱。"她仿佛刚放开紧咬的嘴唇,表情很严峻。

"月子,你别吓我啊。"浅葱说道。

月子依旧站在门口,只是静静地看着他。萩野清花死后,她瘦了不少,浅葱本以为那是她最悲惨的状态了,现在才知道并不是。

月子变得更瘦小了。她脸色苍白,样子令人目不忍视。

浅葱吸了一小口气,从悲惨的她身上移开视线,说道:"狐塚和秋山教授呢?他们没跟你在一起啊。还没过来吗?"

"……他们不会来了。"

浅葱僵住了。月子一言不发,缓缓走向教室中央。

"——不会来?"

月子点了点头。

"对。孝太和老师都不会来,我一开始就没有约他们,我猜他们俩现在正赶往紫乃的葬礼。我只把浅葱你叫到了这里,无论如何我都想跟你两个人谈一谈。"

"在这样的日子里?"浅葱皱起眉问。

"你别生气,我有问题想要你回答。"

月子没有回应浅葱的话。她看向浅葱的瞳孔,露出痛苦的神色,仿佛快要哭出来。她走向浅葱,说道:"浅葱你就是'θ'吧?"

浅葱屏住了呼吸。月子安静的声音就像一股冷冷的强风吹过浅葱的全身,使他的心都一下子冷了下来。他感到自己的脸僵住了。

月子看上去非常痛苦,可以看出她花了很大气力才把话说出了口。她竟然没有哭出来,也没有倒下,真令人感到不可思议。

"那场杀人游戏的两个凶手,其中的弟弟'θ',就是浅葱你吧?"

"……为什么……"

他无法完整地把话说出口。嘴唇碰上牙齿时,他才发觉自己正在微微地颤抖。两人的视线直接碰撞在一起,浅葱首先移开了视线。他在月子面前背过脸,激烈地摇起头。

"不是我——怎么可能是我呢?你有什么证据说出这种话?"

"我说的是事实。我也不愿相信,但那就是你,只能是你。对不对,浅葱?是你干的吧?"

"就算你这么说……"浅葱试图做出一副难堪的苦笑,"你到底在说些什么?别再胡扯了。我是杀人犯?确实,你也说过,在揣测他人情感方面我比其他人迟钝,这我自己也很清楚。但是月子,我现在真的完全不知道你在说些什么。"

"一开始我以为浅葱是'i'。"月子说道,她完全无视了浅葱的话,"直到我看到了……就在那天,在紫乃死去的那天。我被恭司叫去照顾你,我给你换了衣服,还擦拭了你的身体。那时候我看到了,你的背包口袋里夹着一个装有马戏团入场券的信封。"

月子皱起眉，闭上了眼睛。她似乎因为自己说出的话而感到痛苦不已。

浅葱僵在原地。

月子睁开眼，她的眼神镇住了浅葱。

"那入场券是我送给紫乃的，座位号码我记得。"

"……号码？"

浅葱从喉咙里干巴巴地挤出一声，大脑在拼命地告诉他还能反抗。一定有办法的，快，快做点什么。

"那种记忆……怎么能靠得住呢？"

"那天台风登陆，风雨交加。"月子继续说着，同时瞪着浅葱，"在那种情况下，紫乃会特地应邀出门的对象，只有一个人。"

"这算什么理由。"

浅葱嗤笑一声，重新找回了语言。他拼命地找回了自己的声音。

"真是莫名其妙。因为紫乃喜欢我，所以月子你就怀疑到了我头上？那你可错了。我和她的关系并没有那么熟，这点你应该也很清楚啊？"

"不对，不是那样的。"

月子发出哭泣一般微小的悲鸣声，摇着头，把苍白的脸转向浅葱。

"看到入场券后我觉得很不安，虽然那么做不好，但我无法控制自己，打开了你的背包。"

对不起，原谅我，月子小声地说着，像在喘息一般。浅葱睁大了眼。

"背包里有钱包、手机，还有印着鹤与龟图案的和纸和……皮带。和纸是用来给婴儿起名的那种，中间还打着一行字——'后面的人是谁'。我当时就陷入了混乱，因为那些东西与令世人骚动的'i'和'θ'的杀人游戏的证物实在太像了。我想着'不会吧'，完全不知道是怎么回事儿。"

"那种东西——"

"那张和纸,是用来盖在紫乃脸上的那张……的备份吗?"月子打断了浅葱的话,语气强硬地问道。

浅葱感到喉咙一阵发热,他只能呆呆地听着月子的话。

"回答我,浅葱。"月子催促道。她的嘴和脸都扭曲着,似乎快要哭出来了。

"你说的那种东西,根本就不存在。"浅葱摇着头说。

月子的眼睛继续盯着浅葱。我应该尽量用轻快的声音,轻快的表情,还要尽量说出有说服力的理由,浅葱的大脑依旧在思考。

"你看见的什么纸和皮带,都不存在。"

"只要告诉他们我亲眼所见的事实,警察应该就会有所行动吧?"

月子毫不动摇。

"大家都在积极地试图中止'i'和'θ'的游戏。如今不管我提供多么微小的情报,他们都会产生兴趣吧?"

"你打算陷害无辜吗?"浅葱僵硬地笑着,问道。新鲜的大丁草在他身旁盛开,与眼下的对话格格不入。

月子眼神悲伤,从正面直视着浅葱。面对月子,浅葱感到脖子紧张到发僵,背部滑过一种不祥的预感。他在一瞬间明白,月子的手中握有杀手锏。

"喂,浅葱,你的皮带在哪里?"

浅葱僵住了。月子缓缓走近浅葱。

那个用来勒住紫乃脖子的凶器……对了,好像放在包里了,他回家后应该确认过一次。面对嘴唇微张的浅葱,月子又一次开口。

"喂,浅葱,如果那条皮带曾被你用来勒住紫乃的脖子,那只要拿去鉴定就能知道了吧？你抹干净指纹了吗？你能保证跟自己没关系？浅葱你拿回家的那条皮带是恭司的，我找了一条类似的，将它们调换了。原本放在你背包里的那条作为凶器的皮带，现在在我手里……"

月子走近浅葱，把手里的包打开，从里面拿出了什么。是一张纸，名片大小，上面印着什么图案。月子静静地把包放在桌上，将那张纸小心又虔诚地放在双手的手心上，仿佛对待的是宝贵的物品一般。

她将双手缓缓伸到浅葱面前，把纸上印的内容展示给浅葱。那是一张照片。之后她开口说道："喂，浅葱，你就是'θ'吧？"

看见她手心里的照片时，浅葱发出"啊啊"的呻吟声，他感到体温逐渐从身体里流失。

他不断大叫出声："啊啊——"用右手捂住脸，左手扶住桌子。他的脚下失去了力量，不停地摇着头，肩膀大幅震颤。

"浅葱！"

月子叫着他的名字，也捂住了脸。放在掌心的纸被弹到空中，落在了地上。

"为什么……"浅葱从喉咙深处挤出如哭泣一般的声音。

六

"阿月是怎么了啊？"

狐塚和秋山正在从紫乃的葬礼回来的路上，一直沉默地坐在驾驶席上的秋山突然问狐塚。坐在助手席上、正要松开领带的狐塚听到后抬起头，看向教授的侧脸。教授目视着前方。

"今天没看见她。"

"……她说今天要一个人去。"

月子与他们一起参加了昨晚的守夜。月子与紫乃的双亲寒暄,面对紫乃的遗体时,狐塚都只是在后面注视着她,他也只能做到这些。月子哭倒在棺材前,不停地说着对不起。"对不起啊,紫乃,对不起。"她昨天哭得过了头,身体脱了力,连站都站不起来了。

月子说想一个人待着。秋山对她说第二天会开车前往告别式,但她摇头拒绝了。"对不起,孝太,老师,我想一个人去。"

"也许她比我们先到,已经回去了呢。我们也没有逗留很长时间。"

举行片冈紫乃葬礼的寺庙周围聚集了很多媒体和旁观者,对此狐塚和秋山都感到不太自在,最后仅仅简单地烧了炷香就离开了。也许月子也是这样。

"石泽也来了,这点让我有些惊讶。他跟紫乃很熟吗?"

"并没有。"狐塚摇了摇头,"顶多就是大家一起吃过饭,而且也是很久以前的事了。"

"关于紫乃的事,到头来我还是仅限于听说,最终也没能见上一面。或许再过一段时间阿月就会把她介绍给我了。看了她的遗照,真是个漂亮的女孩。"

秋山冲狐塚寂寞地笑了笑,继续说道:"真可怜,那么美的女孩。"

"是啊。"

狐塚也对恭司前来一事感到惊讶。那时狐塚和秋山排在祭拜者队尾,与刚烧完香的恭司擦肩而过。他今天把脸上的环都取了下来。恭司看见狐塚他们的时候,问了一句:"阿月呢?"狐塚摇头后,他担心地说了句:"是吗……"秋山问他要不要送他一程时他摇了摇头,指向停车场的方向说自己也是开车来的,之后就在那里与狐塚他们分开了。

"狐塚你要直接去学校吗？"

"啊，不好意思，能麻烦您把我送回家吗？我得把丧服换下来，然后再回学校。"

"今天是周六啊，真是辛苦。"

"最近没办法啊。老师您要去哪儿？"

"我也去学校——抱歉，我能抽根烟吗？"

在得到狐塚的同意后，秋山从胸前的口袋里拿出了烟。他单手操纵方向盘，熟练地把烟含在嘴里，点上了火。也许是替狐塚考虑，他把驾驶席这边的窗户打开了一条缝，使烟雾被风吹到了一边。

"我得回学院，偷懒时留下的工作堆了一堆。"

"看来我们都很忙啊。"

"是啊，真是的。"

秋山笑着，调整了一下嘴里的烟。之后的一段时间里，车里只有一片沉默。车子在宽广的车道上行驶，掠过道路两旁的连锁便利店和加油站。掠过眼前的电线杆中，有一根上贴了狐塚去看过的那场马戏团演出的宣传海报。旁边的秋山突然说道："狐塚你最近很忙吗？"

"嗯，不过，应该没有老师您那么忙。"

狐塚看着窗外，做出了回答。

他回忆起昨天的情景，开始担心起月子来。

七

"在与蓝再会之前，我虽然活着，但对一切都自暴自弃，几乎从未发自心底地笑过。对此我束手无策,我感到身体似乎到处都在流脓,全身污秽不堪。"浅葱用哭泣一般的声音说道,仿佛正在做一场噩梦。

"浅葱……"月子也是一副快要哭出来的样子。

"你读过那篇日记了吧,月子?没错,那个'θ'就是我。那个被男人侵犯还乐在其中的,就是我啊。你好好看看我。"

"那不是浅葱你的错。"月子高声叫着,激烈地摇着头。

现实中,毫无抵抗能力的浅葱被那个男人不分昼夜地反复糟蹋。他的手脚时刻都承受着仿佛要被撕裂一般的痛楚。他觉得自己快要发疯了。

(别动啊!)

幼小的浅葱被那双又大又厚的手按住,对方凭借体力,不由分说地强行把他压在身下,夺去他身体的自由。每当这时,浅葱的脑海中都是一片空白。下一刻,剧烈的疼痛和撕裂感便传遍全身,身体和内心同时发出尖锐的悲鸣。

(停手……蓝,蓝!)

浅葱把脸转向月子。

"我很害怕……真的很害怕。你知道那是什么感觉吗?"

(蓝,救救我。蓝,快来救我。)

一边挣扎,一边痛苦地拼命抵抗,然而对方的手还在不停地加力,仿佛浅葱的抵抗对他来说都是一种乐趣。

"我想见到蓝,我希望他能帮助我。我每天都只想着与哥哥相见的事,并因此而活。不管我与周围的人相比有多么聪明,也不管我有多么高尚的理想,在那里都没有任何意义。在那个狭小的世界中,最伟大的只有暴力。"

浅葱呼吸困难地背过脸去。他想作呕,感觉好像发了高烧。他想咳嗽,却连咳嗽都做不到。要是能昏过去就好了,他想着,好想失去意识。

"那上面写的都是真实的事啊?"

月子的嘴唇发青,哆嗦不止。她看着浅葱问道:"是吗?"

"啊,没错。我在恶劣的地方成长,遭遇了那样的事情。那时我身边只有蓝,其他什么都没有。我很想见到哥哥,所以我……"

浅葱说到这里,闭上了嘴。

那个人发来的邮件在电脑屏幕上闪烁着。

　　i> 浅葱。_
　　i> 浅葱。你是浅葱吧?木村浅葱。
　　　你是我的弟弟吧?双胞胎弟弟。我是——
　　i> 木村蓝啊。_
　　——蓝,真的吗?

"终于能见到你了。我一直一直……很想见你。"
"我也很想见你,浅葱。"

他的痛苦就是浅葱的痛苦,浅葱的痛苦就是他的痛苦。在对一直渴望相见的哥哥倾诉之后,一切都变得轻松了。他是唯一能与自己共享那段无法对他人言说的过去的人。那是一段梦一般的时光。"i"治愈了浅葱的心灵,他还从心底憎恨那些对浅葱造成威胁的人。他拯救了浅葱。

那之后,他们的游戏开始了。他们二人分享着彼此的痛苦,策划了这场针对世人的杀人游戏。他们要让世界上的人们知道,人生是会突然结束的,这就是他们小小的复仇。他们借助这场荒唐的语言游戏,把人的性命玩弄于股掌之上。

"我不能失去蓝。在游戏过程中,我有过很多次想要放弃的念头,但是我不想再回到只有一个人的夜晚了。我和蓝好不容易才得以再会,现在又让我和他分开,这对我来说……"

"我也很想见你,浅葱。"

很想见你。是啊,很想见你。

"就算杀害萩野学姐和紫乃也在所不惜?"月子强忍沉痛地说道。

八

"就算杀害萩野学姐和紫乃也在所不惜?就为了那个看不见的'i'?"

她的声音在颤抖。月子用尽全力大声质问着。她看着浅葱。

"浅葱你不明白吗?那个'i'不是你哥哥。他竟然把那种网站链接到你们学校的官网上借以自娱。如果他想见你,那他为什么不直接来见你呢?为什么不露面呢?浅葱你很想见他吧?想与你的哥哥直接对话吧?如果他真是你的哥哥,那为什么要提出那种会让浅葱感到痛苦的条件呢？这不是很奇怪吗？浅葱你被骗了，被他利用了。快清醒过来吧。那个人根本不是你的哥哥！"

"他就是蓝！"浅葱冲月子吼道，似乎不想听月子再说下去。当一个愤怒的孩子想要坚持自己毫无道理的观点时，大概就会竭力发出这样的声音。

他摇着头说道："他只可能是我的哥哥，能理解我的就只有'i'。'i'为了我，弄脏了自己的双手，能完全接受无可救药的我的人，就只有他了。我只有他了。所以……"

"不行，浅葱，不能那样啊！"月子叫道。

如果不能在此时此地阻止浅葱的话，他就再也不会回来了。月子抱着必死的决心继续呼喊着。眼泪从她眼中流下。她一直在忍耐，然而已经到了极限。

"我们会倾听的，我们会代替'i'来倾听你的心声。浅葱，你曾对我们说过哪怕一次你自己的事吗？为什么你不对我们说呢？你觉得我们听了会轻视你吗？怎么可能呢？！也许我们会有些不知所措，不知道该对你说什么才好，但是我们都会接受你的。我和孝太，还有萩野学姐，大家都很喜欢浅葱你啊。"

一种既非后悔也非愤怒的感情渐渐涌上浅葱的心头，但他只能僵着一张苍白的脸，站在原地不动。月子的脸上不断流下眼泪，她甚至没有力气抬手去擦，只是任凭眼泪流到下巴上。

"你想想'i'都让你做了些什么。他让你加入杀人游戏，逼你杀人，还让你变得如此衰弱，满身伤痕。你根本没有被他拯救！"

月子为自己喊出的声音过于微弱而感到愤恨不已，但这是她唯一能做的，她拥有的武器就只有这些了。这声音有几分传到了浅葱耳中呢？自己已经无法把他叫回来了吗？

她明白，而这份明白令她心痛。

浅葱心中一直残留着对过去的恐惧，他那无法对他人言说的寂寞和孤独。月子明白，无论自己再怎么焦急，也不可能理解浅葱的心情。浅葱心中那些黑暗的冲动使他走向了犯罪，对此，她感到悲伤不已。自己确实无法分享浅葱的痛苦，这使她感到十分羞耻和懊悔。但是除了把这些话说出口以外，她没有其他的方法。快发现吧，浅葱。快醒醒吧。

"'i'既不是你的哥哥，也不是能理解你的人。"

浅葱沉默着。他安静地站在月子面前，沉默地低下头。

"你其实自己也很清楚吧？你应该也发现有什么不对，想要停手了吧？是啊，我刚才不是说了吗？'i'只是在利用你。他根本不在乎你！！"

"……闭嘴。"

浅葱发出一声微弱的悲鸣，他的声音无力地颤抖着。他按住头，低着头说道："闭嘴，求你了。月子，我已经……"

"不要再做那种事了，浅葱。"

月子感到呼吸困难。她的脸上满是泪水，刺得脸颊微微发疼。她感到空气十分稀薄，呼吸困难。

"浅葱你做过的事已经无法挽回了，萩野学姐和紫乃都不会回来了。但是……"

月子对自己说出的话感到惊讶，她看向浅葱。浅葱原本长着这样一张稚嫩的脸吗？月子第一次看到这么脆弱的他。浅葱，拜托了……

啊啊，我到底想干什么呢？

"但是，浅葱你也是被害者。"月子说道，"如果孝太和恭司知道你就是'θ'，他们肯定会非常痛苦，我不想看到他们变成那样。"

啊啊，紫乃，荻野学姐。

呼吸好困难，头好疼。

"我不会告诉任何人的。"

浅葱睁大了眼睛，一脸震惊地凝视着月子。月子闭上了眼睛。

月子用手支住桌子，她已经站不住了。

"只要浅葱你能发誓放弃这场游戏，再也不变回'θ'，并且与'i'断绝关系，把'i'的存在忘掉。如果你发誓，我就把这些全部忘掉，再也不提。"

"你会选择作为现实中的木村浅葱生活，选择我们，还是以'θ'的身份选择'i'呢？做决定吧，浅葱。现在，就在这里，做出决定吧！"

面对月子的逼问，面色苍白的浅葱咬紧了嘴唇。

九

"我……"

他很清楚自己的脸上早已失去了血色，手脚几乎感觉不到碰触到的物体。眼前的视野有些歪斜，身体也很不舒服。

月子看上去正极力保持着镇定。她刚才向浅葱提出了一个建议，说可以放过杀人犯"θ"，不对任何人说起。

她想逃避浅葱就是"θ"的事实。这是出于她的自私，恐怕也是出于对被浅葱背叛的悔恨。

浅葱难以置信地听着月子的话。他面对月子，问道："你……是认真的吗？"

"你选哪边？"

月子只是重复地追问着,她似乎正在跟这样做的自己拼命做着斗争。她闭着眼睛,痛苦地说道:"快选吧,浅葱。"

"让我选择'i',还是你们……"

浅葱说出口后,才察觉到这是一个沉重而现实的选择。"i"有可能是他最爱的哥哥,也是他的知己和共犯。而如今,他得到了一个用"i"来换取让一切重新开始、重获自由的机会。只要再次放开蓝,他就可以回到一个普通人应有的生活,重新获得朋友。对,就像浅葱所憧憬的狐塚孝太那样。如果能够像他一样过着平凡的生活,该有多好啊。

但是,那种生活里没有哥哥,没有蓝。

(浅,葱……)

在略带蓝色的黑暗里。

那个幼小的身影单手拿着染血的刀,把脸转向了浅葱。他的眼神像是在祈求帮助和原谅,像一头被丢弃的受伤的野兽。

(是浅葱吗……)

记忆中的那个声音扰乱了浅葱的心绪。他觉得闻到了血的味道,手臂上顿时起了一层鸡皮疙瘩,背上陡然升起一股寒气。

杀掉母亲后近乎发狂的哥哥仍然在黑暗中彷徨,寻找着浅葱的身影。他在哭泣,一直在哭叫着自己的名字。啊,浅葱想着,他独自一人啊。

你要背叛我吗?
背叛我,是吗?

在打破规则后,他只与浅葱联络过一次。从那封邮件上,浅葱感到了焦虑，没错，是切实的焦虑。浅葱回想起来了。蓝，他代替自己一次又一次被打，身上满是淤伤，被母亲殴打，在下雪天裸身被赶到阳台……

他会变成什么样？浅葱在心里自问，这是他第一次有了这样的疑问。迄今为止，浅葱一心只想着自己，他觉得如果失去了蓝，一定会撑不下去。然而，反过来想又如何呢？失去浅葱后的蓝会变成什么样呢？能治愈他的孤独的，就只有浅葱一人。

"你为什么犹豫呢？"

月子突然插了一句，她睁开原本紧闭的双眼，面色苍白，似乎马上就要发出悲鸣。她已经拼尽了全力。她咬紧嘴唇，直直地盯着浅葱，努力寻找着词汇。接着月子发出"唉"的一声，把脸转向浅葱。

"唉，你为什么要犹豫？我再问一次，'i'为浅葱你做了什么？浅葱你这么痛苦，到底在犹豫什么？你不打算选择我和孝太吗？"

说到最后时，她几乎已经叫了起来。

她的声音似乎在责备浅葱。听着她责怪的口吻，浅葱的心里有什么弹了起来，有什么东西回到了本应在的位置。

浅葱意识到了。他想起了正在他眼前大叫的月子有多么的自私。

他意识到她只是个外人。然后他想起来，月子是不会来到他身边的，她会回到狐塚的身边。

他感到身体渐渐失去了体温。月子洁白的手掌终究无法治愈自己，只会抛弃他。月子并不想与自己扯上关系。

"做出选择吧，拜托了，浅葱！！"

泛白的世界中响起了月子的声音。浅葱低垂下眼，屏住了呼吸。

对月子来说，浅葱只能选一个——浅葱必须痛改前非，必须与哥哥诀别，必须忏悔自己的错误，并选择月子他们一方。

这就是她为浅葱准备的独一无二的答案。得知了浅葱的罪行的她，为了让自己得到平静，便逼着浅葱非这么做不可。而在确认浅葱这样做了之后，她又会离开，对被丢弃的浅葱视而不见。她只会回到自己的生活里，回到狐塚的身边。

她会做这一切，都是因为她有可以回去的地方。她既不打算认真地面对浅葱，也并没有为浅葱的人生负责的心理准备，所以她才会这样做。

浅葱的心逐渐泛白、变冷。啊，说到底这个女人根本不在乎我。他的大脑冷静地意识到了这一点，终究还是意识到了这一点。

月子并不懂，对浅葱来说，"i"是唯一认真面对他的人。他与月子不一样。他与徒有一身浅薄的正义感和责任感，会为了自己内心的安定而告发浅葱，或欺骗自己放过浅葱的月子不一样。

"'i'是我的哥哥。"浅葱说道，他的声音十分平稳，已经不再颤抖。

浅葱只有他了。

月子瞪大了眼睛。她呆呆地站着，似乎感到难以置信，仿佛受到了沉重的打击。

"月子你一定无法明白，对我来说'i'是独一无二的，而对'i'来说，我也是不可或缺的，我不能留他独自一人。"

"浅葱，我不是说了吗，他不是你哥哥，你的哥哥不在这里。拜托你醒醒吧，和我们一起去寻找你真正的哥哥吧。喂，浅葱！！"

月子哭得越厉害，浅葱的态度就越坚定。你根本就没想与我扯上关系。在你声嘶力竭的背后，还有可以回去的地方。

月子递给浅葱的那张小小的照片落在了地上。浅葱沉默地看着那张照片，在他面前的月子也闭上了嘴，两人之间持续了一阵沉重的沉默。过了一段时间后，月子用通红的眼睛瞪向浅葱。

"那，没关系吗？"她低声问道。

浅葱在听到这一声后，肩膀惊颤了一下。

"如果浅葱你选择继续进行游戏，选择'i'那一方，那我就必须阻止你，必须把你的事告诉其他人。"

月子眼中闪着悲伤的光芒。

"这样也没关系，是吧？"

她像进行最后一次确认一般看向浅葱的脸。浅葱，拜托了。她的眼里寄托着最后一丝希望。

"如果你被警察抓住了，'i'肯定也会被抓的。不管走哪条路，他都只会通往破灭，浅葱你也一样。"

黄白相间的大丁草花在眼前摇曳生姿。美丽的花朵愉快地绽放着，与眼下的场景形成了鲜明对比。

到头来，浅葱还是没有选择自己这边。

——"i"到底为浅葱做过什么？

"再见。"

"等等，月子。"

月子喘息着，用哭腔向浅葱道别。浅葱想要阻止，她却低下头转过了身，背对着浅葱。她挥动胳膊，像抗拒浅葱一般快速走向教室门口。浅葱伸手抓住了她的手臂。

"放开我。"

月子看着浅葱，她一边哭泣一边摇着头。

"我的话你已经听不进去了。我……"

看着她那哭肿的双眼和令人心痛的苍白脸颊时，浅葱心中突然涌上一股强烈的冲动，那是一种强烈的愤怒。他感到绝望。你明明就不会来到我的身边，明明不能成为我的人。

——明明那样,你就不要再这么拼命伪装了。

啊,没错。啊,荻野学姐,你说得对,我是需要月子的。我发狂一般想要拥有这双洁白的手。没错,荻野学姐,我,对月子……

浅葱咬紧了牙关,他感到一种难以忍受的分裂感。为什么你不留恋于我?为什么你要回去?为什么谁都不选择我?月子她表面上说得真切,说是想让我选择他们,结果只留下这些话,就想抛下我。月子没有选择我。

可恶。

浅葱绝望了,他对将要离开的月子感到绝望。他意识到了月子的伪善,这使他的心碎成了粉末。

为什么?可恶。

大丁草花在摇摆。浅葱把眼前的花瓶拿在手中,他松开月子的手臂,双手拿起了玻璃花瓶。强烈的愤怒使他眼前的世界也摇晃不已。

"浅——"

月子吸了一小口气,说道。浅葱狠狠地咬住了牙关。他看着月子的脸,用尽全力,挥下了拿着花瓶的手臂。

浅葱手中的玻璃瓶一下子碎裂开来,碎片一齐从月子的额头上弹开。月子瞪大了眼睛。浅葱感觉到骨头陷下时发出的沉闷声响和花瓶破碎的实感。他的手臂一阵发麻,还流了血,一股温暖的液体在他眼睛下方飞溅开来。

月子没有叫,身体也没有晃动。她只是瞪大眼睛直愣愣地看着浅葱,仿佛在问为什么。

花瓶里的水顺着碎裂的缝隙滴到了浅葱的手臂上。几株大丁草花散乱在地上,剩下的几株缓缓地垂直落在月子的胸前。她手里的包飞出去后弹在地上,里面的东西散落一地。

浅葱绝望了。他对将要离开的月子感到绝望。

他用手里的花瓶底部又敲击了两次她的头。月子的身子摇晃起来，她洁白的手臂像要寻找什么一样在空中摇摆，最终什么也没抓住，无力地垂了下来。细长的手指滑在地上，仿佛抚摸地板一般。她的指甲小小的，没有染颜色。她的指甲原来这么小的吗？大量的血流了出来。头上血肉模糊，血的流速快得不像真的。

月子的身体倒了下去，仿佛要把胸前的大丁草花卷起来一般。

十

"狐塚你最近很忙吗？"

"嗯。不过，应该没有老师您那么忙。"

狐塚看着窗外，做出了回答。

他回忆起昨天的情景，开始担心起月子来。看来还是先不要回自己家，让秋山把自己送到月子家门口吧。

"连交女朋友的时间都没有？"

听到秋山的话，狐塚缓缓从窗外转回视线。秋山的声音里并没有嘲弄之意，似乎只是单纯地想要询问狐塚。狐塚苦笑着回答："这个理由倒不仅仅是因为太忙。"

"我听说你父亲去世后你母亲再婚了。继父是第一次结婚？真是遗憾啊。如果能和同龄的可爱女生同居的话，简直就像漫画里的浪漫场景一样啊。"

"别开玩笑了。要是继父有女儿的话，我母亲大概不会决定再婚的。因为那女孩肯定没法和月子好好相处。"

"月子是容易招同性嫉妒的类型啊,可能会被对方讨厌吧。"

秋山笑着看向狐塚,这次他的语气中似乎带了一丝嘲弄。

"你选择女生时似乎是以月子为基准的,简直像父亲为女儿找新的母亲一般。我误会了很久,本以为狐塚你喜欢月子那种类型的女孩,结果是我想错了。你喜欢的不是阿月那种华丽感,也不是坚强的意志,而是能够退后一步的温柔。你喜欢能够疼爱月子的人。"

"经常有人对我说这样的话,我真是不明白为什么会导致这样的误解。我无法接受月子那种类型的女孩,没办法把她当异性看待。"

如果这么告诉月子,她恐怕会生气吧。狐塚很容易就能想象到她一边说"我还不喜欢你这一型的呢",一边怒瞪自己的样子。狐塚没结过婚,也没离过婚,但他此时的心态却仿佛带了一个拖油瓶。秋山所说的"寻找母亲"也许是个巧妙的比喻。

"从什么时候开始的?"

秋山突然改变了声调。您想问什么?狐塚沉默地看着秋山,示意他继续说下去。

"白根真纪啊。可别跟我说你只是约她去看马戏团表演,其实你很喜欢她吧?"

他的声音飘忽而若无其事。听到他的话,狐塚死了心。他叹了一小口气,轻轻地点了点头。

"从很久以前就开始了,我已经忘了最初觉得她不错是在什么时候了。"

狐塚苦笑着,继续盯着坐在驾驶席上的秋山。后者正平静地笑着。您也想把我抹杀掉吗?狐塚本想坏心眼地问一句,可因为这个笑话实在不好笑,就放弃了。

"这相当于对月子的朋友出手,所以我一直有些抵抗,心里十分混乱。但当我有意识的时候,已经很期待与她的每一次见面了。"

"月子肯定会受打击吧,你要被别人抢走了。"

"会吗?不会的。月子早就发现了。虽然我邀请白根同学去看马戏团表演的事没有让月子知道,但她似乎早就察觉到了。"

车子从国道开上了岔路。

"孝太你喜欢真纪吧?"月子突然这么问,是在浅葱贫血倒下的那一夜。

那天狐塚在月子家打了个盹儿,还从月子那里听说了真纪的过去,以及秋山在其中扮演的角色。一切都说完了之后,月子突然盯着狐塚的脸,问了这么一句。

这完全出乎狐塚的意料。他表情呆滞,一时不知如何回应。错过了搪塞时机的狐塚不自然地沉默着,看着他,月子突然笑出了声。

"嗯,我非常理解。像孝太这种会被恭司和我这样的人喜欢并依赖的人,需要的是真纪那种温柔的女孩。"

那时萩野学姐刚去世,事情还没到现在这个地步。

"你知道吗,孝太?"月子问道,"萩野学姐喜欢你。"

"实际上,我微微感觉到了。"狐塚回答道。但萩野一定能遇到比自己更好的男性吧。狐塚在萩野还在校时就已经喜欢上真纪了。

"你就打算一直这样,不主动出击吗?就因为评审结果可能会是你去留学,所以就不打算让真纪知道?"

那时评审还没出结果,虽然最后被选上的是浅葱,但当时狐塚也有被选上的可能性。月子噘起了嘴说:"告诉真纪吧,只要跪在地上求她,让她在你留学时期等你就好了,她可快要毕业了。"

如果月子知道自己在留学落选后立刻邀请真纪去看马戏团表

演，不知道会说些什么。连狐塚都对自己那番举动的目的性之明确而吃惊。

"啊，原来是这么回事儿。不过没有关系，你只要堂堂正正地追求真纪就可以了。"

"我做不到啊，这种事我很不擅长。"

"只要月子同意，真纪一定也会很高兴的。现在我们这里正缺令人高兴的新闻呢，不是吗？"

"我的存在意义是制造新闻吗？"狐塚苦笑着说道，"月子应该没问题，她不会为我的事所动，只会一直前进。她已经确定明年四月就要去当小学老师了，这不是她长年来的梦想吗？

"在明年春天站在孩子们面前那一刻到来之前，她一定会凭自己的力量恢复过来的。虽然她很容易受到打击，但打击过后又会变得更顽强。她是我妹妹，但作为男人，我也觉得她很有魅力。"

"你们两个人很像啊。"

"是吗？"狐塚歪着头问，"可经常有人说我们一点也不像。"

"不，非常像……这么说来，狐塚你与我第一次见面是在上野的美术馆，下次要不要再去一次？"

车已开到了学校门前。秋山刚才说过会把狐塚带到公寓，然后自己再回学校。车子开过了学校正门，向车站方向驶去。

"下个月似乎有夏卡尔的画展，我很喜欢他的作品，不知合不合你的口味？等事情安定下来之后，我们把真纪也叫上，一起去吧。在木村去留学之前。"

"你注意到了吗，狐塚？"秋山对狐塚说，"阿月，喜欢木村浅葱啊。"

十一

面对倒下的月子的身体,浅葱大口吐着气,肩膀上下晃动。

她纤细的身体大幅地摇晃着,失去了平衡,面朝下倒在了地上。浅葱看不到她的表情。啊……浅葱手上的花瓶掉在地上,滚落到一旁。

鲜血从瘫软无力的月子的身体中不停喷出。她的生命正从那颗一动不动的头颅上汩汩流出。

浅葱捂住了脸,大脑的一角能听到粗重喘息的声音。吵死了,谁来让它安静下来。啊啊,啊啊,啊啊——他发出了声音。吵死了,谁来让那呼吸声停止。他的眼前流过了浓稠的液体。月子的手臂和小小的指甲都一动不动。今天她化的妆很淡,也没画指甲。啊啊,啊啊,啊啊——声音还在不断传来,那喘息声实在太吵了。浅葱看着自己的手掌,看着自己沾满黏稠血液的双手。啊啊——

"哐当"一声,浅葱的身子一个趔趄,撞到了桌子上。他的腰被重重地撞了一下。"哐当",身体又被反作用力弹到了另一张桌子上。他任凭桌椅不断撞着身体,继续无力而呆滞地向前走着。胸腔里有一股强烈到可怕的力量,击打着心脏,心脏快要冲破喉咙,仿佛立刻就要飞出体外。

快想想,浅葱,快想想,现在应该做些什么?下一件应该做的事是什么?这件事跟游戏无关,是你自己该做的事。好了,该怎么办?啊啊,怎么办?在这里终结月子的性命是没有任何意义的,而你却把她杀了。

他眼看着从月子头部流出的血在渐渐减少。明明是他下的手,却又跑到她的身边,跪在了血泊中。他试图抚摸她小小的头和染血的头发,却不知道该如何触碰,该触碰哪里。

快想想，必须要想想。

浅葱感到走投无路，他一边发出近乎悲鸣的喘息，一边扭头看向周围。就在这时，在被染得通红的视野中，他看到了滚落在一旁的月子的钱包。钱包开着，信用卡、学生证和化妆品店的积分卡等都散落在地上，还带有她生前的气味。其中一样物品极其显眼，吸引了浅葱的视线。那是一张旧照片。

浅葱难以置信地读着照片上的手写文字。然后近乎是爬到钱包旁边，用染血的手把照片取了出来。浅葱的手抚上照片，照片上沾了血迹。照片上是一个幼小的少女和比她高出一头的瘦弱少年。少女应该就是月子，那略带狂妄的眼神里透露出强烈的意志，依稀可见她现在的影子。旁边的少年稍显困扰地看着少女。浅葱记得这张脸。这一刻，他的喘息声又渐渐变大，到夸张的程度，然而他却无计可施，无法停止。那个少年是狐塚。狐塚孝太。

照片上用马克笔写着："月子，六岁。与哥哥一起"。

与哥哥一起。

浅葱的手在不停地颤抖，他的脸抽搐着，无法做出任何表情。他无法理解眼前的一切。浅葱急忙用染血的手翻着月子的钱包，还有两张照片。浅葱感到心脏疼痛不已。这不是真的吧？他冲着倒在地上的月子问："这不是真的吧？是一场玩笑吧？"

他又看向另一张照片。依旧是一张旧照片，然而上面的月子已经长成现在的样子了。照片上是她、和她长得很像的一名女性，以及狐塚三个人，他们一起笑着。和刚才那张照片一样，这张照片上也写了字。大概是母亲写的，字体很优美，像是成熟女性的字——"孝太、月子和妈妈"。

浅葱把第二张照片翻了过去。就在他看见下面的一张照片时，心脏受到了决定性的打击。那张照片上只有一个人，是浅葱，旁边没有其他人。他不知道这是什么时候拍下的。他把照片翻了过来，上面是与其他几张完全不同的圆圆的字体，写着"浅葱"两个字。是月子的笔迹。

钱包里还有假指甲，大概是因为今天穿了丧服，所以月子把指甲卸掉了。指甲上漆黑的底色仿佛夜色一般，上面装点着银色的新月图案。如今这假指甲却掉落在一旁。

"月子。"浅葱出声呼唤，他感到难以置信。月子。

她的身体在血泊中一动不动。"月子。"浅葱呼唤着她。血已经几乎不再流了，仿佛全部生命都已流尽，现在只是微微地渗着血。

浅葱的视野中又出现了刚刚看见的文字。

"孝太和月子。"

为什么？为什么不说？为什么至今为止一直隐瞒着我？

浅葱思考之后才发觉，他们并没有沉默，也不是故意不说。浅葱是通过研究室里的同学和前辈们胡乱散布的谣言才知道月子的存在的，他们说狐塚有一个从老家追到这里来的女朋友。月子和狐塚大概都不知道浅葱不清楚他们两人的关系。

"你就是狐塚身边的那个阿月？我听说过你。"浅葱曾这么跟月子说。浅葱以前只对自己有兴趣，他只对自己的世界，以及哥哥和过去有兴趣。从未对他人产生过兴趣和留恋之情的浅葱还以为以后也会一直这样下去。为什么呢？为什么会遇到月子呢？自己明明没有喜欢别人的资格。

迄今为止都在看哪里？为什么无法对他人产生兴趣？浅葱对谁都没有兴趣。

"荻野学姐最棒了。我真想有一个这样的姐姐。孝太，你听见了吗？"

月子为什么会说那种话？是为了谁？月子大概知道萩野的心情，所以才会对萩野清花有所顾虑，为她感到担忧。而萩野一边露出寂寞的微笑一边说道："我可没法当阿月的姐姐啊。"

"月子这个名字真奇怪。"

浅葱这么说后，月子惊讶地鼓起脸说："浅葱这个名字才少见呢，我还以为肯定是男公关的花名呢。"

"在用来表示颜色的名字里有这个词，代表浅葱这种草的叶子的颜色。"

"我知道，是浅浅的蓝色吧？"月子说道。她用带着温度的声音这样描述着浅葱的名字。

"我的家长好像很喜欢做奇怪的事情，当年他们兴奋地想着如果生了两个以上的孩子，就要起成对的名字或是相关联的名字。像是古利和古拉，光和影之类的。所以我其实搞不好就会叫古拉了。"

她在说到自己时用的是身为弟弟的古拉，那么古利呢？在她上面还有谁？

那个写在照片上的名字。

"当时我的妈妈有点不孕症的症状，不知道究竟能生几个孩子。结果起名计划就变得乱七八糟，我也就莫名其妙地成了月子——不过，我非常喜欢自己的名字哦。"

孝太和月子。

莫名其妙的名字。她拥有的那个月亮挂饰和狐塚手中的太阳挂饰大概是一对，都是与名字相关的挂饰。莫名其妙的名字。孝太的"太"原来是太阳的"太"。

月亮与太阳。

她的假指甲上染上了血,银色的月亮被染成了红色。

浅葱发出叫声,他觉得自己要发疯了,只能从腹腔底部拼命地出声喊叫着。他把月子的身体从血海中抱起。

"月子。"

快回答我啊,快睁开眼睛,求你了,求你。我……

"月子,月子,睁开眼。"

月子的身体还是温热的,还能从她柔软的身体上感受到她的味道,只不过和血的气味混合在一起。浅葱没有资格请求她,但是,月子,我……

浅葱放声哭了起来。

他用沾满眼泪和血的手抚摸着月子的脸。月子已经一动不动了。

浅葱拼命用双手拢起地上的血,好像要把从她体内流出的生命聚集回她的身体中一样。然而,他的双手只是从地上滑过,什么都没有留住,结果只是手上沾上了更多的鲜血。浅葱拼了命地试图挽回。月子,月子,请不要……

大丁草花在她那染血的丧服上优雅地散落着。为什么自己还活着呢?自己应该死的,应该在幼时就被哥哥杀死的。浅葱忘我地用手摸着月子的脸颊和喉咙,却把她弄得更脏了。他想让月子回到原来那洁白的状态,但越用这只手抚摸她,越会把她破坏得更加彻底。

"啊啊,啊啊啊啊啊啊啊啊啊啊啊啊!"

怀抱中的身体毫无反应。浅葱一遍遍地叫着她的名字,不停地呼叫着。"月子,帮帮忙,救救我。谁来帮帮忙?谁来救救月子?我怎样都无所谓,救救她。"

"做出选择吧,浅葱。你是选我,还是选'i'?"

选你,我选你,所以求你了,快呼吸吧。我可以付出我的全部,拜托了，谁来救救月子吧。浅葱发现了，他突然发现正因为月子是外人，自己才会对她产生恋慕之情。正因为月子是外人，所以她对自己来说是不可或缺的。

但是，已经晚了。

"谁来……"

流失的生命再也无法恢复到原来的状态。浅葱哭喊起来，他有生以来第一次哭得这么伤心。

——谁来，杀了我吧。把我的命，还给她。

浅葱捂住脸继续哭着。无论身处怎样的黑暗，浅葱都从来没这样想死。不管多么艰苦，他都坚持求生。但是此时，他第一次发自心底地觉得死掉了也无所谓。他已经没有了生存的意义。把我的一切都给月子吧。

"睡吧，浅葱。没事了。"

怀中的人正渐渐失去体温。

"喂，浅葱。"

"i"，我们做的事是错的，全都是错的。

"——我看见过蝴蝶羽化的过程。"

"月子……"

求你了，月子。睁开眼睛吧。

他抱起月子站了起来。就在这时，哭泣的浅葱看到了掉在地上的月子的学生证，证件照的旁边写着她的名字。

浅葱的脸扭曲起来，他念了出来。

狐塚。

他的声音嘶哑不已，连他自己都觉得不忍卒听。

狐塚月子。

让我的生命和眼泪一起流逝吧,与月子体内流出的血一起。浅葱像孩子一样蹲下,放声大哭起来。

"狐"。

这是"i"对浅葱提出的最后的条件。
浅葱完成了游戏。"θ"获得了见到"i"的权利。

给 i:
  已经不用再指定任何人了。游戏结束了。
  我在那条隧道等你。
  然后我们就应该消失了。

            θ

第十章 蝴蝶与月光

一

"月子，你今天怎么这么安静？"

"是吗，没有啊，为什么这么问？"

"只是感觉。唉，我上次跟你说了我秋天要去旅行的事了吧？我打算和大学的朋友以及她的男朋友一起去。她的男朋友是普拉达的设计师，不过对我来说这点毫无吸引力。不管是谁，我都感觉不到魅力。唉，月子，你为什么会是这个样子呢？为什么呢？如果没有月子你，我也许就能安定下来了。你为什么要给我看到那样的世界呢？因为那些低贱的小事而感到幸福，那根本就是自我欺骗和伪善。那样做对你来说有那么快乐吗？"

"紫乃。"

"你不觉得像个傻瓜吗？情人节都是甜点商谋划的计策。比如刚才那个亲切地接待我们的店员，说到底就是为了赚钱和销售商品谋生存。就算进入演艺界也无聊透顶，肯定要吃很多无趣的苦，所以我才选择在这里做看电视的一方。那个偶像歌手下巴歪了，歌唱得也烂，一点都不可爱。"

我看透了一切，我什么都知道。

"月子你做的那些事，就像那些不知道电视节目是在作秀，还在开开心心地观看的人一样。真是羞耻，真够傻的。"

"唉，月子。"

唉，月子。

紫乃的眼睛盯着月子的脸，目不转睛地凝视着。

啊，在很久以前，月子在紫乃面前还是无话不说的。

我和喜欢的男孩一起去上野看了克林姆特画展，一起吃了饭，还聊了许多，真的好开心。我与大学的老师搞好了关系，他说我可以加入他的研究小组。妈妈生日那天我往老家送去了花，她很开心。我还和同专业的女孩关系变好了，并向她请教了恋爱方面的问题。之前我一直担心和那个女孩之间有距离，然而对方却对我敞开了心扉，让我感到很高兴。我还认识了一位像大姐姐一样美丽的前辈。

"唉，月子。"

在紫乃对月子说那句话之前，月子还会在紫乃面前仔细地化好妆，还会用尽全力把自己打扮得漂漂亮亮的。

紫乃就那样一脸无趣地听着月子的话，随着岁月的流逝，她的脸上渐渐失去了笑容。她用仿佛看见了极其幼稚的东西一样的眼神轻蔑地看着月子，似乎很不开心，对月子享受到的一切快乐都感到不满。

"唉，月子。"

总有一天她会变得不在乎吧？总有一天她会恢复到以前那样，能认真地听我说话吧？所以，在那个时候到来之前，我不会对紫乃说自己的事了，因为我不想让她感到不快和不安。

以前紫乃曾经含着眼泪倾听过月子的烦恼，她曾经生气地说不能允许自己喜欢的月子遭受那样的不幸。她曾经那样地温柔，与她交谈会十分快乐。

看到月子拥有自己未曾知晓的世界后，紫乃变得很不安，进而在月子面前表现出来，把月子从未见过的一面展示在她面前——你看，你也会变得不安吧？

"我的朋友不是可爱型的女孩就是漂亮的美人，为什么只有月子你例外呢？"

无论是化妆、服装，还是整体感觉，孝太他们都会开玩笑说："真不愧是月子。"而月子也依赖着他们这些玩笑话。她很清楚，非常明白，自己并不是紫乃那样天生的美女。虽然很不情愿，但她的确一清二楚。

"啊哈哈，我在说笑呢，那只是玩笑话啊。"

紫乃大概不记得自己说过那样的话了吧。月子没有生气，她反而觉得一直牢牢记得这件事，久久不能忘怀的自己才是有问题的一方。她们两人会变成这种仿佛扭曲恋人一样的关系，其实是月子一手造成的。

"阿月你大概是这样想的吧？"秋山问。

真的吗？不对，老师没说过这种话。真的吗？真的没说过？这件事真的发生过吗？老师没说过那种话。啊，老师，我觉得像在做噩梦一样，不知道该怎么办才好。

"我就直说了吧，你从她身上感受到的是优越感，以及从中产生的内疚。所以你才无法离开她，这跟温柔一点关系也没有。阿月你有温柔的哥哥，有喜欢你的浅葱，还有想当教师的梦想，而这一切紫乃似乎都没有，所以你很轻视她吧？你也很清楚她对此抱有自卑感。"

"阿秋老师，老师，怎么办？我真的很喜欢紫乃，也喜欢孝太，喜欢老师，喜欢恭司。无论是真纪，还是日向子，或是萩野学姐，我都很喜欢。浅葱也是。"

头上传来被硬物刺入时尖锐的疼痛，眼前掠过花瓶碎片和大丁草花。

我喜欢浅葱。

"喂，阿月。"
是萩野学姐。
她在微笑着。
"对不起，萩野学姐，我……"

"嗯？"
那是月子和萩野从商场和杂货店购物回家的路上，盛夏的阳光强烈地照射在她们的头上。我太软弱了，一出店就又想吹空调，干脆待会儿进哪家店里吃刨冰吧。

萩野说道："阿月你喜欢木村吧？"

月子听到后屏住了呼吸，一时惊讶得说不出话来，只能沉默地看着萩野。她看着萩野脸上温柔的笑容，僵硬地点了点头。

"学姐你是怎么知道的？我从未对除了紫乃以外的人说过。"

"抱歉，我对这种事很敏锐，直觉从来没有失手过。"萩野静静地继续说着，她似乎真的看透了月子的心思。

"你不向他告白吗？"

面对萩野的询问，月子摇了摇头。

"我不想让他为难，浅葱讨厌恋爱。"

"是吗？"萩野微笑着说，"木村同学确实高傲又孤独，大概是因为他太聪明了，但是要是阿月你的话，肯定没问题。我因为胆小而放弃了狐塚，但你不一样，对吧？狐塚月子可不适合放弃啊。即使你会一遍又一遍地受伤，最终也一定能够接近他。我可爱的学弟就拜托你了。"

"萩野学姐……"

"嗯,就是这个了,与阿月你正合适。阿月,你不知道这是什么蝴蝶吗?"

对不起,萩野学姐。我……

"不知道就算了,总之先拿着吧。"

秋山盯着月子说道:"不能陷入不幸。"

不是的,不是的,老师。因为……

我曾经目睹浅葱踢垃圾桶的一幕。

那天我去研究室里找孝太,正好那场论文比赛刚刚结束,房间里所有的人都在议论。其中有一个人对浅葱说道:"木村,你就是'i'吧?你可不是那么轻易会输的人。"

那位同学或许没有什么恶意,但说出的话不经大脑。我以为浅葱会发怒,但他没有。他只是静静地笑着,说了声:"没错。"当时我觉得他好成熟,真是冷静又帅气。

那之后,我离开研究室去小卖部买了教科书。从店里出来后,我在教学楼背后看到了浅葱的身影。他一个人站在那里。我想打招呼,但他的背影让我没能出声。他静静的,周身散发出怒气,用力踢着垃圾桶。他一言不发,只是一脚又一脚地踢着。我呆呆地站在那里,那一刻我才意识到浅葱心中的愤怒和不甘心,意识到他是个很好强的人。

但他无法对任何人表现出这一面。他咬着牙望向天空,把手抵在额头上调整呼吸,在那种状态下拼命地站好,似乎一时无法恢复常态。在回到研究室之前,他流着汗却努力装成平常木村浅葱的样子,他的脸色非常难看。

看到那一幕时,我终于沦陷了。啊,这个人原来这么软弱,有这么难堪的一面。这样想着,我便再也无法忍耐下去了。我,喜欢上了浅葱。我想要陪在他身边。

就在那年的圣诞节前夜。

与紫乃见面后,我在回家的路上一个人哭了起来,一边走一边擦着眼泪。紫乃说她的朋友里只有我既不是美女也不可爱。"要是让我从朋友里选一个,我大概会选大学同学某某吧。她特别可爱,是个艺人,还上杂志了呢。"从紫乃口中说出的,是迄今为止我从未听过的一个名字。她总是以这种方式让我感到不安,同时和我维持着好友关系,试图让我嫉妒她。

没错,我很嫉妒她,我很羡慕美丽的紫乃。听她说着那些不知存在与否的朋友的事会让我感到十分生气,所以我才没把我喜欢的人的事对她说。你不知道我拥有这样的世界,我才不会对紫乃你说,我这样想着。

我对这样做的自己和导致自己这么做的紫乃都感到厌恶。边哭边走时,我偶然遇到了浅葱。浅葱那时正从学校回家,似乎度过了跟圣诞节毫无关系的一天。他对我打了招呼,当发现我在哭时,似乎很不知所措。虽然浅葱总是一副超凡脱俗的样子,但面对他人袒露感情时,他似乎不太习惯。浅葱非常惊慌,而我则因为他的惊慌而惊讶不已。我们站着聊了一会儿,一起走过车站前霓虹灯闪烁的街道。那时浅葱突然问了我一个问题。

"喂,你觉得人们为什么要如此隆重地庆祝圣诞节?为了今天这一天,人们从十二月初,甚至从十一月开始就兴奋不已地期盼。我知道这是为什么,我小时候就发现了答案。"

我说我不知道,浅葱便带着些许自豪,满意地说出了答案。

"因为如果没有这个节日,这个季节就太阴暗了,人们熬不下去。所以,为了让这个季节明朗起来,必须要有圣诞节。"

他小时候似乎经历过一个悲伤又寂寞的圣诞夜。他说那天他从家里的阳台向外看去,看到一个被霓虹灯装饰得闪闪发亮的家。他看着那个家,心里就平静了下来。浅葱笑着说如果当时自己没看到那个景象,就糟糕了。

"很奇怪吧,老师?直到现在,我仍时常回想起与浅葱走在街上的那一天。我从来没有体验过那么幸福的事情。与他一起走时,我非常紧张,因为那是我一直期盼的事。"

喂,老师。

喂,萩野学姐,紫乃。

孝太。

月子醒了。她缓缓地睁开眼。

她立刻感觉到了地板的存在,并感到意识离自己很远,眼前一片通红。月子忙乱地呼吸着,缓缓地睁开了眼睛。一阵剧痛传遍全身,但她没能反应过来是自己遍体鳞伤的身体在发痛。

她的眼里仅有微弱的光。啊——

地上有一张纸,是月子给浅葱看的那张照片。这东西可不能放在这里，必须扔掉，必须藏起来。

然而，她的手指无法活动，仅仅把手掌摊开，就耗费了相当长的时间。再靠近一点，还差一点。拜托了，就差一点了。

月子的手费力地攥住了掉在地板上的那张照片。

浅葱。

他已经不在这里了。

不知在何方的神啊。如果这个世界上有可以理解一切，并给予原谅的神灵的话，请帮帮浅葱吧。

她用颤抖的手、极其缓慢地把纸撕碎，放在嘴里，含在牙齿之间。血的味道在她的口腔里弥漫开来。

月子把纸片咽了下去。她有一股想吐的冲动，原本就已经非常昏暗的视野因喉咙吞咽时产生的冲击而更加扭曲。她感到一阵难以忍受的痛。

神啊，请帮帮忙！

浅葱只是运气不好，他其实不是个坏孩子。如果我是他，恐怕也会做出同样的事。谁来守护浅葱吧，谁来原谅他吧。

我无所谓，我会将这一切全部忘掉，再也不想起来。这是我和他约好的。

我和浅葱之间什么都没有。从开始到最后，一直什么都没有。

二

这么说来，从上次的小组课开始，就有一个文件夹一直没有找到。踏上通往研究室教育学系一号教学楼的楼梯时，秋山突然意识到了这一点。那是一个存放月子和真纪等大四生毕业论文参考文献资料副本的文件夹。

最后一次看到那个文件夹，是上周在二号楼开研讨会的时候。秋山在楼梯上调转方向，向教室走去。那间位于教育学系二号楼二〇五号的教室被大家称为"闹鬼教室"，也不知是谁先起的头，说是会有幽灵出没。秋山对这则传闻没什么兴趣。

走到二层走廊时，秋山"哎呀"了一声，停住了脚步。今天学校停课，却有一间教室透出了黄色的灯光，教室的门还大敞着。秋山觉得很奇怪，他看向教室上方挂着的门牌。二〇五。是"闹鬼教室"。

也许是有人昨天开了灯后忘了关吧。他这样想着，却觉得不对劲。自己的这个想法跳过了一个环节，跳过了教室里有人的可能性，这是为什么呢？稍微一思考，他就立刻想到了答案。

原因是教室里十分安静。这让他心中微小的奇异感变得越来越强烈。寂静无声啊，真的没人在里面吗？

明明是白天，走廊里却没有阳光照射进来，连脚下都看不清楚。就在秋山想要迈步走向教室时，他看到了被教室里的灯光照亮的走廊。他停住脚步，盯着破旧的走廊地板一动不动。那里有一行足迹，一直延伸到自己所在的位置。秋山反射性地看向自己的脚下，然后……

秋山跑了起来。

足迹是鲜红色的，仿佛染了血一般。秋山逆着这行足迹向教室跑去。

面对展现在眼前的景象，他叫出了声。

"阿月！"

他感觉到自己声音中的绝望和悲痛。穿着染血的丧服的月子倒在教室里，手臂和双腿不自然地扭曲着。教室的地板上，以月子的身体为中心，形成了一片血海，墙上、桌上，似乎所有地方都溅上了血沫。她小小的头浸在这片残酷的血海中，头部前方右侧有严重损伤，仿佛熟透的果实因承受不住自身的重量而坠下，摔坏了一样。可她的头那么小巧，不可能那么重啊。

大丁草花散落在地上，已经没有了原来的样子。

秋山十二分小心地将月子的身体抱起，把她的头抱在胸前。血还在静静地流淌着，月子的全身都被从她自己身体里喷出的鲜血染红了，脸上和喉咙处都有血被擦拭过的痕迹。

"呼吸啊！"秋山喊着，"快呼吸啊，阿月！"

怎么会这样，怎么会有这么残酷的事！就在这时，秋山怀中的月子缓缓地动了起来。月子的下巴轻轻地、仿佛颤抖一般抬了起来。

还有气息。秋山瞪大了眼睛。她的喉咙小幅地颤动着，秋山意识到她似乎被什么东西卡住了。

"阿月。"

她能听到吗？秋山努力让自己镇静，呼叫着月子，希望自己的声音能够传达到月子心中。

"月子，吐出来吧。要是不把东西吐出来就没办法呼吸了。"

秋山意识到自己的声音中有一种压迫感。月子肯定会依自己说的去做的，他有这样的自信。然而，他错了。月子似乎用尽了身体所剩的最后的力量，把全部力量都汇聚在喉咙处，努力做出吞咽的动作。秋山不再有丝毫犹豫，他扳开月子紧闭的嘴唇，撬开她的牙关。要是她因此窒息，就真的会死。

秋山试图从月子的喉咙里取出异物，手指却传来微弱的刺痛感。秋山猛地收回手，是月子，她咬了自己的手指。那微小得可怜的力道，却明确表现出她的态度。

秋山因震惊而僵住了，月子那被血染红的纤弱喉咙仍被什么东西哽着，仿佛痉挛一般颤动着。

"阿月，你会死的啊，为什么？"

秋山不管黑色的西装已染上大量鲜血，飞快地奔出了教室。

"来人，快叫救护车。"

他抱着最后一丝希望跑了起来。

教室的黑板上，用白粉笔写着一行字。

> 肥皂泡 飞了

地板上有一种疑似肥皂融化后的液体，与血混在一起，还有一个在这个场景里显得格格不入的洗手液的瓶子。在濡湿又发光的地板上，一块小小的肥皂泡"啪叽"一声弹了起来。

三

接到电话时，狐塚孝太正要把换下的丧服挂到衣架上。放在电脑桌一角的手机振动起来，是刚刚还和他在一起的秋山打来的。电话那头的老师语速很快，很不像秋山一树的风格。

"怎么了，老师？"

秋山语气悲痛，似乎开口都很艰难，狐塚能感受到电话那头的他，身上充满一种既不能定义为愤怒也不能定义为悲伤的感情。

"狐塚，我不知该从何说起，不知道该怎么把这件事告诉你。狐塚,月子被'θ'袭击了。她在学校里被人打破了头,流了很多血。虽然还有呼吸,但被救活的希望十分渺茫,恐怕无法恢复意识了。"

听了对方的话,狐塚不知道该作何回答。他觉得不知所云。这不是什么比喻,他是真的不知道秋山在说些什么,他完全无法理解秋山所说的内容。

"狐塚,你在听吗?"

狐塚环视自己的房间,房间里很安静。不久之前,这所公寓周围还挤满了记者,但现在已经清静下来了,他无法想象在这个安静的场所以外发生了什么。就在这时,他突然开始理解秋山说的话。狐塚发出干巴巴的声音。在这种时刻,自己的大脑居然变得敏锐而冷静,只是体温下降到了极点。

"我该做些什么?该到哪里去?"

"去学校的医院。"秋山答道,"我现在和月子在一起。"

"知道了,谢谢您。"

挂断电话的那一刻,狐塚感到喉咙发热,身体颤抖起来。额头处传来强烈的痛楚。体温在下降到极点后又渐渐回温。狐塚用手捂住了嘴。

他的大脑在慢了一拍之后陷入混乱。月子,这是怎么回事儿啊?月子。狐塚感到不知所措,不知该如何是好。这种荒唐事是不可能发生的,肯定是有什么地方搞错了。

"这不是真的,月子肯定平安无事。"

他在空无一人的房间里嘟哝着,终于明白应该做的第一件事是什么。他把钱包和手机拿在手里,飞快地跑出了公寓。

四

在这个晴朗的上午,浅葱一个人走着。

阳光透过树叶的空隙照在地上,今天是一个典型的晴朗秋日。在这样的天气里,只有浅葱一人仿如身处台风之中。他的头发和脸都被水打湿了,水珠顺着刘海一滴滴地落到脖子上。浅葱浑身都湿透了。

他不太记得击倒月子之后的事情了,只记得自己非常拼命,拼命地从那里逃了出来。还差一点儿,就差一点儿了。月子,再给我一点儿时间。等我见到"i",将一切了结,我就会回来。

浅葱在教育学系的卫生间里用水清洗了染血的脸和鞋子。双手被血染得通红,脸上的血也无法冲洗干净。看着被染红的水从排水口流走,他感到一阵激烈的眩晕。这都是从那个女人单薄的身体中流出来的吗?想到这里,他就止不住流下泪来。他一边发出悲惨的呜咽声,一边疯狂地洗手。他用卫生间里的洗手液做成肥皂水,用颤抖的手洒在地板上,之后用粉笔在黑板上写下"肥皂泡 飞了"这句话。只为写下这短短的几个字,他的手肘就抖个不停,导致中途停了好几次。他顾不上擦拭手和脸,任凭水珠滴落。身体也在不停地颤动。

教育学系的教学楼走廊里设有学生们用的储物柜。有没有什么可用的?有没有能派上用场的?有很多柜子粗心地没有上锁,浅葱从其中一个柜子里找到一个皱成一团、散发着霉味的雨衣,不知道多久没人用过了。浅葱披着这件雨衣,走出了教学楼。

可外面是晴朗的上午啊。

鼻尖充满血的气味和发霉的味道。浅葱用皱巴巴的雨衣遮掩染血的丧服，跟跟跄跄地走在路上。浸满了血的衣服十分沉重，清洗时弄到身上的水十分冰凉，而浅葱的心依旧迷失在暴风雨的中央。

浅葱让月子的死亡成为游戏的一部分。他把现场伪造成模仿歌谣杀人，就是为了与"i"相见。

他抬头看向碧蓝的天空，秋日的阳光令人心旷神怡。但他眼前的世界一片扭曲，让他睁不开眼。他向着家的方向，拖着颤抖的双脚走去。

"必须给'i'发邮件。"浅葱小声地自言自语道。

该消失了。无论是"i"，还是"θ"，还有浅葱。

五

狐塚赶到医院的目的是为了确认这件事并不是真的。

秋山刚才说的事应该都是假的，月子应该站在那里，对赶来的面无人色的狐塚笑着，问："你在干什么呢？"事情应该是这样的。

"狐塚。"

钻过医院的自动门，秋山立刻跑到狐塚面前。看着秋山的样子，狐塚的心跳得越来越激烈。秋山的西服上沾着血。不是红色的，而是微微发黑的暗红色。狐塚的眼神被那颜色吸引，无法转移视线。脖子处感到一阵紧张，脑海中响起漏气一般的"咻咻"声。

"在这边，她正在做手术。"

月子应该活泼地出现在我面前啊，因为这一切都不是真的。她应该会对担心地前往手术室的我举起手示意，说："孝太，怎么了？脸色怎么是铁青的？"对，月子大概是受伤了。秋山胸前染上的血确实是她的。但只是一点轻伤，伤口应该小到会让受了严重打击的狐塚显得十分滑稽。

"回学校后没多久，我就偶然发现了她。"秋山说道。他说他发现了月子，而不是遇到了月子——"发现了"。

"她倒在一间教室里，穿着丧服。不知是正要去紫乃的葬礼，还是从葬礼回来之后。"

写着"手术中"三个红字的灯牌在眼前亮着，那光芒把狐塚拒之门外，似乎在说"你必须在这里停下脚步"。明明月子就在那扇门后面，自己却不能见到她。

月子应该平安无事，应该没有受重伤才对。狐塚在脑海里尽可能地描绘着各种乐观的可能，并试图找到证据。他看向四周，然而，谁也不能为他提供证据。就没有什么东西可以证明这一切都不存在，一切都是错误吗？

没人为他提供这样的证据，摆在他眼前的是不争的事实。医院里吵闹不堪。

"您是伤者的家属吗？"一位年长的护士问狐塚。狐塚点了点头，他对这种情况下自己竟然还能正常出声回应对方而感到不可思议。

"是的。"

"请这边坐。伤者的状况不太乐观。"

骗人的吧？月子。

狐塚渐渐感到呼吸困难。没有人来告诉他这是误会或谎言，同时也没人给他致命的一击。

月子的状况到底如何，没人正面告诉自己。到底怎么样了？我的妹妹到底怎么样了？这一切都太令人难以置信了。

"阿月她……"坐在旁边的秋山痛苦地开了口。秋山心中已经有足以确定眼前发生的事是真实的证据了吗？我却还没有找到。好痛苦，谁来把证据告诉我吧。我现在拥有的，只有持续扩散的模糊的不安，以及不知真相的打击。脑海深处一直有"哐哐"的声音响起。

"阿月最后把什么东西吞了下去。那时她还有呼吸，但现在就不清楚了。在救护车里她曾经一度停止呼吸。现在……或许快要苏醒过来了吧。"

狐塚没有看向秋山的脸，只是听着他的话语。秋山继续说道："她是在我抱起她的时候凭自身意志吞下那个东西的，但被哽住了。我试图把那东西取出来，她却阻止了。我觉得应该不是能表明凶手身份的，俗称临终留言的东西。她似乎一心要阻止我们看到那个东西。你有什么线索吗？"

狐塚沉默着摇了摇头。秋山越说越愤怒，声音颤抖起来。狐塚还是第一次看到他这样袒露自己的情感。

秋山又说道："她把自己的生命当什么了！"

听到秋山这句话，狐塚心中突然卷起剧烈的感情旋涡。他突然觉得惊慌，觉得胆怯，急切地想要看见月子的脸。她应该就在这扇门后面。

临终留言。在面临死亡时留下的遗言。

虽然还有呼吸，但被救活的希望十分渺茫，恐怕无法恢复意识了。

他回想起出门前通过电话听到的秋山的话。啊，没错，狐塚已经受过致命的一击了。

"月子。"

狐塚叫着她的名字站起了身，却完全不知道该如何是好。

狐塚怀着沉重的心情开始联络相关人员，首先给老家打了电话。

电话铃响起时,他突然想要逃跑。他不知该如何向继父和日向子开口,心里十分不想把这件事告诉他们。但是比起这点,狐塚更想与他们相见。他想与别人共享这份痛苦,希望有人能抱住他的肩膀,来修复他粉碎了的感情。

给老家打完电话后,他又犹豫了很久,才给真纪和恭司打了电话。两人都表示会立即赶到医院,狐塚很是感激。刚才刚从秋山那里得知月子对浅葱的感情,于是他给浅葱也打了电话,可是只有语言信箱,没有人接。

"木村可真是难搞啊。"狐塚当时在车里这么说,"月子的眼光也真够高的,想让木村热情起来可不容易。"就在刚才,狐塚还苦笑着说出这样的话。而那时月子已经躺在冰冷的地板上,倒在自己的血泊中了吧。狐塚不愿去细想。

在等待手术结束的漫长时间里,狐塚两手交叉坐着祈祷,祈祷手术永远不要结束。他怕在灯灭的那一刻,有残酷的宣告等着他。这场手术结束的时候,恐怕就是失去月子的时候。

不可以啊。你可是四月开始就要成为老师的人。绝对不可以。

坂本赶到了医院,除了他以外还有几名警察,他们围在狐塚和秋山身旁进行了问询。秋山详细地回答了发现月子时的状况,把月子最后吞下了不明异物的事也说了。刑警们安静地一一做了记录。坂本抬头看向仍亮着"手术中"红灯的牌子。

真纪慌慌张张地从走廊里跑了过来。不知道她刚才是在哪里接到电话的,这么快就赶来了。真好啊,月子,狐塚在心里说道,真纪立刻就赶来了,她这么喜欢你,你也不用再对她有所顾虑了,可以对她坦白自己的心声了。真纪哭着,哭得很大声。走廊上刚刚只有愤怒和紧张的气息,现在终于有人发出具体的悲伤的声音了。这使周围的空气发生了变化。狐塚可以明显地看出自己的手在颤抖，停不下来。

"狐塚同学。"真纪叫道。狐塚捂住了脸，感到一阵难以忍受的恐惧。

"拜托了，月子，别走。"眼泪顺着他的脸颊流了下来。

那之后不久，恭司也赶到了医院。

"是谁干的？"他走到狐塚面前，粗暴地喊道。

恭司的脸上没有任何表情，然而他心里那根看不见的情绪指针已经明显指向了愤怒的方向。他周身的气场全变了，散发出手一碰都会被划破的锐利的冷气，并与噼啪作响、充满压迫力的电流交织在一起。"我要宰了他。"恭司说道，冲着墙壁猛地打了一拳，这一拳的力量大到地板都受到了冲击。"我要宰了他，绝不能原谅。"

狐塚的母亲日向子和继父一起到达医院时太阳已经落下，夜晚降临。

日向子很平静。

看到日向子出现在走廊里时，狐塚慌张地站了起来。日向子那张与月子非常相像的脸因紧张而僵硬，却并未表露出激烈的情绪。她看到自己的儿子，静静地微笑起来。狐塚一直拼命压抑的感情就在这一刻决堤。日向子用颤抖的手抱住了狐塚。感觉到那双手传来的颤抖时，狐塚的肩膀开始剧烈地起伏，他无声地哭了出来。

"月子……不会再回家了。"

"孝太，你已经很努力了。我来晚了，抱歉啊。"

他们想必采取了能够最早赶到的方法，却还说出这样的话。她的语气和声音都像极了月子，简直一模一样。

"阿月。"

日向子离开狐塚，转向手术室方向。她眯起双眼，做出一个含泪的微笑，用温柔的声音说道："阿月，我来晚了，抱歉啊。妈妈来了。"

"孝太。"

继父坐在狐塚旁边。

"爸爸。"开口后，狐塚感到一股安心感覆上了全身，令他不禁想要哭泣。爸爸。

继父用大手摸了摸狐塚的头。生父去世时，狐塚也像这样低着头。那时握着他和月子的手，不断鼓励他们的，就是眼前的这个人。狐塚和月子那时还都是小学生。

母亲看上去还好，继父却相当疲惫。他坐在狐塚旁边，断断续续地说着："阿月……唉，孝太。"

继父抬起头看向狐塚。

"阿月最近总是不回家，是不是我的错？"

"不是啊，爸爸。"

狐塚摇了摇头。

"我们三人之间的感情一直很融洽，从爸爸还是'佐佐木叔叔'时，月子就对您很亲。她很想告诉爸爸她非常喜欢您，却没能说出口。"

不管是狐塚还是月子，都很感谢这个爸爸，只是月子顾虑太多，多到笨拙的地步。

"我听说她的头被打破了，怎么样了？"

继父抱着垂下的头，似乎在寻找责备自己的理由。月子和继父也有相像之处。狐塚周围的人似乎都过于温柔，比起责备他人，他们会拼命先从自己身上找缺点。他们会试图从自己身上寻找哪怕一点会导致这场毫无理由的不幸的原因，从而背负本可不用背负的责任，就像父亲现在硬要从自己身上找到让月子变成这样的理由一样。

"爸爸。"

狐塚把自己的手放在了继父的手上。对继父来说，月子是他最爱的女儿。然而月子却总是有所顾虑，觉得自己不能在继父面前过于任性、撒娇。她处处为加入到狐塚一家的温和的继父着想，觉得要让继父"拥有"这个家，并担心自己或许是个碍事的存在。

继父高大的身体蜷成一团，啜泣了起来。

"阿月头上的伤治好后，有没有可能不留疤痕？那孩子那么可爱，要是那张漂亮又可爱的脸上留下了伤疤，我可受不了。真可怜，太可怜了。"

为什么呢？狐塚想着，为什么谁都不考虑最坏的结果呢？

为什么还在顾及月子的伤口？要是月子死了，那种事就根本毫无意义。为什么还要去想那种事情呢？大家都太天真了。为什么谁都不考虑最坏的情况，不提前做好准备呢？为什么谁都不把月子会死当作一种可能呢？如果不从现在就有思想准备，大家会无法承受最终的结果。为什么一味地想着她会活下来呢？

月子也是，为什么要吞下异物导致自己窒息呢？她到底吞下了什么？到底隐藏了什么？要是死了你就会被解剖，而那东西会被人从胃里取出来啊。想到这里，狐塚"啊"的叹了一声，抬头看向天花板。听说月子流了很多血，那她应该很清楚自己的状况。看到自己流出的血时，她应该也想过会死，还是说她相信自己能活下来？这是月子为活下来的可能性下的赌注吗？

为什么呢？她把生命当成什么了？不要忘了，还有我们会为你悲伤啊。你的生命比你认为的要有分量得多。

几个小时后，显示"手术中"的灯灭了。手术室的门被打开，从里面走出一名穿着一身淡蓝色手术服的医生。狐塚站了起来。

医生摘下了口罩，面对屏息的众人，以公式化的声音说道："我们已经尽力了，但病人的状况依旧非常危险，请你们做好她会长期昏迷的准备。不过她自己还在努力着。"

医生说月子要被转移到重症监护室。

月子为吞下某个物品用尽了最后的力气。那到底是什么东西，能让她拼上命来隐藏？

她依然没有睁开眼，没有恢复意识。她不知道自己还有没有再回到这个世界的可能，却依然奋力地努力着，仿佛在用这种方式表达她的意志一般。

六

日向子和月子，两人拥有昼夜成对的名字，关系也非常亲密，是一对像姐妹一样的母女。

父亲去世时，月子和狐塚还在上小学，两个孩子时而被少女一般稚气的母亲支持，时而支持着母亲，一家人非常和睦。父亲留下的最后一句话是："妈妈就拜托了。"狐塚和月子都不曾忘记，父亲在弥留之际把母亲托付给了他们。

日向子再婚是在狐塚进入大学之前，上高三那年的夏天，对方是父亲当年的同班同学兼至交。鉴于这位佐佐木叔叔一直为缺少男主人的狐塚一家操心，为他们提供了许多帮助，再加上人随和，狐塚对他们的婚事没有任何异议，高兴地给予了祝福。这个大叔是一名建筑工程师，晒得黝黑的粗壮手臂、宽广的后背，与纤瘦的父亲形成了鲜明的对比。

大叔是第一次结婚,他对自己突然有了两个大孩子而开心不已,说自己终于也有家人了。他不是一个精明到会说谎的人,在说这些话的时候,他的声音里没有一丝虚伪,笑得满脸都是褶子。"我的儿子懂事优秀,女儿长得这么可爱,像娃娃一样,我也要努力,做一个配得上他们的父亲啊。"他笑着说道。

月子很喜欢日向子。"能拥有像她这么出色的母亲,真是太幸福了。孝太你知道吗?我们必须对她怀有感谢之情。能与日向子有血缘关系,是一件令我十分自豪的事。"

听说日向子要再婚的消息时,月子双眼放光地开心地说着:"好棒!真是太好了。干得好啊,佐佐木叔叔。日向子你也喜欢叔叔吧?那就要珍惜这份感情,要让新恋情开花结果啊。"

面对母亲"已经是二婚了,又都这把年纪了"的说辞,也是月子坚持要举办结婚典礼的。

"就当是为几年后我的结婚仪式做预演嘛,让我们来办一场盛大的婚礼吧。叔叔是第一次结婚,你可要做一个美丽的新娘哦。你一定要穿上婚纱,还要邀请许多人来参加,蜜月也一定要去。这是必须的,不这样可不行。"

月子对父母的婚事比当事人还要积极,大概是因为太高兴了。她兴奋地拉着日向子去试礼服,还打电话为蜜月旅行做准备。狐塚全程苦笑着在旁边陪着她。

婚礼当天,月子看见身穿纯白色婚纱的日向子时感慨万分。

"日向子你真是太美了。孝太,你有这么适合穿婚纱的母亲,真是幸福啊。"

她又对新郎佐佐木叔叔笑着说道:"您有这么出色的新娘,真是幸福啊。"

月子那时才上高一，而从那时起她就总用这种老成的口吻说话。既老成又盛气凌人，但狐塚的朋友都很喜欢她这一点。

那天月子拍了很多照片，笑容就没停过。在结婚仪式的最后部分，新娘要读自己写的信。日向子读了写给孩子们的信。

"在我心中，你们是我的骄傲。"

婚宴结束后，日向子和叔叔走出了举办婚礼的酒店，门口有一辆黑色的汽车等待着他们。是月子安排这样一出仿佛从外国电影中剪下的一幕一般的场景。她把几个空易拉罐用绳子系在车子上，让新郎新娘坐了上去。这辆车会直接送他们去新婚旅行。

招待的客人全部离开后，就只剩狐塚和月子二人为他们送行了。

"妈妈，路上小心。还有，爸爸。"月子边说边对自己的新父亲展开笑颜。

"妈妈就拜托你了。"

继父听了这话，顿时笑开了花。

"阿月，孝太，谢谢你们。我们去去就回。"母亲含着眼泪说着。

车子发动了，易拉罐在柏油路上滑行，发出很有气势的嘎啦嘎啦的声音。

"一路顺风，祝你们幸福！"

月子一直挥手到看不见车子为止。送走两人后，狐塚准备回旅馆。"日向子走掉了啊。"他略带感伤地说着，微笑着回头看向妹妹。这时，狐塚才意识到月子一直站在那里一动不动。

"月子？"

月子没有回答，依旧呆呆地站着。她双脚站在原地，看着车子消失的方向。她在看什么呢？狐塚顺着视线看去，却没有看见任何能够吸引她注意的东西。

"月……"

就在狐塚又要叫月子时,她抽泣了起来。她小声地说着"日向子",随后又说了一遍。

狐塚惊讶地屏住了呼吸。月子瘦削的肩膀大幅地起伏,就站在原地大声哭了起来。

"妈妈,妈妈,妈妈。"

狐塚瞪大双眼看向妹妹。

月子捂住脸大声地哭泣着,完全不顾路人的眼光。她穿着漂亮的礼服,旁若无人地哭了起来,连眼泪也顾不上擦拭。狐塚还是第一次见到有人哭得这么厉害。她不断地"哇哇"哭着。"妈妈,妈妈,妈妈。"

看着这样的月子,狐塚突然明白过来了。他回想起多年前父亲在病床上说过的话——妈妈就拜托了。狐塚没有忘记这句话,月子想必也没有忘记。

月子大概是觉得,自己把从父亲那里接手的母亲嫁出去了。月子把母亲交到了能让她幸福的人手里,并相信那就是她的幸福。她扼杀了自己心中的寂寞,选择了这个结果。

"月子。"

月子还在哭泣,她的哭声丝毫没有停止的迹象。狐塚伸出手,她缓缓地靠上狐塚的手臂。由于哭得太厉害,她的体温都升高了。她哭泣的方式完全像个孩子,一遍又一遍地抽泣着,仿佛在问狐塚:"这样就好了吧?这样是最好的选择,对吧?"

"哥哥。"

她平常不会这样称呼狐塚,那时却一边哭泣一边叫狐塚"哥哥",之后她又说:"日向子必须去新的地方生活。但是,哥哥,你可以永远做我的哥哥吗?"

"日向子也永远是我们的母亲啊。"狐塚回答道。

妹妹的声音过于坚强,令狐塚都快要流泪了。月子点了点头。虽然点了头,但可以看得出,她并不那么想。月子对自己能否作为女儿向日向子的新丈夫撒娇这点有所顾虑。

第二年,狐塚考上了D大,离开了老家。两年后,月子也考上了D大,前往狐塚所在的城市。狐塚欣然接受,只要月子希望,他会永远代替父母照顾她,做她的家人。虽然他们两人总有一天会分别,各奔前程,但他还是决定,在她希望时尽可能地陪伴她。

日向子大概也感觉到了这一点,她在新婚旅行的目的地希腊买了一对分别镶着太阳和月亮形石头的吊饰,分给狐塚和月子每人一个,自己则另买了一套,把两个吊饰都拴在手机上。

母亲趁月子不在的时候对狐塚说,那对吊饰寄托着她希望两个人能够一直要好,永远在一起的愿望。

七

秋山再次来到医院时是傍晚,距离月子被送到医院已经过去了一整天。狐塚一直与双亲陪在月子身旁,真纪和恭司也一直在。虽然狐塚对他们说回去睡一下吧,但两个人都没走。他们没有特别做什么,只是一直在医院的走廊里坐着。

月子的情况没有变化,看不出要清醒的样子,只能从旁边的监控屏幕上看到她那微弱的心跳,机械声微弱得似乎随时都会中断。

月子全身插满了与各种机器连接的管子和针头,看起来十分痛苦。她双目紧闭,表情看上去虽很安详,却令人心痛。她那头长发在手术时被剃掉了。可以看到头部的伤口非常深,大半张脸都被绷带蒙住了。

一天过去了,到了第二天的晚上,日向子对真纪开了口。

"你真的应该休息了。等你充分休息好,想来的话再过来好吗?"

然后恭司自告奋勇要送真纪回家。

"阿月正在努力呢,要是能恢复过来就好了。要喝杯咖啡吗?"秋山问狐塚。于是狐塚把双亲留在病房,和秋山一起来到医院的食堂。秋山大概正要去学校,手里拿着一个文件夹。

过了午饭时间但还没到晚饭,食堂里空荡荡的。

"你还好吗,狐塚?父母的身体撑得住吗?"

秋山从自动贩卖机上买了双人份的咖啡,把其中一份放在狐塚面前,坐在了狐塚的正对面。狐塚露出无力的苦笑。

他的身体很疲劳,但不知为何,感觉好像一切都与自己无关。狐塚从昨天开始就没怎么睡过,但一直很清醒,或者说因为保持着紧张的状态,所以一点都不困,反而因为不知如何排解过多的精力而让他觉得疲惫。

"虽然不能说没事,但应该不要紧。我打算再过一段时间就让他们去我公寓休息。医生说过,月子可能会持续昏迷很长一段时间,要是那样的话,他们必须轮流休息,哪怕只休息一会儿。否则支撑不下去。"

"这是月子自己的意思吗?"

狐塚没有喝咖啡,而是用双手围住杯子。真温暖。

狐塚呆呆地看着虚空,说道:"我觉得她是为了不让别人看见她咽下的东西而在努力维持。如果没有那个东西,她也许随时都会离我而去。一想到这里,我就……"

"说起这个,其实我有话要对狐塚你说。"秋山说着,声音里有一种微妙的郑重感。

狐塚看向他。秋山拿出文件夹,从里面取出一个小小的塑料袋,大小正好能装下照片底片。他把那个塑料袋放在桌上。

里面有一张发红的小纸片,像是照片的一部分。似乎不是用小刀或剪刀裁下来的,而是用手撕下来的。照片上有一层淡淡的红色,上面的图案像彩色玻璃一样,黑色边框包着一块块白色。狐塚把脸凑近去看,发现那是蝴蝶翅膀的一部分,大概是左侧翅膀的下半部,纸片的边缘处还有一小部分蝴蝶细长的躯体。

狐塚见过这张照片。放在月子房间里的桌子上,与其他照片分开放的一张。

"这是……"

"阿月咽下去的东西的一部分。是我从她嘴里取出来的。"

狐塚的呼吸停滞了。他看向秋山。秋山的视线静静地盯着那张照片。

"我发现阿月的时候她已经快死了,却好像隐瞒了什么。我说过吧,狐塚?我不能允许那种事发生。于是我把手指伸进她的喉咙里,把她想吞下的纸片拿了出来。

"你妹妹为了这张纸,顽强地用尽了最后的力量,但我现在就要让她的行为变得毫无意义。虽然我很抱歉,但是如果当时任凭这张纸卡在她的喉咙里的话,她肯定当场就死了。所以,我做的事是正确的。

"昨天这张纸上还全是血,完全看不出是什么。我把它进行了清洗，之后带到了这里。包括坂本在内，任何人都不知道这张纸片现在在这里。"

"月子把这张纸给……"

狐塚感到自己的脸正逐渐失去血色。发红的蝴蝶的照片，那上面是月子的血吗？为什么，她要把这种东西……

"今天早晨，我在图书馆里查到了这只蝴蝶的名字。"

秋山又从文件夹里取出一张 A4 大小的纸，在狐塚面前摊开。那大概是彩色图鉴中某一页的复印版。狐塚接过那张纸，看着中央那只与从月子喉咙里取出来的照片完全相同的蝴蝶。这上面不仅有翅膀，还照出了蝴蝶的全身。翅膀上部边缘是黑色的，下部边缘是茶色的，花纹仿佛彩色玻璃一般绚丽，当中还带有淡淡的浅蓝色。

"这只蝴蝶的名字叫，浅葱斑蝶。"秋山说道，"大概是因为翅膀里有浅葱色的花纹，才以此命名。学名叫'Parantica sita[①]'。"

狐塚依旧沉默着，却瞪大眼睛凝视着秋山的脸。秋山看着狐塚的眼睛，用沉静的声音继续说着："sita 似乎取自于印度宗教里毗湿奴神的妻子悉达，是一位美丽的女神，作为理想的女性形象被印度教教徒所崇拜。除了学名，这里还写了这种蝴蝶的英文名。原来如此，怪不得比起大象阿月更喜欢这个。"

秋山递给狐塚的复印纸下方写着浅葱斑蝶的学名和英文名。秋山念道："Chestnut tiger（栗色的老虎）。"

[①]音同"θ"。

八

浅葱回家后，给"i"发了邮件，之后就开始准备出门。

他把窗户锁死，大门关紧，连灯都没开。虽然他觉得必须看报道了月子的事的新闻，但他不想打开电视。

浅葱连丧服都没换下来。他觉得必须把丧服脱掉，这身染了月子的血的衣服十分恶心，但他连脱衣服的气力都没有。光是脱掉散发着霉味的雨衣就使他到了极限。身体动弹不得，鼻子深处疼痛不已，铁锈的味道已经完全浸入浅葱的鼻孔，他也渐渐习惯了这久久不散的味道，甚至分辨不出这是血的味道了。

游戏结束了。月子是最后一个。

接下来"i"会怎么做呢？听说只要犯过一次罪，人就会上瘾。偷窃的人会再去偷窃，搞诈骗的人会继续诈骗，杀人的人就会继续杀人。他应该放着"i"不管吗？可他们干的事明明是错误的。

浅葱从抽屉里拿出一把刀身很长的刀。他在昏暗的房间里把刀从刀鞘中拔出，检查是否有卷刃的地方，之后把刀放在了裤子后面的口袋里。月子的血已经变干，衣服变得硬硬的。每当活动的时候，他都能感觉到胸前有坚硬的布料滑过。

浅葱又踉踉跄跄地迈起了步子。这次他没有再披雨衣，而是披着秋天的外套走出了房间。他任凭电脑开着，也没有锁门，大概不打算再回到这里了。在离开昏暗房间的最后一刻，他看见杀害紫乃那天背的包还放在原地没动。月子说她用恭司的皮带替代了原本放在里面的用来作案的皮带。是真的吗？不是她为了劝自己放弃而说的谎吗？

不过怎样都无所谓了。月子已经不在了。

喂，恭司。浅葱突然想起杀死紫乃的那个晚上恭司说的话，想起他说的那部他二十岁时看的电影。

"如果他们进展顺利，男主人公的毁灭就是可以避免的。然而，他们却因为一些小事而错失彼此，最终没能使那个男人得到拯救。我现在也会偶尔想着，如果后来没有发生那些错过和误解，那个盲眼的天使是不是能阻止男人心中的怪物呢？"

盲眼的天使没有降临到自己身边，那时的浅葱是这样想的，然而他错了。浅葱拥有过那个天使，她还曾睁大双眼直视着浅葱。只是浅葱自己没有擦亮眼睛，才没有察觉。

"浅葱你就是'θ'吧？"那时月子手里托着浅葱斑蝶的照片。浅葱为自己起假名时借用了那种蝴蝶的名字。浅葱承认之后，那张照片从她手里滑落下来。蝴蝶从月子的手里飞起来，落在了地上。

浅葱回想着。明明眼下是这种情况，他却露出了一丝微笑。他自己也吃了一惊，随即又苦笑起来。他边笑边哭，眼泪已经流干，再也流不出来了。

他关上了房间的门，向位于户仓地区的闹鬼隧道走去。

九

"木村浅葱就是'θ'。"秋山说道。

狐塚感到难以置信。秋山继续用平常的声音和表情说着，仿佛在大学讲堂上课一样。

"打了阿月的人到底是谁呢？我想要在坂本之前找到那个人，并与他谈谈。这次的犯罪虽然是在停课期间发生的，但毕竟发生在白天的校园里。对警方来说,袭击月子的人肯定比之前的案子都容易查到。所以我立刻展开了调查,稍微借用了一些职权,让教务处的人把档案交给了我。"

秋山从文件夹中拿出另几张纸,递给了狐塚。

"这是阿月连接到教育学系内网时使用的所有密码。我们系在内网管理方面过于松懈,没有把密码进行暗号化处理,而是直接用明文记录,所以她的密码才得以保存了下来。虽然每隔两个月都会更新,然而,在这一年中,她使用的密码一直跟木村浅葱有关。"

狐塚依旧怀着不敢相信的心情,看向秋山递来的纸上的一行行文字。"asagi"、"kimura"、"asagiri"、"asagiiro"、"asagizakura"、"asagimadara",分别是"浅葱"、"木村"、"朝雾"①、"浅葱色"、"浅葱樱",还有"浅葱斑蝶"。这些单词在纸上排成一排。

"每个密码仅能用一次,只要含有五个以上的字母或数字就可以。阿月大概找了很多与浅葱的名字有关的词语吧。在朝雾和浅葱樱之后,她终于发现了'浅葱斑蝶',密码更新时间是在十月八日,正好是紫乃被杀的那天晚上。我当时只是想找出密码,看看她有没有留下类似日记的东西,却发现了这个词,着实震惊。虽然最后我没发现什么日记,但这比日记更加无可争辩。

"我猜想她应该是从哪里偶然得知了这种蝴蝶,然后展开了调查,之后知道了这种蝴蝶的学名。虽然那时她并没有对浅葱产生真正的怀疑,但也开始有一些小小的疑惑,怀疑浅葱会不会是'θ'。"秋山还在淡淡地说着。

"除了发音,'θ'这个假名大概并没包含什么数学意义,他只

---

①读音与"浅葱"相似。

是把跟自己重名的蝴蝶的学名缩写成了'θ'。

"就像月子把手机铃声设为《FLY ME TO THE MOON》。她曾经说过并不是喜欢曲子本身，而是因为喜欢曲名才选了这首。她还常在指甲上画月亮的图案。

"名字是从父母那里得到的，因此，人们一向对与自己名字相关的词语很感兴趣。浅葱应该也知道这种蝴蝶，之所以用'θ'这个单字，大概是因为'i'吧。而且'i'可以看成拉丁字母，也可以看成希腊字母，所以浅葱决定也为自己取一个类似的名字。"

"是木村干了那些事？我实在不敢——"

"应该没错。只能是他。"

秋山的声音没有丝毫犹豫，他干脆地下了断言。

"知道那种蝴蝶的学名时，月子对浅葱还只是抱有怀疑。但在紫乃被杀的那个刮着台风的夜晚，她大概确定了心中的想法。她知道那天与紫乃见面的人是浅葱。后来，为了与浅葱谈这件事，她把浅葱叫了出来，结果就发生了昨天的惨剧。"

"木村把紫乃给……"

狐塚还在混乱之中，为了寻求解释他看向秋山，而秋山只是无言地点了点头。

"只能是浅葱。紫乃自尊心很强，对阿月怀有强烈的嫉妒之心，不管她带条件多好的男孩在月子面前晃来晃去，狐塚月子都不会羡慕，这让她非常自卑。为了让月子不甘心，她接受了这世界上唯一能让月子难过的男孩的邀约，冒着暴风雨出了门。"

"阿月喜欢木村浅葱，而紫乃也知道这一点。"

狐塚全身无法动弹，他听着秋山的话，想起昨天在告别仪式上看到的遗照中的片冈紫乃。那张笑脸那么纯真。守夜的时候，月子哭倒在紫乃的棺材前。她一遍又一遍地说着："对不起啊，紫乃，对不起。"她哭得脱了力，连站都站不起来。

"有些过分啊。"狐塚从喉咙中挤出干涩的声音，其实他的心声是"真是无可救药"。

"她为了让月子嫉妒她，就打算和并不喜欢的浅葱交往吗？"

"只要先承认浅葱在这点上对自己有价值，之后再'喜欢'上他就好了，恋爱就是那么简单的事。她能做到这点，或者，也许她根本就没想那么多。"

"受到狐塚月子重视的人没有选择月子，而选了自己，光是这点应该就能满足紫乃的自尊心。只要瞒着阿月与浅葱见面，她就可以嘲笑一无所知的阿月，并从中获得优越感。如果浅葱提出交往，到时候再为了阿月拒绝他。这样就可以满足紫乃的英雄主义了吧？先不管她是不是这样想的，总之，浅葱的邀约对她来说应该很有吸引力。

"然而，阿月却冷静又残酷地看穿了紫乃的心理，并由此确信浅葱就是'θ'。她把蝴蝶的照片拿给浅葱，让他知道自己发现了他的身份，之后便遭到了浅葱的殴打。阿月之所以会包庇凶手，是因为凶手不是别人，就是浅葱。"

"木村是'θ'……"

狐塚哑口无言地紧闭双眼。他的喉咙极其干涩，心中依旧不相信这些话。

我就不曾意识到什么吗？没有发现浅葱发送的信号吗？

早些时候，浅葱刚被选中做留学生时，他问过狐塚，问狐塚是不是"i"。他那时是在试探着寻找自己的同伴吗？他想去相信未曾谋面的同伴，却无法做到，所以才陷入了不安吗？所以他才向狐塚寻求帮助，那时他大概十分痛苦吧。

狐塚想起"i"建立的网站，想起那上面记录的母亲惨死的情景和那些描写生动的虐待场景。如今，在他得知这些场景的真正主角是木村浅葱后，便再也无法面对那些内容。对狐塚来说，那些仍是虚幻的，是在离自己很遥远的世界里发生的事。但是对浅葱来说，那些都是曾发生在他身上的真实的事。

"老师，您把这件事告诉坂本先生和警察了吗？"

"没有。我不是说了吗？我想与浅葱谈谈，所以才来找你。你知道浅葱的家在哪儿吗？"秋山问。他把蝴蝶的照片和印有月子密码的纸收回文件夹，又说道："他对月子下手后把现场做了一番伪装。他没做任何准备，只是随便布置成模仿歌谣杀人的现场。我们现在甚至都不能肯定'i'给'θ'的提示究竟是不是指月子，也许他只是把偶然发生的杀人事件勉强设置成了游戏的一部分。

"在那个漏洞百出的现场中，留在黑板上的歌谣是浅葱亲手写的，因此警察找到他只是时间问题。我想赶在坂本他们之前找到他。"

"我还是本科生的时候去过木村家几次，知道他家的位置，但是——"

你想把他怎么样？狐塚想问秋山，却在说到一半时停了下来。秋山静静地摇了摇头。

"我只是想与他谈谈。"

他的声音很有威慑力。

"请把我带到浅葱家。"

"……让我一个人去吧。"

眼下这种情况，狐塚还不希望秋山介入他们这些孩子惹下的事端里。他不是想包庇浅葱，只是希望秋山能让他们先谈一谈，虽然这是个很不合理的要求。

面对突然提出请求的狐塚，秋山本想说些什么，但张嘴之后停了一会儿，又闭上了嘴。片刻后，他点了点头。

"你可以带他来我的研究室吗？我在那里等你们。我想劝他自首。"

"我知道了，谢谢您。"

两人同时站了起来，准备离开食堂。就在此时，一个声音传来："等等。"他们同时停住了脚步。狐塚猛然挺直了背，回头看向声音的来源。站在那里的是恭司，他背靠在墙上，脸上完全失去了颜色，从赶到月子所在的医院起，他的脸色便一直这样。他的肩膀仿佛通了电，散发着会使一切碰触他的事物毁灭的气息。

"……恭司。"

"嗯，我已经把真纪送回家了，刚回来没多久。"他懒懒地说着，音调完全没有起伏。那冰冷而自甘堕落的语气与他在说"啊，真想快点死掉"这句口头禅时一模一样。恭司死死地盯着狐塚二人，眼皮上的环仿佛痉挛一般抽动了一下。

"我听见了，对阿月下手的人是浅葱？"

"恭司。"

"我来开车。"他不由分说地说道，仿佛在嚼口香糖一般咂了咂嘴，可以隐约看见他舌头上的金环。此时恭司周身的电流在逐渐增强。然而越是强烈，他显得越发平静。

"我也去，让我和他谈谈吧。"

他边说边超越了狐塚，走到狐塚的前方。

狐塚看着他的背影，慌张地说着："你能发誓不对他出手吗，恭司？"

走在前方的恭司回过头瞪向狐塚。他不快地眯起眼睛，那冷冷的眼神仿佛在说"快点跟上来"。他一拳砸在旁边的墙上，明明只是挥起一只手臂，安静地做出一个动作，冲击力却强到连地面都震动起来。走廊上的几个人震惊地回头看向这边。

他面无表情,用听不出感情的声音说道:"开什么玩笑?怎么可能原谅他?狐塚,你不要阻止我。"

他从口袋里拿出BMW的车钥匙,背对狐塚快步走了。狐塚慌忙追赶着恭司,并回头看向秋山。

"去吧,尽量快点。"教授说道,"如果阿月就是让游戏结束的最后一人,那么浅葱应该正打算去见'i'。我不认为'i'和'θ'的再会是一件好事。一定要把他带来。"

十

"i"在黑暗中醒来。

马上就会有光照射到自己身上了。之后就是最后关头,到了与他见面的那一刻。他感到期待、欣喜和寂寞。

他会以什么样的表情接受这个事实呢?知道自己是谁后,他会怎么想呢?他会多么绝望呢?

在黑暗之中,他安静地屏住了呼吸。

这么久,他就是为了这一刻,为了这个瞬间。

——好了,去见"木村浅葱"吧。

(十一)

狐塚和恭司赶到浅葱家时,发现门没有上锁。

家里似乎刚刚还有人在，但没找到浅葱。昏暗的房间里，一台开着的电脑播放着屏保画面，那不太明亮的暗青色光静静地照着这个没有主人的房间。

房间里非常昏暗。

门边的厨房里堆积着许多泡在水里没有清洗的餐具，似乎很久没人打扫了。即使灯光昏暗，也能看出地上有灰尘。玄关附近放着许多半透明的垃圾袋。未加整理的成叠纸张和空啤酒罐混乱地散落在桌子上。地上丢着一件带血的奶油色雨衣。狐塚闭上眼睛，他不敢相信眼前的一切。

狐塚和恭司相对无言，不知该说些什么好。狐塚走向房间中央正在运行的电脑。如果游戏结束了，那么浅葱大概是去找"i"了。如果真是这样，那他究竟去哪里了呢？

浅葱既没把屋子上锁，也没有关闭电脑，狐塚觉得他已经放弃了一切。狐塚敲击了一下键盘，屏幕启动。他做好了可能需要输入密码的准备，画面却直接转到了浅葱最后使用的界面。

他大概没想过有人会来到这间屋子，所以才没考虑会被外人看到。打开的界面是邮箱。一封看起来像是浅葱发出的邮件映入狐塚的眼帘。

给 i：
　　已经不用再指定任何人了。游戏结束了。
　　我在那条隧道等你。
　　然后我们就该消失了。

　　　　　　　　　　　　　　　　　　θ

狐塚重重地叹了一口气,他多希望这不是真的。浅葱就是"θ",殴打月子的就是他。这简直像在做梦一般。

"隧道。"狐塚小声念道,"隧道是哪儿?"

"喂,狐塚。"

一直保持着安静的恭司突然叫了一声狐塚。他一边环视堆满垃圾的阴暗房间,一边皱着眉说:"这里,真的是那位王子的房间吗?"

狐塚无言地点了点头,他自己也不敢相信。那可是做什么都很完美、连汗都不会流的木村浅葱啊。是那个令旁人感觉不到活人的温度,能一直保持冷静的木村浅葱啊。

就在狐塚思考的时候,邮箱画面的右下角跳出一行粗体的文字提示——"您有一封新邮件"。

提示是表示未读的信封图案、邮件主题和发件人。这封邮件是浅葱给"i"发去邮件后收到的,浅葱没来得及看就出门了。

狐塚慌忙点开新邮件,发件人一栏显示的是"i"。看见邮件内容的那一刻,他皱着眉头俯下了身。怎么办才好?

主题:Dear θ:

你要是不指定下个目标,我可就伤脑筋了。

继续做下去吧,这次真的是最后了。

下次的提示

( ) ……我缺少的是?

"我缺少的是?"

邮件的背景是彩色的。"i"为这封邮件设定的颜色是浅葱色。"指定下个目标"，"我缺少的是"？

"i"指定了下一个目标。他破坏了游戏规则，没有遵循顺序，为已经结束的游戏又指定了下一个对象。

他选择的是木村浅葱。

狐塚的脑海中闪烁着浅葱发给"i"的邮件里的一句话。

"我在那条隧道里等你。然后我们就该消失了。"

他又想起秋山送走他们时说的话。

"我不认为'i'和'θ'的再会是件好事。请一定要把他带来。"

狐塚胡乱地敲击着浅葱的键盘。应该有什么，肯定有什么线索能使他们找到浅葱。浅葱现在到底在哪儿？

他把浅葱电脑里的文件一个又一个地点开，打开了一个又一个窗口。当他找到那几张经过数字处理的照片时，已经过去十分钟了。

照片上是不知何处的昏暗墙壁，总共被分成十六个部分。昏暗的墙壁上有很多个涂鸦，而在那之中——

狐塚从排成一排的小图中点开了一张，上面有一行用小型灯照亮的涂鸦字："对不起，浅葱，现在还不能与你相见i"。下一张照片是在同一场所拍摄的。狐塚点开了照片，上面是一副掉在地上的残破的眼镜。一侧镜片上满是裂痕，另一侧则被鲜血染得通红——

这是狐塚收到的威胁信中夹杂的玻璃碎片，是最初失踪的那个少年的眼镜。

"这是……"

站在狐塚身后、看着屏幕的恭司走上前来，用手指着图片。

"我觉得这里应该是位于户仓地区的那条闹鬼隧道，就是据说有幽灵出没的那个。"

狐塚沉默地看向恭司。

"墙壁上画的涂鸦和整体气氛都像是那里。"

狐塚和恭司相互对视，无言地点了点头，在下个瞬间同时跑了出去。他们留下了依旧运行着的电脑，也没有锁门，就这样跑出了那个昏暗的家。

【幕间休息】

return to FLASHBACK
＜回到闪回部分＞
＜回到一切的原点＞

蓝色的幽暗在眼前扩散开来。

人在身处真正的黑暗时会感到十分孤独,然而,这片缓缓扩散的蓝色的幽暗并不会让人感到孤独,却会使人感到极其不安。

在寒冬的空气中,有两条冰冷得可怕的手臂向我伸来,用巨大的力气勒住了我的脖子。过于突然的压迫感和痛苦使我睁开了眼。空气,我想呼吸空气。一时之间,我不知道发生了什么。

好难受,脸上好热,肺底像要被烧烂了一般。手臂上施加的力气无疑出自对方的意志。他想杀了我。

"……住手……"

快住手,谁来帮帮我。视野开始模糊,滚烫的眼泪先是遮住了眼前的世界,又在我闭上眼后掉落在脸颊。无论闭上眼还是睁开眼,眼前都只有一片黑暗。我睁开双眼,眼泪却使瞳孔无法聚焦。我的手臂使不上力,却仍抓着掐在我脖子上的手。

为什么会变成这样?我到底做了什么?我边从喉咙深处发出嘶哑的哭喊声边想着。就在这时——

(……ai)

这个名字浮现在我的脑海中,随即立刻转换成一个拉丁字母——"i"。

他的手离开了我的喉咙。我发出一声短促的换气声,随即蜷曲着身体咳嗽不止。

我咳得泪流满面，几乎呛到自己。我抬起头，他的脸和他的眼睛在蓝色的幽暗中浮现。他面无表情，让人感到十分恐惧。他脸上的表情与正在哭泣的我刚好相反。啊啊，真是一张美丽的脸。

"'¡'是……"

我说到一半便停住了。他在我面前蹲了下来，右手触地，在那堆散落在地上的破烂里找着什么。

一道光划破了黑暗，一把蓝色的一字形螺丝刀正闪闪发光。它的前端纤细而修长，表面浮着一层锈，使金属的光泽有些黯淡。在确认那是一把螺丝刀后，我全身动弹不得。

（心意相通。）

（我们应该是心意相通的，他应该能接纳我的存在。我按照他的要求杀了人，为了他杀了人。但是……）

（但是……）

眼泪使我的双眼无法聚焦。

（但是，为什么？）

他的脸向我靠近，从他那冰冷的眼睛里我读不出任何情感。他将螺丝刀前端贴在我的下颚上。

我不禁发出一声短促的悲鸣。极度的恐惧使我不敢眨眼。

"右边还是左边？"他问，声线冰冷。

"选一边。"

螺丝刀在我的下颚上滑动，铁锈的粗糙触感抚过皮肤。突然，他手上施力，冰冷的触感立刻陷入我的体内。

（……啊啊！）

我明白，他这是要与我清算了。他将螺丝刀从我的下颚移开，转而用刀尖对准我的眼睛，我的右眼下方能感到刀尖锋利的触感。他毫无起伏的声音令人害怕，话的内容更令人恐慌。我又看向他，他的脸与蓝色的幽暗和暗淡的光重合在一起，使我不禁屏住了呼吸。他面无表情的脸上开始有了变化。

他的脸上泛起了静静的微笑。看到的一瞬间，一阵极度的悲伤涌上了我的心头。我突然回忆起独自一人在黑暗中安静地睡去，又在天亮时醒来的那份孤独。我想起自己曾经的疑问——"我真的有生存的意义吗"？

如果，以后……

如果以后有人发现了倒在这里独自死去的我，也许会觉得不可思议，也许会对身上几乎没有抵抗痕迹、仿佛期望着接受死亡的我感到惊讶，也许还会探求其中的原因。如果真的有人想知道，那我可以用一句话来解释。

我不想再回到独自一人的孤独中了。光是想象要回到一个人的夜晚，就让我感到呼吸困难。他是我的光。对我而言，他是将孤独的黑暗照亮的唯一的光明。

我抬起头，看向他。就这样吧。

我要将流下的眼泪原封不动地献给他。就这样吧。

从我的喉咙里传出颤抖的声音。就让我心甘情愿地接受这一切吧。

"……右边。"

他拿着螺丝刀的手迅速向旁边移动，尖锐的刀尖逼近我的右眼。这些全部发生在一瞬间。

剧烈的疼痛贯穿我的眼睛，那疼痛使蓝色的幽暗世界变成了真正的黑暗。

我发出了长长的悲鸣。

十二

狐塚和恭司终于赶到了位于工业区一角的隧道，首先映入他们眼帘的是照亮隧道内部的破旧荧光灯。那盏快要坏掉的灯一闪一闪的，照着昏暗的地面。灯光忽明忽灭。

这里散发着发霉和尘土的气息。走近一步后，狐塚闻到了类似铁锈的味道。最先屏住呼吸的是恭司。

"浅葱。"

恭司瞪大眼睛呼喊浅葱的名字，他看见有人倒在隧道里。恭司跑了过去，单膝跪地把浅葱抱了起来。在微暗的隧道中，恭司抚摸着浅葱的脸。狐塚瞪大了眼睛，凝视着浅葱那张紧张又僵硬的脸。

浅葱在恭司的怀里一动不动。他苍白的脸上毫无生气，双眼无力地闭着，但问题不在于他的脸色和表情——他的左眼上插着一把刀，眼球被残忍地捅穿了。狐塚捂住嘴，无法从浅葱悲惨的样子上移开眼。他感到膝盖以下一阵脱力。

恭司把手伸向浅葱耷拉在一旁的手腕，感受着浅葱的脉搏，他眯起了眼。

"还有呼吸。狐塚,怎么办？要救他吗？"恭司盯着狐塚的脸问道，"我听你的。浅葱打了阿月，你要救他吗？"

"当然要救了。"

狐塚发出嘶哑的声音。这不是当然的吗？恭司听后点了点头，命令道："那就快叫救护车。"

狐塚拿出手机拨号，手臂上起满了鸡皮疙瘩。他站立不稳，于是用手扶着黑漆漆的隧道的墙。从浅葱的左眼中流出了好几道血。

强迫自己从浅葱的脸上移开视线后，狐塚才看到了隧道墙壁上的文字。

不稳定的光线照着那些文字。

狐塚挥起拳头，无力地砸向冰冷的墙壁。他看见浅葱的衣服口袋里有一支沾了血的大丁草花，旁边写着《花一钱》①的歌谣。

> 游戏结束。　　　我要这个孩子

浅葱被恭司抱了起来，手里握着的东西掉在了地上。

那是一片小小的假指甲，上面有染血的月亮。它无声地掉在了地上。

---

①日本的"钱"是江户时代买花时的计量单位，一钱约为三点七五克。"花一钱"是小孩在玩猜拳游戏时唱的童谣。

第十一章　啤酒与炸鸡

他在深沉的黑暗中屏住了呼吸。

不知从哪里传来风的声音，是隆隆作响的狂风。这不知何时才能终止的激烈声响莫非来自于我的内心吗？眼前的一切都陷入蓝色的幽暗之中。他至今为止用来构建自我的记忆和经验已全部分崩离析。

大脑被沉闷的压迫感支配。

啊啊，身体好疼，脸上好痛。手臂和双腿感觉离自己很远。这真的是自己的身体吗？

在蓝色的幽暗中只有他一个人。

他的意识非常模糊，暴风雨的声音还在继续，听上去又像是激烈的川流声。伴随着这轰隆声，一股强烈的力量冲击着他。啊，就是这样，把我带走吧，就这样把我带到其他地方去吧。

他按住眼角。在黑暗中微微浮现的手掌仿佛不是自己的，而像是生平第一次见到的别人的手，这让他十分疑惑。

他缓缓地张开了嘴。

"ASAGI……"

一

秋山一树合上读到一半的书，点燃了第三根烟。

这里是 D 大医学系附属医院的一层大厅。他看向门口，狐塚还没来。距离刚才那通电话已经过去三十分钟了。接到秋山的电话时狐塚在学校，他说会以最快的速度赶来，所以应该差不多快到了。

突然传来自动门开启的微小振动声。秋山抬起头，将刚抽了一半的烟熄灭，站起了身。

狐塚看起来路上赶得很急，满脸通红，上气不接下气。他看到站在那里的秋山，慌忙走上前去。

"老师。"

狐塚表情僵硬，脸上写满了紧张。像要哭出来似的，又像不知该做出怎样的表情。秋山一边示意他去电梯那边，一边说道："她很想见你。她刚睁开眼睛，但话已经说得很清晰了，非常出人意料。"

"月子她能说话了吗？"

狐塚按下向上的电梯按钮。秋山肯定地点了点头。

"虽然她睡了两个月，不过不用担心。据说伤口也会逐渐好转。真是太好了，狐塚。"

秋山捶了一下狐塚的肩膀。

"她真的很努力。"

"谢谢，老师。"

狐塚低下了头，他的肩膀在大幅颤抖。

月子的病房里现在只有母亲一人。今天秋山来看她的时候，月子恢复了意识。之前一直毫无苏醒的预兆，真的很突然。

"还有，明年的留学名额最终决定给你了，这件事也值得恭喜。去见识一下广阔的世界吧。"

"由于月子的情况，我还没决定是否接受。更何况，是因为木村出了那种事才轮到我，所以我很犹豫。"

电梯"叮"的一声打开，里面空无一人。按下月子病房所在的四层按钮后,电梯开始缓缓上升。秋山点了点头,说了声:"是吗?"

"你知道浅葱之后的消息吗?"

"坂本来看月子时跟我说了。电视和报纸也大肆报道了这起事件。"

狐塚叹了一口气。

浅葱事后勉强保住了性命。好在刺穿他左眼的刀刃过大,没能刺到眼睛深处,尖端也未到达脑部。

"木村目前似乎也恢复意识了,不过据说他一言不发,别人的搭话他也几乎没反应,仿佛睁着眼睡觉一般。也不知道是不是故意的。"

"他的视力情况如何?能看见东西吗?"

"右眼应该可以,但据说受伤的左眼不行了。左眼受到严重损伤,完全失明。不过还要再等等才能确定,似乎还有可能影响到右眼,据说有双目失明的可能。"

"真够他受的。"

秋山吐了一口气。

狐塚看着秋山的脸问:"您是说失明的事吗?"

"不,我指他以后的生活。"

电梯到达了四层。秋山走下电梯,却停住了脚步。他没有直接走向月子的病房,而是把狐塚领到电梯对面的休息室。他对狐塚说:"在去病房前,我有一件事必须先告诉你。与阿月见面时,有几件事绝对不能提。你清楚吗?"

"我知道,是木村的事吧?案件始末和浅葱如今的状况我都不打算告诉她。我不想刺激月子,我明白该怎么做。"

"是吗……还有一件事。"

秋山的声音听上去有些含混。狐塚疑惑地歪着头。

"还有？"

面对狐塚的反问，秋山露出了苦笑。

"我就直说好了，我以后不会再跟你去阿月的病房了。一会儿医生会跟你详细说明，我大概暂时无法跟她见面了。我不想让她混乱，也不想让她过于激动。她现在不认识我，也不认识白根真纪，甚至不认识片冈紫乃和萩野清花，至于这起案件和木村浅葱，就更不用说了。"

"准确来说，她失去了大学入学之后的全部记忆。她得了失忆症。"

狐塚瞪大了眼睛。

一位护士从值班室走出来，"啪嗒啪嗒"的脚步声和呼唤病人的声音在狐塚和秋山两人之间回响。秋山抓了抓已斑白的头发，又说道："她丧失了从那时起的记忆。"

"怎么会这样，那……那些案件也……"

"包括浅葱的事，都被她忘得一干二净。她连自己为什么会出现在这里都完全不知道。她看到我的脸时愣了一下，因为在她看来我是个从没见过的陌生人。据医生说，她的样子不像是故意装成失忆，大概是头部被打后的后遗症吧。现在好像也只能这样了。"

"怎么会这样……这是在开玩笑吧？"

狐塚想挤出微笑，却失败了。在看到秋山的眼里完全没有笑意时，狐塚才明白，秋山是认真的。他的脚突然软了。片刻后他抬起头，飞奔出休息室。他向病房跑去，越跑越快，秋山无言地目送着他的背影。

沉重的大门前还挂着"谢绝见面"的红色门牌，狐塚却一口气打开了门。坐在病房里的母亲叫了他。"孝太。"样子有些不知所措。

月子身上连着很多管子，嘴上还带着辅助呼吸的面罩。但在看见侧躺在床上的她已经睁开了眼睛时，狐塚安心得简直要哭出来。睁开双眼的妹妹的脸上没有化妆，显得十分稚嫩，天真得令人难以置信。

看见跑进来的狐塚后，月子惊讶地睁大了眼睛。她在面罩下吐着白气，用微小的声音断断续续地说道："孝……太……"

听清她在叫"孝太"后，狐塚把手肘支在月子的床上坐了下来。

"月子。"

月子看上去很惊讶，瞪大双眼，一眨不眨地凝视着狐塚的脸，把哥哥的脸细细打量了一番。她的表情好像在说"似乎有什么地方不对，有些奇怪"。她的眼神显示出深深的疑惑，求助一般看向了日向子。

妈妈，这真的是我哥哥吗？看起来好像老了不少，月子仿佛在这样问。

月子的眼睛困惑不安地转动着。狐塚一阵愕然。秋山没有说谎。

二

警方火速把受伤的木村浅葱送入医院，并完成了逮捕手续。

大众得知这起案件及网上写的"i"与"θ"的杀人游戏都是真实存在的，且凶手之一已被逮捕之后，一时间骚动不已。

警察对"θ"——木村浅葱——展开了细致的调查。他们找到了三起杀人案件及一起杀人未遂案的证据，案件全貌逐渐明了。现在调查的重点集中在杀人游戏中一直与浅葱保持联系的搭档"i"的身份上。

搜查总部里，有很多人认为"i"这个人并不存在，一切都是木村浅葱一个人干的。他们认为木村浅葱只是想制造一场轰动社会的剧场型犯罪，没有其他目的。为了夸大案件，他才编造出并不存在的同伴。不过目前还没有明确的物证证明他就是"i"。

持这一观点的人坚持的重点在木村浅葱的后背上。网站上公布的"i"的日记里讲述了其悲惨的过去。"我的后背上……"

坂本单手拿着味道实在无法恭维的速溶咖啡，一脸厌烦地看着案情报告书，不知道已经看了多少遍这些东西了。每天都是一样的报告，没有任何进展。他想起最初负责的那起赤川翼的失踪事件。从入间警察署调到这个共同搜查总部已经几个月了，木村浅葱被捕后，赤川家给总部打了好几个电话。他们希望能以此为契机，继续对那起事件展开调查。儿子大概已经没有生还的可能了，他们已经放弃。"但是无论如何，求求你们了。"赤川夫妇的声音已没有案发初期时那般强势，听上去让人十分同情。听到他们的请求，坂本觉得自己很失职。

"i"到底是谁呢？

他已经很久没有好好睡过觉了，疲惫的眼睛下方现出明显的黑眼圈。坂本还是认为这一系列案件是两个人共同完成的杀人游戏。这场游戏是确实存在的，这点毫无疑问。

据调查，木村浅葱确实在幼时失去了母亲。和网站上写的一样，他的户籍本上没有父亲，幼时的他和母亲及双胞胎哥哥蓝一起住在一间小小的公寓里。警察去了他上过的小学，探访了当时教过那对双胞胎的班主任老师。

她说浅葱的哥哥蓝是个头脑非常聪明的孩子，未来令人期待。

像日记里写的一样，浅葱很敬仰哥哥，经常跟在哥哥身后。她说浅葱也是个聪明的孩子，但相对性格比较内向，有时还会突然发怒。每当他发怒，蓝就温柔地安慰他，让他平静下来。

"蓝很努力地想要变成大人。"

这位孙子已经和当时的浅葱同龄的老教师眯起眼，回答着。

"我现在都还记着，那时他为了弟弟浅葱，拼命地想要长大。"

（蓝，快跑！）

这是蓝对浅葱说过的话。网站上写的，母亲曾虐待浅葱，是真的吗？蓝为了保护弟弟而与弟弟换了衣服，为了在自己的身体上制造相似的淤伤而从桌子上往下跳，故意腹部着地，发出"啪嗒"一声。

（蓝，快跑。蓝，快跑。蓝，快跑。蓝，快跑。求你了，蓝，快跑。）

坂本想了想，不禁打了个寒战。之后，木村浅葱的母亲遇害，被刺死在家中。据神奈川县的警局记录显示，似乎是私闯民宅的强盗所为，凶手至今尚未抓获。

被浅葱当作哥哥的"i"到底是谁呢？虽然对浅葱来说很不幸，但那个"i"不可能是他哥哥蓝。浅葱被骗了，他被那个自称木村蓝的人利用、玩弄，最终差点儿被杀。如今在医院里疗养的浅葱终日呆呆地睁着眼睛，对坂本他们的提问不做任何回应。看上去似乎完全关闭了心门，不知是不是因为失去了一只眼睛而备受打击。警察也考虑过用略微粗暴的手段进行问讯，却被医生说为之过早，那么做可能会让他的心门关得更紧。

杯里的咖啡空了一半，坂本打开日程本，十月十六号那天印着一个黑色的圆圈。木村浅葱就是在那天被捕的，而今天是十二月十八日，距离案发已经过去两个多月了。原本的目标是尽量在年内解决此案，然而案件迟迟没有进展。网上多出了好几个相关网站，有许多人自称是"i",却全都没有可信度。不过坂本他们也只能一个不漏地排查,除此之外别无他法。

今天的日期下面写着"秋山教授"。十分钟后,秋山出现在了搜查总部的会议室里。

"让您百忙之中过来,真是抱歉。"

"你是在挖苦我吗?明明你比较忙,更何况提出见面的是我啊。"

三

"您听说过《花一钱》[①] 其实是一首恐怖歌谣的说法吗?"

秋山没有兜圈子打招呼,而是直接说出与案件相关的言论。不停有人出出进进的会议室里,只有他和坂本仿佛身处异度空间,周围一团安详,这要完全归功于秋山一树的个人气质。

"没有,没听说过。您是说留在最后那处现场的歌词吗?"坂本问。秋山笑着点了点头。

"对。我听说隧道里有一句'i'写下的歌词,'我要这个孩子',还听说浅葱的衣服口袋里有一株阿月遇袭现场落在地上的花。"

"是的。"

"我听说《花一钱》是跑到贫穷的村子里的人贩子唱的歌谣。从城市来的人贩子会敲开家里有许多孩子的人家的门,选择自己想买

[①] 歌谣大意(根据地区不同有细小的差别):"赢了真开心花一钱。输了好懊悔花一钱。隔壁的大婶快过来。外面有鬼我不去。头上套着锅过来。我家没锅我不去。身上披着被子来。被子太破我不去。我要那个孩子。那个孩子不能给。我要这个孩子。这个孩子不能给。来商量商量吧。好吧。"

的孩子。他会用手指向每一个想要的孩子,说'我要这个孩子','我要那个孩子'。父母不想和孩子分开,会重复说着'这个孩子不能给','那个孩子不能给'。'外面有鬼我不去'这句里的鬼就代表人贩子。至于锅和被子,因为村里的人都很贫穷,所以会破破烂烂也是理所应当。幼小的孩子们唱着这首歌谣来模仿人贩子。"

"也会有孩子因为自己的名字到最后也没被叫到而不高兴吧。孩子们对好恶十分坦承,能够满不在乎地孤立他人。"

坂本微微笑了起来。

"现在的孩子也会唱这首歌谣来做游戏吗?"

"大概吧。我小的时候就在玩这个游戏了。"

"狐塚月子的情况怎么样了?我听说她失忆了。"

坂本叹了一口气。

"不管是木村浅葱还是月子,身体虽然都恢复了,可心还是紧闭着。这样就没法找到证据了啊。"

"'i'到底是谁呢?这个自称是浅葱的哥哥,并把他逼到绝境,想要杀了他的人,他难道是想无差别杀人吗?真是个奇怪的人。"

"当今这个社会,没有任何缘由却怀着杀人冲动的人好像并不罕见。这是令人叹息的事实。问题也许不在动机上。还有别的原因。"秋山看着远方,意味深长地说道,"在我们不知道的地方,肯定还有别的原因。"

"除了这些,还有什么?"

坂本发现自己的声音里明显地透露出自暴自弃。他为此感到震惊,随即苦笑了起来。

"'i'完全没动静了,他的搭档被警察活捉了,他却没有采取任何行动。搜查总部里还有人认为一切案件都是木村浅葱自导自演的。

如今调查陷入胶着状态。我并不是期望再发生什么案件，但确实希望事情能有所变化。况且有的被害者的遗体还未找到，所以我们必须尽快找出'i'。"

"那……现在就去找他怎么样？"秋山微笑着问。

坂本看着他的笑脸，感到一阵无力。他仔细地盯着恩师的脸。

秋山看起来并不像在开玩笑，他十分冷静，用认真的声音说："据说木村浅葱遇袭的那条隧道有幽灵出没，附近的居民都把那条隧道称为闹鬼隧道。这个传言并非完全凭空捏造，而是有成立的过程的。据说两年前有一个女孩在那里死去，右眼被螺丝刀刺穿了。"

坂本闭上了嘴，沉默地看向秋山。"好了，我来讲讲这个故事吧。"秋山继续说着。

"女孩名叫上原爱子，当时年仅十九岁，是东京C大学的大二学生。她头脑聪明，是以跳级入学制进入C大学的，因此比同年级的学生都要小一岁。由于案发现场没有掠夺钱财的情况，所以警方当初怀疑是一起歹徒无差别杀害路人事件。但法医鉴定说尸体上没发现任何抵抗的痕迹，于是最终案件被定义为自杀，搜查宣告终止。"

秋山平静地笑着，一旁的坂本则目瞪口呆。秋山继续轻声说道："女孩家和所上的学校都在东京中心区，可她却跑到陌生的户仓隧道里自杀。她的双亲当时十分怀疑。怎么样？要不要重新调查一下？"

四

"爱子是个不服输的孩子。"

上原爱子两年前死在了那种地方，而她的家位于东京都内一处幽静的住宅区。这里有无数栋外观完全相同的住宅楼，她的家就在其中一栋中。墙壁是仿茶色砖瓦的设计，屋顶是明亮的灰色。这栋西式建筑反映出住户的经济水平，至少是安稳的中产阶级。爱子的父亲是东京都政府的公务员，母亲在家里教钢琴。据说爱子是他们的独生女。

正好今天有一名学生请假，爱子的母亲有些富裕的时间。

女主人把坂本和秋山引进家里，她说距离上次警察来调查女儿的事情已经过去很久了。与一味指责警察行动缓慢、态度恶劣的赤川翼的父亲不同，爱子的母亲热情地把他们迎进了家门，一举一动都十分沉稳。

她把煎好的红茶端给坂本，使用的是herend茶具，一等品，但看上去并不像特意为坂本他们准备的。这家人平常就用这么好的茶具。

"她从小学习就很好，钢琴也弹得很棒，性格好强，言谈举止比较成熟，所以跟周围的孩子都不太合得来，受了不少罪。"

客厅里放着一架红褐色的钢琴，节拍器和乐谱中间摆着几张正在弹钢琴的少女的照片。照片中的女孩弓着背，模样也比较稚气。戴着厚厚的眼镜，黑色的头发在后面扎成一束，女孩面对钢琴的样子有些生气，可以看出她母亲所说的好强性格。

没有一张照片中的她是笑的。

"爱子是我们唯一的女儿，所以我们俩非常疼爱她。我让她去学了很多东西，也许在世人看来我是个一味热心于教育的妈妈吧。爱子也回应了我们的期待，她不怎么去和朋友玩，把时间都用来弹钢琴或去补习班。她的成绩总是第一名，我们非常高兴。我丈夫曾经兴奋地说：'这孩子也许是个天才。'"

"但这都是以前的事了。"她寂寞地微笑着，说道，"所以我们才没有注意她的心情。我们没有发现，这个经常为我们带回优秀成绩的孩子其实那么孤独。她连个亲近的朋友都没有。我们以为一切都很顺利，也没多问她在学校的情况。但有一次，她从学校哭着跑了回来。那天班里进行小组改选，不由老师指定，而是学生们自行评选。我记得那时她上小学四年级。"

她优雅的侧脸蒙上了一层阴影，顿了顿又继续说道："孩子们是毫无顾忌、冷酷不手软的——首先要评选组长和副组长。选好之后会在黑板上画一个表格，把各组组长的名字填到格子里。之后各组组长和副组长通过猜拳来决定选人顺序，然后在全班同学面前一个一个报出想要接收的组员的名字，被叫到的人的名字就被写在表格相应的那一行。这种选举模式的最后结果就是，受欢迎的孩子一开始就会被叫到，越到后面剩下的都是不受欢迎的孩子。"

"直到最后，爱子也没被叫到。他们班总人数是奇数，应该是有一组多出一个人，然而，爱子还没被叫到，代表们就表示会议结束了。'感觉好像少了一个人，不过我们班应该就这些人了吧？'他们认真地歪着头这么说。爱子对我们说，她那时感到十分羞耻和不甘，就没能主动站出来报出自己的名字。她说着'明天开始要怎么办才好啊？大家都把我给忘了'，在房间里哭了起来。

"'我成绩那么出色，大家却把我忘记了，都是因为我的运动神经和外形太差了。我不受大家欢迎，不能与大家一起讨论那些低俗的话题。头脑聪明和成绩优秀根本无法保护我。'，她当时边哭边这样说着。"

爱子的母亲似乎现在回想起当时的情况还是觉得难过。她低下头，眼睛湿润了。

"其实整个小学她一直是那样的状态，然而我们没有意识到事态的严重性，反而认为她真的很特别，并因此感到沾沾自喜，觉得那些下等朋友不交也罢。我们决定让她上国立的初中和高中，并轻松地觉得只要周围人和她的水平相同，她自然就能交到朋友。然而……"

她摇了摇头。

"她考进了录取分数很高的国立初中和高中，可不管初中还是高中，她都没能顺利交到好朋友。大概是因为从来没与人交往过，导致她不知道该如何与人交流了吧。她会看不起别人，在自己周围设下屏障，对他人敬而远之。虽然也交到过几个朋友，但她时常会对我们说那些朋友的坏话，比如对方在这点上比我差，在这点上我比他更厉害之类的话。

"我发觉这样下去有些不妙，于是和丈夫探讨了这个问题，并教育了爱子。我们对她说她不应该那样说自己的朋友，还说交不到好朋友是十分寂寞的，而交不到好朋友的责任都在于她。爱子听后哼了一声，一脸正经。丈夫说完就走了，我则因为不知所措而加了一句：'你再这样下去，连出色的男朋友都找不到。小爱，你很想找一个帅气的男孩做你的恋人吧？好多女孩在小爱你这个年纪时就开始跟男孩交往了。'

"我当时只是随便说说。因为爱子的房间里贴着好几张男子偶像的海报，我就以为她对异性有兴趣，才会那样说的。没想到那孩子听了满脸通红，生气起来。她是那么一个自尊心强又聪明的孩子，肯定充分了解自己的弱点。她生气地叫着：'别管我！'然后哭得十分厉害。大概是觉得自己不如别人的地方被看透了吧。总觉得自己优于其他人，习惯远离他人的爱子是不允许别人比自己厉害的。

"又过了一段时间，我把一名心理咨询医生介绍给爱子，对她说是我的朋友。进行了几次面谈后，爱子对医生敞开了心扉。

"她说自己很想和偶像一般帅气的男孩交往,却无法实现。反倒是那些思考事物的深度还不及她一半的女孩子,只因为长得可爱就能与那些男孩交往。对于这一点,她感到无法忍受。

"我听后第一次明白,女儿的自尊心比我想象的还要强得多。"

"C大学的跳级入学考试是爱子自愿参加的吗?"坂本问。

母亲边摇头边说:"不是的。"

"是高中的老师推荐她去考的。以爱子的成绩肯定能考上,而且老师说比其他人早一年从高中毕业,提早见识社会,对那孩子应该有好的影响。那孩子虽然很会学习,但欠缺很多其他方面的能力,我们作为家长对此很担心。我们相信,如果她能跳级考进大学,那些教授们会在狭小的环境中好好培养她的才能。所以我们就劝她参加考试。她没有反抗。虽然她很要强,但也很听家长的话,有坦率的一面。"

爱子的母亲抬起头来。

"她上大一的时候,大学老师给我们打来了电话,说爱子热心研究,善于理解,也能活学活用。但她很不果断,明明可以先人一步取得成果,她却总是犹豫不决,似乎对高人一等并引人注目感到恐惧。

"一般人认为大学生在某种程度上已经算是大人了,但爱子成为大学生后老师还是会直接给我们打电话,而没有去找她本人。从这点上您也能看出爱子是怎样一种性格了吧?

"虽然说来惭愧,但当时我确实因为她而自豪。我是个离不开孩子的可耻母亲,习惯了这样照顾着爱子,如果她想自立,我可能反而会不安,甚至反对。可以说我希望她的状态能一直停滞不前。

"这是我的不对。爱子上了大学之后终于交到了朋友,但情况并没有任何变化。她既想极力主张自己的特别,又想静静地,不引人注目地隐没于团体之中。这两种矛盾的期许在爱子心中都极为强烈。"

"我听说那起事件发生在她上大二的时候。"

面对特意使用"事件"这个词的坂本,爱子的母亲摇了摇头。

"刚才说了那么多,我想您应该明白了吧?我是为了让您明白才说那些话的。"

爱子的母亲露出无力的微笑,放在膝盖上的手握成小小的拳头。

"最先猜想爱子会不会是自杀的人……是我们。"

坂本和秋山同时闭上了嘴,他们找不到可以回应的话。

夫妇俩最初想到那个可能性之后又是怎么想的呢?事件过去两年了,他们一开始或许完全不相信这个可能,但随着岁月的流逝,他们大概越来越觉得那是真的,最终变得深信不疑了吧。

她继续说道:"事情发生的地点位于离这里很远的地区,是一条寂寞无人的隧道。爱子的朋友和亲戚都没去过那里,她大概是自己决定到那里去的吧。被发现时,那孩子的右眼被螺丝刀刺穿,已经死了。但她身上几乎没有反抗的痕迹,简直就像自愿赴死的一样。

"她在生活方面没有什么想象力,不知道去哪里要花多少钱。她那天出门之前,她的银行账户被取走了二十万日元,而那笔钱并没在她身上发现。之后我思考了一下,我觉得那场出走也许是她为了离开我们而计划好的。但当她走上陌生的土地时,突然对一切都感到厌烦。也许她知道我们在得知她的自杀后会很悲伤,所以才用那样的方式死去。我是这么想的。"

"不一定。"

一直保持安静的秋山突然插了一句。爱子的母亲听到之后茫然地看向秋山。后者静静地摇了摇头。

"您心中似乎已经认定爱子是自杀,觉得不可动摇,但事实上真相还是个未知数。也许爱子她很想好好活下去,却被突如其来的暴力夺去了生命。"

"也许吧。但在爱子去世前的几个月,她的身上有一些显而易见的变化。也算一些前兆吧。突然有一天,她会时不时坐立不安,心情有时会很好,每天都很快乐,快乐到令人怀疑。她曾激动地对我说:'妈妈,也许马上就要发生一件令您大吃一惊的事了。'我笑着问她:'是什么事,快告诉我。是不是有什么好事啊?'

"爱子羞涩地笑着说是秘密。我听后乐观地觉得那孩子大概是恋爱了,大概是因为有了喜欢的人才这么高兴。结果却变成那样。是因为失恋而痛苦难挨,还是她根本就没有恋爱,那时的状态只是不安和焦躁的综合反应呢?

"失踪前数日起,那孩子突然像在害怕什么,没什么食欲,话也少了,样子很奇怪。"

爱子的母亲看上去很伤心,眼里含着泪水。她用手指缓缓擦拭着泪水,仿佛正轻轻摁着眼睫毛。

"那天出门前,她把屋子里的电脑清理得一干二净,简直像在做善后工作一般认真。她把所有档案全部消除了。发现了这个之后,我才终于断定那孩子确实是一心求死。她确实想放弃生命。

"都是我的错。"

上原爱子的母亲小声地不断重复着。她仿佛已经没有什么话可说了,捂住脸,当场痛哭出声。

五

少年来到位于青森县弘前市坚田神田地区国道附近缓坡处的派

出所时,已经是接近年末的十二月二十日了。他的脸和胳膊都晒得很黑,身材又瘦又高,穿着当地农业协会集会制作的T恤,披着件破破烂烂的农作服。T恤上写着"大家一起笑一笑,开心地鼓起干劲吧",文字下方印着一个红色的太阳笑脸。

少年推开派出所的门走了进去,对正在写文件的岛村巡警恭敬地行了个礼。他搓着双手,对岛村说了句:"真冷啊。"入口处的磨砂玻璃门旁边有一个煤油炉,火焰熊熊燃烧,少年走到炉边烤了烤手。

"怎么了?丢东西了吗?"

少年虽然没说方言,但看起来像是这附近的居民,应该不是来问路的。他听到询问,走到正在思索的岛村面前,慢慢地鞠了一个深深的躬,随后开口说道:"突然到访实在抱歉。我叫赤川翼,身在埼玉县的我的父母应该已经报警说我失踪了。我想回家,但没有回去的钱,您能借些钱给我吗?"

岛村听后抬起了头,仔细端详着少年的脸,惊讶得说不出话来。他听过这个少年的名字。少年看起来不像在开玩笑。

少年的脸被晒得黝黑,没有戴眼镜,与岛村在电视上见过好几次的那张脸完全不同。看到岛村不为所动,少年"啊"了一声,似乎想起了什么。他从破破烂烂的牛仔裤口袋里找出钱包,从里面抽出一张卡。

"对不起,这是我的身份证明。"

他拿出的是写有住址的学生证。姓名那栏写着赤川翼,旁边是一张戴着眼镜、看似很老实的少年的脸——这是在电视上见过很多次的那张脸。岛村把照片和眼前的少年相比对。虽然变了许多,但的确能看出以前的影子。在确认过之后,岛村屏住呼吸说道:"你还活着啊,真是太好了。"

姓赤川的少年露出一个有些困惑的笑容，之后又换成格外老实的表情。

"回去后我必须到各处去道歉，真不知要如何道歉才好呢。"

"那还用说吗，当然要先跟父母亲道歉了。"

"啊……"少年轻轻地点了点头，"是啊，嗯嗯，确实。"

少年赤川翼回来了的消息立刻传到了坂本所在的搜查总部。

少年毫发无伤，也没有丝毫衰弱的迹象，非常健康地回到了埼玉的家。接待他的青森县弘前市派出所巡警第一时间与县警取得了联系，在简单地调查了情况之后，警方把他送到了埼玉县。据说他回家后立即向双亲道了歉，随即对母亲说道："我给你们带来了不少麻烦，还有其他人需要我道歉吧？我应该去哪里？"

埼玉县警局入间署的会议室是赤川夫妇最初向警方报告儿子失踪时使用的房间，如今坂本警视又坐在这里，与少年面对面交谈。少年的双亲希望也能出席对儿子的调查询问，然而翼本人果断地拒绝了他们的要求。他拒绝的语气十分沉着。

"我必须独自对警方好好交代，负起责任，否则就没有意义了。我希望先与因为我而操劳不已的人好好交谈，之后会对父亲和母亲好好道歉，并加以补偿。你们是我的家人，所以可以等我，对吧？我希望你们能尊重我的决定。"

"你没受伤，看起来也很精神，这样我就安心多了。"坂本把罐装咖啡放在少年面前，苦笑着说道。他坐在少年正对面的椅子上。眼前的少年翼与搜查期间反复看过的照片上的高中生感觉完全不同。照片上的少年面色苍白，戴着超出脸部轮廓的巨大眼镜，看起来十分软弱。园田署长曾说这孩子身上完全感受不到太阳的气息，之后他就会得知如今翼的变化了吧。

翼似乎刚参加过长期室外社团活动一般，照片上光滑柔嫩的肌肤被太阳晒得干燥黝黑，还长出了显眼的粉刺，甚至有很多地方脱了皮。但总体来说，他看上去很健康，给人感觉不坏。

"真是十分抱歉。"

他深深地低下了头。坐在房间一角的笔录人员动手记录起来。

"我知道自己在社会上引起的骚动，也知道给很多人添了麻烦。我并不是因为有什么重要的事才没能回来，我清楚自己干了什么事。真是非常抱歉。"

"在这消失的半年里，你是怎样度过的？大家都认为你的失踪是一个叫'i'的连续杀人犯造成的，你见过他吗？"

"见过。"

翼干脆地点了点头，直视着坂本的眼睛说道。他的脸上既有孩子的天真，也有大人无惧沉着的一面。他低下头，很肯定地点了点头。

"从头开始，照顺序说比较好吧？从我与那个人第一次见面，也就是去年的这个时候，我离家出走的那个夏天的半年前。"

离家出走。坂本听到从少年嘴里吐出这个词语，苦笑起来。原来如此，那起事件其实可以用这么简单的词语概括啊。

"那是去年十二月，我从补习班回家，车站到我家的路上会经过一个公园，蓝就在公园门口。啊，蓝是那个人的名字，我也不知道那是不是他的真名，总之他自称'上原蓝'。蓝是蓝色的蓝。他一边说'像女孩的名字吧'，一边对我微笑着。"

上原蓝。坂本面无表情地在心中重复着这个名字。这是怎么回事儿？他想起几天前与秋山一起去过的上原家，想起那个放着钢琴的房间，想起照片上从来不笑的女孩。

"我那天情绪很低落,就和那个人聊了几句。我对他说了我的烦恼,或者可以说对他抱怨了一番。蓝静静地听着我的话,然后我们就成了朋友。我说我想结束一切,他说可以实现啊,只是我不想去做,只要想做,其实是很简单的。虽然听上去很愚蠢,但我那时十分讨厌自己。我觉得自己完全在母亲的控制之下,全都只能听家长的,非常丢人。

"从那天开始,我就时不时地翘补习班去跟蓝见面。有时我们在最初见面的那个公园里见面,有时我们会一起去东京都内的游戏中心通宵玩游戏。那时真的很快乐。蓝知道很多事,是个不可思议的人。"

坂本想起翼失踪之后,他母亲对他的形容是成熟认真、品行端正,是个堪称完美的儿子,然而,警方去他所在的补习班调查后却发现了许多破绽。他经常缺席,瞒着家长逃课。当时坂本他们就是以此为证据,判定翼是离家出走的。

坂本沉默着,继续听少年说。

"进入四月后,就到了高三准备高考的学期,然而我的成绩还是毫无起色,家长和老师不断地说这样不行,威胁我说会落后,我觉得十分烦躁。有一天,我又像往常一样发起牢骚,之后那个人说:'这么说来,是时候与我一起开始那个游戏了。就是我们之前约好的那个游戏。'"

翼调整了一下坐姿。

"第一次相遇那天,蓝邀请我玩一个游戏。他说他能带我去一个远离家、很有魅力的地方。他说希望我与他一起玩这个游戏,由我担任宣告'结束'的角色。"

"结束?那是什么意思……"

坂本插了一句,翼摇了摇头。

"我直到现在也不清楚,总之,我决定和蓝玩那个游戏。开始游戏的那天,我拿到了补习班发的最后一次模拟测试的成绩。成绩非常糟糕,让我真的很想逃跑。游戏规则非常简单。我从蓝那里得到了十万日元,他要求我以那十万为资金,然后瞒着家长离家出走,时间越长越好。他说他要看看,最终我是会在某地被人抓住,还是能不靠家长的力量生存下去。在我离家出走的这段时间,蓝会做些其他的事,而我则负责宣告'结束'。

"他说最终以看是他做的事先结束,还是我的离家出走先结束来决胜负。如果我离家出走的时间比较长,那就是我赢了。"

"……你是自愿离家出走的?那么,从你的房间里找出的那张写着《红色鞋子》的歌词,以及钥匙链就是——"

"对不起,那是蓝托我在离家出走前放在抽屉里的。我完全不知道那么做的意义何在,但还是照他说的做了。和蓝在一起玩的时候我很快乐,很兴奋。"

说到这里,翼的表情变得有些严肃。

"我不知道对大人来说是怎样的,但对当时的我来说,可以自由使用十万日元是非常有吸引力的。我问蓝:'真的可以吗?'他说当然有条件。我双眼有严重的散光和近视,视力非常差。他说希望我把眼镜以十万日元卖给他。眼镜对我来说是关乎性命的东西,我当时很不情愿。然而,蓝笑着说:'如果这么点难度都不愿意的话就没意思了。'他嘲弄般地对我说:'也对,与还没长大成人,高度近视还没戴眼镜的高中生对决,我当然会赢了。'

"我听了有些气恼,就说:'可以啊,我接受提高难度。'随后接受了蓝的请求。我已经好久没摘掉眼镜看世界了,走起路来晃晃悠悠的。但不可思议的是,我渐渐适应了不戴眼镜的状态。这半年来我的视力也好像有所提高了。虽然还是看不清东西，但心情不那么差了。我以后去测测看好了。"

他悠闲地说着，又慌忙转成抱歉的表情。

"真是对不起。所以说，那根本不是什么绑架，只是我主动离家出走。蓝赞助了我，其他什么也没干。他倾听我的烦恼，与我聊天，和我一起玩，仅此而已。我把眼镜交给蓝时，他请求我用小刀划破脸颊下方，说需要我脸上的血，如果照他说的做就再给我一万日元。我就以一万日元卖出了自己的血。

"一开始，我还以为蓝想'绑架'我，所谓的游戏，其实是指'伪造绑架事件'。我以为他想先把我从家长身边支开，再向我家勒索钱财，从而伪造一起绑架事件。然而，蓝把染了血的眼镜弄得粉碎，并把碎片撒在地上，仿佛想让人早日发现一样。对此我有些惊讶，不知道他究竟有何目的。

"蓝在与我分别时把之前买的预付费式手机递给了我，说用来专门接他的电话，希望我不要打给别人。我听了他的话。"

翼的表情既像是觉得好玩，又像在怀念。但那并不是不知道事态多严重，只顾有趣的孩子气的表情，而是有所自知，有所经历的青年才有的表情。他摸索着脸颊下方——不过伤口已经治愈，而且没有留下任何痕迹。

"那之后，媒体报道了名叫'i'的杀人犯制作的网站，以及上面记载的杀人游戏细节。这下我才渐渐理解了他的用意，但还是觉得很不可思议。除了我以外，其他牺牲者被发现时都已经是尸体了，为什么只有我还活着？之后我漠然地想到，这也许跟我担任着宣告'结束'一职有关。"

"失踪期间你一直在青森吗？"

"是的。除了和父母一起旅行,还有学校的修学旅行之外,我从来没踏出过成长的环境一步。我从来没去过东北地区,于是当时暂且把逃跑方向定在北方。我换了几趟慢车,一直坐到了仙台,之后换骑自行车。车站前有二手自行车店,售价十分便宜,我其实本来想骑到北海道的。"翼苦笑着说。

"花了两周骑到青森后,我已筋疲力尽。正值酷暑,我耗尽了体力,骑着骑着出现了类似脱水和中暑的症状,摔倒在了地上。当时我倒在山路的缓坡上,下面是一大片苹果园,周围没有什么住家。我头晕得厉害,还很渴。由于一路上买了衣服和饭菜,钱也没剩多少了。十万日元一眨眼就花完了。

"是一辆路过的卡车发现了倒下的我。"

翼不安地看着坂本的脸,一直冷静陈述的他,脸上第一次出现了阴影。

"接下来我要说的,可以不说出那些人的名字吗?他们把警方悬赏搜查的我藏了起来,会让他们判刑吗?"

坂本还没回答,少年又非常慌张地追问道:"他们没犯错,真的是好人,对我非常温柔。他们知道我父母出了悬赏金,如果报警就可以得到两百万日元了,却还是把我藏了起来。也许他们觉得我说出他们的名字也无所谓,但我做不出那种恩将仇报的事。"

"不会被判刑的。但警方有必要向他们了解情况,不至于判刑。你不是自愿离家出走的吗?那他们就既不算绑架,也不算强迫诱拐。"

坂本说完后,翼似乎松了口气,紧张的双颊松弛下来。他的话里夹杂着敬语和非敬语,同时使用两种第一人称①,这微妙地反映出

---

① 翼在说到"我"时,有时会用较为礼貌的敬称,有时会用较为随便的"俺"。

他的心理。

"收留我的是一对七十多岁的老夫妇。"

翼看上去有些犹豫,随后点了点头,他似乎还无法放松警惕,没有说出他们的名字。

"他们两个人一起生活,就住在我倒下的那条路的尽头。他们拥有一片广阔的苹果园,仅靠两个人管理。老爷爷和老奶奶都非常精神,两个人一起种植富士苹果。一开始我有些吃不消,因为他们的方言口音太重了,我根本听不懂他们在说什么。不过现在我已经习惯了,能听懂很多了。

"他们寂寞地说儿子在东京工作,没跟他们住在一起。而且似乎工作很忙,总是不回来。

"我向他们道过谢之后,又提出想留在那里工作。我说没有报酬也没关系,就希望他们能收留我。我想过用假名,但又觉得反正总有一天会暴露,就直接报上了真名。那时我还没想过我的事引起了那么大的骚动,也没想到警方会贴出寻人启事。

"我骑自行车拼命逃跑时压根儿不知道外界什么情况,是很久以后在爷爷家看电视,才惊讶地发现自己已经是名人了。"

"他们没有注意到电视里的就是你吗?没有劝你回家?"

"虽然我一开始就报上了真名,但爷爷似乎没反应过来。逃跑途中我就发现外人只对我戴眼镜的样子印象深刻。我那时没戴眼镜,所以大家完全没认出我,更何况我还晒得很黑。

"我看到母亲在电视上哭着说她觉得我肯定已经死了时,心里并没有多少罪恶感,不如说反倒觉得很轻松。我心里想着'看吧,你终于明白了吧,我只要想,也是能做到的'。我十分感谢帮助我逃跑的蓝,但同时也明白,那只是一时的感情,总有一天我会怀念家人,回到埼玉。不过我决定暂时先待在那里,因为如果回去的话还要考试。非要回去的话,也要等高考之后一个月再回。"

听到这里坂本有些惊讶。翼的失踪把所有人搅得一团糟,而事发的原动力竟然是那种小事?翼的表情又变得十分严肃,他的表情一直在大人和孩子之间转换,这似乎是这个少年的一大特征。

"接下来我要说的事,能不对我父母,特别是我母亲说吗?"

"什么事?要根据内容而定。"

"我看到电视后很焦躁,觉得爷爷和奶奶一定会发现我就是那个有人花大钱悬赏的孩子,所以我抢先做出了行动。我坦白自己正在离家出走,并谎称自己受到了母亲的虐待。对不起,这件事请绝对不要告诉我母亲。"

在哑口无言的坂本面前,翼拼命地合掌请求着。

"我说我从小就被母亲拳打脚踢,还不给我吃饱饭,所以才逃了出来。还说现在他们出赏金来找我,是为了在世人面前保住面子。他们不是担心我的安危,而是害怕我把受虐待的事告诉别人。他们其实很希望我死,觉得我活着反而麻烦。但他们没有见到尸体,所以无法安心。他们肯定是想确认我已经死了。我边哭边对他们说着谎,说虽然我现在很强壮,但我无法殴打把我生下来的母亲。如果现在回去,我一定会被杀,请帮帮我吧。我对爷爷这样请求着。

"我母亲在电视上哭得歇斯底里,她那样子肯定招来不少人的反感吧?而她的举动也正好为我的话做了证明。奶奶边哭边生气地说:'家长竟然打孩子,这真是太令人难以置信了,那种家不回也罢。'之后便站在了我这边。爷爷骄傲地对附近的人介绍说我是住在远方的亲戚的孩子,是为了继承农事而来到这里的。我非常高兴,甚至想着不如就这样当那家的孩子算了。他们十分疼爱我,像对待真正的孙子一样。"

据说赤川翼去派出所时穿着地方农业协会举行活动时发的T恤，外面披了一件干农活时穿的外套。那大概是那位老爷爷的旧衣服吧。

"为什么你后来又想回来了？现在刚到十二月末，高考是在下个月啊。"坂本问。他对少年不负责任的失踪感到惊讶，但奇怪的是并不太生气。没错，这种想把他找出来，想保护他的想法本身也许就是错误的。坂本他们都多少有些轻视这个少年，轻视这个只会学习，长着一张苍白的脸，身子像豆芽菜一般的孩子。然而，其实他已经不折不扣十八岁了。

翼露出腼腆的笑容。

"就算是母亲那种性格的人，也不会再让现在的我参加今年的考试了吧？至于明年，就不清楚了。不过与半年前相比，现在的我是发自内心地想上大学，想要学习更多的东西。但不知道我母亲怎么想啊，搞不好她会让我立刻参加私立学校的考试。"少年苦笑着说道。

"十月中旬，蓝送给我的那个预付费式手机突然响了。他以前从来没联系过我，所以我当时吃了一惊。他的声音与刚跟我分别时完全没有变化，问我：'还活着吗？现在在哪里？'他在知道我所在的地方后惊讶地笑了，问我可不可以去玩。我告诉了他地址，之后他就来见我了。"

坂本吸了一小口气。

"他可是杀人嫌犯啊，你那时已经知道了吧？不觉得危险吗？"

"关于这一点，我想问，那个人真的那么坏吗？"

少年仿佛陷入沉思一般抬头看向空中，说了这么一句之后低下了头，过了一会儿又说道："我印象中的蓝是个平静且温柔的人。他看上去一点也不异常，更别说有精神疾病了，就是个很普通的人。

打来电话的第二天,他就来青森见我了。那时他一边带着寂寞的微笑,一边说:'居然能跑这么远,你果然很有前途。'还是和从前一样,我不太明白他话里的意思。"

翼抬起了头。

"蓝从市里给我带了啤酒和炸鸡。我已经很久没吃过肯德基了,以前哪怕吃一块,胃都会很不舒服,而那天我和爷爷,还有蓝一起吃了好几块。那是我第一次喝酒,啤酒没有想象中那么难以下咽,让我吃了一惊。虽然很苦,但是很好喝。"

他露出不带一丝阴影的笑容,爽朗地直视着坂本的脸。

"我未成年却喝了酒,实在抱歉。"

"具体是哪一天?"

"大概是十月十二日吧。应该再去问问爷爷和奶奶,他们记得更清楚。我把蓝介绍给他们,说是我的朋友,他们便留下蓝住了一晚。我们在夜空下坐着,喝着啤酒,吃着富士苹果和炸鸡,奶奶高兴地为我们这些棘手的客人做了饭。蓝一边吃着富士苹果,一边笑着说:'真厉害啊,翼,你也在种这个吗?'"

少年口中的日期,是川崎幸利的尸体被从都内某旅馆逃生梯扔下来的次日。"i"在下手之后就前往青森了吗?

"晚上我们两个人在外面的山道上悠闲地散步,那时我第一次开口问蓝:'犯下那些引起社会轰动的杀人案件的人是蓝吗?你真的杀了人吗?'蓝保持着平静的微笑,点了点头说:'对,是我干的。游戏一半是我下的手。我就是"i"。'"

翼说他当时既没有觉得恐怖,也没有危机感。

"'但是马上就要结束了,马上就要迎来彻底的结束了。'蓝说道,'咱们的游戏是你赢了,我输了。翼,真厉害啊。'他夸奖了我,还说今天来是为了告诉我,他和我之间的游戏到此为止,我可以凭自己的意志决定是要继续离家出走还是回家。他问我:'现在你可以去任何地方了吧?'我和蓝在第二天的早晨道别,之后就再也没见过面了。"

"他没有说其他什么吗?任何话都行。"

"说了,但应该对搜查没什么帮助,这样也可以吗?"

坂本点头后,翼笑起来。

"在分别的那天早上,他劝告我,说生活不能得过且过。他说尽管人生会突然迎来终结,不过是一次漫长的打发时间之旅,但也不能因此而得过且过。如何度过时间是由自己决定的,以后最好不要再过毫无意义、只为打发时间的生活。

"蓝说他在来这座青森的小镇的途中,看见一个对着英语对话课本,全神贯注记笔记的老人。那位老人看起来八十多岁了,却还塞着随身听的耳机听英语。从耳机里冒出很大声的英语对话,例如'Hi, Catherine. How are you?'之类的。"

翼开玩笑一般发出怪声,仿佛在模仿蓝告诉他这件事时的语气。

"'虽然我不知道他要用英语做什么,但在那个距离市中心甚远的乡下小镇,那个老人正努力地学习英语。喂,翼,你明白吧?人生不是打发时间那么简单。我不允许你随随便便地生活,给我拼命地活下去,不要轻易弃权。'蓝最后说了这些,然后就离开了。"

翼小声地叹了口气。

"那之后不久,木村浅葱——'θ'——就被捕了,大家也终于认定我已经死了。那时我才开始深刻地思考父母会是怎样的心情,也对继续欺骗爷爷他们感到良心不安,于是就决定回来了。"

"距离木村浅葱被捕已经过去两个多月了,看来你在决定回来之后又过了很长时间啊。"

"嗯。富士苹果的贩卖高峰正好在十月到十二月,那段日子爷爷的果园十分繁忙,我想在那段时间帮忙。"

面对坂本的提问,翼一副理所应当的样子如此回答。

"这周,工作终于告一段落,于是我就对池田爷爷和奶奶——啊!"

翼不小心说漏了嘴,随即他轻咬嘴唇,低垂下眼,仿佛想要蒙混过关一般继续说道:"我向爷爷他们道了歉,说我之前骗了他们,其实并没受过虐待。他们十分生气,我差点儿被爷爷打了。在我说为了答谢他们,希望他们接受那悬赏金二百万时,他们更加生气了。"

少年露出明朗的微笑。

"爷爷气冲冲地对我说:'浑蛋,你想过你父母会是怎样的心情吗?我太对不起他们了,让我去对他们道歉,向他们下跪吧。话说回来,你父母到底是怎么教育你的?'但我不想把爷爷他们卷到这件事里来,听您说没事儿之后我也安心了,但当时我很害怕他们会担上藏匿的罪名。

"爷爷给了我一笔钱,说是工资,但我过意不去,就在临走时把钱留在了他们家里。我还给他们放了一封信,之后就一个人走到国道边的派出所,自首了。"

说完,翼又恢复成严肃的神情,他认真地盯着坂本的眼睛,深深地低下了头。

"我真的给大家添了不少麻烦,不管什么补偿我都愿意。"

"我想听你说说你的赞助人'上原蓝'。"

翼抬起头,坂本静静地问:"搜查总部里有人认为,所有案件都是这次逮捕的木村浅葱一个人做的。那个让你消失了的'上原蓝',

是不是就是木村浅葱？是不是他？"

"不是。"

翼依旧看着坂本，果断地摇了摇头。

"我见过被捕的浅葱先生的脸，与蓝不像，完全是两个人。"

坂本沉默地看着翼，翼作答时的声音十分坚决。

坂本又问了一次："真的吗？"

"我可以告诉您蓝的特征，他跟浅葱先生一点都不像。"

"他给你的那部预付费式手机呢？"

"被他收走了。"

坂本提出申请，叫来模拟画像的刑警。翼滔滔不绝地形容着"上原蓝"的特征，刑警在素描本上画起图来。

"年龄大概三十岁出头，头发又黑又短，稍稍有些吊眼。大概曾经从事过体育运动，手臂很粗壮，个子也很高。"

翼说出蓝的特征。

画好的肖像正如翼所说，是一张与木村浅葱完全不相像的脸，一张陌生的脸。

第十二章 蓝色与灯光

一

伴着吹得脸颊刺痛的冷风，狐塚孝太走出了出租车，他搓着外套下的胳膊。

一走进医院，暖气吹出的暖风和药品的气味就将他包围。自动门在身后关闭，坐在大厅里的坂本和二宫敏感地感应到关门声，先后站了起来。

"狐塚。"

是错觉吗？坂本的声音里似乎透出一丝疲倦。狐塚站住，打了一声招呼。

"坂本警视，还有二宫先生，你们好。"

"啊啊，好久不见了。你健康就好。"二宫答道。

调查月子事件的那段时间，狐塚几乎每天都会跟二宫见面，现在看到这张脸他还会回想起当时的事情。虽然不是二宫的错，但狐塚一看见他就会感到胆怯，还会心情低落。狐塚实在害怕与他见面。

"麻烦你特地过来，真是抱歉。我们把你叫出来，还要把一堆麻烦事推给你，没想到你竟然还会同意。"

"是吗？"

已完全进入冬季，狐塚一边把竖起的外套领子放下来，一边苦笑着说道："这对我来说可是求之不得的事，我没想到还有能和木村交谈的一天，真是谢谢你们。"

"他还是老样子。"

坂本苦笑着挠了挠头。

"说是面谈，但其实他能不能说话还不确定。他一直呆呆地躺着，双眼无神，对我们的声音没有任何反应，都不知道他到底听见没有。医生说他是关闭了心门，但无法判断是否是故意的。再这样下去我们根本无法展开调查。"

坂本烦躁地吐了一口气。

"你妹妹变成那样，你自己也被卷到这起事件中，我们却还对你提出这种无理的要求，真是抱歉。因为……你似乎是木村浅葱最亲近的朋友。"

三天前，坂本打电话给狐塚，说："如果关系亲近的人对浅葱说话，也许能把他召唤回这边的世界。反正即使失败了也没有损失，能不能请你来试一试？"

"我没关系的。"狐塚答道，"我真的不觉得有什么不好，我在电话里也说过，我很想跟木村说话。"

医院的墙壁一片雪白，大厅里装饰着观赏用植物，周围十分安静。自月子出事后，狐塚每天至少会去一次校医院。月子还在住院中。今天与浅葱见面之后，狐塚也打算去看看月子。浅葱所在的这家医院也有着雪白的墙壁，却和月子所在的校医院的感觉大相径庭。也许是因为在警察的管理之下，这家位于东京近郊的医院给人一种无机质的冰冷印象。这里既没有探病的客人，也没有闲谈的声音。

如果是家普通医院，这里应该是候诊室。然而既没有小卖部，也没有电视和自动贩卖机，甚至没有门诊挂号处。

"可以只让我们两个人谈谈吗？"

"可以，我们打算在别的房间看监控画面，这样可以吧？你不用在意时间，我们希望你尽量慢慢地、耐心地与他交谈。木村浅葱的伤几乎痊愈了，除了左眼。"

坂本停了一下，看了看空中，又继续说道："拜托你了，我们想尽快解决案件。"

坂本委托狐塚的声音非常沉重。这起连续杀人案件仍有许多未知的谜团，其中也包括那场不知存在与否的杀人游戏。

"我打算一边观察木村的样子一边与他交谈。但如果您看着监控画面，觉得应该中止面谈，就算我们话只说到一半，也请一定立刻结束我们的谈话。我也不知道自己能不能帮上忙，先试试吧。"

"我们在一层准备了一个面谈用的房间，现在我带你过去。会在你们之间隔一道塑料隔板，所以你不用怕他突然情绪激动起身袭击你。话说回来，如果他真能有那么激烈的反应，我们倒还高兴了。"坂本在狐塚前面引路，苦笑着说道，"大家都在庆祝圣诞节，真是抱歉啊。"

"彼此彼此。"

狐塚想起从车站到这里的途中，透过出租车车窗看到的充满圣诞气氛的街道。日向子开心地说今天要吃蛋糕，她说等下午的工作完成后，继父会从长野赶来医院，然后四个人一起过圣诞。这还是狐塚上高中后的第一次。

狐塚看着坂本的背影，走向浅葱正在等候的那个房间。

二

用于面谈的是一间狭小的房间。

是经常能在电影和电视剧里见到的场景。正如坂本所说，房间中央隔了一道厚厚的塑料隔板，使两边的人不能直接在同一空间下交流。即使把脸贴近也感受不到对方的气息，手也不能触碰。入口附近准备了一把小椅子，对面也有一把一样的，仿佛镜像一般。塑料板上有几个小洞，人坐在椅子上时洞就和脸部持平。

狐塚想起有时会在电视里看见这种景象，一般是探监时的场景。犯人与家人交谈。啊，浅葱已经是"犯人"了吗？狐塚坐在椅子上，背后传来关门的声音。

隔板对面的门开了，狐塚看见一件白衣服的袖子。看来负责把浅葱带到这里的不是警察，而是医生。一名中年医师走进来，冲狐塚微微点了一下头，之后转过了头。

浅葱就站在那里。

他苍白的脸显得十分衰弱，右眼空洞地睁着，左眼包着绷带，上面散落着柔顺的茶色刘海。他的头发比狐塚最后见到时长了不少。就像坂本他们说的那样，浅葱只是呆呆地站在那里。双眼完全没有焦点，什么也没在看。

白衣医生又冲狐塚低下了头。他推着呆站着的浅葱的肩膀，让他坐在了椅子上，之后便消失在了门后。

浅葱那双眼睛直直地看向正前方，仿佛不认识来人一般。

狐塚开口说道："好久不见了啊，木村。"

浅葱却依旧沉默着。脸上的表情丝毫未变，只是静静地坐在那里。

"左眼还好吗？是不是还有点疼？"

浅葱穿着医院发的长袍，衣服的颜色几乎要与墙壁融合到一起。包在他眼睛上的绷带白得让人无法直视。狐塚慎重地选择着措词，继续与浅葱搭话。

"你那时是想救我吧，木村？"狐塚回想着坂本说的"你不用在意时间，我们希望你尽量慢慢地、耐心地与他交谈"，这样说道，"片冈紫乃被杀之前，我收到了'i'的威胁信，他说下个牺牲者指定为'孝'字，下个死的就是我。警方说要给予我帮助，我也接受了。那时我身边还有警卫保护，你记得吗？就是那时咱们研究室来的那个不合时宜的转校生，其实他是刑警啊。木村你当时也意识到了吧？"

"为了我的安全，你提前下了手。其实你那时已经想要停止那场杀人游戏了吧？虽然木村你采取的解决措施是错误的，你杀死了紫乃，但你其实是为了救我吧？

狐塚慢慢在脑中组织着语句。以后浅葱会怎样看待眼前的路，会怎样走下去呢？那想必是条极其艰难的路，狐塚直视着没有任何反应的浅葱的脸。

"木村，你怎么看待把你逼成这样的'i'？"

浅葱连眼睛都不眨一下。狐塚没有移开视线，继续说着："事到如今，那个人是你真正的哥哥木村蓝的可能性近乎为零，你自己应该也明白。就算他是蓝，你也被他狠狠地利用了一通，最后还差点儿被杀。你好好想想，你能把做出这种事的人唤作哥哥吗？为什么木村你如今要在这种地方、以这种方式听我说话？是谁把你害成这样的？"

浅葱没有回答。他紧闭着嘴，像在表示自己能做的只有这样一般，睁着空洞的眼睛。

狐塚又用坚决的语气说着："'i'不是你哥哥。"

他尽量不带感情，向浅葱宣告。浅葱的眼睛里还是没有光，嘴唇也没有要动的样子。

"我们进行了调查，木村。你哥哥木村蓝在很久以前就去世了，那个操纵你的人不可能是他。你必须面对现实。所以我今天才来和你交谈。

"我想和你说话啊,和你!"

狐塚提高声调,浅葱却仍保持着纸一般惨白且毫无表情的脸,依旧沉默不语。

"其实木村你应该已经明白一切了,一直在等待,对吧?等待有人发现一切,找到你,向你宣告这个事实。"

这时,虽然只是极其微弱的反应,但浅葱的右眼有了变化,眼中有微弱的光亮。

你在看吗,坂本先生?虽然没有告诉你,但其实我今天准备了一张强力王牌,现在我就展示给你看。

狐塚留意着位于背后天花板上的摄像头,眯起看向浅葱的眼。

"浅葱在殴打月子时,得到的关键字是'狐',而他收到的用来导出这个字的提示语里有这样一条:'与狸猫斗法',意思是尔虞我诈。真是不巧,我很讨厌这一条。如果你现在是有意这么做,那其实没有任何意义。我已经知道了一切,你这么做完全是徒劳。"

浅葱的右眼里渐渐注入了光亮,那光亮就像被风吹动般晃动着。在他有下一步反应之前,狐塚抢先说道:"你现在,是哪个木村?"

这句话划破这间冰冷雪白的无机质房间中的空气。

"我想和你谈谈,能不能出来呢?——木村蓝。木村,在你体内住着浅葱和蓝两个人,对吧?"

三

周围是一片蓝色的幽暗。他在柱子的阴影里站着。

飞溅的血沫打湿了浅葱的身体，红色的体液伴着热气，滴滴答答地流淌到他的手臂上。他用手抵住墙，摇摇晃晃地向前走，并大声地哭了起来。

（……哥哥……）

冰冷的世界沉默着。

在这个淡蓝色的世界里，他总能听到狂风呼啸的声音。浅葱因浓烈得令人窒息的铁锈味和血的气味而大口喘息，他用手擦着脸上的眼泪，手臂上的血弄脏了他的脸。

（哥哥……）

瞪大眼睛望着天花板的母亲一动不动，她的胸口、喉咙、脸，还有身体的其他部位都裂开了，被子和地板都被从她体内流出的血染得通红。母亲再也不会动了。

从母亲的卧室出来，浅葱在走廊上张望，他注意到从客厅透出一丝灯光。长长的走廊上一塌糊涂，血迹四溅。浅葱慢慢地走着，轻轻地推开了门。

（蓝……）

哥哥就在那里。

他的肩膀剧烈地上下晃动，嘴里大口喘着粗气，客厅的地板被他脚下的血弄得一团糟。蓝站在那里一动不动，那张与浅葱一模一样的脸上全是眼泪，睡衣上的泰迪熊也被血弄脏。

（蓝，那是……）

浅葱无法理解眼前这一幕，只能困惑地抬头望着哥哥的身影。泪水和血打湿了蓝的脸和睡衣，他呆呆地站在那里，一动不动。在他纤细的右手里，一把细长的刀正闪闪发光。那是一把菜刀。

传来"嘀嗒"一声。

（蓝，怎么回事儿？为什么你会……）

听到声音，蓝把脸转向这边。他发出一声细小的呻吟，像从窄小的喉咙中硬挤出来的一般嘶哑。

（浅、葱？）

他在哭。那张脸缓缓转向浅葱。随后，他做出一个危险的动作，握着菜刀的手向一旁挥出。就在这时，他的表情发生了骤变。

他咬牙切齿地叫了起来。

（浅葱！！）

不知道发生了什么事的浅葱只得惊慌地向后退。蓝长着与自己一模一样的面孔，此时他把浑身力量都集中到手上，向浅葱的头上挥去。

（蓝？为什么，蓝？！）

浅葱的身体受到重击，冲击和麻痹感使他脑中的东西全都倒了过来。

这份痛楚到底是怎么回事儿？为什么蓝在哭？为什么自己会遇到这种事？浅葱想不通这一切。

哥哥还在叫着什么，他又一次抬起了手，并质问躲避着攻击的浅葱："是你干的吗？！"

他的哭声中充满了责备。

（是你把母亲……为什么！我，我……）

他仿佛正忍耐着剧痛一般咬紧牙齿，说到一半停住了。然后睁大了眼睛，泪水渐渐在他眼中积蓄，然后掉落。

（为什么啊，我到底是为了什么……）

浅葱迷惘地呆站在放声大哭的哥哥面前。他摸了摸撕裂一般疼痛的头，看见手心里沾着黏稠温热的血，这颜色在黑暗中显得有些黯淡。

　　为什么哥哥会生气呢？为什么浅葱会被他呵斥呢？

　　浅葱完全不明白，但他心中的某段记忆突然因刺激而苏醒了。记忆中，浅葱走向了母亲的卧室。

　　（浅葱，你这样会给我添麻烦的。）

　　母亲的脸丑陋地扭曲起来，涂着红色口红的嘴唇抽动着。

　　（听说你今天也在学校闹事了？为什么不能好好坐在座位上呢？蓝是个那么好的孩子，为什么你却是这个样子？）

　　母亲歇斯底里地喊着，举起了手。"叭唧"一声，那只手扇上了浅葱的脸。"叭唧"。好疼，好疼啊妈妈。浅葱知道蓝就在房间的门后，知道他在担心地注视着，为自己不能做任何事而感到自责。

　　（浅葱，蓝说道，我们把衣服换过来吧。我们长得很像，所以不会有事的，肯定能顺利蒙混过关。浅葱你已经不用再承受冰冷的回忆了。）

　　浅葱无法忍受，他无法忍受自己最喜欢的哥哥遭到毒打。他迈出一步，想告诉母亲真相。然而，被母亲抓着手臂的蓝看向了浅葱，从他那纤细苍白的喉咙里发出颤抖的声音。他瞪大眼睛叫了出来。

　　（"蓝"，快跑！）

　　他声嘶力竭地冲浅葱喊着。

　　可不管浅葱跑到哪里，哪怕堵起耳朵，这声音依旧挥之不去。

　　（蓝，快跑。蓝，快跑。蓝，快跑。蓝，快跑。求你了，蓝，快跑。）

　　哥哥会遭到残酷的虐待。这样下去的话，不管是浅葱还是哥哥，都会……

　　所以。

　　一秒前手上拿着刀的重量和触感重新浮现在浅葱的手中。现在蓝手里拿着的那把菜刀，就是浅葱在大家安静睡觉的时候从床上爬起来，去厨房找到的。

母亲睡得很沉，发出了安详的呼吸声，她的胸部随着呼吸缓缓地上下起伏。那里就是浅葱的目标。

哥哥会死的，哥哥被打了。只要没有母亲，浅葱和哥哥就能过上平静的生活。只要没有这个女人。

母亲的身体突然弹了起来，然而浅葱的手已经无法停止。他跨在母亲的身上，一遍又一遍地刺向她的胸部和喉咙。身体溅上母亲温热的血液，睡衣上的泰迪熊也被染红了。

为什么？浅葱明明是为了蓝才这么做的。他是为了救自己最喜欢的哥哥才这么做的。胸中的心跳声越来越快。咚咚咚咚。

心脏好像快要从喉咙里跳出来了。

咚。

为什么蓝要打浅葱？

眼前的哥哥把瘦小的身体缩成一团，不停地呜咽着。他为什么会哭呢？浅葱明明彻底把那个女人毁掉了，为了他毁掉了。这样一来就再也不会有悲伤的事发生了。

后脑勺好疼。真难受。

出了这么多血，搞不好会死掉。为什么哥哥要这样对待浅葱呢？就在浅葱这样想的时候，眼前的哥哥仿佛被什么刺激了一般站起了身。

（不行啊，浅葱……已经完了，我们。）

他仿佛完全放弃了希望，双眼仅剩下空洞。

他长着与浅葱完全相同的脸，眼睛，手臂。他的手臂向浅葱的喉咙伸去。哥哥那纤细单薄的身体怎么会有这么大的力气？意识到时，浅葱的脖子已经被蓝勒住了。他不断地挣扎着。为什么？蓝，快住手，我好痛苦。

（我会死啊……）

那之后的事情他已经不太记得了。他只是拼命想要挣开哥哥勒在自己脖子上的手，他的手胡乱地挥着，摸到了客厅桌子上的某样东西，于是握住了那东西的一角。

是笔筒中的一把剪刀。

浅葱曾被母亲用这把剪刀打过。剪刀的手柄是浅蓝色的，刀锋十分锐利。

（浅葱……）

蓝勒着他脖子的手微微松了下来，他那因施力而变得通红的脸在一瞬间失去了颜色。他的脸开始抽动。从他脸上，浅葱明显看到了深深的恐惧之情。

当他意识到时——

周围是一片异样的安静。

勒住脖子的手已经不复存在了，只剩下浅葱一人，他的手心里依然是黏糊糊的红色。他大口地吸了一口气，向房间里看去。哥哥的身体在自己面前摇摇晃晃地失去了平衡，最终倒在了地板上。

咚。

心脏又开始剧烈地跳动。

（蓝……）

他一动不动，无法动弹，十分安静。

他小小的身体上全是鲜血，有母亲的血，浅葱的血，还有蓝自己的血。这一片红色的世界快要使人失去意识。哥哥的左眼已经睁不开了，右眼却圆睁着，形成了鲜明的对比。剪刀尖戳进了他的左眼窝里，毁掉了他的眼睛。

与浅葱一模一样的人。蓝和浅葱。

如今其中一方在他眼前被毁掉，消失了。浅葱只能一动不动地站在原地。

被打过的后脑勺很疼。他的眼前开始泛白。浅葱把一切都交给这片白雾，仿佛要这样死去一般陷入了睡眠。

四

"十五年前的二月二十三日，在神奈川县的一家公寓里发生了一起抢劫杀人事件。那个家里没有父亲，母亲在附近担任钢琴教室的老师和超市的小时工，独自一人抚养双胞胎儿子长大——也就是你和木村蓝，你的哥哥。"

午后，照进面谈室的阳光暗了下来。这个房间里只有一扇细小的长方形窗户，设置在高处朝南的方向。

短暂的沉默后，狐塚继续说道："木村，据'θ'的日记记载，这起案件是双胞胎哥哥蓝犯下的，身为弟弟的他自己也差点儿被杀掉，是哥哥干了一切。但木村你被逮捕之后，警察和我发现的事实和那篇日记有些出入。从那场惨剧中生还的孩子只有一个，而双胞胎中的哥哥木村蓝恰巧和现在的你一样，被刺中左眼，身亡。

"从那起案件中生还的只有浅葱一个人，你的哥哥在十五年前就被杀了。'i'不可能是你哥哥。"

"你是怎么知道的？"

突然一个声音插了进来。在只有狐塚和浅葱两个人的空间里，突然响起不属于狐塚的另一个声音。狐塚的肩膀震了一下，他战战兢兢地抬起头，正前方是浅葱的脸。

"你是'i'吗？从什么时候开始的？"

"从左眼变成这样后就一直是我了。"

他静静地笑起来，那温柔的微笑和以前的浅葱没有丝毫不同，然而狐塚很清楚，他的言谈举止已经不一样了。这是另一个人格，真是个令人不敢相信的事实。他的气场也让人感受到不同。浅葱从来不会这样笑，也不会发出这样的声音。

狐塚抑制住心中的厌恶感，继续看着他的脸。

"是吗……那你一直一言不发，也不对别人的问话做出回应，那都是装出来的吗？"

"谁都没发现。很多人对我说'所有案子都是你一个人干的吧？"i'和"θ"根本不存在，都是你一个人装出来的吧'。我根本没兴趣回答他们。能够正确说出真相的，狐塚，就只有你一个人。我真希望能快点被发现，结果谁都没抓住我。"

他自嘲一般眯起眼笑了，又转向狐塚，表情中充满了蔑视。狐塚猜想坂本或许会中止面谈，也许他会立刻飞奔到这里，询问情况。然而他似乎并没有要过来的样子。狐塚能想象出坂本在摄像头那边一脸紧张地观察事态发展的样子，他们貌似想把一切都交给狐塚。

"虽然我给狐塚你添了各种各样的麻烦，但最后发现我的还是你啊。你果然聪明。你是怎么发现我是'i'的？要是你愿意回答，我会很开心。"

"看穿你的是秋山老师，线索是你背上的烧伤。"

"烧伤？"

"抱歉，能让我慢慢说吗？我从刚才开始就有些慌乱，对自己在说什么完全没有自信。"狐塚短促地吸了一口气，说道。浅葱——

"i"——保持着令人看不穿心思的微笑说:"请吧。"他的声音带着与眼下情况完全不符的从容,似乎在享受眼前的情景。

狐塚感到十分愤怒。

"就像你刚才说的,确实现在大多数人都认为整起事件是浅葱一个人在自导自演,他们觉得'i'和'θ'的游戏从未存在过,都是浅葱装出来的。

"人们说木村浅葱大概是个陶醉于剧场型犯罪的神经病,所以在面对可能死亡或被捕时,他特意仅在房间里留下'θ'的痕迹。他在隧道里被刺中了眼睛,但实际上那是一次自残。对他来说,自己的死也是剧情的一部分。

"这些人的依据就是木村你背后的烧伤啊。"

狐塚说完,对方"啊"地笑着,点了点头,动作幅度很小。

狐塚深深地吸了一口气,他想起秋山的话。

狐塚接到坂本的电话,并接受了希望他与浅葱见面的请求之后,秋山不知怎么得知了这个消息,也给他打来了电话。电话那头,教授用与往常一样,完全没有紧张感的声音问狐塚:"狐塚你觉得整件事都是浅葱一个人干的吗?"

"我不这么认为。"狐塚立刻做出了回答,"我不这么认为,不是因为月子平安归来了我才这样说的。在看到木村电脑上收发的邮件时我就在想,木村的确是个加害者,但同时,他难道不也是'i'的受害者吗?他被对方逼成了那个样子。"

"是啊,在某种程度上我也是这么想的。浅葱一直相信已经去世的哥哥还活着,即使受到了残酷的虐待,也因为渴望与哥哥再见一面而忍了下来,这才是事实。'θ'的背后肯定有'i'。我们应该这样想才对。但是狐塚,你知道人们怀疑浅葱是'i'的原因在于他身上的烧伤吗？"

"我从坂本先生那里听说了，据说是很严重的烧伤。"

听到这里，恭司突然对狐塚说："片冈紫乃被杀那天，我把贫血的浅葱搬到狐塚的公寓里，那时我叫来阿月照顾他，也许阿月在那时看到了浅葱身上的烧伤。我让她为浅葱擦拭了身体，而我回来之后，她却让我不要再动浅葱，也许那是因为她不想让别人看见浅葱的烧伤吧。"

月子也许在被打之前就打算包庇浅葱了。秋山在电话那头点了点头，说了声"是吗"。然后继续说道："从网站上的内容来看，身上有烧伤的不是'θ'，而是'i'，浅葱身上理应已经没有任何伤痕了。'i'受到了暴力虐待，而'θ'受到了性虐待，他们两人受到的虐待是完全不同的。但浅葱身上却有伤。这到底是怎么回事儿呢？"

秋山自言自语般地说着。

"喂，狐塚。如果他做一切都是无意识的呢？过去的这几年里，浅葱完全不知道自己的哥哥已经去世了，如果他也完全没发现自己身上有伤呢？这种事有没有可能发生？他对自己不愿接受的事情视而不见，就像遵守某种法则一般，不涉足不愿接受的世界，不去直面现实。

"接下来，我要做一些不合常理的猜想。假设浅葱是被诱导了呢？他无意识地被某人操控着，对方把他不愿接受的事实全部删除。或者，再进一步猜想，假设他精神方面不太正常呢？"

"这是什么意思？"

"浅葱最爱的哥哥在他还小的时候就去世了。据日记记载，他们俩的关系不仅限于双胞胎兄弟，在受母亲虐待的过程中，两人建立了不可分割的羁绊。浅葱在不断受到暴力对待的时候精神大概非常紧张，消耗很大。那种环境下，人很容易患上精神疾病，而他还在这种情况下失去了哥哥。

"在母亲和哥哥双双死掉的惨剧中，只有浅葱一个人得以生还。假设他顽固地拒绝接受失去哥哥这一现实呢？在人类这种生物体内，有一种叫防卫机制的东西。对人类来说，用来保持人格统一的自我和与之对立的超自我，以及本我，都是相互矛盾的。如果在将它们调整到合理状态的过程中遭遇了失败，人类就会采取一些令人称奇的、不合常理的手段。人们会把威胁自我安定的事实和冲动赶到无意识领域，并去追求可以替代它们的存在。对浅葱来说，那就是他的哥哥吧。

"假设他在心中追求着哥哥的替代品，并取得了成功呢？"

狐塚哑口无言。

秋山继续说着："比如说，防卫机制里有一种叫 identification，又称心理认同的概念。这是指把他人的特性当作自己的一部分，并使自己的人格发生改变的一种心理。这与有意的模仿不同，完全发生在无意识中。

"这种压迫自己的防卫机制与歇斯底里症有很深的关系。在歇斯底里症中，有一种精神性症状叫分离性身份障碍，以前被叫作多重人格障碍。"

狐塚拿着手机，屏住了呼吸。秋山在那头发出温和的笑声。

"虽然这只是我在自说自话，但最近如果你见到浅葱，可以确认一下他是不是真正的浅葱。确实，这一切都是浅葱一个人干的，'i'和'θ'都是他。但他对此并没有自觉，那个游戏也确实存在，我觉得是这样的。"

"老师猜想你是在自己心中创造出了你最爱的哥哥。在你心中大概同时存在着两个人的记忆，他们的笔迹和说话方式都完全不同。你同时拥有浅葱和'i'这两种人格。"

"真厉害啊。"

浅葱不由自主地叹了口气，那张平静的脸上带着毫不在乎的笑容。

"我还以为谁都发现不了呢，真是太感动了。"

"你能告诉我吗？"狐塚咬牙切齿地问道。他痛切地发现，那个胆怯的浅葱，那个发自内心想要寻找爱的浅葱，那个狐塚所熟悉的浅葱，已经不在这里了。这让他感到难以承受。

"你想做什么？是浅葱杀死了现实中的木村蓝和他的母亲吗？"

"浅葱？"

说出这个名字的瞬间，他变得面无表情，之后又恢复一脸平静，看向狐塚。

"浅葱……啊，对了，也许是这样的。"

他无力地摇了摇头，把手放在左眼的绷带上。也许是因为疼痛，他的脸扭曲了起来。

"你说你想跟我谈谈，其实我也一样。我很想和狐塚你交谈。"

他那张端正的脸上露出了微笑，用近乎自嘲的、干巴巴的声音说道："我听说是你和石泽把倒在隧道里、眼睛受伤的我救了起来。请先让我表达一下谢意，谢谢。"说着他低下了头。

"不用。"

他抬起头，开口说道："我的哥哥蓝，是个很温和的人。"

五

"他真的是个很温和、很出色的人。即使那时的我还只是个孩子，也能明白这一点。温和虽然很无力，却是出色的才能。蓝就拥有那项才能。"

浅葱的眼睛里饱含憧憬。

"而浅葱只有非常优秀的头脑，是个既不开朗也不温和的孩子。他的脾气非常暴躁，稍不顺心就会大闹一场。他并非有什么明确的意志或强烈的主张才那样做的，只是瞬间陷入混乱，只知道一味地胡闹。在学校里，他没办法好好坐在座位上上课，是个非常易怒的孩子。用现在的AD/HD——即注意力缺陷多动障碍来解释，大概比较好理解吧。但那时没人理解这种疾病，人们只把浅葱看作爱找麻烦的孩子，没有一个人对他伸出援手。身边的人当时的想法大概就是——'那个孩子真奇怪，令人捉摸不透，只要别理他就好了。'

"周围的大人，包括母亲在内，真心想帮助浅葱的，就只有蓝一个人。母亲在因为浅葱的事被老师叫到学校抱怨了一通后，开始对儿子施虐，使得浅葱十分恐惧。她把浅葱当作压力的发泄口，反复对浅葱说：'要是没把你生下来就好了。'当然，她也有温柔的时候。"

陷入回忆的浅葱看向远方，视线仿佛穿透了狐塚。狐塚还是第一次看见他这种表情，至少狐塚认识的那个木村浅葱从未做出过这种表情。对狐塚来说，"他"是一个与自己初次见面的陌生人。

"蓝很心痛。他认为自己必须保护弟弟，却又无法违抗母亲，对此他感到十分自责。为了代替浅葱，他在自己身体上制造了淤伤，分享了浅葱的疼痛，那些事确实都是真的。'没关系，浅葱的头脑非常聪明'，'不管其他人说什么，浅葱也有很多优点'，他不断地鼓励着无法适应学校生活,在家里也待不下去的弟弟。蓝非常害怕浅葱有一天做出无法挽回的事情,他怕再这样下去,他们的生活也许会走向毁灭,于是他拼命想保护浅葱。

"然而,事与愿违,毁灭的一天还是来了。浅葱无法原谅虐待哥哥的母亲,他不顾哥哥的顾虑,杀死了母亲。而之后哥哥没有如他所愿为此高兴,反而哀叹不已,于是他把哥哥也杀了。虽然看似是一场突发事故,但他确实将剪刀刺进了哥哥的眼睛。使浅葱的人生脱轨的并不是蓝,而是他自己的任性。他完全是自作自受。"

浅葱说到这里吸了一口气,闭上了眼。再睁开眼时眼神中透出轻蔑的神色,仿佛发自内心地厌恶着那个与自己同名的人。

"但是,浅葱没有接受这一事实。他认为哥哥没有死,还活在世上,自己亲手杀了他这件事也是假的。真是愚蠢,愚蠢到了极点。浅葱那时就该去死,活下来的应该是蓝。"

狐塚产生了一种错觉,仿佛眼前的一切全都处于黑暗之中。他回想起曾在梦里见过的场景,想起那个在微暗的世界里一直哭泣、没有五官的孩子。你的名字到底叫什么?

"浅葱从那时起就……"狐塚试着接受。

"在他的世界里有两个独立的人。很奇怪吧?而且无论哪个都个性颇强。不管是知晓一切却一直沉睡的我,还是只接受对自己有利的解释苟延残喘的浅葱。他无法相信蓝的死,并一直怀着'总有一天会相见'的梦想,支撑着活下去。明明是他亲手把蓝杀死的。"他嘲弄地说道。说完又恢复为面无表情,他把手抚上受伤的左眼,像在确认着什么,仿佛正从那里谨慎地唤起回忆。

他突然紧盯着狐塚说道:"你知道寄生蜂吗?"

"寄生蜂?"

"对,寄生蜂有很多种,我现在想说的是寄生在蝴蝶幼虫上的寄生蜂。母蜂会把自己的卵产在尚在幼虫阶段的蝴蝶身上,将蝴蝶幼虫当作新鲜的食物,喂养自己的孩子长大。蝴蝶的命运在那时就已定下,它的身体已经奉献给了寄生蜂。

"幼虫变成活生生的饵食,它们的身体被啃噬,蛹化的能力被剥夺,但它们依然本能地抱有想变成蛹的冲动,最终只能纠结地死去——这就是寄生蜂和蝴蝶的关系。自然界里的蝴蝶看似有很多,然而能羽化成蝶的幼虫其实很少。大多数幼虫不是被寄生,就是被其他动物吃掉,还没变成蝴蝶就死了。而从它体内诞生的蜜蜂反倒得以生存。"

真是个奇异的故事。狐塚想象着那幅鲜活的画面,不由得皱起了眉。浅葱平静地笑了。

"我和浅葱的关系大概跟它们有点相似。浅葱为自己起假名时参考了浅葱斑蝶的学名。浅葱斑蝶也有天敌,但不是蜜蜂,而是蝇类,叫作斑寄生蝇。我们两个人就是浅葱斑蝶和斑寄生蝇。"

狐塚保持着沉默,他完全不知道该说什么好。

"接下来……"他换了个话题,"我来说说后来发生的事情吧,说说我被送去的那家儿童看护所的事。我和——对,浅葱——我们到底遇到了什么事呢?你读了网上的那篇日记后大概也能猜到,浅葱和我在那里受到了残酷的虐待。

"那家看护所后来闹出问题被关闭,院长夫妇被捕。我在那里时曾被人扔进干燥机里,每晚还会被强奸,这些以常理来看都很难想象吧?但都是真事。那里的孩子眼睛里都没有生气,但在虐待我和说别人坏话时却双眼闪闪发光。没有秩序的世界,残酷得令人难以置信。

"当时我的身体上因烧伤起了很多水泡,我觉得自己简直悲惨透顶。浅葱则只有头脑比别人出众。他比谁都缺少人性,无法温柔对待他人,无法体谅别人的心情,还一直轻视别人。但他比任何人都善于掌握纸上的学问,这使他心中萌生傲慢之情。这点被周围的孩子看穿,他们决定让浅葱明白,学问在这里是毫无用处的。他们任意使唤不懂奉承的浅葱。在这一点上,女生比男生做得更露骨。每次我被扔到干燥机里时,按下开关的都是女生。"

说到这里,他的脸上露出一种达观的表情。他仍旧静静地微笑着,比狐塚认识的浅葱的笑还要平静、温和。但狐塚已经看出,那温和只是一种伪装。他并没有原谅那些人。

"唉,但她们也比不上男生的暴力啊。"浅葱苦笑着说道。

"我的胳膊很细。那饱受烧伤煎熬的皮肤每晚都会经历被剥开般的痛楚,完全没有机会愈合。在那家看护所里,担任首领的男人不信任女性,反而对少年有着扭曲的嗜好。浅葱被那个人强奸了。他的身心都极度疲惫,疼痛使他发出了悲鸣。然而,被强奸时,他那被人玩弄的性器却会违背意志地勃起。明明是令人难以忍受的屈辱,他却在被强奸数次之后渐渐习惯了,自然地接受了这份屈辱。在那险恶万分的环境下,他已认定自己无处可逃,而他的内心竟开始无意识地努力感受其中的快乐。这件事的后果十分严重,浅葱的自尊被完全破坏了。

"浅葱无法忍受这样的环境,于是再次把一直沉睡的我拉到了外面的世界。他只保留了被按在地上的屈辱记忆,其他部分则超出了他的承受范围。为了消除身体上直接感受到的疼痛,他把痛苦分成了两类。然后把肉体受到的、由暴力带来的痛苦安在我身上,自己则保留属于精神性痛苦的性虐待的记忆。

"因此，我们变成了两个极端。浅葱对性怀有强烈的恐惧，连与人牵手都做不到；而我则跟谁睡都无所谓，完全没有抵触感。人类果然是需要拥有对等的记忆体验的，不管那是怎样的记忆，都不应该被抑制。"

他说着，又把手放在绷带上抚摸起来。淡淡的语气仍旧十分柔和，与眼下的情景极不相符。他笑了起来，从塑料隔板对面的椅子上缓缓站起，开始解那件包裹住纤细身体的长袍。

这是要干什么？他迎着狐塚的视线，用手撩起长袍下的衬衫。

"我想给你看看。"

他说着转过身，脱下了长袍和衬衫，把苍白的后背展示给狐塚。

在他的后背上，从右肩到中间的皮肤都纠结在了一起，旁边还有一大片烂得发红的肌肤，仿佛肉和皮肤都融在了一起。

真是太严重了。他身体中残留的痛苦是无法忘记的。

"离开那家看护所后，我又陷入沉睡之中。"

浅葱披上长袍，像往常一样遮住烧伤，又继续说道："后来浅葱考上了大学，又恢复了正常人的生活，继续开始他'对哥哥的渴求'。在他情绪稳定时，我绝不会出现，所以他一直过着一个人的生活。也是在那段时期，他把自己捏造的记忆写成了日记，让虚假的记忆有了更加明确的前因后果。为了守护自我，确立自我，浅葱付出了极大的努力。"

"你一直沉睡着，那样没关系吗？"

狐塚说出这一句话就花了相当大的气力，浅葱背后那过于惨烈的烧伤仍在他眼中挥之不去。浅葱笑着点了点头。

"我那时不想出现，觉得自己就算活着也没什么用。

"就在那时，浅葱所在的大学举办了那场以赴美留学为奖品的论文比赛。那次浅葱没能胜出,并与'i'相遇了。那个比自己优秀的存在使浅葱傲慢的灵魂受到了伤害。"浅葱一边整理着衬衫的领子一边问道,"上原爱子。现在,狐塚你已经知道她是什么人了吧?"

"是通过 C 大的跳级制度入学的那个女孩吧?她是个头脑清晰又用功的女生。"

听到狐塚的回答,浅葱静静地点了点头,脸上浮现出寂寞的微笑。

"对。她就是另一个浅葱,也是另一个蓝。她因为头脑优秀而无法适应周围的世界,拥有十分高傲却脆弱的灵魂。那时我对她充满了怜爱之情。"

浅葱缓缓将视线从狐塚脸上移开。

"她因自己的头脑而自豪,却也知道如果这点暴露,就会使其他人更加远离自己。她既追求与别人不同,又想隐没于团体之中。同时抱有这两种需求的她,用'i'这个名字参加了那场论文比赛。她想看到自己取得第一,却又对之后的结果感到害怕。'i'取自她名字中的'爱'字,也代表虚数'i'。

"虚数'i'经常被视为'不存在'的东西,然而,在数学定义中,'i'的平方是'−1',是个'存在'的数,只是日常生活中只需要用到实数,所以它才被忽略了,其实它是存在的。上原爱子把这点也考虑进去了,最终为自己起了'i'这个名字。她的论文在评审中的评价要高于浅葱。

"浅葱十分愤怒,他无法接受自己的败北,焦躁地想要找出'i'的身份。他在网络的海洋中固执地用'θ'这个名字找寻着'i',结果被上原爱子知道了。她希望大家不要关注她,却还是有人执意追查。于是她与威胁自己的'θ'进行了接触,并给予警告。她还攻击了浅葱的电脑,把数据都抢走了。她大概是想警告浅葱她已经知道他的身份,让他不要再行动了吧。"

"我有一个地方不是很清楚。"狐塚插嘴道。此时浅葱已经整理好衣服,像原先一样坐在狐塚正前方的椅子上。

"上原爱子窃取并通读了浅葱的日记,但她与浅葱素昧平生,又是个普通人,怎么能立刻判定那篇日记的内容属实呢?上小学的儿子杀了自己的母亲,之后又在看护所受到非人的虐待。对你来说那是既定现实,但对我们来说,那种事情离现实太远了。网上有很多喜欢创作的人,一般人难道不会觉得那篇日记里的内容都是虚构的吗?"

"当然,上原爱子也是这么想的。"

他干脆地点了点头。

"她是在认为浅葱的日记完全是虚构小说之类的东西的前提下,才产生兴趣的。她叫爱子,假名是'i',恰巧与日记中登场的浅葱的哥哥的名字发音相同——她认为这并不单纯是个巧合。

"浅葱在寻找'i'的过程中造访了许多所大学的研究室。那时有人煞有介事地说C大的跳级录取生都很优秀,'i'应该就是那些人中的一个。实际上,'i'就是跳级生上原爱子,大家的猜测很准确。浅葱频繁出入C大,与每位跳级生都成了好朋友,并试图从中找到'i'。那其中也包括上原爱子。爱子很不擅长与人交往,几乎没有朋友。就在她把交友视为自己最大的负担时,她遇见了轻松与自己搭话,还主动提出要与自己做朋友的木村浅葱。她爱上了浅葱。你猜,当她通过窃取'θ'的数据得知那个追查自己的人就是浅葱时,会是怎样的心情?他要找的人就是自己,这个事实从根本上撼动了爱子的世界观。她认为这就是命运,觉得自己也许能得到浅葱。"

浅葱的声音很平淡,但从中可以感受到一种怜爱之情。"高傲却脆弱的灵魂",狐塚回想起他形容爱子的话。

"她决定加入创作,帮助浅葱为这篇作品续写下文。她扮成浅葱的哥哥蓝,与浅葱进行交谈,没想到浅葱的反应非常强烈。她只想在虚构世界与浅葱对话,认为只要能与浅葱有联系,就满足了。最后连她自己也渐渐陷入虚拟世界,上原爱子是另一个无法面对现实世界的木村浅葱。她一开始只是想玩玩,却渐渐开始相信虚构世界就是现实。木村浅葱说的都是事实,不是虚构。自己虽然不是'木村蓝',但有相似的经历,所以能明白他的痛苦。爱子试图接近浅葱。她说:'虽然我没受到过像你那样的虐待,但我能理解你的心情,因为你成长的环境跟我成长的环境很像。我大概是太不懂得主动迎合别人了。'她开始把紧闭的心门向浅葱开放。"

在与浅葱交流的过程中,爱子的心完全沦陷了。然而,聊着聊着,她的心渐渐笼上了一层淡淡的阴影。她起初只是为了好玩才开始这场虚构的对话的,浅葱却当真了。爱子并不是浅葱的哥哥,并且她对现实中的自己没有自信,所以很抗拒与浅葱见面。浅葱却不知道她是假冒的哥哥,而是完全陷入狂热。他以为一心期盼相见的哥哥终于出现在眼前了,以为自己终于不再是一个人了。

"然后,浅葱被卷到什么麻烦事里了吗?"

"上原爱子做了无法挽回的事。"

浅葱缓缓地摇了摇头,似乎不想在这里说明那是什么样的麻烦。他这么做大概不是为自己着想,而是为了已经去世的上原爱子。

"她非常孤独。不管木村浅葱抱着什么目的,他确实对她产生过兴趣,还对她说过想要分担她的痛苦。木村浅葱的存在改变了她的生活。毫不夸张地说,浅葱就是她的全部。

"为了浅葱,她踏出了那一步。但在行动之后,她陷入恐慌,对自己的所作所为感到恐惧,并开始客观地看待自己。要扮演浅葱的哥哥到什么时候？这样下去，自己和浅葱永远不可能建立正常的关系。对，自己并不是浅葱的哥哥蓝，却为他做了无法挽回的事。如果对浅葱坦白，或许他会因为这个开始真正与自己接触，也许浅葱会因此爱上她。为了这个可能性，她赌上了一切。

"以往只要浅葱提出见面的要求，她都会拒绝，然而这次她答应了下来。她决定不再扮演蓝，而是变回原本的上原爱子。她抱着豁出一切的决心和失去浅葱的恐惧，同时还有一丝他会爱上自己的信心，怀着这两种对立的感情，爱子来到与浅葱约定见面的闹鬼隧道。"

浅葱静静吐出一口气，又按了按左眼。

"两个怀着孤独灵魂的人却没能治愈彼此。"

"你……把上原爱子给……"

"她不是哥哥，哥哥并不存在。这打击过于沉痛，超越了浅葱心中的极限。他体内所有的电仿佛一下子释放了出来，烧断了保险丝。浅葱从外在人格退出，把一直沉睡的我叫了起来，让我把这件事情解决掉。杀掉上原爱子的是我。"

浅葱看向狐塚。

"我想起浅葱杀死哥哥时的情景，打算让她也以同样的死法消失。当我问她是选择右眼还是左眼时，她竟然接受了这个残酷的问题，回答'右边'。她接受了死亡。我杀死的这个女孩既是另一个浅葱，也是另一个蓝。"

"第二次失去哥哥后，浅葱的自我已到了崩溃的边缘。之后的事你很容易就能想象得到吧？第一次也好，第二次也罢，杀死哥哥的最终都是他自己。浅葱无法责怪任何人，只能抱着漠然的仇恨，开始想对自己迄今为止的人生和一直无视自己的世界展开复仇。"

"他用杀人游戏这种形式，与'还活着'的哥哥两人一起？"

"没错。这次换我担任浅葱的哥哥。"

"你觉得那样好吗？"狐塚按捺不住地问道，"虽然我对你还不太了解，但我不认为像你这样拥有明确意志的人格会那么轻易地帮助浅葱复仇，还能如此平静。另外，在看到后来的浅葱时，我也无法相信他真的因为那个游戏得到了救赎。浅葱很痛苦。用世人的眼光来看，你们的游戏虽然既残酷又猎奇，但规模还是很小。我不认为那种程度就能满足他的复仇之心。

"我对浅葱的遭遇非常同情，但这与后来的杀人游戏没有任何关联。你的目的到底是什么？提出那场游戏的是你吧？"

"是啊，是我。"

浅葱点了点头，他的眼中闪烁着类似痛楚的奇妙光芒。他说道："我想彻底地杀死浅葱。如果他的精神一直那么脆弱的话，到头来也还是活不下去。如果同样的事情再次发生，到时候他的脆弱又会使保险丝失控。这样想后，我决定结束一切。浅葱没有被救赎。是啊，也许确实如你所言。"

"我只是个学生，所以不知道什么才是正确的。但我问过认识的专家，他说当某个人格在双重人格和多重人格中变成外在人格时，便会像站立在聚光灯下一般，而没有成为外在人格的则会一直待在黑暗之中。如果他的话可信，你就是一直生活在黑暗之中。"

"真是个好形容。差不多就是那样。"

"这么说来，你的目的难道不是永远独占聚光灯吗？你想把浅葱永远地关在黑暗之中，让自己一直成为外在人格。你想夺取浅葱的身体，而浅葱确实在这次事件中受到了深深的伤害，现在外在人格变成了你。你不是成功了吗？"狐塚无法控制自己不说这些话。浅葱太可怜了。他做这些到底是为了什么呢？

浅葱脸上的笑容消失了。"不是的。"他的口中第一次发出了失去从容的声音,"不是的,不是那样的。也许你不相信我,但事实不是那样的。刚才我也说了,我真的很想去死,想让一切结束。当时我也没想到狐塚你会救我,所以,我应该已经因左眼被刺而死了才对。真的,我那时确实抱着这样的觉悟,亲手刺向了浅葱的左眼。"

他深深地吐了一口气,仿佛已经放弃了一切。

"浅葱一心想对这个世界复仇,他认为这个世界很残酷,充满了无药可救的恶意。人类聪明得过了头,聪明得根本没必要。人们为了保护自我而伤害他人,以求生存。为了让自己活得更好,人类全都自私自利地拼命活着。这里就是这样一个无可救药的地方。浅葱想得到别人的爱,也试图爱上别人,但谁都没给予他爱,所以他就反过来开始怨恨这个世界。除了这个,浅葱心里还有另一个愿望,与我的想法不谋而合。

"浅葱一直在等待,等待自己最爱的哥哥来对自己进行复仇。他希望自己能因哥哥的复仇而死去,而我只是助了他一臂之力。虽然从结果来看,是浅葱在外界饱受痛苦,但那不是我的责任。"

"这只是你的一家之言。"狐塚皱起眉简短地说,"事到如今你想怎么说都行。虽然我的话不好听,但如果你认为活着那么痛苦,直接采取自杀等措施不就好了吗?为什么没有那么做?"

"如果我说我不想让浅葱和我一起死,你大概会笑吧?"他小声说着,之后仿佛回忆起了什么,露出一丝苦笑,"在浅葱还有求生意志时,我希望他能活下去。他和我不同,还怀有正常人类的情感。他很努力地想得到爱,会对他人产生嫉妒之情,对他人产生依恋。他曾是我活着的支柱,所以只要是他所希望的,我都为他做了。我希望他能像常人一样活着,然后像常人一样死去。"

"可你却逼迫着浅葱,还想杀了他。你是想说这个吗?"

他的嘴边还残留着微笑。浅葱的微笑太优美,在这个日常空间里反而显得不和谐。狐塚突然想到,也许被"i"玩弄的浅葱实际上反倒捉弄了"i"呢?从他刚才说的"活着的支柱"中,狐塚听出了一丝悲伤。浅葱的语气又恢复了从容。

"我原本也准备去死来着。"

"但你在指定杀人对象时也是本着逼迫浅葱的前提进行选择的吧?你连着选择与浅葱认识的人,到最后还对我发出了杀人预告。"

"对,这点请让我向你道歉。对不起。"

浅葱苦笑着对狐塚道了歉,他的声音自然又轻巧。他沉默着,似乎在思考什么,之后又对狐塚说:"其实我真的玩了一场游戏,还把赌注下在另一场不是由我和浅葱参与的游戏上。"

"你是说赤川翼?他已经平安回来了。那到底是怎么一回事儿?"狐塚问,"除了浅葱,你还跟他展开了一场游戏吗?"

"翼现在似乎仍在包庇我。我听说他咬定那个与他接触的杀人犯'i'跟我完全不是一个人。为了能减轻我的罪,他说了谎。"

浅葱的表情有些歉疚。

"对,也许实际上我的战斗对象是翼——在杀死上原爱子而变成外部人格之后,我就开始频繁出现在外部了。我并不是有意想出来的,却获得了独自一人存在的时间。我在夜晚漫无目的地散步。我很喜欢独自散步,曾经一直走到很遥远的陌生街道。就在那里,我认识了翼。"

浅葱轻轻地笑出了声。

"与翼一起玩让我感觉很快乐,我和他成了朋友。从那时起我就已经在思考游戏的准备工作了。我想逼迫浅葱,让一切结束,但是那样真的好吗？就算痛苦，不是也应该活下去吗？那时我在这两种冲动之间摇摆不定，不管怎么想也不明白究竟哪边才是正确的选择，所以我决定让自己以外的他人替我选择。我决定不把全部精力投入到与浅葱进行的那场游戏之中。

"我把杀死赤川翼作为那场虚构游戏开始的标志。浅葱在知道'i'杀了人，并愿意与自己一起向世界复仇时开心不已。然而那时翼还活着，还在继续逃亡。在'i'与'θ'的游戏进行的过程中翼被人发现，被遣返到父母身边，一定会在社会上引起很大的骚动，游戏也会因此而颠覆。如果这件事情被浅葱知道，他一定会非常混乱。自己发疯一般实行着那场游戏，而'i'却不是认真的，他欺骗了浅葱。我在这种可能性上下了赌注，认定翼被找到的时候就是这场游戏结束的时候。

"如果浅葱知道了我的背叛，我就打算接近浅葱的自我意识，哪怕被他强烈拒绝也无所谓。我要让他承认哥哥早已不存在，在很久以前就被他自己杀了这一事实，让他重新面对人生。我在另一场游戏上下了赌注，所以并没在与浅葱的游戏上认真。"

"这么说来，那位在HADUKI汽车事故里死去的蛇岛友美小姐……"

"那只是一场单纯的事故。"

他非常坦率地点了点头，动作非常安静。

"那只是一起死者名字里带有浅葱指定的'蛇'字的意外事故。那时的浅葱刚杀死萩野清花，损耗非常大，已经失去继续游戏的气力了。看见那起事故的新闻时，他反应过度。他指定的汉字十分罕见，这也是造成不幸的一个原因。浅葱贸然做出判定，而我也利用了这一点，制造出一起不存在的杀人事件。

"警方说没从浅葱家里搜出能判定他就是'i'的决定性证据,这也是当然的。我绝不会让浅葱发现我的行动。我谨慎得几乎过了头,就是为了不把现场的气息带到浅葱的房间里。我一方面如此小心,让这个通向死亡的游戏得以持续,一方面又非常希望能露出破绽。赤川翼要是能快点被发现就好了;要是有人发现蛇岛友美命案是起单纯的事故,并让浅葱知道就好了。我也不知道自己到底希望哪种情况发生。"

"结果翼在游戏结束前一直成功离家出走,没被任何人发现。蛇岛小姐的事件也没被判定为单纯的事故。你设定的不确定要素全都没能如你所愿得以实现。"

"答得好,就是那样的。我赌输了。翼真的很厉害。"

他的语气里并没有讽刺意味,而是发自真心。浅葱低下了头。

"翼真的非常努力。于是我开始着手做最后的准备。

"杀死萩野后,浅葱傲慢的外壳第一次出现裂痕,他开始对常人的情感产生依赖。说老实话,我对他的变化有些恐惧。从游戏中途开始,我就完全是为了自己而逼迫浅葱的了。他渴望着常人的感情,却又有些害怕。他开始对他人有了依恋之情。"

浅葱低下了头,又抬头看向狐塚,问:"月子怎么样了?"

"还在住院。她的伤已经好多了,但失去了大学入学以后的记忆,把木村的事也忘得一干二净——她的内心需要静养。"

浅葱脸上的表情在一瞬间完全消失了,瞳孔深处的光微微地摇动。

"失去了……记忆……"

"大概是因为受了很大的打击。我们还没把事情的来龙去脉告诉她。"

"……是吗……"

狐塚盯着浅葱看了很长时间,随即小声说道:"你也许觉得这是自己和自己的殉情,却把别人也卷了进来。虽然只是我个人的意见,但我对此真的无法接受。"

两人的视线正面相撞。浅葱沉默不语,只是看着狐塚,他脸上已失去了笑容。不知沉默了多久,他又开口说道:"是啊。你妹妹和荻野都没有被当作复仇对象的理由。我大概确实疯了。"

狐塚无言以对。

"只有一个人,我确实是为了复仇而杀的。让我们来聊聊这件事吧。"

"今田信明。"狐塚接口道,"木村被逮捕后,我听说他与木村出自同一所儿童看护所。"

"没错。虽然是我指使翼离家出走的,自己也没认真参与游戏,但浅葱最初去杀人确实是因我而起。为了回应他的心情,我杀了今田信明,但这并不是出于我个人的恩怨。"

"那是为了什么?"

狐塚问后,浅葱寂寞地笑了起来。

"是为了浅葱。"

他理所当然地说出与自己是同一个人的名字。

"因为我不能原谅弄脏浅葱的人。"

六

两人沉默了很长时间,狐塚只是默默地坐在原地。从南侧的小窗口里射出的阳光淡淡地打在浅葱的脸上,他脸上的绷带仿佛随时都会融化在阳光中。

"能把木村还回来吗？"

意识到时，狐塚已经说出了口。他觉得自己的话比刚才浅葱的告白分量要少了许多，内容也很肤浅，但是他不得不说出口。

"刚才说到的聚光灯的事，如果那是真的，我想让我认识的那个木村浅葱站在灯光下。也许他现在还在沉睡，还不想出现。但他才是木村，应该被消灭的人格是你。"

狐塚也觉得自己没有说这种话的权利。自己竟然说了这种大话，想促使一个人格消失。

浅葱沉默不语。

"这个身体本来就是浅葱的，应该还给他。"

浅葱突然低下头，用右手抵住了额头。狐塚还以为是他的左眼在发疼，担心地站起了身。在他看到浅葱的表情时，才知道自己错了。

浅葱在笑。

他的肩膀上下颤动着，并笑出了声。口中发出的笑声越来越大，随着音量的提高，肩膀也颤动得越来越厉害，仿佛听到了什么极其可笑的事情。他的呼吸有些混乱，用手捂住了嘴。

"有什么可笑的？"

听到狐塚的质问，浅葱放低笑声抬起了头。

他对狐塚说道："抱歉。说起来，我才发现我还没正式介绍自己。对，初次见面，狐塚。我是木村浅葱。"

他的笑声戛然而止，留下一阵寂静，使人觉得耳朵有些疼。接着他又开口说道："事实上，我才是浅葱啊。"

七

狐塚像冻僵了一般定在当场，这一瞬间他甚至无法眨眼。他直视着站在面前正微笑着的浅葱，感到自己的体温正在下降。他在心中寻找着该说的话，脑海中回放着刚才听到的全部内容。

杀了母亲的浅葱，杀了温柔的哥哥的浅葱，制造了另一个人格的浅葱，任性妄为的浅葱。狐塚想起他说的在黑暗中痛苦沉睡的日子，想起了那照亮黑暗的聚光灯，想起了他在说出"木村浅葱"这个名字时露出的一丝自嘲与痛苦。他时而怀念、时而轻蔑、时而露出一丝苦笑；时而惊讶、时而嘲讽、时而充满怜爱之情。他明明知晓一切，却还一直沉睡在黑暗之中。

我们两个人就是浅葱斑蝶和斑寄生蝇。他想起了浅葱的话。到底哪个是蝴蝶？哪个是苍蝇？明知注定无法生还，还把自己的身体奉献出去的一方到底是谁？

浅葱静静地看着狐塚。

"我刚才一直说的'浅葱'其实才是真正的'i'（事实上并不存在）。你们都把他叫'浅葱'，所以我也配合你们管他叫浅葱，但其实你们熟悉的那个浅葱才是我心中后天产生的新人格。在我杀死母亲的那个夜晚，他从杀死哥哥的我心中诞生了。

"我那时快疯了，想要诅咒杀死哥哥的自己，觉得自己才应该去死。我打从心底对无法对任何人执着和没有人类之心的自己感到悲哀。我这种人应该消失，哥哥才该活下去。哥哥的性格非常完美，他那么温柔，对他人充满依恋之情，连与他人发生冲突时都能爱着对方。你不知道我有多想让他回来。后来，我便让他在我自己的体内苏醒了。我成功地制造出了一个比我更富有人性、即使苦苦挣扎也渴望生存下去的理想型人格,让他来过我的人生。"

狐塚盯着浅葱,他脸上的笑容仿佛被抹去了一般消失了。浅葱也静静地回望狐塚。沉默了一阵之后,他又开口说道:"那才是狐塚你认识的'浅葱'啊。"

"你,这样……"

狐塚觉得自己的声音听上去好像是别人的声音一样。

"你这样下去可以吗?如果你让那个冒牌货代替你在聚光灯下生存,那你就会一直沉睡在黑暗之中。你希望这样吗?"

"那样不知道比我自己活下去要好多少倍。我希望能一直沉睡下去,再也不醒来。虽然这样很任性,但我真的是那样想的。我非常软弱,喜欢在黑暗中远望聚光灯下的他。我就是这样一个人。"

浅葱看上去很痛苦,他脸上浮现出沉静与温和的神情,这反而使他显得更加痛苦。狐塚依旧沉默地盯着他,他无法移开自己的视线。

浅葱再次摇了摇头。

"果然正如狐塚你所说,从另一方面来看,我恐怕也很憎恶'浅葱'。"

浅葱咬住嘴唇,眺望着远方一般继续说道:"从我想要杀掉他那天开始,我就听不见他的声音了。不管怎么去呼唤,他都不在了。我把他杀了。"

他的声音听上去真的非常不知所措。

"明明我已经不想再觉醒了,究竟是什么又把我叫醒了呢?为什么我会掠夺了'浅葱'的身体呢?也许我确实憎恨着浅葱,对他抱有嫉妒之心。"

"不是的。你不明白吗,木村?那大概是因为——"

狐塚也是在无意之中意识到这一点的。浅葱转过脸看向他。狐塚咬紧了牙关，否则他就要忍不下去了。浅葱的眼中闪着安静透明的光。

"原因大概是因为……你很喜欢浅葱。"

浅葱的脸与狐塚离得非常近，仿佛一伸出手就能碰到。

他惊讶地眯起了眼，微微地摇了摇头，试图放弃去理解这份情感一般。他回望着狐塚，说道："谢谢。能跟狐塚你交谈真是太好了。"

"……我……"狐塚不知道该回答什么，只好沉默。浅葱的脸上露出了安心的表情。

"喂，狐塚。"他静静地说道，"我只有一个请求，然后就可以结束一切。"

"请求？"

"你能再叫我一次吗？就像平常那样。其实我还想与你握手，但有这个隔板，无法做到了。"

他用右手敲了敲房间中央用来隔断的塑料板。狐塚死死地盯着浅葱，他应该和自己年纪相仿。当想到他背负的那段惨痛并沉重的时光，再看到他纤细的肩膀时，狐塚完全失去了语言。

狐塚开口叫道："木村。"

浅葱闭上了眼。

他像在确认自己如今正身在何处一般紧闭着双眼，陷入了沉默。之后再也没有说话。

狐塚站起身，把他留在身后。打开门，楼道里冰冷的空气抚上他的脸。浅葱的声音在往外走的狐塚背后响起。

"谢谢。"

狐塚背靠着冰冷的门，像房间中的浅葱一样缓缓地闭上了双眼，然后睁开眼，抬头看向天花板。

"请提醒坂本,一定要好好看守他。"狐塚想起到这里之前秋山在电话里说过的话,想起教授那不知有几分认真的态度。

"木村浅葱在接受审判后可能真的会自杀。你知道两个虚数'i'相乘会得到什么结果吧?当他们互相对话时,会产生负数。"

走上走廊,狐塚立刻看到了坂本的身影,他大概一直在监视着吧。狐塚很感谢他没有中止面谈,而是任由他们交流。"能与浅葱对话真是太好了",他决定这样说服自己。狐塚朝坂本走去,想起今天是圣诞节。

上中学时月子曾说过"蛋糕必须要吃木桩蛋糕",啊,买一个回去吧。

沐浴在阳光下的浅葱眼睛上包着白色的绷带,每当他眨眼,那绷带都会在一瞬间被撑起来。狐塚闭上眼。浅葱心中那盏照亮黑暗的聚光灯,是不是和照在他左眼上的阳光一样明亮呢?狐塚希望是那样的。

八

接到坂本警视通知木村浅葱失踪的电话时,已经又过去了三个月。

时值春日。在为九月去塞拉大学留学做准备期间,狐塚仍保持研修生的身份,并把学籍留在阵内研究室。接到电话时,他正忙着帮教授准备下个月的学会资料。

与狐塚分别后,浅葱非常顺从地接受了警察的问询。他以稳重的声音回答了警方的问题,在谈及死者家属时非常郑重地道了歉。案件看似快要解决了。

就在此时，他向警察坦白说自己还杀了一个人，说尸体被他藏在青森县的山里，想带他们过去。警方怀疑他这话有假，但考虑到他与赤川翼见面时的确到那里去过一次，于是调查人员带着浅葱再次前往那片土地。

车子沿着山道行驶，驶过一座大型高架桥时，浅葱突然从行驶着的车子中跳了出去。汽车门没有锁，据说那是警方的一时疏忽。浅葱挣脱了手铐，大概把腕骨折断了。跳出车的浅葱毫不犹豫地向着桥的另一端跑去，而前方仅一步之遥就是轰隆作响的湍急河流。

浅葱敏捷地翻过栏杆，跳了下去。

一切都发生在一瞬间。他的身体飘在空中，像是飞了起来，下一秒，他就被桥下二十米开外的浊流吞噬。前天和大前天都下了雨，河里的水位增高了许多，河水在一瞬间卷走了浅葱。

木村浅葱死亡的可能性很高，但由于尸体还没被发现，所以警察认为他仍有生还的可能，暂且继续搜索。

"万一他得以生还，并与你接触，请通知我。"坂本用公事公办的语气说道。

听到他的话，狐塚突然想起一件事。在与浅葱交谈后，狐塚对那种蝴蝶进行了一番调查。

浅葱斑蝶是一种会大规模迁徙的蝴蝶。春天北上，秋天南下，它们依靠纤薄脆弱的翅膀，移动数百公里距离，在风中飞向高空，从一个地方移动到另一个地方。

接到坂本的电话时，恭司也在家。他依旧是早上才回来的，懒懒散散，看起来精疲力竭。

狐塚接电话时，恭司的手机响起短促的铃声，正睡觉的恭司不紧不慢地把手机拿了过来，懒散地翻开手机盖，大概是收到了短信。

他的来电铃声是《FLY ME TO THE MOON》,弗兰克·辛纳屈的歌声在房间中流淌——"带我飞上月球"。月子的铃声是女性歌手的翻唱版本,而恭司则采用了原版。

狐塚只对坂本说了句"我知道了",他不知道自己还能说些什么,也不知道该因浅葱的失踪有什么感想。

"恭司,木村失踪了。"

听到这话,恭司转向狐塚,手里仍拿着开着盖的手机。狐塚简单地把刚才听到的情况告诉了恭司,他听完后"哼"了一声,点了点头,反应十分冷淡。

"你不在意吗?"

"不在意,就是觉得浅葱还真是厉害,消失的方法简直像都市传说一样。"

恭司说完,又把视线转移到手机屏幕上。他合上了手机站了起来,似乎对浅葱完全失去了兴趣。他难道没有其他想法吗?恭司无视紧盯自己的狐塚,披上扔在房间一角的夹克,并确认了口袋里装着车钥匙。

"你要出去吗?"

刚起床就外出,这份行动力对这位合租人来说十分罕见。

恭司微笑着回答道:"我去打一个人。"

又是打人。狐塚烦躁地皱起了眉,他原本还觉得恭司最近收敛许多了呢。

"我可不赞成你使用暴力。"

"嗯,但这是没有办法的事。抱歉狐塚,我去去就回。"恭司快活地笑着说道。走出房间时他仿佛想起了什么,问狐塚:"对了,狐塚,我什么时候才能去见月子?"

"啊，应该马上就行了。下周大概没问题。"狐塚回答。

失去记忆后住院的月子正在为恢复原来的生活而接受康复治疗。狐塚和日向子一点点地向她解释失忆的情况，并慢慢讲述她曾在什么地方度过怎样的生活。月子丢失的记忆到底能不能恢复，这点连专家也无法断言。

上个月，月子第一次与秋山见了面，这个月又与真纪见了面，大概下周就可以和恭司再会了吧。与熟人相见确实是恢复记忆的有效手段，但似乎也会给她的心理带来较大的负担。包括恭司在内，还有很多朋友很想去看望她，但均未能实现。

月子会有一天真正想起曾经的事，并回想起浅葱吗？狐塚不知道这到底是好事还是坏事。

恭司听到狐塚的回答后，又像刚才一样"哼"了一声，点了点头。明明月子刚睁开眼时，他天天着急地念叨"快让我去见她、快让我去见她"，现在却似乎失去了兴趣。你要是总对他人这么冷淡，可是会短命的。狐塚叹了一口气。

"下周是吧？OK，我很期待。我最喜欢阿月了。"

表情和声音倒是很温柔。与狐塚对视后，恭司牵起嘴角笑了起来，随即走出了家门。

被留下的狐塚一边为去学校做着准备，一边想起与浅葱相见的最后一面，那时他们聊了蝴蝶与寄生蜂的话题。后来在调查蝴蝶时，狐塚顺便也看了一些关于寄生虫的资料。

在蝴蝶身上寄生的蜜蜂和苍蝇会逐渐吸食幼虫的肉。

当体内有异物侵入时，生物们会做出各种防御措施来排除异物。比如感冒时由于有细菌侵入体内，淋巴腺就会肿大，再比如受到擦伤时伤口会流脓，这些都是由生物排异的原理产生的。昆虫理应也具有这种防御机制,但那些被寄生的蝴蝶却不知为何毫无防御反应地接纳了寄生者们。有人说这是因为寄生虫在产卵的同时还注射了毒液,但真正原理至今尚未解明,仍是昆虫界的一大谜题。如果是浅葱的话,他能解开这个谜题吗?

为什么人们可以杀死苍蝇和蟑螂,却不能杀死蝴蝶和蜻蜓呢?秋山提出的这个问题到头来似乎也没有答案。狐塚不知道正确答案,但人类有时也会选择不杀死苍蝇和蟑螂这条路。

狐塚看向窗外,外面是樱花盛开的春天,他突然想起浅葱那天向他展示的那片烧伤。

窗外的天空是澄澈的浅葱色。

九

赤川翼收到了一件既没有主题也没有发件人的邮件。

收到时他正要去上补习班,是在出门之前发现这封邮件的。

从上个月起,翼又回到休学前的那所高中上课了,但由于出席数不够,他只能重新当一名高三学生,不能和同一届的同学一起毕业了。

离家出走归来的翼很快就融入到从前的日常生活中,快到令人意外。他的母亲还是不断让他去补习班和学校,父亲也在不断对他说教,让他考个好大学,简直和以前的生活完全相同,令人沮丧。翼有时会怀疑离家出走的那半年是不是只是一场梦境或幻觉,但偶尔打来电话的池田爷爷奶奶的声音却是真实存在的。一听到他们的声音,翼就会感受到曾经日积月累的闭塞感已与现在的自己完全没关系了。到头来，自己还是一个没有家长就什么都做不成的孩子，但他已经不会再因此抱怨了。

翼为自己造成的麻烦道了歉，开始认真去学校和补习班上课。和之前一样，还是去那个单程要花一个半小时、位于东京都内的有名补习班。由于长期缺席，翼的成绩实在是惨不忍睹，但距离明年的高考还有一年，他打算付出全部努力。翼和父母做了个约定，以此作为好好去上补习班的条件。他希望能由自己选择想去的大学和专业，虽然现在还不太清楚想去哪里，但他决心要在这一年里找出来，并希望父母到那时能听从自己的意见。听了他的话，父母双双哑口无言，都惊讶地看着儿子的脸。

这封邮件没有发件人，邮箱地址是匿名注册的，邮件内容则简短明了。上面写着：

想成为心中想成为的人，就必须认真地生活。

只有这一句。

翼把装满补习班资料的背包放下，飞快地敲打键盘，打出了回信。

我明白。你不会让我轻易弃权的，对吧？

翼发送了回信，然而邮件却立马原封不动地退了回来。"发送失败"，看来对方的邮箱已经注销了。翼看着电脑屏幕，微微地笑了起来。请你一定要保重啊，浅葱。

去往补习班的专车快要开了。翼走出家门，在去补习班的路上反复回想着曾经看过的一部漫画。他想起那部漫画里有一个他非常喜欢的角色，跟浅葱有些相像。消失的半年里他没有机会看漫画，自然不知道之后的内容，他回来之后那部漫画已经完结了，今天他打算把这部漫画一口气读完。那个角色的结局如何呢？冷酷又轻浮，深受女生欢迎的男主人公的朋友，他一直到最后都保持着这样的个性吗？他或许会为了保护主人公而死，或是陷入平凡的恋爱而抛弃一切；也或许会因嫉妒主人公而走上邪路，彼此成为敌人。

这种结局虽然不够帅气，但也很好啊，翼在心里想着。

尾声 月子与恭司

病房的门被人敲响。

今天的天气非常好,我躺在床上,放下读到一半的书,抬起了头。我所在的病房是普通病房,一间屋子可以住四个人,但这里剩下的三张床都是空的。只有我一个人。

"请进。"

我应声后,一位抱着花束的陌生青年走进病房。

"抱歉啊,阿月,我迟到了吗?"

"只迟到了五分钟——你就是石泽恭司同学?"

"对。你的伤已经好了吗?还疼吗?啊,这是礼物,我觉得很适合你,就买了。"

他把手里的花束递给了我。花束很大,看上去价格不菲,里面有各种各样的花,中心处是一朵粉色的蔷薇。

"哇,好开心,我可以收下吗?谢谢你,一会儿我再找个花瓶把它放进去。"

"我们算是初次见面吧,虽然我很熟悉阿月你的事情。"

"是初次见面啊,我今天可是第一次见到石泽同学。"

"叫我恭司就行了,你以前就是这样叫我的。"

恭司笑了起来,又有些寂寞地说:"真不可思议啊,我有些受打击。我还以为只有我的事阿月绝对不会忘记的呢。"

"我听说你是哥哥的合租人,和我的关系也很好。"我苦笑着回答道,"他们说我在半年前被卷入一场交通事故,之后徘徊在生死边缘长达两个月,一直沉睡。三个月前我醒了过来,却失去了大学入学以后的记忆。不过是他们说我失去大学入学以后的记忆的，我对此完全没有概念。我甚至不记得自己上了大学，只记得通过了大学统一考试和 D 大的全国性第二次考试，并拿到了合格通知书。

"那次事故造成的伤口似乎很深，从头顶一直延伸到了额头。我的左眼自打睁开那刻起就一直被白色的绷带蒙着。"

"对，我和阿月关系很好。"

恭司微微地噘起嘴，拉过附近的一把椅子坐了下来。他紧盯着我的脸，虽然有所掩饰，但我知道他在看我的伤口。

"你还从狐塚那里听说过其他关于我的事吗？"

"孝太和日向子经常说起你的事。今天看见你，令我有些吃惊。他们说你很爱打架，而且很厉害，所以我还以为是个更加可怕、强壮的人呢。结果出乎我的意料，恭司同学你的手臂这么纤细柔软，长得也很帅。应该很受女生欢迎吧？"

"算吧，很多人这么说。还有没有听说过其他事？"

"我听说虽然你是个好人，对我也很温柔，但生活方式非常混乱。你喜欢追求一时享乐，这种个性容易英年早逝哦。他们说你的生活乱到让人无力指责。孝太这么说到你时还露出了苦笑。"

"真过分啊。石泽恭司可是个温柔的人，是个非常温柔的好男人。"恭司开心地笑着说道。他的表情很温和，笑得很温柔。我支起身子想把收到的花束放到旁边的小桌上，恭司抢先一步站起来接过了花，放在了桌上。

"那你听说阿月你和我曾经是恋人吗？我们曾经交往过。"

听到这句，我沉默地看向恭司。他只是笑着。我仔细地看着他的脸，仿佛要把他的脸看穿，随即摇了摇头。

"我没听说过，真的吗？"

"真的。"

"孝太他说,"我短促地吸了口气,歪着头说道,"他说恭司同学和我见面时可能会告诉我一些假情报,让我注意点。"

"他干什么啊。狐塚那家伙真是无聊。"

恭司皱起眉"啧"了一声,随即又恢复了原来的笑脸。

"但这是真事,我们瞒着狐塚来着。因为对自己朋友的妹妹出了手,让我觉得有些心虚,就瞒着他来着。我们的关系是一个秘密。"

"是吗……"

我又观察起恭司的脸。原来我喜欢他这种类型的人吗?

"那……我可以提问吗?"

"尽管提。"

"我们交往了多长时间?什么时候交往的?"

"阿月入学半年后左右吧,我们相遇,立刻开始交往,一直到你出了车祸,差不多一共有四年。很长啊。"

"我们平常主要都做些什么?"

"聊天。"恭司平静地说道,"我们聊了很多。我很喜欢听阿月你说话。"

"虽然很不好意思,"月子苦笑着坦白道,"但在我所知的记忆范围里,从来没有与男生交往过,也没有亲吻。我的第一个男朋友是恭司同学吗?"

"那就要靠你自己的想象了。是啊,牵手和亲吻应该也不坏。"

月子还以为恭司一定会嘲笑她,但他却只露出浅浅的微笑,没有正面回答问题。

病房窗外响起鸟的叫声。我隔着窗户望向天空。

大家所说的"狐塚月子"都是我所不知道的,她都在哪里与怎样的人有过哪些交流呢？那真的是我吗？

"真的不记得了？一点都记不起来了？"

"嗯——是的。入学后读过的书、看过的电视节目和电影有些还能想起来，但是新交的朋友和照顾过我的老师什么的，就真的不记得了，就算见了面也想不起来，只会觉得很不可思议。现在我对恭司同学你也是这种感觉。"

"不是让你直接叫我恭司就好了嘛？我是第几个来探病的？你已经见过秋山老师了吧？"

"嗯。最开始他们给我介绍的就是秋山老师，然后是一个叫白根真纪的女孩，恭司同学你是第三个。"

"第三个吗，我的地位只有这样而已啊。"

恭司生气了，夸张地鼓起了腮帮子，随即看向了我。

"阿秋老师还好吗？真是怀念啊。我已经好久没见过他了。"

"我在电视上见过那位老师，所以见到真人时觉得非常不可思议。在显像管那头的人突然与自己处在同一空间，还亲切与我聊天，这感觉就像自己突然进入了电视里的世界一样。"

我想起上个月末来这里的秋山一树那张稳重温和的脸，回答道。

"老师说他很喜欢我，说我是个好学生。他还说如果我想回到大学重新学习，可以随时加入他的研究小组。"

我叹了一口气。

"但是我还是觉得很不可思议。我一直梦想成为一名小学老师，所以很期待进入教育学专业。虽然教师资格考试应该很难，但我也决定好好学习，争取拿到资格证。可我已经在自己不知道的情况下通过了考试，实现了梦想。这种感觉好像钻了空子一样，我不太喜欢。况且我没有那个自信。"

"阿月你要对自己抱有信心啊。而且，你没有钻空子，你真的很努力，在这点上狐塚和你很像。"

"是吗……我还从没见过像孝太那么能干的人，觉得自己根本比不上他。"

我小声说着，随即又缓缓看向恭司的脸。我想向他打听打听关于"她"的事。

"喂，恭司认识的狐塚月子是一个怎样的女孩？"我问道，"我也问过秋山老师和真纪，我想知道大家都是怎么看那个我不认识的自己的。"

"秋山老师说什么了？"

"老师说第一次看见我时觉得很可爱，好像看到了一种新型生物一般。"

听到我的话，恭司笑喷了。

"新型生物？这是什么话啊！"

"他说我一直把头发卷成西洋人偶那样，手指甲留得很长，还总是装饰得很漂亮，他还说'你那时好像在减肥，肚子平得像个扁片'。老师的研究小组里似乎从来没出现过我这样的学生，所以老师当时很惊讶，还想着'真够厉害的，像这种新潮的女孩会对我产生兴趣吗？'"

"那很好啊，很像那个老师的风格。原来如此。"

我想起了与秋山的对话。

"狐塚月子是一个坚持贯彻自我意志的女孩。她不喜欢实用性的事物，非常有魅力，但同时也容易受到同性的嫉妒。有些人会在暗地里说一些老套的坏话，像是说你总是对男人献媚之类的。因为你实在太华丽了。

"阿月你曾经拼命想要原谅那些嫉妒你的人,但这使你周围的男孩们很生气。从这一点来说,也许你现在失记了反倒是件好事。"

"听上去不像是发生在我自己身上的事。我是绝对不会原谅嫉妒自己的人的,我完全无法想象。"我如此回应道。"而且,"接着我又说,"对男人献媚有什么不对?老师你能告诉我吗?"

就在我说完这句话的瞬间,一直微笑的秋山突然惊讶地愣在当场。他微微地眨了眨眼。我看着他,歪起了头。怎么办?我是不是说了什么不该说的话?

"老师?"我冲着那张失去了笑容的脸说道,"对不起,我刚才是不是说了老师认识的那个狐塚月子不会说的话?"

"没有。"

秋山似乎想起了什么,又笑了起来,摇了摇头。

"没有,就是这样才像你的风格。我真佩服你。"

"真纪说了什么?"恭司用手摸着脖子,问道。

"真纪说她一开始很怕我,因为我的外表给人冷漠的感觉。她觉得我和她不一样,觉得会跟我合不来。但她说后来渐渐打消了这种想法。她说:'阿月你很关心朋友,帮了我很多次。我一直没说出口,但我真的非常感谢你。'对于这件事,我也感觉好像抢了别人的功劳,心里有些不太舒服。"

"你就接受吧。"恭司说道,"这对狐塚月子来说是理所应当的权利。"

"是吗——唉,该轮到恭司你回答问题了吧?你眼中的我是个怎样的人?"

"我以前觉得你是个轻浮做作的女人,和秋山老师和真纪说的一样。"

我沉默地盯着他的脸。恭司继续说道:"但是,我大概是喜欢上了你,从第一次看到你那时起,就一直喜欢着你。"

"你说这种话,我不知道该做出什么反应啊。"

别说了,我皱起了眉,不知为何我感到后背和肩膀失去了依靠,心里惴惴不安,心神不宁,很不愉快。他仿佛想捉弄低下头的我一般笑了起来。

"啊哈哈哈,抱歉抱歉。你害羞了?阿月真是可爱。但那是真的,我真的很喜欢你。"

"我也喜欢你吗?"

这是在另一个狐塚月子身上发生的事,我决定先把她和我分开,然后再与恭司交谈,不然再这样下去我会脸红的。毕竟迄今为止,还从来没有哪个异性对我当面说出喜欢这个词。

"嗯,大概是的。"

恭司温柔又寂寞地微笑起来,他没有再说下去。

刚才那只鸟又在窗外叫了起来。就在我看向那边时,恭司看了看左腕上的手表,在下一刻,他小声地说了句:"啊啊,对了。"我转头看向他,他抬起头,看着我说:"抱歉啊,阿月,其实我不能在这里久留,不然会赶不上飞机的。对不起,我得走了。"

"飞机?你要去哪里?"

面对我的询问,恭司说出了一个国家的名字。我吃惊地呆住了,他则温柔地笑了起来。

"那里是个好地方,今后在医学和技术领域一定会取得飞速进步,到时候如果阿月你也能来就好了,你脸上的伤痕一定都能完全消除。"

"也许吧。那恭司你也是去治伤,而不是去留学或观光吗?"我微笑着问道,"从刚才起我就一直很在意你的左眼怎么了?还有,你的脸有些肿,还有几道伤口。"

我指向恭司缠着绷带的左眼,他仍站在原地,静静地微笑着。

"不是什么大事。"他回答道,"但很遗憾,我的伤是无法治愈的。"

"是吗?"

我感到胸口似乎被揪紧了一般,一股突如其来的冲动涌了上来,令我自己也感到非常惊讶。虽然不知道原因,但我很想哭,胸口感到十分憋闷。为了遮掩窘迫,我又说道:"我听说恭司你打架很厉害,是不是其实你没那么厉害,被别人打了?"

他摇了摇头。

"不是的。石泽恭司出手多重都没关系,只是他故意没有那么做。我不是说了吗?石泽恭司是个非常温柔的好男人,他真的很帅气。"

他说完这些表扬自己的话之后,站在我的正前方,圆睁右眼端详着我。

"你看上去很好,这样我就安心了。"他说完犹豫着缓缓伸出右手,他的手臂十分纤细。

我握住了他的手,触感很冷。他又温和地笑了起来,握着我的手说:"我说了谎。"

"说谎?"

"我没有与你交往过,我们不是恋人,你喜欢的也不是我,以后你大概会从各种地方听到你曾经喜欢过的那个男人的事,听到对他的各种评价。恐怕所有人都会说他是个可怜的男人,说他十分不幸,无药可救。大家或许都会这么说,但阿月你要记住,你爱的那个人绝对不是一个不幸的人。"

他的眼中闪着平静的光。

"我虽然不是他,但也能明白,他绝对不是一个不幸的人。照亮黑夜的月光是那么耀眼,那是圣诞夜的霓虹灯所无法比拟的明亮啊。"

说完他便从椅子上站起身,并松开了我的手。

"喂,恭司。"

我叫了一声他。我很希望他刚才的话才是谎话,希望还能再多握住他的手一会儿,但这些都无法实现了。不知为何,我明白,他要离去了。

"你还会再来见我吗?"

他看着提问的我,脸上的表情有些寂寞悲伤。他缓缓地摇了摇头。

"不会再来了。"他微笑着回答道。

我不知道该如何作答,不知道自己为什么找不到可以回答他的话。

"但是,如果有一天你遇到了危机,走投无路,那我一定会赶过去。不管我在世界的哪个角落,都一定会赶过去。我曾听人说,每个人都需要有一个最爱的人,不想让他哭泣的人。

"在这个世界的某个角落,有个人因为你的存在才没有放弃人生,没有游戏人间,所以你一定不能陷入不幸啊。"

说到这里他又笑了一下,随即静静地转过身,再也没有回头看我,走出了午后的病房。

狐塚走出电梯,来到 D 大医学系附属医院四层,向妹妹的病房走去。忽然间他停住了脚步。今天是约定恭司和月子见面的日子,昨天他说想跟月子单独见面,说他对这次见面非常期待。既然这样,那自己现在不进去为好吧。他盯着月子病房紧闭的门,停住了脚步,思考着。就在狐塚犹豫不决的时候,病房的门打开,一个人走了出来。

那人抬起头的一瞬间，狐塚吃惊地瞪大了眼睛。

是浅葱。

浅葱的站姿依旧优雅，脸庞依旧那么俊秀。他的左眼也与狐塚最后一次见到他时一样，蒙着绷带。狐塚看见他左眼下方微微有些红肿，还有几道擦伤。他回想起恭司的话。"我去打一个人""喂，我什么时候才能见到月子？我很期待。我最喜欢阿月了。"

——恭司。

狐塚吐出一口气。

他回想起那时响起的《FLY ME TO THE MOON》，想起弗兰克·辛纳屈的歌声。狐塚很容易便能想象恭司是如何回复的："喂，我要把你打飞到月球上。"

真行啊你，恭司。你……真的……太胡来了。

正要离去的浅葱对上了狐塚的视线。

在意识到来人是狐塚后，他的脚步和表情都僵住了。两人都没再向前踏步。在知道狐塚不会有什么行动之后，浅葱微微地笑了起来。他弯下身，冲狐塚深深地低下了头。

狐塚盯着他的头看了一会儿，随后也像他一样低下了头。通往紧急出口的楼梯就在浅葱的前方，狐塚希望再抬起头时他已经消失了。

狐塚抬起头站好，面前确实没有人在了，只有一束阳光通过门上的小窗，射在了地板上。

只留下了一束光，仿佛照射着无人舞台的聚光灯束。

I　　　我本身

EYE　　我那受伤的左眼

爱　　　认同并珍视他人价值的心

哀　　　怜悯之心

i　　　 虚数　不存在

蓝　　（　　　　　）

KODOMO TACHI WA YORU TO ASOBU JYOU, KODOMO TACHI WA YORU TO ASOBU GE
© Mizuki Tsujimura 2008
All rights reserved.
Original Japanese edition published by KODANSHA LTD.
Publication rights for Simplified Chinese character edition arranged with KODANSHA LTD.
through KODANSHA BEIJING CULTURE LTD. Beijing, China.

图书在版编目（CIP）数据

与黑夜嬉戏的孩子们：全2册／（日）辻村深月著；金静和译．
—北京：新星出版社，2014.12
ISBN 978-7-5133-1658-3

Ⅰ．①与… Ⅱ．①辻… ②金… Ⅲ．①长篇小说-日本-现代 Ⅳ．①I313.45

中国版本图书馆CIP数据核字（2014）第266702号

午夜文库
谢刚 主持

与黑夜嬉戏的孩子们（上、下）

（日）辻村深月 著；金静和 译

责任编辑：邹 瑨
特约编辑：赵笑笑
责任印制：韦 舰
封面绘图：李思思
封面设计：@broussaille 私制

出版发行：新星出版社
出 版 人：谢 刚
社　　址：北京市西城区车公庄大街丙3号楼　100044
网　　址：www.newstarpress.com
电　　话：010-88310888
传　　真：010-65270449
法律顾问：北京市大成律师事务所

读者服务：010-88310811　service@newstarpress.com
邮购地址：北京市西城区车公庄大街丙3号楼　100044

印　　刷：三河兴达印务有限公司
开　　本：910mm×1230mm　1/32
印　　张：20.875
字　　数：350千字
版　　次：2014年12月第一版　2014年12月第一次印刷
书　　号：ISBN 978-7-5133-1658-3
定　　价：58.00元（全两册）

版权专有，侵权必究。如有质量问题，请与印刷厂联系调换。